国家"双一流"拟建设学科"南京大学中国语言文学艺术"资助项目
江苏省 2011 协同创新中心"中国文学与东亚文明"资助项目
南京大学文科卓越研究计划"十层次"资助项目

中国古典文学与文本的新阐释
——海外汉学论文新集

卞东波 编

时代出版传媒股份有限公司
安徽教育出版社

图书在版编目（CIP）数据

中国古典文学与文本的新阐释:海外汉学论文新集/卞东波编.—合肥:安徽教育出版社,2019
ISBN 978-7-5336-8802-8

Ⅰ.①中… Ⅱ.①卞… Ⅲ.①中国文学—古典文学研究 Ⅳ.①I206.2

中国版本图书馆CIP数据核字（2018）第281551号

中国古典文学与文本的新阐释——海外汉学论文新集
ZHONGGUO GUDIAN WENXUE YU WENBEN DE XIN CHANSHI——
HAIWAI HANXUE LUNWEN XINJI

出 版 人:费世平
质量总监:姚　莉
责任编辑:夏业梅　刘　静
装帧设计:陈熙颖
责任印制:王　琳

出版发行:时代出版传媒股份有限公司　安徽教育出版社
地　　址:合肥市经开区繁华大道西路398号　邮编:230601
网　　址:http://www.ahep.com.cn
营销电话:(0551)63683012,63683013
排　　版:安徽时代华印出版服务有限责任公司
印　　刷:安徽新华印刷股份有限公司

开　　本:720×1000　1/16
印　　张:28.25
字　　数:550千字
版　　次:2019年11月第1版　2019年11月第1次印刷
定　　价:86.00元

（如发现印装质量问题,影响阅读,请与本社营销部联系调换）

目　次

1　序一
　　　孙康宜

6　序二
　　　蔡涵墨 / 卞东波　译

1　中国文学作者原论
　　　孙康宜 / 张健　译

14　介绍耶鲁第一部中文古籍目录
　　　孙康宜

19　解读矛盾的话语——《汉广》诠释传统之考察
　　　胡秋蕾 / 朱文君、卞东波　译　胡秋蕾　校

31　楼中女：《古诗十九首》与隐 / 显诗学
　　　田晓菲 / 卞东波　译

48　选集的缺憾：以应璩诗为个案
　　　康达维 / 金溪　译

65　《神仙传》之作者与版本考
　　　裴凝 / 卞东波　译

113　闻驴鸣：中国中古时期的友谊、礼仪与社会常规
　　　陈威 / 武泽渊　译　卞东波　校

124　知音：永明诗学新探
　　　吴妙慧 / 朱梦雯　译

143　"亡国之音"抑或"创国颂歌"——梁武帝《襄阳踏铜蹄歌》主题新探
　　　王平 / 杨治宜　译

159　变化的诗歌叙事——杜甫组诗《前出塞九首》
　　　　宇文所安 / 叶杨曦　译

169　从《放妻书》论中古晚期敦煌的婚姻伦理与离婚实践
　　　　洪越 / 刘倩　译

191　快乐，拥有，命名——对北宋文化史的反思
　　　　宇文所安 / 卞东波　译

208　桃花源的长官
　　　　宇文所安 / 叶杨曦、卞东波　译

221　王安石与《周礼》
　　　　包弼德 / 方笑一　译

238　杜甫的经典化与宋代的晚期风格理论
　　　　杨晓山

283　诗歌、政治、哲理——作为东坡居士的苏轼
　　　　郑文君 / 卞东波、郑潇潇、刘杰　译

328　陆游《中兴圣政草》考
　　　　蔡涵墨 / 方笑一、张维玲　译

348　明代"古诗"总集的编纂、出版、接受——从宏观角度的考察
　　　　陈婧

376　1935年，梅兰芳在莫斯科：熟悉、不熟悉与陌生化
　　　　苏源熙 / 卞东波　译

393　陶渊明的异域知音——论晚近英语学术圈的陶渊明研究
　　　　张月

414　美国宋史研究的新趋向：地方宗教与政治文化
　　　　魏希德 / 刘成国、李梅　译

439　编后记
　　　　卞东波

序　一

南京大学文学院卞东波教授是我所见过最好学的年轻学者之一。他对欧美汉学的热情,及其对汉学研究的持续努力,令人感佩。两年前他才出版了一部北美汉学译文集,题为《中国古典文学研究的新视镜——晚近北美汉学论文选译》(安徽教育出版社,2016年),现在他又完成了该书的续集:《中国古典文学与文本的新阐释——海外汉学论文新集》。从这部"新集"的书名看来,"文本的新阐释"乃是此书的重点。

其实"文本的新阐释"也是目前欧美汉学的新趋向。一般说来,海外汉学家所处理的文本大多是学者们早已熟悉的材料,但如何能在细读中发现新的含义——就如宇文所安(Stephen Owen)所说的,"在阅读中,我们应当学会注意令人惊奇的东西"(见该书所收宇文所安《桃花源的长官》一文)——那才是真正功力所在。

在此我应当说明一下有关卞东波教授编辑两本汉学论文集的缘起。当初他之所以开始努力研究北美汉学,而且从事这一方面的翻译工作,乃是受了哈佛大学东亚系宇文所安教授的引导和启发。最近卞东波在一封给我的电子邮件中就很感慨地提起他当时"得益于宇文所安教授两次邀请去哈佛访问"的往事,以及他如何从宇文所安问学,并受他极大影响的学习过程。

宇文所安与我是数十年来的老友,正巧他即将于今年退休,我刚写完一首祝贺他荣休的七言诗,兴奋之余也就发给了卞东波,请他暂时保密(因为该诗要等哈佛大学为宇文所安召开的退休会上才正式发表,希望给宇文先生一个惊喜)。诗云:

祝贺宇文所安荣休[①]
吐雾吞烟吟剑桥[②],唐音北美逞风骚。

[①] 我要特别感谢耶鲁同事康正果,在我构思及起草此诗的过程中,他给了我莫大的帮助。

[②] 宇文所安1982年从耶鲁到哈佛执教至今。据说,宇文性嗜烟,校方特许他在办公室抽烟,特地在他的办公室里安装一台排风扇。

痒搔韩杜麻姑爪①,喜配凤鸾弄玉箫。

舌灿李桃四十载,笔耕英汉万千条。

感君助我修诗史,恭贺荣休得嬉遨。

可喜的是,此诗已由我的一位耶鲁学生 Yvonne Ye 译成英文:

Congratulating Stephen Owen on a Glorious Retirement

[He] exhales clouds, inhales smoke, chanting poetry in Cambridge Tang tones [in] North America—literary excellence manifesting

Like Magu soothing irritation, [he turns to] Du Fu and Han Yu

Like Nong Yu playing the flute, [he enjoys] the match of paired phoenixes

Forty years of eloquence scatters students all over the world

A hundred thousand lines seeded by his pen, in English and Chinese

I thank him for collaborating with me on a literary history [of China]

and congratulate him on a glorious retirement, to find joy in his roaming.

Translated by Yvonne Ye

我以为拙诗的末尾"得嬉遨"(to find joy in his roaming)的概念似乎与卞东波编纂他这部《中国古典文学与文本的新阐释——海外汉学论文新集》的本意不谋而合。我猜想卞东波编纂此续集的目的之一,很大成分是为了向他的合作导师宇文所安致敬,书中不但收录了他3篇论文,而且书中的很多作者都是他的弟子(如郑文君、陈威、洪越、胡秋蕾等)。即将荣休之际,看到自己的弟子已然成为北美汉学界的中坚,宇文先生的喜悦之情可想而知,这也是孟子所说的"得天下英才而教育之"的快乐,相当于我诗中所谓"得嬉遨"的心境。

---

① 杜牧诗:"杜诗韩笔愁来读,似倩麻姑痒处搔。天外凤凰谁得髓? 无人解合续弦胶。"(见杜牧《读韩杜集》)。宇文所安尤精于韩愈和杜甫的作品。他的博士论文题目是《孟郊与韩愈的诗》,晚年翻译杜甫诗全集,认为"杜甫在中国文学史上独一无二"。

我也猜想这大概就是为什么卞东波特意(或有意无意之间)在这本续集里收进了宇文所安撰写的两篇有关"快乐"的文章:(1)《快乐,拥有,命名——对北宋文化史的反思》,(2)《桃花源的长官》。第一篇文章的译者是卞东波本人,第二篇文章则由卞东波和叶杨曦合译,足见编者卞东波的用心。在《快乐,拥有,命名——对北宋文化史的反思》那篇文章里,宇文先生讨论欧阳修在《六一居士传》中所表达的欢愉之感(即好读书、好饮酒,加上拥有周围物件的欢愉),同时又把欧阳修那种"拥有"的愉悦与陶渊明《五柳先生传》中所描写的自得其乐作了一番比较。《桃花源的长官》那篇也注重两种不同"快乐"境界的比较——欧阳修的"快乐"总是"附着在世间某种物品、建筑和地点之上"(见欧阳修《丰乐亭记》),而苏轼则宣称"快乐"乃来自其本身(见苏轼《超然台记》)。换言之,对宇文先生来说,欧阳修有如"桃花源"世界的长官,经常有众人聚集在他周围,使他不断享受"与民同乐之乐"。相较之下,苏轼则喜欢自得其乐,并称他那喜雨亭为"吾亭"。宇文先生这两篇文章可谓活泼而具有生命力,娓娓道出了他数十年来阅读中国古典文学的深刻感受和体会。

重要的是,宇文先生在他的文章里提醒我们有关"文本家族"(family of texts)的概念——那就是,文本不能被孤立地解读:

> 我们通常孤立地阅读这些文本或将其作为"宋文"的代表,但它们最好被当作一个"文本家族"来理解,这个"文本家族"对于理解其中的单一篇章非常重要。我们知道苏轼《喜雨亭记》的结尾有点戏谑的意味,但我们需要联想到欧阳修的《丰乐亭记》,这样才能完全理解苏轼的幽默。

> 有很多纵横交错的"文本家族"。这许许多多的文本背后都有文学上的祖先存在,比如陶渊明……

宇文所安的话正好见证了卞东波这部"文本的新阐释"选集的特点。例如,在田晓菲教授那篇有关《古诗十九首》的文章中,她就通过"文本家族"的分析而意会到《古诗十九首》诗意的不确定性(虽然那组诗歌的语言极有透明性),进而肯定了胡应麟的说法:"意愈浅愈深,词愈近愈远。"同理,胡秋蕾的文章(《解读矛盾的话语——〈汉广〉诠释传统之考察》)通过三家诗对《诗经·周南·汉广》的注释之比较得到了当时女性颇有"优越性"的解读。康达维（David R. Knechtges）通过对应璩其人其诗的研究，对《文选》选集进行了一番批评（因为《文选》只选了一首应璩的《百一诗》，因而使后世人无法得知当时应璩的文学地位），这就是所谓的"选集的缺憾"。陈威（Jack Chen）在他的《闻驴鸣：中国中古时期的友谊、礼仪与社会常规》一文中，更是从《世说新语》有关曹丕用驴鸣吊王粲的文本一直读到苏轼的"路长人困蹇驴嘶"的用语，因而阐释了"知音"的多种含义。吴妙慧（Meow Hui Goh）则从永明诗歌的新探索说明了有关"知音"概念的转变。裴凝（Benjamin Penny）以细读《神仙传》的方法发现有关葛洪的作者问题，进而从事有关版本的考证。郑文君（Alice W. Cheang）通过《东坡八首》的细读解读了苏轼在黄州的心路历程——那就是从疏离寂寞的心境转向与世无争、乐天知命的自我调适之过程。洪越从细读敦煌的11件离婚文书（9、10世纪）发现当时的离婚与佛教因缘前定的思想息息相关。蔡涵墨（Charles Hartman）细读陆游的《中兴圣政草》，仔细分析陆游如何在1163年（即金人入侵宋朝领土，宋高宗匆匆禅位，由宋孝宗继位的次年）突然接到修纂高宗《圣政》的诏命后，如何重构高宗形象，又如何建构孝宗新政纲领的经过。陈婧则阅读了无数明代"古诗"总集的副文本（paratext），终于发现了许多有关当时副文本（如标题、序言等）如何决定了书籍的接受（reception）等真相。苏源熙（Haun Saussy）以1935年梅兰芳（以"中国公主"的戏剧形象）在莫斯科之旅为起点，剖析了现实主义与自然主义等艺术标准的矛盾性，进而阐释了极其复杂的现代主义历史过程，以及所谓"现代性"的多元性。吊诡的是，苏源熙发现：欧洲从前的戏剧传统正是现代中国人"孜孜以求"的，而中国古老的戏曲传统正是欧洲人现在想要得到的。

值得注意的是，卞东波这部《中国古典文学与文本的新阐释——海外汉学论文新集》所收文章已经突破《中国古典文学研究的新视镜——晚近北美汉学论文选译》的局限，不但收了美国汉学家的论文，而且收入了欧洲汉学家（魏希德[Hilde De Weerdt]教授）、澳大利亚汉学家（裴凝教授）的大作，某种程度上体现了"海外汉学"的广度。同时，这本论文集充分表现了海外汉学界"文史不分"的跨学科研究方法。除了以上所提到的诸位研究古典文学的汉学家以外，这个选集也收录了数位闻名国际的宋史专家的作品，如蔡涵墨教授、包弼德（Peter Bol）教授及魏希德教授的文章。蔡教授论文的要旨已见前述，魏希德的文章介绍了

1990—2006年美国出版的宋代历史学术论著中的两种新趋向：(1)撰写地方宗教史的风潮(以耶鲁大学韩森教授的《变迁之神——南宋时期的民间信仰》为代表)；(2)研究政治史的新趋势(以戴仁柱的《十三世纪中国政治与文化危机》和伊沛霞的《宋徽宗与北宋晚期中国：文化政治和政治文化》为代表)。至于包弼德的文章《王安石与〈周礼〉》在"补白"的方面尤其起了关键性的作用，因为这个课题都是从前汉学家们所忽视的。所以在《王安石与〈周礼〉》那篇文章里，包弼德一开头就说道："令人惊讶的是，很少有著述探讨王安石对《周礼》的理解。"

我要特别感谢卞东波教授，因为他在这个续集里也收了我的两篇近作。其中一篇《中国文学作者原论》乃由香港中文大学张健教授翻译成中文，在此一并致谢。另一篇文章则是介绍耶鲁大学图书馆中文部主任孟振华先生所编的第一部耶鲁中文古籍目录。因为这部古籍目录正好涉及许多与耶鲁大学的历史和美国早期汉学的兴起有关的资料，所以现在知道卞东波所编的《中国古典文学与文本的新阐释——海外汉学论文新集》也能收入此篇，令我特别感到高兴。

在此我衷心希望国内的读者们也能以充满快乐的心怀来欣赏本书中对各种文本的新阐释。今日匆匆写来，是为序。

孙康宜

2018年3月17日写于耶鲁大学

序 二

卞东波教授编译的第一本北美汉学论文集《中国古典文学研究的新视镜——晚近北美汉学论文选译》为中国学术界呈现了多篇北美晚近以来研究中国古典文学的论文。这些论文翻译得准确而雅致,为读者提供了一个经过他精挑细选的"视镜"来透视虽然人数不多、但充满生机的北美中国古典文学研究界。他编译的第二部,也是一部更大规模的汉学论文集即将出版了。该集依旧延续了第一部的模式,但已经不再限于"晚近",触角延伸到20世纪80年代以来的海外汉学研究论文——故此集中的论文不但呈现了海外汉学界最新的多元研究面向,而且也让读者诸君知晓海外(特别是英语世界的)中国文学与历史研究不同取径的缘起。

卞东波教授编译的这部新的汉学论文集包括18位学者的20余篇文章。这18位学者既有资深的美国汉学耆宿,诸如康达维、包弼德、宇文所安、孙康宜,以及我自己;也有年富力强的汉学中坚,如苏源熙、郑文君、杨晓山等;还有一些美籍华裔的汉学家,如陈威等;又包括出生于中国本土,成年后到美国学习汉学的更年轻的学者,如田晓菲、王平、胡秋蕾、洪越、陈婧、张月等。作者出生年龄上的多样性也显示了这部论文集极大的广度。它使读者能够看到来自中国的年轻学者是如何与美国本土旧有的汉学传统互动,从而拓展并强化美国汉学的。

卞东波教授同时也扩充了他所编的第一部论文集的范围,故本书所收的论文不但研究"古典文学",还包括"文本"。他所遴选的文章实际上展示了不同的学者是如何采取不同的方法去理解他们所钻研的文本的。就中国史研究而言,如较早的汉学家郝若贝(Robert Hartwell)在他的名作《750—1550年中国人口、政治与社会变迁》中开启了中国近世史中的"地方转向"(local turn)研究面向,其论述绝大部分依靠数字与数据的分析。这反映了在一个时期内,史学研究想成为一种客观的"社会科学",想得到某种假定的确定性,就像自然科学家依靠数学获得的确定性。对郝若贝而言,文本就像是数据的资料库。本书收入的包弼德《王安石与〈周礼〉》研究了王安石对《周礼》的注释以及其中体现的王安石思想。故对包弼德来说，文本则是思想的宝库。

同样，康达维与宇文所安的论文也呈现了两种截然不同的研究文学的方法。一方面，康达维的方法更近于中国传统的考证学派，关注解决学者在解读文本时所发现的或小或大的问题。我们可以说，对康达维而言，文本就是有待解决的问题之库。另一方面，对宇文所安而言，文本则是机会的宝库，让学者可以表现他"神游冥想"的能力，并创造了古代作者与现代学者之间的对话。譬如，欧阳修的文本中并没有出现陶渊明，但宇文所安引申出欧阳修自比陶渊明。不过，宇文所安这种联想式的解读——本质上是中国文学内的"比较文学"——也"发明"了这两位不同时代的作家。

本书中的许多文章可以说延续了考证学的传统——不但解决文本上的问题，而且将文本以各种方式汇集在一起，使之产生新的联系和意义——如裴凝、洪越和陈婧的论文都可作如是解。其他的论文采用了多种方法将新的洞见投射到许多著名的中国古典诗歌上，田晓菲、胡秋蕾、陈威的论文也可归入此类。这些论文都对中国传统诗学解释持积极的态度，并将其视为现代研究的一个巨大的、未经开发的学术资源。这种态度有别于第二次世界大战后，20世纪50—60年代美国研究中国古典诗歌原有的汉学传统，彼时"新批评"占据了文本解读的统治地位，它将文本视为一个自足的系统，而将文本与任何辅助性的传记或文献注释隔离开来。这时研究中国古诗的美国学者——如斯坦福大学的刘若愚、耶鲁大学的傅汉思（Hans Frankel），还有哈佛大学的海陶玮（James Hightower）——都或多或少受到这种风习的影响，因而拒绝和否定了大部分中国固有的注释，视其为无关紧要之物。但这种过去时代的关注点已经不再束缚更年轻一辈的美国华人学者，他们在中国已习成固有感觉，即诗歌文本与注释应是一体的，而且将两者整合在一起研究将生发出协同的可能性，这是单纯的原始诗歌文本无法产生的。本书中所收的他们的大作展现了传统注释巨大的潜力，其可以丰富我们对原始文本的理解。因此，他们扩展并深化了美国学术界对中国诗歌传统中占核心地位的经典名篇的认知。

本集收录了多篇关于宋代的论文。这毫无疑问反映了卞东波教授自己的研究方向，但这些论文也表现了这本论文集所特有的关注以及多元感和比例感。这些论文涉及宋代文化的诸多方面，从思想史到文学史，再到经典阐释和政治史。从许多方面来说,魏希德(Hilde De Weerdt)教授的文章不仅仅可以当作文献综述来阅读,而且也可作为郝若贝有关"地方转向"的原创性论文丰富性的明证。我们西方的宋代研究者以及研究其他时代的学者能汇拢于一集之中,这要感谢卞东波教授及其他中国学者对我们论著的移译。我们也相信,他们的努力必将丰富和加强太平洋两岸的中国文化研究。

蔡涵墨(Charles Hartman)
于纽约州立奥巴尼大学
2018年6月2日
(卞东波　译)

中国文学作者原论

孙康宜[①]

一、儒家经籍的作者问题

现代汉语之"作者"(author)一词源自古汉语"作"字,含义为写作、实施、参与等,皆涉权力(power)、权威(authority)之观念。若将有关"作"之语义学诸端绪集合起来看,莫不在支撑一个行世已久的观点:中文著作之有作者,自孔子始。孟子(前372—前289)最先指出《春秋》的作者是孔子:"世衰道微,邪说暴行有作。臣弑其君者有之,子弑其父者有之。孔子惧,作《春秋》。"(《孟子·滕文公》)汉代史家司马迁(前145?—前86?)承之,称"孔子厄陈蔡,作《春秋》"(《太史公自序》)[②]。不仅如此,司马迁还首先提出孔子编定《诗经》,谓其从三千余篇作品中删定为三百零五篇[③];又称孔子作《易》传[④]。其后两千多年来,中国人一直沿承司马迁之说,皆深信孔子编订《六经》之说。但自20世纪初,一些学者开始质疑孔子的经书作者身份及在经籍编订中之角色[⑤]。

然而考古学家及古文字学家依然继续考证经籍的传承,近年来多聚焦于20

[①] 孙康宜,普林斯顿大学博士,现为耶鲁大学东亚系 Malcolm G. Chace' 56 讲座教授,美国艺术与科学研究院院士、台湾"中研院"院士。本文原题为"On Chinese Literary Authorship"。中译文原载香港中文大学中文系主办《中国文学学报》第7期,2016年12月。
[②] 司马迁《史记》卷一百三十,北京:中华书局,1959年,第3300页。
[③] 司马迁《史记》卷四十七,第1936页。
[④] 同上,第1937页。
[⑤] 李惠仪(Wai-yee Li)《中国上古史学的可读性》(*The Readability of the Past in Early Chinese Historiography*),麻省剑桥:哈佛大学亚洲中心,2007年,第31页;夏含夷(Edward L. Shaughnessy)《孔子之前:中国经典诞生的研究》(*Before Confucius: Studies in the Creation of the Chinese Classics*),奥巴尼:纽约州立大学出版社,1997年,第1—2页。

世纪 90 年代初期中国出土之简帛书;西方汉学家则尤关注《孔子诗论》(大约写于公元前 375 年)①、《缁衣》(据信是孔子之孙子思所作②)之类新发现的文献。与此同时,一些年轻学者,如胡明晓(Michael Hunter)亦在质疑《论语》成书之旧说,认为《论语》之成书不早于西汉初期(前 150—前 130),乃是其时代政治、思想及文献条件之产物③。以上之研究皆表明,学界之新兴趣波澜已成,直指古代儒家典籍的作者问题。

现代学者尽管观点各异,然大都认为,西汉以前,作品之流传多是口头的④。然而,正如现代批评家苏源熙(Haun Saussy)所言,口头之传统自有其存在的道理,乃另一形式的刻之金石,非如书写之传统,形于文字,载之竹帛,已成陈迹⑤。总体说来,大多数西方汉学家以为,早期中国著作之传,积思聚智,往往非止一代,故其作者概念变动不居,难以确陈。一些现代学者,如史克礼(Christian Schwermann)和拉吉•斯坦奈克(Raji C. Steineck)称此类作者为"复合作者"(composite authorship),谓其著作之成,乃出众手,各有其用,譬犹织锦,分工协作,共成锦绣⑥。无独有偶,毕善德(Alexander Beecroft)称《诗经》之作者为"表演作者"(authorship in performance),因在古代,诗之本质意义非以写而显之,实以演而出之⑦。

尽管如此,中国古代典籍之经典化仍肇始于孔子之权威,圣人之地位。例

---

① 毕善德(Alexander Beecroft)《上古希腊与中国的作者与文化认同》(*Authorship and Cultural Identity in Early Greece and China: Patterns of Literary Circulation*),剑桥:剑桥大学出版社,2010 年,第 177—178 页。
② 夏含夷《重写中国古代文献》(*Rewriting Early Chinese Texts*),奥巴尼:纽约州立大学出版社,2006 年,第 63—64 页。
③ 胡明晓《〈论语〉之外的孔子》(*Confucius Beyond the Analects*),莱顿:博睿学术出版社,2017 年。
④ 史嘉柏(David Schaberg)《〈左传〉与〈国语〉的口语性与文源》(*Orality and the Origins of Zuozhuan and Guoyu*),载其所著《过去的模式:中国古代史学的模式和思想》(*A Patterned Past: Form and Thought in Early Chinese Historiography*),麻省剑桥:哈佛大学亚洲中心,2007 年,第 315—324 页;亦参见李惠仪《中国上古史学的可读性》,第 49 页。
⑤ 苏源熙《民族志的节奏:口语性及其技巧》(*The Ethnography of Rhythm: Orality and Its Technologies*),纽约:福特汉姆大学出版社,2016 年。引自此书封底的概要。
⑥ 拉吉•斯坦奈克(Raji C. Steineck)、史克礼(Christian Schwermann)编《称为作者的奇妙组合:上古至十七世纪东亚文学中的作者》(*That Wonderful Composite Called Author: Authorship in East Asian Literatures from the Beginnings to the Seventeenth Century*)"导论",莱顿:博睿学术出版社,2014 年,第 20—22 页。
⑦ 毕善德《上古希腊与中国的作者与文化认同》,第 3 页。

如,尽管一些现代学者,包括《诗经》的英译者理雅各(James Legge),质疑孔子编订《诗经》之贡献①,然《诗经》选本在文化上的合法性,长期以来端赖孔子之解释传统得以确保。柯马丁(Martin Kern)说:"孔子编诗,无论是否确有其事,然孔子解诗——载于公元前三百年之楚简(指最近的古文字发现,上博简《孔子诗论》),对于《诗经》选本之进入早期帝国,具有决定性之作用。设若无此,则《诗三百篇》,恐如前帝国时代之所有其他诗歌,早已湮没无闻。"②此论可谓精当。

二、史传与诗歌的作者问题

在古代中国,汲汲于作者观念者,司马迁可谓第一人。他相信,书写的力量对于个体作者来说,具有终极救赎之作用。在《太史公自序》及《报任安书》中,司马迁论证个体作者如何通过写作,既见其个人之患难,亦证其文章之成功。他说:

> 昔西伯拘羑里,演《周易》;孔子厄陈蔡,作《春秋》;屈原放逐,著《离骚》;左丘失明,厥有《国语》;孙子膑脚,而论《兵法》。③

重要的是,司马迁以为享有著作权的作者皆生于忧患,此一观念实源自他个人的亲身体验。公元前98年,司马迁由于为其友人李陵将军辩护而触怒武帝,下蚕室,受宫刑,此种屈辱足使司马迁舍弃生命,然其最终含垢忍辱以生者,全为完成其《史记》之写作。

中国最早之诗人乃屈原(前340?—前278),而司马迁则是为其作传之第一人,此事殆非巧合。尽管贾谊(前200—前168)最早在其作品中提及屈原(《吊屈原赋》),刘安(前179—前122)最早为屈原《离骚》作传,但正是司马迁,才确立了屈原作为中国第一个诗人之地位。司马迁在屈原与贾谊二人合传中,叙述屈原

---

① 理雅各(James Legge)译《诗经》(The She King),《中国经典》(The Chinese Classics)第5卷,牛津:克拉伦登,1871年,第4页。
② 柯马丁《早期中国文学:开端至西汉》,宇文所安主编《剑桥中国文学史》(The Cambridge History of Chinese Literature)上卷,剑桥:剑桥大学出版社,2010年,第39页。
③ 司马迁《史记》卷一百三十,第3300页。

之故事,充满同情;他申明,正是悲剧式的环境使得屈原惨遭放逐,乃至沉江自杀①。依司马迁之说,屈原被谗,遭楚王疏远解职,继之放逐,于是"疾王听之不聪也,谗谄之蔽明也,邪曲之害公也,方正之不容也,故忧愁幽思而作《离骚》"。司马迁又称,屈原自沉汨罗江之前,写下了绝笔之作《怀沙》。在整个中国历史中,屈原《离骚》都一直被视为放逐文学及殉道话语之典范。中国的最早诗人成为永远的文化英雄;即便是在当代,中国人也视屈原为"人民诗人"②。几乎所有中国读者都认为自传体诗歌《离骚》是屈原本人的作品,不过也有一些现代学者认为,司马迁列为屈原作品的《招魂》、《哀郢》、《怀沙》实非屈原所作,乃为后人模仿③。直至最近,一些学者,尤其是西方汉学家,还在质疑屈原作为《离骚》作者的真实性,也在质疑"传记式阅读其文本的方式"④。但是,对于这些被质疑的作品,绝大多数中国读者宁信其真出屈原,而不愿质疑乎旧说。此种态度诚可理解。因为屈原在中国,乃是第一位有姓名可称的诗人,为后来诗人确立了可供仿效的文化典范。不唯如此,当今读者也愈来愈接受作者概念的变动性。对他们来说,"作者"并不必然意味着仅是一个人,同样可以被视为"假定的身份"(posited identity)。作者寒山之名(约7—9世纪)乃是若干匿名作者的合称,正是如此⑤。

司马迁阅读屈原作品的方式,为后来中国读者和批评家创造了阅读范式:诗歌作品应被作为自传解读。刘勰(465?—520)在《文心雕龙》中解释了这种阅读方式的原理,他说:"夫缀文者情动而辞发,观文者披文以入情……世远莫见其面,觇文辄见其心。"⑥而早在刘勰之前数百年,孟子就说过"以意逆志"(《孟子·

---

① 司马迁《史记》卷八十四,第 2503 页。
② 戴维·霍克斯译《楚辞》(*The Songs of the South: An Ancient Chinese Anthology of Poems by Qu Yuan and Other Poets*),哈默兹沃斯:企鹅书店,1985 年,第 64 页。
③ 戴维·霍克斯译《楚辞》,第 36—51 页。
④ 柯马丁《早期中国文学:开端至西汉》,宇文所安主编《剑桥中国文学史》上卷,第 79 页。并参见宇文所安《诗与作者》(Poetry and Authorship),蔡宗齐《如何在语境中阅读中国诗歌:从上古至唐代的诗歌文化》(*How to Read Chinese Poetry in Context: Poetic Culture from Antiquity through the Tang*),纽约:哥伦比亚大学出版社,2017 年,第 30—47 页。
⑤ 金吉伟(Paul Rouzer)《寒山诗的佛教解读》(*A Buddhist Reading of the Hanshan Poems*),西雅图:华盛顿大学出版社,2016 年,第 10 页。
⑥ 宇文所安《中国文学思想读本》(*Readings in Chinese Literary Thought*),麻省剑桥:哈佛大学东亚研究委员会,1992 年,第 290 页。《文心雕龙》的全文翻译,参见施友忠译注《文心雕龙》(*The Literary Mind and the Carving of Dragons: A Study of Thought and Pattern in Chinese Literature*),香港:香港中文大学出版社,1983 年。

万章上》)。此种读者反应理论与中国的诗歌写作观念"诗言志"密切相关。"诗言志"之观念代代相续,因而作者总可寄期望为未来读者所理解,无论是地隔万里之遥,还是时距千年之久。故古代诗人屈原尽管不为其同时人所赏,然而刘勰作为一个知音的读者,却能够"见"屈原之"异"①。

中国作者常常推崇前代之典范,尤其是通过用典,事关前贤,汲取精华。其所以如此者,前引刘勰之论述乃是最好的解释。作者相信,当其为后来读者所知,其作品被未来读者用以界定自己的作品时,其便可获文学上之不朽。与此同时,中国诗人也培养出一种作诗习惯,相互分享其"诗言志",借以建立友情,确立文学身份认同②。

前现代的中国作者常常会采用各种角色扮演的模式写作。屈原运用譬喻的形式以女性口吻抒发其政治牢骚,千百年来已成为文士竞相仿效的极为重要之传统。正如李惠仪所指出:"当《离骚》中的诗人'我'称'众女嫉余之蛾眉兮,谣诼谓余以善淫'之时,大多数读者就已然解码为屈原意在表达一种哀叹:嫉妒的政敌阻碍其接近君主。"③自此以降,中国男性诗人莫不学习屈原,用弃妇之语以抒己情。陈思王曹植(192—232)在其《弃妇篇》《七哀诗》等诗作中描写弃妇之悲状,读者即可以视为政治隐喻,意在表现作者受到其兄曹丕(魏文帝)排斥、"被逐出宫"之悲哀④。其后无数男性作者同样用运命不济之美人隐喻其政治之失意。

在充满惨痛的明清易代之际,一些男性诗人甚至借用女性之名,伪作女性作者身份以叙写女性之苦难。其显例之一,便是吴兆骞(1631—1684)。他曾以女性身份写作组诗,分署不同女性之名,以诗之形式见证受难的女性,其中多人在易代之际的战乱中被掳。他将这些诗作张贴于苏州及河北涿州等地附近的城墙上,其中一张包括上百首绝句⑤。无论男女读者,都相信这些诗作出自女作者之

---

① 宇文所安《中国文学思想读本》,第 291 页。《文心雕龙·知音》:"见异唯知音耳。"
② 田安(Anna M. Shields)《知我者:中唐时期的友谊与文学文化》(*One Who Knows Me: Friendship and Literary Culture in Mid-Tang China*),麻省剑桥:哈佛大学亚洲中心,2015 年。
③ 李惠仪《明清之际文学中的女性与国族创伤》(*Women and National Trauma in Late Imperial Chinese Literature*),麻省剑桥:哈佛大学亚洲中心,2014 年,第 13 页。
④ 劳伦斯·利普金(Lawrence Lipking)《弃妇与诗歌传统》(*Abandoned Women and Poetic Tradition*),芝加哥:芝加哥大学出版社,1988 年,第 133 页。
⑤ 李惠仪《明清之际文学中的女性与国族创伤》,第 14—24 页。

手,反响强烈①。吴氏的题壁诗借用女性的声音,包括假借女性之名,固可视为易代之际边缘化士子试图掩饰其沮丧之心情,然更可看作跨越性别的绝佳范例。总体而言,传统中国的男性作者,尤其在帝国后期,并不视女性为"他者"(other),他们乃是借用女性声音创造出一种超越性别界限的理想女性形象。

在前现代的中国,作者的角色扮演并不限于借用女性声音。一些诗人甚至设身为前代著名人物,尤其是那些曾为后人留下若干作品的"名人"。《汉书》所载描写李陵、苏武离别的诗作最为人熟知。题为李陵所作的《与苏武三首》过去一直认为是李陵告别苏武时所写,但绝大多数现代学者都认为,此三诗乃后人冒题,很可能出自东汉作者之手。

三、女性诗人与作者

论作者问题,若不论及女性作者,便不完备。女性作家(尤其是女诗人)自古以来就是中国文学史之十分重要的组成部分。千百年来,人们持续不断地阅读、引用及品评女作家之作品②。古代中国产生如此众多之女性诗人,是任何其他文明都难与之匹敌的。单是在明清两代,女作家别集与总集(包括古代及当代女性作家作品)的增长就令人震惊,竟有3000种以上。所可惜者,其中三分之一已经散佚不存。在传统中国,很多知识女性与男性共享同一世界;她们不是男人世界之附庸点缀,而是翔集文苑,成为文学传统的有力参与者,乃至定义了更大范围的文化、社会脉络。若干类型的卓越女性作家——即所谓"才女"——成为后来女性甚至男性的典范。东汉的传奇人物班昭乃以史家、教育家及宫廷诗人著称。她被召入宫之后,依然续写《汉书》,以完成其兄班固(卒于公元92年)未竟之业。在宫中,她教授男性学生以及邓皇后。其作品如《东征赋》、《女诫》,成为教育子女的"家训文学"的典范,作为官方认可的工具,推进了道德教育③。李清

---

① 李惠仪《明清之际文学中的女性与国族创伤》,第17—24页。
② 苏源熙《导论:女性诗人的谱系与名称》(Introduction: Genealogy and Titles of the Female Poet),孙康宜、苏源熙编《中国古代女诗人作品选》(*Women Writers of Traditional China: An Anthology of Poetry and Criticism*),斯坦福:斯坦福大学出版社,1999年,第1—14页。
③ 伊维德(Wilt Idema)、管佩达(Beata Grant)编《彤管:中华帝国的女性书写》(*The Red Brush: Writing Women of Imperial China*),麻省剑桥:哈佛大学亚洲中心,2004年,第26页。

照(1084—1155?)乃以最杰出的女词人见称,在《词论》一文中,她更充满自信地评论了北宋时代主要的男性作家,而暗示自己之词作何以得词之体,远过男性作家之作品①。王端淑(1621—1685?)在其所选编的著名女诗人集《名媛诗纬》(1667)之序中称:"(诗纬)可羽翼三百以成经,可组织六经而为纬。"正如班昭与李清照,王端淑及其选集中之入选作家皆是因文不朽的女性典范。

这些女性与其时男性一样接受古典教育,其诗中往往引用故实,以与前代文学典范建立关联。班昭之祖姑母班婕妤(前48?—2?)因失宠于成帝,而作《自悼赋》,其开首之意象便立刻引人联想到屈原《离骚》开头的诗行。屈原开头先述祖德:"帝高阳之苗裔兮";班婕妤则云:"承祖考之遗德兮,何性命之淑灵。"但屈原的音调是反抗,而班婕妤的音调则是节制、认同和坚守。她的诗作叙述道德之力量,追忆自我修进之阶段历程。作者的权力允许她叙述本人以道德之态度对待被弃之境遇,而这最终将她经典化了。在传统中国,儒家之妇女教育的标准教本乃《列女传》,而班婕妤之被加载其中,此其故也。有德性之美,又能忍辱负屈,班婕妤的弃妇故事赢得了后世读者的广泛同情,竟至有一位读者(大约生活在班婕妤后一个世纪)冒用班婕妤之名,写了一首《怨歌行》。在此诗中,弃妇自比于皎洁如雪的纨扇,当夏热已过,秋凉既至,便被弃之不顾。尽管此诗应归入"无名氏"之列,却一直被列为班婕妤的作品。作者之真确与假托之功能,两者之间具有一种紧张关系。宇文所安说:"读者虽然确信此诗非班氏所作,但依然期待在历代诗集目录中,其时有其名,其名下有此诗。"②此言正道出了以上所说的微妙关系。换言之,按照时序,以人编诗,此种方法力量强大,既是存诗之机制,亦为经典化之途径。

中国文学文化之另一突出现象是男性文士普遍支持女性诗人。尤其在明清时期,随着男性作者日益不满于政治制度,便逐渐从政治世界抽身,无心仕宦。这些"边缘化"的男性往往以经典化女性作家为己责,刊行女作家的著作,数量空前。众多女性作家的著作集由男性文人编辑或出资印行,他们甚至付出毕生精

---

① 艾朗诺(Ronald Egan)《才女之累:李清照及其接受史》(*The Burden of Female Talent: The Poet Li Qingzhao and Her History in China*),麻省剑桥:哈佛大学亚洲中心,2013年,第75—90页。

② 宇文所安《中国早期古典诗歌的生成》(*The Making of Early Chinese Classical Poetry*),麻省剑桥:哈佛大学亚洲中心,2006年,第2页。

力以支持女性创作。当然,女性出版热潮也是明清女性自身造成的。"她们渴望保存自己的文学作品,热情空前。通过刊刻、传抄、社会网络,她们参与构筑了女性文苑。"①不过,男性文人们热衷于阅读、编辑、搜集、品评女性作品,确实有助于创造"女性研究"之第一幕,若缺少这些,"中国作者"概念的基础会薄弱很多。男性文士经典化女性作品的策略之一是将女性著作集与《诗经》相比;他们亦同样视屈原《离骚》为女性作品之典范。蘧觉生甚至命名其所编女性诗集为《女骚》(1618)。

明代妇女作品出版之兴盛亦有其他因素:印刷的传播,女性及商人阶层文学圈的出现,商业出版的需求等。高彦颐(Dorothy Ko)在其《闺塾师:明末清初的才女文化》一书论道,在明代后半期即16世纪中期,"书籍的供需骤升",出现了空前的商业出版热潮,以及新的阅读公众②。在此背景下,商业出版借由大量印行女性作品而使女性作家得以流行,从而将女性作品之阅读提升到空前的水平。

但是,女性著作集的选编标准也失之松弛,遂致后来学者质疑明人所编某些作品的真实性。由于商业出版的竞争,很多书商或感到有必要在编辑作品中加添新的材料。即便是宋代著名词人李清照,生活在明代中期以前四百年,一旦明代学人无法确定其某些词作的真伪,其作品也经历了戏剧化的文本重建过程。原有版本的李清照作品集到明俱已亡佚,确认出自李氏的作品仅23首。然自明代始,书坊一直增补李氏作品。其故正如现代学者艾朗诺(Ronald Egan)所指出者,"若作品集中有李清照的'新'作,则必然引人注目,亦会吸引潜在的买者"③。职此之故,"在现存南宋词文献中,李清照名下的作品共36首,到清末,则达到75首,膨胀了两倍以上"④。直至今日,李清照一些作品的真实性依然受到质疑。

当整个书籍出版业沉溺于"女性著作"这种新题材,归入当代女性名下的诗作也时时出现。例如,钟惺(1574—1624)《名媛诗归》收有一些冒题诗作⑤。钟氏以标举女性之"清"著称,在该书中,钟惺特别强调读者要注目于女性诗作之独特力量——"清"。在他看来,女子天赋此性,而当代男诗人追求工巧,欲名满天

---

① 苏源熙《导论:女性诗人的谱系与名称》,孙康宜、苏源熙编《中国古代女诗人作品选》,第8页。
② 高彦颐(Dorothy Ko)《闺塾师:明末清初江南的才女文化》(*Teachers of the Inner Chambers: Women and Culture in Seventeenth Century China*),斯坦福:斯坦福大学出版社,1994年,第34—41页。
③ 艾朗诺《才女之累:李清照及其接受史》,第99页。
④ 同上,第92页。
⑤ 孙康宜《明代前中期文学》,孙康宜主编《剑桥中国文学史》下卷,第49页。

下,已失去此一诗性感觉。其后,另一明代作家邹漪(《红蕉集》编者)竟称:"乾坤清淑之气不钟男子,而钟妇人。"①这些有关女性的评论,尤其是出自像钟惺之类著名诗人学者之口,当会激励书坊搜求刊印更多女性诗作,即便诗人的作者身份成疑,也在所不顾。

四、戏剧小说作者的新概念

在明末清初,戏曲与小说之重写与重新包装成为常态,因而相较于诗歌的作者问题,戏曲、小说的作者问题更加变动不居,幅度亦更大。夏颂(Patricia Sieber)在其《欲望之剧场:中国早期杂剧中的作者、读者与再生产,1300－2000年》一书中讨论了明初以来学者与编者如何重写戏曲文本,造就了其所谓"再生产作者"(reproductive authorship)②。此类作者并不强调"原创性"(originality),不像当今作者那样因为版权及知识产权之故而珍视原创。例如明代作家李开先(1502－1568)几乎毕生都在改写前代的"北曲",并刊行所改写之十六种——《改定元贤传奇》③。明代读者都认为李氏是这些改编作品的部分作者。至于李开先本人,则自以为"改写"元曲乃其一生最重要的贡献之一,并以自己被视为当代最伟大的戏曲文本专家而自豪。其所挂怀者,并非"原创性",而是其在文本传承上之贡献。

金圣叹(1608－1661)乃是小说领域之例。金氏改写了《水浒传》,将原来的一百二十回本改编成七十回本,并在明末刊行他评点的"新"《水浒传》,若干评点文字甚至长过"原来的"(original)文本。同样是金圣叹,第一次将原本小说《水浒传》的作者变为单一作者施耐庵(生卒年未详)。此前,这部小说同样标题复数作者,包括罗贯中(生活在 1330－1400 年间)。依现代学者吕立亭(Tina Lu)之

---

① 孙康宜《性别与经典性:男性文人眼中的明清女诗人》(Gender and Canonicity: Ming-Qing Women Poets in the Eyes of the Male Literati),《向氏中国诗歌演讲录》(Hsiang Lectures on Chinese Poetry)第1卷,蒙特利尔:麦吉尔大东亚研究中心,2001年,第5页。
② 夏颂(Patricia Sieber)《欲望之剧场:中国早期杂剧中的作者、读者与再生产,1300－2000年》(Theaters of Desire: Authors, Readers, and the Reproduction of Early Chinese Song-Drama, 1300－2000),伦敦:帕尔格雷夫·麦克米伦出版社,2003年,第84页。
③ 孙康宜《明代前中期文学》,孙康宜主编《剑桥中国文学史》下卷,第57页。

说,"金圣叹的评点在各种意义上都是创造性写作活动"①。金氏不仅在评点中直书己名,而且将其增补内容视为原来本文的"复归",如此一来,他的评点就成为"有意的写作"②。近来,安如峦(Roland Altenburger)呼吁关注金圣叹改写与评点的商业性之面向:"(金氏)将《水浒传》作者单一化,乃是一种将其据为己有以赢得学术声名的策略,或许更重要的是获得商业上的成功。"③鉴于金氏乃苏州人,苏州乃书籍出版的主要中心之一,此说金氏有"商业的"企图,是有说服力的。

五、《红楼梦》的作者问题

如果说金圣叹以公开的商业的方式印行《水浒传》,与之形成鲜明对比的是,18世纪小说《红楼梦》(又名《石头记》)的作者却偏爱以私密的、非牟利的方式,在亲友之间传抄其作品。直到作者去世三十年后(假定后来建构的作者曹雪芹没错),此书被出版商与编者刊印,这部小说才得以广泛流传,并被认定为中国最伟大的小说④。

《红楼梦》第一回楔子暗示,此小说在某种程度上乃是个人化的自传式作品,意在记录年轻时认识的几个"异样女子"之行止:

> 今风尘碌碌,一事无成,忽念及当日所有之女子。一一细考较去,觉其行止见识,皆出我之上。我堂堂须眉诚不若彼裙钗,我实愧则有余,悔又无益,大无可如何之日也。……知我之负罪固多,然闺阁中历历有人,万不可因我之不肖,自护己短,一并使其泯灭也。

这部小说的作者是谁?是谁用这种自白式的口吻?尽管作者在第一回中提

---

① 吕立亭《晚明文学文化》,孙康宜主编《剑桥中国文学史》下卷,第113页。
② 同上,第114页。
③ 安如峦《改写的天才:金批〈水浒传〉中金圣叹对文本权威与作者的建构》[Appropriating Genius: Jin Shengtan's Construction of Textual Authority and Authorship in His Commented Edition of *Shuihu Zhuan* (The Water Margin Saga)],拉吉·斯坦奈克、史克礼编《称为作者的奇妙组合:上古至十七世纪东亚文学中的作者》,第78页。
④ 曾昭程(Cheow Thia Chan)《大众传播中的读者、能动性与作为文学场域的小说》(Readership, Agency in Mass Distribution and Fiction as a Literary Field: The Case of the Story of the Stone),未刊稿,第9—21、48页。

到了曹雪芹,其在悼红轩中批阅十载,但人们并不能确定曹雪芹是否就是作者的真名,因为依其语气,曹雪芹只是转述了故事。那么,作者的真正身份如何?

1791年,高鹗、程伟元首次刊印了一百二十回本(即程甲本),程伟元序称"究未知出自何人",而读者则疯狂探究作者之身份①。直到一百三十六年后的1927年,随着一个重要的脂砚斋本的发现,前八十回的作者问题才算大体解决。此本明载脂砚斋的批语:"壬午除夕(1763年2月12日),书未成,芹为泪尽而逝。"脂砚斋之名亦出现在小说第一回,其人与作者关系密切。在前八十回本中,脂砚斋与另一评点者畸笏叟,时而忆及作者生平,甚至要求作者改动情节以宽恕某一亲戚。评点者与读者可视为"共同作者"(co-authors),这部小说恰是其例。事实上,在小说的开头部分,就以作者的身份暗示了这种观念,作者叙述了读者包括他本人如何连续改变小说的书名,从《情僧录》到《风月宝鉴》,再到《金陵十二钗》。最后,"当脂砚斋重抄此书,补入第二部批点",又改回其原名《石头记》。这些说法虽然出现在虚构的内容中,却明确显示出,有一个亲密的读者群(或者说共同作者)一起推敲小说的题目与内容。

直到今天,小说后四十回的作者依然成谜。迄今为止,已发现的所有脂评本都只有八十回。最令学者头痛的是,一百二十回本在曹雪芹死后近三十年才刊行,高鹗自称做过编辑,若是按照脂评中有关原书结局的说法,后四十回的情节严重偏离了原书的构想。那么,高鹗的后四十回究竟是伪作,还是按照高鹗一百二十回本序所说,他只是在友人程伟元所得残稿基础上加工?事实上,后四十回最可能就是曹雪芹的原稿。最近白先勇在其《白先勇细说红楼梦》一书中就说道:"我完全是以小说创作、小说艺术的观点来评论后四十回。首先我一直认为后四十回不可能是另一位作者的续作……《红楼梦》人物情节发展千头万绪,后四十回如果换一个作者,怎么可能把这无数根长长短短的线索一一理清接榫,前后成为一体……后四十回本来就是曹雪芹的原稿,只是经过高鹗与程伟元整理过罢了。"②因无明确的证据,我们或许永远无法解开这一作者之谜。或许这些问题也是作者的虚构设计之一部分。在整部小说当中,作者非常清楚地运用

---

① 苏源熙《作者与〈红楼梦〉:开放的问题》(Authorship and The Story of the Stone: Open Question),宋安德(Andrew Schonebaum)、吕立亭编《〈红楼梦〉教学方法》[Approaches to Teaching The Story of The Stone (Dream of the Red Chamber)],纽约:现代语言学会,2012年,第143页。
② 白先勇《白先勇细说红楼梦》,桂林:广西师范大学出版社,2017年,第16—17页。

"小说"的设计,将记忆的事实与虚构的框架融合起来。他说:"假作真时真亦假,无为有处有还无。"他已经引导我们进入到一个亦真亦幻的境界了。

六、西方汉学家对于作者问题的检讨

或许受到"真"与"幻"这对概念的启发,西方汉学家十分关注并究心于中文著作的作者问题,并运用历史主义的方法加以检讨。罗溥洛(Paul Ropp)即其一例。其兴趣在史震林(1693—1779)之《西青散记》。此书追忆农家才女诗人双卿,罗溥洛乃探寻双卿故事之演变,从史氏之书初版的1737年直至今日。在研究过程中,他逐渐对双卿其人的真实产生了怀疑,因为史震林在《西青散记》中有关才女诗人的回忆,其人与史氏的互动,以及与史氏友人之间的关系,不太令人信服。甚至对史震林所引双卿之诗究竟是否真出自本人,亦有疑问。

罗溥洛并非质疑双卿身份之第一人,早在20世纪20年代,胡适就称双卿其人或是史震林伪造①。20世纪90年代前期,另一中国学者康正果深入研究了有关双卿形象之曲折的文本演变。但在现代的中国文学史中,双卿依然是一文化偶像,被称为中国唯一的伟大农民女诗人,亦是18世纪最伟大的女诗人,广受赞誉。与此同时,双卿也频繁出现在各种女诗人选集当中,就连美国诗人王红公(Kenneth Rexroth)与钟玲所编的现代英语诗集也收录了其诗作②。

罗溥洛感到双卿问题依然未有定论,遂于1997年,同两个中国学者杜芳琴、张宏生一道,对双卿所应生活的地区——江苏金坛、丹阳乡村,展开了历时三月的探寻之旅。其主要目的在于探求双卿究竟是一个真实的历史人物,还是史震林虚构的人物。为达成目标,罗溥洛甚至依据史震林的描述绘出了书中所涉及的金坛各地的地图。在探访金坛、丹阳两地期间,他与两位中国学者走访了多位当地人士,搜集有关双卿的口头传说。罗溥洛的著作《女谪仙:探寻中国农民诗人贺双卿》(2001)大都依据其探访之旅的所见所得。最终,对于是否实有双卿其人,罗溥洛更加怀疑。在罗溥洛看来,其足迹所至,无一处地方;其搜求所得,无

---

① 罗溥洛(Paul Ropp)《女谪仙:探寻中国农民诗人贺双卿》(*Banished Immortal: Searching for Shuangqing, China's Peasant Poet*),安娜堡:密歇根大学出版社,2001年,第252—256页。
② 王红公、钟铃《中国的女诗人》(*Women Poets of China*),纽约:新方向出版社,1972年,第66—67、124—125页。

一个传说,能够证明双卿其人乃是一个真实存在的历史人物。

相反,中国学者杜芳琴却得出了完全不同的结论。杜氏是中国有名的双卿研究专家,编有《贺双卿诗集》(1993)。与罗溥洛不同,杜芳琴在探访之旅后,愈发强烈地感到双卿乃是真实的历史人物。按照她的说法,即便农民女诗人的名字不是双卿,其作为才女诗人的形象一定基于某一真实的人物,因为教育发达的金坛地区产生了众多的当代女诗人①。杜氏并不怀疑那些归入双卿名下的诗作之真实性。她根据史震林回忆的写作风格判定,史氏没有能力写出双卿那些高水平的作品。杜氏受此次金坛、丹阳之旅的启发,写出《痛菊奈何霜:双卿传》。此书颇受欢迎,1999 年在中国互联网上连载(2001 年出版)。

双卿作者身份重建的故事让我们联想到中国文学中众多相似的例子。中国人认为朱淑真(1135？—1180？)是宋代两位最伟大的女诗人之一(另一位是李清照)。其诗作一直在中国读者中流行。但近年,西方汉学家艾朗诺与伊维德(Wilt Idema)做了许多"考古"的工作,因而质疑朱淑真的历史真实性,指出"朱淑真名下的诗作,若非全部,至少大部分都可能为男性所写"②。西方汉学家有关作者问题的洞见与质疑,其勤勉研究之成果受到当今很多中国学者的欣赏。但是,质疑中国文学传统中占有重要位置的作者之存在,大多数中国读者难以接受。对他们来说,关键的是与"作者"相关的声音、人格、角色及能量。即便是作者问题充满悬疑,但有个作者依然是重要的,因为作者的名字乃是促使某种"组织"之动力。福柯(Foucault)的"作者"具有"分类的功能"(classificatory function),允许人们"类聚一定数量的文本,界定它们,将它们与其他文本区别开来,加以对照"③。此一观念恰好可以完美诠释中国传统的"作者"观。

(张健 译)

---

① 罗溥洛《女谪仙:探寻中国农民诗人贺双卿》,第 255 页。
② 艾朗诺《才女之累:李清照及其接受史》,第 35 页。
③ 米歇尔·福柯(Michel Foucault)《作者是什么》(What is an Author),约索·哈拉利(Josue V. Harari)编《文本策略:后结构主义批评视野》(Textual Strategies: Perspectives in Post-structuralist Criticism),伊萨卡:康奈尔大学出版社,1979 年,第 147 页。

介绍耶鲁第一部中文古籍目录

孙康宜

写这篇文章,内心有很多感触。这是因为自从三十五年前到耶鲁大学执教以来,我就一直期盼着这样一部有关耶鲁大学图书馆中文古籍目录的出版。在过去漫长的时光里,每当想起耶鲁大学图书馆是北美最早收藏中文书籍的大学图书馆,却迟迟没见它出版过一部中文古籍目录,总是感到十分遗憾。

现在耶鲁大学图书馆中文部主任孟振华先生终于完成了这样一部卓越的古籍目录(编者按:《美国耶鲁大学图书馆中文古籍目录》已于 2019 年 5 月由中华书局出版),令我感到十分兴奋。该目录共有两大册,一册是收大约 300 幅彩色书影,另一册则是目录文字。该目录共收录约 2600 种、36000 余册。另有一个收录了 320 种的《附录》,收录馆藏 1912 年以前刊印的报纸期刊、碑帖拓本、摄像簿、单张舆图、域外刻本(仅收马六甲与新加坡两地刊印者,无和刻本以及高丽刊本)。另外,寄存在耶鲁图书馆内的美国东方学会(American Oriental Society)图书馆所藏中文古籍亦列入《附录》中。从各方面看来,这真是一部杰出的古籍目录。令人佩服的是,孟先生转到耶鲁大学图书馆工作还不到五年,在如此短短的几年间他居然有如此大的成就,真是了不起。

重要的是,这是一部有别于一般传统的古籍目录。这是因为各书著录款目除了包括书名、卷数、著者时代、著者姓名、刻印年代、行格、册数、馆藏索书号、附注等资料以外,孟先生还特别在附注里说明了书的来源(如有可靠记录可以查考者)——例如有关赠书人、个人收藏、藏书票、书店或是入藏的时间。不用说,这样的写作和编纂方式极其耗时耗力,却十分值得。那就是说,除了向读者提供"书"的明确"身份"(identity)以外,孟先生还特别介绍了不少古籍的来历以及它们如何被收藏到耶鲁图书馆的背后故事,这些都足以让读者产生共鸣、深思的历史感。这些有关"书"的精彩故事,其实也就是耶鲁历史的缩影。1701年,耶鲁大学之所以建立,乃是由于十位虔诚的神职人员无私地捐出了四十本书。而三百多年以来,那个"赠书"的创校故事就不断地被重复,时时提醒耶鲁人有关这段宝贵而悠久的"赠书"历史。

孟振华先生所编纂的这部古籍目录正好涉及许多与耶鲁大学的历史息息相关的"书"的故事。在他那篇题为"美国耶鲁大学图书馆中文古籍收藏史"的章节里(编者按:该文已发表在《中国典籍与文化论丛》第十九辑,南京:凤凰出版社,2018年),孟先生很清楚地标示了几个重要的里程碑——例如:(1)1849年,耶鲁大学图书馆成为北美第一个开始收藏中文书籍的大学图书馆;(2)1850年,耶鲁校友梅西(William Allen Macy)亲自从中国带回一批珍贵的古籍(以道光年间版本为主,例如《增补四书人物聚考》),全赠给了耶鲁图书馆,后来他不幸于1859年去世,死时才34岁,他个人的大批遗产全部捐给了母校耶鲁;(3)1854年,容闳成为第一位获得北美大学学士学位的中国人,他后来又把大批的个人藏书陆续地赠给母校,包括那部著名的《颜家庙碑》,其中的部分碑文直至今日仍出现在耶鲁总图书馆(即斯特林纪念图书馆[Sterling Memorial Library])的正门上楣;(4)1871年,耶鲁图书馆馆长范念恩(Addison Van Name)成为第一位在北美大学开授中文课程的教授,他在任上特别鼓励中、日文的收藏,甚至把自己大量的中文古籍也捐给了耶鲁图书馆(包括乾隆十三年[1748]龙江书屋刻本《新刻官音汇解释义》),其功非浅,直到今日,他的头部石雕像仍被展览在斯特林纪念图书馆大堂的一侧;(5)1877年,卫三畏(Samuel Wells Williams)成为第一位在北美被聘任的汉学教授,但他早在1849年就在广州为耶鲁采购为数90册的中文古籍(其中包括乾隆刊《钦定四库全书简明目录》10册),并将这一大批书籍直接从广州运抵纽约,最后又安排转至耶鲁所在的纽黑文(New Haven);(6)进入20世纪后,耶鲁大学继续得到许多人踊跃捐赠的珍贵藏书。其中有不少赠书来自耶鲁日本学会,例如《文选》六十卷(明成化二十三年[1487]刻本)、《康熙帝告身》(清康熙十二年[1673]印本)、《列女传》十六卷(明万历间刻、清乾隆四十四年[1779]印本)等。此外,几乎耶鲁大学图书馆所有的宋、元藏本都来自日本学会所捐赠的佛经零卷;(7)后来,耶鲁大学历史系的两位教授芮沃寿(Arthur

Frederick Wright)和芮玛丽(Mary Clabaugh Wright)的捐赠是耶鲁图书馆有史以来所收过为数最多的赠书,他们的赠书包括202种、1253册珍贵的中国地方志,其中有32种山西方志居然是美国国会图书馆所没有的,但他们早已于1949年(在来耶鲁之前)将这批山西方志借给了国会图书馆复制成缩微胶卷;(8)20世纪60年代,耶鲁东亚图书馆馆长万惟英对于图书馆制度的建立以及馆藏的发展做出了极大的贡献,可惜他只在耶鲁短暂服务三年(1966—1969)。然而虽仅三年,"在万先生的主持之下,耶鲁中文馆通过采购、捐赠、交换等各种途径,先后自香港、台湾、日本和北美等地大批入藏中文古籍"。

按理说,这样一个历史悠久又颇具特色的中文古籍馆藏应当早就闻名于世。然而,就如孟先生所指出,编目一直是个颇为困扰的问题。耶鲁大学图书馆自1849年入藏中文书籍以来,图书馆员对于如何处理中文书籍编目"一直争论不休,从无定论"。其中尤以20世纪的前半期东亚图书馆馆长朝河贯一与中文馆藏副馆长金守拙(George Alexander Kennedy)在中文书籍编目方面的争论最为严重,以至于"此后近二十年间,耶鲁的中文馆藏经历了一个停滞不前的黑暗时期"。所谓"黑暗时期",其实一直持续到数十年之后。朝河贯一和金守拙都是对耶鲁东亚馆藏特别有贡献的人,但可惜由于两人在编目方面的意见不合,终于导致了如此不良的影响。所以在很长的一段时间,耶鲁东亚图书馆一直无法提出中文古籍馆藏的实际数量。就以1979年度和1987年度的馆藏中文善本编目清单为例,这两份统计所列出的数字,都与实际馆藏善本数量有着很大的悬殊。难怪耶鲁大学许多珍贵的中文古籍一直不为人所知!(我自己也是最近几年才发现耶鲁在古籍方面收藏之丰富。回忆20世纪80年代初,我还一直依赖普林斯顿和哈佛燕京图书馆的古籍来做研究,后来才发现耶鲁图书馆本来就有许多珍贵的古籍,只是尚未整理出来而已。)

可喜的是,近十年来耶鲁的东亚图书馆终于针对馆藏的中文善本开始进行了有系统的整理。例如,2008年左右,当时中文馆藏的主任Sarah Ellman陆续邀请了几位来自复旦大学的古籍专家(如杨光辉等人)来到耶鲁大学协助古籍编目的事项,并首先建立了收有439种善本目录的数据库。后来虽然由于经费不足和其他原因而中断,以至于无法完成所有的古籍编目工作,但至少已经开了一个头。

孟振华先生于2013年初开始接掌耶鲁大学图书馆的中文部。他的到来正好给耶鲁中文馆藏带来了新的希望。首先，能聘请到像孟先生那样中英文俱佳，有扎实的学术根底、有深厚的图书馆工作经验（他曾担任过密歇根大学、西雅图华盛顿大学和莱斯大学图书馆中文与亚洲馆长主任），又年轻有为的专业人才，诚属不易。所以孟先生刚到耶鲁上任，就得到师生们的信任。当时班内基善本及手抄本图书馆（Beinecke Rare Book and Manuscript Library）正在开始执行悬置多年的善本转藏计划，需要把一批为数超过450种的中文善本从耶鲁图书馆斯特林总馆转移到具有完善保护设备的班内基善本及手抄本图书馆里。也就在这段时间，孟先生以其坚强的毅力开始对那历史悠久（有170年历史）的大量的耶鲁中文古籍做了一番彻底的研究，其敬业负重的精神令人感动。

同时，孟先生在百忙中（他不但负责中文部的经费预算，也处理与中文馆藏有关的一切事项），还得研究散置在校园各处分馆的中文古籍。一般说来，研究耶鲁的中文古籍最大的挑战之一，就是那些古籍经常分散在耶鲁校园各处的分馆内——如神学院图书馆、医学院图书馆、法学院图书馆以及美国东方学会寄存的古籍馆藏等。这样的图书馆分散制度其实反映了耶鲁大学与众不同的汉学研究方式。在其他大学里，"汉学"（sinology）研究及教学大多笼统纳入一个"区域研究"（area study）的系里。一般说来，在美国，有关中华文化的课程（无论是中文和中国文学还是中国历史和人类学）全部归东亚系；它有时被称为"东亚语文和文明系"（如哈佛大学），有时被称为"东亚语文和文化系"（如哥伦比亚大学），有时被称为"东亚研究系"（如普林斯顿大学），而这些学校也都有它们独立的"东亚图书馆"大楼。独有耶鲁与众不同，这里不以"区域研究"划分系科，而是按"学科研究"（disciplines）瓜分所谓"汉学"。这就是说，教中国文学的教授（如笔者本人）属于东亚语言文学系，教中国历史的学者（例如史景迁[Jonathan Spence]）属于历史系，教社会学的学者（例如Deborah Davis）属于社会学系，教人类学的教授（例如萧凤霞[Helen Siu]）属于人类学系，而教神学的教授（例如Chloe Starr）则属于神学院。我以为耶鲁这种以"学科"分类的方式乃是为了促进汉学的跨学科研究。在某种程度上，耶鲁大学图书馆藏的"分散"制度似乎也反映了这种以"学科"分类的思考方式。

我认为孟振华先生最大的贡献就在于他"跨学科"的综合能力。他不但照顾耶鲁大学斯特林总图书馆的中文馆藏，也参与神学院图书馆藏的发展，同时还花许多时间研究医学院图书馆、法学院图书馆以及美国东方学会寄存在斯特林总馆的古籍收藏。现在孟先生终于完成了这部有关1912年以前耶鲁大学图书馆中文古籍的目录，实在令人敬佩不已。这部古籍目录记载了书的历史，也记载了时光。这真是一部值得久等的古籍目录。

解读矛盾的话语
——《汉广》诠释传统之考察

胡秋蕾①

《诗经·国风》中的大多数诗篇和《小雅》中的部分诗歌都具有一种共同的章节结构②。这种共有的结构包括如下几个要点:(1)每个章节分为两部分,一部分讲自然,另一部分讲人事;(2)韵脚是连接这两个部分的关键;(3)每一章节的文本模式基本上保持不变,主要的变化都出现在韵脚的位置上。后续的章节重复着相同的文本模式,变换着韵脚。基于这种结构模式,我们或许可以对《诗经》中诗歌的形成过程做出一种推断:即每句的叶韵模式是生成诗歌的最关键的内在机制。在不同章节中变化韵脚,从而变换诗意,这不仅在语音层面上,也在语义层面上建构起一首多章节的诗歌。直至汉代才出现各种以文本形式保存下来的《诗经》的整理本,而在此之前,这种有规律可循的叶韵模式也在很大程度上保证了诗歌在口头流传中相对的稳定性。

了解这些结构上的一般规律之后,我们来看《毛诗》第 9 首《汉广》。初看之

---

① 胡秋蕾,哈佛大学博士,现任教于纽约城市大学(City University of New York)。本文原题为"Reading the Conflicting Voices: An Examination of the Interpretative Traditions about 'Han Guang'",原载《中国文学》(*Chinese Literature: Essays, Articles, Reviews*)第 34 卷,2012 年;中译文载南京大学古典文献研究所主办《古典文献研究》第 19 辑上卷,南京:凤凰出版社,2016 年。

② 本文所讨论的诗歌主要出自《国风》。关于《诗经》其他部分的口语性和表演性,参见柯马丁(Martin Kern)《作为表演文本的〈诗经〉诗歌:〈楚茨〉的个案研究》(*Shi Jing* Songs as Performance Texts: A Case Study of *Chu Ci*[Thorny Caltrop]),《早期中国》(*Early China*)第 25 卷,2000 年,第 51—111 页;苏源熙(Haun Saussy)《〈诗经〉中的复沓、韵律和互换》(Repetition, Rhyme, and Exchange in *The Book of Odes*),《哈佛亚洲学报》(*Harvard Journal of Asiatic Studies*)第 57 卷第 2 期,1997 年,第 519—542 页;宇文所安(Stephen Owen)《〈诗〉中的繁殖与再生》(Reproduction in the *Shijing*),《哈佛亚洲学报》第 61 卷第 2 期,2001 年,第 287—315 页。

下,这首诗似乎严格遵循着上述的结构规则:

> 南有乔木,不可休[χiôg]思。汉有游女①,不可求[g'iôg]思。汉之广[kwâng]矣,不可泳[giwăng]思。江之永[giwăng]矣,不可方[piwang]思。
>
> 翘翘错薪,言刈其楚[ts'io]。之子于归,言秣其马[mǎ]。汉之广[kwâng]矣,不可泳[giwăng]思。江之永[giwăng]矣,不可方[piwang]思。
>
> 翘翘错薪,言刈其蒌[gliu]。之子于归,言秣其驹[kiu]。汉之广[kwâng]矣,不可泳[giwăng]思。江之永[giwăng]矣,不可方[piwang]思。②

这首诗中包含着熟悉的章节结构的复沓以及每章韵脚的变化。第一节描绘了一个"不可求"的女子。在同一章节内,乔木"不可休"之意象与女子的"不可求"相呼应,二者同样给人以危险的诱惑和虚假的希望。男人见到一个信步闲游或嬉戏河流的女子,或许会认为她唾手可得;这正如一个旅人路遇高大茂盛的乔木,自然会期望在其荫翳下休憩。但无论是游女还是乔木,却只是拥有着表里不一的假象,他们都并不如想象中的那样容易接近。正是这种想象与现实的差异使得后代的读者将这首诗与追求神女的文学主题联系起来。"不可求思"之语让读者想到《毛诗·关雎》中"求之不得"③。《关雎》中的君子通过一场合乎礼仪的婚礼而如愿以偿地求得心仪的"淑女"。然而《汉广》中,"不可求思"的哀叹之后

---

① "游女"的"游"字的含义是古今学者争论的一大热点。郑玄(127—200)将其解释为"出游"。朱熹(1130—1200)注释为"游泳",认为女子在河中游泳是当地的习俗("江汉之俗,其女好游")。高本汉在他的翻译中采用了郑玄的注解。实际上这两种解读都意指精神自由、无拘无束的女性形象。孔颖达引用了《礼记》中的一句话:"女子居内,深宫固门。"无论她们是在游泳还是在游荡,可以肯定的是她们的行为是与传统女性行为规范相抵牾的。"游女"的概念可能与"淑女"相对,"淑女"是"士"的理想配偶,正如《毛诗·关雎》中所说的"君子好逑"。相关的注释和评论,参见毛亨传、郑玄笺、孔颖达等正义《毛诗正义》,《十三经注疏》整理本,北京:北京大学出版社,2000年,第53—54页;张树波《国风集说》,石家庄:河北人民出版社,1993年,第83页。

② 毛亨传、郑玄笺、孔颖达等正义《毛诗正义》,第52—56页。本文对于上古音的拟构根据的是高本汉《〈诗经〉:中文文本、注释与翻译》(The Book of Odes: Chinese Text, Transcription and Translation),斯德哥尔摩:瑞典远东古物博物馆,1950年,第6页。

③ 毛亨传、郑玄笺、孔颖达等正义《毛诗正义》,第25—26页。

却继以渡河不成的结局,而且随后的两个章节又重复描写了相同的失败境遇。"渡河"是《诗经》中另一个关于婚恋的常见意象,常见于《国风》的诗歌中。比如《毛诗》第34篇(《匏有苦叶》)、43篇(《新台》)、58篇(《氓》)和129篇(《蒹葭》)中,渡河的意象都与求婚之成败有明显的关联①。因此,《汉广》中反复提及汉水的不可渡越,很可能是对求婚不成或婚礼失败的暗示。

然而,这首诗的第二节与第三节在诗义与叶韵方面似乎都有一些问题。除了关于汉水的描写之外,其余的诗句似乎采用了一种截然不同的结构模式:

翘翘错薪,言刈其楚;之子于归,言秣其马。
翘翘错薪,言刈其蒌;之子于归,言秣其驹。

除了在复沓模式上有显著的差别外,根据高本汉对上古音的拟构,韵脚的四个词——"楚、马、蒌、驹"并不与所在章节中的其他诗句的韵字通押②。但是,上引两个小的章节内部却遵循了本文开头论及的结构复沓和韵脚变化的原则,从这个角度来看,这两个诗节在结构与意义上似乎形成了一个自足的单元。"之子于归"是《诗经》中对婚姻的常见表述。古今许多学者也都注意到"薪"的意象往往是婚礼的仪式象征③。因此,这两句诗似乎在描写一场顺利举行的婚礼,而这与同一首诗其他诗句中关于求婚失败的描述形成了鲜明的对比。

这两种矛盾的话语贯穿于整首《汉广》:一方面,第二节和第三节的前半部分描写了一场合乎礼数、圆满进行的婚礼;另一方面,诗歌的其余部分则显然在讲述求婚或婚礼的失败。这两个部分不但在主题上格格不入,而且在叶韵上也截然不同。同一首诗歌内部存在着如此显著的差异甚至冲突,在《国风》中实属少见。有些诗歌在章节中间出现一些变异,但其余部分仍然保持着复沓的结构,比

---

① 《毛诗》第58篇《氓》描写了结婚前的占卜:"尔卜尔筮,体无咎言。"(毛亨传、郑玄笺、孔颖达等正义《毛诗正义》,第230页)《易经》中也有"利涉大川"、"不利涉大川"或"不可涉大川"之类的表述。

② 根据白一平(William H. Baxter)对上古音的拟构,"楚"与"马"押韵,"蒌"与"驹"押韵,但它们与"楚"和"马"不押韵。参见白一平《汉语上古音手册》(*A Handbook of Old Chinese Phonology*),柏林:德古意特穆彤出版社,1992年,第586页。

③ 譬如,清代学者马瑞辰(1782—1853)在探讨《毛诗》第118篇《绸缪》时评论道:"诗人多以薪喻婚姻,《汉广》'翘翘错薪'以兴'之子于归',《南山》诗'析薪如之何'以喻娶妻。此诗'束薪'、'束刍'、'束楚',《传》谓以喻男女待礼而成,是也。"参见马瑞辰《毛诗传笺通释》卷十一,北京:中华书局,1989年,第345页。

如《毛诗》第48篇《桑中》：

> 爰采唐[d'âng]矣？沬之乡[χiang]矣。云谁之思？美孟姜[kiang]矣。期我乎桑中[tiông]，要我乎上宫[kiông]，送我乎淇之上[điang]矣。
>
> 爰采麦[mɛk]矣？沬之北[pək]矣。云谁之思？美孟弋[diək]矣。期我乎桑中[tiông]，要我乎上宫[kiông]，送我乎淇之上[điang]矣。
>
> 爰采葑[p'iung]矣？沬之东[tung]矣。云谁之思？美孟庸[diung]矣。期我乎桑中[tiông]，要我乎上宫[kiông]，送我乎淇之上[điang]矣。①

与《汉广》一样，《桑中》每个章节的最后三句完全相同。苏源熙撰文探讨，这首诗的复沓模式，并为第二、第三节中押韵的不一致提供了一种令人信服的解释：

> 在语音上，这组重复不变的三句诗与第一节的韵律相呼应，但到了第二、第三节却没有发生任何变易，即使这两节的主要韵脚改变了⋯⋯就诗韵而言，这三个结句是一个自足的单元。②

就结构而言，一首诗中最关键的部分是章节的模式和韵脚。只要一首诗在保持每个章节基本模式恒定的同时变换不同的韵脚，那么它就符合《国风》中大多数诗歌共同遵循的结构原则。但是比较《桑中》和《汉广》，很明显《汉广》并没有遵循这种模式。尽管第二节和第三节后半部分重复的结句似乎组成了一个如苏源熙所谓的"自足的单元"，但跟《桑中》不同，《汉广》中第二节和第三节重复的结句之外关乎婚礼的部分，无论是在内容、结构还是韵脚上，都与第一节的前半部分（"南有乔木，不可休思；汉有游女，不可求思"）有明显的冲突。虽然我们不太可能对《汉广》中这些语音和语义上的矛盾给出令人满意的解释，但它给我们提供了一个绝佳的机会去审视汉代的诸家注解是如何处理这个问题的。

---

① 毛亨传、郑玄笺、孔颖达等正义《毛诗正义》，第190—193页。高本汉《〈诗经〉：中文文本、注释与翻译》，第30—31页。
② 苏源熙《〈诗经〉中的复沓、韵律和互换》，《哈佛亚洲学报》第57卷第2期，第528页。

* * *

对《汉广》的一种解读将其附会于郑交甫遇汉水神女之事,诗中闲游或畅泳的女子被理解为传说中的汉水女神。虽然具体文本上各有异文,但是总的来说这则故事被《诗经》三家学派广泛采纳。其中一个版本保存在刘向(前77？—前6)所作的《列仙传》中:

> 江妃二女者,不知何所人也。出游于江汉之湄,逢郑交甫。见而悦之,不知其神人也。谓其仆曰:"我欲下请其佩。"仆曰:"此间之人,皆习于辞,不得,恐罹悔焉。"交甫不听,遂下与之言曰:"二女劳矣。"二女曰:"客子有劳,妾何劳之有？"交甫曰:"橘是柚也,我盛之以笥,令附汉水,将流而下。我遵其傍,采其芝而茹之。以知吾为不逊也,愿请子之佩。"二女曰:"橘是柚也,我盛之以莒,令附汉水,将流而下。我遵其傍,采其芝而茹之。"遂手解佩与交甫。交甫悦,受而怀之,中当心。趋去数十步,视佩,空怀无佩。顾二女,忽然不见。

清代考证学家王先谦(1842—1917)认为其出自"鲁诗"学派①。这段记述的结尾援引了《汉广》中两句诗:

> 诗曰"汉有游女,不可求思",此之谓也。

《焦氏易林》在传统上被认为是"齐诗"学派的著作,现存的文本中包含了一些零碎的诗句,似乎表述了类似的故事情节:

> 乔木无息,汉女难得,橘柚请佩,反手离汝。
> 汉有游女,人不可得。
> 二女宝珠,误郑大夫。君父无礼,自为作笑。②

---

① 王先谦《诗三家义集疏》,上海:上海古籍出版社,1995年,第51页。王先谦的集疏基于早期的《诗经》学,并致力于辑存主流的毛传之外的其他三家《诗经》注疏。但王先谦将文本归为特定的诗派,并不是总有实证基础的。

② 同上,第52页。

类似的故事在《文选》李善(卒于689年)注中也有所提及,作为韩诗的解读①。但其文本并不见于现存的《韩诗外传》中,因此学者们多认为李善注很可能出自已经亡佚的《韩诗内传》②。那么,《汉广》为什么会与郑交甫的故事联系在一起呢?我认为这种联系并不是巧合,而是源于此诗与该故事之间一些相似的文本因素。首先,诗中的"游女"很容易与神女联系在一起。"游"字经常出现在早期的神仙文学中,形容一种无拘无束、自由超脱的境界,这一含义充分体现在"游仙"一词中。此外,《汉广》明确表达了一种未得到满足的欲望。与之相应,尽管不同的文本来源对郑交甫故事的表述细节各有差异,但各种版本的核心情节都是郑与神女之间信物的授受与言辞的交谈。在《诗经》中,男女之间的礼物交换往往是一种传达爱意的方式。比如在《毛诗》第64篇《木瓜》中,双方交换的礼物在价值上存在着显著的差异,而交换的不对等在诗歌结尾得到了合理的解释:因为这不是普通的等价交换,而是对爱意的传达("匪报也,永以为好也"),因此礼物本身的价值不是重点。郑交甫故事以其没能成功与神女交换信物做结,这个结局可以理解为郑向神女求爱的失败,因而跟《汉广》一样,故事的主旨也同样是未能满足或实现的欲望。而《汉广》和郑交甫故事都发生在汉江之畔,这也构成了二者之间的另一重联系。最后,《汉广》和郑交甫故事也都揭示了求爱行为的徒劳无功。

人间男子与神女或神秘女子之间的失败恋情强烈呼应了另一个重要文学传统,即《楚辞·离骚》中"周流求女"的主题。《汉广》诗歌和郑交甫故事的情节发生在汉江一带也很可能不仅仅是巧合。汉江下游正是楚文化繁盛的地方。根据《左传》的记载,在春秋时代晚期,该地区大部分已处于楚国的实际政治控制与文化影响之下:

    周之子孙在汉川者,楚实尽之。③

---

① 王先谦《诗三家义集疏》,第52—53页。
② 杨树达《积微居金石小学论丛》,北京:中华书局,1983年,第218—219页。对此更详尽的论述,参见海陶玮(James Hightower)《〈韩诗外传〉与三家诗》(The Han-shih wai-chuan and the San chia shih),《哈佛亚洲学报》第11卷第3—4期,1948年,第241—310页。
③ 杨伯峻《春秋左传注》,北京:中华书局,1981年,第1547页(定公四年)。

虽然《汉广》产生的确切年代无法确知，但是楚文化在诗歌发生地的影响应该是可靠的假设。楚文化的影响或许也可以解释这首诗中体现出的不同的两性关系。在郑交甫故事的一些版本中，两位女主人公的身份是扮作神灵的女巫①。陈琳（卒于217年）声称他的《神女赋》是受到"诗人"（《诗经》的作者）启发而写成的：

> 赞皇师以南假，济汉川之清流。感诗人之攸叹，想神女之来游。②

赋的创作背景，对"游"字的运用，以及对"诗人"的提及，都确切地表明了《汉广》的影响。陈琳对神女炫丽外貌的描绘，明显继承了《离骚》"周流求女"的传统。陈琳《神女赋》对于郑交甫故事的用典除了揭示出《汉广》与求女传统之间的联系，还证明了直至公元3世纪，这种对于《汉广》的解读仍普遍存在于文学作品中。因此，尽管《毛诗》占据了《诗经》阐释史的主导地位，但至少就《汉广》这首诗而言，其他几家《诗经》学派的诗歌诠释并没有完全被遗忘，依然有一定的影响③。李善在注解《文选》中的几篇作品，比如张衡的《南都赋》和郭璞的《江赋》时，都引用了郑交甫故事作为韩诗学派对《汉广》的解读。李善注引的郑交甫故事的版本与《列仙传》在细节上略有不同，譬如李注中故事的发生地点是地处襄阳的汉皋台，而不是《列仙传》中笼统的"江汉之湄"。然而所有"周流求女"的基本元素都已具备。李善注对于《诗经》中诗句的解读一般依据毛传，这里对毛传之外诠释的认可正说明《汉广》与这则求女故事之间的关联异常紧密。此外，由于上述李注援引求女故事所注解的作品大多数属于赋文体，《汉广》本身与《楚辞》传统的关系也可能加强了这一关联。

《韩诗外传》第一章和《列女传·辩通》都用一则有关孔子的轶事来诠释《汉广》的诗意：

---

① 王先谦引用韩诗的文本，形容二女着"魊服"或"妖服"（《诗三家义集疏》，第52—53页）。
② 陈琳的赋仅有残篇存于《艺文类聚》卷七十九，见俞绍初《建安七子集》，北京：中华书局，2005年，第45页。
③ 柯马丁《毛诗之外：中国中古时期〈诗经〉的接受》(Beyond the Mao Odes: *Shijing* Reception in Early Medieval China)，《美国东方学会会刊》(*Journal of American Oriental Society*)第127卷第2期，2007年，第131—142页。

孔子南游，适楚，至于阿谷之隧，有处子佩瑱而浣者。孔子曰："彼妇人其可与言矣乎？"抽觞以授子贡，曰："善为之辞，以观其语。"子贡曰："吾北鄙之人也，将南之楚，逢天之暑，思心潭潭，愿乞一饮，以表我心。"妇人对曰："阿谷之隧，隐曲之汜，其水载清载浊，流而趋海，欲饮则饮，何问妇人乎？"受子贡觞，迎流而挹之，奂然而弃之，促流而挹之，奂然而溢之，坐置之沙上，曰："礼固不亲授。"子贡以告。孔子曰："丘知之矣。"抽琴去其轸，以授子贡，曰："善为之辞，以观其语。"子贡曰："向子之言，穆如清风，不悖我语，和畅我心。于此有琴而无轸，愿借子以调其音。"妇人对曰："吾野鄙之人也，僻陋而无心，五音不知，安能调琴。"子贡以告。孔子曰："丘知之矣。"抽绨纮五两，以授子贡，曰："善为之辞，以观其语。"子贡曰："吾北鄙之人也，将南之楚。于此有绨纮五两，吾不敢以当子身，敢置之水浦。"妇人对曰："客之行，差迟乖人，分其资财，弃之野鄙。吾年甚少，何敢受子？子不早去，今窃有狂夫守之者矣。"《诗》曰："南有乔木，不可休思。汉有游女，不可求思。"此之谓也。①

孔子令其弟子子贡赠予阿谷处子各色物件（即觞、琴和绨纮），并令其"善为之辞，以观其语"，可是使他惊讶的是，女子数次拒绝了子贡进一步亲近的企图，并大谈礼义道德，说"礼固不亲授"。最终女子无法容忍子贡在孔子授意下愈发无礼的行为与言辞，愤怒地警告二人并以"狂夫守之"相威胁，才结束了这场颇为荒诞的闹剧。孔子、子贡与女子之间的对话有着非常强烈的反讽意味，因为这位"阿谷处子"似乎秉持着比圣人更为高尚的礼义道德标准。而在与孔子和子贡的对话中，女子正是使用了孔子自己的言辞来驳斥他们违背礼法的要求。

虽然这则故事看似与前述郑交甫故事的求女情节完全不同，但是更细致的研读比较却能揭示出二者之间的相似性。这些故事都是围绕着男女人物之间言辞的交流与信物的交换展开的。故事的中心情节是男子企图满足不当的欲望而惨遭失败，最终自取其辱。在这些故事中，女性人物都拥有更高层次的智识或权威，这使她在很大程度上能够控制局面，成为关系的主导者。从细节上说，孔子故事里的女子跟神女故事中的神女一样都以玉坠为配饰。因此，我们有理由将

---

① 王先谦认为这一解读不可信，见《诗三家义集疏》，第53页。

这则孔子与阿谷处子的偶遇故事看作是郑交甫故事的改写,作者的目的很可能是讽刺孔子或儒家学派①。这两则故事的联系还有一种可能性,即当时有一个共享的叙事元素资料库,这些叙事元素都与追求神女或神秘女性的主题相关,郑交甫的故事和孔子的故事是对相同叙述元素的不同展开和演绎。

上述故事另一个有趣的因素是其中一些语句明显改编自《论语》。比如说,"以观其语"呼应着《论语》中孔子对《诗经》之功用的著名论述:"诗可以兴,可以观,可以群,可以怨。"②另外,孔子宣称"彼妇人其可与言矣乎",立即可以让人想起《论语》中孔子对子贡的褒扬:"赐也,始可与言诗已矣!"③"善为之辞"这句似乎是《论语》第6章中闵子骞之语"善为我辞焉"的改写④。而且,大部分语句都改编自《论语》中孔子表达对《诗经》看法的段落。故事中插入的这些语句有时候令人感到与上下文不太连贯。加进这些语句,有可能是为了增加这些言论出自孔子的可信度,又或许是为了加强这则故事的反讽意味。因为孔子在《论语》中关于《诗经》的道德与社会功用的经典语句,此处却被用来与女人调情。在对女性的描绘方面,这则故事与郑交甫遇仙的故事也有着一定的相似性。尽管被置于更为"现实"的环境中及被赋予更为明晰的身份,但故事中能言善辩、聪慧过人的女子仍保持着与汉水女神相似的、某种程度的神秘性和优越感。

总结一下这种对比:郑交甫故事中费解的、神秘的元素为孔子故事中更合乎理性的情节元素所取代,然而这种改变带来的后果是诗歌诠释对诗歌本身内容的偏离。我们很难从"阿谷处子"身上辨识出《汉广》中游荡在汉江之畔女子的身影。神女们变幻莫测、反复无常的特质几乎被完全抹去。斥责子贡的那位机智灵敏、能言善辩的女子并不像郑交甫故事中那样无缘无故地拒绝男性人物,而是明确表示了遵守礼义的决心。女性人物描写中的神性之消失,以及对欲望之合

---

① 这样的故事最常见于《庄子》,但也见于其他古代著作中。譬如,题为东方朔所作的赋《七谏》中有一个不知出处的典故如下:"路室女之方桑兮,孔子过(遇)之以自侍。"这段文字似乎属于一种格式化的叙述情节,即(有权势的)男子与采桑女的相遇。许多乐府诗歌,比如《陌上桑》和《羽林郎》中都有对类似情节的展开描写。王逸(89—158)对上述典故的解释是孔子之所以要路室之女服侍他,是因为他喜欢她的贞洁与诚信("喜其贞信")。但这种解读更像是卫道士的辩护,而不是故事的本意。参见洪兴祖《楚辞补注》,北京:中华书局,2000年,第245页。
② 魏理(Arthur Waley)译《论语》,伦敦:艾伦与昂温出版有限公司,1938年,第212页。
③ 同上,第87页。
④ 同上,第117页。但请注意,在《论语》原文中"辞"这个字表达的是"谢绝"、"婉拒"之意,而这里用作"措辞"、"交谈"的意思。

理性的重视,恰恰切合了赋这种文体中探寻神女主题在发展演变上的类似趋势①。换言之,求女失败的缘由从女子不可捉摸的神性演化为新引入的礼义观念和女子对于不正当欲望的抗拒。这种演变也为整个故事平添了可信度与合理性。此外,在阿谷处子的故事中,孔子被描绘成一个违反礼义的人,这本身也从另一个方面唤起对礼义问题的关注。

* * *

三家诗的注解往往以引《诗》作结,并配以套语:"此之谓也。"在某种意义上,他们对《诗经》诗句的运用是修辞性的,即将诗句置于不同的具体情境中②。所以当两则阐释《汉广》的故事同时表示出自韩诗学派时,我们无须区分二者之间孰真孰伪,因为它们可能确实是同一学派产生的、适用此诗的两种可能的情境。与毛传不同,三家注的目的不是为诗歌提供真实的出处或唯一可能的创作背景。在三家诗传统中,诗歌的意义源于用诗的场景,注家关注的重点在于诗歌功用而非作者意图。三家的《诗经》阐释中更多体现出的是说故事与修辞学的愉悦,这与毛传传统的权威性解释形成鲜明对比。毛传中有种不容置辩的对于作者权威的关注,其注解往往将诗歌视为特定诗人在特殊历史环境中的情感表达③。

毛传中《汉广》的小序讲述了以下故事,这则故事渐渐成为此诗最权威的解释:

> 《汉广》,德广所及也。文王之道被于南国,美化行乎江汉之域,无思犯礼,求而不可得也。④

---

① 参见李惠仪对于"神女主题之内转"(inward turn of the topos of the ambiguous divine woman)的论述,见《赋魅与祛魅:中国文学中的爱情和幻想》(Enchantment and Disenchantment: Love and Illusion in Chinese Literature),普林斯顿:普林斯顿大学出版社,1993年,第33—41页。

② "《韩诗外传》是韩诗学派的教科书,集合了用《诗》的范例。'传'虽然无关乎文本注释,却能附带提供一系列辅助的(往往是不相关的)资料,这些资料对于文本的解读方法常常是将文本纳入某一适合的语境。"见海陶玮《〈韩诗外传〉与三家诗》,《哈佛亚洲学报》第11卷第3—4期,1948年,第263页。

③ 举例来说,班固的《汉书·艺文志》批评三家诗的注释"咸非其本义"。颜师古认为班固的观点:"言皆不得也。三家皆不得其真。"此处"真"成了决定性的评判标准。见班固撰、颜师古注《汉书》卷三十,北京:中华书局,1962年,第439页。

④ 毛亨传、郑玄笺、孔颖达等正义《毛诗正义》,第52页。

在对《汉广》众多的解读中,毛传是唯一将它与文王之教化相联系的。小序的语气客观而笃定,简明而直接地将这首诗置于真实的历史环境中。但我们仍然可以在其中分辨出一些与三家诗阐释相同的基本元素,最明显的是它从孔子故事中汲取了对礼义观念的关注和对(不正当)欲望的拒斥,但毛传采取了一种截然不同的解读方式。首先,与三家诗断章取义和比附特定情境的方法相比,毛传将这首诗作为一个整体来解读。这也意味着它必须对诗中存在矛盾的话语做出解释,而三家诗的解读就不需要论及这些矛盾。事实上,所有现存的三家诗阐释确实都完全没有提到《汉广》中两个部分的语义冲突。我认为小序中的"求而不可得也"正是在试图消弭诗中意义上的断层。虽然诗中所言是"不可求思",但小序的解释是"求"已经被付诸行动,然而是以"不可得"的失败告终。依照此种解读,中间的两节关于求婚礼仪的描写可以理解为"求"的过程,而诗的其余部分则讲述了不如人意的结果,这样就对两个明显矛盾的话语做出了一种解释。虽然毛传的这种解读未必比三家诗更令人信服,但是它代表了一种新的阐释方法和系统。它将每首诗看作一个意义生成的整体,并试图将其纳入一个由对《诗经·周南》中十一篇作品的解读所构建的,描述文王的教化由北向南扩展的宏大叙事之中①。

毛传对于《汉广》中女性角色的解读也反映出它的一些与众不同的特质。在所有版本的三家诗对《汉广》的注释中,女性似乎总是拥有某种属于神秘或礼义范畴的、高深的或玄奥的智识。而依三家诗的解释,正是女性的这种优越性导致了男子求爱的最终失败。在这些故事里,与女子结合愿望的落空被呈现为一种可悲可叹的憾事。这些或许关乎在《汉广》产生地普遍流行的追寻神女的文学传统。然而,毛传的解读却将女性人物转移至幕后——她们缄默不语,只扮演着被动的角色,面临被侵犯的威胁②。与之相反,男性则是承担着践行礼义道德的积极角色。正是男方在文王的道德教化之下自觉地抑制了欲望,从而避免了进一步与女子接近的可能。毛传阐释系统中性别角色的置换将道德的重心转移到男

---

① 关于从早期《诗》注释传统到《毛诗》的阐释的嬗变,参见朱自清《诗言志辨》,北京:古籍出版社,1956年。
② 不可否认,在《周南》的阐释体系中,一位女性,即文王之后太姒在彰显与传布文王的道德教化上起到了核心的作用。但即便这样,太姒也只是在文王教化的影响下代文王行事,文王还是最终的权威和主导者。

性一方，也由此将对神秘女性的叙述纳入到礼义与理性的框架之内。考虑到此诗的写作背景是南方，这种将《汉广》融入文王道德教化的宏大叙事的企图可以被看作是南北方文化碰撞的结果。在此过程中，南方神秘而强大的女性形象为北方的道德话语所"驯服"，这种话语也将道德和行动的主导权都赋予了男性。

* * *

如果《诗经》在取得其儒家经典的稳固地位之前，曾经经历过很长时间的口头流传与嬗变，那么《汉广》一诗在内部结构与用韵上如此显著的不和谐，其能够在口头流传和文本记载的过程中保存下来实属不易。实际上，关于这首诗的各种各样的解读，经历了各家的阐释，也许还跨越了不同时代，而它们之间却显示出惊人的相似性和规律性，这些或许都反映了此诗在文本上的相对稳定性。在现存的自汉代以来的解经传统中，唯有毛传试图调和诗中矛盾的话语。通过这种阐释方法，毛传不仅树立了对诗意的权威解读，而且考虑到诗歌的发生地与其中性别角色的变化，毛传的解读也确定了这首诗歌的文化与政治内涵。

（朱文君、卞东波　译　胡秋蕾　校）

楼中女:《古诗十九首》与隐/显诗学

田晓菲[①]

我在本文中将讨论一组通常系年于公元2世纪的佚名诗作《古诗十九首》,其因6世纪梁代文学总集《文选》对它们的归类而得名[②]。尽管《诗经》和《楚辞》被认为是中国文学的肇始,但《古诗十九首》常常被视为中国古典诗歌的真正源头[③]。《古诗十九首》虽然表面上文字直白透彻,其角色多变的特质却考验着读者的想象,因为我们很难断定谁是抒情主人公,又对谁倾诉了什么款曲。明清时期的评论家们对这组看似简单的诗歌却有着多歧且常常抵牾的解读,更是加深了这一印象。许多迹象似乎指向了潜藏于言语表象之下的叙事完整性,然而正当我们认为已经破译了其隐含的信息时,其他阐释的可能性,有时甚至是正好相反的阐释,却又浮现了。我们最终会发现,《古诗十九首》这种省略性的姿态(gesture)指向的不是别的,正是其自身的隐性诗学属性。那么,这些诗歌是如何做到这一点的?其原因又何在?对中国古典诗歌的后续发展带来哪些可能的结果?我将在本文中论及这些问题,同时考察这些诗歌文本本身以及它们在中国古代文学批评史上的接受。

[①] 田晓菲,哈佛大学博士,现为哈佛大学东亚系教授。本文原题为"Woman in the Tower:'Nineteen Old Poems' and the Poetics of Un/concealment",原载《中古中国研究》(*Early Medieval China*)第15卷,2009年;中译文载南京大学文学院主办《文学研究》第2卷第2期,2016年12月。

[②] 萧统编、李善注《文选》卷二十九,上海:上海古籍出版社,1986年,第1343—1350页。

[③] 不管合理与否,从古至今诸多学者和评论家都持有这个观点。譬如,王世贞(1526—1590)称这些诗歌为"千古五言之祖",见《艺苑卮言》,丁福保辑《历代诗话续编》本,北京:中华书局,1983年,第978页。当代学者吕正惠称这组诗为中国抒情诗的"真正源头",见吕正惠《抒情传统与政治现实》,台北:大安出版社,1989年,第21页。

《古诗十九首》的隐晦性

如前所述,《古诗十九首》这组诗在中国诗歌发展史上占有独特而重要的地位,这从古代诗论家的评论和现代学者的研究中都可以清晰见到。若一言以蔽之,明代陆时雍(活动于17世纪)有一句令人深思的评论,他说这组诗"谓之风余,谓之诗母"①。

似乎没有其他论断比这一双重比喻更能贴切地把握住《古诗十九首》的特质与地位了。"谓之风余",将《古诗十九首》比作《诗经》的后裔(这当然符合时间上的顺序,因为《诗经》早于《古诗十九首》很多世纪);而"谓之诗母",修辞上却似有乱伦之嫌,因为又将《古诗十九首》提升到了《国风》之"配偶"的高度,而后者不言而喻必是"诗父"。这样一种提升又因为被评为"余"而有所消减——"余"可以表示"多余"、"残余"。这褒贬共存的评价正是"女/阴性"(the feminine)在父权社会文化中地位的准确写照。值得注意的是,《古诗十九首》的阴性气质(femininity)被具体化为了"母"性,确实没有任何形象比母亲形象能更好地表示这组诗的位置了:具有权威性,因而令人感到威胁;同时却深度边缘化,所以又令人安心。

反讽的是,《古诗十九首》的起源本身就混沌不清。我们唯一可以确定的是,6世纪初有很多无名氏五言古诗流传于世,而这十九首诗就是从那些诗里面选出来的,梁昭明太子萧统称其为"古诗十九首",并将其编入影响深远的《文选》中。关于《古诗十九首》某些单篇诗歌的系年在学界仍有颇多争议,但一般都定在东汉时期(虽然这并不意味着这些诗歌在东汉时就已经被作为固定文本书写下来),而且很可能并非成于一手。

中国文学传统一向重视"知人论世",并努力发掘作者的生平资料。令人颇感意外的是,自古至今大部分诗论家和学者都基本上满足于这组诗处于作者佚

---

① 出自《古诗镜》,隋树森编著《古诗十九首集释》(下简称《集释》)卷四,北京:中华书局,1955年,第5页。"风"指《诗经》的第一部分《国风》。

名的状态①。实际上,在《诗经》之后的无名氏诗歌里,《古诗十九首》可以说是唯一在中国传统文学话语中享有如此显赫地位的诗。《诗经》至少还存在着一个所谓的编/作者,也即孔子本人;而且实际上早在汉代,《诗经》中的诗作就已经有了大致介绍作者身份或写作背景的小序了,这些小序为后世读者提供了一个阐释的基础,让读者可以或是同意或是反对它。与之相反,《古诗十九首》的作者为谁不但基本上从来无人过问,而且它的佚名性(anonymity)被中国古代诗论家当成一种积极的正面价值。其原因何在?宇文所安认为,只有在"起源"叙事中,佚名性才具有正面价值,也就是说,佚名性被视为"古"的标志(早于有确定作者的作品),而这使《古诗十九首》得以成为中国文学史上的奠基性文本②。事实的确如此。但是,在本文中,我想探讨的是这个问题的另一方面,即《古诗十九首》通常被认为具有一般性和普遍性,"佚名性"作为构成《古诗十九首》之普遍性的决定因素,究竟是如何运作的。这种普遍性对于欣赏《古诗十九首》以及理解中国传统诗学和诗歌在古代中国社会中的功用同等重要。

　　佚名性只是《古诗十九首》多种隐晦特质(dark qualities)中的一项。与佚名性紧密联系的是笼罩在这组诗歌上的另一层神秘面纱,即对诗意确定性的抵制。这是另一个令人颇感意外的地方,因为《古诗十九首》以其语言简单明了著称。早在南北朝时期,刘勰就已将其语言描述为"直"③。一千多年之后,明人谢榛(1495—1575)称这些诗歌"不尚难字",听起来如"秀才对朋友说家常话"④。还有两个譬喻性说法特别值得一提,它们都强调了《古诗十九首》意义上的透明性:一是唐代诗僧皎然(生活于8世纪)称其"义炳"(意义明白昭著)⑤;二是陈绎曾(生活于14世纪)说这些诗"澄至清,发至情"⑥。"澄至清"字面义为水清澈见底

---

① "知人论世"这个说法来自孟子的论断,见《孟子·万章下》。虽然早在五、六世纪时就有一些人被认为是"古诗"作者,譬如说西汉的枚乘,但学者并不认同这些署名,考证派学者也没有拿来大做文章。旧题枚乘的署名出现在南朝陈代由徐陵编撰的诗歌总集《玉台新咏》中,见吴兆宜《玉台新咏笺注》,北京:中华书局,1985年,第17—21页。刘勰(约465—约520)也在《文心雕龙》中提到这种近世之"论",见詹锳《文心雕龙义证》,上海:上海古籍出版社,1989年,第189页。
② 宇文所安《中国早期古典诗歌的生成》,第40—41页。
③ 詹锳《文心雕龙义证》,第193页。
④ 出自《四溟诗话》,隋树森编著《集释》卷四,第3页。
⑤ 出自《诗式》,隋树森编著《集释》卷四,第1页。
⑥ 出自《诗谱》,隋树森编著《集释》卷四,第2页。

（这里"至清"显然还谐音"至情"）。

如火之"炳"与如水之"清"，这两种表现《古诗十九首》透明性的比喻，似乎表面上消解了任何阐释上的不明晰。这些评论针对的是《古诗十九首》文字上的清晰透彻，然而与之形成有趣对比的是，古代和现代批评家们对于单篇诗歌、诗联以及诗句的解释却又极为分歧，往往相互对立。胡应麟（1551—1602）用一段很有悖论精神的话极好地表达了这些诗歌的双重属性："意愈浅愈深，词愈近愈远。"①实际上，虽然这些诗在文字上直白明晰，但如果加以细读的话，则让我们好奇是谁在叙述，又向谁倾诉了什么。省略性的文字似乎是隐秘故事的线索；而正当我们认为自己把握了半隐秘的叙事含义时，另一种阐释的可能性出现了，打破了其意义的连贯性。

赠礼，阻隔，分离

《古诗十九首》（其六）为我们提供了一个这些抒情诗意义含混的极好例证。

涉江采芙蓉，兰泽多芳草。采之欲遗谁，所思在远道。
还顾望旧乡，长路漫浩浩。同心而离居，忧伤以终老。

毋庸置疑，《古诗十九首》是描绘"流离分散的诗歌"（a poetry of dislocation）②，或者用清代批评家沈德潜（1673—1769）的话来说："十九首大率逐臣弃妻，朋友阔绝，死生新故之感。"③不过，分离的主题也表现在建立跨越时空距离的联系上。这些沟通和交流的尝试包括了赠礼与致信，虽有时奏效，但更多时候以失败告终。一旦不成功，就会像上引诗歌那样产生断裂，作为诗歌主题的断裂奇妙地反映在诗歌意义本身的晦涩难通之中，因为尽管所有人都认同这是一首关于思念的诗，但对于诗歌准确的含义，甚至叙述者是谁，都存在着众多不同的见解。

---

① 出自《诗薮》，隋树森编著《集释》卷四，第4页。
② 宇文所安编译《诺顿中国古典文学作品选》（*An Anthology of Chinese Literature: Beginnings to 1911*），纽约：诺顿出版社，1996年，第250页。
③ 沈德潜撰、王莼父笺注《古诗源笺注》，台北：华正书局，1986年，第117页。又见隋树森编著《集释》卷四，第7页。

中国古典诗歌中极少使用代词，也无法区别代词是单数还是复数。我在上文的英译中，出于英语语言的需要而使用了第一人称代词"我"（I），但是这并不能帮助我们确定究竟这里的"我"是谁；叙述者究竟是女性，还是男性？虽然"采莲"这一意象在后世传统中经常与女性联系在一起，但是在上古时期，并不存在明显的性别指向。事实上，因为这首诗充满了《楚辞》的回响（"涉江"即是《楚辞》中的篇名），所以很容易令人联想到《离骚》中佩戴着香草的叙述者。如果这首诗的叙述者是男性，那么是这名男子自己背井离乡，还是他的挚友离他远游了呢？

元代评论家刘履（1317—1379）认为是前者："客居远方，思亲友而不得见，虽欲采芳以为赠，而路长莫致，徒为忧伤终老而已。"① 清代朱筠（1729—1781）看法相同："行者欲寄居者。"② 姜任修（1721年进士）对这种解读持有异议："采芳遗远，以彼在远道者，亦正还顾旧乡，与我有同心耳。"③ 张玉榖（1721—1780）同意此看法："此怀人之诗。前四先就采花欲遗，点出己所思在远。'还顾'二句，则从对面曲揣彼意，言亦必望乡而叹长途。"④ 争论一直持续到20世纪。比如，马茂元认为这首诗完全出自一位男性旅人⑤，而潘啸龙则认为叙述者是位采芙蓉的女子，这是后世诗歌传统中常见的形象⑥。

在叙述者的性别身份并不明晰的情况下，赠礼者与接受者之间的确切关系也蒙上了一层迷雾。有人认为受礼者是叙述者的亲友，也有人更具体地认为受礼者是其配偶或密友。饶学斌（卒于1841）试图将《古诗十九首》解读为一组相互关联的政治叙事诗，将这组诗的叙述者解释为遭谤的大臣，并将第6首中可能的受礼者描述为"同患"，换言之，即指叙述者的同党，他同样受到诬谤并被贬黜到南方（而叙述者自己则被贬黜到北方）⑦。吴淇（活动于17世纪）则认为诗中描述的是受诬的臣子和被离间的君王（即"所思"）之间的关系⑧。张庚（1685—

---

① 出自《选诗补注》，隋树森编著《集释》卷三，第3页。
② 隋树森编著《集释》卷三，第50页。
③ 出自《古诗十九首绎》，隋树森编著《集释》卷三，第40页。
④ 出自《古诗赏析》，隋树森编著《集释》卷三，第60页。
⑤ 马茂元《古诗十九首探索》，香港：文翰出版社，1969年，第85页。
⑥ 吴小如、王运熙、章培恒等《汉魏六朝诗鉴赏辞典》，上海：上海辞书出版社，1992年，第140—142页。对潘氏的观点，近年来又有两位作者提出不同意见，参见王健、王泽群《倩谁涉江采芙蓉——试解〈涉江采芙蓉〉》，《现代语文》2006年第3期，第30页。
⑦ 出自《月午楼古诗十九首详解》，隋树森编著《集释》卷三，第82—83页。
⑧ 出自《六朝选诗定论》，隋树森编著《集释》卷三，第14—15页。

1760)发展并改进了吴淇的观点,将叙述者塑造成一个臣子在绝望地思念着君主(即"在远道"者),并发现掉头归乡乃是奢望("长路漫浩浩")①。

最大的谜团终究还在于诗歌文本自身,诗歌结尾两句云:"同心而离居,忧伤以终老。"吴淇是位具有敏锐洞察力的批评家,他让我们注意第一句诗中的奇怪之处:"既曰'同心'矣,岂有'离居'者?"他总结道,从建构一首政治讽寓诗的脉络来看,"其中必有小人间之矣"②。然而,最后一句的震撼并不亚于前一句,因为我们突然意识到,这并不只是暂时的别离,而且叙述者预见到这将是终身的离居。分别时间的长短有着重要意义:即便是长达十年或是二十年的分别,将来都只会成为悲喜交加的回忆,而重聚的希望,虽然遥远渺茫,也能照亮内心绝望的阴霾;而终身的分离则完全不同,这种状态永远不会成为过去,既构成叙述者的现在也构成其未来,这种时间上的空阔巧妙而隐秘地契合于把叙述者与其思念对象阻隔开来的空间距离。

我们自然会产生和吴淇一样的疑问:究竟什么原因导致了"同心"的两人分离?连接"同心"和"离居"的"而"字既表示并列关系("同时又"),又暗示转折关系("可是又"),使人们不由自主地会产生以上这个问题;而且明确暗示,分离是由不受这两个主人公控制的外力因素强加在他们身上的。不同于变心和背叛这样的内在原因,外力因素好像是用很响亮的耳语讲了一个故事,但故事细节被压抑了。呈现在我们眼前的仅仅是冰山一角,而浸在水下的巨大基底则很难被看到。这首诗的重点就在这里,因为每个读者都可以从这个未被叙述的故事中,找到自己的身影。换言之,诗歌只给了我们一个故事的梗概,所以我们可以自由地将自己的经历或者想象代入这个故事。故事本身仅以暗示出之,其具体内容仍然模糊,从充满特殊性与具体性的个体生活的框架中解放出来,于是变成了每个男人或女人的故事。我们无法得到丰富的叙事,因为这正是我们唯一可以充分参与进这首诗歌的方法。

---

① 出自《古诗十九首解》,隋树森编著《集释》卷三,第28—29页。
② 出自《六朝选诗定论》,隋树森编著《集释》卷三,第15页。

藤蔓的隐喻、异文与受压抑的表达

《古诗十九首》呈现了一种特殊的叙事模式：以压抑进行表达。压抑被当作一种表达和言说的方式，而并非保持沉默的方式，同时在诗歌叙述内容与诗歌向读者呈现的未叙述内容之间，持续存在着一种张力。第 11 首的开头两句就是一个很好的例子："回车驾言迈，悠悠涉长道。"开头两个字就令人晕头转向：从哪里"回车"？是什么促使诗人改变了心意和方向？诗人在这十个字中使用了四个字——"迈"、"悠悠"、"长"——来强调其返途之远（当然，也告诉了我们其跋涉至此有多远）：这种不吝笔墨的描写与其过于精简的叙事形成了鲜明对比，因为我们对于旅者现在究竟归向何方、原来又是去往何处一无所知。诗歌剩余部分都在哀叹人生短暂，结尾却笔锋一转，称赞"荣名"是唯一获得不朽的方法。不过，诗歌前半部分表达出的人生无常的感伤观点，给表面认可追求现世荣名蒙上了阴影。

与上文所引的《文选》版本相比，初唐类书《艺文类聚》（成书于 624 年）存在着有趣的异文："驱车远行役，悠悠涉长道。"[1]同样的诗句"驱车远行役"也出现在阮籍（210—263）《咏怀诗》第 39 首中，其中"役"具体指兵役[2]。宋初类书《太平御览》采用"驱车"而非"回车"，剩余的句子则与《文选》版本相同[3]。当然，在手抄本文化中，几乎每一个文本都会存在大量异文；然而，这里值得一提的是，一般来说出现异文的地方总是充满了语义上的模糊性，而如果诗里有一个晦涩难懂的句子，那么往往就会出现一个简单或明晰的文本异文，来解决所有阐释中的疑问。

如何理解"回车"一词，确实可为整首诗的解读定下基调。张庚将其与孔子在陈国三年不得志而产生"归欤"之叹联系在一起，他又进一步将叙事者在仕途上可能遇到的不顺与他建立荣名的决心区分开来[4]。朱筠认为，"这首诗从悟后

---

[1] 欧阳询撰、汪绍楹校《艺文类聚》卷二十七，上海：上海古籍出版社，1999 年，第 484 页。
[2] 逯钦立编《先秦汉魏晋南北朝诗》，北京：中华书局，1983 年，第 504 页。
[3] 李昉等《太平御览》卷一百九十五，北京：中华书局，1960 年，叶 5b。
[4] 出自《古诗十九首解》，隋树森编著《集释》卷三，第 32—33 页。

着笔",并将"回车"解读为"看破世事"的表达;他因此将最后一句"荣名以为宝"解读为叙述者在面对人生的无常时不情不愿、半心半意的妥协①。马茂元引用《离骚》中"回朕车以复路兮,及行迷之未远"两句强化了这种解释②。但朱筠有点牵强地将幻灭的意象与最后对"荣名以为宝"的强调尽力弥缝绾合起来,这正显示了"回"的姿态具有深刻的模糊性。不过,对这个姿态做出确定的解读既不可能又无必要:它旨在连接起过去与现在,成为沟通文本背后隐秘的故事和文本中可见的时刻之间的桥梁。它指向一个诗人让我们意识到却又禁止我们仔细观察的故事,且从没有将这一故事清楚地揭示出来。

第8首则给我们提供了一个更为清晰的故事纲要,好像路边有很多指示牌,但从很多方面来看,这个故事的内容却比前文引用的第11首更加隐晦:

冉冉孤生竹,结根泰山阿。与君为新婚,菟丝附女萝。
菟丝生有时,夫妇会有宜。千里远结婚,悠悠隔山陂。
思君令人老,轩车来何迟。伤彼蕙兰花,含英扬光辉。
过时而不采,将随秋草萎。君亮执高节,贱妾亦何为?

这首诗对于英译者而言是极大的挑战,因为汉语中没有时态标识。比如第三句"与君为新婚",可以理解成过去的行为:"我最近和你成婚了"(I have recently married you);或是对未来的预期:"我将成为你的新妇"(I shall become your new wife);或是对一种事实的陈述:"与你最近的成婚(就像菟丝附在女萝上一样)"(Being recently married to you [is like the dodder plant attaching to the creeping vine]);或是一种假设:"如果我们是新婚夫妻,那么我们将会……"(If you and I become newly-weds, then we shall be like...)。选择哪一个版本,意义很重要,注家对于这首诗的含义也的确有着激烈的争论:究竟这首诗表达的是对迟婚的不满,还是对新婚即别离的幽怨。第8句中的"山陂"既可能是女子的娘家与夫家之间的障碍,也可能是女子与新婚未久即踏上旅途的丈夫之间无法逾越的阻碍;同样,第10句中的"轩车",既有可能是迎娶她的婚车,也有可能是她丈夫久别归家的车驾。

---

① 出自《古诗十九首说》,隋树森编著《集释》卷三,第57页。
② 马茂元《古诗十九首探索》,第100页。洪兴祖《楚辞补注》,北京:中华书局,1983年,第16页。

诗中出现的植物隐喻，也像诗歌本身一样充满了不确定性。"结根"于"泰山阿"的"孤竹"是一个引人注目的意象，因为竹往往是丛生的，而非独生。这个意象可以解读为女性叙述者与丈夫（或者和娘家）之间的关系，不过接下来的植物比喻实际上颠覆了开头的诗句，因为竹子虽然易弯，本质却是非常坚韧的，但是菟丝和女萝则不像竹子，都是柔软脆弱的，而且必须依附于其他植物才能生长。"泰山"确实可以为"孤竹"提供保护，但是"女萝"却无法成为"菟丝"坚实的依靠。

从坚韧独生的竹到柔弱蔓延的藤萝，这个意象的嬗变在诗歌后半部分更进了一步，诗中的女性叙述者从馨香的"蕙兰花"中看到了自己的命运：如果不趁她年轻貌美及时"采"摘，她的青春美貌也会随同其他所有植物一起凋谢。下面描写兰花的这一句诗具体表达了她身份的模糊性："含英扬光辉"（holding its blossoming within, ready to shine forth）。"含英"指花朵含苞待放，"扬"则表示开放、发扬、舒散。在英译句中，我把这两个动作区分为两个时间阶段——现在和将来（加入"ready to"表示将要如何）——以使得译文读起来合理与顺口；但在汉语原文中，"含英"和"扬光辉"这两个矛盾的词组出现在同一行，紧接在一起，并且似乎出现在同一时间段。这种组合制造出来的张力在语言的层次上极好地反映了女子本身的不确定性。她是等待未婚夫从娘家将她迎娶走的未婚女子呢？抑或是新婚过后不久丈夫就离别而去的新娘呢？从古至今这两种解释都有人鼎力支持。诗无达诂，也许并不需要一个正解。

可以确知的是，女子是希望能够及时被"采"的；否则，她预见到自己也会像秋天植物那样枯萎凋谢。甚至在这里我们也还是遇到了阐释学上的难题。兰蕙是《离骚》中经典的植物意象，因此这两个意象的背后，还隐藏着另外一种比单纯的枯萎凋零更加具有威胁性的解读可能。《离骚》中关于兰蕙有这样的诗句："兰芷变而不芳兮，荃蕙化而为茅。何昔日之芳草兮，今直为此萧艾也。"[①]失去芳泽（即青春和美貌）只是外部变化，并不影响植物的本质，但是变成"茅"和"萧艾"则是一种令人不安的变化，表现出与过去的自我本质完全不同的根本性差异。我们在《古诗十九首》（其八）中已经看到隐喻的递变，从"竹"到"菟丝"和"女萝"，再到"兰蕙"，一种比一种更脆弱（兰蕙比藤蔓更加脆弱，因为它们有芬芳的花朵，可

---

① 洪兴祖《楚辞补注》，第 40 页。

以损失的东西更多)。这种消极的变化趋势,使人们不难进一步联想到《离骚》中香草化为萧艾这样的本质转化。

探索第 8 首中的"潜文本"(subtext)并不是异想天开的解读,完全可以在文本自身中找到证据。最后两句诗集中表现了贯穿全诗的模糊性:"君亮执高节,贱妾亦何为?"一些注家认为"高节"是指男子("君")对女子保持忠诚,但这并不明确。这个表述也可以意味着他在仕途上或者效力社会时一直保持着高尚节操。这里再次存在着多种的叙事可能性。至于最后一句诗,几乎所有注家都理解为是女子对现状心甘情愿的接受,也是表达忠贞的誓言。但需要指出的是,这些注家都是男性,将最后一句以疑问口气出之的诗解读为女子的忠诚宣言很有一厢情愿之嫌。《古诗十九首》并不是拘谨守礼之诗,著名的第二首《青青河畔草》已经证明了这一点(诗中描绘了一位丽人,在丈夫远行之时施粉黛而登楼远望,并从窗户中伸出纤纤玉手,感叹"空床难独守")。关键在于,如果不囿于一厢情愿和自我满足的传统评论,人们可以很容易在最后一联诗中听到非常不同的暗示。

在李善(约 630－689)《文选》注中,"贱妾亦何为"一作"贱妾拟何为"①。第 3 个字作"拟"而非"亦",虽然表面看来意义相差不大,但"亦"字实际上是一个没有实质意义的虚词,加强了"何为"表现出的无助和无奈语气,而"拟"则似乎使这句话成为一个真正的疑问句,而不仅仅是一个表示强调语气的反问句。这种被压抑下去的解读可能是令人不安的解读,是通过一个文本异文("拟")表达出来的,但这一异文并没有被《古诗十九首》大多数版本采纳。

一床锦被遮盖

本文探讨的最后一个例子是第 16 首诗,在这首诗里梦境与现实相互交融。相思梦是诗歌叙事的焦点,而如梦般的朦胧笼罩了全诗。我们再一次难以判定说话人的性别。我们再一次只有一个故事梗概,而其细节不断困惑着我们。我们也难以破解"锦衾"那句诗的谜团,而这个意象成了这首诗意义被"遮盖"起来

---

① 萧统编、李善注《文选》卷二十六,第 1220 页。

的极好比喻。

> 凛凛岁云暮,蝼蛄夕鸣悲。凉风率已厉,游子寒无衣。
> 锦衾遗洛浦,同袍与我违。独宿累长夜,梦想见容辉。
> 良人惟古欢,枉驾惠前绥。愿得常巧笑,携手同车归。
> 既来不须臾,又不处重闱。亮无晨风翼,焉能凌风飞。
> 眄睐以适意,引领遥相睎。徙倚怀感伤,垂涕沾双扉。

时值秋日,寒风凛冽,如同《古诗十九首》中诸多爱侣一样,这对恋人也离别分居。这就是我们可以从这首诗中清楚获知的现实,余下的都难以捉摸。困惑从第四句诗开始产生:"游子寒无衣。"叙述者是男子,在说他自己吗?还是叙述者是女子,此时正思念离家远行的恋人呢?

寒冷和御寒的话题延续到下一联诗句,其含义是如此模糊,以至于完全阻碍了理解的可能性:"锦衾遗洛浦,同袍与我违。"从纯粹的文字角度来看,"同袍"似乎受到前面诗句中"无衣"的直接兴发。这两个词语同时出现在《诗经·秦风·无衣》中:"岂曰无衣?与子同袍。王于兴师,修我戈矛,与子同仇。"①需要强调的是,《古诗十九首》提到"无衣"和"同袍"并不能算是用典,只能算是"文本的回响"(textual echo),《古诗十九首》同时代的读者肯定会听到这个回响,因为学《诗》构成了古代中国的基本教育。在研究东汉时期出现的《费凤别碑诗》时,宇文所安观察到诗里"充满了对《诗经》的指称",他并没有将其视为某种"典故",而是建议将其看成是"一个'习语'(tag),即一个脱离了原始语境、自由浮动的句子,可以被应用于任何适当的情境"②。第16首诗中"无衣"后紧接着就使用"同袍",当然被视为对"习语"的应用;但与宇文所安所举《诗经》中的诗句"道阻且长"不同的是,《无衣》一诗具有非常明确的性别指向:这首诗写的是军人之间的友谊,抒情主人公明显是男性,男性的兄弟情谊(male bonding)通过同衣、同仇得到明证。衣袍的柔软,表征着友谊的舒心与温暖,而与象征着暴力与死亡的武器——尖锐冰冷的枪矛形成鲜明的对比。

很多批评家都认为《古诗十九首》(其十六)的叙述者为女性,"同袍"者为其

---

① 毛亨传、郑玄笺、孔颖达等正义《毛诗正义》,第244页。
② 宇文所安《中国早期古典诗歌的生成》,第74页。

丈夫,如《文选》五臣注解释"同袍"为"夫妇"①。不过,"同袍"自古至今大多用来指男性之间的关系,这样的例子不胜枚举,以至于《汉语大词典》中给出的唯一"夫妇"关系的例句就是这第16首"古诗"。当然妻子借用"同袍"指称丈夫也不是完全没有可能,但在此语境中,对《无衣》的文本回响增加了这首"古诗"性别上的模糊,而且这也可以部分地解释为什么有些诗论家将这首诗解释为男性友谊而非男女情爱②。

即使采用叙述者为女性的主流解读,也并不能完全解决围绕这两句诗出现的阐释难题。上联次句中的动词"违"也是有疑义的焦点,因其存在多种隐含的意蕴:是仅仅指分离,还是暗指背叛(与"违背、违反"语意相关)?这在某种程度上来说取决于我们对前一句诗"锦衾遗洛浦"的理解。"遗"字指留下,也可读如"未",指馈赠。"洛浦"呼应有关洛水女神宓妃的传说,宓妃貌美却又轻浮,《离骚》中的主人公因此不愿与其发生瓜葛。这句诗似乎暗示了一段浪漫情事,但这段情事的真正内涵却依旧不为人所知。难道是女主人公怀疑她的丈夫在旅途中背叛了自己?难道哪位"神女"是他迟迟不归的原因?还是就简简单单的并没有什么深意地在说"可怜的丈夫将锦被落在了家里,行李中没有足够的冬衣和御寒的衾被"呢?或者是怨怼之词:"他当然会受到寒冷煎熬,因为他将锦被遗留在了洛水之滨!"再或者,如果我们考虑到中国古诗语法的含混以及动词的多义性,也可以将这句话理解为"在洛浦有人把一床锦衾送给了他"。换言之,她的猜忌可能打断了她对于丈夫没有御寒衣物的担忧。

如果将叙述者视为男子,那么我们可以将这两句诗理解为他把锦衾留在了家中,而现在身边既无冬衣,也无衾被,又与"同袍"者分离。也可以理解为男子为洛神的不贞感到惋惜(就像《离骚》主人公那样)。总之,我们面对着多种解读的可能性。正如现代学者马茂元所说的那样:"这两句,过去的解释极为混乱。"③

---

① 《六臣注文选》,《四部丛刊》本,叶 9b。
② 张庚曰:"客游无赖而思故人拯之。"见隋树森编著《集释》卷三,第 36 页。张琦(1764—1833)曰:"此思友之辞。"见隋树森编著《集释》卷二,第 25 页。
③ 马茂元《古诗十九首探索》,第 167 页。另外值得注意的解读出自吴淇和方东树(1772—1851)。吴淇认为"锦衾"是一种修辞手法,而非确有其事。见隋树森编著《集释》卷三,第 22 页。方东树认为宓妃就是诗中女性叙述者的自比,"言其初与游子相结也"。见隋树森编著《集释》卷三,第 71 页。

让我们暂时将这两句诗搁置一边,考察这首诗剩下的部分,主要集中在梦境上:"独宿累长夜,梦想见容辉。良人惟古欢,枉驾惠前绥。愿得常巧笑,携手同车归。"诗中出现"良人",似乎明确指一位女性主人公,她梦见了她的丈夫。但《国风》中的名篇《硕人》是用"巧笑"一词来形容女性的①,无论女子是用这个词来形容丈夫,还是形容自身,都显得有点奇怪。将"绥"递交给新娘应该是新郎做的事,不过当然也可以仅仅表示男人帮助妻子进入马车,然后两人同乘。"古欢"和"前绥"在梦境中把过去和现在连接在一起,但就在做梦者希望梦境延长下去时,梦境就破灭了。时间,更确切地说是对时间的意识,打破了魔咒:

既来不须臾,又不处重闱。亮无晨风翼,焉能凌风飞。
眄睐以适意,引领遥相睎。徙倚怀感伤,垂涕沾双扉。

"晨风"是"诗歌之鸟",它频繁出现于《国风》中,而此处在语义的层次上尤为合适,因为"晨"代表了夜晚、梦境以及幻想的终结(句首"亮"字,在这里做"确实"讲,但本身又有"照亮"之意,此处一语双关)。下一联诗句("眄睐"云云),不见于李善本《文选》,可能是因为不好解释:这两句诗同时表现了两种观看的模式,一种是近距离的察看("眄睐"),另一种是远观("引领遥相睎")。但事实上这恰恰描绘了主人公醒来的过程:先侧目顾盼身旁,寻找心上人的身影,却只见空空如也的床铺,她/他于是起床引领远眺,好像试图远远地看到梦中爱人离别而去的背影。最后一句中出现的涕泪,是梦境的子余和被置换的潮湿。

就像现代学者吴小如所言,这首诗是后世文学传统中无数梦境文本的原型②。尤其适合梦境主题的是,诗歌聚焦于锦衾的遮盖与掩藏。这把我们带回到本文开篇提出的前提:当文本仅仅勾勒出一个叙事纲要,并且指向多重情节及子情节(sub-plot)时,文本就成了一份开放式的邀请,召唤读者来完成叙事。

表演性和抒情的意蕴

17世纪诗评家陈祚明曾对《古诗十九首》的重要性做出过令人信服的阐释,

---

① 毛亨传、郑玄笺、孔颖达等正义《毛诗正义》,第129页。
② 吴小如、王运熙、章培恒等《汉魏六朝诗鉴赏辞典》,第161页。

这一阐释介于诗学和阐释学二者之间：

> 《十九首》所以为千古至文者，以能言人同有之情也。人情莫不思得志，而得志者有几？……志不可得，而年命如流，谁不感慨？人情于所爱，莫不欲终身相守，然谁不有别离？……故《十九首》唯此二意，而低回反复，人人读之，皆若伤我心者，此诗所以为性情之物。而同有之情，人人各具，则人人本自有诗也，但人有情而不能言，即能言而不能尽，故特推《十九首》以为至极。

以上这段评论尽管特指《古诗十九首》，但也强调了中国传统诗学的一个重要原则：诗歌是个体也是集体的一种表达模式；在理想上和在理论上，诗歌应属于每一个人。当然，陈祚明也必须努力克服与这个理论并生的负面因素（evil twin），因为归根结底，并非每一个人都是诗人，而他必须对诗人所具有的特殊能力做出解释，也就是说，诗人如何把人类共通的感情用诗歌的形式艺术地、成功地表达出来。陈祚明对这个问题解答得不是很好，只是说"人情本曲"，所以诗歌的宛曲之处也不过是跟随人情的大致状况而变化。但他承认，《古诗十九首》"惟是不使情为径直之物，而必取其宛曲者以写之"，表达了迥异于很多其他批评家坚持《古诗十九首》是"自然率真"的观点。他总结道："后人不知，但谓《十九首》以自然为贵，乃其经营惨淡，则莫能寻之矣。"①如此一来，陈祚明宣称《古诗十九首》的"宛曲"既是用心"惨淡经营"的结果，也是人类共通情感忠实而自然地呈现，借此来调和"诗是自然"和"诗是人工"的观念。

陈祚明的同时代人、才华横溢的批评家金圣叹（1608—1661）也给诗下过一个相似的定义。他和友人在探讨唐代律诗时说："诗非异物，只是一句真话。"②他在另一封信中写道："诗者，人之心头忽然之一声耳。不问妇人孺子，晨朝夜半，莫不有之。"金圣叹认为诗歌是"人人口中之一声"，对《古诗十九首》尤其贴切。在《古诗十九首》创作的年代，五言诗被看作"低端"的文类（时人看重的是四

---

① 隋树森编著《集释》卷四，第5—6页。
② 金圣叹《金圣叹全集》，南京：江苏古籍出版社，1985年，第4册，第39页。

言诗、赋以及其他散体文类）①。而且，当时在"古诗"（包括《古诗十九首》）和"乐府"之间没有清晰的界线，很多"古诗"中的句子也经常出现在乐府诗中，或被后世文献当作乐府的逸句来引用，相反的情况也同样存在。许多学者讨论过《古诗十九首》，或至少其中几首，是乐府传统的一部分②。如果一些"古诗"曾被作为歌曲演唱，那么它们可能会被不同的歌手为不同的听众演唱过多次，诗歌的含混性会加大其普适性，并且最大程度地增大男女歌手演唱以及听众参与的可能性。如果所谓的古诗、乐府，以及有名有姓的建安诗人所创作的诗歌都属于"同一种诗歌"，具有共同的题材、主题、诗句和诗段，那么含混性很可能是根据具体的场合对诗句与诗段进行拼接创作的结果③。

"表演性"（performativity）是理解《古诗十九首》的关键词。关于"表演性"，我指的并不仅仅是男女两性歌手在观众面前对"古诗"或其片段的表演，也指听众以及后来的文本传统中的读者参与其中的"意义创造"（meaning-production）活动。换言之，歌手、听众和读者共同实现了诗歌叙事的圆满。"叙事"（narrative）一词在这里很重要，《古诗十九首》虽然被视作中国"抒情诗"④的起源，但它们几乎总是呈现出一个戏剧化的场景，暗示着一个隐藏的但更完整的叙事，歌者/听众/读者完全参与到虚拟叙事之中并发挥主导的作用，而这正是这些诗的能量之所在⑤。

在此我们需要花点时间重新审视一番"抒情"这个术语。这个词语在传统话

---

① 尽管关于《古诗十九首》的系年有诸多不同意见，但我们至少可以确定的是，在3世纪末陆机（261—303）创作"拟古诗"之前，这些诗就已经在流传了。

② 例如，见朱嘉征《诗集广序》卷三，《续修四库全书》第1590册，上海：上海古籍出版社，2002年，第272—273页；朱谦之《中国音乐文学史》，北京：北京大学出版社，1989年，第152页；谢立义（Daniel Hsieh）《〈古诗十九首〉的起源与特征》（The Origin and Nature of the "Nineteen Old Poems"），《中国柏拉图文库》（Sino-Platonic Papers）第77期，1998年；刘旭青《古诗十九首为"歌诗"辨》，《中国韵文学刊》2005年第4期，第10—13页。

③ 宇文所安《中国早期古典诗歌的生成》，第73页。

④ 比如高友工认为，从"乐府"到"古诗"的转变，标志着"表演艺术"（performance art）向"抒情艺术"（lyrical art）的嬗变。高友工《中国语言文字对诗歌的影响》，《中国美典与文学研究论集》，台北：台湾大学出版中心，2004年，第183—184页。

⑤ 应当指出的是《古诗十九首》不应该和西方诗歌传统中的"戏剧性独白"（dramatic monologues）相混淆，这种诗歌形式假定有一位明确规定出来的叙述者，他和诗中的听众对话与互动，而听众在诗中的行为以及反应也只能通过诗歌主人公的叙述才能让读者感知。参见萧驰《"书写声音"中的群与我、情与感——〈古诗十九首〉诗学质性与诗史地位的再检讨》，《中国文哲研究集刊》第30期，2007年，第45—52页。

语中经常出现,但只是作为动宾结构,指的是抒发情感,直到20世纪才成为一个固定词语和概念范畴。将现代的价值观与意义附加到"抒情"这个词上,源于将"lyric"这个词译入汉语语境的需求和意愿。英文"lyric"一词源于古希腊语,最初指竖琴(lyre)伴奏的歌曲。"抒情诗"(lyric poetry)被用于与"史诗"(epic poetry)对立的两元结构中,而史诗是印欧叙事文学的主要形式之一。和"抒情"一样,"叙事"("叙述一个事件")这个词语也是从传统写作中的一个单纯的动宾结构短语被提升为中国文学话语中重要概念范畴的。现代中国知识分子——作家、学者、批评家——已经完全接受了"抒情诗"/"史诗"这一对概念在印欧文学传统中的划分,好像它们是天生的、自然的二元对立结构,因此长久以来为中国文学传统中"缺乏"史诗而感到焦虑,这导致他们试图从"中国抒情诗"中发掘出更多的东西,以此来填补他们所痛感的史诗的"缺席"。

然而,在汉语语境中,创造出"抒情"和"叙事"这一对具有内在对立性/互补性的模式和相互依赖的范畴,并用它们来反观中国的古典文学传统,具有很大的误导性。中国古典诗歌中表达的情感往往根植于叙事的情境中,而诗人作为历史人物,其生平身世是一首诗的大叙事语境;这一叙事语境常被诗歌文本所表现出来的情形所坐实(从5世纪开始,常由标明创作场合的诗歌标题表现出来)。陶渊明(365?—427)就是很好的一个例子:他的自传性诗歌常常在叙事性诗题中标明日期,要求读者把他的诗歌放在他生平身世的叙事语境来阅读。尽管我们认为热衷给陶渊明诗提供一个更具体的语境是有问题的做法,但同时我们必须意识到,这种将诗歌语境化的欲望是与中国传统文学批评话语交织在一起的。简言之,抒情/叙事这种二元对立的结构,代表了20世纪的读者和学者对理解与表述中国文学传统的现代努力,然而这种截然的划分对中国古典文学语境来说,显得水土不服,也不适当。

在《古诗十九首》的个案中,"抒情"与一种特别的叙事模式紧密交织在一起。虽然《古诗十九首》的佚名属性使我们不能通过重构作者的背景来作为理解诗歌的历史语境,但诗歌中总隐含着一个个故事,这些故事构成了诗歌的叙述语境。因此,《古诗十九首》中的"抒情"离不开文本本身呈现的叙事场景,例如,与爱人离别,寄赠礼物,到大城市中追名逐利的异乡人,等等。这些叙事语境的完整实现,则取决于诗歌的"表演者们"——歌者、听众和读者——的参与。《古诗十九首》有别于其他种类能导向多重阐释的、"晦涩"的诗歌名作,如杜甫(712—770)的《秋兴八首》、李商隐(约813—858)的《燕台四首》,主要在两方面:首先,《秋兴八首》和《燕台四首》都有明确的作者;其次,《古诗十九首》的模糊性在于内在叙事"情节"的暧昧不明,邀请歌者/听众/读者去填充、阐发和丰富诗中的意蕴。

下面这几行来自《古诗十九首》的诗句再一次为我们提供了这组诗歌的完美寓言。在第5首中,叙述者站在楼下全神贯注地倾听,沉醉于楼中女子动人的歌声:"上有弦歌声,音响一何悲。谁能为此曲,无乃杞梁妻?"杞梁妻因丈夫去世而伤心恸哭,甚至哭倒了城墙。值得注意的是,在听到女子的悲歌时,听者试图赋予女子一个身份和一个故事,以此来构建歌者的歌唱背景。换言之,他通过将歌者置于一个戏剧化情境中来为她的歌曲建构语境:她不仅仅是独居的女子,而且是因战争而丧夫的寡妇,有着悲惨的身世,而不是少女、未婚妻或老姑娘。这是听者从她的歌曲中拼接出来的故事,而这个故事又使他能够理解这首歌,进而理解那位深藏于高楼之中和歌声背后的女子。他是"知音"者,他使得隐抑在歌曲中的被割裂的叙事得以发展为完整的故事。歌声是女子的自我表达,同时也是男子的自我表达,通过她的和他的表演而鲜活起来。出自女子之口的歌与出自男性叙述者之口的诗是平行的,而且成为诗的镜像,因为歌曲表达的情感是听者通过故事来理解的,就像诗的情感也只能通过一个故事去理解感悟一样。这些诗句中发生的一切因此成为《古诗十九首》之表演与接受的象征,这又反过来为我们提供了一个理解中国古典诗歌如何运作的基本模式。

这位女性歌者,无名无姓,始终未曾现身,孀居在高楼上,不但是《古诗十九首》创作者,而且也是这些诗歌本身的绝好隐喻。她是"诗母"——生命的给予者,同时作为一位寡母,拥有对孩子的可怖权威,但相对于父亲而言却永远处于次要地位;她的名字不得而知,而她的后代也对她的无名状态感到满意。在男权文化中,只有父亲才是说一不二、绝对权威的真正家长,因为如果我们回顾一下17世纪批评家陆时雍的说法,就会发现:他也是母亲的创造者。

(卞东波 译)

选集的缺憾：以应璩诗为个案

康达维(David R. Knechtges)①

本文的关注点在于诗文选集中的文体分类，以及选集在保存与传播文学作品中扮演的角色。文史研究者们都常常会面临中国古书中的分类这一棘手问题，不论是在作品选集中还是在类书里。类书之名，从字面上看，就是"按照类别排列作品"的意思。大家可能知道博尔赫斯在《约翰·威尔金斯的分析语言》一文中，提到了一部名为《天朝仁学广览》的古代中国百科全书，以及它奇特的分类方法。据博尔赫斯所写，这本书将动物分成以下几类：(1)属于皇帝的，(2)经过防腐处理的，(3)经过训练的，(4)乳猪，(5)人鱼，(6)传说中的，(7)流浪狗，(8)被包含在此分类内的，(9)发疯般躁动的，(10)数不胜数的，(11)用精致的驼毛笔绘出的，(12)其他，(13)刚刚打破花瓶的，(14)远看像苍蝇的。

虽然大多数中国作品选集和类书的分类并不如此奇特而复杂，但偶尔也会有无法用常理解释的类别出现。我四十年来一直致力于《文选》的翻译，在这部选集中，我便遇到了一个较费思量的诗歌分类。《文选》所收的诗歌被分为二十三类，其中大多数分类是非常明确易懂的，如述德、祖饯、咏史、游览、赠答、行旅、军戎、挽歌，等等。然而，有一个诗歌分类令我困惑良久。这一分类被命名为"百一"，关于这一奇怪的名称，有很多种不同解释，最为浅显的一种解释认为，"百一"就是"一百〇一"或者"百分之一"的意思。然而，这种浅显的顾名思义，并不能将这一名称的含义解释清楚。

---

① 康达维，西雅图华盛顿大学博士，现为西雅图华盛顿大学荣休教授。中译文原载《国际汉学研究通讯》第一期，北京：中华书局，2010年。

《文选》的"百一"类中只收录了一位诗人的一首作品,这位诗人被称为"百一"诗体的创始人。诗人名为应璩(190—252)①,出身于汝南(今河南项城)南顿应氏这一著名的学术世家。其叔父应劭是《风俗通义》的作者,其兄应玚则是东汉末期最负盛名的文学集团"建安七子"中的一员。虽然应璩未列建安七子之中,但他也参与了204—219年以曹丕为领袖的邺下文学集团的一系列活动。

应璩只比曹丕年轻三岁,而比当时最重要的文人、曹丕之弟曹植年长两岁。然而,应璩建安时期的文章中保存至今的,只有他给七子之一刘桢所写的一封信的残句②。

我们对应璩的政治生涯不甚了解。虽然在曹丕建立魏朝后(220年),应璩在朝为官,但在之后近二十年里他的身份都比较低微。在与很多同僚、亲戚以及朋友的往来信件中,他都对此有所抱怨③。而在魏朝第二个皇帝明帝(227—239年在位)去世以后,应璩的仕途有了转机。明帝的继承人曹芳年纪尚幼,朝政大权由共同摄政的曹爽和司马懿把持,而这两个人各有其政治集团④。曹爽是曹操的远亲,也许是因为与曹氏的亲戚关系,到247年,曹爽获得了凌驾于朝廷之上的极大权力。曹爽的一个重要盟友是何晏,在当时,他与王弼并称,是最重要的玄学家之一。在下文对应璩诗的分析中,我们还将提及他的名字。

应璩在曹爽阵营中担任相当高的官职。根据陆侃如《中古文学系年》,在244年左右,应璩被任命为曹爽的长史。然而,虽然应璩是所谓曹爽集团中的重要成员,但他并没有像何晏以及其他一些人一样效忠曹爽。因此,在司马懿于249年发动针对曹爽的政变之后,包括何晏在内,绝大部分曹爽的支持者被杀身亡,而应璩并没有受到惩罚,甚至没有被罢黜免官。250年,他甚至升迁为侍中。可能就在此后不久,应璩辞官,在田园中过起了半隐居的生活。应璩于252年去世,死后追赠卫尉。如果应璩是曹爽的忠实拥护者,那么在司马懿刚刚通过血腥宫廷政变消灭曹爽集团的政治环境下,他是很难受到如此礼遇的。

---

① 关于应璩生平,详见陈寿《三国志》卷二十一裴注引荀勖《文章叙录》,北京:中华书局,1959年,第604页。
② 萧统编、李善注《文选》卷二十六,第1232页。
③ 严可均《全上古三代秦汉三国六朝文·全三国文》卷三十,北京:中华书局,1959年,叶1a—b。
④ 关于曹爽与司马懿的政治斗争,参见李民民、柳春藩《关于司马懿曹爽之争的评价问题》,《史学集刊》1982年第4期,第14—18页;孟祥才《论曹爽之败》,《史学月刊》2004年第8期,第20—24页。

在本文篇末，我将翻译并分析《文选》所收的应璩《百一诗》，而在此之前，我想先对"百一"之名以及应璩诗作的流传史略作讨论①。

关于题目，《文选》李善注中收录了四种对"百一"之名的解释。

    1. 张方贤《楚国先贤传》曰：汝南应休琏作《百一篇诗》，讥切时事，遍以示在事［一作位］者，咸皆怪愕，或以为应焚弃之，何晏独无怪也。

    2. 李充《翰林论》曰：应休琏五言诗百数十篇，以风规治道，盖有诗人之旨焉。

    3. 孙盛《晋阳秋》曰：应璩作五言诗百三十篇，言时事颇有补益，世多传之。

    4.《今书七志》曰：《应璩集》谓之新诗，以百言为一篇，或谓之百一诗。

李善所引的文献大致是按年代排列的。第一条文献《楚国先贤传》，是先秦时曾属楚国的这一地区内名人传记的合集。其中所载的人物上至春秋，下至西汉早期。虽然李善称此书作者为张方贤，但实际上，它更可能是由张辅所著。张辅，南阳人，汉代著名诗人学者张衡的后人②。张辅与252年去世的应璩相隔仅几十年。他将"百一"之名解释为这组诗歌的数量，是非常直截了当的。他还指出，这一系列诗作暗含着对时事的批评。虽然他并没有写明应璩创作《百一诗》的时间，但是因为他提到了何晏，所以我们可以推测，张辅认为这组诗是正始年间，应璩在曹爽幕中时所做。

李善所引第二条文献为东晋学者李充所著《翰林论》。这是一篇著名且影响深远的文学批评著作，然而并没有完整流传至今。李充对诗题的解释并没有张辅精确，他只是说这组诗里包括"百数十篇"，并没有明确解释这是否是"百一"之名的由来。在很久之前我就明白，在研究中国古代的组诗时，不能过于拘泥于其篇目计数。不管是"百一篇"还是"百数十篇"，都可能只是对组诗中诗歌实际数量的大略记载。李充又称这组诗与《诗经》有相同的创作意图，说明他和张辅一

---

① 关于应璩的学术论文并不多。比较有价值的有：张伯伟《应璩诗论略》，《中州学刊》1987年第5期，第69、76—79页。文志华《〈文选〉之〈百一诗〉研究》，《新世纪论丛》2006年第3期，第150—152页。洪彦龙《"百一诗"和〈文选〉的接受史考察》，《乐山师范学院学报》2008年第4期，第22—25页。

② 舒焚《楚国先贤传校注》，武汉：湖北人民出版社，1986年，第6页。

样,认为应璩的诗作带有政治目的。

李善所引的第三条文献出自《晋阳秋》,是关于晋代的重要史书。其编者孙盛是东晋最为重要的学者之一。我不太清楚孙盛为何在这部书里提到应璩诗,因为应璩在西晋建国前就去世很久了。但不论原因如何,我们可以看到,在孙盛的史书中记载的《百一诗》数目升至一百三十首。与前两条文献一样,孙盛也认为这些诗具有训诫功能。

李善所引的最后一条文献出自现今已经亡佚的一部目录书。所谓"今书七志",就是分七个部类著录当时的书籍,这是南朝晚期最重要的书籍分类法之一。《今书七志》在刘宋时由著名学者王俭(452—489)编纂,是一部篇秩浩繁的图书目录,分为七类,著录图书15754卷。关于"百一"之名,王俭提供了一种全新的解释。他首先提到了应璩的诗作被称为"新诗",在篇末我将谈及"新诗"这一名称的重要性。王俭也提及这组诗的另一名称为"百一",而他又说到每篇诗为"百言"。我们从王俭的《今书七志》中能够得到的关于应璩诗最为重要的信息是,他也许曾经见到过一种《百一诗》单独成集的版本。我在下文还将提到这一点。

而李善对以上四种解释均持反对态度。他首先指出各家记载组诗中诗歌数目的矛盾,随即又认为王俭称应璩以"百一"命名是因为每首诗各有一百字这一说法也并不可信,即"然以字名诗,义无所取"。

李善然后引用了据其称为《百一诗序》的材料,来引出他认为对"百一"之名最为权威的解释。其注曰:"据《百一诗序》云。时谓曹爽曰:公今闻周公巍巍之称,安知百虑有一失乎?"李善随即称"百一"之名由此而来。("盖兴于此也")也就是说,对李善来说,"百一"从字面上看是"百分之一"的意思,而实际上有其引申含义,那么"百一诗"即"训诫诗"或"讽谏诗"之意。对于李善所引的《百一诗序》,我们并不能确认其作者。著名魏晋文学专家徐公持认为,它也许并非应璩所亲作,而是出于晚些时候其诗集编纂者的手笔[①]。

在我看来,通过李善所引用的诸家对"百一"的解释,包括他所赞同的说法在内,我们并不能真正了解"百一"到底意味着什么。因此,在本文中,我不准备在此问题上做过多的阐述。

[①] 徐公持《魏晋文学史》,北京:人民文学出版社,1999年,第162页。

然而，李善确实为我们提供了关于应璩诗歌流传史的重要资料。首先，他提到了《应璩集》的情况。李善在做注时可能引用了几种不同的《应璩集》。《隋书·经籍志》著录一种十卷本的应璩集，题为《魏卫尉卿应璩集》①。这应该是在他死后编纂的，因为书名中提到了应璩死后所追赠的卫尉官职。同样是在《隋书·经籍志》中，还著录了一种由同为著名作家的应璩之子应贞做注的八卷本《百一诗》②。应贞《百一诗注》今已不存。然而，在宋朝类书《太平御览》中，我找到一条疑为其注文的材料③。《百一诗》单行集可能到北宋时仍在，因为它也被著录于《新唐书·艺文志》。从其八卷本的篇幅来看，集中存诗一百三十首的说法是相当可能的。

可惜的是，随着在北宋晚期或南宋早期《应璩集》的散佚，其大部分诗作只存有残句。根据南宋著作中提及应璩诗的情况，我推断《应璩集》在南宋时已经不存。首先是在两种南宋早期诗话中对五首《百一诗》的概述。比较常见的版本出于葛立方的《韵语阳秋》④。葛立方在去世的前一年，即1163年完成这部书⑤。然而，我发现书中关于应璩诗的评论并非葛立方所写，而是来自于他的父亲——比他更为著名的宋代词人葛胜仲（1072－1144）⑥。

---

① 魏徵等《隋书》卷三十五，北京：中华书局，1973年，第1060页。
② 同上，第1084页。
③ 李昉等《太平御览》卷七百三十九，叶11b－12a。"应璩《新论》曰：'汉末桓帝时，郎有马子侯。自谓识音律，请客鸣笙竽。为作陌上桑，反言凤将雏。左右伪称善，亦复自摇头。'马子侯为人颇痴，自谓晓音律。黄门乐人更往嗤诮，子侯不知，名《陌上桑》反言《凤将雏》，摇头欣喜，赐左右钱帛，无复惭也。"画线部分也许是应贞的注文，原文为小字。
④ 葛立方《韵语阳秋》卷四，文渊阁《四库全书》本。
⑤ 郭绍虞《宋诗话考》，北京：中华书局，1979年，第75页。
⑥ 《韵语阳秋》中的记载如下："余观《楚国先贤传》，言汝南应璩作《百一诗》，讥切时事，遍以示在事者，皆怪愕，以为应焚弃之。及观《文选》所载璩《百一》篇，略不及时事，何耶？又观郭茂倩《杂体诗》载《百一诗》五篇，皆璩所作。首篇言马子侯解音律，而以《陌上桑》为《凤将雏》。二篇伤翳桑二老，无以葬妻子，而己无宣孟之德，可以赒其急。三篇言老人自知桑榆之景，斗酒自劳，不肯为子孙积财。末篇即《文选》所载是也。第四篇似有风谏，所谓'苟欲娱耳目，快心乐腹肠。我躬不悦欢，安能虑死亡'。此岂非所谓应焚弃之诗乎？方是时，曹爽事多违法，而璩为爽长史，切谏其失如此。所谓百一者，庶几百分有一补于爽也。而爽卒不悟，以及于祸。或谓以百言为一篇者，以字数而言也。或谓百者数之终，一者数之始，士有百行，终始如一者，以士行而言也。然皆穿凿之说，何足论哉？后何逊亦有《拟百一体》，所谓'灵辄困桑下，於陵食自蟫'，其诗一百十字，恐出于或者之说。然璩诗每篇字数各不同，第不过四十字尔。《丹阳集》"这段资料的来源是《丹阳集》。《丹阳集》是葛立方之父葛胜仲（1072－1144）的文集。其通行本二十四卷是从《永乐大典》中辑出的，其中并没有这段记载。然而，根据四库提要，原本《丹阳集》的篇帙要比现存的大得多，包括八十卷正文和二十卷补遗。因此，通常被认为是葛立方所做的关于应璩诗的评论，很有可能是由其父葛胜仲所留。

葛胜仲首先引用《楚国先贤传》中称应璩作《百一诗》用以讽切时事的内容,然后提出疑问:《文选》仅选录一首《百一诗》,而且在其看来,这一首"略不及时事,何耶?"他随即提到,他曾在郭茂倩所编的诗集《杂体诗》中读到五首《百一诗》。郭茂倩以编纂《乐府诗集》而闻名,其具体生卒年不详,但肯定与葛胜仲处于同一时代①。我找不到任何关于郭茂倩所编《杂体诗》的文献,它似乎在宋朝之后就已散佚,甚至也许始终并无刻本流传。

随即,葛胜仲对《杂体诗》中收录的五首诗各做说明。其中三首或完整地保存下来,或有残句保存至今。第一首是《文选》所收的《百一诗》。第二首讲述了东汉马子侯的故事:他自称精通音律,却不能分辨两首著名的乐曲。第三首模仿一个老人的口吻,写其在感到时不久长以后,劝慰自己饮酒为乐。现将其中两首抄录于此,首先是嘲笑马子侯的那一首:

汉末桓帝时,郎有马子侯。自谓识音律,请客鸣笙竽。
为作陌上桑,反言凤将雏。左右伪称善,亦复自摇头。

另一首内容如下:

年命在桑榆,东岳与我期。长短有常会,迟速不得辞。
斗酒多为乐,无为待来兹。

注一:"桑榆"意味着晚间,此处则比喻老年。关于这个词有两种解释。一说"桑榆"是两颗星的名字,太阳在二者之间落下。一说在傍晚太阳落下之时,最后一缕阳光将照射在桑树和榆树之巅。

注二:"东岳"即泰山,被认为是人死后魂归之所。

葛胜仲提及的诗中有两首现已不存。其中一首讲述了两个翳桑的老人,无以埋葬妻子。诗人伤己无宣孟之德,不能在他们需要帮助时施以援手。这首诗显然是用《左传》中著名的"翳桑饿人"之典,即灵辄饿于翳桑,赵盾(谥号宣孟)给他食物的故事②。而第二首佚诗,葛胜仲引用了其中四句:

---

① 刘跃进《中古文学文献学》,南京:江苏古籍出版社,1997年,第235—236页。
② 《左传·宣公二年》,杜预注、孔颖达等正义《春秋左传正义》,《十三经注疏》整理本,北京:北京大学出版社,2000年,第687页。

> 苟欲娱耳目,快心乐腹肠。我躬不悦欢,安能虑死亡。

他推测这一首就是与应璩同时的人劝他焚弃的政治诗作之一。然而,由于他只引用了四句,因此无法从中判定诗中有何关于政治的内容。

第二种提到应璩《百一诗》的南宋著作是王楙(1151－1213)的《野客丛书》①。王楙以一个很长的条目讨论了关于"百一"的各种解释,和葛胜仲一样,他也谈到了郭茂倩《杂体诗》所收的五首诗作,然而,他并没有提及这五首诗的内容。

另一种宋诗话,即北宋晚期潘锌所著的《潘子真诗话》引用了另外两首应璩诗。潘锌称,两种唐代文献,即吴兢的《古乐府》和《艺文类聚》中都收录了这两首诗,但其所载皆不完全。而他从"临淄晏公"处得到了完整的版本。第一首诗:

> 古有行道人,陌上见三叟。年各百余岁,相与锄禾莠。
> 住车问三叟,何以得此寿。上叟前致辞,量腹节所受。
> 中叟前致辞,室内妪粗丑。下叟前致辞,暮眠不覆首。
> 要哉三叟言,所以能长久。

在第二首诗中,诗人写到随着年华老去而逐渐谢顶的情况,并且进行了幽默的描写:

> 少壮面目泽,长大色丑粗。丑粗人所恶,拔白自洗苏。
> 平生发完全,变化似浮屠。醉酒巾帻落,秃顶赤如壶。

很明显,从北宋晚期或南宋早期的诗话文献来看,完整的《百一诗》文本已然无存。据我所知,自此以后,并无搜集应璩诗作的尝试,这种情况一直延续到明代。在16世纪,冯惟讷(1513－1572)编纂了一部内容广泛的唐前诗歌总集《古诗纪》。在其中的卷二十七收录了应璩诗。其中,在"百一诗"的名目下收录了三首。第一首是唯一的完整作品,也就是《文选》所收的《百一诗》。第二首实际上是由两段残句拼合而成:(1)葛胜仲曾提及的,关于一个老人念及死亡,以饮酒作

---

① 王楙《野客丛书》卷二十七,北京:中华书局,1987年,第312－313页。

乐自解的那一首;(2)批评朝廷大兴土木修建奢华宫室的一首。二者合一,便成为冯惟讷所收录的这首:

> 年命在桑榆,东岳与我期。(之部)
> 长短有常会,迟速不得辞。(之部)
> 斗酒多为乐,无为待来兹。(之部)
> 室广致凝阴,台高来积阳。(阳部)
> 奈何季世人,侈靡在宫墙。(阳部)
> 饰巧无穷极,土木被朱光。(阳部)
> 征求倾四海,雅意犹未康。(阳部)

这首诗不可能是同一首诗,有以下几个原因。第一,本诗从第四韵开始换韵。即使是《文选》所收录的那首完整的《百一诗》,也是整首诗一韵到底,而其他被证实是应璩所做的残句在同一章中也未见换韵的情况。第二,随着换韵,诗歌的主题也发生了变化。

冯惟讷之所以会将这两段残句当作同一首诗,也许是由于他遵从了他所采用的原始文献的排序。这一文献就是唐代类书《艺文类聚》。这部书在唐初由欧阳询(557—641)主持编纂,在武德七年(624年)成书。与大多数类书一样,《艺文类聚》并不引用完整的作品,而只引用作品片段。在"讽"类中,引用了应璩《百一诗》。至少从现存版本的《艺文类聚》来看,其所引两首《百一诗》中间并无分隔。我认为,很明显冯惟讷不加判断地照搬了在《艺文类聚》中发现的诗句,没有注意到它们分属于不同的作品。

冯惟讷所收的第三首诗是一段长四句的残句,内容为警示年轻人谨慎结交师友。这段残句来源于另一部唐前期类书《初学记》,《初学记》于729年上呈玄宗。这段诗句如下:

> 应璩《百一诗》:子弟可不慎,慎在选师友。师友必良德,中才可进诱。[1]

---

[1] 徐坚编《初学记》卷十八,北京:中华书局,1962年,第433页。

除了收于"百一诗"一类中的三首诗以外,冯惟讷还收录了三首被他称为"杂诗"的作品,以及上文已经引过的关于"三叟"的那一首。冯惟讷指出,《杂诗》中的前两首同样出于唐类书《艺文类聚》。第一首也是一首训诫诗,警示人们应在事态发展到不可收拾之前防范未来的危险与灾患:

> 细微可不慎,堤溃自蚁穴。膝理早从事,安复劳针石。
> 哲人睹未形,愚夫暗明白。曲突不见宾,燋烂为上客。
> 思愿献良规,江海倘不逆。狂言虽寡善,犹有如鸡跖。
> 鸡跖食不已,齐王为肥泽。

这首诗见于《艺文类聚·鉴戒》①这个题材在早期中国文学中非常常见:灾祸往往由看似微小的原因而起。因此,应璩这首诗可被视为告诫当权者不要因为地位无虞而自满,只有从刚一开始就有所防范才能避免未来的灾难。为了表达这一意图,他在第七、八句用了"曲突徙薪"的典故。这个典故是说,一个人家里的烟囱是直的,旁边又堆了柴薪。有客人建议他改建成弯曲的烟囱,并且把柴薪挪到远处,否则也许会发生火灾。主人没有听取客人的建议,不久,房屋果然因此失火,不过由于邻居们及时赶来,火被扑灭了。于是主人摆酒席宴请帮助他灭火的人,并请为了救火而被烧得焦头烂额的人坐在上首,却根本没有邀请建议他改建成弯曲烟囱的客人前来。

最后三句则是用"齐王之食鸡也,必食其跖数千而后足"之典②。虽然不能确认这是否是应璩有意为劝诫曹爽所作的诗歌之一,但并非不能按此理解。

冯惟讷命名为"杂诗"的第二首作品读起来更像是官箴,即另一种体裁的韵文。这首诗内容如下:

> 魏应璩杂诗:散骑常师友,朋[当作朝]夕进规献。侍中主喉舌,万机无不乱。尚书统庶事,官人乘法宪。彤管弼纳言,貂珰表武弁。出入承明庐,车服一何焕。三寺齐荣秩,百僚所瞻愿。③

---

① 欧阳询撰、汪绍楹校《艺文类聚》卷二十三,第416—417页。
② 王利器《吕氏春秋注疏》卷四,成都:巴蜀书社,2002年,第461—462页。
③ 欧阳询撰、汪绍楹校《艺文类聚》卷四十五,第798页。

在这首诗中，应璩列举了各种朝廷官员的功能，而又指出他们的主要职责是向君主直言讽谏规诫。

《杂诗》第三首是关于诗人的秃头的那首诙谐之作的四句残句，然而，他并没有将"平生发完全，变化似浮屠"这几句收录在内。

冯惟讷对应璩诗的收集工作远称不上完善。因此，明末著名学者张溥（1602－1641）在其《汉魏六朝百三家集》中又增入了四段残句，每段五句，以及被冯惟讷忽视未录的关于汉代名不副实的"通音律者"的那首诗作。此外还收录了七韵残句。然而，他并没有标明他所收集的这些文献的来源。

进入20世纪后，丁福保（1874－1952）编成了《全汉三国晋南北朝诗》，在1916年出版，此后多次再版，并且在之后的半个多世纪中，被当成最权威的唐前诗歌总集。然而，丁福保编纂的这部书有欺世盗名之嫌：除了极少的增补外，它几乎可以看作是冯惟讷《古诗纪》的重印本。比如说，丁福保所编总集里应璩诗的部分完全照搬《古诗纪》，连冯惟讷所做的注都没有改动，却全然没有提及资料来源和原作者①。

从40年代开始，逯钦立（1910－1973）着手进行重订《古诗纪》的工作。经过二十年努力，他的成就远远超越了冯惟讷，编纂出了至今为止最为完备的唐前诗歌总集《先秦汉魏晋南北朝诗》。1983年，这部书分为三册出版。书前列出了详尽的引书目录。关于应璩诗作，逯钦立收集了相当丰富的文献材料。仅仅在《百一诗》之下，就列出了二十五首作品②。虽然其中很多只是残句，但这已是对应璩诗最为完善的收集整理。逯钦立所收集的文献主要来源于各种类书。

除了上文已经提到的《艺文类聚》和《初学记》之外，应璩诗，至少是部分诗句，被另外两部类书广泛引用，即《北堂书钞》和《太平御览》。《北堂书钞》由虞世南（558－638）编纂于隋代。《太平御览》则是一部著名的宋代类书，982年初步定稿，篇幅达1000卷。它所引用的材料大多来自之前的类书，而现在这些类书很多都已散佚。因此，《太平御览》中保存了大量已佚的六朝、唐代类书中的文献资料。《太平御览》里引用了两千多种书籍、文章和诗歌，不论是直接引用还是引自前朝类书，由于其引用极其丰富，因此对现今不存的书籍有重要的保存作用。

---

① 丁福保编《全汉三国晋南北朝诗》卷三，北京：中华书局，1959年，第197－198页。
② 逯钦立编《先秦汉魏晋南北朝诗》，第469－472页。

虽然所有类书都不会引用作品全文,但是《北堂书钞》和《太平御览》中对文学作品的引用,比上述其他类书都更为简短。大多数情况下,这两部书只会引用诗作的一韵。然而,在这两部书中更有价值的,是他们引用应璩诗时所大量使用的题目。题目分为几种,比较常见的是"杂诗",这在前文冯惟讷《古诗纪》中也提到过,而更为有趣的一个题目是"新诗"。我已在上文说过,在5世纪,刘宋学者王俭所看到的《百一诗》单行本中,就将应璩诗命名为"新诗"。关于这个题目,有很多文献可以证明,比如,在《北堂书钞》和《太平御览》中,都有大量应璩诗在引用时被称为"新诗"。

《北堂书钞》卷五十八(叶 1a)引应璩《新诗》云:

> 侍中王喉舌,万机无乱也。①

这两句在缺少上下文的情况下,可能显示不出其重要性。然而,它们是被节引自上文已经提到过的、关于政府官员职能的诗作。而诗中提出,官员的主要职责在于规诫君主。这首诗的主要观点在于,朝廷乃至于整个国家,如果想得到良好的治理,那么君主必须要善于采纳臣子的批评意见,而应璩大概也把自己包括在诗中那些直言敢谏的臣子之内。

《北堂书钞》卷一百四十四(叶 2a)引应璩《新诗》云:

> 平生居口郭,宁丁忧贫贱。
> 出门见富贵,口口口口口。
> 灶下发牛矢,甑中装豆饭。

这首诗是应璩一些书信的主题在诗歌中的反映。在某一段时期内,应璩总是抱怨他的贫困甚至难以糊口的生活。比如这段引文:"谷籴惊踊,告求周邻。日获数升,犹复无薪可以熟之。虽孟轲困于梁宋,宣尼饥于陈蔡,无以过此。"② 另一封书信中则称:"值皇天无已之雨,薪刍既尽,旧谷亦倾匮。"③

在其他一些被题为"新诗"的作品中,应璩写到宫廷中食物的丰盛以及权贵

---

① 欧阳询撰、汪绍楹校《艺文类聚》卷四十五所引版本为"万机无不乱",第798页。
② 欧阳询撰、汪绍楹校《艺文类聚》卷三十五引应璩《与董仲连书》,第630页。
③ 同上,第630页。

们所能享受到的奢华宴会。

《北堂书钞》卷一百四十五(叶 1a)引应璩《百一诗》云：

> 有酒流如川，有肉积如岑。

在其后的几句中，他批评了负责御厨的官员倒卖皇家食品库中食物的现象。《太平御览》卷八百二十八引应璩《新诗》云：

> 太官有余厨，大小无不卖。岂徒脯与糗，醘醢及盐豉。

应璩诗被命名为"新诗"的重要性何在？而这些诗又"新"在何处？关于这个问题，在其现存诗歌及残句所表达的观点中可以得到一部分答案。这些诗大部分都有所"刺"。虽然它们并不是波普、德莱顿的作品那样像发展成熟的讽刺文学，但确实蕴含着对朝廷上层的不满与批评。描写关于奢华生活和挥霍无度的诗歌看起来很符合明帝时期的情况。明帝在位期间，因为利用有限的国家财力在许昌和洛阳大修宫室，而受到一些朝廷官员的严厉批评。在 232 年左右，景福殿在许昌修成，耗费八百余万①，明帝命群臣作赋以为纪念。在这一场合作赋的臣子中就有何晏，他的赋还被收入《文选》(这实际也是何晏唯一被《文选》收录的作品)。在 235 年，明帝又下令在洛阳修建两座大型宫殿：昭阳殿和太极殿，以及高十余丈的观景塔总章观②。几位当时名臣，包括陈群、杨阜、高堂隆及王肃等对此事和其他修建宫室的行为都强烈反对，多次切谏。正如徐公持所指出的，应璩诗中批评竭民用以兴宫室的诗句，与这些直臣的上疏中的一些语句有共通之感。

应璩现存的另一首诗的残句明显嘲讽了缺乏能力而又谋求官职的人，《北堂书钞》卷七十九(叶 2b)：

> 京师何缤纷，车马相奔起。借问乃尔为？将欲要其仕。
> 孝廉经术通，谁能应此举。

---

① 郦道元注，杨守敬、熊会贞疏《水经注疏》卷二十二，南京：江苏古籍出版社，1989 年，第 1850 页。
② 陈寿《三国志》卷三，第 104 页。

这首诗中涉及自汉朝早期开始的向朝廷荐举人才的制度。地方各郡长官可以向中央政府推举孝廉。虽然成为孝廉的基本要求是熟习经典，但应璩尖锐地指出，当时谋求官职的候选人们缺乏必要的经术知识。

我们已经了解，李善所引的早期文献中，都称应璩创作了大量用以批评时事及在朝官员的诗歌。确实，在六朝时期，他被认为是出类拔萃的讽谏诗人。后人在创作训诫诗或讽谏诗时，甚至会将他的诗作为模板。一个明显的例子发生于狄人在四川建立的成汉国。开国皇帝李寿（300—343）在338年建立了成汉，此后他开始大兴土木，以便与定都邺城的石虎（295—349）抗衡。一些朝中官员劝他缩减用于建筑的人力物力，甚至放弃皇帝的称号，而他把这些人处以极刑。在这种情况下，一位名为龚壮的文士以应璩的口吻创作了一组诗歌（共七首），来责备李寿的行为①。虽然龚壮的诗并未保存下来，但这明显是个很有代表性的例子，说明时人在写作政治题材的诗歌时，会使用应璩的体裁，甚至应璩的口吻。

应璩另一首署为"新诗"的作品也许明确地针对当时的一项朝廷政令。自明帝时起，朝廷下达了禁止渔猎的命令。虽然这首诗只保存了四句，但在这几句中可以看出，应璩对于禁止百姓在洛水捕鱼这一政令的后果提出了警告。

《太平御览》卷八百三十四引应璩《新诗》云：

> 洛水禁罾罟，鱼鳖不为殖。空令自相啖，吏民不得食。

这几句诗与高柔的一篇措辞幽默的上疏有异曲同工之妙。在那篇上疏中，与应璩一样，高柔也反对禁止猎鹿，并认为，如果禁止猎鹿，鹿将因虎、狼和狐狸等的猎食而数量骤减。每次读到这一上疏，总让我忍俊不禁：

> 今禁地广轮且千余里，臣下计无虑其中有虎大小六百头，狼有五百头，狐万头。使大虎一头三日食一鹿，一虎一岁百二十鹿，是为六百头虎一岁食七万二千头鹿也。使十狼日共食一鹿，是为五百头狼一岁共食万八千头鹿。鹿子始生，未能善走，使十狐一日共食一子，比至健走

---

① 房玄龄等《晋书》卷一百二十一，北京：中华书局，1974年，第3046页；魏收《魏书》卷九十六，北京：中华书局，1974年，第2111—2112页。

一月之间,是为万狐一月共食鹿子三万头也。大凡一岁所食十二万头。①

应璩作为讽谏诗人的声誉在六朝时盛传不衰。上文已谈到东晋学者李充对应璩讽谏诗的盛赞。而在一部更早的著作中也提到了应璩及其诗作,即《文章叙录》,又称《杂撰文章家集叙》,十卷本,为与应璩时代接近的荀勖所做②。它也许是荀勖为皇家藏书所编目录《中经新簿》中关于文学著作的部分③。《文章叙录》现已不存,但书中对应璩的记载被很多文献引用,其中最完整的版本称:"曹爽秉政,多违法度,璩为诗以讽焉。其言虽颇谐合,多切时要,世共传之。"④

在6世纪初,《文选》编纂之时,对应璩的强烈关注仍然存在,因此《文选》的编纂者们从他的《百一诗》中挑选了一首,收入这部地位颇高的选集中。6世纪的两部最为重要的文学批评著作——钟嵘的《诗品》与刘勰的《文心雕龙》也都明确提到了应璩。在《诗品》中,应璩受到相当高的评价:他的诗被列为中品,钟嵘也指出他的诗歌创作带有明确的讽谏色彩:"指事殷勤,雅意深笃,得诗人激刺之旨。"而刘勰则欣赏他的不惧、独立,以及用隐晦含蓄的方式表达讽谏之意:"应璩百一独立不惧,辞谲义贞。"

关于应璩诗在6世纪时的地位,另一间接证据是当时的著名诗人何逊所作的一首题为《聊作百一体》的诗。这首诗的有趣之处在于,它表明在何逊的时代,"百一"作为一种诗体的地位已经确立。在这首诗中,何逊抱怨了他的贫穷和怀才不遇。上文已经说过,这也是应璩的一些诗作的主题。

遗憾的是,关于《百一诗》的仿作,我们没有找到其他例证。这一时期最著名的仿作诗人是江淹(444—505),他创作了《杂体诗三十首》来模仿前代诗人的风格,但其中并不包括对应璩的模仿。

现在回到我之前提出的问题:应璩的诗作"新"在何处?答案在于,"百一

---

① 陈寿《三国志》卷二十四,第689页。
② 魏徵等《隋书》卷三十三,第991页。
③ 关于本书辑佚,见鲁迅《众家文章纪录》,《鲁迅辑录古籍丛编》卷三,北京:人民文学出版社,1999年,第411—417页。关于本书性质,见赵望秦《荀勖〈中经新簿〉是有叙录的》,《中国典籍与文化》2004年第4期,第10—15页;陈君《西晋荀〈录〉与汉魏乐府》,吴相洲主编《乐府学》第二辑(2007年),第71—72页。
④ 陈寿《三国志》卷二十一,第604页。

诗",不论其真正题目是什么,它是第一组用五言诗体进行讽谏的组诗。虽然在应璩之前,有大量用于讽谏或讽刺的四言诗,但应璩似乎是最早用纯粹的五言诗表达其政治意图的诗人。虽然很难确定他创作这些诗的精确时间,但比起同时期的大名士阮籍所做的《咏怀诗》,应璩诗的创作时间应该更早。说到阮籍的《咏怀诗》,几乎每个人都同意,它与当时,尤其是司马懿推翻曹爽之后的时事政治相关。然而,正和应璩的诗作一样,就算诗中真的影射了时事,在现在实际也已经昧而不彰。

在文章的结尾,我们回过头来看《文选》所收的那首应璩的诗作。上文已经提到,所有提及《文选》所收《百一诗》的宋代批评家都认为这首诗并不具有记载中应璩诗本该具有的讽谏性质。如果果真如此,为什么在应璩的大量作品中,《文选》的编纂者们要挑选这样一首来作为唯一的代表作?我认为,如果更加仔细地分析这首诗,就可以发现,它并不像宋代批评家所说的那样,与其他作品有很大区别。

我们首先来读一遍这首诗:

> 下流不可处,君子慎厥初。名高不宿著,易用受侵诬。
> 前者隳官去,有人适我闾。田家无所有,酌醴焚枯鱼。
> 问我何功德,三入承明庐。所占于此土,是谓仁智居。
> 文章不经国,筐箧无尺书。用等称才学,往往见叹誉?
> 避席跪自陈,贱子实空虚。宋人遇周客,惭愧靡所如。

这首诗的结构比较独特。诗中写到一个曾居高位,而今却隐居乡间的人和一位来客。来客认为主人的才能与其以往在朝中的高位不符,并认为他的文章对于治理国家也没有任何帮助。(此处似乎是明确地表达对曹丕的名言"文章,经国之大业"的态度。)然而,这位退休归隐的官员并没有为自己辩护,而是承认来客的批评是正确的。这种结构在诗中虽并不常见,在赋中却屡见不鲜。赋有一体称为"设论",为自传体形式,作者通常在其中以退出官场或仕途坎坷的形象出现,而又有一来客批评他的不得志①。然而与应璩之诗不同,在设论体赋中,被指责的一方会激烈地为自己辩护,不过设论体的作者往往存在一种自我贬抑的倾向,这在应璩诗中也是明显可见的。

应璩的这首诗中只有一点带有自传色彩。在第十句里,诗人告诉我们他曾"三入承明庐"。承明庐在都城洛阳,是上朝时朝臣的止息之所。根据李善注,应璩曾担任过三个得以进入承明庐的职位②。我们也已知道,应璩在很长一段时间内官位不显,尤其是在明帝朝。在他的书信中有很多处抱怨自己的贫困生活和卑微身份。应璩暗示说,他之所以失去官职,是因为朝中的诽谤所致。由此,诗中的这种自轻情绪可能是故作反语,以便用这种自我贬抑的姿态来获得别人对其困境的同情。

我的这一猜测在最后一韵中得到证实。这一句是用周代著作《阚子》中的典故。《阚子》这部书现在只存一些片段,而其中一条便是从李善对这句诗所做的注中辑出。李善所引《阚子》曰:"宋之愚人,得燕石于梧台之侧,藏之以为大宝。周客闻而观焉。主人斋七日,端冕玄服以发宝,革匮十重,巾十袭。客见兔而掩口,卢胡而笑曰:'此特燕石也,其与瓦甓不殊。'"③应璩用此典的意图并不好理解。按李善所言,此处诗人是承认他曾窃居高位,并以此为耻,因此就像故事中的宋人在见到周客后为自己的错误而感到惭愧,以至于不知所措。而唐代另一《文选》注者刘良则认为此诗是为讽刺朝廷官员缺乏才干而尸位素餐,"皆讽朝廷之士有其位,无其才,能不愧乎"④。指出"大宝"只是普通石头的周客正如诗中前几句质疑主人主持朝政能力的客人。然而,在《阚子》的原文中,宋人并没有承认他的错误,而是怒指周客之言为"商贾之言,医匠之心"。他不但没有感到羞愧,反而更加坚信石头的价值,将其保护得更为严密。如果用此典其实是为了影射这一内容,那么诗的末句便确是故作自辱之语无疑。而应璩的真实含义是,不

---

① 关于设论的权威论文,见戴麟(Dominik Declercq)《逆国书写:中国三至四世纪的政治修辞》(*Writing against the State: Political Rhetorics in Third and Fourth Century China*),莱顿:博睿学术出版社,1998年。
② 萧统编、李善注《文选》卷二十一,第1016页,李善注引陆机《洛阳记》曰:"魏明帝在建始殿,朝会皆由承明门。然直庐在承明门侧。"据李善所说,应璩朝中的三个职位为侍郎、常侍、侍中。
③ 同上,第1016页。
④ 《六臣注文选》卷二十一,《四部丛刊》本,叶27a。

论朝中政敌的攻击给我带来何等影响,我也不会感到羞愧,我的名望和朝廷地位都是当之无愧的。窃以为,这首诗既然是设论体赋的缩影,那么我们更应该这样来理解这处用典。

然而,由于最后一韵语焉不详,我们就可以理解,为何宋代批评家们认为这首诗缺少明显的政治含义。《文选》中的《百一诗》是现存应璩诗中唯一可以确认为完整作品的。由于保存其诗作的文献都由片段组成,因此其他署名为应璩所作的作品,即使看起来很完整,也仍然可能并非完整的诗作。考虑到这一点,《文选》的编纂者们,只选取了组诗中的一首,因此实际上对应璩造成相当大的伤害——因为他最有名的一首作品很明显并不能代表他的整体风格。"文选"的"选"字意味着"选集",而这个字也指出了诗文选集的一大局限,即其选择性。正因如此,我将本文命名为"选集的缺憾"。如果应璩的全部作品得以保存,我们就能更好地了解其诗歌的全貌。即使从断章残句中,我们也能看出,这位诗人具有在那个年代罕见的幽默感和讽刺感。对《百一诗》组诗来说,《文选》的"百一"分类几乎是没有意义的,因为读者不可能通过一首诗来确定这一诗体的真正面貌。此外,由于《文选》在日后成为中古文学的经典选本,其他的选集,即使对于某种文体收录更为完备,也往往因此而为人所忽视。虽然应璩在他的时代以及整个六朝时期都享有盛名,在如今却已湮没无闻。在大多数中国中古文学史中,他甚至无法得到一行脚注的位置。他之所以为人所知,也许仅仅凭借《文选》中所收的一首诗。然而,应璩的无足轻重,同样是由《文选》造成的:正是因为它的选择性,限制了后人对应璩作品的了解。这实在是个遗憾。虽然我们仍可以通过断章残句来抽丝剥茧地分析其诗作的面貌,但如果有更多数量的诗作得以保存的话,我们就可以对他所做的诗体创新有更深入的了解。

(金溪　译)

《神仙传》之作者与版本考

裴凝(Benjamin Penny)[①]

《神仙传》是一部神仙传记集,传统上认为编者即是生活在公元3至4世纪之交、《抱朴子》的作者葛洪。这是第二部现存最早的神仙传记集,最早的一部是《列仙传》,康德谟(Maxime Kaltenmark)对此有详尽研究[②]。

本文的目的在于厘清有关《神仙传》的作者与版本问题。道教经典的发展历史对于理解道教史非常重要。许多基本典籍的系年有诸多争议,部分原因在于相对薄弱的道教研究;不过,道教经典缺乏非宗教经典那样多的注释也是很重要的因素。确实,道教经典都非常缺乏有关版本背景方面的资料。尽管其起源的确定性也许令人满意,但我们必须认识到在许多情况下,关于文本成书的时代、作者的身份、何时以及由谁重编了文本,还有文本的原始内容如何等方面的信息仍告阙如。换言之,道教经典具有不确定性这样一种特征。但这并不能成为无视版本历史的理由。而且,不确定因素的局限性应根据现存的文本资料予以澄清。在《神仙传》这一个案中,我希望证明这个传记集的原始内容是无法从现存文献的基础上复原出来的。但是,我们却能对初唐时期的《神仙传》的状况下一合理的结论,并证明明代及其后广泛流行的版本是不可靠的。

本文第一部分对葛洪是不是原本《神仙传》的作者进行了考察。第二部分,反驳了李剑国关于葛洪之前有一部同名但内容不同的《神仙传》的说法。第三部

[①] 裴凝,澳大利亚国立大学博士,现为澳大利亚国立大学亚洲与太平洋学院副教授。本文原题为"The Author and Text of *Shenxianzhuan*",原载香港大学亚洲研究中心《东方文化》(*Journal of Oriental Studies*)第34卷第2期,1996年;中译文载南京大学古典文献研究所主办《古典文献研究》第十辑,南京:凤凰出版社,2007年。

[②] 康德谟译《列仙传》第二版,巴黎:法国大学,高等汉学研究院,1987年。

分,讨论了《神仙传》与《抱朴子》的关系。第四部分探讨了小南一郎基于两者的比较认为《神仙传》在葛洪之后经重编的说法。第五部分考察了唐宋文献中对《神仙传》的提及和征引。第六部分讨论它的近代版本,本文最后以对承接进入到现存版本的那些文本的状况的讨论而结束。

葛洪与《神仙传》

目前只有一条出于葛洪本人的可信的资料,其中他声称编纂了《神仙传》①。这条资料至少 6 世纪就见于《抱朴子外篇》所附的作者自序中②,其曰:

> 凡著《内篇》二十卷,《外篇》五十卷,碑、颂、诗、赋百卷,军书、檄、移、章表、笺记三十卷。又撰俗所不列者为《神仙传》十卷,又撰高尚不仕者为《隐逸传》十卷。又抄五经七史百家之言,兵事方伎短杂奇要三百一十卷,别有目录。③

《晋书·葛洪传》胪列他的著作时与此小异:

> 自号抱朴子,因以名书。其余所著碑诔诗赋百卷,移檄章表三十卷,神仙、良吏、隐逸、集异等传各十卷,又抄《五经》、《史》、《汉》百家之言、方技杂事三百一十卷,《金匮药方》一百卷,《肘后要急方》四卷。④

《三国志》裴松之注是最早提到葛洪与《神仙传》的相关资料。它成书于 429

---

① 今天大多数版本中有一篇《神仙传》序。据说,葛洪编此书的目的是为解答弟子滕升(此人他处不见)的疑问。其中,葛氏说编此书在撰《抱朴子》之后。遗憾的是,此序在明代已得不到证实。下面我将论及,许多明本《神仙传》是重编早期引文而成的,所以很可能此序成于明代以增加重编本的权威性。

② 从自序中的材料清楚可知,自序写于《抱朴子外篇》五十卷完成后。《隋书·经籍志》著录《抱朴子外篇》为五十卷,但小注说:"梁有五十一卷。"北京:中华书局,1973 年,第 1006 页。这表明梁时自序是附加在《外篇》后的(50 篇加 1 篇),尽管自序撰成后似乎被认为是独立的文本。

③ 王明《抱朴子内篇校释》,北京:中华书局,1985 年,第 377 页。此文见《校释》附录 1《抱朴子外篇·自序》。我的翻译参考了魏楷(J. R. Ware)《公元 320 年中国的炼金术、医药和宗教》(*Alchemy, Medicine, Religion in the China of A.D. 320*,麻省剑桥:麻省理工学院出版社,1966 年)中的翻译,第 17 页。

④ 房玄龄等《晋书》卷七十二,第 1913 页。至少就书目资料而言,《晋书》的一个可能的资料来源是陈代由马枢编的《道学传》中《葛洪传》的残文。此传的一条引文保存在《仙苑编珠》(DZ329-330,HY596,卷上,叶 76)中,五代时期的神仙故事集。亦见陈国符《道藏源流考》第二版,北京:中华书局,1985 年,第 495 页。

年之前,约葛洪死后100年。裴注多次引用《神仙传》。《吴书》卷十八之末,在引用了《神仙传·介象传》大部分内容后,裴氏说:

> 臣松之以为葛洪所记,近为惑众,其书文颇行世,故撮取数事,载之篇末也。①

5世纪后叶,陶弘景(456—536)据称"得葛洪《神仙传》,昼夜研寻,便有养生之志"②。按中国的年龄算法,陶当时也只有十岁。保存于《云笈七签》中的由其侄子陶翊所撰的陶氏传记《华阳隐居先生本起录》中却没提到《神仙传》。并且根据此录,它强调陶对儒家经典的掌握,包括《礼记》、《尚书》、《周易》和《春秋》都是在其十岁时读的③。

陶弘景完整的传记是《道藏》中由贾嵩所撰的《华阳陶隐居内传》。将《神仙传》归于葛洪所作的部分——第一卷——大概完成于唐朝。它引用《华阳隐居先生本起录》比《云笈七签》中的引文更详细,将《华阳隐居先生本起录》引文置于其他引文间,其中包括两种不完整的传记,一部由陶弘景的门徒潘渊文撰写。陶翊的书在《华阳陶隐居内传》中以缩略名称《华阳隐居先生本起录》出现,相关部分如下:

> 八九岁时读书千余卷,颇善属文。读葛稚川《神仙传》,见淮南八公事。

《本起录》云:"于乡亲鞠氏舍得葛洪《神仙传》第六一卷。"④

编者将这两段话并列的方式暗示着淮南王及八公的故事与《神仙传》卷六的联系。这种联系得到《三洞珠囊》的支持,此书引用了该传并将其定为原始文献的卷六⑤。然而,此后某一时间,陶弘景也许得到一部更完整的版本,因为他在

---

① 陈寿《三国志》卷六十三,第1428页。
② 姚思廉《梁书》卷五十一,北京:中华书局,1973年,第742页。
③ 张君房《云笈七签》(DZ677—702,HY1026),卷一百七,叶4a。
④ 贾嵩《华阳陶隐居内传》(DZ151,HY300),卷上,叶3a。关于《华阳陶隐居内传》参见施舟人(M. Strickmann)《论陶弘景的炼金术》(On the Alchemy of T'ao Hung-ching),韦尔希(H. Welch)和石秀娜(A. Seidel)编《道教面面观》(Facets of Taoism),纽黑文:耶鲁大学出版社,1979年,第123—191、142—143页。
⑤ 王题河《三洞珠囊》(DZ780—782,HY1131),卷八,叶5a。

注释《真诰》时(编于 499 年)除了提到淮南王刘安传外还有九篇传,使用的句式都是"出《神仙传》"①。

郦道元(卒于 527 年)《水经注》引用了三篇传,两次使用这样的句式"《神仙传》曰",一次是"抱朴子(即葛洪)《神仙传》曰"。同书也提到淮南王及八公的故事,没有点明其出处,却注明:"按《汉书》,安反,伏诛,葛洪明其得道,事备《抱朴子》及《神仙传》。"②

现存的关于《神仙传》的早期材料就这么几则,但无疑的是《神仙传》是存在的,并且作者是葛洪很早就被一些博学多闻者接受。

一部更早的《神仙传》?

李剑国声称有证据表明在葛洪之前就有一部名为《神仙传》的书③。他从应劭《风俗通义·姓氏篇》的佚文及张华《博物志》中发现这些证据,两者都早于葛洪。《风俗通义》三段佚文引用的文字看起来是指《神仙传》中的沃焦④、东陵圣母⑤和帛和的传⑥。李氏的推断过程是这样的:现存的《神仙传》包含东陵圣母和帛和传,这暗示了葛洪至少从《风俗通义》引用的、假设存在的更早的一部《神仙传》中取用了二传。然而,现存的《神仙传·帛和传》说,他是董奉的弟子,而董奉(根据现存的《神仙传》本传)在孙权时代仍活着——这已是《风俗通义》成书后几代了——这篇佚传一定指另一个帛和。李氏断言,首先,在汉末《风俗通义》编成之前存在另一部《神仙传》;其次,记载于其中三传的两个人物就是现存的《神仙传》中的同名人物;最后,其中的帛和与现存《神仙传》中的帛和是不同的人。

这些论断是对《风俗通义》佚文原始出处的误读。引征姓氏资料的书,如《通志·氏族略》、《古今姓氏书辩证》及《姓解》,是通过列出每个姓氏较早的例子而编纂起来的。恰巧的是沃姓、东陵和帛姓之例都在《风俗通义》和《神仙传》中被

---

① 陶弘景《真诰》(DZ637—640,HY1010),卷十,叶 23a—25a;卷十三,叶 13a;卷十四,叶 18b。
② 郦道元注、杨守敬、熊会贞疏《水经注疏》,第 2685 页。
③ 李剑国《唐前志怪小说史》,天津:南开大学出版社,1984 年,第 197—198 页。
④ 郑樵《通志》卷二十八《氏族略》四,上海:商务印书馆,1935 年,第 463 页。
⑤ 邓名世《古今姓氏书辩证》卷二,《守山阁丛书》本,叶 2a。
⑥ 邵思《姓解》卷三,《丛书集成初编》本,上海:商务印书馆,1935 年,第 102 页。

提到。《通志》、《古今姓氏书辩证》及《姓解》提到此时将两书并列,这种方式成了李氏论断的依据。《风俗通义》在这些书中都先于《神仙传》被引用,因其时代较早,从而,推断《风俗通义》本身引用了《神仙传》是无稽的。上述征引姓氏的书都编于宋朝或其后,这时《神仙传》已是非常普及了。这样就可以推断出,这些引文并不能作为存在一部更早的《神仙传》以及另一位神秘不知名的帛和的证据。

李剑国又指出,《博物志》也引用了《神仙传》。第一段引文:

> 《神仙传》云:"松柏脂入地,千年化为茯苓,茯苓化为琥珀。"①

这段引文不见于现存《神仙传》,但可能是源于现在已佚失的部分。然而,这段话也出现于《太平御览》中:

> 《博物志》曰:"仙传云:松柏入地中,千年化为茯苓,茯苓化为琥珀。"②

这里称引的"仙传",也许指一种文类——神仙的记载——而不是指确切一部书的名称,其肯定不能确定为《神仙传》。

《太平御览》又云:

> 又曰:案《老子玉策》云松脂入地千年变为伏苓,伏苓千年变为虎魄,虎魄千年变为石胆,石胆千年变为威喜。③

除此之外,《抱朴子》也有类似记载:

> 及夫木芝者,松柏脂沦入地千岁,化为茯苓。茯苓万岁,其上生小木,狀似莲花,名曰"木威喜芝"。④

这些段落明显地显示了一种亲缘关系,然而这并不能决定哪一个(如果有的话)是原始资料。鉴于这些无法相互驳倒的引称,《博物志》引用了《神仙传》的可

---

① 范宁《博物志校证》卷四,北京:中华书局,1980年,第48页。
② 李昉等《太平御览》卷九百八十九,叶3b。
③ 同上,卷八百八十八,叶1b。《老子玉策》仅见于《抱朴子》,一般悬挂在带上作护身符。
④ 王明《抱朴子内篇校释》卷十一,第199页。

靠性是很可疑的。

《博物志》中第二段引文：

> 《神仙传》曰："说上据辰尾为宿，岁星降为东方朔。傅说死后有此宿，东方生无岁星。"①

《列仙传》中有东方朔传（尽管这一段引文不见于现存的文本中），但他从来也没有被列入《神仙传》。上述引文看起来像韵文，前三句有七个字，第四句有六个字。但如果在第四句的"东方"二字后加一"朔"字，句子字数的差异就不存在了。大辰相当于西方所说的蝎子座，它包含三个相邻的星宿，即"心"、"室"和"尾"②。

与之相对近似的一段引文见于曹植（192—232）的《辩道论》：

> 夫神仙之书、道家之言，乃云：傅说上为辰尾宿，岁星降下为东方朔。③

《辩道论》只引了《博物志》引文中的一半，这显示曹植之文并非《博物志》编者的直接资料来源，但它们的相似性显示了有共同的资料来源的可能性。并且曹植提到"神仙之书"，这提供了一种《博物志》中所言的《神仙传》可能的解释。

可见，围绕这两段引文的出处存在大量不确定因素。它们归于《神仙传》是大可怀疑的，尽管材料来源的版本并无瑕疵，但《博物志》本身的真伪就有争议。《伪书通考》认定我们目前的本子只是从其他文本中钩稽出来的引文的重编

---

① 范宁《博物志校证》卷九，第 105 页。
② 施勒格尔（Schlegel）将大辰座误为猎户座[施勒格尔《中国天象学》]："或表明原始天文学起源于中国并有已为中国古人偶尔运用的直接证据。"（海叶[La Haye]、尼济科夫[M. Nijhoff]：皇家荷兰印度—东方语文地理人种学出版，1875 年，第 145—146 页）。参见《尔雅》（阮元编《十三经注疏》本，北京：中华书局，1980 年，第 2609 页）中关于大辰的解释，其有三个星宿。李约瑟（Needham）认为，辰的古义（公元前 2000 年前）是"天空的坐标"（celestial mark - point）。他的定义根据是《春秋公羊传》一个说法（昭公十七年，《十三经注疏》本，第 2324 页），大辰清楚地包含多个星座："大火（心大星）、伐（猎户座中一星）及北极星。"李约瑟《中国科学技术史》卷三，剑桥：剑桥大学出版社，1959 年，第 249—250 页。这种解读对上面的引文并无多大意义。我认为"辰"即"大辰"的缩写。
③ 赵幼文《曹植集校注》，北京：人民文学出版社，1984 年，第 187 页。参见侯思孟（Donald Holzman）《曹植的神仙思想》（Ts'ao Chih and the Immortals），《泰东》（Asia Major）第三系列，第 1 卷，1988 年，第 16 页。

本①。这并不意味着重编本的引文被改动过了,但这暗示着,至少它们经过多重改编后会有传写的错误和轻率的修订。显然这两段引文提供的证据是薄弱的,并不能证明存在一部更早的《神仙传》。

《抱朴子》与《神仙传》

葛洪《抱朴子内篇》,其真实性及作者真伪尚无学术分歧,在中古时代已被广泛地用来揭橥那些有关神仙思想的本质。既然《神仙传》传统上归于葛洪,那么对这两个文本进行比较将有助于确认这种归属的可靠性。

在许多方面,《神仙传》与《抱朴子内篇》是互补的。《神仙传》很少提到修炼方法、长生不老药或典籍的细节,而《抱朴子》则关注很多。同时,尽管说《抱朴子》中没有传记资料是错误的,但与《神仙传》相比,确实关注传记较少。本节将考察同时出现在两个文本中的主题并讨论《抱朴子》提及它们的方式。

总体而言,《抱朴子》提到《神仙传》中的人物可以分为三大类。某个在《神仙传》中的人物在《抱朴子》中被提到只是作为一个文本、道法或虚构故事名称的一部分。例如,王远只出现在"王方平雄黄丸"中,沈羲出现于"沈羲符"中②。

第二类提及是在简短说到某人神力时。这样的例子是一系列葛洪用来反驳俗儒之论的人物及异行。"俗儒"认为是圣贤所不能为的,任何人也不可能为之。例如:

> (王)仲都堪酷寒,左慈兵解而不死,甘始休粮以经岁……(费)长房缩地脉,(李)仲甫假形于晨凫。③

王仲都、左慈、甘始、费长房和李仲甫都是《神仙传》中的人物。《抱朴子》所包含的这些信息和《神仙传》中这些人物的传记所包含的是一致的,只不过更加浓缩简洁。

最后一种类型是,《抱朴子》对那些出现在《神仙传》中的人物给出了较详细

---

① 张心澂《伪书通考》,上海:商务印书馆,1939年,第875—878页。
② 王明《抱朴子内篇校释》卷十七,第305页;卷十九,第335页。
③ 王明《抱朴子内篇校释》卷十二,第228页。

的信息，与《神仙传》中的资料不尽相同，甚至于不相容。最好的例子是关于李阿和古强的。

在《神仙传》本传中，李阿是成都市场的乞丐，常在夜中消失；而古强是个好奇而无知的俗人，他怀疑李阿的异事比自己眼见的还要多。此传提及古强遵循了正常的衰老过程，而李阿则看起来始终年龄未变。《抱朴子》提到李阿，但与《神仙传》的传记关系不大。据说他生活在吴大帝（222－252 年在位）统治时期并以八百岁公著名。通过面部表情的变化，他能指示未来，但他从不说话①。古强亦出现于《抱朴子》中，但和李阿无任何联系。他是个十足的骗子，胡编关于他高寿以及他曾向一些著名的人物如尧、舜、孔子和秦始皇进言的故事②。

《神仙传》是重编的？

葛洪在《抱朴子》中给人的印象是一个执着相信神仙可成的士人，且蔑视流俗的观念并对错误论断持批评态度。这一点由小南一郎出色地揭示出来③，他分辨出《抱朴子》中葛洪的态度和《神仙传》中使用的材料类型是不同的。对于后者，小南认为代表着流俗的信仰，强调看起来超自然的妙技④，以及一种建立在绝对忠诚基础上的师徒关系⑤。根据小南的观点，在这两个文本中，对长生的寻求遵循着不同的基本原则。葛洪在《抱朴子》中认为，获得长生是一个专门的技术问题，其中自信是首要的。相反，《神仙传》的故事昭示着获得长生是一个基于对师父服从和忠诚的过程，师父将仙性赋予经过考验的弟子。在后者叙述中，长生不是从自我中来，而是来自外界的力量。

---

① 王明《抱朴子内篇校释》卷九，第 173－174 页。《太平广记》引《神仙传》（卷七，第 50 页）中李阿传，包含关于李氏通过面部表情变化预知未来的段落。很可能此段是《太平广记》从《抱朴子》吸收而来的。《神仙传》收李八百传，但八百之名可以用于各种的特定的修饰词。《神仙传》中的李八百与此李八百无相似处。
② 王明《抱朴子内篇校释》卷二十，第 347－348 页。
③ 小南一郎《魏晋时代の神仙思想：神仙伝を中心として》，山田庆儿编《中国の科学と科学者》，京都：京都大学人文科学研究所，1978 年，第 573－626、595－600 页。
④ 同上，第 583－590 页。
⑤ 同上，第 600－605 页。

这种不同之处成为小南讨论《神仙传》归于葛洪之真实性的起点①。他考察了葛洪自序中对其文本所做的描述：

> 又撰俗所不列者为神仙传十卷。

在前文中我是这样翻译的：

> 我又编集了按照惯例不应收入的那些神仙的传记，成《神仙传》十卷。

然而，小南延续了村上嘉美对此句的解读：

> 我又编集了不为俗人记录的神仙的传记，成《神仙传》十卷。②

基于这种解读，他断定如果《神仙传》是葛洪的手笔，那么它应该收录非流行的故事而且包括反驳流俗信仰的内容。正如他指出的，各种版本中流传至今的文本中的许多故事都和当时许多典籍有关——历代的某些传记、《搜神记》及相似典籍中的内容，还有《三国志》裴注及《水经注》中保存的已佚失的历史著作，等等。很明显《神仙传》中的传记并不完全满足这些标准。小南从《神仙传》中引出的唯一一条反对流俗信仰的例子是《老子传》，但正如他指出的，此传不合常规，可能有后来的内容羼入③。

他断言《神仙传》编辑在葛洪时代之后，这些人对原本的残文进行了重编并加上了序言。他又指出，这些人也许是"葛氏道"的信徒，因为书中一些有关金丹的知识证明了这种联系。他补充说，可能是他们加入了包含这些信息的内容。最后，这些传记没有显示出上清派密诰的影响，可见《神仙传》一定编于东晋中后期，已是葛洪后几代了。

这样的假设是没有必要的。很明显，村上对葛洪自序中的话误读了。如果

---

① 小南一郎《魏晋时代的神仙思想：神仙伝を中心として》，山田庆儿编《中国の科学と科学者》，第623—624页。
② 小南注明他的解读依据的是村上嘉美《中国の仙人抱朴子の思想》，京都：平乐寺书店，1963年，第240页。村上没有解释他要这样理解的原因——它以译文一部分出现的。
③ 小南一郎《魏晋时代の神仙思想：神仙伝を中心として》，山田庆儿编《中国の科学と科学者》，第623—624页。

本文的翻译是可接受的，那么葛洪就并没有将《神仙传》定位为只收不流行于普通民众中的故事。而且，他声称他撰写的是没有被列入"世俗"传记中的人的传记，这才是对《神仙传》合理的描述。《抱朴子》的作者与《神仙传》的编者被人感觉不一样并不是一个问题，正如上面所说，因为葛洪已说他撰写了前者而编著了后者。这两者间的一贯性并不是预期的。《神仙传》中的故事反映的是将故事一代代传下去的人们的态度，而不是葛洪自己的观点。因而，没有必要再设想出一个后来的编者。简言之，任何因为基于《神仙传》的内容是异源，而断定其在原编后又经过一次或几次重编的论点，都是站不住的。这并不是主张现有的《神仙传》就是葛洪所编的原本，而是我有充分证据说明小南的假定是不可靠的。

　　小南对这些问题的研究后又有了些微不同的结论①。在后来的研究中，小南依然认为《神仙传》在葛洪编成后不久经历了一个重编过程。从《神仙传》现存的内容和《太平御览》中保存的部分佚文，他找出证据说明《神仙传》对长生的追求，从《抱朴子》中所展示的依靠自身努力转到《真诰》中的依靠外在力量，以仙人接引的形式出现。据此观点，《神仙传》是经过重编，纳入了对长生新的思考方式，但原始部分仍然保留着的。于是《神仙传》原本是强调人们通过自身努力而羽化升仙的能力。小南从《神仙传》老子、阴长生传以及上文讨论过的《博物志》中三段《神仙传》的引文中找到证据证明此点②。

　　正如我已说过的，某些传记，如老子、阴长生传，包含关于长生的某些观点以及其他传中包含的不同观点，对于决定《神仙传》原本的内容并无多大帮助。《博物志》中关于傅说和松脂的两处引文在讨论李剑国认为在葛洪之前另有一部《神仙传》时已翻译过了。第三处引文是关于服食长生的。小南的观点是，这些引文透露出这样的信息，即我们可能发现以自我修炼为中心主题的版本。也许是这样的。对这个观点最有力的反证是没有坚强的证据证明这些引文是从《神仙传》中来的。因为《太平御览》中有关傅说的引文是归于某种文类形式的"仙传"而不是《神仙传》③。

---

① 小南一郎《从寻药から存思へ：神仙思想と道教信仰との間》，吉川忠夫编《中国古道教史研究》，京都：京都大学人文科学研究所，1991年，第3—54页。
② 同上，第4—12页。
③ 小南说的是《指海》（卷七，叶 2a）亦引有《神仙传》。范宁《博物志校证》（卷五，第 64 页）有"仙传"，另一方面《士礼居丛书》本则称"仙传者"。

小南进一步主张原本《神仙传》存在于现存版本中的一部分和佚文中,他进而认为此书的重编应在上清道流行之后。他的根据是《太平御览》中几段《神仙传》的引文显示了上清道的影响①。有上清道影响的传记是安妃、鲍靓、范邈和王褒传②。然而,他们不见于现存的文本中;即使不能排除他们见于早期版本中,但可以肯定的是他们在《太平御览》之前没有作为《神仙传》中的传被引用过。事实上,在小南先前的文章中,他正确地观察到现存版本中并无上清道的影响。

最后,他指出《太平御览》中引用的《神仙传》一系列10个条目(涉及九个人物)都遵循了这样的程式:"某人服食某药而得仙。"③小南假定,原本《神仙传》中大多数条目都是这样的程式④。九个人物中的四个在唐及唐前文献已得到证实。

总而言之,小南认为出于葛洪之手的原本《神仙传》在葛洪之后又经重编,此观点还须检讨,并不能作为定论。他提供的证据在"原本"的存在和它对长生的态度上都是不能令人信服的。如果有这么一个"原本",也没有理由假定其在思想上也同样关注通过自身努力而得长生这一点。小南提出的问题值得探究。然而,就我目前所能寓目的资料而言,这些问题不能得到令人满意的解答。

《神仙传》原貌如何?

能确定原本《神仙传》内容的现存材料极其有限。从目录著录入手追踪其版本的存佚是可能的,但这并不能让人确信其中一个与另一个目录中提到的《神仙传》就是同一部书,或者就是原本,或者就是现存的本子。类书、注释或类似著作中引用了一些特别的传记,只说明编者使用的版本中包含这些特别的传记。我

---

① 小南一郎《从寻药到存思——神仙思想与道教信仰之间》,吉川忠夫编《中国古道教史研究》,第13—16页。
② 李昉等《太平御览》,卷六百六十四,叶2b;卷六百六十四,叶2b;卷六百六十九,叶6a;卷六百六十九,叶6a。
③ 李昉等《太平御览》,卷八百五十七,叶2a(飞黄子);卷九百五十七,叶5b;卷九百六十二,叶5b(两个离娄公);卷九百六十七,叶5b(高丘公);卷九百八十六,叶3b(刁子然);卷九百八十九,叶2a(陈子皇);卷九百八十九,叶3a(秀眉公);卷九百八十九,叶5a(白菟公);卷九百九十一,叶5b(黑穴公);卷九百九十六,叶2a(康风子)。
④ 小南一郎《从寻药到存思——神仙思想与道教信仰之间》,吉川忠夫编《中国古道教史研究》,第18页。

们不能轻率认为,因为一个特殊的传记在唐代文献中被引用,就认为它一定存在于晋代原本中。但是,比较各种文献中引用的文本,从而确定某个时代本子的内容是可能的。这里采用的方式是尽可能探究出唐初版本《神仙传》的内容。下面将讨论到其原因。

至隋,《神仙传》已很知名。从这时起,《神仙传》被世俗和宗教书籍广泛地引用,如类书、注释、异人集等。它也被著录于正史的经籍志以及各种其他图书目录中。不间断的著录表明,葛洪的著作权及卷数从隋代起就没有争议。

然而,《隋书·经籍志》对此书的著录则大有问题,其曰:

> 《列仙传》十卷,葛洪撰。①

这里说成《列仙传》,定是传抄之误,它指的是《神仙传》。《隋书》的编撰者对《列仙传》的作者是清楚的,在《隋志》杂传类的序中已可见了②。仅有的另一部提到"《列仙传》葛洪撰"的目录是《通志》,它是根据前代目录,包括《隋志》编成的③。所以,这并不构成葛洪另著有一部《列仙传》的证据。

新旧《唐志》都著录《神仙传》是十卷,作者是葛洪;《宋志》同此④。《郡斋读书志》,这部完成于1151年的四川私家图书目录也著录了《神仙传》。它著录了两种版本。一种除了书名外别无其他信息,另一种注明有十卷⑤。另一部私家目录《遂初堂书目》在著录《神仙传》时并没有给出其作者和卷数⑥。尽管《文献通考·经籍考》中著录十卷⑦,但它不见于《直斋书录解题》。

明《道藏》中无《神仙传》,全帙,也许那时全本已佚失。所以,弄清楚它是否

---

① 魏徵等《隋书》卷三十三,第979页。
② 同上,第982页。与此有联系的是刘向编《列女传》、《列士传》及《列仙传》。
③ 郑樵《通志》卷六十七,第788页。关于宋代目录中的道家类及目录本身,参见龙彼得(Van der Loon, Piet)《宋代收藏的道教典籍》(Taoist Books in the Libraries of the Sung Period),《牛津东方学院丛书》第七种,伦敦:伊萨卡出版社,1984年。
④ 刘昫等《旧唐书》卷五十九,北京:中华书局,1975年,第1520页;欧阳修、宋祁《新唐书》卷四十六,北京:中华书局,1975年,第2004页;脱脱《宋史》卷二百五,北京:中华书局,1977年,第5189页。此外,法琳反驳《辩正论》(627)(TT52;546b),说道:"《神仙传》,十卷,抱朴子葛洪撰。"
⑤ 晁公武《郡斋读书志》袁本(《续古逸丛书》本)卷三下,叶5a;衢本(《宛委别藏》本)卷九,叶12a(又见龙彼得《宋代收藏的道教典籍》引,第130页)。
⑥ 尤袤《遂初堂书目》(保存在《说郛》中,上海:商务印书馆,1930年),叶23b。
⑦ 马端临《文献通考·经籍考》,上海:华东师范大学出版社,1985年,第1196页。

是此前各种《道藏》的组成部分就显得重要了。《道藏阙经目录》是编明《道藏》时已经亡佚的道经目录，它是编明《道藏》者参考宋以来目录（今佚）而编成的。这样，这份目录标明一书"亡"——《神仙传》即是——我们就知道其曾存在于宋以来一种或几种经籍志中。这些"佚书"主要是元代1258—1259年间及1280—1281年间焚烧道教"伪经"的结果①。

宋皇家图书目录《崇文总目》著录有一卷本《神仙传》，此帙1042年仍存。如同《道藏阙经目录》一样，今本《崇文总目》著录了1144年以后亡佚的书籍。一卷本的《神仙传》1042年仍在，而1144年就已佚失了②。最后，《神仙传》亦见于日本早期书目《日本国见在书目》，此书约成于890年③。

这样可知《神仙传》存在于隋至宋的公私图书馆和日本。然而，正如上面指出的，这些著录并没有告知我们任何特定年代中《神仙传》内容的情况。幸运的是，这一时代，《神仙传》被大量引用，而从引用的传记可知引者用作原始资料的版本。这些信息见表一（见本文末，下同）。

这些引文能否被作为这些传记出于《神仙传》原本的依据？正如本节开头所说的，所有我们能肯定的是，当注释家、类书编者和编撰者引用《神仙传》时，他们使用的本子一定早于他们的时代。这样，就可知介象、董奉和李意期传见于裴松之注《三国志》用的本子，但不能肯定裴所用本的其他传记来源。不能像四库馆臣做的那样④，断定因为这三人的传与现在的某些版本一致，就代表这些版本整个都是原本。既然我们无法确知原本的内容，我们越使用现存本，就越对引文是否精确地再现早期版本感到不确信，在编集时选择使用哪些传记很大程度上是个人的选择。

此外，我们应注意到，表一所列的几种文献中有严重的版本问题。最显著的例子是《太平御览》，其1000卷引用约2000种书。但它经常不是从原书中直接引用，根据此书序言，此前的类书常成为其取资的来源⑤。三种被提到——《修文殿御览》、《艺文类聚》和《文思博要》，《艺文类聚》今天仍可见。《太平御览》引

---

① 佚名《道藏阙经目录》卷一（DZ1056），叶21a。
② 王尧臣等编《崇文总目》卷十，文渊阁《四库全书》本，叶9a。
③ 藤原佐世《日本国见在书目》，《古逸丛书》本，叶19a。
④ 纪昀等《四库全书总目》，北京：中华书局，1965年，第1250—1251页。
⑤ 《重印太平御览前言》，李昉等《太平御览》卷首，第3页。

用《神仙传》时用了不同的文献,这可从同时使用"《神仙传》曰"、"葛洪《神仙传》曰"这样的引语可见。而且,在许多情况下,明显出于《神仙传》传记的佚文被误属在其他书上,如《列仙传》、《抱朴子》和《真诰》。因为有这样的例子,相反的状况也可能发生。所以我们不能将《太平御览》视为无可指责的资料来源。

另一个著名的令人头痛的文献是《三洞群仙录》①。其他著作广泛地引用了《神仙传》传主的名字——涉正、董奉、蓟子训等,而此书中却散布着许多不熟悉的名字。这是否意味着《三洞群仙录》保存了其他版本所未有的重大信息?很可能确实如此。这些传记没有被编入任何集子,或者包含这些传记的重编本佚失了。然而,考察这些例子,《三洞群仙录》引文的可靠性却令人颇生怀疑。

此书有三大明显问题。(1)某个人物的传记不同的引文出于独立的资料来源。最好的例子是马相,他的传引用了五处资料:一处是《云笈七签》②,两处是《神仙传》③,两处是《续仙传》,一部编于唐朝的完全不同的仙传集,马相的传见于此书的道藏本④。这显示了这样一种可能性,该书引用了不止一种名为《神仙传》的书;编者有可能使用了同名而内容不同的《神仙传》。(2)在葛洪传中,资料两次提到《神仙传》,这不可能指葛洪自己编的《神仙传》⑤。(3)在许多例子中,有关人物生活于葛洪死后。如司马承祯亦见称于《神仙传》,而他是唐代著名道士⑥。

更增混乱的是,《三洞群仙录》引用《神仙传》中的传记却这样开头:"抱朴子曰"。然而,这种引用方式让人不能决定它指的是书还是作者葛洪,而此书中其他引文都指的是书而非作者。一般而言,这些引文中的材料都与现存《神仙传》类似传记有关,如沈羲、伯山甫和焦先⑦。然而,许多情况下,这些人物的确出现于《抱朴子》中,而引文却不见于《抱朴子》。另一个问题是,有些人物出现于《神仙传》早期版本中,同时也见于今本,但《三洞群仙录》却从《太平广记》中引用这些人物——风纲、栾巴和介象⑧。

---

① 陈葆光《三洞群仙录》(DZ992—995,HY1238)。
② 同上,卷十,叶13b。
③ 同上,卷三,叶7a;卷七,叶10b。
④ 同上,卷二,叶14b;卷四,叶12b;《续仙传》(DZ138,HY295),卷上,叶6a—10a。
⑤ 同上,卷十,叶20a;卷十四,叶6b。
⑥ 同上,卷四,叶14a。
⑦ 同上,卷三,叶18a;卷四,叶6a。
⑧ 同上,卷三,叶13a;卷三,叶15a;卷十三,叶8b。

《三洞群仙录》的编纂,我们能下的结论是暂时性的。十分清楚的是其编者陈葆光不像其他编者那样审慎。他似乎使用过一种《抱朴子》,其书中包含着《神仙传》的材料,至少一种版本的《神仙传》。此外,至少其中一种假定存在的《神仙传》还包含后来时代的传记。考虑到《三洞群仙录》的可靠程度值得怀疑,认定该书所引人物存在于《神仙传》是不明智的。而且,若此书中保存原始资料,除了猜测别无其他方法区分原文与羼文。所以,遗憾的是,《三洞群仙录》不能用来判定出现于原本的早期传记中的人物有哪些。

于是,《三洞群仙录》和《太平御览》这两部比其他文献包含更多《神仙传》引文的书,就《神仙传》原貌而言,都是有问题的文献。这个结论与"引文出于越古的本子,引文越可靠"的观点相结合,可以推论认为可靠的传记,在数量上比原先少。

另外,有一篇与《神仙传》早期版本传记数量有关的文献显示,现存版本收传似少。唐代佛教学者梁肃(753—793)的《神仙传论》讨论了他所知的《神仙传》的版本①。此文的开头与结尾如下——其主体部分与现在讨论的主题无关:

> 予尝览葛洪所记,以为神仙之道,昭昭焉足征已。
> 按《神仙传》凡一百九十人。予所尚者唯柱史、广成二人而已。余皆生死之徒也。因而论之,以自警云。②

《神仙传》中有190人,暗示着在8世纪时的《神仙传》比今本任何一种版本的《神仙传》要多100余篇传,并且差不多130篇被当时其他文献引用。从此文得出的不幸且不可避免的结论是,今本《神仙传》篇幅可能比8世纪版本的一半还要少,并且没有可靠的办法得知哪些已亡佚了。

关于试图确认《神仙传》的原本内容,目前有两种相对立的方式。一种是减少传记的数量,根据的观点是引文越早,则引用的该传越可能存在于原本中。第二种是遵从梁肃的说法,既然190人已超过所有资料引用的传数,那只要是称引

---

① 关于梁肃详细情况,见神田喜一郎《梁肅年譜》,《東方学会創立二十五周年記念東方学論集》,东京:东方学会,1972年,第259—274页;班内特(T. H. Barrett)《李翱:佛家,道家,或新儒家?》(*Li Ao: Buddhist, Taoist or Neo-Confucian?*),牛津:牛津大学出版社,1992年,第60—87页。

② 董诰等编《全唐文》卷五百五十九,北京:中华书局,1983年,第5277—5278页;李昉等编《文苑英华》卷七百三十九,北京:中华书局,1966年,第3855—3856页。

自《神仙传》的都可合情合理地算入。

决定哪些传记明确出现于初中唐流传的《神仙传》中，我采取的立场是折中的方式。选择这一时间段有两个原因。(1)相对而言，这时有相当多的著作引用了《神仙传》的传记；(2)而且相当数量的传记被引用。上文讨论过的有版本问题的文献，如《三洞群仙录》和《太平御览》，可以排除在外。用来确定早期至中唐《神仙传》版本中传记的文献必须是编于736年前，即张守节作《史记正义》的年代。此外还有陶弘景注《真诰》引用的《神仙传》中的五个传，但它们在张氏正义之前没有被引用过。根据这种选择标准得到68个人物，见表二。

必须指出的是，有一些更著名的《神仙传》传记，如魏伯阳、墨子传不在此表；而诸如高丘公、康风子传在今本重编成前就已佚失的则可被复原。此外，被认为最可靠的传记已被标明。有关选择标准方面的信息，参见"文本的状态"那一节。

《神仙传》的版本

现存的《神仙传》有多种十卷本，一种五卷本和各种一卷摘要本，见表三。

《龙威秘书》本、《增订汉魏丛书》本、《说库》本和《艺苑捃华》本(只存卷一至卷五)都源于何允中编的《广汉魏丛书》本(1592年成书)。尽管后者有一些初刻本藏于台湾的图书馆，但流传并不广。基于相对的流通性，《龙威秘书》的翻刻本成为标准版。

《神仙传》的文本已收录在后刻的《四库全书》中，从而使此书重印的全本变得易得——之前印的13部节本皆没有收入《四库全书》。从传记的取舍以及一些同时出现于两本中的人物的故事形式来看，此本与《龙威秘书》本明显不同。四库馆臣注明此本是毛晋(1599—1659)所刊，由扬州盐政司采进，用《四库全书总目》的术语说，即两淮盐政采进本。这些采进本中许多著作都是以毛晋藏书楼命名的汲古阁本。

尽管《龙威秘书》本和《四库全书》都是十卷本，但两本中传记的位置、数量，每本所收的传以及传见于哪一卷都有很大不同，这见于表四。

具名守一子的丁福保编于20世纪的《道藏精华录》本与《龙威秘书》本相比，

除了较少的异文,差异仅在于收了若士和华子期的传①,与这两个传相关的叙述见于《四库全书》本。这并没有增加我们关于《神仙传》新的认识,在讨论版本历史中不起什么更深入的作用。

《夷门广牍》和两种版本《说郛》中的三个一卷本都给出了传主的姓名、别名和籍贯,但条目并非每一点都契合。实际上,他们在所收人物姓名(及姓名写法)和姓名的排列上都是不同的,这足以说明它们出于独立的版本系统。表五所列的是从《云笈七签》抽取出来的引文和《四库全书》本内容的目录。这些差不多是从前存在的节略本的走样的子本,但这种假定需要确认有一祖本存在。在宋代目录中,唯一的候选者列于《崇文总目》中。这部 1042 年的目录只有 1144 年的版本,这可确知在其间的岁月里哪些书亡佚了。不幸的是,一卷本的《神仙传略》在这份目录中。

最后讨论的版本大概已不存在了。昌彼得《说郛考》中有一部十卷且有 84 个传的《神仙传》道藏本以及一部也有 84 个传的汲古阁本,据说从原本而来②。《神仙传》不见于正统《道藏》,正统《道藏》初印于 1445 年,又由皇太后发起重印于 1598 年,1923—1926 年又由总统徐世昌(1855—1939)出资影印。而且《道藏阙经目录》(由明《道藏》编者从旧目中编成)注明《神仙传》为"亡"③,这暗示着四库馆臣和丁福保都没有见到《道藏》本。如果昌氏真拥有这么一个本子,那定是妥为保存的藏本。《神仙传》收在宋《道藏》(1019)中,因为《云笈七签》中已有其引文。《云笈七签》是《道藏》的浓缩本,由张君房为宋真宗而编,张氏在宋《道藏》本的编纂中起关键作用。这些引文是广泛的,见于《云笈七签》整个篇卷中。被引用的传记见表五。宋《道藏》本在蒙元统治者禁止道经时仍存在,并以毛晋汲古阁本形式重新出现,在比较汲古阁本和《云笈七签》中的引文后,这种可能性被排除了。《四库全书》本中有三个传(栾巴、刘安、张道陵)的叙述与《云笈七签》中的相似,但很明显并非出自《云笈七签》。

---

① 丁福保的注包括以下评论:"近并有坊刻俗本,甚至将毫无考据者,恣意滥入,颇失其真。唯此刻得旧抄本校正,为最古最完善之本。""百种提要"叶 9a,《道藏精华录》卷一(上海,1922 年)。第三版(台北,1980 年)将这些版本题识放在独立的每卷的开头,由萧天石撰写了新的序言。上面的译文不见于彼处(《历世真仙史传》,《道藏精华》第 15 集,卷七)。

② 昌彼得《说郛考》,台北:文史哲出版社,1979 年,第 265 页。

③ 《道藏阙经目录》卷一,叶 21a。

《四库全书》本的渊源

通过比较《三国志》裴注中现存的四条《神仙传》的引文,四库馆臣判定毛晋本是真实可靠的。因为这些引文与毛晋本中内容一致,所以毛本被视为原本。严格地说,这种类型的引文只能证明相关的三个传记(有一个被引两次)或者可能只是被特别征引的部分内容的真实性。作为传记的合集传于众手,在叙述中整个传记也许被增加或被删除或杂入新的内容。改变的原因也许是特殊的历史情状或仅仅是时间的磨灭以及传抄之误。

先将考察不同时代版本的连续性和非连续性放在一旁,传记的顺序则有必要做一番版本比较。很明显,《四库全书》本的《神仙传》传记顺序与三种一卷本的相关。正如上言,如果两种版本的《说郛》本及《夷门广牍》本独立地源于全本,那么毛晋本一定与它们的渊源相近。小南一郎已对这些一卷本的顺序做了考察——他没有用《四库全书》本——作为联系存在于初唐版本的一种方法①。

他做的第一步是将百卷本《说郛》中《神仙传》的顺序和《云笈七签》卷一百九引文顺序相比较,以此发现明代的《说郛》本与宋代的《云笈七签》引文顺序的联系。考虑到《云笈七签》编者没有全引其书的可能性,除了涉正传外,这两本的顺序完全不矛盾。为了弄清初唐本和宋本之间的关系,小南使用了约成书于7世纪晚期的道教类书《三洞珠囊》中的各种《神仙传》引文。除了传统的格式"《神仙传》曰"外,此书还增加了卷标。这些引文有助于将传记定位于某卷,但并没给出其在卷内或整个文本中的顺序。不用说,这与今天任何一个本子都没有明显的联系。这些信息见于表六。

小南继而假定,孙元方、王烈、涉正、焦先和孙登传在隋/唐本《神仙传》中组成一个序列,他们在百卷本《说郛》中的排序为47—51,在《三洞珠囊》中孔、焦和孙都排在卷四。《云笈七签》中排在涉正前面的是蔡经传(见表五),他在《三洞珠囊》中注明见于《神仙传》卷三。《云笈七签》中涉正排序为13,接着的是《三洞珠囊》引《神仙传》卷四的一组传记。这组传记结束于葛越,他号"黄庐子"。这样,

---

① 小南一郎《〈神仙伝〉の復元》,京都大学文学部中国語学中国文学研究室入矢教授小川教授退休記念会编《入矢教授・小川教授退休記念中国文学語学論集》,东京:筑摩书房,1974年,第301—313页。

小南构建了一个可能的隋唐本《神仙传》的卷四,见表六。

《云笈七签》的编者引用《神仙传》的方法与处理《列仙传》(收于明《正统道藏》)大致相同,因为他没有引用每一个单独的传记。而另一方面,《列仙传》全书几乎都被引用,然而《神仙传》引文突然中断了,大约就在百卷本《说郛》中的一半处(也即刘安传处,他在百卷本《说郛》中《神仙传》的排序为40)。所以,有可能《云笈七签》的编者(也即宋《道藏》的编者)手里有一部后半部佚失的《神仙传》残本。进一步证据是《云笈七签》卷八十六引文说:"《神仙传》卷十曰:'灵寿光者,扶风人也。……'"即是一例。灵在百卷本《说郛》中的顺序为第53。52是东郭延,他在《三洞珠囊》中被定在卷十。51是孙登,他也见于《三洞珠囊》,但定在卷四(见表六)。灵寿光被定在卷十,与《三洞珠囊》相符。如果《云笈七签》编者使用的《神仙传》本子,确结束于刘安或其前后,那么编者在灵寿光传上可能用了不同的资料来源,并且它保存了隋/唐本的内容。

参考《仙苑编珠》,有可能将小南的重构更推进一步。传记间缺少联系时,《仙苑编珠》将两个人物编在一起,这两个人物一般出于两个传记资料——正如其书名"编珠"所言,两个人物很少出现于相同的传记资料中。许多情况下,故事间没有明显联系的地方,在《四库全书》本中却是相继发生的。而且《仙苑编珠》中大段引文重复了《四库全书》本的顺序:上卷的23－29组与《四库全书》本21－34条完全相同,同卷的44－47组、49－50组与7－18条同;下卷的2－5组与45－52条同。最后,只有一组的两传都来源于《四库全书》的同卷。这些证据可以断定《仙苑编珠》编者王松年使用的10世纪时的《神仙传》本子与《四库全书》本的顺序是相同的。

而且,如果我们假定一组传记的两个传都源于原始资料的同一卷,以及这种排列与《三洞珠囊》相关,并且卷标得到《三洞珠囊》或《云笈七签》的验证;那么《仙苑编珠》中的"一组"也应源于同一卷。根据这种假设,有足够的证据得出三个暂时的结论:(1)小南对卷四的重构应包括马鸣生传;(2)通过采用小南的方法,卷十也可能重构,见表七;(3)卷四有14个传,卷十含22个传(经过重构的),隋/唐本含有的传数是今本的大约两倍。有趣的是,传数正与梁肃《神仙传论》所载相合。

小南所质疑的关于百卷本《说郛》中《神仙传》的问题——是否其可溯源到宋

本——也可用来质询《四库全书》本。将这一问题扩大，《神仙传》全本在明《正统道藏》中失载，是否可断言所有今本都是重编本或源于重编本的？小南关于百卷本《说郛》中《神仙传》和《云笈七签》中引文——也即宋《道藏》本——顺序的研究显示了一种祖源关系。就这种顺序而言，这些判断通过《四库全书》本可得到证实。然而，正如已说过的，《云笈七签》中 21 段引文中的 3 段与《四库全书》本的文本无关。因此，一方面，如果我们认定《神仙传》在明代没有被完整保存下来，那么重编《神仙传》的编者又从哪里得到关于其排序的信息？另一方面，如果此书没有亡佚，为什么明本与宋本在许多重要的地方相差很大，为什么明《道藏》编者没有收录它？

如果《四库全书》本确是重编本，那么我们也许能考证出编者所用的资料。通过哈佛燕京学社《道藏子目引得》，我经过研究排出了《四库全书》本可能的资料来源，见表八。

此表明白地显示了两方面内容。(1)如果《四库全书》本是重编本，那么从明代这些资料就散失了。(2)从哪一传从哪种资料中选择来看，编者对于传记的资料来源是有所选择的；因为在每一个文本中，他并没有选择所有现成的传记去补足人物列表。例如，7 位传主的资料可能来自《历世真仙体道通鉴》①。但此书包含《神仙传》中所有其他同类的传记。可见，文本间存在一种联系，并不说明一本是另一本的祖本。

关于《四库全书》本，我们也许能得出以下结论：

(1)源于明代广泛流传的一组相关版本；

(2)传记排序可追溯到北宋，更可能是晚唐，那它可能保存了隋/唐本部分内容；

(3)尽管排序上是连续的，但《四库本书》本许多传记的叙述与已佚失的宋《道藏》中《神仙传》的不同。

认为《四库全书》本不是明代的重编本也是合乎情理的。这是否暗示着，至少在部分上，《四库全书》本再现了宋《道藏》中的《神仙传》？遗憾的是，《神仙传》在明《正统道藏》中缺佚，并出现于《道藏阙经目录》中，阻碍了这样的判断。

---

① 赵道一《历世真仙体道通鉴》(DZ139—48，HY296)，卷二，叶 2a—3a；卷四，叶 1b—2a；卷五，叶 10a—b；卷五，叶 12a；卷十二，叶 4b—5a；卷十二，叶 8a—9b；卷十六，叶 1a—4a。

《龙威秘书》本的渊源

四库馆臣说到《龙威秘书》本时这样评论：

> 《汉魏丛书》别载一本，其文大略相同，而所载凡九十二人，核其篇第，盖从《太平广记》所引钞合而成。《广记》标题间有舛误，亦有与他书复见，即不引《神仙传》者。故其本颇有讹漏。①

馆臣对《龙威秘书》本的批评是建立在该本与《太平广记》(编于 978 到 981 年)中《神仙传》引文可感觉到的联系之基础上的。此外，他们注意到此本缺收若士传——其收于《四库全书》本——实际上李善(卒于 689 年)《文选注》两次引用该传。正是这两条证据使馆臣认为"此本并非完本"。

当代第一篇重要的关于《神仙传》的研究是福井康顺的《神仙传考》，发表于 1951 年②。他的讨论限于《龙威秘书》本——他承认毛晋本的存在，但称未见此本③。福井的论断将《三洞珠囊》引文视为关键。他认为如果引文准确地反映了隋及初唐《神仙传》的情况，那么非常清楚《龙威秘书》本对早先的传记顺序进行了完全重编。而且，根据《四库全书总目》的线索，他指出了《龙威秘书》本与《太平广记》引文间的紧密关系，同时指出某些矛盾和反常之处。这些将要进行讨论，然而，首先要说的是认为《龙威秘书》本因《太平广记》引文而编成的论断在《神仙传》卷十中遇到大问题：《太平广记》不可能是其来源。卷十中，传数(29 个)与其他卷不均衡并且传文一般而言都比较简短。更重要的是，没有从《太平广记》中而来的明显例子——董仲君传与《龙威秘书》本相似，但《太平广记》却是从王子年《拾遗记》中引出而非《神仙传》。福井在考证此卷其他不太关键的方面，发现这一点很疑惑，如黄山君传与卷一彭祖传的最后几行以及传记形式的总体变化都很相似。我认为这些问题的答案在于《龙威秘书》本编者编卷十时使用了另外一种版本作为原始资料。这个资料便是《历世真仙体道通鉴》。不像《太

---

① 纪昀等《四库全书总目》，第 1250 页。
② 福井康顺《神仙传考》，《东方宗教》第 1 期，1951 年，第 1—20 页。
③ 同上，第 19 页。

平广记》,《历世真仙体道通鉴》毫无例外地没有注明出处。《龙威秘书》本编者使用另一资料来源的推断不但可以通过文本比较得到证实,而且卷十29个传中前23人的顺序与《历世真体道通鉴》中的相同。卷十第29个人物封君达不在此序列内,可能的原因是,此本遵从《神仙传》起广成子讫于封君达的看法。

《龙威秘书》本与《太平广记》引文的紧密联系,及《龙威秘书》本卷十的顺序与《历世真仙体道通鉴》相符的情况,可参见表九。

尽管《龙威秘书》本中的内容有明显来自《太平广记》引文的地方,但仍有许多反常之处。

(1)我还不能为卷十中的5个传(东郭延传也许出于《太平御览》)以及卷七中的严清、帛和传找到资料来源。这些空白在表中以"一"表示。

(2)《太平广记》从别处而不是《神仙传》卷七中引了五位女仙的传。其中之一程伟妻据说引自《集仙录》,其他四位太玄女、西河少女、樊夫人及东陵圣母引自《女仙传》(一部女仙传记集)。《集仙录》即指《墉城集仙录》,由杜光庭(850—933)所编的女仙传记集,亦见于明《正统道藏》①。具有讽刺意味的是,此书中与《龙威秘书》本相关的传,五分之四见于此书,偏偏程伟妻传——实际应归于《集仙录》的——却未载。宋代目录《秘书省续编到四库阙书目》著录杜光庭《集仙传》二卷,但明《正统道藏》未收这种版本②。这不应和曾慥所编的《集仙传》相混,此书在《说郛》中保存着摘要。《直斋书录解题》著录此书为12卷。《女仙传》既不见于宋代目录著录,也不见于明《正统道藏》,除了上述4段引文外,也不见唐宋类书征引。

(3)《太平广记》中所引的《神仙传》两传——天台二女、太真夫人传不见于《龙威秘书》本。没有特别清楚的原因可以让人去探知为何编者省略此两传。小南提到过太真夫人,但他只说此传应不见于《神仙传》,原因是其长度(它比今本中最长的老子传还要稍长)。

(4)如福井指出的,这些反常之处涉及《太平广记》卷十二中的四传——壶公、蓟子训、董奉和李常在传。他们出现于《龙威秘书》本卷三、卷五、卷六的末

---

① 杜光庭《墉城集仙录》(DZ560—61,HY782)。
② 佚名《秘书省续编到四库阙书目》卷二(《观古堂书目丛刊》本),叶16a,转引自龙彼得《宋代收藏的道教典籍》,第144页。

尾。正常情况是,《太平广记》所引本同一卷的传在《龙威秘书》本《神仙传》中也应在同一卷。

(5)《太平广记》所引本的卷章顺序在《龙威秘书》本《神仙传》中完全改变了。《神仙传》卷一、二、三见于《太平广记》卷一、二、七和十。《神仙传》卷四在《太平广记》卷八,《神仙传》卷五与《太平广记》卷十一一致,《神仙传》卷六又回到《太平广记》卷九,等等。另一方面,除了卷十二例外(上文已言),《太平广记》引文卷内的传记的顺序被保留下来了。

这五个反常之处说明《龙威秘书》本编辑过程不是直接的。为什么源自《太平广记》中的文本被重编,还没有明确的原因,而且现在卷的排序和分类并没有显出特别的逻辑。正如福井所指出的,这都是不合逻辑的例子。如葛玄、葛洪祖父的从兄弟,是道教史上的著名人物,却被排在卷七最末一位,而且卷七所收一般都为女仙。

不管如何解释这些反常之处,这主要是原本和早期版本的佚失使我们无法知道其原貌,而确定《龙威秘书》本最早编纂年代却是可能的。如果承认《龙威秘书》本卷十大部分来自于《历世真仙体道通鉴》,则《广汉魏丛书》本以及后来《龙威秘书》本《神仙传》的编纂不会早于元初,也不会迟于1592年。

福井采取一种更极端的立场。他坚持不但《龙威秘书》本为后来所编,而且早期的文献、引文以及《龙威秘书》本文本之间的矛盾处正显示了这些传记是不真实的。根据上面所钩稽的资料,福井的论据可分为三类。(1)《三洞珠囊》所引的一些传不见于今本;(2)许多情况下,传记文本与早期文献中的引文并不一致;(3)葛洪对传记发表意见所用的词句并不像想象中认为的那样,他是《神仙传》作者。

一般而言,一个文本由独立的成分组合而成,很大程度上是将附加物和修正的内容隶属在一起,而不是简简单单地组成一个单元。某些传记在流传的不同的历史阶段,由于不同的原因被增加或减去一些内容,而不改变文本的其余内容。有证据证明这些改变也在《神仙传》上发生了,也许改变的程度比现有资料所能推断的还要大。削除明显的附加物,可能现存文本的大部分内容基本上未改变。佚失的传记在别处见载,不能成为现存传记是伪造的证据。

福井在指出传记文本与早期的引文之间的矛盾时,他又犯了从特例得出普遍结论的错误。他着力强调的传记——老子传——也是最有可能被改动的传。六朝晚期佛道两教争论非常激烈，隋及初唐也非常关注老子前世的化身和他生活中神迹性的细节。今本《神仙传·老子传》中关注的也就是这些问题。我不准备争辩是否整个传都遭到后世篡改，但它肯定是一个特例，比较书中其他传记可知，它可能是在新环境的压力之下才遭篡改的。

最后，在此本中有两处引用葛洪对传记评论的例子。如果它们是葛洪引用自己评论的实例，那么这两个例子都没有再现上述例子的语法程序，但它们都符合传记写法的正规模式。其中一例说：

  葛稚川曰："洪以为……"

另一例说：

  抱朴子曰："洪闻……"

第一例见于《老子传》，葛洪的评论极有可能是后来的插语。第二例见于《阴长生传》，紧接着阴最后尸解升仙的叙述。这是神仙传记标准的结束语。所以抱朴子的评论也许是以注释形式出现的一个附加记载。这一点也不是什么不寻常的做法。裴松之注《三国志》时，亦引了《神仙传》中一些传的大部分内容。事实上通过这种方式，他将《神仙传·介象传》弥合在《赵达传》的末尾。可见，葛洪评论的引文也许就是后来的插语。它也许原本就有，但"抱朴子曰"之类的引语大概是后代编者加上的。紧接此的是一段扩展的引文《阴君自序》，即阴长生的自传式叙述，也可能是增加抱朴子话的同一个编者引用的。这样，在《阴长生传》、《老子传》的例子中，葛洪奇怪地提到自己的方式，这可以通过对文本的精密考察得以解释。尽管里面也许有后来编者的插语，但这种编者的改动基本通过注释或说明的形式出现，而传记核心内容并未改变。

所以，福井的论断并不能对《神仙传》完整性构成挑战，但它们清楚地显示了一些传记文本被做了不甚重要的增加和改动的可能性，也许《老子传》改动幅度更大一些。

文本的状态

前面的讨论已显示《龙威秘书》本、《四库全书》本《神仙传》都不能被视为可靠地再现了完帙的原本。而且,大约有 66 个传可确定见于初唐时的《神仙传》。最后一部分将讨论这些传记的文本哪些可能保存了原貌或接近于原貌。

就像决定这些传记可靠性时用的不考虑其内容的方法,用于决定每一个传记基本文本的方法也应必须遵循某些规则。既然现存的《神仙传》没一个版本可以被看作可靠的完本,那么每一个传的文本一定是被单独选择的。大多数传收于《太平广记》或《云笈七签》。这些引文时代相近,并且再现了全本最古的内容。

在一传同时见于两书的情况下,应首选《云笈七签》,因为其在《太平广记》成书 30 年内编成,而且它的引文是已亡佚的宋《道藏》中的《神仙传》的遗文。《云笈七签》中的引文比《太平广记》的更可靠在于宋《道藏》本建立在更古老、更完整的《神仙传》版本基础之上。早期排序的遗迹仍可在《云笈七签》引文中发现,而《太平广记》是更早的《神仙传》引文的复制品,所以《太平广记》引文很可能遭到编者的改动。在《神仙传》宋以前的流传中,掌握《道藏》的道教徒比《太平广记》这样的世俗传本更加尊重书册上的文句(因为宗教原因)。

如果一传不见于《云笈七签》,则《太平广记》可被使用。当两者都不收时,《四库全书》本则被选择。每一传都应被核以此传的较早的引文。有时被选择的传记的基本文本可能被校订或扩展也须考虑。即使传文有异文,如果较早的引文支持它,则其也可能被选择。少数情况下,没有完整的传可供选择,则有关它的引文将被使用①。

复原早期版本的《神仙传》还存在另一种可能性。一些文本可能保存于《汉

---

① 有许多这样的例子,即今本《神仙传》中的传只是早期文献引文的复制品。最好的例子是陈子皇传。《龙威秘书》本只是简单从欧阳询撰、汪绍楹校《艺文类聚》(卷八十一,第 1386 页)或李昉等《太平御览》(卷九百八十九,叶 2a)复制而来的——《太平御览》引文与《艺文类聚》一致,可能是《太平御览》直接从《艺文类聚》中抄来的。陈子皇传的另一个仅有资料来源是《仙苑编珠》(卷中,叶 16b),编者称引于《神仙传》。第二个故事非常不同,但它们提供的信息并不矛盾。第二个故事是专门关于陈的,而第一个实际更关注他的妻子。也许包含这些信息的两个文本在《仙苑编珠》编成时仍存在;也许在这之前《艺文类聚》中的信息已佚失了。这些说法是不可能的。但《太平广记》和《云笈七签》肯定没有提到陈子皇夫妻,后来的《龙威秘书》本编者复原引文,并将他们的集子在时间上回溯到《艺文类聚》。

武帝外传》中。《汉武帝外传》与《汉武帝内传》有关,或可能即是《汉武帝内传》原始内容的一部分。《汉武帝内传》是一篇汉武帝见西王母的神秘而有传奇色彩的故事。《汉武帝外传》包含一些出现于《神仙传》中人物的传记资料。这些文本的纪年很有问题,这里不细究。能够说的是《汉武帝内传》(《汉武帝外传》也一样)的年代至早不会超过4世纪末,或更迟,唐初文献中引用的鲁女生、封君达、李少君、东郭延和王真传都是来自《汉武帝内传》的①。托马斯·史密斯(Thomas Smith)是对这课题有最新研究的学者,他认为"第8至15部分(上述五传加上尹轨、蓟子训、刘京传)都从《神仙传》中而来,或也许从已佚失的但已成为现在《神仙传》文本组成部分的'别传'材料而来"②。可见,尽管未署名《神仙传》,但这些传也许再现了早期《神仙传》版本的内容。在某些情况下,《汉武帝内传》中的传记内容比同样见于《神仙传》中的长很多。此外,如果《汉武帝外传》保存了早期《神仙传》文本的假设成立的话,那么初唐时没有被当作源于《神仙传》的《汉武帝外传》八传中的三传——尹轨、王真及刘京③——也应被认为是可靠地来自早期《神仙传》的传记。《汉武帝外传》中提到的传在表二中用括号表示。

如果,关于复原《神仙传》原本的困难的论断被接受的话,那么由上文已说的选择标准产生的文本,在版本上应被看作是可靠的。这并不是说,这些传没有遭改动。明显的是编者改动并不普遍,但其确实存在:班孟传由一系列轶事组成,或由"又"引导许多条特别的内容,很可能标志着从一段更长的文本而来的引文的开始。尽管此传并没有被大量引用,但现存引文没有引入任何新资料。这也许显示了这些轶事在引文之前就被选择了,或者引用者选择许多与现存版本传记相同的段落。

另一处明显的改动见于若士传。很明显此传是根据《淮南子》中一段内容而

---

① 范晔撰、李贤等注《后汉书》卷八十二下,北京:中华书局,1965年,第2741页(鲁女生),第2750页(东郭延年、封衡),第2751页(王真);欧阳询撰、汪绍楹校《艺文类聚》,卷七,第131页,卷七十八,第1330页(李少君),卷九十四,第1626页(封衡);徐坚编《初学记》,卷五,第103页,卷二十八,第671页(李少君)。

② 史密斯(T. E. Smith)《仪式与叙事模式:汉武帝传奇》(*Ritual and the Shaping of Narrative: The Legend of the Han Emperor Wu*),密歇根大学博士论文,1992年,共381页。他讨论了版本历史,上述观点即建立在此基础上,见第196—226页。尹轨传对此论断提出了一个疑问,因为此传包含的一个日期与419年有关。

③ 佚名《汉武帝外传》(DZ137,HY293),叶13b,叶16b—18a,叶18a—19a。

来①。然而,早期文献曾提到卢敖拜访一士而不是若士。在《文选注》引用此传之前,一士变成了若士②。

传记中羼入了附加内容,从而产生了一些难题。至少在理论上,尽管早期引文也许证明某些段落从文本中脱漏了,但不能证明哪些是附加的。由于缺乏年代错误(例如,某些文本中的插文发生迟于文本编辑的年代,但在《神仙传》现存传记中尚未发现),所以没有什么方法去指认后来的羼文。

可能的例外是,一些以注释的形式附加在现存传记之后的段落。《神仙传》中有很多这样的例子。其中一个见于《刘安传》后。当这些传文行将结束之时,突然引用了《左吴记》,开头这样说:"按《左吴记》云……",接下去是另一段插文,发生在刘安升仙上天之后,引用"《吴记》具说云……"一段话。这些引文的一个特别有趣之处在于,第一段文中的左吴是八公之一,却参与了主要的叙事。《左吴记》没有独立流传下来,也不被当时任何文献所引。不幸的是,《左吴记》中的《刘安传》的内容也未被引用。所以,尚无答案解释其何时被引入《神仙传》:也许在《刘安传》第一次撰成时就存在了,或者也许完全是后来的伪造。目前还无可能确定哪一个是正确的。

另一个微小的羼文发生在《东陵圣母传》的结末部分。此传的最后几句说:"大者即风波沉溺,虎狼杀之,小者即得病也。"这个附加说明说的是什么,不得而知——此传也无解释——所以,它可能从某种注释中吸收而来。

总之,比较今本传文和早期的引文可以得出这样的结论,今本传文与早期版本中的引文是一致的。不同的读法,尽管不是不寻常的,常常不会改变段落的语义。尽管引用者可以自由地删除文本的大部分内容,但他们似乎很不愿意附加内容。简言之,编者对引用的文献怀有敬意。这些比较不会导致我们对流传至今的现存传记中的基本内容在版本上的可靠性产生怀疑。

---

① 刘文典《淮南鸿烈集解》卷十二,北京:中华书局,1989年,第407—410页。
② 萧统编、李善注《文选》卷十六,第755页。

表一：《神仙传》的引用情况

	文本	引用次数	引用的传数
类书	《北堂书钞》(成书于618年之前)	27	18
	《艺文类聚》(成书于622至624年之间)	45	32
	《初学记》(成书于8世纪初)	28	21
	《秘府略》(成书于813年)	4	2
	《太平御览》(成书于983年)	215	78①
	《太平广记》(成书于983年)	61	61
	《类说》(成书于12世纪)	45	44
	《绀珠集》(成书于12世纪)	35	31
古注	《文选》李善注	16	9
	《后汉书》李贤注	4	2
	《史记》张守节正义	3	2
道藏	《三洞珠囊》(约成书于683年)	28	28
	《道德真经广圣义》(成书于901年)	1	1
	《仙苑编珠》(成书于921年之后)	69②	69
	《云笈七签》(成书于1028或1029年)	79	79
	《一切道经音义妙门由起》(成书于1094年前)	1	1
	《三洞群仙录》(成书于1154年)	89	83
佛藏	《破邪论》(成书于622年)	1	1
	《辩正论》(成书于627年)	1	1
	《唐护法沙门法琳别传》(成书于640至649年之间)	1	1
	《辩惑论》(成书于6世纪)	4	2
	《法苑珠林》(成书于666年)	3	2
	《甄正论》(成书于690至705年之间)	2	1
敦煌文书	P.2353《老子开题序诀义疏》(唐)	2	1

---

① 6处引用的传，我尚未能确认。
② 另有39处引文可能来自《神仙传》，但其原始出处未标明。

表二：初唐以降文献中所引《神仙传》的传记以及在相关文献中的位置

传主名	字	号	出处
白石先生			《太平广记》卷七，第 44 页。
班孟			《太平广记》卷六十一，第 382 页。
帛和	仲理		《初学记》卷八，第 178 页；卷二十四，第 585 页。
陈安世			《艺文类聚》卷八十九，第 1537 页。
陈长			《三洞珠囊》卷一，叶 20a
陈子皇			《艺文类聚》卷八十一，第 1386 页。
程伟妻			《云笈七签》卷八十五，叶 11a。
董奉	君异		《太平广记》卷十二，第 83—85 页。
董威辇			《艺文类聚》卷七十八，第 1328 页。
东郭延年			《三洞珠囊》卷八，叶 5b。（《汉武帝外传》，叶 12b—13b。）
东陵圣母			《太平广记》卷六十，第 374 页。
樊夫人			《太平广记》卷六十，第 373—374 页。（在第二行结束）
凤纲			《太平广记》卷四，第 24 页。
封衡	君达		《四库全书》本，卷十，叶 9a—b（《汉武帝外传》，叶 6b—7b）
甘始			《太平御览》卷四十，叶 1b
甘君			《三洞珠囊》卷一，叶 7a—b
高丘公			《艺文类聚》卷八十六，第 1469 页。
葛玄	孝先		《太平广记》卷七十一，第 441—444 页。
葛越		黄庐子	《云笈七签》卷一百九，叶 18b—19a
广成子			《云笈七签》卷一百九，叶 1a—b
桂君			《三洞珠囊》卷一，叶 19a—b
河上公			《太平广记》卷十，第 66 页。
黄初平			《云笈七签》卷一百九，叶 3a—4a
黄石君			《四库全书》本，卷一，叶 19a
壶公			《太平广记》卷十二，第 80—82 页。
苏子训			《太平广记》卷十二，叶 82—83（《汉武帝外传》，叶 13b—16b）
籛铿		彭祖	《太平广记》卷二，第 8—11 页。
焦先	孝然		《太平广记》卷九，第 62—63 页。

续表

传主名	字	号	出处
介象	元则		《太平广记》卷十三,第89—90页。
康风子			《艺文类聚》卷八十一,第1391页。
孔元方			《太平广记》卷九,第61页。
老子			《太平广记》卷一,第1—4页。
李阿			《云笈七签》卷一百九,叶9a—10a
李八百			《云笈七签》卷一百九,叶8a—9a
李常在			《太平广记》卷十二,第85—86页。
李根	子源		《四库全书》本,卷十,叶4b—5b
离明		太阳子	《三洞珠囊》卷八,叶4b
李少君			《太平广记》卷九,叶59—60(《汉武帝外传》,叶7b—12b)
李意期			《太平广记》卷十,第70页。
李仲甫			《太平广记》卷十,第69页。
离娄公			《艺文类聚》第八十九,第1537页。
刘安		淮南王	《云笈七签》卷一百九,叶22a—24a
刘根	君安		《太平广记》第十,第67—69页。
刘融		南极子	《云笈七签》卷一百九,叶18b
鲁女生			《龙威秘书》卷十,叶11a—b(《汉武帝外传》,叶6a—b)
卢全			《四库全书》本,卷四,叶10a—b
栾巴		太阴女	《云笈七签》卷八十五,叶11a;卷一百九,叶21a—22a
吕恭	文敬		《太平广记》卷九,第64页。
麻姑①			
茅君			《太平广记》卷十三,第87—88页(最后一段可能出自《三洞珠囊》卷一,叶19b)
容成公			《初学记》卷二十七,第645页。
若士			《云笈七签》卷一百九,叶1b—2b
沈建			《云笈七签》卷一百九,叶4a—4b
沈羲			《云笈七签》卷一百九,叶6b—8a

---

① 尽管是单独引用的,但在早期文本中,麻姑传可能是出自蔡经传。而且,蔡经传与王远传可能也是同一文本的一部分。

续表

传主名	字	号	出处
孙博			《云笈七签》卷一百九,叶15b—16b
孙登			《太平广记》卷九,第63—64页。
泰山老父			《太平广记》卷十一,第73页。
王烈	长休		《太平广记》卷九,第61—62页。
王遥	伯辽		《太平广记》卷十,第72页。
王远	方平		《云笈七签》卷一百九,叶10a—15a
卫叔卿			《太平广记》卷四,第28—30页。
巫炎	子都		《太平广记》卷十一,第73—74页。
许由			《艺文类聚》卷八十九,第1537页。
阴长生			《太平广记》卷八,第53—55页。
张陵	辅汉		《云笈七签》卷一百九,叶19a—21a
赵瞿	子荣		《三洞珠囊》卷一,叶20a—b(最后一段是从《太平广记》卷十,第71页加上的)
朱翼		太阳女	《四库全书》本,卷四,叶9b
左慈	元放		《太平广记》卷十一,第76—78页。

表三:《神仙传》的晚近版本

	版本	出版时间	编者
十卷本	《广汉魏丛书》本	万历二十年(1592)	何允中
	《四库全书》本	乾隆四十五年(1780)	纪昀等
	《增订汉魏丛书》本	乾隆五十六年(1791)	王谟
	《龙威秘书》本	乾隆五十九年(1794)	马俊良
	《说库》本	民国四年(1915)	王文濡
	《道藏精华录》本	民国十一年(1922)	守一子(丁福保)
五卷本	《艺苑捃华》本	同治七年(1868)	顾之逵
一卷本	《夷门广牍》本	万历年间(1573—1620)	周履靖
	《说郛》本(一百二十卷本)	顺治三年(1646)	陶宗仪(活动于1396年)(陶珽重编)
	《说郛》本(百卷本)	民国十六年(1927)	陶宗仪(张宗祥重编)

表四:《龙威秘书》本、《四库全书》本传记所在之卷

传记	《龙威秘书》本（卷）	《四库全书》本（卷）
白石先生	2	1
班孟	10	4
帛和	7	7
伯山甫	2	3
陈安世	8	3
陈长	10	6
陈永伯	10	8
陈子皇	10	—
程伟妻	7	7
成仙公	9	—
戴孟	10	—
董奉	6	10
董仲君	10	7
董子阳	10	—
东郭延	10	7
东陵圣母	7	6
樊夫人	7	6
凤纲	8	1
封衡	10	10
甘始	10	10
葛玄	7	8
宫嵩	10	7
广成子	1	1
郭璞	9	—
河上公	3	8
华子期	—	2
黄初平	2	2
皇化	10	4

续表

传记	《龙威秘书》本（卷）	《四库全书》本（卷）
黄敬	10	10
黄庐子	10	4
黄山君	10	1
壶公	5	9
苏子训	5	7
焦先	—	6
介象	9	9
孔安国	9	—
孔元方	6	6
老子	1	—
乐子长	—	2
李阿	2	3
李八百	2	3
李常在	3	—
李根	10	10
离明	10	4
李少君	6	6
李修	10	4
李意明	3	10
李仲甫	3	—
灵寿光	10	7
刘安	4	6
刘纲	—	6
刘根	3	8
刘京	10	7
刘凭	5	—
刘融	10	4
刘政	8	4

续表

传记	《龙威秘书》本（卷）	《四库全书》本（卷）
吕恭	6	2
鲁女生	10	10
栾巴	5	5
马鸣生	2	5
麻姑	7	—
茅君	9	5
墨子	8	4
彭祖	1	1
平仲节	10	—
清平吉	10	7
容成子	—	7
若士	—	1
涉正	10	6
沈建	6	2
沈文泰	10	1
沈羲	8	3
苏仙公	9	—
孙博	8	4
孙登	6	6
泰山老父	5	8
太玄女	7	4
太阳女	—	4
太阴女	—	4
天门子	8	4
王烈	6	6
王兴	3	10
王遥	3	8
王远	2	3

续表

传记	《龙威秘书》本（卷）	《四库全书》本（卷）
王真	10	6
王仲都	10	7
魏伯阳	1	2
卫叔卿	8	2
巫炎	5	8
西河少女	7	—
严清	7	7
阴长生	4	5
尹轨	9	9
阴恒	10	4
尹思	9	—
玉子	8	4
张道陵	4	5
赵瞿	3	7
左慈	5	8

表五：《四库全书》、《云笈七签》及三种明一卷本《神仙传》中传记顺序之比较

	《四库全书》本		《说郛》（百卷本）		《说郛》（一百二十卷本）		《夷门广牍》本		《云笈七签》
1	广成子	1	广成子	1	广成子	1	广成子	1	广成子
2	若士	2	若士	2	若士	2	若士	2	若士
3	沈文泰	3	沈文泰	3	彭祖	3	沈文泰	3	沈文泰
4	彭祖	4	彭祖	4	沈文泰	4	彭祖		
5	白石生	5	白石仙	5	白石先生	5	白石生		
6	黄山君	6	黄山君			6	黄山君		
7	凤纲	7	凤纲			7	凤纲		
8	黄初平	8	黄初平	6	黄初平	8	黄初平	4	黄初平
9	吕恭	9	吕恭			9	吕字		
10	沈建	10	沈建			10	沈建	5	沈建

续表

	《四库全书》本		《说郛》（百卷本）		《说郛》（一百二十卷本）		《夷门广牍》本		《云笈七签》
11	华子期							6	华子期
12	乐子长	11	乐子长			11	乐子长		
13	卫叔卿	12	卫叔卿	7	卫叔卿	12	卫叔卿		
14	魏伯阳	13	魏伯阳			13	魏伯阳	7	魏伯阳
15	沈羲	14	沈羲	8	沈卫	14	沈卫	8	沈羲
16	陈安世	15	陈安世			15	陈安世		
17	李八百	16	李八百	9	李八百	16	李八百	9	李八百
18	李阿	17	李阿			17	李阿	10	李阿
19	王远	18	王远	10	平远	18	王远	11	王远
								12	蔡经
								13	涉正
20	伯山甫	19	伯山甫			19	伯山角		
21	墨子	20	墨子	11	墨子	20	墨子		
22	刘政	21	孙博	12	孙博	21	孙博	14	孙博
23	孙博	22	刘政			22	刘政		
24	班孟	23	班孟	13	班孟	23	班孟		
25	玉子	24	玉子	14	王子	24	玉子	15	玉子
26	天门子	25	天门子	15	天门子	25	天门子	16	天门子
27	九灵子	26	九灵子			26	九灵子		
28	北极子	27	北极子	16	北极子	27	北极子		
29	绝洞子	28	绝洞子			28	绝洞子		
30	太阳子	29	太阳子	17	太阳子	29	太阳子		
31	太阳女	30	太阳女	18	太阳女	30	太阳女		
32	太阴女	31	太阴女			31	太阴女		
33	太玄女	32	太玄女	19	太玄女	32	太玄女		
34	南极子	33	南极子	20	黄极子	33	黄极子	17	南极子
35	黄庐子	34	黄庐子			34	黄庐子	18	黄庐子

续表

《四库全书》本		《说郛》（百卷本）		《说郛》（一百二十卷本）		《夷门广牍》本		《云笈七签》	
36	马鸣生	35	马鸣生	21	马鸣生	35	马鸣生		
37	阴长生	36	阴长生	22	阴长生	36	阴长生		
38	茅君	37	张道陵	23	张道陵	37	张道陵	19	张道陵
39	张道陵	38	茅君	24	茅君	38	茅君		
40	栾巴	39	栾巴	25	栾巴	39	采巴	20	栾巴
41	淮南王	40	淮南王	26	淮南王	40	淮南王	21	淮南王
42	李少君	41	李少君	27	李少君	41	李少君		
43	王真	42	王真	28	王真	42	王真		
44	陈长	43	陈长	29	陈长	43	陈长		
45	刘纲	44	刘纲	30	刘纲	44	刘纲		
46	樊夫人	45	樊夫人	31	樊夫人	45	樊夫人		
47	东陵圣母	46	东陵圣母	32	东陵圣母	46	东陵圣母		
48	孔元	47	孔元方	33	孔元方	47	孔元方		
49	王烈	48	王烈			48	王刘		
50	涉正	49	涉正	34	涉正	49	涉正		
51	焦先	50	焦先	35	焦先生	50	焦先生		
52	孙登	51	孙登	36	孙登	51	孙登		
53	东郭延	52	东郭延			52	东郭延		
54	灵寿光	53	灵寿光	37	灵寿光	53	灵寿光		
55	刘京	54	刘京			54	刘京		
56	严青	55	帛和			55	严青		
57	帛和	56	严青	38	严青	56	帛和		
58	赵瞿	57	赵瞿	39	赵瞿	57	赵瞿		
59	宫嵩	58	宫嵩	40	宫嵩	58	宫嵩		
60	容成子	59	容成子	41	容成子	59	容成子		
		60	中黄子						
		61	许由巢父	42	许由巢父	60	许由巢父		

续表

《四库全书》本		《说郛》（百卷本）		《说郛》（一百二十卷本）		《夷门广牍》本		《云笈七签》
		62	石阳	43	石阳			
61	董仲君	63	董仲君			61	董仲君	
62	清平吉	64	清平吉	44	平吉	62	倩平吉	
63	王仲都	65	王仲都	45	王仲都	63	王仲都	
64	程伟妻	66	程伟妻	46	程伟妻	64	程伟妻	
65	蓟子训	67	蓟子训			65	蓟子训	
66	葛玄	68	葛玄	47	葛玄	66	葛玄	
67	左慈	69	左慈	48	左慈			
68	王遥	70	王遥	49	王遥	67	王遥	
69	陈永伯	71	陈永伯					
70	泰山老父	72	泰山老父	50	泰山老父	68	泰山老父	
71	巫炎							
72	河上公							
73	刘根	73	刘根	51	刘根			
74	壶公	74	壶公	52	壶公	69	壶公	
75	尹轨	75	尹轨	53	尹轨	70	尹轨	
76	介象	76	介象			71	介象	
77	董奉	77	董奉	54	董奉	72	董奉	
78	李根	78	李根	55	李根	73	李根	
79	李意期	79	李意期	56	李意期	74	李意期	
80	王兴	80	王兴	57	王兴	75	甘始	
81	黄敬	81	黄敬	58	黄敬	76	黄敬	
82	鲁女生	82	鲁女生			77	鲁女生	
83	甘始	83	甘始	59	甘始	78	封君达	
84	封君达	84	封君达					
				60	蓟子训			
				61	介象			

续表

《四库全书》本	《说郛》(百卷本)		《说郛》(一百二十卷本)	《夷门广牍》本	《云笈七签》
		62	伯山角		
		63	黄山君		
		64	魏伯阳		
		65	陈安世		
		66	李阿		
		67	九灵子		
		68	绝洞子		
		69	刘政		
		70	王刘		
		71	凤纲		
		72	东郭延		
		73	乐子长		
		74	和贵		
		75	黄庐子		
		76	鲁女生		
		77	封君达		
		78	刘京		
		79	董仲君		

表六：隋唐《神仙传》卷四(重构)

《说郛》(百卷本)	《云笈七签》	《神仙传》卷数(《三洞珠囊》)
47.孔元方		4
48.王烈		
49.涉正	13.涉正	
50.焦先		4
51.孙登		4
19.伯山甫		
20.墨子		

续表

《说郛》(百卷本)	《云笈七签》	《神仙传》卷数(《三洞珠囊》)
21. 孙博	14. 孙博	4
22. 刘政		
23. 班孟		
24. 玉子	15. 玉子	
25. 天门子	16. 天门子	
26. 九灵子		
27. 北极子		
28. 绝洞子		
29. 太阳子		4
30. 太阳女		4
31. 太阴女		4
32. 太玄女		
33. 南极子	17. 南极子	
34. 黄庐子	18. 黄庐子	4

表七：隋唐《神仙传》卷十（重构）

《说郛》(百卷本)	《神仙传》所在的卷(《三洞珠囊》)	《神仙传》卷数(《三洞珠囊》+《仙苑编珠》)
43. 陈长	10	
52. 东郭延	10	
53. 灵寿光		10
54. 刘京		
55. 帛和		
56. 严青	10	
57. 宫嵩		10
78. 李根	10	
79. 李意期		
80. 王兴		
81. 黄敬		

续表

《说郛》(百卷本)《神仙传》所在的卷(《三洞珠囊》)	《神仙传》卷数(《三洞珠囊》+《仙苑编珠》)
82.鲁女生	10
83.甘始	
84.封君达 10	

表八:《四库全书》本《神仙传》一些传记可能的出处

传记	出处
卷一	
广成子	《历世真仙体道通鉴》卷二,叶2a—3a
若士	
沈文泰	
彭祖	
白石生	《历世真仙体道通鉴》卷四,叶1b—2a
黄山君	
凤纲	
卷二	
黄初平	
吕恭	
沈建	
华子期	
乐子长	
卫叔卿	
魏伯阳	
卷三	
沈羲	
陈安世	《历世真仙体道通鉴》卷十二,叶8a—9b
李八百	
李阿	
王远	

续表

传记	出处
伯山甫	
卷四	
墨子	
刘政	
孙博	
班孟	《历世真仙体道通鉴》卷五,叶 10a—b
玉子	
天门子	
九灵子	
北极子	《历世真仙体道通鉴》卷五,叶 12a
绝洞子	
太阳子	
太阳女	
太阴女	
太玄女	
南极子	
黄庐子	
卷五	
马鸣生	
阴长生	
茅君	
张道陵	
栾巴	
卷六	
淮南王	
李少君	《汉武帝外传》,叶 7b—12b
王真	《汉武帝外传》,叶 16b—18a
陈长	《仙苑编珠》卷中,叶 18b

续表

传记	出处
刘纲	《仙苑编珠》卷下,叶 1b
樊夫人	
东陵圣母	
孔元	《仙苑编珠》卷下,叶 1b
王烈	《仙苑编珠》卷下,叶 2a
涉正	《仙苑编珠》卷下,叶 2a
焦先	《玄品录》卷二,叶 18a
孙登	《玄品录》卷二,叶 22b
卷七	
东郭延	《汉武帝外传》,叶 12b—13b
灵寿光	《仙苑编珠》卷下,叶 11a
刘京	《汉武帝外传》,叶 18a—19a
严青	《仙苑编珠》卷中,叶 16b
帛和	《仙苑编珠》卷中,叶 17b
宫嵩	《仙苑编珠》卷中,叶 18b
容成子	
董仲君	《仙苑编珠》卷下,叶 12b
清平吉	
王仲都	《仙苑编珠》卷下,叶 13a
程伟妻	
蓟子训	
卷八	
葛玄	
左慈	
王遥	
陈永伯	
泰山老父	《历世真仙体道通鉴》卷十二,叶 4b—5a
巫炎	

续表

传记	出处
河上公	
刘根	
卷九	
壶公	
尹轨	
介象	
卷十	
董奉	《历世真仙体道通鉴》卷十六,叶1a—4a
李根	
李意期	
王兴	
黄敬	
鲁女生	
甘始	
封君达	

表九:《龙威秘书》本《神仙传》可能的文献来源

传记(顺序依《龙威秘书》本)	文献来源	文献来源所在的卷(条数)	文献来源所在的页码
卷一			
广成子	《太平广记》	1(3)	5/6
老子	《太平广记》	1(1)	1/4
彭祖	《太平广记》	2(3)	8/11
魏伯阳	《太平广记》	2(4)	11/12
卷二			
白石先生	《太平广记》	7(1)	44
黄初平	《太平广记》	7(2)	44/45
王远	《太平广记》	7(3)	45/48

续表

传记(顺序依《龙威秘书》本)	文献来源	文献来源所在的卷(条数)	文献来源所在的页码
伯山甫	《太平广记》	7(4)	48
马鸣生	《太平广记》	7(5)	49
李八百	《太平广记》	7(6)	49/50
李阿	《太平广记》	7(7)	50
卷三			
河上公	《太平广记》	10(1)	66
刘根	《太平广记》	10(2)	67/69
李仲甫	《太平广记》	10(3)	69/70
李意期	《太平广记》	10(4)	70
王兴	《太平广记》	10(5)	70/71
赵瞿	《太平广记》	10(6)	71
王遥	《太平广记》	10(7)	72
李常在	《太平广记》	12(4)	85/86
卷四			
刘安	《太平广记》	8(1)	51/52
阴长生	《太平广记》	8(2)	53/55
张道陵	《太平广记》	8(3)	55/58
卷五			
泰山老父	《太平广记》	11(1)	73
巫炎	《太平广记》	11(2)	73/74
刘凭	《太平广记》	11(3)	74/75
栾巴	《太平广记》	11(4)	75/76
左慈	《太平广记》	11(5)	76/78
壶公	《太平广记》	12(1)	80/82
蓟子训	《太平广记》	12(2)	82/83
卷六			
李少君	《太平广记》	9(1)	59/60

续表

传记(顺序依《龙威秘书》本)	文献来源	文献来源所在的卷(条数)	文献来源所在的页码
孔元方	《太平广记》	9(2)	61
王烈	《太平广记》	9(3)	61/62
焦先	《太平广记》	9(4)	62/63
孙登	《太平广记》	9(5)	63/64
吕文敬	《太平广记》	9(6)	64
沈建	《太平广记》	9(7)	65
董奉	《太平广记》	12(3)	83/85
卷七			
太玄女	《太平广记》	59(4)	363
西河少女	《太平广记》	59(5)	364
程伟妻	《太平广记》	59(12)	366
麻姑	《太平广记》	60(1)	369/370
樊夫人	《太平广记》	60(5)	362/364
严青	—		
帛和	—		
东陵圣母	《太平广记》	60(6)	374
葛玄	《太平广记》	71(3)	441/444
卷八			
凤纲	《太平广记》	4(2)	24
卫叔卿	《太平广记》	4(9)	28/30
墨子	《太平广记》	5(2)	31/33
孙博	《太平广记》	5(4)	33/34
天门子	《太平广记》	5(5)	34
玉子	《太平广记》	5(6)	34/35
陈安世	《太平广记》	5(9)	37
刘政	《太平广记》	5(3)	33
卷九			
沈羲	《太平广记》	5(8)	36

续表

传记(顺序依《龙威秘书》本)	文献来源	文献来源所在的卷(条数)	文献来源所在的页码
茅君	《太平广记》	13(1)	87/88
苏仙公	《太平广记》	13(5)	90/91
孔安国	《太平广记》	13(2)	88
尹轨	《太平广记》	13(3)	8
介象	《太平广记》	13(4)	89/90
成仙公	《太平广记》	13(6)	92/94
郭璞	《太平广记》	13(7)	94/95
尹思	《太平广记》	13(8)	95
卷十			
沈文泰	《历世真仙体道通鉴》	4	19a
皇化	《历世真仙体道通鉴》	5	11a
北极子	《历世真仙体道通鉴》	5	12a
李修	《历世真仙体道通鉴》	5	12a
柳融	《历世真仙体道通鉴》	5	12b
葛越	《历世真仙体道通鉴》	5	12b
陈永伯	《历世真仙体道通鉴》	5	20a
董仲君	《历世真仙体道通鉴》	7	1a
王仲都	《历世真仙体道通鉴》	7	10a
离明	《历世真仙体道通鉴》	10	8a
刘京	《历世真仙体道通鉴》	12	1b
清平吉	《历世真仙体道通鉴》	12	6a
黄山君	《历世真仙体道通鉴》	12	6b
灵寿光	《历世真仙体道通鉴》	12	9b
李根	《历世真仙体道通鉴》	12	10b
黄敬	《历世真仙体道通鉴》	12	12a
甘始	《历世真仙体道通鉴》	12	12b
平仲节	《历世真仙体道通鉴》	17	8a
宫嵩	《历世真仙体道通鉴》	20	4b

续表

传记（顺序依《龙威秘书》本）	文献来源	文献来源所在的卷（条数）	文献来源所在的页码
王真	《历世真仙体道通鉴》	21	6b
陈长	《历世真仙体道通鉴》	21	6b
班孟	《历世真仙体道通鉴》	5	10a
董子阳	—		
东郭延	《太平御览》	38	6a
戴孟	—		
鲁女生	—		
陈子皇	—		
封君达	《历世真仙体道通鉴》	21	1a

（卞东波　译）

闻驴鸣：中国中古时期的
友谊、礼仪与社会常规

陈威(Jack Chen)①

在许多传统中国文学作品中，对声音的表现常用于文学描写和引发某种场景的背景音。溪水潺潺，风过林间，聆听这些声音，文学主体会发现自己进入一种幻想之境或神明清发的瞬间。这些声音似乎是偶然的，却是一种必要的细节，这些细节可以形塑某种给定场景的表象经验：没有这些声音，这一场景在某种程度上就是不完整的。而且在文化想象中，听觉的呈现不但被赋予意义，而且自身也传达信息——或作为时序的标识，或作为自然音乐性的表征，或暗示着主体与自然环境之间的共鸣。而另一些声音既作为听觉背景，也是突出的前景，成为它们自身的文学主题(literary *topoi*)。这些声音可能成为文本场景(textual scene)的焦点，传递文化的回响，并在意义上蕴含着更多的复杂性。

本文关注的是一种特定的，甚至可以说是特别的声音：驴叫声（"驴鸣"、"驴声"或"驴嘶"）②。在中国传统的文本或图像表现中，驴是常见的坐骑和负重的牲畜③。不过，中国传统论述中鲜见关于中古时期驴鸣的研究。传统类书也没

---

① 陈威，哈佛大学博士，现为弗吉利亚大学东亚语言、文学与文化系副教授。本文原题为"On Hearing the Donkey's Bray: Friendship, Ritual, and Social Convention in Medieval China"，原载《中国文学》(*CLEAR*)第33卷，2011年；中译文载《暨南学报》(哲学社会科学版)2016年第1期。

② 当然，"bray"是对驴鸣的标准的英语译法。汉语里的"鸣"一词更近于"cry"或者"call"，而"声"一词表示一般意义上一种声音的产生。"嘶"是在与动物鸣叫声有关词语中最有马类特色的。我使用"bray"一词以区别于牛哞、马嘶等其他声音，尽管原始文本的用词并不那么统一。

③ 石慢(Peter C. Sturman)《骑驴者肖像：李程与中国早期山水画》(The Donkey Rider as Icon: Li Cheng and Early Chinese Landscape Painting)，《亚洲艺术》(*Artibus Asiae*)第55卷第1—2期，1995年，第43—97页。

有将"驴鸣"列为类目,这一时期也极少有对这种声音的描绘。然而每当出现驴鸣时,我们总能惊讶地发现它与友谊、丧葬、礼仪等主题相关。本文将审视整个中古时代的驴鸣,在2世纪到5世纪的小说、正史、宗教文本和论说文中追寻驴鸣的主题性回响。在这些关于驴鸣的文本中,并没有强大的因果关系或意图明确的典故来构建它们之间的必然联系,但从整体来看,这些例子重建了符号学范畴下驴鸣在这一时期可能的喻指。

为了说明为什么会有人对这样一个话题展开学术研究,我将以《世说新语》中一则令人印象深刻的故事作为开头——这也许是中国文学中最广为人知的关于驴鸣的例子——在这个故事中,诗人王粲(177—217)死后,他的朋友前来吊谒他:

> 王仲宣好驴鸣。既葬,文帝临其丧,顾语同游曰:"王好驴鸣,可各作一声以送之。"赴客皆一作驴鸣。①

这是《世说新语》中"伤逝"一门的开篇,而它呈现出的是一个相当怪异的场景。王粲是著名的"建安七子"之一,他们是一群汉末依附于曹氏父子的文坛精英。在简短的《三国志·魏志·王粲传》中并没有关于王粲好驴鸣的记载,但这并不令人意外,毕竟正史倾向于记载传主事功方面的内容②。于是乎,其本传提及王粲"貌寝而体弱",因为这与他事业受挫有直接关系,但对驴鸣的喜好则不然,那只是个人的癖好③。这则轶事明确提到世子曹丕(187—226)带领其他的吊谒者齐作驴鸣以纪念他们去世的朋友,尽管这里并没有说明驴鸣在中古中国的文化大背景下表征着什么④。换言之,假如王粲能够听见曹丕等人模仿的驴鸣声,他能够听出什么?

要回答这个问题,我们需要再考察同时期其他有关驴鸣的文本。4世纪成

---

① 刘义庆编、杨勇注《世说新语校笺》第十七门第一则,北京:中华书局,2006年,第636页。另见马瑞志(Richard B. Mather)英译《世说新语》(*A New Account of Tales of the World*)第二版,安娜堡:密歇根大学中国研究中心,2002年,第346页。
② 陈寿《三国志》卷二十一,第597—599页。
③ 同上,第598页。
④ 王粲去世时曹丕尚未称帝,但是他以魏文帝的身份出现,符合《世说新语》用功业上所达到的最高级别来称呼人物身份的倾向。

书的《拾遗记》中的一则轶事似乎能作为时代更早的关于驴鸣的例子,尽管驴鸣在这里只是生动的细节而非聚焦的主题。这则轶事讲述的是汉灵帝(168—189年在位)和他荒淫的行径,其叙述以关于"裸游馆"的游乐达到高潮:

> 帝盛夏避暑于裸游馆,长夜饮宴。帝嗟曰:"使万岁如此,则上仙也。"宫人年二七已上,三六以下,皆靓妆,解其上衣,惟着内服,或共裸浴。西域所献茵墀香①,煮以为汤,宫人以之浴浣毕,使以余汁入渠,名曰"流香渠"。又使内竖为驴鸣。于馆北又作鸡鸣堂,多畜鸡,每醉迷于天晓,内侍竞作鸡鸣,以乱真声也。乃以炬烛投于殿前,帝乃惊悟。及董卓破京师,散其美人,焚其宫馆②。至魏咸熙中,先所投烛处,夕夕有光如星。后人以为神光,于此地立小屋,名曰"余光祠",以祈福。至魏明末,稍扫除矣。③

此处对年轻宦官作驴鸣一笔带过,这本身看似无足轻重,但考虑到灵帝时期宦官揽政的历史语境,它将皇帝的荒淫与朝廷的政治腐败联系了起来④。当皇帝沉溺于与宫女的淫乐之时,宦官的学驴鸣也许起到了推波助澜的作用,成为皇帝兽行的最佳伴奏。而当驴鸣加上鸡鸣,以及宦官模仿鸡鸣却无法将皇帝唤醒这些细节,皇帝的纵欲无度又进一步变为荒唐可笑。与其他关于昏君的故事不同,在这则关于灵帝醉酒纵欲的叙述中我们找不到任何风流雅韵,显然也没有任何可以成为后世诗歌素材的东西。这则轶事的结尾直接跳到军阀董卓攻破京师,喻示着皇帝的自我纵欲是如何导致皇朝覆灭的。最终,皇帝曾经享乐的旧址变成了鬼火闪烁的凶宅,继而变为神祠:随着"神光"的逐渐黯淡,关于皇室堕落的记忆逐渐为祈福所替代。

如果说驴鸣在《拾遗记》中唤起的问题是政治失败,那么在早期佛经《骂意

---

① 可能是"茵陈",点燃它是因其芳香的特性。
② 范晔撰、李贤等注《后汉书》卷九,第 370 页;陈寿《三国志》卷六,第 176 页。
③ 王嘉撰、萧绮录、齐治平注《拾遗记》卷六,北京:中华书局,1981 年,第 144—145 页。
④ 关于灵帝统治与宦官问题,见马恩斯(B. J. Mansvelt Beck)《汉代的衰亡》(The Fall of Han),杜希德(Denis Twitchett)、费正清(John K. Fairbank)总编,杜希德、鲁惟一主编《剑桥中国史》第一卷《秦汉史卷》(*The Cambridge History of China*, vol. 1, *The Ch'in and Han Empires*, 221 B.C.—A.D. 220),剑桥:剑桥大学出版社,1987 年,第 317—376 页。

经》中我们发现的则是更加形而上学的问题。这部佛经的作者相传是东汉时安息国僧人兼翻译家安世高（活动于2世纪）①。该经难以系年，因为早期佛经在流传过程中往往假借著名翻译家之名。尽管现存最早的佛教文献目录，僧祐（445—518）的《出三藏记集》在编纂之时，确实在流传于5世纪末6世纪初的作者不详的经籍中著录了这部佛经，但并没有将这部佛经归在安世高名下②。

《骂意经》大致写的是业力与轮回，包括诸如"鱼鳖无声者，前世断人语头故"这样的论述。但就在同一章，该经继续说：

> 好捶人，后世作驴。所以长耳者，好挽人耳；畜生好挓人耳。或故世征卒。何以故？一卒传余卒皆作声，一驴鸣余驴亦鸣。③

这里几乎没写什么转世为驴的好处，更没写它对于一个人前世的所作所为意味着什么。《骂意经》给出了两种转世为驴的可能，第一种比较明白，是典型的因果报应的铁律，似乎以讽刺性的命运反转为乐。即习惯挽他人之耳将导致来生一种与之相应的"诗意"命运（poetic fate）：转世为一种长耳动物（长耳大概更容易遭受虐待）。第二种不涉及对他人的施暴或虐待，却在某种程度上更加复杂。在这里，重点不是驴这种动物本身的意蕴，而是对驴之所以嘶鸣的解释，其业因可追溯到不加思考地带领部卒征战赴死的兵士。虽然这不能算是对征卒（或者对驴）的公正描述，但该经阐述的是，战斗中的士兵教条性地传令无异于驴从众而鸣的愚蠢习惯。

以上两个例子都没有在任何方面论及驴鸣的审美性质，但相关的论述在《驳顾道士〈夷夏论〉》一文中提出。这篇文章是僧人惠通（活动于5世纪）对道士顾欢（420—483或428—491）的辩驳。顾欢的原文认为释迦牟尼不过是老子的化身，因而佛道同源。该文继而批判佛教作为外来宗教无法与中国传统思想兼容

---

① 高楠顺次郎、渡边海旭等编《大正新修大藏经》，东京：大正一切经刊行会，1924—1935年，T732：17.530a—34c。
② 僧祐《出三藏记集》，《大正藏》，T2145：55.28a。在隋代目录《历代三宝纪》中，《骂意经》被认为是安世高所作，见《大正藏》，T2034：49.51b。成书于730年的《开元释教录》和后世的传记都认为安世高是作者，见《大正藏》，T2154：55.616c。另见陈士强《大藏经总目提要》卷三《经藏》，上海：上海古籍出版社，2007年，第438—440页。
③ 《骂意经》，《大正藏》，T732：17.532b—32c。

的观点①。在驳文中,惠通这样开始:

> 余端夏有隙,亡事忽景,披顾生之论。昭如发蒙②,见辨异同之原,明是非之趣。辞丰义显,文华情奥。每研读忘倦,慰若萱草③。真所谓洪笔之君子,有怀之作也。然则察其指归,疑笑良多。譬犹盲子采珠,怀赤菽而反,以为获宝。聋宾听乐,闻驴鸣而悦,用为知音。④

惠通指责顾欢既盲且聋,因此以菽为珠,以驴鸣为乐。而且更糟的是,由于无法辨别事物的真相,顾欢以为自己洞察到了宗教真理而事实上却没有辨异同或明是非的能力。因此,道士顾欢的丰辞和华文仅能掩饰其肤浅的见识,除了表面的吸引力之外别无价值。

惠通所用的"知音"一词源于伯牙与钟子期的典故,此见于《吕氏春秋》的记载。伯牙善于鼓琴,每当他弹奏时,钟子期总能听出他心里在想什么。钟子期死后,伯牙断其琴弦,不再弹奏,因为他觉得世上再也没有人能理解他的音乐了⑤。如果伯牙被视为完美琴家的典范,那么钟子期则代表了完美的听众,其鉴赏力与理解力显示出他是一个理想的评论家。在早期中古时代,知音的主题进一步发展,既和音乐审美相联系,也和文学审美相联系,最著名的是《文心雕龙》中《知音》篇⑥。虽然惠通针对驴鸣而引用"知音"一词有点讽刺,但知音的观念对于理解驴鸣至关重要,因为能作知音的人不仅仅是富有辨别力的鉴赏家,更兼有知己

---

① 萧子显《南齐书》卷五十四,北京:中华书局,1972年,第931—932页;李延寿《南史》卷七十五,北京:中华书局,1975年,第1875—1877页。关于这篇短文的讨论和部分翻译,见李华德(Walter Liebenthal)《中国四至五世纪的佛教》(Chinese Buddhism during the 4th and 5th Centuries),《日本文化学报》(Monumenta Nipponica)第11卷第1期,1995年,第44—83页。另见孔丽维(Livia Kohn)《笑道:中古中国佛道之争》(Laughing at the Tao: Debates among Buddhists and Taoists in Medieval China),普林斯顿:普林斯顿大学出版社,1995年,第161—169页。
② "发蒙"一词见于"蒙"卦的卦辞,见王弼、韩康伯注,孔颖达等正义《周易正义》,1.8b,阮元(1764—1849)编《十三经注疏附校勘记》,北京:中华书局,1980年,第20页。
③ 萱草据说有忘忧的功效。例如,嵇康(223—262)《养生论》说:"萱草忘忧。"见萧统编、李善注《文选》卷五十三,第2289页。
④ 僧佑《弘明集》,《大正藏》,T2102;52.45c。
⑤ 吕不韦(?—公元前235)著、陈奇猷校释《吕氏春秋新校释》,上海:上海古籍出版社,2002年,第744—745页。另一个版本,尽管结尾不同,可见于杨伯峻《列子集释》卷五,北京:中华书局,1979年,第178页。
⑥ 刘勰著、詹锳义证《文心雕龙义证》卷四十八,上海:上海古籍出版社,1982年,第1835—1864页。

与知人的含义。

正是在这种语境下,我们才能再回到曹丕与他在王粲葬礼上所作的驴鸣。王粲喜爱驴鸣的原因现已不得而知,但曹丕在王粲葬礼上作驴鸣的原因现在却能被理解为,暗示着他是王粲的知音。曹丕对王粲喜好的准确理解得到了其他吊唁者的认同,并随之齐作驴鸣。这次不寻常的集体吊唁由曹丕引导,其中的意蕴可谓不寻常。曹丕并非只是王粲的朋友:作为曹魏集团的重要一员,他也是王粲的主公(patron)。另外,在公元217年——王粲去世的这一年,他刚刚被立为世子。在这场葬礼的最后,曹丕实际上扮演着三重角色——评论者、朋友和主公——以此来作为王粲最好的听众。

虽然《世说新语》常被认为是为反礼教的行为提供典型,但其记载的人物既不简单地否定既有的行为规范,也不(都)反对儒家的思想与实践①。至于曹丕,他在葬礼上不寻常的行为严格说来并不是反礼法(anti-ritualistic),而是反常规(counter-conventional)。当曹丕率领葬礼上的众客齐作驴鸣,并暂时地将他们整合为一个群体时,他是在用一种不同的声音来取代仪式性的哭丧,尽管二者在程序上是一致的。不同于缺乏个人色彩的、仪式性的惯常号哭,驴鸣是独献给王粲的,因为他似乎很喜爱这种声音。我们由此就可以理解侯思孟(Donald Holzman)关于魏晋名士风度所谓的要义,即"自我的回归,对独立个体兴趣的勃兴,以自身为评判尺度,而不是作为儒家礼教驱动下的国家机器的一个零件"②。曹丕和他的同僚不是以一种异于他人的吊唁方式,而是以一种对王粲本人具有独特性、个体化意义的方式去吊祭他。

王粲与曹丕的这则轶事引出了一个有关礼仪概念的关键问题。那就是,虽然礼仪能为日常生活或特殊场合提供行为规范,但礼法的本质可能与真情实感的表达相悖。驴鸣在礼仪上是不合适的——或者至少是不属于礼法的——但曹丕认为它是对王粲最好的送别。曹丕行为的适当性为其他宾客所认同,他们成为赞同的观众,并影响到文本之外的读者反应。然而,这种叙事并没有给出一个

---

① 关于这一点,参见侯思孟在阮籍的例子中关于"反礼教"的讨论,见其《诗歌与政治:阮籍的生平与著作》[*Poetry and Politics: The Life and Works of Juan Chi (A.D. 210—263)*],剑桥:剑桥大学出版社,1976年,第73—87页。

② 侯思孟《竹林七贤和他们所处时代的社会》(*Les Sept Sages de la Forêt des Bambous et la société de leur temps*),《通报》(*T'oung Pao*)第44卷第4—5期,1956年,第336—340页。

更普适的理由来解释为什么这样一种不协调的声音能够适合一场仪式庄重的葬礼。这是《世说新语》的典型特色,倾向于使用间接的暗示而非繁冗的考释来表达。在《后汉书》的一则轶事中,我们确能找到一种对不合正统礼法服丧的解释——同样与驴鸣有关。这则轶事与《世说新语》中的那则在主题上非常相似。下文见于隐士戴良(活动于2世纪)的本传:

> 良少诞节,母憙驴鸣,良常学之以娱乐焉。及母卒,兄伯鸾居庐啜粥,非礼不行,良独食肉饮酒,哀至乃哭,而二人俱有毁容。或问良曰:"子之居丧,礼乎?"良曰:"然。礼所以制情佚也,情苟不佚,何礼之论!夫'食旨不甘',故致毁容之实①。若味不存口,食之可也。"论者不能夺之。②

这里喜爱驴鸣的是戴良的母亲,而他的儿子模仿驴鸣是为了取悦她③。她死后,戴良的哥哥——此处只提到他字伯鸾——以礼法所规范的方式服丧,而年轻时就不循常规的戴良在其母死后仍然不循常规。虽然母亲爱听驴鸣并没有使戴良在服丧期间模仿驴鸣,这件事却作为铺垫引出了戴良与那位质疑其行为正当性的质询者之间的辩论。

尽管这个有趣的小插曲没有收录在《世说新语》中,戴良的这番回答却回应了轶事编纂者所关心的一个中心问题:重要的并不是礼仪的外在形式,而是礼仪所要真正表达的东西,即它的情感内容。戴良引用《论语》中孔子与其学生宰予(生于公元前522年,在文中以"宰我"出现)之间关于合理的居丧行为的对话,支持了这一观点。宰予对孔子抱怨说三年的服丧期太长,因为这期间被耽搁的礼、乐、农之事都是十分必要的。宰予提议服丧一年就足够了。孔子问宰予一年期

---

① 有关这则引文的讨论,见从《论语·阳货》第21则起的后几页。
② 范晔撰、李贤等注《后汉书》卷八十三,第2722—2773页。文青云(Aat Vervoorn)在与此相关的论述中错误地解读为,戴良母亲作驴鸣是为了提醒她的儿子不可傲慢。见文青云《岩穴之士:中国早期隐逸传统》(*Men of the Cliffs and Caves: The Development of the Chinese Eremitic Tradition to the End of the Han Dynasty*),香港:香港中文大学出版社,1990年,第298页注109。很遗憾,张磊夫(Rafe de Crespigny)亦持文青云之说,见其《后汉至三国人物传记辞典》[*A Biographical Dictionary of Later Han to the Three Kingdoms (23—220 AD)*],莱顿:博睿学术出版社,2007年,第106页。
③ 戴良经常模仿驴鸣以取悦他年老的母亲让人想起道家传奇人物老莱子(活动于前6世纪末—前5世纪)模范的孝行故事。老莱子虽然年事已高,仍然身着彩衣,模仿婴儿的行为以取悦双亲。见欧阳询撰、汪绍楹校《艺文类聚》卷二十,第369页。

满后食稻衣锦是否能"安",宰予答曰能"安"。孔子于是说道:

> 女安则为之!夫君子之居丧,食旨不甘,闻乐不乐,居处不安,故不为也。今女安,则为之!①

在这里孔子解释了居丧三年整背后的原因,这并不是简单地照搬并遵守既定的行为规范,而是哀痛之情的真诚流露。从这段话的上下文中,我们能明显看出孔子并不是提倡居丧者在食旨闻乐的同时不甘不乐,他的意思是说,即使居丧者那样做也不会感到任何愉悦。戴良所做的其实是用断章取义的方法有意曲解孔子的言论:他饮酒食肉而不遵守任何居丧礼节,却因为任何事都无法使其愉悦而致形容憔悴。戴良所理解的是,如果一个人在为父母丁忧时感到悲痛,那么重要的只是表达他的悲痛,而不是表达的方式。至于礼仪,假如一个人遵循礼法却无动于衷,则无异于不存在礼法。

虽然戴良对反常规的服丧方式的辩护现在看来或许能为曹丕的驴鸣提供正当理由,但它并不能为所有在葬礼上作驴鸣的行为辩护。礼仪活动只有在被一个群体认可为礼仪活动的时候才是成功的或者"恰当的"(借用哲学家 J. L. 奥斯汀[J. L. Austin]的术语)②。并且,如果一种尝试性的礼仪活动失败了,就会带来群体某种与之相应的失败。这种情况见于《世说新语》中仅有的另一则描写葬礼上驴鸣的轶事——同样见于《伤逝篇》,作为该篇的第三则轶事,几乎紧接着曹丕的那则。这一次,故事围绕着王济(活动于 3 世纪)的葬礼展开,文学家孙楚(卒于 293 年)前来吊谒。孙楚如今最为人所知的大概是他是著名诗人孙绰(314—371)的祖父,尽管他本人也是优秀的作家③。虽然他的祖父和父亲都曾官居要职,但孙楚踏上仕途相当晚,是在他年过四十之后。王济出身于著名的太原王氏,娶了晋武帝(司马炎,265—290 年在位)的女儿。最后要注意的是,王济生前

---

① 程树德《论语集释》卷三十五,北京:中华书局,1990 年,第 1236 页。

② 奥斯汀认为这种他称为"践言性的"(performative)言语行为不能被认为是正确或错误的,而只有"恰当的"或"不恰当的",也就是说,成功的或不成功的。见奥斯汀著,厄姆森、斯比萨(J. O. Urmson and Marina Sbisá)编《如何以言行事》(*How to Do Things with Words*)第二版,麻省剑桥:哈佛大学出版社,1975 年,第 12—24 页。

③ 孙楚的《为石仲容与孙皓书》见载于《文选》,并被转录于其《晋书》本传中。然而,这两个版本存在显著差异。见萧统编、李善注《文选》卷四十三,第 1931—1938 页;房玄龄等《晋书》卷五十六,第 1540—1542 页。

曾是孙楚的恩主。这则轶事写道：

> 孙子荆以有才，少所推服，唯雅敬王武子。武子丧时，名士无不至者。子荆后来，临尸恸哭，宾客莫不垂涕。哭毕，向灵床曰："卿常好我作驴鸣，今我为卿作。"体似真声，宾客皆笑。孙举头曰："使君辈存，令此人死！"①

与第一则轶事相似，我们看见了一个暂时性的群体的形成，这个群体围绕着对已故友人的共同记忆结合而成。但是，当孙楚模仿驴鸣的时候，那个原本因他们比较惯常的恸哭而结合成整体的吊谒者们此刻在笑声中解体了，从而形成了一个不同的群体——一个破坏吊谒与纪念严肃场合的群体。

孙楚失败而曹丕成功的原因与此二人不同的地位、个性，以及他们与死者之间的关系有关。毕竟曹丕是曹氏集团的世子和当时最主要的文人领袖。一种合理的解释是，王粲葬礼上的吊谒者们不能不服从曹丕作驴鸣的提议。相反，不论孙楚曾与王济关系多么密切，他毕竟只是一个幕僚，其他的宾客也可能嫉妒孙楚与王济之间的密切关系，不愿认同象征着二人亲密友谊的驴鸣。

而这失败的驴鸣也与孙楚的个性有关，正如这则轶事开头所写的。孙楚被描述为一个恃才傲物的人。事实上，孙楚唯一敬重的人就是王济，而王济也是唯一赏识孙楚才华的人。换句话说，孙楚从不推服他人，相应地也不被他人认可。他的驴鸣不是为吊谒王济的名士群体所准备的，而是仅为王济一人。并且，因为能够欣赏他的"知音"已死，所以他所学的驴鸣也只能被误解了。讽刺的是，假如孙楚想要重新演绎伯牙的故事，他应当发誓再也不作驴鸣，那样孙楚才能完全实现琴师的角色，以他最后的绝响证明钟子期的知音是独一无二的。

伯牙和钟子期的故事在《世说新语》两则关于驴鸣的轶事里都呈现为隐含的主题，因为这两个故事本质上反映的都是有才之士与识才之人、宾客与恩主之间的关系。只有恩主才能发现士人身上蕴藏的能力并在一定的社会政治环境下提拔他们。没有恩主作为知音，宾客就像琴师无法获得听众。正是在这样的情况

---

① 刘义庆编、杨勇注《世说新语校笺》第十七门第三则，第 637—638 页；以及马瑞志《世说新语》英译本，第 346—347 页。马瑞志也翻译了见于稍早的《语林》中这则轶事的版本。关于这个故事的另一种讨论，见梅家玲《〈世说新语〉的语言与叙事》，台北：里仁书局，2004 年，第 214 页。

下,在孙楚的恩主死后,他发现自己缺少一个能懂得并欣赏他才华的人。正如孙楚发现的,如果在没有知音的情况下难以证明一个人的才华,那么同样难以让人理解的驴鸣就不只是粗鄙之音了。很多东西决定于人们的预设,一旦一个人开头就错了,他就可能被引入自我错误的棘丛。

在《世说新语》关于王济葬礼的叙述中,以孙楚的话作结,他斥责了那些愚蠢的宾客,他们不能理解他对他恩主的最后致敬。但是,愚蠢的究竟是宾客还是孙楚自己,也不是一句话能说清楚的。驴鸣的历史呈现出一种矛盾的声音,一种既被喜爱也被嘲笑的声音。这则轶事暗示孙楚与王济之间关系的方式显示出这种模棱两可深入到孙楚自身个性的层面,并将问题复杂化了:孙楚自己是否真的掌控着他的行为。的确,这则轶事的开头说明孙楚抱有获得赏识的私念,这使得在这场葬礼上不可能形成暂时性的群体。也就是说,王济葬礼上众客的笑声不仅嘲笑了孙楚非正统的吊谒方式,更重要的是,消解了群体吊谒的可能性——事实上变为了群体性的嘲弄。相反,曹丕等人的齐作驴鸣也许是非正统的,但被群体理解为一种真诚的吊谒行为,从而得到拥护。第二则关于驴鸣的轶事因而变成第一则轶事的反讽性版本,引发了观者不恰当的反应,笑声既藐视了约定俗成的葬礼行为规范,也藐视了葬礼本身蕴含的意义。然而,那些嘲笑孙楚并破坏了这一严肃场合的名士们也许给出了一种恰当的回应——正如惠通驳斥顾欢时所言的——指斥一个错把驴鸣当作音乐并期望驴鸣能获得知音的人。

作为结论,我将再讨论一个例子,一首创作于上述文本几百年之后的诗,它或许能被看作是中古时期关于驴鸣话语的后续。这首诗是大诗人苏轼(1037—1101)所作的《和子由渑池怀旧》,是与其弟苏辙唱和的诗。在诗中,苏轼构造了一幅无常的、时光飘移以及流逝的景象,最后以我们已经熟悉的驴鸣结束:

> 人生到处知何似,应似飞鸿踏雪泥。
> 泥上偶然留指爪,鸿飞那复计东西。
> 老僧已死成新塔,坏壁无由见旧题。
> 往日崎岖还记否,路长人困蹇驴嘶。①

---

① 冯应榴(1741—1801)辑注《苏轼诗集合注》卷三,上海:上海古籍出版社,2001年,第90—91页。我参考了宇文所安的翻译,见宇文所安编译《诺顿中国古典文学作品选》,第678页。

人生苦短，一个人可能留下曾经存在的痕迹，但那常常真的只是痕迹而已。前四行精心构造了雪泥鸿爪的比喻，作为对开头"人生何似"这一问题的回答。然后，苏轼从诗歌意象与哲学沉思的畛域转到当下的渑池（在今河南省），这是他和他的弟弟曾经到访过的地方，他们借宿于一座寺院，并题诗于墙壁。如今故地重游，已是物是人非：曾经留宿他们的老僧已经去世，埋葬老僧骨灰的新塔刚刚建好，他与苏辙曾经题诗的墙壁已经毁坏，字迹不复可见。

诗的结尾亦悲亦喜，苏轼唤起他弟弟去回忆一个仅仅存留在兄弟二人记忆中的场景。他们漫长而艰辛的旅程是一段无法仅仅用文字与铺陈来完全表达的经历，却在蹇驴的嘶鸣中被唤起，苏轼也用这种声音结束了全诗。除了苏轼和苏辙，蹇驴嘶鸣对其他任何人都没有什么重要意义，但是对于苏氏昆仲，这驴鸣声将兄弟二人关于渑池的共同记忆具象化。苏轼在所有关于驴鸣的荒唐和庸俗话语中，将其升华为一种崇高的时刻，因为正是在对驴鸣的回忆中，兄弟俩知道失去了什么，留下了什么，使得他们成为彼此的知音。

（武泽渊　译　卞东波　校）

知音：永明诗学新探

吴妙慧(Meow Hui Goh)①

"雕虫篆刻"，作为对文学创作"徒求炫技"的批评，由汉代文人扬雄（前53—18）首倡而为后世文论家们所步趋②。扬雄原本是专论"赋"这种以闳衍侈丽而著称的文体的，但联系到传统中上至孔子对"巧言令色"的警语，下至古代甚至一些现代学者对文学技巧的批评，扬雄此论在文学史中实际上具有广泛而深远的回响。明乎此，下引沈约《答陆厥书》中的这一段话便显得尤为重要：

> 若斯之妙，而圣人不尚，何邪？此盖曲折声韵之巧，无当于训义，非圣哲立言之所急也。是以子云譬之"雕虫篆刻"，云"壮夫不为"。③

这里，沈约所谓的"妙"，正是指由他和同时期的永明诗人所共同开创的一种新的声律形式。援引扬雄与自己文学主张相龃龉的"雕虫篆刻"之语，沈约在此鲜明地表达了一种与之对立却十分新变的文学观念。根据梅维恒（Victor Mair）和梅祖麟的研究，汉语声律源于中古时期由大量的佛经赞呗和转读而发

---

① 吴妙慧，威斯康星大学麦迪逊校区博士，现为俄亥俄州立大学东亚语文系副教授。本文原题为"Knowing Sound"，原载吴妙慧著《声色大开：永明时代的诗歌与宫廷文人文化》[*Sound and Sight: Poetry and Courtier Culture in the Yongming Era*（483—493）]；中译文载南京大学文学院主办《文学研究》第3卷第2期，南京：南京大学出版社，2017年12月。
② 扬雄《法言》卷二，《四部丛刊》本，上海：商务印书馆，叶1a。
③ 萧子显《南齐书》卷五十二，第900页。

展形成的一种梵语诗学①。那么,这样一种声律技巧的传播,在当时又如何引发了上引沈约之语所展示出的精英文人群体对诗歌形式与诗歌艺术的反思呢？因此,本文探求的一个基本问题是,这一批齐梁宫廷诗人,虽深受佛教影响,却并非真正的佛徒僧侣,那么对他们而言,声律的追求究竟意味着什么呢？以下,伴随着我们对这些诗人在宫廷创作甚或私人唱和中声律技巧的考察,这个问题将逐步得到解答。我们将会看到：永明诗人的诗学追求正是通过创作、诵读和精析音声等诗歌声律上的努力而得以全面展现的。

四声八病

在进入主体论述之前,这里有必要对"四声八病"的说法稍作阐释。自唐代以来,"四声八病"就被看作是沈约声律理论的核心②。其中,"四声"的确是被沈约及其时人广泛使用并大力提倡的语言学和声律学概念,而沈约与同时的周颙亦基于"四声"的概念成为"声谱"一类辞书的最早编纂者③。然而,这里的问题并不在于"四声",而在于传统中将所谓"八病"也视为沈氏声律理论的基石,进而将"八病"的概念也归源于沈约的做法④。"八病"之谓,实际上是指用以规范诗

---

① 梅维恒、梅祖麟《近体诗律的梵文来源》(The Sanskrit Origins of Recent Style Prosody),《哈佛亚洲学报》第 51 卷第 2 期,1991 年,第 375—470 页。张洪明发表于 2006 年 AAS 年会的论文《沈约的诗律论及其诗歌创作：一个语言学的视角》(Shen Yue's Poetic Metrical Theory and His Poem Composition: A Linguistic Perspective)对此文有所回应。

② 李壮鹰《诗式校注》,北京：人民文学出版社,2003 年,第 14 页。

③ 沈约和周颙的声谱著作,现已亡佚。其中沈约之作题为《四声谱》,周颙则著有《四声切韵》。学者多认为汉语"四声"的概念,即使不是完全基于,也在很大程度上受到了梵语"声"概念的影响。见陈寅恪《四声三问》,《金明馆丛稿初编》,上海：上海古籍出版社,1982 年,第 328—329 页；饶宗颐《印度波儞尼仙之围陀三声论略——四声外来说平议》,《梵学集》,上海：上海古籍出版社,1993 年,第 79—92 页；梅祖麟《中古汉语的声调与上声的起源》(Tones and Prosody in Middle Chinese and the Origin of the Rising Tone),《哈佛亚洲学报》第 30 卷,1970 年,第 86—110 页。

④ 马瑞志(Richard B. Mather)《诗人沈约(441—513)："隐"侯》[The Poet Shen Yueh (441—513): The Reticent Marquis],普林斯顿：普林斯顿大学出版社,1988 年,第 57—60 页；林家骊《沈约研究》,杭州：杭州大学出版社,1999 年,第 231—282 页。

歌中一些具体语音形式，如头音、尾音、音调等的排列方式的八种规则①。梅维恒和梅祖麟将汉语"病"的概念追溯到了梵语中的"dosa"一词，但这一概念在中国的流播和发展过程，至今仍然难以辨明②。关于"八病"，有三点值得注意：第一，空海（774—835）的《文镜秘府论》作为现存唯一一部详细描述"八病"的文献，也仅仅在其中"五病"中援引了沈约，并以沈约为数位论家之一③。第二，在现存沈约所有关于诗歌声律的论著中，并没有任何地方提到"八病"，甚至是"声病"的概念。第三，与沈约所处时代非常接近的史家萧子显在其史著中对沈约的声律新创有一段较为简明的记载：

> 约等文皆用宫商，以平上去入为四声，以此制韵，不可增减，世呼为"永明体"。④

与沈约等人同时代的批评家钟嵘在评价当时的诗歌声律时，只提到了"蜂腰"与"鹤膝"二病，也并未将其归为永明诗人的创造⑤。然而，到了唐代史家李延寿的时代，对"声病"的讨论及相关著述已大量传播，以致李氏在其史著中论道：

> 约等文皆用宫商，将平上去入四声，以此制韵，有平头、上尾、蜂腰、

---

① 例如，第一条规则"平头"，是禁止五言诗首句头两字与次句头两字声调相同；第二条"上尾"，则规定五言诗首句最末字与次句最末字的声调不可相犯。对"八病"规则的完整描述，见空海著、王利器校注《文镜秘府论校注》，北京：中国社会科学出版社，1983年，第400—437页；另见博德曼（Richard Wainwright Bodman）的博士论文《中国早期中古时代的诗学与诗律：空海〈文镜秘府论〉翻译与研究》（Poetics and Prosody in Early Medieval China: A Study and Translation of Kūkai's *Bunkyo Hifuron*），伊萨卡：康奈尔大学，1978年，第267—320页。

② 梅维恒、梅祖麟《近体诗律的梵文来源》，第380、436—454页。

③ 见首四病以及第七病的条目（王利器《文镜秘府论校注》，第404、407、412、419、432页；博德曼《中国早期中古时代的诗学与诗律：空海〈文镜秘府论〉翻译与研究》，第272、277、283、295、310、311页）；另见吉田辛一《关于〈文镜秘府论〉卷第一的"四声论"》，《书志学》第17卷第3期，1941年，第61—72页。

④ 萧子显《南齐书》卷五十二，第898页。

⑤ 曹旭《诗品集注》，上海：上海古籍出版社，1996年，第340页。钟嵘之论其实为"永明诗人归属说"带来了更多的可疑性。钟氏道："至如平上去入，则余病未能；蜂腰、鹤膝，闾里已具。"此处是说沈约及其同时代诗人将"蜂腰"、"鹤膝"传至闾里，还是说"蜂腰"、"鹤膝"因为"闾里已具"而对永明诗人而言并非新物？在笔者看来，前后两种解读似乎都说得通。

鹤膝。五字之中,音韵悉异,两句之内,角徵不同①,不可增减。世呼为"永明体"。②

李延寿这段记载,虽然几乎是逐字照录了萧子显《南齐书》的原文,却明显增加了声病的具体名称,同时亦毫不含糊地将声病的发明归于沈约及其时人。即使如此,李氏这段拼贴重组的论述也只涉及"八病"中的四种。沈约和同时的诗人无疑曾经运用"四声"创造了新的诗歌声律,在此过程中,他本人似乎也的确参与阐释,甚至推广了一些被后世称为"八病"的声律规则,但沈约并非唯一的发明者,而将"八病"归属于沈约的观点最多也只是捕风捉影而已。更重要的是,单纯基于一组形式规则来理解沈约的声律新创只会遮蔽其丰富的内涵,而再一次将其框限在"雕虫篆刻"的传统认识中③。

"知 音"

永明诗人称致力于诗歌声律规范的同道为"知音"④。其实,这一称谓最初并非指熟悉语言或诗歌声律之人,而是指懂得音乐之人。《吕氏春秋》便记载了春秋时期著名的琴师伯牙和真正懂其琴音的钟子期之间的一则经典的"知音"故事。子期死后,伯牙破琴绝弦,终生不复鼓琴⑤。这则故事传达出一种整合了艺术审美、人际关系与道德情操的文化理想。音乐家若果有幸得遇知音,二者间的关系便是高度私人性和排他性的;他们通过音乐而分享的体验,则是局外的非知音者难以理解的。同时,这种文化理想建基于一系列的"客观"价值之上,包括以"乐"为最高艺术形式,和在传统男性生命中以"忠"、"义"为重等。这些"客观"价

---

① 李延寿史论的这一部分几乎是逐字转述了沈约论诗歌声律的一段文字,沈氏原文完整地保存在《宋书》中,后文还会征引。

② 李延寿《南史》卷四十八,第1195页。

③ 刘跃进和张洪明都对将"八病"的创造归于沈约的观点提出了质疑。参见刘跃进《门阀士族与永明文学》,北京:生活·读书·新知三联书店,1996年,第353—363页;张洪明《沈约的诗律论及其诗歌创作》。

④ 后文中我们将看到沈约将一位深得其作律之旨的后辈诗人引为"知音"。此外,还有更多类似的关于永明诗人援引"知音"一词的例子,见第132页注5。

⑤ 王利器《吕氏春秋注疏》卷十四,第1394—1395页。

值塑造了中国文化精英群体的独特性格。永明诗人不断提引"知音"的概念,不单是为对抗文坛上的抵制势力或抬升自身的形象,更凭借对这一范畴的巧妙运用而展示出他们对当时文化理想的新的诠释。

一个容易被今人忽视的事实是,"四声"在中古时期还是一个极易引发警惕、追捧、困惑与论争的新兴概念。作为中古汉语里的超音位成分,一个音节的音调往往影响着音节本身的形式、音高与音长。沈约与时人所区辨的四种音调分别被称为"平"、"上"、"去"、"入"①。他们开始逐渐意识到,语言所具有的独特语音效果,是音调作用的结果。根据沈约的描述,当以"四声"入诗,巧历相配时,会给人带来"高下低昂"的听觉体验②。在当时的南朝宫廷中,善辨四声成为文人显才的一种方式,而"知音"与否,则往往影响着一个人在旁人眼中形象的高下。一则广为流传的故事记载了梁武帝向朝臣周舍(469—524)询问"何谓四声"之事③。现代学者敏锐地指出,由于武帝在即位前约十年,正是活跃在永明文人集团中的一员,故他本应知道"何谓四声"④。而在当时,梁武帝提出这样的问题足以引起流言,获得"梁王不知四声"的非议⑤。隋代刘善经记录了一个略为不同的版本,而增加了时人"叹萧主之不悟"的反应⑥。在此,武帝的"无知"与周舍的智慧形成了鲜明的对比。据故事所载,周舍的回答是"天子圣哲"四字,若对其稍作分析,我们便可看到周舍的智慧所在:

	天	子	圣	哲
音标⑦:	than	tsiQ	syeingH	trat

---

① 关于"四声"与"平仄"的基本特点,参见周法高《说平仄》,《"中研院"历史语言研究所集刊》第13本,1948年,第153—162页;梅祖麟《中古汉语的声调与上声的起源》,《哈佛亚洲学报》第30卷,第104—110页;丁邦新《平仄新考》,《"中研院"历史语言研究所集刊》第47本,1975年,第1—15页;张洪明《汉语近体诗声律模式的物质基础》,《中国社会科学》1987年第4期,第185—196页。
② 萧子显《南齐书》卷五十二,第899页。
③ 姚思廉《梁书》卷十三,第243页。
④ 马瑞志《诗人沈约(441—513):"隐"侯》,第38页。
⑤ 王利器《文镜秘府论校注》,第100—101页。
⑥ 同上,第100—101页。
⑦ 此处及后文中所使用的所有中古汉语音标的标注方法是基于林德威(David Prager Branner)的"音通"数据库(Yintong: Chinese Phonological Database)。在《中古汉语教学的音译体系》(A Neutral Transcription System for Teaching Medieval Chinese)一文中,林德威详细讨论了他所使用的音标系统。见林德威《中古汉语教学的音译体系》,《唐学报》(*Tang Studies*)第17卷,1999年,第1—169页。

	平	上	去	入
	一	/	\	∧
调式①：	A	B	C	D

周舍别具一格的回答体现出一种蕴含丰富的自我表现，它所展现的不仅是智慧与学识，同时是自信的风仪和得体的应对，而所有这些都最终指向一个与众不同的个体形象。实际上，周舍也的确成为南朝少数几个以通晓音韵而留名史册的宫廷文人之一。在一个谱牒统绪和家学传承主导人才培养的精英文化环境中，周舍的成就直接上溯到其父周颙。在"四声"和"声谱"的开创方面，周颙之名堪与沈约比肩②。作为一名独居山舍的半隐之人，周颙却是竟陵王文学雅集中的常客，所作"辞韵如流"，甚至使得"听者忘倦"③。据一则史料记载，当时的卫将军王俭问周颙独居山中"何所食"时，周氏答道：

	赤	米	白	盐，	绿	葵	紫	蓼④
音标：	*tshyeik*	*meiQ*	*beik*	*yam*	*luk*	*gwi*	*tsiQ*	*laoQ*
	入	上	入	平	入	平	上	上
	∧	/	∧	一	∧	一	/	/
调式：	D	B	D	A	D	A	B	B

我们注意到，周颙对答的前半句包含两个入声，以 *-p*, *-t*, *-k* 这样的"直促"尾音（也称声门塞音）为标志⑤。通过这些入声与其他音调之间的反差，周颙在此创造出一种夸张的语音效果，这在现代汉语的粤语和其他一些南方方言中依然存在。对答的后半句仍以入声领起，却继以一个平声和连续两个上声，在整体效果上，与前半句的"直促"形成了鲜明的对比。不难想见，当时周颙对答所呈现出的这种独特的语音效果一定给听者留下了深刻的印象。而南朝能够在中国的集体文化记忆中成为一个格外讲求声律实验与创新的时代，也正归功于当时流行

---

① 此处以 A、B、C、D 对"四声"调式的标示，将在全文中通用。
② 姚思廉《梁书》卷二十五，第 375 页。
③ 萧子显《南齐书》卷四十一，第 732 页。
④ 同上，第 732 页。
⑤ 王利器《文镜秘府论校注》，第 481 页；另见张洪明《汉语近体诗声律模式的物质基础》，第 189 页。

在宫廷内部和文人群体中围绕"四声"等新兴概念的问难、应答、讨论与展演。在这样的时代中,一个"知音者"也就自然站在了一种新形式的"文"与"学"的前沿。

沈约的努力,在于通过诗歌来展现当时这种新兴的"文"与"学"。他发现汉语语言经由超音位成分的区划,而形成具有不同语音效果的音节组,并进一步将这一范畴发展成为诗歌创作中的普遍准则。在受齐武帝之命所著的《宋书》中,沈约表达了自己的相关主张①。其实,沈氏的基本观点非常简明:他认为作诗在同句之内和对句之间应当使用不同音调的音节,以避免音调相犯。这一原则确保了语音"相变"和"互节"的效果,使诗句的进展摆脱沉滞,而始终处于变化之中。如果说节奏是一种"续续不断之流",那么沈约的声律主张便标志着一种崭新的、重要的诗歌节奏意识的觉醒②。然而归根结底,就如何促进诗歌内的语音变化,沈约提出的只是一个概括性的指导原则,从而为丰富多样的语音模式的创造提供了可能。因此,沈约及时人的诗学主张所体现的并非是一种高度规则化的声律模式,而是"声律"这一独特的概念本身。然而,鉴于声律概念在当时的新创性特质,对其的领悟、运用与欣赏必须有敏锐精细的技巧,而其艺术价值也只有在知音间才能得到完全的呈现。

当其声律创新正盛之时,这批永明诗人显然在当时的都城建康及其周边地区的文人中激起了热烈的反响,吸引了大量的追捧者和跟风者,钟嵘述及时风道:"于是士流景慕,务为精密。襞绩细微,专相凌架。"③而大约发生在沈约晚年退居郊野后的一则轶事,则使我们更加清楚地看到其声律主张践行于当时的实

---

① 沈约论音调时使用了多种概念。他写道:"欲使宫羽相变,低昂互节,若前有浮声,则后须切响。一简之内,音韵尽殊;两句之中,轻重悉异。妙达此旨,始可言文。"当时论者用"宫商角徵羽"的乐音五音指代语音音调的概念是常见的现象。关于"五音"与"四声"的关系,见詹锳《四声五音及其在汉魏六朝文学中之应用》,《中华文史论丛》第3期,1963年,第163—192页;郭绍虞《再论永明声病说》,《照隅室古典文学论集》,上海:上海古籍出版社,1983年,第2册,第190—209页;夏承焘《四声议说》,《中华文史论丛》第4期,1964年,第223—230页。

② "续续不断之流",语出维克多·祖卡坎德尔(Victor Zuckerkandl)撰、韦拉德·特拉斯克(Willard R. Trask)译《声音与象征:音乐与外部世界》(*Sound and Symbol: Music and the External World*),纽约:万神殿书局,1956年,第169—170页。沈约关于促进诗歌内语音变化的主张与早期广泛使用的"结韵"技巧不同。"结韵"是通过重复诗句最末几个音节中的特定韵脚而实现的(通常情况下,结韵只出现在偶数句中)。换句话说,结韵所体现的基本原则是语音的重复而非变化。参见释慧皎《高僧传》,高楠顺次郎、渡边海旭等编《大正新修大藏经》第50册,第414c页。

③ 曹旭《诗品集注》,第340页。

际。当时的沈约正在创作《郊居赋》,此赋后来成为其最负盛名的作品之一①。这篇精美的赋作,流传下来的版本长达四百五十句,以沈约自述个人经历起始,并向上溯及十五代前的沈氏先祖,而以沈约对自己人生的思考作结。轶事记载了沈约邀请年轻的诗人王筠到自己的郊居之所共读此赋,而王筠是沈约晚年尤为推赏的后辈诗人之一。据载,当王筠读至"雌霓(五激反)连蜷"时,沈约"抚掌欣抃曰:'仆尝恐人呼为霓(五鸡反)。'"②这里,反切本应作"五鸡反","*ngiei*"音的"霓"字,为何要作"五激反",而读作"*ngiek*"音呢?两种读音其实对词义本身并无影响(两种读音下,"霓"皆作"虹"解),不同之处仅仅在于尾音,前者"-ei"为平声,后者"-ek"为入声。传者在此并没有作进一步的阐释,但若我们联系沈约的声律主张,便会对这则典故获得更加全面清晰的理解。赋中此句与后句构成了一组对句:

驾雌蜺(通"霓")之连卷,
泛天江之悠永。③

以下列出这组对句的两种音调模式,分别遵照上述"霓"字的不同读法:

"蜺"字读音:　　　　*ngiek*　　　　　　　　*ngiei*

　　　　　　　驾 雌 蜺 之 连 卷　　　　驾 雌 蜺 之 连 卷
　　　　　　　泛 天 江 之 悠 永　　　　泛 天 江 之 悠 永
调式:　　　　 \ — ∧ — — /　　　　　\ — — — — /
　　　　　　　 \ — — — — /　　　　　\ — — — — /
　　　　　　　 C A D A A B　　　　　　C A A A A B
　　　　　　　 C A A A A B　　　　　　C A A A A B

---

① 此赋全文载于姚思廉《梁书》的沈约本传中,见姚思廉《梁书》卷十三,第236—242页;马瑞志在《诗人沈约》一书的第176—214页有对此赋的相关讨论。我们看到,这篇赋体现了精湛的声律技巧,同时,其押韵方式也值得一提。全赋用了三十六种不同的韵部,一韵连续相押不超过二十句,有时甚至在两句或四句之内就包含了换韵。最为突出的,在于赋中换韵前后的两个韵部均分属于不同的音调。在三十六个韵部中,十一个平声韵,十个上声韵,八个去声韵,七个入声韵。由于在中古汉语里,平声音节的使用较其他三声更为普遍,故沈约赋中近乎平均分配的四声韵部显示出其有意运用各种不同音调的努力。
② 姚思廉《梁书》卷三十三,第485页。
③ 姚思廉《梁书》卷十三,第240页。

"ngiek"的读音为这两句引入了唯一的入声,舍此,或以"ngiei"音相替都无疑使整个对句在语音效果上失色不少。沈约偏爱的入声读法明显在同句的"雌"、"蜺"两音之间,以及上下句的"雌蜺"、"天江"两个双音节词之间创造出音调上的反差效果。因此,这种读法满足了其"一简之内,音韵尽殊;两句之中,轻重悉异"的声律主张。随着故事的进展,当王筠读到"坠石堆星"一句时,被其节奏效果深深地吸引而"击节称赞"①。正如马瑞志所言②,沈约包括此句在内的一段描写表现了"他自身精神追求的至高胜景":

巍嵯崇崒	— — — ∧	A A A D
乔枝拂日	— — ∧ ∧	A A D D
峣嶷岹峣	— ∧ — —	A D A A
坠石堆星	\ ∧ — —	C D A A
岑崟峰屼	— — ∧ ∧	A A D D
或坳或平③	∧ — ∧ —	D A D A

我们看到,在上引六句中,除了第四句句首的"坠"字为去声外,其余的音节不是平声,就是入声,而两者代表着一对截然不同的语音效果。正如前文所论,入声语音具有"直促"的特点,反之,平声语音却能够在一个水平层面上无限延长④。从上引赋句来看,平声之"平"与入声之"促",对比鲜明,很好地契合着严酷的风景意象,如末句的"或坳或平"(调式为"入平入平")即是如此。除上述外,以唯一的去声音节"坠"引起第四句,为整体的语音符号增添了适时适度的曲折效果,也使这一句深得王筠赞赏。据记载,看到王筠深得自己的声律技巧,沈约大感欣慰,而对王筠道:"知音者希,真赏殆绝,所以相要,政在此数句耳。"⑤沈、

---

① 姚思廉《梁书》卷三十三,第485页。据史载,此句是王筠特别欣赏的两句之一。
② 马瑞志《诗人沈约(441—513):"隐"侯》,第203页。
③ 姚思廉《梁书》卷十三,第240页。
④ 张洪明引张世禄语指出:平声的"延长性"要通过一定的诵读才能体现出来(《汉语近体诗声律模式的物质基础》,第192页)。丁邦新研究中也关注到这个问题,指出"(平声)易于曼声延长"(《平仄新考》,第6页)。
⑤ 姚思廉《梁书》卷三十三,第485页。这几句引文使我们联想起沈约《宋书·谢灵运传论》的文末之论:"世之知音者,有以得之,知此言之非谬。如曰不然,请待来哲。"(沈约《宋书》卷六十七,北京:中华书局,1974年,第1779页)。同时,我们还由此联想到相传是王融在离世前计划撰写的《知音论》(见曹旭《诗品集注》,第337页)。

王之间这段见诸史传的对话,无论其记载中有多少虚构的成分,都向后世读者活现出二人孜孜不倦的声律追求。从其知音晤谈中流露出的,是通过"新知"而重塑的文化理想。尽管它仍然保留着很深的私人性和排他性气质,但其中所包含的复杂性和细致性都反映出旧有文化理想的转变和一种不同于以往的审美感受。最引人注目的是,原本结合了智识、审美与私人体验的"知音"追求,在这里仅需通过几句韵文,甚至一个音调就高下立分。通过具体讨论沈约的这篇赋,本文还想提请读者注意的一个重要问题是,沈约及其时人的声律理论本是广泛面向各种文学体裁的,但现代学术研究对相关问题的理解却往往局限于其诗歌而忽视了其他①。

在早期文学传统中,"志"是艺术表现与艺术欣赏中最关键的概念,并且往往联系着儒、道背景下个人的道德本体与高尚追求②。《吕氏春秋》载:"伯牙鼓琴,钟子期听之,方鼓琴而志在太山,钟子期曰:'善哉乎鼓琴,巍巍乎若太山。'"③泰山(今山东境内)便是孔子曾经登临而小天下之处④。伯牙与钟子期通过音乐产生了神游泰山的共同体验,而"心之所向"之"志",正引导着这对知音间的精神交流。这种心之所向的目标,带着浓厚的道德寓示,成为早期艺术与审美的核心。较之传统,沈约的主张显示出重要的差异。在其《宋书·谢灵运传论》中,沈约总结道:那些早期文学的"高言妙句",是无意所得,"匪由思至";而在他看来,"思"才是真正达致"知音"境界的背后推动力⑤。尽管被一些批评家视同微末,但沈约对每个音调的严密关注正反映了这种重"思"的文学观念。无论是对"四声"的区分,对诗歌特有的语音形式的锤炼,还是通过诵读而精析声律、品赏诗意,都可以看作是对"思"的实践。在给王筠的一封信中,沈约以"知音"的身份说道:

---

① 在此,我要感谢本文的一位匿名评审,他建议我明确指出这个问题。关于永明诗人在乐府这种诗歌的亚文体中运用声律理论的研究,见拙撰博士论文《声律创制视野下的王融诗学》(Wang Rong's Poetics in the Light of the Invention of Tonal Prosody),威斯康星大学麦迪逊分校,2004年,第184—239页。此外,值得一提的是,《文镜秘府论》中不仅包括对诗歌声律的讨论,还涉及赋、颂、笔等文体。(参见王利器《文镜秘府论校注》,第407—408页。)
② 对"诗言志"中的"志"的解释,我认同宇文所安将其解作"心之所向"的做法。参见宇文所安《中国文学思想读本》,第26—29页。关于"诗言志"的原典,参见旧题孔安国传、孔颖达等正义《尚书正义》卷三,《十三经注疏》整理本,北京:北京大学出版社,1999年,第79页。
③ 王利器《吕氏春秋注疏》卷十四,第1394页。
④ 赵岐注、孙奭疏《孟子注疏》卷十三,《十三经注疏》整理本,北京:北京大学出版社,2000年,第365页。
⑤ 沈约《宋书》卷六十七,第1779页。

> 览所示诗，实为丽则，声和被纸，光影盈字。夔、牙接响，顾有余惭；孔翠群翔，岂不多愧。古情拙目，每伫新奇，烂然总至，权舆已尽。会昌昭发，兰挥玉振，克谐之义，宁比笙簧。思力所该，一至乎此，叹服吟研，周流忘念。①

不同于以往"志"所主导的美学观念，沈约这里主张的"思"并不包括特别的道德意涵，也不指向某种理想化人格，而是直接关系到思维的过程。这一过程所特有的专注、认知与敏感内质，通过创造和解析复杂的声律模式而得以体现。三世纪的诗人陆机(261—303)曾感叹诗歌之"音声迭代"，"逝止无常"而难以控制②。两个世纪以后，沈约由"思"出发而建立的新的美学理想则对陆机所谓的"无常"提供了解决之道。在沈氏这种新的美学观念中，"知音"者具有敏锐捕捉语音流中音调变化的能力，而当两个个体都拥有这种独特的能力并在思维层面上产生交流与共鸣时，便促成了知音间的相遇相赏。

会　声

面对中国古典诗歌，我们惯常的阅读方式尤其不适宜于理解永明体。长期以来，我们习惯于作"无声文本的无声读者"③，而永明体诗歌却要求我们想象其创作中声音、意象与内涵共同展开的过程。其实这一过程本身，往往即是永明体诗的意义所在。下面将要讨论的三首诗，常被过往研究视为"意寡"之作，然而，我更倾向于将其作为一种"声诗"。只有通过对语词和声律之间、诗人和读者之间互动关系的想象，才能理解个中内涵。

下面这首诗描写了夜幕中传来的阵阵猿鸣：

---

① 姚思廉《梁书》卷三十三，第485页。
② 陆机《文赋》，萧统编、李善注《文选》卷十七，第766—767页。
③ 在此，我借用了柯马丁(Martin Kern)的说法，在其《西汉美学与赋体的起源》(Western Han Aesthetics and the Genesis of the Fu，《哈佛亚洲学报》第63卷第2期，2003年，第409页)一文中，柯马丁通过考察"无声文本的无声读者"，探讨了将西汉大赋想象为表演性文本的障碍。

石塘濑听猿	调式
噭噭夜猿鸣	C C C A A
溶溶晨雾合	A A A C D
不知声远近	D A A B C
惟见山重沓	A C A A D
既欢东岭唱	C A A B C
复伫西岩答①	D B A A D

在夜色的笼罩与"晨雾"的弥漫中,沈约目力所及,只见重沓的山影。这些如同"回声壁"一样重重叠叠的山势,使沈约"不知声远近"。最终,他领会到动物鸣声的变换样式,并为之而"欢"。在整个过程中,最后的"领会"是思之所获,体现出一种专注之功。除此以外,诗中还包含着另一层面的"会声"。我们注意到,当 m、n、ny 和 ng 等鼻音重复叠现时,往往能够创造出一种加强的和声效果。在这首诗的三十个音节中,有十六个都以鼻音收束:

噭	噭	夜	猿	鸣
			-n	-ng
溶	溶	晨	雾	合
-ng	-ng	-n		
不	知	声	远	近
		-ng	-n	-n
惟	见	山	重	沓
-n	-n	-ng		
既	欢	东	岭	唱
-n	-ng	-ng	-ng	
复	伫	西	岩	答
				-m

---

① 逯钦立编《先秦汉魏晋南北朝诗》第 2 册,第 1661 页;另见马瑞志《"永耀光明"之时代:永明时期 (483—493) 的三位诗人》(*The Age of Eternal Brilliance*: *Three Lyric Poets of the Yung-ming Era* [483—493]),莱顿:博睿学术出版社,2003 年,第 1 册,第 225 页。

显然,沈约欲使全诗获得一种夸张的鼻音效果(即使以现代汉语的普通话诵读,我们仍可以听到这样的鼻音效果)。更有趣的是,沈约在句末的音节之间刻意交替使用鼻音与声门塞音-p(常见于入声音节中,以造成"直促"的效果):

嗷	嗷	夜	猿	鸣 -ng
溶	溶	晨	雾	合 -p
不	知	声	远	近 -n
惟	见	山	重	沓 -p
既	欢	东	岭	唱 -ng
复	伫	西	岩	答 -p

若以现代汉语的广东方言诵读,便能清晰地听出"-ng/-n"音与"-p"音的交替相别,如同山猿之间的"往来唱和"。换句话说,听者只有在理解了这种交替变化的语音样式后,才能切身体验诗人对猿声的领会。在一个"成功"的阅读过程中,诗人对猿声的领会与读者对诗人声律意图的领会在两个层面上共同展开而合为一体,最终实现全诗的内涵与目标。我们不妨试想,在沈约的时代,诵读与聆听这首诗必是一段引人入胜又令人难忘的体验。

在沈约的作品中,最常见类型的"声诗"是关于乐器的。这种题材在早期长于铺排辞藻的赋中较为普遍。沈约描写乐器的诗歌,乍看来似乎只是高度浓缩版本的赋,然而其"浓缩"形式本身即蕴含着一种截然不同而更为复杂的语言艺术。在这方面,沈约的一首《咏筝诗》可谓典型。与前作相类,这首诗的演进也仿佛是一个切身体验的过程:

咏筝诗	调式
秦筝吐绝调	ＡＡＢＤＣ
玉柱扬清曲	ＤＢＡＡＤ
弦依高张断	ＡＡＡＡＣ
声随妙指续	ＡＡＣＢＤ
徒闻音绕梁	ＡＡＡＣＡ
宁知颜如玉①	ＡＡＡＡＤ

首二句中"绝调"与"清曲"构成一组反差，而随着听者的注意力向演奏者"妙指"的转移，视听的现场感得到进一步强化。第三句捕捉到听者全方位的感官经历：

   弦　依　高　张　断
调式：－　－　－　－　＼
   Ａ　Ａ　Ａ　Ａ　Ｃ

句末著一去声"断"字，立刻打破了全句持续的平声调型。在这组不寻常的声调模式中，我们不仅能够"听"到筝声骤断，甚至能通过诵读过程中口型的变化"看"到并"感觉"到演奏者指离筝弦。在最后一组对句中，沈约继续沿用了这种夸张的语音模式：

   徒　闻　音　绕　梁
调式：－　－　－　＼　－
   Ａ　Ａ　Ａ　Ｃ　Ａ
   宁　知　颜　如　玉
调式：－　－　－　－　∧
   Ａ　Ａ　Ａ　Ａ　Ｄ

与前例相同，上述两句也各自包含一个非平声音节。相传，孔子曾被齐国的

---

① 逯钦立编《先秦汉魏晋南北朝诗》第 2 册，第 1656 页；另见马瑞志《"永耀光明"之时代：永明时期（483—493）的三位诗人》第 1 册，第 125 页。

韶乐深深吸引,以致三月不知肉味①。上引诗中,诗人亦在末句宣称其"不知"弹筝女子原是貌美如玉。这里,对美色的浑然"不知"巧妙地反衬出听筝者对声音的"知"。而"知乐音"与"知诗音"在这首诗中和谐相融,完美地展现出了"知音"的双重内涵。

王融的一首作于琴室之诗进一步发展了"知音"的双重内涵。仅仅通过处身于琴室,王融便"听"到了乐音:

移席琴室应司徒教	调式
雪崖似留月	D A B A D
萝径若披云	A C D A A
潺湲石溜写	A A D C B
绵蛮山雨闻②	A A A B A

不同于前述沈约之诗,王融这几句并非是描写音乐演奏的场景③,而是展现出一番关于音乐的冥想:琴室之中,也许有鼓琴之声,也许完全没有乐音,但仅仅通过身处琴室,诗人便邂逅了一系列的自然意象。动词"似"与"若",皆可作"相像"或"仿佛"解,显示出一种虚幻的特质,好像诗人对所见之"象"亦难以确定。第二组对句中,诗人于"所见"之外更有"所听",体现了冥想的愈加深入。随着诗歌意象由无声向有声的转化,其语音效果开始突显:

潺	湲	石	溜	写
-an	-an			
绵	蛮	山	雨	闻
man	man	-an		men

上句中头两个音节"潺湲"为叠韵词;在下句的对应位置,则配之以双声词"绵蛮"。不仅如此,这两组联绵词中的四个音节都有鼻尾音。通过-an,-an,

---

① 《论语注疏》卷七,《十三经注疏》整理本,北京:北京大学出版社,1999年,第89页。
② 逯钦立编《先秦汉魏晋南北朝诗》第2册,第1404页;另见马瑞志《"永耀光明"之时代:永明时期(483—493)的三位诗人》第2册,第369页。
③ 值得注意的是,这四句很可能是一首长诗中仅存的残句。

man，man，-an，men 等鼻音的交互共作，语言、音乐与自然界的声音一齐涌现，创造出一个异常丰富而新奇的审美体验。在一首描写听友人鼓琴的诗歌中，谢朓也营造出了同样的效果：

萧	瑟	满	林	听
	-n	-m		-ng
轻	鸣	响	涧	音①
-ng	-ng	-ng	-n	-m

连续的鼻尾音如 -n，-m，-ng，-ng，-ng，-ng，-n，-m 同时唤起了各种形式的声音意象。它们是语音音节间的相和共鸣，是瑟瑟风声与潺潺涧响，也是友人琴弦间飞扬的乐音。在永明诗人看来，真正的"知音"之人，亦是深谙"听"道之人，他们不仅用耳，更用心去聆听。

"精"

尽管我们今天的说话和阅读方式已然不同于沈约时代的宫廷诗人，但根据我们阅读当代诗歌(如美国当代诗人 Natasha Trethewey 的"Myth"②)的体验而对永明诗人"吟研"诗歌的情形做出类比想象也并非不可。虽然随着时空变换，诗歌对个人的影响具有不同的意涵，但为一首动人的诗歌作品所打动和吸引却是人类超越时空的普遍体验。也许在常人眼中，"精"不过是一个普通的概念，沈约却坚持用"精"来描述他所追求的"协韵之音"，在其著述中，亦对"精"这个范畴给予了特别的关注。如前述，沈约在其所著《宋书·谢灵运传论》中提出：早期诗人的"高言妙句"，是"音韵天成"，而"匪由思至"③；认为"韵与不韵，复有精粗"④。对沈约及其知音而言，"精"、"粗"之间，即使是一个音调的微妙差别，也是根本性

---

① 谢朓《和王中丞闻琴》，逯钦立编《先秦汉魏晋南北朝诗》第 2 册，第 1447 页；另见马瑞志《"永耀光明"之时代：永明时期(483—493)的三位诗人》第 2 册，第 156 页。

② 娜塔莎·特雷塞韦(Natasha Trethewey)《国民卫队》(Native Guard)，波士顿：迈因纳出版社，2007 年，第 14 页。这是我个人很喜欢的一首诗。有一次，在聆听诗人诵读此诗后，我完全被吸引，甚至到了近乎"不知肉味"的状态。

③ 沈约《宋书》卷六十七，第 1779 页。

④ 萧子显《南齐书》卷五十二，第 900 页。

的。在与陆厥的交流中，沈约屡次强调了这样的观点：一个真正"知音"的诗人，不会在创作中，时而"律吕相调"，时而却又"音律顿舛"（沈氏在此引曹植［192—232］和陆机为例）；正如一个高明乐师的演奏要"美恶研蚩，不得顿相乖反"一样①。通过一种自觉、专注而持续之"思"，诗人方能从最精细、最微妙的层面上领会音声，其中，"精"不仅是"会声"的结果，也是整个思维过程的直接反映。因此，我认为沈约的确持有一种"刻意人工胜于自然天成"的观念②。然而，究竟是怎样一种深层的文化思想促使沈约公然抵制"雕虫篆刻"的传统成见，并在强调感官认知的同时，大力主张"重思求精"的诗学观念呢？这里，我们又一次看到了佛教的影响。

在另一篇文章中，沈约亦谈到了"精粗"之别："自凡及圣，含灵义等，但事有精粗，故人有凡圣。"③在关于"神灭／神不灭"的佛学命题论争中，沈氏曾作数篇"议"，这句话便是其中一篇的结论④。作为"神不灭论"的坚决拥护者，沈约在这篇"议"中试图解释既皆"含灵"，为何"圣"人得存永世，而"凡"人终归寂灭的问题，并指出个中差异，就在一个"精"字。"精"，是一个渐进的求知过程，只有将认识不断导向愈加微观的水平，主体方能悟得真知，达至虚空之境。齐梁时期对佛教思想的阐释与沈约及其同仁对诗歌中"精炼音声"的提倡有着惊人的相似。对当时的诗人而言，最重要的能力在于能够辨析微妙的音声并分别四声，进而在一股语音流中抓住每个音节音调，正如沈约在论佛教"念"之范畴的文章中所指出的：对佛徒而言，最重要的思维活动是在念念相续的思维流中抓住单独的"一念"，从而摆脱混杂纠纷的无序状态。在这方面，还有一点值得注意：在致王筠的一封信中，沈约谈到了对王筠诗歌的"叹服吟研"，使得自己"周流忘念"。根据沈氏本人论议中对"念"的分析，这样一种"忘念"的状态，最终将导向"兼照"的境界。显而易见，沈约的诗歌声律理论，并不单纯是以新的认知形式重塑文化理想，它同时反映出佛教思想开始进入诗歌领域，影响诗歌的创作与阅读，并从根

---

① 萧子显《南齐书》卷五十二，第900页。
② 马瑞志在评价沈约与陆厥的往来书信时指出："在对以往诗歌的严厉批评中，沈约对'音韵天成'的贬低未免显得有些狭隘，仿佛刻意的人工雕琢胜过了自然天成。"见马瑞志《诗人沈约（441—513）："隐"侯》，第51页
③ 沈约《神不灭议》，高楠顺次郎、渡边海旭等编《大正新修大藏经》第52册，第253c页。
④ 关于这场论争的背景，见马瑞志《诗人沈约（441—513）："隐"侯》，第136、142—145页。

本上改变着传统的文化理想。

沈约和当时宫廷诗人"精炼"诗歌声律的佛教背景还可以从另一个角度考察：当时的佛教论著与佛教活动似乎恰为"雕虫篆刻"的成见树立了反证。在这方面最有代表性的莫过于著名的"知音"者，同时又是佛教徒的周颙。在与道教徒张融（444—497）的一次激烈论争中，周颙论道："佛教所以义夺情灵，言诡声律。盖谓即色非有，故擅绝于群家耳。"① "色"（梵语 rupa）意为"非有"，因其是"因"（梵语 hetu）、"缘"（梵语 pratyaya）聚合的结果，故其本身是空无自性的。尽管对"色"的阐释与论证在后来成了颇为棘手的课题，并对整个中国中世佛教史具有重要的意义，但这一范畴本身往往被追溯到其早期的倡导者——支遁（314—366）②。此处与我们的讨论密切相关的是周颙将声律问题引入了对佛教"色"范畴的论述中。从其论佛教之"言诡声律"，我们联想到相关中古文献中对佛徒诵经"微妙音声"的描述，如释慧皎《高僧传》中记载诸经师的条目③，其一就描写了昙迁（活跃于445年前后）"巧于转读，有无穷声韵"④。也许在初时，中国的听讲经众对那些出身于印欧语系的佛教经师诵读和吟唱佛经的方式毫无准备，而他们精严细致又郑重其事的诵经活动又足以使听者目眩神迷，但发展到中古时期，经师中定然已有许多来自中国本土者，他们完全有能力以同样精细而郑重的态度校讲汉语声律，并且以之为荣⑤。在这方面，另一条记述周颙"知音"特质的材料值得关注：

> 颙音辞辩丽，出言不穷，宫商朱紫，发口成句。⑥

正如汤用彤对"色"的诠释："即色非有，则不外有，亦不外无。"⑦从不同的角

---

① 这里我据李善注，训"诡"为"变"（见萧统编、李善注《文选》卷五十，第2218页）。
② 汤用彤《汉魏两晋南北朝佛教史》，北京：北京大学出版社，1997年，第179—184页。
③ 高楠顺次郎、渡边海旭等编《大正新修大藏经》第50册，第413b—415c页；梅维恒、梅祖麟《近体诗律的梵文来源》，《哈佛亚洲学报》第50卷第2期，第382—388页。
④ 高楠顺次郎、渡边海旭等编《大正新修大藏经》第50册，第414a页。"转读"意为诵读佛经（见高楠顺次郎、渡边海旭等编《大正新修大藏经》第50册，第415b页）。
⑤ 梅维恒《佛教与白话创作之兴起》(Buddhism and the Rise of Written Vernacular)，《哈佛亚洲学报》第53卷第3期，1994年，第719页。关于梵乐传统与佛教诵经间的关系，见路易斯·罗威尔(Lewis Rowell)《上古印度的音乐与音乐思想》(Music and Musical Thought in Early India)，芝加哥：芝加哥大学出版社，1992年。
⑥ 萧子显《南齐书》卷四十一，第731页。
⑦ 汤用彤《汉魏两晋南北朝佛教史》，第540页。

度观之,"色"亦可作"真实"解,甚至可以作为达至"空"的必经之途。永明时期,中国佛教正经历着二谛理论("真谛"以一切假名皆空;"俗谛"不以一切假名为空)的生成和"第三义谛"的萌芽,在这样的背景下,永明诗人从更加灵活、更加多样的角度去理解"色"也就不足为奇了①。即使不论其他,"即色非有"的观念也至少帮助永明诗人摆脱了对诗歌形式与技巧的成见。周颙和沈约公开地、积极地追求"精炼音声"之举,使前者以"巧言智者"的形象流传后世,亦为后者赢得了"当世词宗"的令名。由此观之,周、沈等人的声律努力,已经从很大程度上转变了传统对彰显艺术技巧的贬抑。

诚然,佛教对中国中古时期的艺术形式与艺术技巧具有重要的影响,这一点已不足为奇。然而真正令人惊叹却又极易被忽视的,是佛教表现其影响的方式。较之那些明确阐发佛理的诗歌,本文更加关注永明诗人在诗歌创作过程中显示出的佛学视角。今天这些具体的创作过程已不可复现,唯留下众多的"无声文本"②,今人或可从中觅得些微残迹。但对齐梁时期的宫廷诗人而言,其创作过程无疑是他们在君主和同僚之间寻求价值认同与卓越名位最直接、最实际也最自然的途径。作为这种诗歌创作的杰出代表,永明体向我们展示了今天看来似乎空洞而枯燥的形式技巧,曾经如何自在自足,而成就了一代优秀的诗篇。距永明不远的后世批评家在论永明诗人创作风格之"靡"与"严"时,可能更多的是在批评其作诗的方式。而评者不满的根源,也应是针对永明诗人对每个音调的精细锤炼与对四声的严格区分。然而,随着永明时代的创作方式在历史中逐渐消解,其诗歌成为后世阅读活动中的"无声文本"。与之相应的无声阅读,则使后世以"规则"、"声病"等新的解读来诠释永明诗歌的"靡"与"严"。随着时空的变换,"无声"是文学阅读无法逃避的现实,但对诗人及其诗歌创作"有声"或"无声"的想象,却使我们获得了截然不同的阅读体验。

(朱梦雯　译)

---

① "第三义谛"的信徒寻求对"二谛"的吸收与超越。见汤用彤《汉魏两晋南北朝佛教史》,第531—542页;另见黎惠伦(Whalen Lai)《中国二谛论的进一步发展:成实论传统与周颙的三宗论》(Further Development of the Two Truths Theory in China: The Ch'eng-shih Tradition and Chou Yung's San-tsung-lun),《东西哲学》(*Philosophy East and West*)第30卷第2期,1980年,第139—161页。

② 关于"无声文本",见第134页注③。

"亡国之音"抑或"创国颂歌"
——梁武帝《襄阳踏铜蹄歌》主题新探

王平①

梁代(502—557)开国之君萧衍(464—549;502—549年在位;谥武帝)②家世

---

① 王平,西雅图华盛顿大学博士,现为西雅图华盛顿大学亚洲语言文学系副教授。原文题为"Southern Girls or Tibetan Knights: A Liang [502—557] Court Performance",原载《美国东方学会学报》(Journal of the American Oriental Society)第128卷第1期,2008年1—3月。

② 最近有关萧衍的研究,见田晓菲《烽火与流星:萧梁王朝的文学与文化》(Beacon Fire and Shooting Star: The Literary Culture of the Liang [502—557])第一章,麻省剑桥:哈佛大学亚洲中心,2007年。有关萧衍与佛教的研究,见方立天《梁武帝萧衍与佛教》,《世界宗教研究》1984年第4期,重印于《魏晋南北朝佛教论丛》,北京:中华书局,1982年,第188—121页;梁满仓《论梁武帝佞佛》,《文史》第45辑,1998年,第71—83页;杨德(Andreas Janousch)《菩萨皇帝——梁武帝的佛教神授仪式与礼制大会》(Emperor as Bodhisattva: The Bodhisattva Ordination and Ritual Assemblies of Emperor Wu of the Liang Dynasty),周绍明(Joseph P. McDermott)编《中国的国家与宫廷礼仪》(State and Court Ritual in China),剑桥:剑桥大学出版社,1999年;古正美(Kathy Cheng-Mei Ku)《梁武帝的弥勒佛王形象》(The Buddharāja Image of Emperor Wu of the Liang),未发表会议论文,新加坡,2005年。有关其他萧衍研究,见曹道衡《昭明太子和梁武帝的建储问题》,《郑州大学学报》(哲学社会科学版)1994年第1期,第47—53页;曹道衡《梁武帝和"竟陵八友"》,《齐鲁学刊》1995年第5期,第46—53页;曹道衡《兰陵萧氏与南朝文学》,北京:中华书局,2004年;何沛雄《梁武帝及其〈孝思赋〉》,《魏晋南北朝文学论集》,南京:南京大学出版社,1997年,第665—674页;胡德怀《齐梁文坛与四萧研究》,南京:南京大学出版社,1997年,第145—166页;胡旭《论梁武帝对前朝宗室的态度》,《信阳师专学报》(哲学社会科学版)2001年第5期,第122—123页;李丰楙《上云乐与道教传说》,《忧与游:六朝隋唐游仙诗论集》,台北:学生书局,1996年,第270—277页;林大志《梁武帝的文学思想》,《求索》2005年第11期,第160—162页;钱志熙《齐梁拟乐府诗赋题法初探》,《北京大学学报》(哲学社会科学版)1995年第4期,第60—65页;石观海《宫体诗派研究》,武汉:武汉大学出版社,2003年,第195—228页;杨德才《论萧衍的乐府诗》,《文学遗产》1999年第3期,第28—34页;于英丽《对梁武帝几首有争议诗歌的断归》,《福州大学学报》(哲学社会科学学报)2004年第2期,第44—46页;安田二郎《南朝贵族社会与地域社会的演变》(The Changing Aristocratic Society of the Southern Dynasties and Regional Society: Particularly in the Hsiang-yang Region),《亚洲学刊》(Acta Asiatica)第60辑,1991年,第25—53页;赵以武《梁武帝及其时代》,南京:凤凰出版社,2006年;周明、胡旭《梁武帝其人其诗》,《江苏教育学院学报》(社会科学版)2001年第4期,第82—87页;周一良《论梁武帝及其时代》,《魏晋南北朝史论集》,北京:北京大学出版社,1997年,第338—368页。

崇道，却是唯一一位自觉扮演"皇帝菩萨"角色的中国君主。其统治乃是中国"圣君"与印度"转轮王"之结合①。萧衍同样以奖拔学术与文学著称。在其统治期间，他襄助了数量空前的学术编纂工程②。萧衍本人的著述主题广泛，显示出他对经学、礼仪、音乐、书法和围棋的娴熟，堪称博学③。尽管对萧衍作为重要政治人物及佛教提倡者的研究甚夥，对其诗歌作品（包括四言诗、五言诗、乐府诗和赋作）的深入研究却十分稀缺。现代学者逯钦立将萧衍诗歌分为两类：五十四首乐府诗及四十一首古诗④。然而，对南朝乐府根深蒂固的偏见从负面影响了学界对萧衍乐府诗的评价。南朝乐府历来以言情为主，源于两大江南民歌传统，即吴歌、西曲。此外，学界对乐府歌诗/乐曲实际创作过程和目的的理解也颇为有限，常将文人乐府看作是对民歌的模拟，这一点时或成立，却不必然或尽然如此。更有甚者，不少中国学者谈"色"色变，不免将情歌及其写作都看作道德暧昧的表现。对南朝君主"颓废"生活的批判长期以来都是基于界定其艺术及文学具有宫闱特质。同时，南朝乐府的宫闱性又被视为放荡的现实生活的艺术表现。这种循环论证阻碍了我们对南朝乐府以及南朝皇室成员阶级创作活动的客观理解。本文将细读萧衍的一篇题为《襄阳踏铜蹄歌》的乐府，来看看我们是否能够抓住这篇所谓"简单模仿民歌"之作的精义。借此，我希望能够在一定程度上阐明梁武帝宫廷的音乐创作过程，并考察为何"亡国之音"作为传统贬斥批评短语至今仍用于解释梁室衰亡，以及在更广泛的层面上，解释南朝后期的艺术和文学。6世纪初，萧衍甫登皇位，便命令学者专家恢复宫廷礼乐⑤。其中，沈约（441—513）显然承担了大部分的工作。其长篇《宋书·乐志》如今是有关唐代以前宫廷音乐的最重要资料来源。《乐志》直到天监（502—519）初年方得完稿，并很可能

---

① 古正美《梁武帝的弥勒佛王形象》。
② 赵以武《梁武帝及其时代》，第226—227页；曹道衡《兰陵萧氏与南朝文学》，第94页。
③ 有关萧衍著述目录，见胡德怀《齐梁文坛与四萧研究》，第300—301页。根据《梁书》，萧衍著作超过一千卷；《隋书·经籍志》则列出了七百卷；胡德怀所计则有三十个标题名下三百余卷。见周明、胡旭《梁武帝其人其诗》，载《江苏教育学院学报》2001年第4期，第86页。
④ 逯钦立编《先秦汉魏晋南北朝诗》，第1513—1539页。《玉台新咏》有五十三首作品列于萧衍名下。见吴兆宜《玉台新咏笺注》，第265—273、451—454、501—508、525—526页。根据于英丽的计算，《艺文类聚》里有二十一首、《乐府诗集》里有三十七首作品系萧衍所作。见于英丽《对梁武帝几首有争议诗歌的断归》，《福州大学学报》2004年第2期，第44页。
⑤ 赵以武《梁武帝及其时代》，第63—68页。

从属于萧衍的制乐工程①。在沈约的现存著作中,有一组三十篇"雅乐",即用于祭祀和其他宫廷典礼的庄重音乐②。沈约的创作补充了来自汉廷的旧制③。此外,地方性和当代的歌曲也提供了制作宫廷音乐的主要来源。一个著名的例子即《子夜歌》题下的一套新式季节性歌曲。武帝本人创作了歌辞,宫廷乐师王金珠补充创作了同题的歌曲。类似的还有一篇著名"西曲"《襄阳踏铜蹄歌》,同样出自武帝手笔。这是本文将致力分析的篇章。《隋书·音乐志》提供了有关诗题及其创作的历史背景的如下评论:

> 初武帝之在雍镇,有童谣云:"襄阳白铜蹄,反缚扬州儿。"识者言,白铜蹄,谓马也;白,金色也。及义师之兴,实以铁骑,扬州之士,皆面缚,果如谣言。故即位之后,更造新声,帝自为之词三曲,又令沈约为三曲,以被弦管。④

这段话颇为简短,却白描出 497—501 年间发生的一系列复杂的历史政治事件;这四年间,萧衍策划了一场成功的军事政变,从其宗族南齐(479—502)萧氏手中夺得朝政大权。上述流行的童谣便道出了萧衍对南齐的反叛及他随后为梁朝奠基。耐人寻味的是,萧衍本人改写了这首童谣,把暗示萧衍反叛的语句替换成一联合唱:"襄阳白铜蹄,圣德应乾来。"⑤此歌主体共六章,三章系出武帝,三章则出沈约⑥。

萧衍所作如下:

---

① 苏晋仁、萧炼子《宋书乐志校注序》,济南:齐鲁书社,1982年,第4页。
② 魏徵等《隋书》卷十三《乐志》,第293—302页。有关这些诗歌,见马瑞志《"永耀光明"之时代:永明时期(483—493)的三位诗人》第1册,第275—276页;柯马丁(Martin Kern)《国家殉难者的颂歌:汉魏六朝政治表现中的文学与仪式》(*Die Hymnen der chinesischen Staatsopfer: Literatur und Ritual in der politischen Repräsentation von der Han-Zeit bis zu den Sechs Dynastien*),斯图加特:弗兰茨·施泰纳出版社,1997年,第66—67页。
③ 同上,第304页。
④ 同上,第305页。
⑤ 逯钦立编《先秦汉魏晋南北朝诗》,第1519页;郭茂倩《乐府诗集》卷四十九,上海:上海古籍出版社,1998年,第547页。
⑥ 逯钦立编《先秦汉魏晋南北朝诗》,第1519—1520页。

一

陌头征人去,闺中女下机。含情不能言,送别沾罗衣。

二

草树非一香,花叶百种色。寄语故情人,知我心相忆。

三

龙马紫金鞍①,翠眊白玉羁。照耀双阙下②,知是襄阳儿。

接下来是归于沈约名下的三章:

一

分手桃林岸③,送别岘山头④。若欲寄音信,汉水向东流。

二

生长宛水上,从事襄阳城。一朝遇神武,奋翼起先鸣。

三

蹀鞯飞尘起,左右自生光。男儿得富贵,何必在归乡。

以上是武帝整个制乐工程的仅有遗留。我们知道实际的表演需要丝竹乐器、十六位舞者和至少一位主要歌者⑤。这些歌辞有两种版本的事实本身告诉我们,其中具体歌词不总是固定的。然后,我们不了解也不能被替换的,是音乐

---

① "紫金"很可能是"紫磨金"的简称,后者是梵文"阎浮檀(Jāmbūnada)金"的中国形式。见章鸿钊《石雅》,上海:上海古籍出版社,1993年,第330页及以下。就前一短语,见柯睿(Paul W. Kroll)《鼓铭与佛幢:李白的佛教铭文》(*Dharma Bell and Dhāraṇī Pillar: Li Po's Buddhist Inscriptions*),京都:意大利东方学研究(Italian School of East Asian Studies),2002年,第56页,注70。通过把龙的意象与马相结合,"龙马"一词唤起的是对某种高大的纯种马的钦羡,将其速度与外形都与神话中的飞行动物相媲美。《周礼》有对"龙马"的特别定义:马长八尺以上则曰龙。见郑玄注、贾公彦疏《周礼注疏》卷三十三,《十三经注疏》整理本,北京:北京大学出版社,2000年,第1012页。《尚书》孔颖达疏进一步提高了龙马的地位,称它便是负河图而出的动物,伏羲据此图以作八卦。在这一意义上,龙马本身便是清明统治的祥瑞征兆。见旧题孔安国传、孔颖达等正义《尚书正义》卷十八,第596页。

② "双阙"代指京城。

③ 桃林位于华山以西、黄河以南,在襄阳城西北约120千米处。这里是现代陕西、河南、湖北的边界。桃林的战略重要性在于它是楚地通向中原的门户。

④ 岘山之巅(或曰"岘首")峙于襄阳之南,雄视汉水,见柯睿《孟浩然》(*Meng Hao-jan*),波士顿:G. K. 霍尔出版社,1981年,第34—38页;此书中《襄阳与襄阳之歌》(The Land and Lore of Hsiang-yang, 第23—60页)一整章都与本文主题相关。

⑤ 郭茂倩《乐府诗集》卷四十九,第547页。

表演本身，这种无法传达的经验只能用最抽象、常常是印象性的词汇来描述。许多文化里都有文献表明，音乐的效果超出语言范围之外。中国的文献告诉我们，聆听音乐之时，听众不免击掌、蹈足、顿首，乃至"以如意打唾壶为节，壶边尽缺"①。中国早期思想家认识到了音乐的普世力量，认为其化人之深，惊天地、泣鬼神。因此，对音乐的严格控制乃是统治者为了维护统治的必然的结果。但是此处所讨论的音乐的感染力已随时间而流逝，我们手中所余者，唯其歌辞而已矣。当然，在歌辞之外，还有一些周边材料，可能提供某些随时间消逝的体验。就本诗而言，我们不妨从萧衍作品的标题及其有录可考的异文开始。

如6世纪的《古今乐录》所记，此诗最权威的标题似乎是《襄阳踏铜蹄》。此标题为13世纪郭茂倩编订《乐府诗集》时（1264—1269前后）所采用，今人逯钦立所辑中古早期诗歌标准版本亦以之为准。然而，7世纪流行一时的《艺文类聚》、10世纪的文学总集《文苑英华》都给出了《白铜蹄歌》这一标题。6世纪梁廷所编的《玉台新咏》则以《襄阳白铜鞮（歌）》为题②。铜蹄一语或书为铜鞮，而铜鞮是山西的一个地名，位于今上党西北③。但是也有资料显示，萧衍发动攻齐的军事重镇襄阳附近某地亦名铜鞮。例如在一部12世纪的乐书里，陈旸评论古歌题名之源流曰：

> 古者命歌之名大抵即事实而号之，非有深远难知之义也。故仰以取诸天则白露、晨露、白云、卿云、玄云、步云、白雪、南风、大风之类，无非取诸天也。俯以取诸地则江南、淮南、南阳、阳陵、阳阿、下里、瓠子、扶风、襄阳白铜鞮之类，无非取诸地也。④

16世纪，彭大翼在《山堂肆考》里，进一步把襄阳、铜鞮、白铜鞮等名相连：

---

① 乐府的音乐性是此文类的核心特征。这一事实可谓尽人皆知，但因为相关材料稀少，我们常倾向于撒手认输，承认自己别无选择，只能漠视不顾。然而在某些例子里，我们还是可以谈及音乐性，而这一点也将导致对这些诗歌的不同看法。"如意"一典，事出王敦，见房玄龄等《晋书》卷九十八，第2557页。其本传曰，王敦失信于帝，晚年颓唐，"每酒后辄咏魏武帝乐府歌曰：老骥伏枥，志在千里。烈士暮年，壮心不已"云云。

② 李昉等编《文苑英华》卷二百一，第997页；欧阳询撰、汪绍楹校《艺文类聚》卷四十三，第776页；吴兆宜《玉台新咏笺注》，第490页。

③ 谭其骧《中国历史地图集》，北京：中国地图出版社，1982年，第4册，第52页。

④ 陈旸《乐书》卷一百六十一"乐图论"，文渊阁《四库全书》本，叶3a—b。

> 至今,襄阳府有铜鞮坊,人多好唱白铜鞮词。①

这表明襄阳附近某地称作"铜鞮",而若与陈旸的评论一起考虑,则暗示了歌名"白铜鞮"仅仅表示某种歌曲传统的发源地或者流行区域。换言之,我们无需试图逐字解释"白铜鞮"的字面含义。尽管探讨其语义并非不可能,但它只是专有名词而已。然而,这并非诗歌及阐释传统的做法。无论我们何时看到"白铜鞮"一词,我们都会遭遇连篇累牍的注解,试图解释此词真正含义。这种尝试的主要挑战在于此短语的第三个字。现存解释多数情况下都回避了问题所在,把短语的第三个字替换成其他更易辨认的名词,如"堤"或"蹄"。这我们已经在歌曲标题的异文中见到过了。

《汉语大词典》把"白铜鞮"与"白铜堤"、"白铜蹄"等同起来,把它们看作同义词,用"堤"、"蹄"替换"鞮"字。这真堪称一石双鸟。它不仅通过解释某个无法或者无须释义的语词而满足了阐释的冲动,还使出现此词的诗歌更加意象生动、意思晓畅。这一点,我们在萧衍歌题的多种版本及《隋书》的解释里已见一斑。"蹄"这一异文确乎和萧衍歌诗的上下文丝丝入扣,因为歌里明显描写了骑马的战士。"堤"这一异文则别有意义,考虑到襄阳地处汉水之上,常常洪水泛滥,境内不乏堤坝。为了证明此含义,《汉语大词典》甚至援引了刘禹锡(772—842)的诗句为证,试图表明"白铜堤"是襄阳附近汉水上的堤坝名称②。然而,细看刘氏此句,我们将发现三个异文字里哪个是原义还难以断定。"鞮"这个字作为异文继续存在,并且实际上是《全唐诗》倾向的用法。刘禹锡诗的上下文颇为暧昧,容许三种读法的并存。这里的主要问题如出一辙,即"鞮"一字有"堤"、"蹄"两种异文。《汉语大词典》基本上决定把它们都当作互文通用,也许这样可以避免选择"错误"解读的危险,但即便如此,刘禹锡诗评注者也没有望而却步。例如,卞孝萱对此句的注解把"鞮"斥为后人妄窜,这个观点被其他学者所接受。然而,注者还不能清楚地解决"堤"和"蹄"的问题③。结果是在刘禹锡集的三个权威版本

---

① 彭大翼《山堂肆考》卷一百六十,文渊阁《四库全书》本,叶 26b。
② 彭大翼"襄阳白铜鞮"(又作堤、蹄),见彭定求等编《全唐诗》卷三百五十七,北京:中华书局,1960年,第 4022 页。
③ 陶敏、陶红雨编《刘禹锡全集编年校注》,长沙:岳麓书社,2003 年,第 1 册,第 254—255 页。卞孝萱编《刘禹锡集》,北京:中华书局,1990 年,第 2 册,第 407 页。

里,我们对此行解读截然不同:《全唐诗》给出的是难字"鞮",卞孝萱定为"堤",而陶敏、陶红雨则选择了"蹄"。这种困惑状态的出现是因为没有认识到白铜鞮可能是个专有名词,无须语义诠释。然而,如果语言学者想要寻觅这个短语的"意义",那么他应该关注的就不是那些表面上意义最通顺的字词,而是应该遵循"难字有力"(lectio difficiliopotior)的原则,考察最困难、令人多少生畏的"鞮"字。实际上,"鞮"字在早期中国字书《急就篇》里有定义,此书成于西汉,作者史游。根据颜师古(581—645)辑佚而成的本子,其中释"鞮"为"薄革小履"①。2世纪早期许慎的《说文解字》也有类似定义,释为"革履"②。

《汉语大词典》"鞮"条下所列的十余条目都和西北少数民族及其独特文化的某些特征相关,如他们特殊的语言、鞋、铠甲、乐舞,甚至包括帮助沟通汉族和其他民族语言障碍的地方翻译者③。例如《礼记》所见"狄鞮"一词指通晓一种或多种外族语言的华夏译者④。与之关联的还有某个以杰出歌者著称的地方⑤。郭璞(276—324)的《上林赋》注则进一步演绎了"鞮"与音乐的联系,曰"狄鞮"是某种西域(异族)音乐作品的名称⑥。因而,"狄鞮"既可能是地名音译,又同时指代某个来自中亚的擅长音乐的民族⑦。

的确如此:在以上所论及的几乎所有词语里,"鞮"字都是某个音译过来的异域名称或词语的组成部分。这个字是否根本系为音译而造,还是因为其发音和古奥外形而被采用,这本身就是个有趣的问题。但是就我们的目的而言,注意到以下一点便足够了:"鞮"字的中心语义被理解为某些西域少数民族所着的靴子,而这些民族被视为擅长某类舞蹈,其中他们的靴子颇受瞩目。如果我们把上文的分析运用于半华夏、半异域的短语"白铜鞮",而不试着把它割裂成字面的中文

---

① 《急就篇》卷二,文渊阁《四库全书》本,叶22a。
② 华学诚《扬雄方言校释汇证》,北京:中华书局,2006年,第4册,第319、322—323页,注8。
③ 《汉语大词典》,香港:三联书店,1994年,第12册,第202—203页。
④ 郑玄注,孔颖达等正义《礼记正义》卷十二,《十三经注疏》整理本,北京:北京大学出版社,2000年,第467页。
⑤ 徐广(352—425)在注司马相如《子虚赋》时所用的"狄鞮"一词,引用韦昭(204—273)语,曰"狄鞮"(名歌手盛出之地)。见司马迁《史记》卷一百一十七,第3038—3039页。
⑥ 萧统编、李善注《文选》卷八,第375页。
⑦ 康达维(David R. Knechtges)《文选》英译(*Wen Xuan, or Selections of Refined Literature*, vol. 2: Rhapsodies on Sacrifices, Hunting, Travel, Sightseeing, Palaces and Halls, Rivers and Seas),普林斯顿:普林斯顿大学出版社,1989年,第106页。

含义,就很可能看到其中的三重意义:

(1)某个少数民族的名称,(2)这一民族定居的某地名,(3)这个民族的音乐传统。一个立刻浮现的问题是,是否可能在5世纪中国腹地襄阳找到这一族群?

在陈寅恪对少数民族迁徙的研究(徙戎问题)里,他指出早至西汉初,西北少数民族(即所谓"五胡":匈奴、羯、鲜卑、氐、羌)就前来定居于黄河以南,即现在的山西省境内。3世纪有更多的移民流入,其原因多样,包括自然灾害、战争,以及朝廷时时充实汉中人口的愿望①。结果是从东汉末年至3世纪早期,山西南部已经遍布少数民族的群落。山西铜鞮恰是这类拓殖郡县,其地名也是异族词语的音译。西晋沦亡(317年)之后,这些少数民族(也包括居住在黄河以南的汉民)进一步南迁,定居于新拓雍州以南地区,而襄阳便是这一地区的首府②。晋室南迁江左后,胡亡氐乱,雍、秦流民多南出樊、沔,晋孝武始于襄阳侨立雍州,并立侨郡县。宋文帝元嘉二十六年(449),割荆州之襄阳、南阳、新野、顺阳、随五郡为雍州。

陈寅恪指出,这些移民多骁勇善战、军伍中人,其定居襄阳造成邻近地区颇感受其威胁。荆州恰是一例。萧衍曾评论道:"荆州本畏襄阳人。"③这些好战之士中就有曾与汉人杂居于山西南部的西北民族。他们多数会说汉语,但在他们彼此之间保持本族语言。他们采用了汉族姓氏,从事农耕。但对当地汉人来说,他们清晰的文化特征很可能还留存于其服装、足具、乐舞,或许还有其骑术里④。

我们是否可能猜测出这"五胡"里究竟哪族被称作"白铜鞮"呢?可能的答案出自11世纪韵书《广韵》。在其多种用途里,《广韵》也是研究复姓的最佳资料。其中我们找到了一条相关材料:"羌复姓有同蹄氏。"⑤

考虑到梁朝至北宋六百年间的语音变化,如果我们接受"同蹄"和"铜鞮"(两词在中古汉语里发音都可用国际音标注为 $dung\ dei$)为同音词,足以可能反映对同一羌(或藏族的前身)族姓氏的音译,那么山西铜鞮和襄阳附近同名的镇落

---

① 陈寅恪《魏晋南北朝史讲演录》,合肥:黄山书社,1987年,第74—82页。并参见陈金凤《魏晋南北朝中间地带研究》,天津:天津古籍出版社,2005年,第108—114、188—204页。
② 陈金凤《魏晋南北朝中间地带研究》,第126页。
③ 姚思廉《梁书》卷一,第4页。
④ 陈寅恪《魏晋南北朝史讲演录》,第83—99页。
⑤ 陈彭年《校正宋本广韵》,台北:艺文印书馆,1998年,叶8a。

就应该都是原始藏族的拓居地。恰巧,原始藏族的习俗也包括歌曲标题里出现的"白"色,和襄阳附近的铜鞮一地相连。首先,羌族的一支(包括男女)都戴白头巾,并在多彩的装饰底下穿著白袍①。其次,羌族多数族群里都普遍有"白石"崇拜。某些族群崇拜白马,甚至有一个部落以此命名("白马羌")②。

所有信息都鼓励我们提出结论,即《襄阳白铜鞮》或《白铜鞮歌》这一歌曲标题的确是以襄阳境内或附近某原始藏族移居地命名的。读者可能会疑惑:界定音译词"白铜鞮"目的何在?倘若我们选择用更常见的汉字"堤"或"蹄"来代表"铜鞮"的发音,哪怕"鞮"字给出此词语义的线索,又有什么大不了的后果呢?归根结底,难道这不是直到当代我们都还乐此不疲,并且倘若译得精彩,便都鼓掌叫好的事吗?譬如 mini-skirt(迷你裙)、Hummer(悍马)、Pentium(奔腾)、Coca-cola(可口可乐)、Subway(赛百味)——难道我们不赞赏这类音-意译的才智和幽默吗?多数这类等式都受商业利益的驱动,而它们最糟糕的后果也不过是影响到消费者的钱包。然而或许要提出的是,把音译和意译相混合,这些翻译词违背了多产的译者严复(1854—1921)提出的"译事三难"之首条:"信"。当然,没有人期待商人守"信"——就连中世纪的诗人都明白这个道理。但是我们的造词者可不是商人或广告公司。相反,诗人词客是比较负责的一方。他们必须受到艺术或其他直觉的驱使,才会在恰当的时候转音/转译/转写"铜鞮"为"铜蹄"或"铜堤"。这里起作用的是最常见的文学修辞,即双关。把藏语 tongdi 写成"铜蹄",这虽在中文里会被误以为"铜马蹄",却也是无足非议的,尽管"铜马蹄"远非 tongdi 之本义,正如 Subway 本义并非"赛过百种味"一样。诗人词客尤其爱好创造意象来避免音译词造成的空白。只要我们还知道意象背后的原词,这就不成问题。同类的例子还有"大堤"。我们必须深究文献来探求襄阳地区原始藏族的存在,而倘若要证明以洪水泛滥著称的汉水流域自古至今都有堤坝,那就无须语言文献学上的努力。汉水河床甚浅,这是它季节性泛滥和时而改道的主要原因③。若有堤坝蓄水,河边的地区就可能获得商业繁荣。但若是河流改道、堤坝废弃,后果就颇为麻烦。至少对十分了解这个地区的本地人来说,这样一处生计

---

① 周锡银、李绍明、冉光荣《羌族史》,成都:四川民族出版社,1984 年,第 331—332 页。
② 王明珂《羌在汉藏之间》,台北:联经出版事业公司,2003 年,第 306 页。
③ 鲁西奇、潘晟《汉水下游河道的历史变迁》,《江汉论坛》2001 年第 3 期,第 36—40 页。

倚赖蜿蜒河流的地区并非理想的安居乐土。但是对寻找暂时寄居地的移民而言,至少当潮水高涨之际,这个地区是蓄水的好地方。在刘宋时期就有一处移居地名为"大堤",位于襄阳以南约十八里处。

此镇系新设,这反映在457年设立的监管"大堤"的政府职位。行政机构的设立原因据称在于"胡人流寓"①。梁代,襄阳至大堤的道路修成,把这一小镇变成战略要地襄阳和长江地带之间的关键地带。在题为《襄阳乐》的歌辞里我们也可以看到"大堤"的名字,这首歌辞据称系随郡王刘诞(433—459)于449年所作,属于"西"(胡)曲:

> 朝发襄阳城,暮至大堤宿。
> 大堤诸女儿,花艳惊郎目。②

6世纪释智匠在其《古今乐录》里解释道,刘诞在襄阳驻守之时,夜闻诸女歌谣,得到灵感,故有此作。八年后,后来成为简文帝的萧纲作《襄阳乐》十首,其一就是《大堤》歌,如下:

> 宜城断中道,行旅亟留连。
> 出妻工织素③,妖姬惯数钱。
> 炊雕留上客④,贳酒逐神仙。⑤

宜城即一度以"大堤"为别名之地,以美酒著称,例如有"竹叶酒"⑥。行人抛开远在故乡的妻子在大堤买欢之际,当垆女子为他预备的正是此酒。好酒良伴

---

① 沈约《宋书》卷三十七,第1173页。
② 郭茂倩《乐府诗集》卷四十八,第544页。
③ 参见无名氏汉代古诗《上山采蘼芜》,逯钦立编《先秦汉魏晋南北朝诗》,第334页,又见吴兆宜《玉台新咏笺注》,第1页。诗里的比较乃是在一日织素五丈余的旧妇和织缣日一匹的新妇之间。
④ 伊博恩(Bernard Read)把"雕"界定为茭白,参见《〈本草纲目〉中的中国药用植物》(Chinese Medicinal Plants from the Pen Ts'ao Kang Mu. A. D. 1596),《北平博物杂志》(Peking Natural History Bulletin),1936年,第258页。
⑤ 郭茂倩《乐府诗集》卷四十八,第545页。
⑥ 杜佑《通典》卷一七七,北京:中华书局,1988年,第4677页;祝穆《方舆胜览》卷三十二,北京:中华书局,2003年,第577页。见张华《轻薄篇》,其中曰:"苍梧竹叶清,宜城九醖醝。"见逯钦立编《先秦汉魏晋南北朝诗》,第611页;刘潜《谢晋安王赐宜城酒启》,《全梁文》卷六十一(严可均辑《全上古三代秦汉三国六朝文》,叶6b[第3316页])。

足以让人淹留异乡。大堤正是"行乐"的理想去处,尤其是对腰金嫌重的旅人而言。

上两首诗所描绘的场景提醒我们《南史》所描绘的中原流民所建立的南方新市镇,其中,"士女昌逸,歌声舞节,袨服华妆。桃花渌水之间,秋月春风之下,无往非适"①。但是大堤的体验,正如许多新兴市镇一样,并没有持续长久。公元6世纪后期,侯景之乱带来的南方衰败或许可以解释许多南方市镇消失的原因,但大堤的消失则别有原因②。我们知道,7世纪时,此地的大堤由于汉水改道已废置。然而,我们通过中国诗歌而熟悉的大堤奇迹般的体验,更多来自唐人诗歌,而非以上两诗。唐诗里"大堤"通常被缩略成名词短语,指襄阳的大堤,而非地方首府以南的那个特定的"大堤"镇。这在"大堤"用作积极行为动词的宾语时尤为明显,如"上"、"登"、"踏"等。例如8世纪后期窦巩诗:

> 大堤欲上谁相伴,马踏春泥半是花。③

唐诗里大堤的体验成为一系列人工构建的记忆的组成部分,如"大堤女"、"大堤倡"、"大堤花"、"大堤柳"、"大堤春"、"大堤游"、"大堤曲",当然还有"大堤客"。《南史》上引段落里的所有因素都会在这首或那首唐诗里显露踪影。这个令人向往之地的魅力或许可以在后世诗歌里重构,而实际的"大堤"一地却已销声匿迹。"大堤"并非独有的例子。不妨想想襄阳附近另一地"铜堤"。唐代诗人无法就其本义达成一致。唐诗里,此词被用来代指襄阳、堤坝,或襄阳堤坝。有时也用作地名或歌名。作为地名,它可以被写作"铜蹄"、"铜堤"或"铜鞮"。然而,作为歌曲标题,它却总是"铜鞮"。缺乏书写形式的稳定性,"铜堤(鞮)"一地沦为各种暧昧的联想,其中一种就是持续流传的歌曲传统。

我们不免要比较"大堤"和"铜鞮"两词。它们都原指襄阳附近少数民族的定居地,它们都是襄阳音乐传统所用的歌曲标题,它们都用来指襄阳附近实有的堤坝。但作为实际的地名,它们都消亡于唐代,成为"及时行乐"(*carpe diem*)的象

---

① 李延寿《南史》卷七十,第1697页。
② 有关侯景之乱,见裴士凯(Scott Pearce)《侯景与侯景之乱》(Who, and What, was Hou Jing),《中古中国研究》(*Early Medieval China*)第6卷,2000年,第49—73页。
③ 窦巩《襄阳寒食寄宇文籍》,彭定求等编《全唐诗》卷二百七十一,第3052页;此诗亦归于于鹄名下,彭定求等编《全唐诗》卷三百十一,第3510页。

征。两词分享一个音素,尽管一词里它代表中文词,而另一词里乃是音译。问题在于,我们这里面对的是两个地名,还是一个?

把"大堤"和"铜鞮"两个地名合并的倾向至少在 12 世纪便初露端倪。张孝祥(1132—1169)词曰:

> 桃花庭院光阴速,铜鞮谁唱大堤曲。①

尽管围绕这两个词还有诸多不确定因素,但无疑它们是传统里留存的不同歌曲标题,一个是《大堤曲》,另一个则是《襄阳白铜鞮》。作为本研究起点的萧衍作品的标题显示出对后者的两点修正:皇帝首先运用了"鞮"字的双关语,即"蹄"(两字在中古发音相同),此字与作品的主题相关,赞美羌族男儿坚强无畏的气概和武艺;他同样也把"白"(中古音:pěk)替换为"踏"(中古音 t'ap)。后一点修正表明萧衍的作品并不仅供演唱,而且也涉及舞蹈。

智匠的《古今乐录》进一步巩固了这一点②。"踏舞"是羌族流行的舞蹈。在归于蔡琰名下著名的一组《胡笳十八拍》里,以最醒目可记的方式描绘了"羌胡"的生活方式。第十二拍开头曰:

> 东风应律兮暖气多,汉家天子兮布阳和。
> 羌胡蹈舞兮共讴歌,两国交欢兮罢兵戈。③

在傅汉思(Hans Frankel)的翻译里,"踏舞"一语仅作"dance";然而此行诗实际还包括足踏的动作。此诗的上下文显然表明,这是指羌族人民的一种舞蹈,很可能具有军事或仪式背景④。这类集体舞蹈仍然留存于诸多少数民族里。中古早期对此最生动的显存描述乃是下述无名氏诗,《古今乐录》记录并称其为 5 世纪流行的"西曲":

---

① 陈燿文《花草粹编》卷十二,文渊阁《四库全书》本,叶 14b。
② 郭茂倩《乐府诗集》卷四十八,第 547 页。
③ 傅汉思(Hans Frankel)《蔡琰与其归其名下的诗》(Cai Yan and the Poems Attributed to Her),《中国文学》(CLEAR)第 5 卷,1983 年,第 133—156 页。
④ 这种舞蹈不应该和"踏歌"混淆;后者据蔡涵墨(Charles Hartman)的研究,"原本是中国东南瑶族宗教系统的组成部分",它"成为季节性农耕节日,以恢复土地和百姓的生产力,保证它/他们的繁荣",然后被"统治阶级所采用和修改,作为新年仪式,保证帝王和国家的繁荣"。见蔡涵墨《踏歌:语汇与意象》(Stomping Songs: Word and Image),《中国文学》(CLEAR)第 17 卷,1995 年,第 1—49 页。

"亡国之音"抑或"创国颂歌"——梁武帝《襄阳踏铜蹄歌》主题新探

江陵乐

不复蹀蹀人,蹀地地欲穿。盆滥欢绳断,蹀坏绛罗裙。
不复出场戏,蹀场生青草。试作两三回,蹀场方就好。
阳春二三月,相将蹋百草。逢人驻步看,扬声皆言好。
暂出后园看,见花多忆子。乌乌双双飞,侬欢今何在。①

此歌有若干费解的诗行,然而主旨还是清晰的:一位失恋的青年女子回忆某个明朗春日与恋人共舞的欢娱;江陵(今湖北)是长江中流重镇,位于襄阳以南,被视为"西曲"的诞生地。《古今乐录》提到上诗原用十六位舞者演出,但在梁代宫廷却只用八位舞者。

其他证据表明,舞蹈在6世纪流行于宫廷。据记录各种祥瑞灾异的《隋书·五行志》记载,北周宣帝(578—579在位)本人也加入了宫人们的舞蹈:

周宣帝与宫人夜中连臂蹋蹀而歌曰:"自知身命促,把烛夜行游。"帝即位三年而崩。②

宣帝此处系引早期无名氏乐府③,而预言了自己的短寿。这类舞蹈的特征被描绘为连臂蹋蹀。尽管这后来可能流行一时,但当然不是羌人采用的唯一舞蹈形式。他们还以表演另一种军事舞蹈著称,如下所述:这种舞蹈的表演意义在于纪念战争中的死者,而舞者人数亦不定④。

我怀疑这种舞蹈比较近似《胡笳十八拍》所述,也是萧衍《襄阳踏铜鞮》所设置的场景。通过把"踏"字放进标题,萧衍把自己的作品与《襄阳白铜鞮》这样的童谣相区别开。换言之,萧衍创作的首要目的是提供一种仪式性舞蹈,其表演目的既是犒劳军队,也是赞美他新奠基的王朝。萧衍必须基于地方歌谣进行再创作,因为它清除了童谣暧昧的语气,把一首流行歌谣转换成合乎礼乐的歌词。借此,一首宫廷诗歌就在民歌的基础上生长起来了。此歌的文本是我们现有关于

---

① 郭茂倩《乐府诗集》卷四十九,第549页。
② 魏徵等《隋书》卷二十二,第639页。
③ 即《古诗十九首》第15首:"昼短苦夜长,何不秉烛游?"
④ 周锡银、李绍明、冉光荣《羌族史》,第358页。

这种宫廷礼仪的孤证,当时却并非这一礼仪整体的最重要组成部分。随文本流传的数十种异文和解读似乎表明,歌辞经历了数个阶段的转写,从口头到书面、从书面到口头。基于上述分析,我们可以就萧衍的《襄阳踏铜蹄》提出数点结论。首先,这首乐府诗歌并非文人模仿民歌的努力。其次,其主题并非典型的闺怨,尽管某几行诗使它貌似如此。最后,这并非一首所谓柔弱无力的爱情歌曲,也不是因为梁代贵族深深爱好被认为比较"大胆"的民歌传统,所以才难以自制地写下的。相反,此歌吸取了长江中下游民歌传统的音乐特征,包含汉族和其他民族的因素,兼具军功和怨妇的文学主题,其目的既在于使某首民歌雅驯,也在于赞美梁朝的建立①。

此歌作于萧衍登基后不久,意图在于为朝廷军队提供盛大、恢宏的音乐表演。这只是萧衍具有政治目的的严肃音乐创作例证之一。其他例如,为了提倡佛教,萧衍创作并表演了十首乐曲②。512年,他重制了若干西曲歌谣,题为《江南弄》和《上云乐》,各七章。

后者是一组有关登仙的道教歌曲,萧衍制作之时接受了释法云的帮助,将异域音乐因素融合其中③。

本篇有关萧衍如何建构乐府诗歌的研究虽短,却足以质疑常常出现的对其乐府诗歌的负面评价。例如,他被认为喜好用乐府写"男女之情";他的诗歌(包括上引几首)回忆的是"襄阳行乐之事";他的乐府诗提倡的是轻薄的梁代文风以及"宫体诗";再或者,其子萧纲、萧绎被认为踵武其父,致力于创作类似无聊作品④。若干年以前,刘师培列出吴歌、西曲的简表,其中也包括上述作品,概称"淫艳哀音"⑤。

这类批评里显然可见的是一种传统阐释模式,认为诗歌是治乱之鉴。倘若依据《诗·大序》、荀子《乐论》和《礼记》里许多段落,这条有力的消息是一以贯之

---

① 参见谢启义(Daniel Hsieh)对主题类似《襄阳踏铜蹄歌》的南朝绝句的讨论,见其《绝句诗演进史》(*The Evolution of Jueju Verse*),纽约:彼得·朗出版社,1996年,第155—156页。
② 魏徵等《隋书》卷十,第305页。
③ 有关对《上云乐》的研究,参见李丰楙《忧与游:六朝隋唐游仙诗论集》,第270—277页。
④ 杨德才《论萧衍的乐府诗》,《文学遗产》1999年第3期,第30—33页。
⑤ 刘师培《中国中古文学史》,北京:人民文学出版社,1959年,第90页。

的。诗与乐密不可分,后者因此被视为仪式系统的核心部分。然而,乐的节制力量正如其他利器一般,系一柄双刃剑,若无恰当纪律,就可能导致泛滥无序。经典教条规定了制礼作乐的优先重要性,即恰当的音乐,聆听百姓的声音,以为政府的基础,同时严防过于感情奔放、具有传染性的民歌,如郑卫之音。当然,我们不知道郑卫之音听上去究竟如何,或许永远都不会知道。同样,我们应当小心不要用同样的旧论调来贬低萧衍的歌词,得出我们脑海中业已根深蒂固的结论。当"亡国之音"这个陈词变成无非传说中幽灵,不论谁不认可哪种诗歌,他都有给它贴上这条标签的绝对自由。然而,我们不妨追问:"亡国"究竟是指"正在沦亡的国家",还是"业已沦亡的国家"?前者涉及预言这种不太可靠的事情,而后者则允许以今绳古的大胆批评。最终,两种可能性之间的差异不再要紧,我们满足于暧昧的视野。此外,历史学家们谈论业已沦亡之国的时候,也有权采用一种仿佛它们仍然处于灭亡过程之中的语气。他们毫无拘束地制造预言,虽然结果早已揭晓。我们允许这种史笔,因为我们喜欢把往事纳入特定模式,以求理解诸多难解之事。它满足我们的观察欲,尽管同时将我们蒙蔽。结果,我们所看到的正如我们所相信的,而对我们所不相信的则一贯盲目。下面就是一位 14 世纪的诗人眼里所见的《襄阳白铜鞮曲》:

> 襄阳白铜鞮,下踏扬州郭。
> 可怜扬州儿,弃戈甘面缚。
> 大堤女儿何命薄,青年坐失荣华乐。
> 荡子功成未肯归,闭门三月杨花落。①

此词作者张宪(1341 前后)将两条歌曲传统拼接在了一起:《襄阳白铜鞮》和《大堤曲》。在他的视野里,既没有凯旋的战士,也没有妖媚的女子。相反,他看见的真相是败兵和弃妇。每人只能看到硬币的一面。倘若传统阐释在萧衍《襄

---

① 张宪《玉笥集》卷三,文渊阁《四库全书》本,叶 14b。

阳踏铜蹄》里所见的是歌女而非羌兵,或许这是因为他们需要看见这一点,以构成他们所相信的真相的一部分。对于他们来说,《襄阳踏铜蹄》代表的是正在沦亡的一个国家的自我纵容,而非建立一个长久之邦的努力,即便是徒劳,梁武开国的篇章旨意和后世的评价之间依然有着不可忽略的鸿沟。传统阅读中在所难免的回顾(retrospective)视镜是此鸿沟的根本原因。

（杨治宜　译）

变化的诗歌叙事

——杜甫组诗《前出塞九首》

宇文所安(Stephen Owen)[①]

文学形式本身没有意义,但它为新的表现方法提供了一系列可能与限制。形式为作者所接受,又正是作者可能看到并利用形式所赋予的一切。形式上的伟大创新在成为惯例前常被反复使用,我们则忘记了惯例形成的时刻与过程。但也存在美丽的终结,作者于其中开拓了话语空间,它是如此陌生以至于被紧邻的下一代忽视甚至完全遗忘。这种时刻只有在历史与文化上隔了一段时间后方才显现;而且要到更晚,他们才能预见一些变得重要的东西。此类创新从来不是单纯的创造,我们可以看出它们如何从更传统的当代写作中发展出来;不过,作者已经发现一种可能性,进行尝试,并在过程中发现新东西。

无论在分诗节的"歌"(歌行与乐府)中,还是在一韵到底的诗里,尽管都有为数可观的长诗,但在唐代,诗歌写作的正则还是短诗。对"长诗"来说,迄今为止最有意思的解决方式可在由短诗构成的组诗中找到,短诗的特长在组诗那里以新的方式聚合起来。

杜甫(712—770)最先发现组诗的可能性。《秋兴八首》不仅是杜甫最有名的作品,而且也探索了将八首律诗形式特征"平方化"的可能性。没那么著名的组

[①] 宇文所安,耶鲁大学博士,现为哈佛大学东亚系荣休教授,美国艺术与科学研究院院士。本文原题为"A Poetic Narrative of Change: Du Fu's Poetic Sequence 'Going Out the Passes: First Series'",原文载《中国文学与音乐里的文本、表演和性别:伊维德教授纪念集》(*Text, Performance, and Gender in Chinese Literature and Music: Essays in Honor of Wilt Idema*, Maghiel van Crevel, Tian Yuan Tan and Michel Hockx ed., Leiden:Boston: Brill, 2009);中译文载《国际汉学研究通讯》第8期,北京:北京大学出版社,2013年。

诗如《解闷十二首》有一种更为流动的结构，将饮食、帝国与诗歌的主题以单篇诗作无法达到的错综效果编织在一起。但这种组诗类似于大多数其他唐人的作品，由作为代言者的诗人统合起来，因而其表现上的空隙正是写作上的间隔。中国诗最大的局限性就在于其表现某些当下体验的限制。

当组诗由乐府构成，有着代言者般的传统形象时，一系列全新的可能性出现了。这里，我们有了更长持续时间的可能，代言者在间隔中发生变换。换句话说，组诗与乐府结合在一起，以间接自由的体裁促进了表现人称的发展与成熟（中国诗歌的特有变体让我们通常分不清第一人称代言者与第三人称叙述者）。无论是复杂人称的发展，还是间接自由的体裁，都并非中国中古叙事韵文或散文的一部分。当我们在杜甫诗中准确无误地看到这一点时，这就是一种随机遇而至的掌握形式的天赋，而杜甫知道如何使用它。

杜甫撰有两篇此类组诗，均以当时流行的乐府诗题《出塞》命名。分几个阶段刻画传统的士兵发言者，并将其定位于当时的历史之中：安史之乱前与安史之乱后。两诗的独特体现在几个方面：前者表现被征者，后者则描写渴望建功立业的男儿。被征者被派遣到西北忠诚的中亚部队里，男儿则前往东北安禄山（703—757）领导的叛军中。

前一篇侧重展现被迫成为"帝国士兵"的农民在十年军旅生涯中的变化。被征者作为听命于他人的"身体"出现，而以不止为个人更是为国家利益进行抉择的自主主体结束。我们在这些阶段追寻士兵的脚步，只有在他开口时才能从其所言推及其所思所想。这种对时刻价值的重视是"乐府"以传统人称作代言者的固有特点。但这里对超越时间的统一主体的假想要求我们关注连续的"时刻价值"中存在的差异，并启发我们将其视作明确的变化。

由于汉语不区分人称和数字，在翻译中国古典诗歌时，如何选择代词总是个难题。《前出塞》其一可以简单地是单数或复数，第一人称或第三人称。随着阅读的深入，尤其是在其七，我们会逐渐发现某一发言者或角色的与众不同。最容易的做法是将这些诗全都用第一人称来阅读；而以第三人称阅读则变得越来越难，无以为继。

前出塞九首　其一

戚戚去故里,悠悠赴交河①。公家有程期,亡命婴祸罗②。
君已富土境,开边一何多。弃绝父母恩,吞声行负戈。

我们从安史之乱前开始谈起(尽管其九第五句带我们进入叛乱时期)。反对玄宗(685—762)中亚扩张政策的情绪并没什么特别,一如我们在杜甫于叛乱前所作《兵车行》中读到的那样:

去时里正与裹头,归来头白还戍边。
边庭流血成海水,武皇开边意未已。

很容易将组诗其一仅仅理解成是对这种帝国政府扩张政策的反对。组诗里的进程却延续了对此前观点与立场的论述,而且立场在进程中产生的微妙变化标志着主体经验的增加与渐趋成熟。其六回归帝国的边境政策,不是由于它迫使年轻人离家远行,而是在对边塞军队的目的有了更为成熟的理解后,基于其实际限制加以评判。

杀人亦有限,列国自有疆。苟能制侵陵,岂在多杀伤。

杜甫写作这篇组诗是在安史之乱爆发以后。由于越来越多的中亚部队进入中原,唐朝西北部的疆域被吐蕃人蚕食。杜甫知道非常需要西北军队"制侵陵"。他并未忘记自己早年更天真的反扩张主义立场;他在前引其一表现了这一点:"开边一何多?"

年轻的被征者是被困在军事体系之中的一具躯体。他反对帝国政策是为自身利益考虑,不像最后那样是为国家着想的。他想逃离,却担心如果做出尝试,将会有波及家人的法律后果。他之所以背井离乡,是由于受到帝国"程期"的驱使而必须这么做。

---

① "交河"在西北边陲。
② 必须记住,对于违反军纪行为的处罚会波及家人。

其二

出门日已远,不受徒旅欺。骨肉恩岂断,男儿死无时。

走马脱辔头,手中挑青丝。捷下万仞冈,俯身试搴旗①。

其一中的反对与悲恸都为被征者的奔赴前线所吞没,生活、声音与组诗必须在其二中继续,而其一结尾处逆来顺受的沉默在其二中亦未完成。其二在其一停下的地方重新开始,被征者出发上阵,但我们不再看见沉默的怨恨与苦痛,取而代之的则是年轻人联合起来反对其他人,被征者被迫加入其中,别无选择。这不再仅仅是年轻人及其家庭与帝国政策的世界:它是由一群共同"徒旅"的年轻人和通过相互祈祷、服务与竞争形式组成的世界。

这一转变在诗句中得到很好的证明,"骨肉恩岂断",字面上是一句反问,"我对骨肉的爱怎会断绝?"它可能是其一中被遗弃的部分,但并未留下。问题是,为什么他需要从该角度重申自己对家人的爱?答案很清楚:他在努力融入年轻被征者的关系之中。被迫离家的年轻人构成充满竞争的世界,主导了本诗的基调。同伴试图欺负他,他必须展现自己的能力。出于对亲人的考虑,他应该竭尽所能保护好自己的肉身,他却在这里宣称男儿可以在任何时候死去。那种对于生命无常的惴惴不安,而非愤怒,转变成边塞诗中常见的年轻气盛姿态的借口。

我们可以将此处行军的相互作用与盛唐诗中最著名的涉及直面死亡主题的诗人王翰(8世纪初)所写的《凉州词》进行对比:

葡萄美酒夜光杯,欲饮琵琶马上催。
醉卧沙场君莫笑,古来征战几人回。

王翰的诗以醉态道出边塞可能面临死亡这一事实:它"解释"了代言者的反应——为什么你不应该"笑"。表面上的鲁莽行为呈现为绝望。但在杜甫诗中,死亡的威胁首次被提及:它用以证明被征者的年轻气盛而不是解释它;描述飞奔夺旗(骑马训练)的兴奋表明,这本身就是愉悦。

---

① 夺走敌人的旗子会有丰厚的奖赏,这里所指的是骑兵的某些惯例。

其三

磨刀呜咽水,水赤刃伤手。欲轻肠断声,心绪乱已久。
丈夫誓许国,愤惋复何有。功名图麒麟①,战骨当速朽。

在这里,被征者到了通往中亚战区沿线的重镇陇头。此诗有一个次文本,佚名所作的《陇头歌》:

陇头流水,鸣声幽咽。遥望秦川,肝肠断绝。

如果说组诗整体上建立在作者所处位置有意义的转移与特定时刻的心态之上,而没有对结论的预想,那么此诗开头的表达结构在短间隔中也做了这种处理。倘若接下来的部分改变顺序,则此诗将会变得完全不同:"欲轻肠断声,心绪乱已久,磨刀水赤刃伤手。"在中文和英文中,这都是最普遍的语句结构,从知晓结果的角度叙述原因与影响。但杜甫却按照经验顺序进行叙述:被征者磨刀,水色变红,他意识到伤了手。在这里,他发现自己分心了,但对于分心的认知却只能是回忆性的,在其注意力重新集中之后进行。他随后明白了原因:令其思念家乡的陇头水声及它所组成的"秦川"。

诗歌在此处出现突转,他首次将自己称作"丈夫",并述及对帝国的贡献。其一中的思乡并未褪去——更有甚者——让他如此分心以致砍伤了手。在那种语境下,颈联的表达不是平铺直叙的概述,而是忍受乡愁的决心。解决的方式转为对公共荣耀的想象,他的肖像能与其他帝国英雄一起陈列于麒麟。但那转瞬即逝的迷梦遇到了众多兵士亡命边塞、陈尸荒野的现实。

此处及组诗整体上的进程是系列的语境化。每一事件或叙述都不是单独存在,而是被上下文语境化。与唐诗单一情感及立场的标准相比,这里没有结尾——也许除了末句中代言者的价值。"丈夫誓许国,愤惋复何有?"并非价值低或不真诚,而是被上文中乡愁不由自主的分心所语境化。它同样反映出其二中青春活力的转变。对于公共荣耀的梦想紧接着对于国家贡献的语境化,其中也包含个人名利的可能性——建功立业的梦想在边塞诗中很普遍。它又被白骨无情地语境化。组诗最后几首中,士兵将明确拒绝追寻体认与个人荣耀。

---

① "麒麟"意为"麒麟阁",那里悬挂着为朝廷立下显赫战功者的肖像。

身体变成物体正是军旅经历的一部分。思乡转向爱国的背后是连接诗歌两部分的事实：身体被砍伤，被征者迷失在思乡之中，没有意识；在投射的未来中，身体变成纯粹的表达或是肉体迅速腐朽的躯壳。"速"的使用让末句产生作用：它不仅使身体的无常对应于麒麟中声名不朽的可能，而且严酷地指出身体是将被用于冒险与消耗的物体。在冷静观察与我们都知道的他所感受到的疼痛之间开拓了一个空间：那些可以是他自己的骨头，如此迅速地使肉体腐朽。

其四

送徒既有长，远戍亦有身。生死向前去，不劳吏怒嗔。

路逢相识人，附书与六亲①。哀哉两决绝，不复同苦辛。

被征者的内部转换是由改变当时边塞诗通常立场的表达并与之相互作用而得以运作的：思念家乡，求诸现实，听天由命，批评当权者的作为与政策。诗歌变得更为尖锐直白。一种成熟在英雄主义诗歌与英雄蹉跎诗歌，渴望回家与接受无法返归现实之间的相互作用下出现。

国家由愤怒的官吏代表，属于强制的结构；但代言者试图询问谁才应真正负责。唐诗允许兵士有很多态度，如上文所述那样多；但禁止普通兵士拥有仇恨的自我意识，产生近乎嘲讽的质疑。"吏"是地方上低级别的官员，负责将被征者送往兵营之一（当然他周围有常规兵士保证被征者有序排列和无人掉队）。

"身"是力量对抗的竞技场。它在第二句中按照文本被翻译成"我们"。一方面是"吏"代表的国家力量施加于身体，陪伴、监督他们，通过愤怒显示其权威。送达后，"吏"将回去；兵士们——"我们自己的身体"——则得留在遥遥无期的驻防之中。"既有长"与"亦有身"的对应显示出一种取代国家权力的自主。当然官吏一直存在，但他们在这一对应中却被消除了。官吏怒视、命令他们，兵士以自己奔赴死地作为响应。权力结构相信，为了自己，军队凭借驱使国民的国力而存在和运作；被征者则回复称兵士们根据自己的决定，利用自己的身体来行动，因而官吏的暴怒诚属多余。被征者从国家那里抢下权力所带来的尊严体现在反讽性的礼貌"不劳"上：权力的姿态被当成似乎是没有必要的努力。

---

① "亲"意为"六亲"：父、母、兄、弟、妻、子。

此诗的下半部分出现了与家乡的新联系,它体现在寄送家书上,并同样以新的严苛与尊严处理。在组诗其一中,语言与感觉都是相对的统一体;以此言之,语言与感觉已经分离。前两联的反讽是那种分离的一个反映。末句中有不同的表现:尽管被征者与家庭之间的纽带依然牢固,但一种由多段经历带来的更深层异化被确认。在一个层面上,此叙述表示其无法在家帮亲人分担苦难的悲哀;但在此诗前半部分中,我们认识到他也有他们无法分担的苦难。身体不是国家的财产,但也不再是家庭的财产,它只是他自己的。

跟随这种自主性之后的诗作变得虚幻。

其五

迢迢万里余,领我赴三军。军中异苦乐,主将宁尽闻。

隔河见胡骑,倏忽数百群。我始为奴仆,几时树功勋。

当被征者在其五最终抵达帝国军队时,英雄主义的诗歌形象经受了最严峻的考验。王粲(177—217)的旧诗句"从军有苦乐"在唐朝军队贪腐现实的背景下产生出新的讽刺意味:如能跟随仁慈的长官便快乐,倘若分到冷酷的主将则痛苦。国家控制的等级结果崩溃瓦解:主将应该知道,但他似乎不懂。问题仍是谁控制这一身体;自决权的胜利及体认英雄主义的承诺现在因兵士变成自我指称的奴隶而悄然离去。

但一个新的因素进入这首诗中——他前来的目的。在与国家当局的冷酷混乱进行抗争之际,一些骑马者突然出现在河对岸,俄而变成一大群。他们的出现再一次使他有机会顺遂己愿,渴望自由地为国效劳,尽管国家原意将其服役当作强制性要求,而非自由。河在这里,一如平常,是条分界线;一旦其被逾越,形势改变,过去对于权力的奋斗变得并不重要。他不再是被征者。

其六

挽弓当挽强,用箭当用长。射人先射马,擒贼先擒王。

杀人亦有限,列国自有疆①。苟能制侵陵,岂在多杀伤。

---

① 所有早期版本皆作"列";《集千家注杜工部诗》及大多数清朝与现代版本作"立"。"立国"有很不同的含义。无论哪种含义都是对唐朝扩张的批评。

权力等级、官吏与国家的强制,这些从其一开始便存在的主题突然在战斗中消失了。诗人岑参(约715—770)曾赞颂唐朝军队远征房塞,大获全胜。岑参至少还曾在那里为他们送行过,杜甫却从没去过那儿,但他可以想象战争场面。

被征者关注的焦点逐步缩小到眼前的困难上。他不再思乡,不再炫耀勇气与战功,不再考虑军队的贪腐,不再拼命对抗自己被奴役的处境。现在的问题已大不相同。他必须学会作战技巧,并将实际建议吟诵成诗。组诗以国家政策起首,进行客观评价,由年轻被征者及其家庭的私人动机决定:帝王已经拥有了辽阔的疆域,为什么他还要更多?但在其六前半部分的实际建议中生发出对于国家政策的新评判,它并非全然与早期评价相抵牾,而是根据更为牢固的新基础做出。它很"合理",吸收了本诗上文关于如何杀敌的合理判断。评判不再基于例证说明私人动机,而是出于"现实"考虑:他告诉我们如何杀敌,但"杀人亦有限",国家看上去有自然边界。他知道能做什么,不能做什么,以及军队的合法目的是什么。最重要的是,他知道必须做什么:当务之急超过农民不愿作战与渴望建功立业的诗歌形象的需要。如果停止袭击,那么杀敌便不再需要。

诗歌中最值得注意的变化在于新的声音主体,始于具备士兵军技的实际知识,并转向基于这种知识对政策进行更大的判断。一种转变产生了。

其七

驱马天雨雪,军行入高山。径危抱寒石,指落曾冰间。
已去汉月远,何时筑城还。浮云暮南征,可望不可攀。

组诗其七的主题为行军苦辛与归乡心切,与杜甫当时边塞诗的主流风格最为接近。暗含的"我们"不是被征者的早期同伴,而指整个军队。此前诗作中对于自然边界的肯定在这里似乎被更远的行军所取代。回乡的渴望化为行军途中的浮云,伴随他们向南前进,却无法触及。

其八

单于寇我垒,百里风尘昏。雄剑四五动,彼军为我奔。
虏其名王归,系颈授辕门。潜身备行列,一胜何足论。

不清楚这里单于袭击中国堡垒的突兀开头是上述诗作中行军的原因,还是单独事件。代言者却将这种情形看作是证明了其六中的军队:"制侵陵"。唐军迅速派兵回击,并胜利班师回朝。

对于帝国边塞政策合理目的的判断在这里得到了更完美的体察,认为战争不是个人在战斗中的英雄主义。在战斗中,个人也许会想象私人的成就;在考虑战争时,注意力却会放在公共利益上。正如通过转变态度赢得了对自己身体的掌控,他在这里赢得了类似对整个帝国的控制:他将不仅仅只在上述战争结构中为自己考虑,而是自己决定如何代表国家行动。他再一次利用自己的身体维护自己的决定,在这种情况下拒绝承认个人战功,并将其隐藏于行列之中。他知道自己曾经梦想的一种光荣胜利并不是整个战争,它仍在继续;他选择关注战争而不是自己,因为那只是其中一部分的胜利。

其九
从军十年余,能无分寸功。众人贵苟得,欲语羞雷同。
中原有斗争,况在狄与戎。丈夫四方志,安可辞固穷①。

其九给我们带来老兵的声音,他能根据自己的经验对战争的必要性做出评判。这种成熟的声音不是不情愿的年轻被征者,不是新兵英雄主义的虚空图景,不是发现军队贪腐悲惨情况的震惊,而是能够判断应该做什么并将之付诸行动。实际上,在组诗的叙述中,他已从受制于人的客体转变为像将军那样说话的人。(或是考虑到唐代真正将军的表现,以心怀四海之志、极似儒家士人的理想将军的口吻发声。)其八在我们面前展现了驱逐单于的行动,与之相对,他所有的战功都像是不值一提那样被谦虚地提及。他不仅隐藏自己的贡献,而且蔑视那些自我炫耀者。呼应着他在其三中想要"功名图麒麟"及在其五中渴望建功立业。他已经取得战功,并且在边塞诗事件的结构中,如果士兵至此依然存活,那么他有权回家并获得赏赐。思乡是组诗贯彻始终的主题,但在这里,他承认继续戍边的必要及以己身显示自我意志的胜利,决定继续为公共利益服务。他以宣称自己"固穷"作结,显示出儒家"君子"的特质。

农民被征者的英才幻想,通过从军服务而不是学习研究,变成儒家"君子",

---
① 这是"君子"的特质,见《论语·卫灵公》:"君子固穷"。

与其仅由五首诗构成的第二篇组诗(《后出塞五首》)形成鲜明对比。其开头便宣告了一个与众不同的年轻人,他自愿赢取功名。

> 男儿生世间,及壮当封侯。
> 战伐有功业,焉能守旧丘。(其一 1—4)

当年轻人拒绝进入军队带来的首要价值时,我们看到一种教化的开端:

> 古人重守边,今人重高勋。(其三 1—2)

但这个年轻人却去错了军队,加入了安禄山治下的东北部队。

> 主将位益崇,气骄凌上都。
> 边人不敢议,议者死路衢。(其四 9—12)

当叛乱最终爆发时,已有二十年经验的士兵离开了。

> 中夜间道归,故里但空村。
> 恶名幸脱免,穷老无儿孙。(其五 9—12)

我们可以认为这组诗也是道德教化,因为年轻人对于个人荣耀的追求已经转化为对于王朝的忠心耿耿;但历史事件的结果引导这位士兵不是获得新的尊严,而是走入毁弃的生活。他年轻时追逐的"名"最终导向幸运的无名,逃脱"恶名"。

在两篇组诗中,我们都通过人物变化的阶段跟随他们。中国最具创新性的诗人在生活真正受到考验与发生改变的时代进行形式试验。他像无意间发现那样随意放弃了自己的试验,这种诗歌音韵与持续延长的独特结合是那种仍未尝试而又充满希望的方向之一。

(叶杨曦 译)

从《放妻书》论中古晚期敦煌的婚姻伦理与离婚实践

洪越①

虽然唐律规定夫出妻必须写离婚文书,但这类文书很少保存②。因此,在敦煌发现的9、10世纪的11件离婚文书,就为我们考察中古晚期中国社会的离婚观念与习俗提供了一个难得的机会。魏晋六朝与隋唐,也被称为中国中古时代,是儒家伦理法制化的重要时期。其间,专制皇朝将儒家经典表述的父系家族伦理纳入法律制度,并透过法律制度推动儒家伦理③。653年颁行的《唐律疏议》是中国现存最早最完整的法典,其法律体系就以父系家族为中心,妻子在父系家族中处于卑弱地位④。不过,敦煌的离婚文书并不总是遵循儒家婚姻和家庭伦理观念,也大量吸收了其他思想资源。它们从儒家经典、佛教话语、通俗故事、文学

---

① 洪越,哈佛大学博士,中国人民大学文学院副教授。本文原题为"Divorce Practice in Late Medieval Dunhuang: Reading 'Documents on Setting the Wife Free'",原载《唐学报》(*T'ang Studies*)第34卷,2016年;中译文载南京大学古典文献研究所主办《古典文献研究》第20辑下卷,南京:凤凰出版社,2018年。

② 737年颁布的一条法令规定,丈夫出妻须出具理由,写离婚文书,并由双方父母签字画押。对该法令的讨论,详见后文"签署离婚文书"部分。

③ 关于中古早期中国儒家伦理的法制化,见李贞德(Jen-der Lee)《公主之死:中古早期中国儒家家庭伦理的法制化》(The Death of a Princess: Codifying Classical Family Ethics in Early Medieval China),收入牟正蕴(Sherry J. Mou)主编《存在和表现:中国文人传统中的女性》(*Presence and Presentation: Women in the Chinese Literati Tradition*),纽约:圣马丁出版社,1999年,第1—37页。中国法律儒家化的经典之作,见瞿同祖《中国法律与中国社会》,上海:商务印书馆,1947年;英译本:Ch'ü T'ung-tsu, *Law and Society in Traditional China*,巴黎:穆东书店,1961年。关于唐代婚姻制度的"儒家化",见 Sun-ming Wong《儒家理想与现实:唐代婚姻制度的转型》(*Confucian Ideal and Reality: Transformation of the Institution of Marriage in T'ang China* [A.D. 618—907],华盛顿大学博士论文,1979年)。

④ 瞿同祖《中国法律与中国社会》,第一章:"家族",第二章:"婚姻"。

形象中借用词汇,汇集混杂了多种观念。本文分析这批为数不多的敦煌离婚文书,首先讨论其写本特征与功能:由谁书写?写给谁?有何用途?为何保存?然后考察其结构和语言,探究其所揭示的中古晚期敦煌的婚姻伦理与离婚实践。

敦煌离婚书的写本特征与功能

20世纪初发现的敦煌文书,除了离婚书外,还有放良书、遗书、收养书、分产书等其他法律文书,以及售卖土地、房舍、家畜、奴仆等契约①。敦煌离婚书研究始于20世纪40年代。1941年,日本法律史家仁井田陞撰文讨论几篇离婚书文本,重在考察其所反映的法律制度和夫妻双方的社会、法律地位②。20世纪80、90年代,中日学者相继整理出版了敦煌出土的社会、经济、法律文献③,敦煌离婚文书成为了解敦煌地区离婚风俗的重要资料。以往研究指出离婚书反映了敦煌民间社会重视夫妻感情、受到佛教影响、尊重妇女离婚后再嫁等特点④。本文则通过细读离婚文书所使用的语言,具体讨论儒家伦理、情爱文学、佛教思想如何影响敦煌民众的婚姻伦理与离婚实践。

---

① 敦煌莫高窟出土文献简介和敦煌研究概述,参见荣新江《敦煌学十八讲》,北京:北京大学出版社,2001年。

② 仁井田陞《敦煌发见唐宋时代の离婚书》,《东方学报》第11卷第4期,1941年。

③ 唐耕耦、陆宏基主编的五册本《敦煌社会经济文献真迹释录》(北京:书目文献出版社,1986—1990年)是迄今为止收录最全的敦煌历史文献,其第二册第159—197页收离婚书七件,提供了相关微缩胶片图,也迻录了相关文本。大约与此同时出版的山本达郎、池田温《敦煌吐鲁番社会经济资料集》(Tun-huang and Turfan Documents Concerning Social and Economic History,东京:东洋文库,1986—1987年)第三卷《契约文书》(Contracts [A: Introduction & Texts; B: Plates])收离婚书六件,并提供了微缩胶片图、文本,每份文书前还有英文导读。张传玺《中国历代契约汇编考释》,北京:北京大学出版社,1995年,第482—489页收离婚书七件,以简体字转录了相关文本。沙知《敦煌契约文书辑校》(南京:江苏古籍出版社,1998年)第468—491页收离婚书十件,转录了相关文本,但无微缩胶片图。这四部著作唯一失收的是一件藏于俄罗斯的离婚书。乜小红收录并讨论了这件文书,参见其《对俄藏敦煌放妻书的研究》,《敦煌研究》2008年第3期,第68—74页;也收在乜小红《俄藏敦煌契约文书研究》,上海:上海古籍出版社,2009年,第67—78页、第223—226页。本文写作得益于唐耕耦、陆宏基、沙知、乜小红等学者的释录和他们提供的微缩胶片图。文末附录一提供十一件离婚文书在上述五部资料集中的出处。

④ 胡翠霞《敦煌〈放妻书〉研究综述》,《丝绸之路》2011年第8期。较早以敦煌离婚书为研究对象、并对以后的同类研究影响较大的一篇文章是杨际平《敦煌出土的放妻书刍议》,《厦门大学学报》(哲学社会科学版)1999年第4期。

敦煌离婚文书的写本特征与敦煌其他法律、社会文书有很多相似之处①。譬如,它们大多写在卷子背面,卷子正面则是宗教文本,这说明抄写者是在宗教文本废弃不用的情况下,利用卷子背面抄写其他文本的②。卷子背面的文本大多不甚工整,字迹歪歪斜斜,字体大小不一,字间行距不等,有笔画错误,有语音借字,还有修改痕迹③。有几份抄有离婚书的卷子记录了抄写者姓名和抄写原因。P.3220④题有"习字"二字,说明这份卷子是练习书法的草稿纸。S.6537v录有抄写者题记,说他是净土寺僧人惠信。从惠信所抄文本(如放良书、放妻书、遗书样文、书仪)及其抄写错误来看,他书法不佳,抄写这些文本是为了练字⑤。实际上,大多数敦煌离婚文书都是为练字而抄写的,不过 P.4525 是个例外。从修改痕迹看,P.4525 是一份离婚书的草稿。文中两处文字被抹去了:第四行抹去了六个字,第七行抹去了四个字;第七行抹去的那四个字旁边补写了当事人的名字,很可能是应当事方要求而修改的⑥。

敦煌发现的法律、社会文书,可分为样文和实际文书两类。实际文书为日常生活中的契约活动所作,目的是为日后纠纷提供凭证。人们一般雇人起草文书,当众宣读,再由见证人署名、画指为证。画指也叫画指模,就是在契约上自己的名字旁边画上食指或中指指节的长短作为标记⑦。样文是起草实际文书的蓝本,一般不写具体的姓名、地点和日期,而是代之以"某甲/某乙"、"某乡"、"某年某月某日"。实际文书的撰写者往往大段抄写样文,最后再填上当事人的具体

---

① 敦煌法律、社会文书的写本特征,参见张传玺《秦汉问题研究》之《中国古代契约形式的源与流》一章,北京:北京大学出版社,1995 年,第 178—183 页;李安敦(Anthony Barbieri-Low)《秦汉唐朝的法律行政文书样文,及其在促进官僚制度和读写能力方面的作用》(Model Legal and Administrative Forms from the Qin, Han, and Tang and Their Role in the Facilitation of Bureaucracy and Literacy),《远东学报》(Oriens Extremus)第 50 卷,2011 年,第 137—138 页。
② 荣新江强调,目前各个敦煌收藏单位所定的正面、背面,是图书馆员随意而定的。所以,学者在判断写本的正、背面时,应当首先根据内容来确定。见荣新江《敦煌学十八讲》,第 356 页。
③ 关于抄写者修改错误的讨论,见高奕睿(Imre Calambos)《敦煌写本的修改标记》(Correction Marks in the Dunhuang Manuscripts),收入高奕睿主编《中国写本研究:从战国时期至二十世纪》(Studies in Chinese Manuscripts: From the Warring States Period to the 20th Century,布达佩斯东亚专著丛书,2013 年,第 191—210 页)。
④ S,斯坦因藏写本;P,伯希和藏写本;v,代表该文本写于手卷背面。
⑤ 李安敦《秦汉唐朝的法律行政文书样文,及其在促进官僚制度和读写能力方面的作用》,第 138 页。
⑥ 这件文书的微缩胶片图和文本迻录,见文末附录二、附录三。
⑦ 张传玺《中国古代契约形式的源与流》,第 180—183 页。

信息。

现存的十一件敦煌离婚文书中包括九件样文,两件实际文书。第一件实际文书是 P. 3220,其中前三分之二的内容是逐字逐句抄写一篇样文(这篇样文有两个写本:S. 5578 和 S. 6537vb)①,只是把离婚理由从一百五十字减到三十五字;其余三分之一则取自其他样文。很可惜的是,由于 P. 3220 开篇残缺,离婚当事人的姓名、居住地点都没有保留下来。唯一具体信息是文书末尾提到的离婚书签署日期:开宝十年丁丑岁(977)。另一件实际文书 P. 4525,就是前面提到的那份离婚书草稿。这件文书的语言也大量取自样文,只不过因为这件离婚书是为妻出夫而作,所以结尾部分与一般样文不同。在样文宣告夫家遣离妻子的部分,这份文书声明妻子与她的族人遣离夫主②。P. 4525 载有当事夫妻的姓名,即丈夫留盈、妻子阿孟,但没有留下具体日期和夫妻住处,这大概是因为它还只是一份草稿,相关细节可以留待定稿时再补充填写。这件卷子的背面除了离婚文书,还有抄写于 983 年的收养文书;据此推断,该离婚书也写于 10 世纪后半期。

敦煌离婚书的字数一般介于 140 字到 220 字之间,但有两件样文(S. 5578、S. 6537vb)长达三百余字,而且使用了华丽的语言。李安敦研究敦煌遗书时发现,遗书样文与实际文书几乎没有相似之处,样文用语极其华丽夸张,而实际遗书却简洁明了。李安敦认为,唐代遗书样文与现实生活中为当事人写作的实际文书渐行渐远,逐渐成为辞藻华丽的独立文类,是人们用来识字作文的"教材"③。篇幅最长的那两份敦煌离婚书样文很可能跟敦煌遗书样文的情况类似,其用途是帮助人们提高读写能力。不过,与遗书样文的语言极少用于实际文书不同,大部分离婚书样文则常被用作当事人写实际文书的蓝本。

离婚文书的结构和语言

有几件敦煌离婚文书之间彼此关联,如 S. 5578 和 S. 6537vb 是同一件样文

---

① S. 6537v 抄有两件离婚书,故分别编号为 S. 6537va、S. 6537vb。
② 详见后文"分手祝福"部分。
③ 李安敦《秦汉唐朝的法律行政文书样文,及其在促进官僚制度和读写能力方面的作用》,第 154 页。

的两个写本,这两个写本的内容又被实际文书 P.3220 大量采用。离婚书虽然字数不等,介于 140 到 220 之间,但结构相同。它们都以丈夫的口吻写成,首说婚姻的意义,次说离婚的理由,最后涉及签署离婚协议、分手祝福、财产分割、监督执行。下面分别介绍。

(一)标题、姓名、地点、日期

敦煌离婚书一般包括丈夫姓名、夫妻居住地点和文书签署日期。现存的十一件离婚书中,三件没有标题,六件题为《放妻书》,其余两件分别题为《夫妻相别书》《女人及丈夫手书》。以"放妻"二字指代离婚极不寻常。在唐代,解除婚姻关系的常用语汇包括"离"、"绝";如果是男方主动与女方离婚,则常用"出"、"去"、"逐"、"弃"①。而"放"字很少用于夫妻离异②。仁井田陞联系敦煌使奴婢脱离贱民身份的《放良书》,论及良贱制度,认为《放妻书》用"放"形容离婚也反映出夫妻关系中妻子的低贱地位③。很多学者不同意这个看法。杨际平认为"放"字是解脱约束的意思,本身没有贬义。因为在父系家族制度中妻子一般从夫居,所以离婚就意味着妻子离开夫家,而"放妻"就是夫放妻归的意思④。乜小红则认为,在男尊女卑的夫权社会,比起"弃妻"、"逐妻"这样有明显贬义的词汇,用"放妻"形容解脱夫妻关系是一个进步⑤。但其实,"放"字通常用来形容一个人放弃对另一个人所拥有的权力,不管是主人"放良"、"放奴婢"、"放青衣"、"放家童",还是君王"放宫人"。被放者虽然不见得地位低贱,但是他们的地位比"放"的施行者卑弱,而且他们放、留的命运掌握在后者手中。离婚书用"放妻"形容离婚,说明人们认可夫家对妻子拥有的权力,所以才能"放"她。与出妻、去妻、逐妻、弃妻这些用语一样,"放妻"也体现父系家族的婚姻伦理,认为妻子在夫家地位卑弱,只有丈夫才能提出离婚。至于"放妻"与其他离婚用语的区别,则与佛教

---

① 杨际平《敦煌出土的放妻书琐议》,《厦门大学学报》1999 年第 4 期;伊沛霞(Patricia Ebrey)《内闱:宋代妇女的婚姻和生活》(*The Inner Quarters: Marriage and the Lives of Chinese Women in the Sung Period*),伯克利:加州大学出版社,1993 年,第 256 页。
② 用"放"字形容夫妻离异,我在唐代文献中只发现另外两例,即 719 年、737 年颁布的两条法令,规定流放边地的男子不得"弃放妻妾"。但是,这个语汇的侧重是"弃妻"与"放妾",也还是没有用"放"指称离婚。这两条法令收在仁井田陞、池田温《唐令拾遗补:附唐日两令对照一览》,东京:东京大学出版会,1997 年,第 1428—1429 页。
③ 仁井田陞《敦煌发见唐宋时代の离婚书》,《东方学报》第 11 卷第 4 期。
④ 杨际平《敦煌出土的放妻书琐议》,《厦门大学学报》1999 年第 4 期。
⑤ 乜小红《对俄藏敦煌放妻书的研究》,第 69—70 页。

信仰有关,我在后面"分手祝福"的部分会详细讨论。

不过,并不是所有的离婚书都把离婚称为"放妻"。有两件样文分别以《夫妻相别书》《女人及丈夫手书》为题,就反映了较为平等的夫妻关系,前者把离婚视为夫妻双方都同意的分手,后者则强调妻子和丈夫共同提出离婚并商定离婚协议。离婚书样文出现这种标题,本身就说明由妻子或由夫妻双方提出的离婚比较常见,所以才需要有应对这种情况的样文供人参考。

此外,就算是妻子提议离婚,也可以借用《放妻书》样文。譬如,实际文书P.4525虽然题为《放妻书》,其内容却清楚表明,这对夫妻的离异是由妻子、女方亲属和她村中长辈共同议定,将丈夫遣离女家的。周一良在研究敦煌婚俗时发现,在新娘家中举办婚礼,或者丈夫居于女家的情况并不罕见①。另外,敦煌书仪也包括新妇致信未曾谋面的翁婆的书信格式,应该也是因为夫妻住在女家,而不是夫家。这类书仪说明已婚夫妇住在女方家是常见现象,因此需要有相关书仪来应对这种情况。从敦煌离婚文书的标题来看,当时丈夫提议离婚是惯例,但由妻子或夫妻双方共同提议的离婚也很常见。

(二)婚姻的意义

敦煌离婚书都以论说婚姻的意义作为开篇,并广泛运用佛教、儒家经典和文学中的思想观念。有的离婚书根据佛家姻缘前定的思想,将婚姻描述为男女二人因为缘分而结合。这种思想在唐代非常盛行,也因此出现了很多讲述一个男子百般逃避命定姻缘,却徒劳无功的故事。故事的男主人公就算是远走他乡,另娶他人,甚至试图谋杀命定的妻子,最终还是迎娶了命中注定的那个女子②。这种姻缘前定的思想,在大多数敦煌离婚书中表述为"三载/三年结缘"、"三代修因"、"结因于三世之中"、"宿世之因累劫共修"③。如S.343v:

> 盖说夫妇之缘,恩深义重,论谈共被之因,结誓幽远。凡为夫妇之因,前世三年结缘,始配今生夫妇。

---

① 周一良《敦煌写本书仪所见的唐代婚丧礼俗》,见周一良、赵和平《唐五代书仪研究》,北京:中国社会科学出版社,1995年,第290页。关于唐代夫从妻居的讨论,参见陈弱水《隐蔽的光景——唐代的妇女文化与家庭生活》卷上《隋唐五代的妇女与本家》,台北:允晨文化实业股份有限公司,2007年,第74—94页。
② 李昉等编《太平广记》卷一百五十九、一百六十"定数婚姻",第1142—1153页。
③ 因、缘,佛教语,因指主要的原因和条件,缘指次要的原因和条件。因、缘,也是因果报应的统称。

有的离婚书则将婚姻视为两个家族的联合,这种观念出自儒家礼仪经典,如《礼记》所言:"昏礼者,将合二姓之好,上以事宗庙,而下以继后世也。"① 根据这种观念,婚姻的好坏以其对家族昌盛的贡献来衡量。认同这种看法的离婚书将理想婚姻描绘为子嗣繁多、簪缨不替、家庭和睦、财用丰饶。有些离婚文书结合了姻缘前定的佛家思想和将婚姻视为家族联合的儒家观念,如 S. 5578:

> 盖闻夫妇之礼,是宿世之因,累劫共修,今得缘会。一从结契,要尽百年,如水如鱼,同欢终日。生男满十,并受公卿;生女柔容,温和内外。六亲叹美②,远近似父子之恩;九族邕怡,四时而不曾更改。奉上有谦恭之道,恤下无当(党)无偏。家饶不尽之才(财),轴(妯)里(娌)称长延之喜。③

不过,大多数离婚文书还是把婚姻描写为两个人的结合,认为理想婚姻重在夫妻互敬互爱,如 P. 3212 称:"夫妻语让为先"、"夫取妻意,妻取夫言"。

敦煌离婚书形容夫妻关系,有两个概念很常见。第一个概念是"义",指与一个人的社会地位、社会关系相适宜的行为,做正当、应为之事④。以"义"作为夫妻关系基础的观念,在早期儒家经典中就有所表达,在唐代则写入了法典,如《唐律疏议》称:"夫妻义合,义绝则离。"⑤ 一些离婚文书将这种思想表述为"夫妇义重"、"恩深义重"、"恩义深极"(S. 343v、S. 6537va、P. 3730v、P. 4525、дх. 11038)。

第二个概念是"情",指夫妻情爱。敦煌离婚文书经常使用"伉俪情深"、"恩爱极重"(P. 3730v、S. 6537va)这样的语言描写夫妻感情,或是借用与夫妻和谐幸福相关的文学形象,将恩爱夫妇比作"鸳鸯双飞"(P. 3730v、S6537va、дх. 11038)、"如水如鱼,同欢终日"(S. 5578、S. 6537vb、P. 3220)。鸳鸯是《孔雀东南飞》以及其他乐府诗中象征夫妻忠诚和睦的重要意象,鱼水的意象则在六朝

---

① 郑玄注、孔颖达等正义《礼记正义》卷六十一,第 1888 页。
② "生女"至"叹美",唐耕耦、陆宏基读为"生女柔容温和,内外六亲叹美"。
③ 这段话也见于样文 S. 6537vb、实际文书 P. 3220。
④ 陈弱水指出,早期文本中的"义",可与"仪"、"宜"互换,"义"的含义与礼仪中的合宜规范有关。关于"义"作为中国基本伦理观念的讨论,参见陈弱水《说义三则》,见其《公共意识与中国文化》,北京:新星出版社,2006 年,第 156—196 页。
⑤ 长孙无忌等编《唐律疏议》卷十四,北京:中华书局,1983 年,第 268 页。

诗歌中指代婚姻幸福,是富有性意味的生育能力的常见符号。至于合成词"鱼水",早期文本常用来形容君民和谐,直到晚唐才越来越多地被用来形容夫妻恩爱①。

将"义"与"情"视为夫妻关系的基础,这样的观念来源于两个传统:儒家经典和文学作品。儒家经典认为夫妻恩情源于"义",乐府文学则着重描写夫妻两情相悦。敦煌离婚书经常既引用儒家经典,也使用文学形象,"情"、"义"并举,甚至同一句话中二字并见,以说明"义"与"情"在理想婚姻关系中同等重要。S.6537va 中的这段话最能说明这一点:

盖以伉俪情深,夫妇语②义重,幽怀合丞邑(卺)③之欢,欢(叹)念同牢之乐。夫妻相对,恰似鸳鸯,双飞并膝,花颜共坐。两德之美,恩爱极重,二体一心。生同床枕于寝间,死同棺椁于坟下④。

这段话同时引用了礼仪经典和文学形象。"合卺"、"同牢"出自《礼记》,指新娘新郎在婚礼上所行礼节,从一瓠剖成的两瓢中饮酒,共同吃一只牲畜的肉,象征双方的结合⑤。"鸳鸯"形容夫妻恩爱,是乐府诗和故事中象征夫妻忠诚和谐的常见意象。将这些意象并置一处,是要说明只有有情有义才有持久的夫妻关系。

S.6417v 用两个典故说明"义"和"情"在夫妻关系中的重要性:

盖闻托盘上食,昔说梁鸿之妻;把笔画眉,今传张敞之妇。

理想伴侣梁鸿、孟光的关系建立在"义"的基础上。孟光敬重丈夫,给梁鸿送饭时把托盘举得高过自己的眉毛,因为直视丈夫被认为是不够恭敬的行为⑥。张敞夫妻的关系则以"情"为基础。张敞因为给妻子画眉被人批评,他反驳说:

---

① 用"鱼水"形容夫妻恩爱的例子,见任半塘《敦煌歌辞总编》,上海:上海古籍出版社,2006 年,第 337 页;周绍良主编《唐代墓志汇编》,上海:上海古籍出版社,1997 年,第 2484 页。
② 这里,我认为"语"为衍字。这段话也见于 P.3730v,无"语"字。
③ 丞邑,乃"卺"字之误。唐耕耦、陆宏基将"丞"读为"卺"。
④ 这段文字也见于 P.3730v。
⑤ 郑玄注、孔颖达等正义《礼记正义》卷六十一,第 1889 页。
⑥ 范晔撰、李贤等注《后汉书》卷八十三,第 2768 页。

"闺房之内,夫妇之私,有过于画眉者。"①

对夫妻关系最有意思的描述见于 дх.11038,它形容夫妻同体,亲密不可分离:

> 夫妇义重,如手足似难分;恩爱情心,同唇齿如不别。

将夫妻比作"手足"很不寻常。在唐代,"手足"常用来形容兄弟情感而不是夫妻关系,而兄弟情感和夫妻关系被认为分属两个不同的范畴。唐人常把人际关系分为"血属"、"义立"两类,称有血缘关系的人为"天属"、"血属"、"骨肉",认为他们之间的关系是"亲"、"仁",出于自然的感情;没有血缘关系的其他人际关系因为缺乏天然亲情纽带的连接,则以"义"为基础,依仗成员遵守行为规范维系②。夫妻关系属于后者。虽说夫妻是家庭中重要成员,礼法典籍却经常把夫妻关系与家庭以外的社会关系放在"义"的范畴一起考虑。譬如,732 年颁行的《大唐开元礼》"义服"讨论服丧礼仪,就包括子为继父、臣为君、妻为夫的服丧之礼③。《唐律疏议》"不义"讨论不义的罪行,则包括学生杀害老师、吏卒杀害官长、妻子不依礼为丈夫服丧。之所以如此归类,《唐律疏议》解释说是因为这些人都没有血缘关系:"此条元非血属,本止以义相从。"④礼法典籍中的这些例子都主张夫妻关系有别于血缘关系,前者以"义"为基础,后者以天性亲情为基础。

礼法典籍强调夫妻关系属于"义"的范畴,有别于血缘关系,目的在于保护血缘亲情和父系家族伦理价值。陈弱水在《说义三则》中谈到,"在所有的人际关系中,最有可能弱化或破坏血缘亲情的就是夫妻这一环,所以夫妻虽然亲密,儒家要强调他们之间的区隔"⑤。其实,中国早期文本就在讨论夫妻关系与父子关系

---

① 班固撰、颜师古注《汉书》卷七十六,第 3222 页。
② 陈弱水《说义三则》,第 177—178 页。
③ 萧嵩等编《大唐开元礼》卷一百三十二,文渊阁《四库全书》本,叶 1b。
④ 长孙无忌等编《唐律疏议》卷一,第 15 页。
⑤ 陈弱水《说义三则》,第 178 页。

哪个更重要这个问题。有的主张二者同样重要①，有的则以夫妻关系为轻、以父子关系为重②。这些不同看法之间的张力在《礼记》"昏义"的相关段落有所体现。这段文字先称婚礼使夫妻"合体同尊卑以亲之"，紧接着就要求夫妻把"敬慎"置于"亲"前："敬慎重正，而后亲之。""敬慎"是为了使夫妻保持距离，不致威胁父子关系，亦即"男女有别，而后夫妇有义；夫妇有义，而后父子有亲"③。重血缘、轻夫妻的这种思想观念，不仅礼法典籍大力提倡，敦煌发现的教化文本也着意强调，如敦煌蒙书 P.2721 称："兄弟如手足，妻子如衣服，破而再新，手足断而难续。"④这句话的意思很清楚，兄弟不可替代，妻子则可以换了再娶。但前引离婚文书 дх.11038 则提出不同的观点。它用"手足"和"唇齿"形容夫妻，是强调夫妻关系牢不可破、不可替代、至关重要。

对于婚姻的意义，敦煌离婚文书的看法并无一定之规。有的诉诸儒家宗法观念，有的援引佛家姻缘前定思想，还有的汲取情爱文学表达。而且，同一份文书往往融合了不同的思想观念。这种多样性与混合性，说明当时敦煌人对婚姻的理解深受儒家伦理、佛教信仰和文学想象的影响。在他们看来，这些不同思想观念之间并不矛盾对立，而是互为补充。

（三）离婚理由

论说理想婚姻之后，离婚文书开始谈及离婚理由。《唐律疏议》记载了三种类型的离婚：一是"义绝"，如果丈夫殴打或杀害女方家人、妻子詈骂或杀害男方家人、夫族妻族成员互相杀害、妻子试图伤害丈夫，官府就有权强制离异；二是夫出妻，据儒家婚姻家庭伦理，有"七出"、"三不出"的规定；三是"和离"，适用于"彼

---

① 如《诗经·邶风·谷风》称"宴尔新婚，如兄如弟"，见毛亨传、郑玄笺、孔颖达等正义《毛诗正义》卷二，第173页。另如《仪礼·丧服传》称"父子一体也，夫妻一体也，昆弟一体也。故父子首足也，夫妻牉合也，昆弟四体也"，见郑玄注、贾公彦疏《仪礼注疏》卷三十，《十三经注疏》整理本，北京：北京大学出版社，2000年，第662页。《丧服传》作者不详，但《仪礼》传世的两个版本都成于前汉末，说明此传的写作时间在此之前。见鲍则岳（William G. Boltz）《仪礼》，收入鲁惟一（Michael Loewe）主编《中国古代典籍导读》（*Early Chinese Texts: A Bibliographical Guide*，柏克利：加州大学东亚研究所，1993年，第236页）。
② 如《孟子·滕文公上》谈五伦，明确主张"父子有亲"、"夫妇有别"。换句话说，《孟子》强调夫妇有别，而不是一体不分。见赵岐注、孙奭疏《孟子注疏》卷五，《十三经注疏》整理本，第174页。
③ 郑玄注、孔颖达等正义《礼记正义》卷六十一，第1890页。
④ 刘燕俪《唐律中的夫妻关系》，台北：五南图书出版有限公司，2007年，第149页。

此情不相得，两愿离者"①。

有的敦煌离婚文书将婚姻失和归咎于妻子，描述因为妻子不敬事翁婆、丈夫和姻亲，致使家业不兴、兄弟不和，如 P.3212：

> 今则夫妇无良，便作互②逆之意。不敬翁嫁（家）③，不敬夫主，不事六亲眷属。污辱门，连累兄弟父母。前世修因不全，弟兄④各不和目（睦）。今仪（议）相便分离。不别，日日渐见贫穷，便见卖男牵女。

另如 S.6417v，使用两个典故描述由妻子失职而导致的离异：

> 鲍永慊妻，叱狗非礼而弃之；太公恨妇，讥贫当贵而不拜。

鲍永遣妻，是因为她在鲍永母亲面前骂狗，是对婆婆不敬⑤。第二个典故讲姜太公怀才不遇，直到晚年才被周文王用为辅臣，他的妻子先是因为嫌他穷与他离异，然后在姜太公发迹后请求复合，结果被姜太公拒绝⑥。这两个故事很能说明社会对夫妻角色的不同期待：丈夫挣钱养家，妻子敬事翁婆。如果一方不能履行自己的职责，另一方就有正当理由提出离婚。不过，妻子抛弃丈夫的做法必然会引发男性焦虑，于是故事就有了惩罚妻子离开的情节。在姜太公故事结尾，他的妻子被描写为无知愚妇，看不出自己丈夫有卓异才华。故事的寓意与其说是劝勉男子勤力养家，不如说是劝诫妻子尊重丈夫、耐心等待；如果姜太公的妻子更有耐心、更能识人的话，定能因丈夫日后腾达而受益匪浅。

尽管有些离婚书将婚姻失和归咎于妻子一方，但大多数文书还是更强调夫妻双方对婚姻失败负有共同责任。最常见的离婚原因被描写为夫妻不谐，双方

---

① 关于这三类离婚的规定，见长孙无忌等编《唐律疏议》卷十四，第267—268页。
② 互，沙知读为"五"。
③ 嫁，"家"之误，"家"是"姑"的借字，指丈夫的母亲。见蒋礼鸿《敦煌变文字义通释》，上海：上海古籍出版社，1981年，第20—24页；蒋礼鸿主编《敦煌文献语言词典》，杭州：杭州大学出版社，1994年，第154页。
④ 兄，唐耕耦、陆宏基读为"互"。
⑤ 范晔撰、李贤等注《后汉书》卷二十九，第1017页。
⑥ 早期的姜太公故事，并没有妻子在他发迹后请复未果的情节。早期故事的寓意，说的是即使一个人出身卑微（如身为屠贩，入赘妻家）、遭际坎坷（如被妻子羞辱，被主公解职），也可以飞黄腾达。如郭店简以及《战国策》、《韩诗外传》、《说苑》、《抱朴子》等早期文本中的姜太公故事，见何志华、冯胜利主编《承继与拓新：汉语语言文字学研究》，香港：商务印书馆，2014年，第351—354页。

像猫鼠、狼犬一样水火不容：

  猫鼠为雠（雠），参商结怨。二心有异，反目相慊①。（S. 6417v）

  夫若举口，妇便生嗔；妇欲发言，夫则捻②棒。（S. 5578、S. 6537vb）

  因缘果报也常被用于描写离婚的原因。前面讲到姻缘前定的思想在唐朝盛行，人们经常从因缘不合的角度解释不美满的婚姻。男人说到自己的妻子相貌丑陋，或者女人勉励新妇尽责应对婚姻生活的挑战，都常常提及因果。敦煌离婚文书经常也把婚姻失和归咎于前世孽缘，将相互怨憎的夫妻称作"怨家"、"宿世怨家"、"前世怨家"，将夫妻不谐归因于"前缘不合"、"结缘不合"。S. 343v 就是这样一个例子：

  若结缘不合，比是怨家，故来相对，妻则一言十口，夫则贩③木（目）生嫌。似猫鼠④相憎，如狼犾一处。

  总的来说，敦煌离婚书提到的离婚理由有三：因缘果报、妻子失职、夫妻不谐。有学者认为这些离婚书只适用于双方和离，也有学者认为它们较为灵活，可用于各类离婚情况⑤。从文书本身谈到的离婚理由来看，有的可以用于出妻，有的可以用于和离。

（四）签署离婚文书

  签署离婚文书在唐代有明令规定。737 年颁布的户令规定夫出妻需要写离婚凭据："诸弃妻须有七出之状……皆夫手书弃之。男及父母伯姨舅，并女父母伯姨舅，东邻西邻，及见人皆署；若不解书，画指为记。"⑥

  双方父母签字画押对离婚文书的有效性至关重要。据 7 世纪后半叶的拟判

---

① 慊，嫌的异体字。此字也见于 S. 343，作"嫌"。
② 唐耕耦、陆宏基将 S. 5578 中的"捻"读为"抢"，将 S. 6537vb 中的"捻"读为"拾"。
③ 贩，沙知读为"反"。这个字（或作"贩"，或作"反"、"贩"），也见于 P. 3730v、S. 6537va、S. 6417v、дх. 11038。
④ "猫鼠"比喻夫妻关系不好。这种说法也见于 S. 6417v、S. 5578、S. 6537vb、P. 4001。
⑤ 前者，见向淑云《唐代婚姻法与婚姻实态》，台北：台湾商务印书馆，1991 年，第 146 页；后者，见乜小红《俄藏敦煌契约文书研究》，第 70—73 页。
⑥ 该法令见仁井田陞辑录唐代民事、行政法规的《唐令拾遗》，东方文化学院东京研究所，1933 年；中译本，见栗劲等编译《唐令拾遗》，长春：长春出版社，1989 年，第 162—163 页。

文书 P.3813v①，婆婆要求已经离异三年的儿媳回来为刚过世的公公服丧，女方兄弟出面以双方早已离婚为理由拒绝，但官府核验离婚书，判定文书无效，因为上面没有夫家父母签名。拟判文中的地方官解释说，虽然离婚书是在邻里见证下签立的，但二人仍属夫妻关系，因为依照礼的规定，只有翁婆才有权放离儿媳。判官说："离书不载舅姑，私放岂成公验？"于是裁定妻子回夫家为公公服丧。值得注意的是，这里描述的官府裁断所依据的是礼，而不是法，说明离婚须经男方父母同意在 7 世纪后半期还不是通行的法律规定，但到了 8 世纪上半叶，离婚须双方父母商议签署就已经被纳入户令了。

从敦煌离婚文书来看，737 年的户令在 9、10 世纪得到了广泛的执行，因为所有离婚书都提到父母亲属在场，无一例外。例如：

聚会二亲，以俱一别。（P.3730、S.6537va）
遂会六亲②，以俱一别。（дх.11038）
快会及诸亲，各还本道。（S.343）

大部分离婚书谈到父母亲属签署离婚程序时，指的是男方亲属，但是有三份文书特别强调男女双方父母亲属的参与，如 S.6537vb：

请两家父母六亲眷属，故勒手书。③

妻遣夫出门的实际文书 P.4525 则申明，离婚由妻子、女方亲属与村中长辈共同议定：

今亲姻村老等［〇〇〇〇］④与妻阿孟对众平论，判分离别，遣夫主留⑤盈讫。

---

① 唐耕耦、陆宏基《敦煌社会经济文献真迹释录》第二册，第 608—609 页。
② 六亲，历来所指不一，但指近亲无疑。六亲一词，也见于实际文书 P.3220。
③ S.6417v、P.3212 也有类似措辞。
④ 这四个字被黑墨水画掉，旁边另写"与妻阿孟"四字。
⑤ 留，唐耕耦、陆宏基读为"富"，山本达郎、池田温读为"再"。

大多数离婚文书都没有提到官府,只有实际文书 P.3220 文末称:"宰①报云。"虽然敦煌离婚书、唐律令和唐拟判文这几种材料都没有说离婚文书需要经过地方官批准才具备法律效力,但 P.3220 说明也许地方官偶尔也会记录或上报离婚文书。

最后,在 737 年颁布的户令中提到的见证人需要签署文书的规定,也出现在离婚书样文 P.4001 中:"立此文书者,押指节为凭。押。"

(五)分手祝福

敦煌离婚文书最有趣的部分是分手祝福。一般说来,丈夫祝愿妻子很快找到如意郎君:"重官双职之夫"(P.3220、S.343v、P.3730v、S.6537va);也祝愿妻子再婚幸福:"鸳鸯为伴"、"琴瑟合韵"(P.3220、P.3730vb、S.6537va、дх.11038)。有几件离婚书还特别祝前妻以迷人姿色选到出色夫婿,如 S.343v:

> 愿妻娘子相离之后,重梳蝉鬓,美扫娥眉,巧逞窈窕之姿,选聘高官之主。解怨释结,更莫相憎,一别两宽,各生欢喜。

对前妻再婚持如此热情祝福的态度,在古代文学文献中极为罕见。虽说唐代普遍接受女性再婚,但也并没有把再婚当作值得骄傲的事情②。明清的离婚文书经常包括允许女性再婚的内容,但也没有热情洋溢地祝福前妻再婚幸福③。现代读者往往惊讶于敦煌离婚书中表现出的善意和慷慨,认为女性再嫁得到尊重说明唐代女性有较高社会地位。其实这种美好祝福很可能与佛家因果思想有关。敦煌离婚书将婚姻失和视为前世冤家在今世续写孽缘,认为离婚是积累善缘、重新开始的机会,而美好祝愿就标志这个转变。在几件离婚书中,丈夫为前

---

① 宰县,汉以来地方官的非正式称呼。见贺凯(Charles O. Hucker)《中国古代官名辞典》(*A Dictionary of Official Titles in Imperial China*),台北:南天书局,1995 年,第 515 页。

② 对唐代女性再婚问题的讨论大多关注寡妇。实际上,身为社会精英的寡妇大多都没有再婚,但再婚者也不会招致物议。对普通平民来说,寡妇贞洁不是问题。627 年唐太宗曾颁布法令,敦促地方官府帮助寡妇再嫁以增加人口,将再婚视为社会经济问题,而非道德问题。见丘慧芬(Josephine Chiu Duke)《儒家复古派与唐代妇女的儒化》(The Role of Confucian Revivalists in the Confucianization of Tang Women),《泰东》(第三系列,第 8 卷第 1 期,1995 年,第 79 页);岑静雯《唐代宦门妇女研究》,台北:文津出版公司,2006 年,第 114、121 页。627 年所颁法令,见王溥《唐会要》卷八十三,文渊阁《四库全书》本,叶 1a—2a。

③ 明清离婚书研究,见郭松义、定宜庄《清代民间婚书研究》,北京:人民出版社,2005 年,第 292—306 页。

妻送上美好祝福后，表示希望他们的离异可以使双方化解怨恨，各自重新开始，如 S.343v 所说："解怨释结，更莫相憎，一别两宽，各生欢喜。"有意思的是，敦煌放良书也以美好祝福结束。很多放良书开篇用前世善缘不够解释成为奴婢的原因，接着便称只要恭谨勤恳、累世积业，就可以改变命运。放良书描写被放良奴婢"如鱼在水"、"如鸟出笼"，从此获得自由新生，祝愿男奴功成名就，女奴觅到佳偶①。一件放良书样文以主人的口吻说，他的放良之举是"为后来之善"，也就是为了积业行善，以求果报②。置身于这个信仰世界，丈夫为前妻送上美好祝福，应该也有因果的考虑。

大多数离婚文书是丈夫祝福妻子，但 S.6537v、P.4525 则祝福夫妻双方。S.6537vb 祝愿丈夫加官晋爵、子孙昌盛，妻子再婚幸福："夫觅上封③，千世同欢；妇骋毫宋④，鸳鸯为伴。"这些祝词遵循性别角色，男性身份与社会经济地位有关，女性与婚姻有关。与其他离婚书的美好祝福一样，这段祝词文字华丽、用词夸张。祝福者当然知道，平民丈夫不可能成为向帝王上疏的高官，平民妻子也不可能身着权贵才负担得起的上好丝绸。这段祝词所表达的是人们想象中的理想人生：男子在官场上获得财富地位，家族繁荣昌盛；女子在婚姻中获得财富地位和感情。

为妻子遣离丈夫而写的实际文书 P.4525 也祝福夫妻双方。离婚书以丈夫留盈的口吻写成，他祝福妻子阿孟和自己再婚幸福：

> 自后夫则任娶⑤贤失⑥，同牢延不死之龙；妻则再嫁良媒，合卺契长生之奉。

这里，留盈对自己的祝福与众不同。同样是祝福夫妻双方，样文 S.6537v 祝愿丈夫成为高官，妻子再婚幸福，祝词符合性别角色。但是，当留盈被妻子阿孟遣出家门，夫妻的性别权力关系发生了置换，遣夫的阿孟扮演的是男性角色，而

---

① 沙知《敦煌契约文书辑校》，第 496—497、499、502、504 页。
② 放良书样文 S.343v。见沙知《敦煌契约文书辑校》，第 504 页。
③ 上封，汉代官员上书言事时，将奏章用皂囊缄封呈进，以防泄漏。
④ 毫宋，唐代最好的丝绸出自亳县（今安徽亳州）、宋州（今河南商丘）。
⑤ 娶，唐耕耦、陆宏基读为"委"。
⑥ 失，唐耕耦、陆宏基读为"央"。

被遣的留盈则扮演女性角色。因此,和离婚中的女性一样,留盈的未来系于再婚("同牢")和性生殖能力("延不死之龙"),而不是在公共领域成就功名。

有意思的是,敦煌放妻书和放良书中对妻子和奴婢的美好祝福非常相似。下面这两段祝词摘自两件放良书,一件是主人祝愿其婢女凭借美貌觅得如意夫君,一件是主人祝愿其家童做上高官:

娥眉秀柳,美骋窈窕之能(态);扶(拔)鬓抽综(丝),巧逞芙蓉之好。
徐行南北,慢步东西,择选高门,娉(聘)为贵室。①

从今已往,任意宽闲,选择高官,充为公子。②

和离婚文书一样,这些祝词的语言也具有华丽、夸张的特点。放妻书和放良书中的美好祝福具有法律、宗教双重功能。一方面,它们确立了被放者的法律地位:妻子脱离婚姻关系,可以再嫁,而奴婢脱离贱民的身份。另一方面,丈夫或主人又因放弃了他们对妻子或奴婢的权力而积累了善业。

佛教信仰也可以解释为什么敦煌文书把离婚称作"放妻",而不是休妻或去妻。P.3212v 将离婚比作佛家"放生"③,把脱离婚姻关系的妻子比作获得自由的鱼和马:"如鱼德[得]水,壬[任]自波游,马如拇纲壬[任]山丘。"这类表述同样也见于敦煌放良书,后者将放良的奴婢比作鸟出笼、马脱缰、鱼得水。但其实,被放良的奴婢和被遣出家门的妻子,在得失处境上极为不同。对奴婢来说,放良意味着脱离贱民身份,标志社会地位的提升。可对妻子来说,被遣出夫家则意味着失去稳定的社会地位与经济来源,她需要另谋生路,比如回娘家或再嫁。因此,用描写被放良奴婢的语言形容被遣出夫门的妻子,包括用"放妻"指称遣离妻子,将离婚后的妻子比作重获自由新生的鱼鸟,是有意淡化离婚给妻子带来的负面影响。敦煌离婚文书用"放"字将离婚描述为一种善举,目的是给丈夫积攒善业。因为如果离婚和放生、放良奴婢一样,是赋予妻子自由新生的善行,那么"放妻"

---

① S.343v。见沙知《敦煌契约文书辑校》,第504页。
② S.6537v。见沙知《敦煌契约文书辑校》,第497页。
③ 放生,即释放已捉获的动物。放生是佛教传统中的重要仪式与习俗,不过"放生"一词也见于中国上古文本《列子》:"正旦放生,示有恩也。"见杨伯峻《列子集释》卷八,上海:龙门联合书局,1958年,第172页。

之举也可以为丈夫带来好的因缘果报。

(六)财产分割

杨际平指出,汉唐法令规定,离婚女方可以带回陪嫁物,但不能参加对男方家财的分割①。敦煌离婚书中有一些以财产分割结尾。有两件提到夫妻列出各自财产清单,想必是为了合理分割:"夫与妻物色,具名书之。"②其中样文 S.6537vb 还提到夫妻分割家畜和奴仆:"所要活业③,任意分将。奴婢驱驰,几□④不勤⑤。两共取稳,各自分离。"

离婚书中的一个常见词汇是"三年衣粮",P.3730v 和 S.6537va 说:"三年衣粮,便献柔仪,伏愿娘子千秋万岁";P.3220 说:"伏愿郎娘子千秋万岁,布施欢喜,三年衣粮,便献药仪。"从字面意思看,这似乎是丈夫答应离婚后为前妻提供三年衣食。如果这个解读是准确的,又因为"三年衣粮"出现在很多离婚书中,我们便可以推论,丈夫在离婚后为前妻提供三年衣食是敦煌地区具有普遍性的做法。但根据敦煌变文《齖䶗书》对离婚财产分割的描写,这个推论很可能站不住脚。《齖䶗书》讲一个新妇与翁婆争吵,主动索取离书。翁婆正巴不得这个唇舌如枪剑、不受约束的儿媳离开,所以除了同意她带走陪嫁衣物外,还高兴地送给她一床毡被⑥。这个故事说明,归还嫁妆是离异妻子的权利,而赠送其他财物则由夫家决定。这个故事把翁婆送离婚儿媳一床毡描写为慷慨之举;按照这个标准,很难想象夫家给前妻提供三年衣食是当时的常规做法。张艳云认为"三年衣粮"等语可能指离婚时男方需给妻子一定赡养费⑦。我怀疑"三年衣粮"是一个固定套语,代指夫家为前妻提供的种类数量不等的财物。敦煌离婚书中的"三"字多为泛指,如"三载/三年结缘"、"三代修因"、"结因于三世之中"、"三年有怨"。丈夫给前妻一定财物的行为可能与佛教"布施"观念有关;布施是佛家最为推崇

---

① 杨际平《敦煌出土的放妻书琐议》,《厦门大学学报》1999 年第 4 期。
② P.3730v、S.6537va 也有类似说法。
③ 其他敦煌文书提及家产时,"活业"常与"庄田/地水"、"屋舍"同时出现。
④ 此阙字,沙知读为"个"。
⑤ 勤,唐耕耦、陆宏基读为"勒"。
⑥ 王重民《敦煌变文集·齖䶗书》,北京:人民文学出版社,1957 年,第 858—861 页。
⑦ 张艳云《从敦煌〈放妻书〉看唐代婚姻中的和离制度》,《敦煌研究》1999 年第 2 期。

的美德之一,也是今生得福、往生净土的重要途径①。离婚书样文 S.6537va 和实际文书 P.3220 就将丈夫给妻子财物、祝福妻子再婚幸福与"布施欢喜"联系在一起,也是希望积累善行的意思。一个特例是样文 S.6417v,没有丈夫送给妻子财物的慷慨表达,而是说:"妻不论三年柴饭,夫休说六载衣粮。"这件样文也没有丈夫对妻子再婚的美好祝福。如果其他离婚书样文适用于好合好散的夫妻,这件样文则适用于互相怨恨的夫妻。

(七)监督执行

离婚书样文谈到,写离书的主要原因是提供书面证明,以防止日后一方声称婚姻依然有效。下面引用的 дх.11038、S.6537vb、P.4525 段落含有监督执行的信息:дх.11038 警告若有违约将交官裁断,S.6537vb、P.4525 则称违约者将受神灵惩罚:

> 自今已(以)后,更不许相为(违),忽若论烈(列)夫妇之义者,便任将凭官断,则之(知)皂帛(白)。

> 忽有不照验约,倚巷曲街,点眼弄眉,思寻旧事,便招解脱之罪。为留后凭。谨立。

> 虑却后忘②有搅扰,贤圣证之。促于万劫千生,常处□□之趣。恐后无信,勒此文凭。略述尔由③,用为验约。

这三段文字都说明离婚书是书面凭证,以防日后离异夫妻对他们的婚姻与否状态发生争端。它们也强调官府和佛教信仰是监督执行离婚的保证,如第一段称官府出面确保离婚夫妇守约不违,第二、第三段以佛家炼狱和转世观念作为约束力。

---

① 罗伯特·巴斯韦尔(Robert E. Buswell Jr.)、唐纳德·洛佩兹(Donald S. Lopez Jr.)《普林斯顿佛教词典》(*The Princeton Dictionary of Buddhism*),普林斯顿:普林斯顿大学出版社,2014 年,第 211 页。
② 忘,我认为是"妄"字的抄写讹误。
③ 此四字,唐耕耦、陆宏基读为"昭迹示□"。

结　语

敦煌离婚文书帮助我们了解9、10世纪关于离婚法律条令及其执行情况。这些文书表明,夫出妻需要写离书的法令在敦煌得到了广泛的执行。离婚书主要用作避免日后争端的凭证。写离婚书时并不涉及官府,但若有纠纷,就会请地方官裁断。

离婚文书也揭示出敦煌普通民众对婚姻、离婚的态度与实践。如本文开篇所言,唐代是儒家伦理法制化的重要时期,因此某些儒家规范在离婚书中有所反映,也就不足为奇了。譬如,离婚文书经常把婚姻描述为两个家族的结合。因此,离婚不只是夫妻间的事情,而且离婚书是要由父母姻亲签署后才有法律效用的。敦煌人所接受的婚姻伦理以父系家族为前提。多数离婚文书将夫妻离异称为"放妻",说明丈夫在父系家族中的法律地位高于妻子,对妻子享有遣出权力。但与此同时,敦煌民众的婚姻关系又不仅仅是简单的夫尊妻卑。阿孟遣夫的文书,以及两件分别题为《夫妻相别书》、《女人及丈夫手书》的离婚书样文,都说明人们也认可妻子出夫的权力。此外,大多数离婚书认为婚姻失败是夫妻双方的责任,而不只是妻子失职,也说明婚姻关系较为平等。

敦煌民众对婚姻和离婚的看法也深受文学的影响,特别是其对理想夫妻关系的界定往往借用情爱文学的语言。譬如,"鱼水"、"鸳鸯"、"琴瑟"这些形容夫妻恩爱的文学意象常被用来描写理想的夫妻关系。丈夫祝福前妻再婚幸福的语言,也往往使用情爱文学赞美女性迷人魅力的词汇,如"娥眉"、"蝉鬓"、"窈窕之姿",强调爱和性是美满姻缘的关键。

如果说情爱文学滋养了人们对理想夫妻关系的看法,他们对离婚的态度则深受佛教信仰影响。佛教姻缘前定的思想,鼓励人们将离婚视为平常事:夫妻不谐,无异于猫鼠相争。佛教思想观照下的夫妻关系也比儒家伦理界定的夫妻关系更为平等。儒家伦理将婚姻失败归咎于妻子,讲因果的佛家则强调夫妻双方都有责任。更重要的是,佛家果报观影响了人们对离婚意义、财产分割、女性再婚的态度。对因缘果报的考虑使丈夫将遣妻出门称作"放妻"善举,并强调离婚给妻子带来自由新生,这里面不免有粉饰的成分;但另一方面,也正是因为考虑到因果福报,丈夫才更可能会给前妻一定财物,也更愿意祝福前妻再婚幸福。

敦煌离婚书所揭示出的婚姻伦理与离婚实践,在多大程度上可以代表中古晚期其他地区,或者精英群体的状况?譬如,敦煌文书显示夫妇都可以提出离婚,并经常协议离婚,这是否就能反映唐人离婚类型以"和离"为主?敦煌离书强调夫妻恩爱,也经常把婚姻失败归咎于夫妻双方,是否可以说明唐人夫妻关系较别的时代更加平等?敦煌离书显示佛教果报思想使人们以离婚为重结善缘的机会,并使丈夫有动力祝福妻子再婚,这种佛教对婚姻伦理的深刻影响是否也存在于受佛教影响较小的地区,或者受儒家思想影响较深的精英群体?这些问题都有待我们进一步做深入研究。

附录一:敦煌离婚文书出处

(一)离婚书样文:

S.343v:唐耕耦、陆宏基,2:161;沙知,475;山本达郎、池田温,3A:151,3B:119;张传玺,482

S.5578:唐耕耦、陆宏基,2:175—176;沙知,483—485

S.6417v:沙知,481;山本达郎、池田温,3A:156,3B:122;张传玺,489—490

S.6537va:唐耕耦、陆宏基,2:183;沙知,479;山本达郎、池田温,3A:154;张传玺,487

S.6537vb:唐耕耦、陆宏基,2:177—178;沙知,486—487;山本达郎、池田温,3A:152;张传玺,484—485

P.3212v:唐耕耦、陆宏基,2:195;沙知,489—490;山本达郎、池田温,3A:155—156,3B:122;张传玺,488—489

P.3730v:唐耕耦、陆宏基,2:197;沙知,477;山本达郎、池田温,3A:155,3B:121;张传玺,483

P.4001:沙知,491;山本达郎、池田温,3A:154,3B:120;张传玺,486

дх.11038:乜小红,《俄藏敦煌契约文书研究》,223—226

(二)实际离婚书:

P.3220(P.3536):沙知,470;山本达郎、池田温,3A:141,3B:110

P.4525:唐耕耦、陆宏基,2:196;沙知,473;山本达郎、池田温,3A:141,3B:110

附录二:留盈所立离婚书文本(P.4525)

放妻书一道 盖闻夫天妇地,结因于三世之中。男阴(阳)女阳(阴),纳婚于六/礼①之下。理贵恩义深极,贪爱因性(浓)②。生前相守抱白头,死后要同于黄/土。何期二情称怨,互③角憎多,无秦晋④之同欢,有参辰之别恨。偿了/赤索⑤,非系树阴。莫同宿世怨家,今相遇会⑥。[〇〇〇〇〇〇]⑦只是二要⑧/互敌⑨,不肯蒌遂。家资须却少多,家活渐渐存活不得。今亲姻村/老等[〇〇〇〇]⑩与妻阿孟对众平论,判分离别,遣夫主留⑪盈讫。自后夫则/任娶⑫贤失⑬,同牢延不死之龙⑭;妻则再嫁良媒,合卺契长生/之奉。虑却后忘⑮有搅扰,贤圣证之。促于万劫千生,常处/□□之趣。恐后无信,勒此

---

① 六礼,即《仪礼·士昏礼》所记从议婚至完婚的六种礼节。唐宋时期对婚礼"六礼"的相关记载,见裴志昂(Christian De Pee)《中古中国的婚礼书写:8—14世纪的文本和仪式》(*The Writing of Weddings in Middle-Period China: Text and Ritual Practice in the Eighth through Fourteenth Centuries*),奥巴尼:纽约州立大学出版社,2007年,第27—33页。"/"标识文书写本中的换行处。
② "浓"字写在"性"字右侧,说明这是对草稿的修改。
③ 互,山本达郎、池田温读为"三"。
④ 秦晋,春秋时期秦、晋二国世通婚姻,后泛指两姓联姻。
⑤ 赤索,在唐代作品中,婚姻常常被想象为男女被红线牵系。
⑥ "偿了……遇会"二句,唐耕耦、陆宏基读为"偿了赤索非系,树荫莫同。宿世怨家,今相遇会"。
⑦ 此六字用黑墨水画掉。
⑧ 二要,唐耕耦、陆宏基读为"妻"。
⑨ 互敌,唐耕耦、陆宏基读为"□敲"。
⑩ 此四字用黑墨水画掉,旁边另写"与妻阿孟"四字。
⑪ 留,唐耕耦、陆宏基读为"富",山本达郎、池田温读为"再"。
⑫ 娶,唐耕耦、陆宏基读为"委"。
⑬ 失,唐耕耦、陆宏基读为"央"。
⑭ 龙,象征男性元气与生殖力。
⑮ 忘,我认为是"妄"字之讹。

文凭。略述尔由①,用为验约。

附录三:留盈离婚书图版 P.4525(7),该图复制蒙法国国家图书馆(Bibliothèque nationale de France)许可。

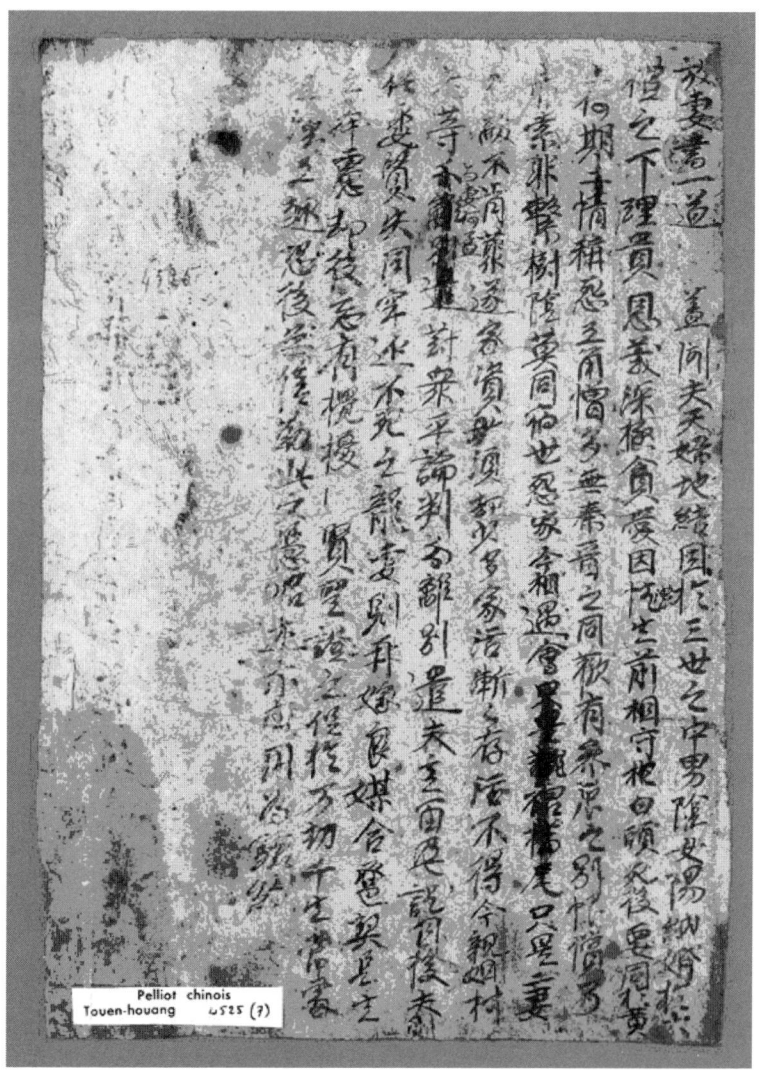

(刘倩 译)

---

① 此四字,唐耕耦、陆宏基读为"昭迹示□"。

快乐，拥有，命名
——对北宋文化史的反思①

宇文所安

引　言

　　一篇好的学术随笔（essay）应该在诸多层面同时展开。第一个层面应该植根于文本与文学史，并关注重要的话题。本文关注的问题则是北宋时期快乐（happiness）、拥有（ownership）与命名（naming）之间的关系，尽管宋诗也会讨论到这个话题，但本文特别聚焦上述关系在古文中的表现。这是11世纪一个特别的话题，也与早期道学在北宋的兴起密切相关。我将要讨论的最早的文本作于景祐三年（1036），而最晚的则要援引靖康二年（1127）的一篇文字。在明清货币经济中，快乐与拥有的话题经历了深刻变化，并增加了更多的复杂性，却始终是重要的问题。我们不再特别关注"命名"（尽管我们还在品牌上附加价值），但我们似乎还是相信，拥有某物或某个空间，或"到"并"在"某地，会变得更快乐。

　　快乐是人类最基本的话题，考虑这个问题时，应该从一个更高的理论层面展开，摆脱与有着具体历史背景文本的纠缠。我不是在每一篇论文中都探讨理论，但本文讨论的理论问题是：文学是如此有别于哲学与思想史。把这个问题讲清楚的最好方法就是阅读：用文学的方式解读，而不是用哲学或思想史的方法解读文本。"思想"（thought）这个术语很有用，因为它可以涵盖文学与哲学，并启发

---

① 本文原题为"Happiness, Ownership, Naming: Reflections on Northern Song Cultural History"，原载《中国文学研究前沿》（*Frontier of Literary Studies in China*）第5卷第1期，2011年；中译文载《古典文学知识》2015年第1、2、3期。

我们思考二者之间的差异。本文标题中的三个关键词——快乐、拥有、命名——确实可以成为哲学问题或思想史问题，然而它们也是北宋文学作品中经常出现的主题。我们称之为哲学或思想史的解读风格是如何表现思想的？以及它们是如何与表现思想的文学解读区分开来的？

第三个层面是最基本的，也是最重要的。这就是我们怎么去读，以及如何学会关注我们所读的东西。在下面的各节中，我将讨论到阅读的问题。

本文最早口头发表于2010年5月底到6月初北京大学的"胡适人文讲座"上。胡适本人就是较早游走于各种文化边缘的学者。我们从各种交叉的边缘，得到很多有意义的，而不仅仅是肤浅的东西，然后再回到双边的文化中，可以更加深刻地理解它们。

我们可能并不经常将这三个词放在一起，但当我们读北宋文学，特别是欧阳修、苏轼时代的作品时，环绕着这三个词的问题常常以各种形式结袂映入眼帘，这就很值得考察一下它们是如何又是为何结合在一起的。

快　　乐

第一个关键词是"快乐"。中国文化史上有关快乐的论述（discourse）悠久而有趣，先秦诸子中，从《论语》开始就有相关言说，特别是在《孟子》及道家经典中得到了展开。先秦之后，有关快乐的论述日益零星（截然相反的是，有关"五情"的论述变得流行起来）；只有在11世纪的北宋，才又变得突出。

我相信快乐总是一件基本的事实：人们经常有时候欣喜若狂，有时候垂头丧气。事实与话语（discourse）还是有区别的，话语不仅仅宣称某人是快乐的，还要思考快乐的条件是什么，以及是什么让某人喜上眉梢。在先秦的论述中，人们可以因"道"而乐，因"天"而乐，在为学与仪礼、至行中找到快乐，但"物"（things）或占有（possessions）成为快乐一部分的理念在古代还没有成为讨论的话题。直到宋代，它才真正成为一个问题。在我说其成为一个"问题"（issue）时，并不意味着任何人都相信"拥有"（having）某物可以带来快乐，相反某些人明确表示，过分执着于物，反而远离快乐。但这些对立的理念皆建立在有关"乐"与"物"间相互关系的问题之上。

唐代总是宋代一个很好的对照。杜甫极其珍爱他的"乌皮几",甚至因为用的时间长了,开裂而破旧不堪,也舍不得扔掉,还在他生命中最后几首诗里写到它:"乌几重重缚,鹑衣寸寸针。"(《风疾舟中伏枕书怀三十六韵奉呈湖南亲友》)杜甫还在其他诗中说到他对乌皮几的喜爱,但这种特别有趣的快乐也主要是因为拥有此物时间太长了,日久生情;而且最重要的是,此物也是其他人不想要的。唐代作家也会在展示一些器物时充满感情,因为它们能给自己带来安慰和声望。但唐代作家很少谈到何物能让人感到快乐,快乐的必要条件是什么,以及快乐与拥有之间可能的关系是什么。

在传统有关"快乐"的复杂论述中,有一个特别的问题,或显或隐地成为北宋著作中论述快乐问题的基础,即"独乐"与"与人偕乐"的对应。大家都熟悉《孟子·梁惠王上》中的这段话:

> 孟子见梁惠王,王立于沼上,顾鸿雁麋鹿,曰:"贤者亦乐此乎?"孟子对曰:"贤者而后乐此,不贤者虽有此不乐也。《诗》云:'经始灵台,经之营之。庶民攻之,不日成之。经始勿亟,庶民子来。王在灵囿,麀鹿攸伏。麀鹿濯濯,白鸟鹤鹤。王在灵沼,于牣鱼跃。'文王以民力为台为沼,而民欢乐之,谓其台曰灵台,谓其沼曰灵沼。乐其有麋鹿鱼鳖。古之人与民偕乐,故能乐也。《汤誓》曰:'时日害丧,予及女皆亡。'民欲与之皆亡,虽有台池鸟兽,岂能独乐哉!"

梁惠王在苑囿中的快乐,与我们下文要讨论的许多宋代散文中的情况非常相似,即快乐似乎是有条件的,或建立在拥有某物的基础之上。梁惠王问孟子的问题非常有趣,因为这个问题暗示着"贤人"可能"太上无情",不能体会人类一般的快乐。孟子改变了问题的方向,这是典型的孟子风格,说只有贤人才能享受到这种快乐;然而,快乐不在苑囿本身,也不建立在拥有苑囿的基础之上,而在于与民众共享。

相同的问题又回到了《孟子》中另外一段著名的话:

> 曰:独乐乐,与人乐乐,孰乐?曰:不若与人。曰:与少乐乐,与众乐乐,孰乐?曰:不若与众。

独乐是有问题的快乐,在北宋时问题变得更严重。(本文避免争辩"独乐乐"是读作"du le yue"还是"du yue le"的传统问题。很清楚,在北宋时,"独乐"就是被理解为"du le")

然而,假设我正独自漫步于群山之中,美景应接不暇。我坐下来欣赏并感到心旷神怡。这也是"独乐",但其并不在《孟子》对独乐的间接批评范围之内。与"独乐"对应的是"与众乐",只有在你占有某物,或你专享某物并排除他人时,独乐才会产生问题——这就非常接近拥有的定义了。

拥　　有

很难用中国的文言来谈论"拥有"(ownership)的问题。在其他语言中,讨论"拥有"的问题也是很难的。在西欧语言中,关于"拥有"已经有充分的论述,也是伴随着资本主义与哲学上的"权力论"(theory of right)而产生的。也许在中国文言中,与之最接近的词应是"己有";在现代汉语中,"ownership"变成了"拥有"。在现代汉语中,关于"拥有"的话语史是很有意思的。

在我们思考"有"以及"拥有"的话语时,它们之间的区别是很有趣的。假设我说"我有一杯啤酒"(I have a glass of beer)或"我有一捆青菜"(I have a bunch of *qingcai*)。如果你试图拿走我的啤酒或青菜,我会说:"是我的。"这就是明确声明"拥有"。但如果我在几个小时内不喝啤酒,或在几天内不吃青菜,它们就等于没有被"拥有"。如果我说我"有"1000元人民币,情况是一样的:我们都知道,我会用掉它或消费掉它。如果有人将其拿走,我就会报警。

但是假设我现在说,我有1000万人民币;那么在一个或两个月内,我都花不完。它变成了我身份的一部分,改变了其他人看我的方式,也改变了我看自己的方式。假如我收藏了许多精美的商代青铜器,它们可能价值1000万人民币,但我们知道——除非我是一个艺术品商人——我绝不会出售我的藏品,不管其价值如何。转让所有权是有意义的行为:如果我将藏品送给孩子,这是家庭的遗产,东西还是在家族内部流传;如果我将其捐赠给博物馆,博物馆肯定会在上面贴一个小标签"宇文所安赠品"。假设我有一座大家都想来参观的名园,大家都知道园子属于谁,而当他们想到我时,他们就会意识到,我是园子的主人。

因此在人及其所有物之间有一种变化的关系。价值有多种,附加在物上的价值越多,我就越可能与我拥有的物等同起来,并视自己与物为一体。说到这一点,我突然想起苏轼写的《宝绘堂记》。

读到这里,你可能在想:很有趣,但这与中国古典文学有什么关系呢?假设接下来我说:"我有一万卷藏书,一千卷古代金文石刻的拓片,有一张琴,一局棋,以及一壶酒。"我是谁?

> 吾家藏书一万卷,集录三代以来金石遗文一千卷,有琴一张,有棋一局,而常置酒一壶。

大家可能还记得,我上文说过,我"有"(having)一杯啤酒。你应该注意"有一杯啤酒"与"常置酒一壶"的区别。"壶"里的酒来自于永不竭尽的酒窖,会源源不断地得到补给。这是另一种类型的"有"(having)——这才是真正的"拥有"。

命　名

下文会再次回到《六一居士传》,快乐、拥有与命名在这篇文章中是联系在一起的。假若"拥有"在中文里是一种困难的表述,那么"快乐"与"命名"因皆有悠久的历史,也非常复杂,很难在本文中详述。我下面只会提一些问题。

《论语》中有一段关于命名的最著名的论述:"齐景公问政于孔子,孔子对曰:'君君、臣臣、父父、子子。'"这开启了中国"正名"的悠久传统,强调名与实要相匹配。对个人的道德发展而言,这意味要用最恰切的名称界定某人的身份;对记载这个世界的人而言,就意味着要用正确的名称称呼这个世界的物。于是,儒学变成了"名教"。

如果物被正了名,那么名应随物而定,或者物得以被命名的关系也要是稳定的。在文学传统中,命名常常是反思性的行为,需要解释此名何以是"正名"。从一个外在的视角来看,中国人热衷于给各种各样的地点或物体命名,是一种很有意思的现象,特别要考虑到在中国名称很少是经久不变的这一事实。人名是各种各样的,地名也是变来变去的。只有人们得到"正名",或者如果人们理解为何现存之名是"正"名时,命名之事和命名之缘起就会呈现出很重要的反思性的一面,如同作家探索世界,世界变得清晰明了,变得很好理解。因此六一居士告诉我们,何以他的旧号是不准确的,而新的自号是正确的。

命名某物是拥有的一种形式,是将某人的名字与某地捆绑在一起,如醉翁亭以"醉翁"得名。甚至当所命之名并非某人的字号时,如果某篇作品附有作者之名并在朋友间流传,那么"命名"(naming)就变成了"有名"(having a name/fame)。建筑可能荒废或坍塌,但因为有一个稳定的名字,在原地可以被反复重建,也确实是不停地建了又毁,毁了再建,因此是"名"创造了"地"。"命名"与"拥有"密切相关:命名某物就如同发表一份占有的声明。

《六一居士传》作于熙宁三年(1070),已是欧阳修暮年。就在那一年,欧阳修给自己取了一个非常奇特的新号"六一居士"。不像他从前的自号"醉翁",新的自号是独一无二的;其他人可能会称自己为"醉翁",但并不是所有人都会称自己为"六一居士"。同时,这也是需要解释的自号,它会吸引听到它的人问一下这个自号到底何意,或为何其为"正名"。

他称这篇作品为"传",但就这个文体而言也是奇特的。该文并非是对传主生平的记述,而是叙述了他的自号的来历。当然,我们知道此传有一个著名的前身——《五柳先生传》。很明显,如果陶渊明将其传中的"先生"与"五柳"连在一起,那么根据欧阳修的逻辑,他也可以成为"六一居士"。《五柳先生传》也可以写他的"五柳":"以吾一翁,老于此五物之间,是岂不为六一乎?"然而,"传"这个术语在《五柳先生传》中是反讽的,因为五柳先生并无个人历史,也没有能写成传的资料。正因为个人历史说不清道不明,所以他的传只能记一系列行迹,唯一稳定且可以命名他这个人的,就是他门前的五棵柳树。这个名字并不重要,仅仅是一种偶然性,没有什么意义,只是众多偶然名字中的一个。任何人家的周围都可能有五棵柳树。

> 先生不知何许人也,亦不详其姓字。宅边有五柳树,因以为号焉。闲静少言,不慕荣利。好读书,不求甚解,每有会意,便欣然忘食。性嗜酒,家贫不能常得。亲旧知其如此,或置酒而招之。造饮辄尽,期在必醉,既醉而退,曾不吝情去留。环堵萧然,不蔽风日。短褐穿结,箪瓢屡空,晏如也。常著文章自娱,颇示己志。忘怀得失,以此自终。

不管何时,当人们暗中将自己与古代的著名人物相比时,也就强调了彼此间的不同。五柳先生与六一居士都嗜书:一位是"好读书,不求甚解,每有会意,便欣然忘食";另一位是"吾家藏书一万卷"。五柳先生与六一居士都好酒:一位是"性嗜酒,家贫不能常得。亲旧知其如此,或置酒而招之。造饮辄尽,期在必醉,既醉而退,曾不吝情去留";另一位是"常置酒一壶"。

我希望可以明显看出,五柳先生与六一居士在他们所嗜之物间有深层的区别。第一个有深层差异的地方是:五柳先生享用它们,并且在享用时,有一种不自觉的欣喜;六一居士"拥有"他喜欢的东西,并且比使用或享用它们更快乐。他可能也爱读书,但他更喜欢的是他有多少卷书可以读。他也爱饮酒,但他更喜欢的是手边有源源不断的酒可以饮。五柳先生的乐是直接的、当下的,而六一居士的快乐是未来的、由拥有所保证的。他的快乐也从未来的经验转到拥有本身。

这两个人在个人历史上也不相同,这应该是"传"的材料。欧阳修将自己嵌入了对个人历史的叙述中——正如传中的"客"提醒他的:你不能逃于名。他另有一个正式的名字——欧阳修——是他所生活时代最杰出的知识分子之一。陶渊明亦有其名——在他的时代,名气并不大——但他将陶渊明与五柳先生区分得很清楚:"先生不知何许人也,亦不详其姓字。"五柳先生生平不详,却能有一个传,因为他没有合适的"姓字"或个人历史,只有行迹。

第二个有深层差异的地方是:五柳先生需要一个外在的叙述者对传中的人物加以命名,而对其性格却声称知之甚少。"宅边有五柳树,因以为号焉。"我们不知道是谁给了他这个"号",但看来是叙述者以及稍知其底细的其他人。不同的是,我们知道"六一居士"之号出自欧阳修自己,《六一居士传》开头就出现了"自"这个字:"六一居士初谪滁山,自号醉翁。"

此传写于陶渊明之后八百年,欧阳修给自己一个号——这个自号还需要详细的解释,必须解释他的自号有一个变化的过程,他放弃了从前给自己取的旧号。新的自号在生平叙述之末,作为总结出现:

> 六一居士初谪滁山,自号醉翁。既老而衰且病,将退休于颍水之上,则又更号六一居士。

当然,这里的"号"只是一个自号,是一个人选择的反映他个人身份感的名称。不过,欧阳修开始回忆起从前自号"醉翁"时的岁月,我们从他其他的作品中可以知道,这个自号和"与众偕乐"是联系在一起的,这也是拜天下升平带来的融融之乐所赐。"与众偕乐"在《六一居士传》中完全消失,六一居士的特性似乎与"独乐"紧紧扣在一起。《六一居士传》中拥有的是"物",而不是太守与民众聚会的场所。

"正名"是一个问题。在早年写的《题滁州醉翁亭》诗中,欧阳修告诉我们其自号的有关实情,即自号是如何与实际情况不相符的:"四十未为老。"同样,在同时期写的《醉翁亭记》中,他声称有"醉翁"之号,仅仅因为他是聚会人群中年纪最长的;而关于"醉翁"中另一个关键词"醉",他则否认有什么含义,坚持说其只是从另一种兴趣"饮酒"转移而来的。在《六一居士传》中,他略微谈到从前的自号"醉翁"有点名不副实时,用了一种自嘲式的幽默:现在他真的老了,所以放弃了"翁"之名。从传记开头的叙述来看,此传是希望将"号"与"人"以某种方式等同起来。不过,我们知道他的自号是有问题的:

> 客有问曰:六一,何谓也。居士曰:吾家藏书一万卷,集录三代以来金石遗文一千卷,有琴一张,有棋一局,而常置酒一壶。客曰:是为五一尔,奈何?居士曰:以吾一翁,老于此五物之间,是岂不为六一乎?

出现一个对话者——"客"——是中国古文中值得注意的一种技巧,这涉及中国文学传统中假想的主客问答。在"论"中,作者可能会直接提出某种客观的知识;但还有另外一种知识,特别是关于其自身的,只有靠他人引出才能被认可。欧阳修知道他这个自号比较奇怪:需要有人给他一个机会去解释。必须有人问他"六一"这个特别的自号意义何在——虽然是一个大家都知道的号,但它的意义建立在需要解释的、只有自己知道的个人经验之上。给自己取这么一个高深莫测的号,必然引发询问以及解释的机会,而且我们可以看到最初的问题是如何由自号以及一开始并不充分的解释引发的,这个解释只曝出"六一"中的五物。

欧阳修对"自号"的解释应该告诉我们,这个人"是"谁;但欧阳修只是告诉我们他"有"什么,就是文中出现的"五一"。这不可避免地引发了"客"的疑问:这才"五一",还有一个"一"呢?最后一个"一"就是欧阳修自己,他在把玩五物中日渐老去。正是在这个地方,我们发现了存在于宋代作家人格之中的五柳先生的片影。我也许还可以指出五柳先生与六一居士之间的另一个深层差异。陶渊明的五柳就在门前,而且它们都是一样的。五柳的出现有很多巧合的成分,也方便他人用其来鉴别其他无名的、精神自由但行为古怪的人。与之对照的是,欧阳修拥有经过多年收集的精美藏品,并以此作为自号。五柳先生的五柳从字面上看确实是存在的,用它们来定义传中的人物也是有根据的。六一居士的物是居士的随身之物,可以随他到处迁移,具有可移动的特性。甚至当欧阳修提醒我们在"吾"与外"物"之间有基本区别时,这些物定义了一个空间,它们的拥有者只是假装将他这个"一"隐没于"多"之中。

一把大火将陶渊明的家园付之一炬,尽管物质上的财产全部化为乌有,但陶渊明发现他还是他,没有变化;进一步说,如果五柳先生没了五柳,他将变得平淡无奇。即使欧阳修用他挑出的别致之物——书、金石拓片、琴、棋局、追求闲适的酒来定义自我——但对自我的定义仍要借助于他的拥有物,在宋代新的时代风气中,拥有经常是快乐的条件。假若他失去这些物——书、金石拓片、琴、棋局,还有酒——他就会丧失"六一居士"的自号及其身份。

当然,不被注意的"五"也是一个有重要意义的数字——正是五柳先生门前柳树的数量。六一居士所有家当只有这"五"物,其表现出来的简朴当然只是一个假象。光是其中两个"一"的数量就非常巨大:"一万卷"书以及"一千卷"金石拓片。一介隐士表面上无所求或对有限的财产感到满足,但实际上拥有的财富可称是巨大的产业。与欧阳修同时的司马光在洛阳撰写卷帙浩繁的《资治通鉴》时,其拥有的藏书规模仅及欧阳修的一半。姑且认为欧阳修只有一张琴和一局棋(更多的琴对一个人来说也无用),"一"壶酒只不过是物品有限的假象——他会"一直"有一壶酒在他面前,不过似乎毫无疑问的是,酒一旦喝干,只要他想要,马上就又会注满。这位"居士"的境遇比陶渊明好得多,陶只能偶尔喝"一壶"酒,而且有时只能望酒兴叹。表现节制的修辞暴露出其自身的不真实性,这个作者虚构出来的新的自号与其早年的"醉翁"之号一样是有问题的。

欧阳修"拥有"物,也被他所拥有之物定义。理论性的问题包容于名号问题之中。拥有某物可以被其所拥有之物定义,于是自我既是拥有者,同时自身又为其财产所拥有。"六一"中的第六物试图解决上述问题,只是将自己与其他"五"物加在一起;但作为"六一"中独特的"一",欧阳修告诉我们,他有不同于其他五物的地位。

听完欧阳修对其自号的解释之后,客提出一个预料之中的反对意见,将"名"的意义外延扩大到"名字"与"名声":

> 客笑曰:子欲逃名者乎,而屡易其号,此庄生所谓畏影而走乎日中者也;余将见子疾走大喘渴死,而名不得逃也。居士曰:吾固知名之不可逃,然亦知夫不必逃也。吾为此名,聊以志吾之乐尔。

"屡易其号"似乎是"逃其名"的另外一种说法。做一个"居士",就要从公众的视线中消失,找一个他人不知道的"名";改其名而取其号的过程,欧阳修实际上是在给自己做广告。欧阳修回应说,他知道"名"不可逃——我认为,在这里,他说的是一般意义上的名字——因此,假使他换了他的自号,名字依旧不受影响。关于他取这个自号的动机,欧阳修说:"吾为此名,聊以志吾之乐尔。"说到取名时用的是"聊以"这个词,就为了打消名字之存在就应天下皆知的猜疑。上文中的动词"志"(译为"commemorate"),隐含着昭告天下,或为了避免被遗忘而记下的动机。此号就像从前的自号"醉翁"一样,关注的中心仍然是快乐。醉翁之乐是反身的(reflexive),此乐存在于他人之乐中。文章中,为了回应客的要求,欧阳修描绘了他的乐,我们可以看到此乐确实是与众不同的:

> 客曰:"其乐如何?"居士曰:"吾之乐可胜道哉!方其得意于五物也,太山在前而不见,疾雷破柱而不惊;虽响九奏于洞庭之野,阅大战于涿鹿之原,未足喻其乐且适也。然常患不得极吾乐于其间者,世事之为吾累者众也。其大者有二焉,轩裳珪组劳吾形于外,忧患思虑劳吾心于内,使吾形不病而已悴,心未老而先衰,尚何暇于五物哉?虽然,吾自乞其身于朝者三年矣,一日天子恻然哀之,赐其骸骨,使得与此五物偕返于田庐,庶几偿其夙愿焉。此吾之所以志也。"

这段对快乐的论述试图解释快乐的原因或快乐的性质,而这正是"客"抛出的问题。欧阳修的回答也非常奇特。也许快乐的状态无法言说,却能为完全沉浸其中的人所理解——就欧阳修而言,他完全沉浸于他拥有的五物之中。这是一个封闭的系统。不过,"得意"(absorption)可以从反面来描述——为了说你没有注意到你周围发生了什么,你必须表现你没有注意到的东西。这就如"结庐在人境,而无车马喧"的悖论。你不得不指称你没有听到的声音的存在,就是为了显示你没有听到声音。对欧阳修而言,他夸张地表现了对"得意"之外的世界未加关注的状态。泰山就在眼前,他却看不到;电闪雷鸣,他却毫不在意。下面两个场景特别有意味,都说明他的快乐是无法言说的。其一是黄帝在洞庭之野张乐之事,此事见载于《庄子》:

> 北门成问于黄帝曰:帝张咸池之乐于洞庭之野,吾始闻之惧,复闻之怠,卒闻之而惑,荡荡默默,乃不自得。

黄帝对北门成所言是有意的递进,但"惧"、"怠"及最后的"荡荡默默"——这是中国传统文献中稀见的阐述升华(sublime)的例子——几乎是与检视金石拓片或弈棋极其近似的快乐。其二是黄帝与蚩尤在涿鹿之野的大战,这是用更奇怪的、比较的方式比喻学术消遣。将欧阳修的快乐与这些比喻联系在一起的条件就是:有一种假想的力量能够控制注意力并达到全神贯注,这种力量只能受制于欧阳修"得意"的程度。

"五物"有控制他的力量,他也有凌驾于它们之上的力量。这似乎是一种势力的均衡,使得欧阳修并不仅仅是这些物的所有者,而且将其摆在与它们同一层次之上,作为"六一"之"一":"五物"支配他,就像他支配"五物";主人"做不了主"了,相互拥有所达致的平衡及其产生的封闭系统正是日渐衰老的欧阳修所理解的快乐。与其他从物得到快乐的例子相比,欧阳修的快乐似乎特别有说服力。

欧阳修几乎没有必要继续告诉我们,他的快乐是负面的,那个封闭系统也是排外的。其不但是"逃于名",而且是对不堪外在仕宦重负以及随之而来的内心焦虑的逃离。其不寻求逃离社会,而是在其中寻求自主空间——不是独善其身的隐士,而是一个结构独特的新的共同体。这是一个"夙愿"的空间,最后在皇恩浩荡之下,终于得以实现。

这个愿望引出客下面明确的质疑,即欧阳修对这"五物"的执着,与他纠缠于仕宦并没有太大的不同:

> 客复笑曰:"子知轩裳珪组之累其形,而不知五物之累其心乎?"居

士曰:"不然。累于彼者已劳矣,又多忧;累于此者既佚矣,幸无患。吾其何择哉?"于是与客俱起,握手大笑曰:"置之,区区不足较也。"

已而叹曰:"夫士少而仕,老而休,盖有不待七十者矣。吾素慕之,宜去一也。吾尝用于时矣,而讫无称焉,宜去二也。壮犹如此,今既老且病矣,乃以难强之筋骸,贪过分之荣禄,是将违其素志而自食其言,宜去三也。吾负三宜去,虽无五物,其去宜矣,复何道哉!"熙宁三年九月七日,六一居士自传。

客的质疑可能是任何当时道学家都会想到的;这种质疑早在苏轼的《宝绘堂记》中就已经表达过了:快乐不能取决于任何物,特别是外物。人们对其所嗜之物的执着无异于迷恋官位仕途。欧阳修以特有的方式,用自身的真实经历回应了这个过于抽象的道理:官位使他痛苦不堪,而这"五物"则让他非常快乐。不过,他在这里的用词比较有趣:他将沉浸于自己的所有物中称为"佚",这个词经常有点贬义,并与"逃逸"相关。它也可以解释为过度,更容易与身体上的放纵联系起来,而不是过度占有书籍、拓片、琴、棋局及一壶酒。他可能并不愿意想到苏轼关于人沉溺于物的警告;他说,这"幸无患",并突然打断思绪的线索,将思绪转到另一件事上去。他举出了三个适合他退隐的原因。第一个就是他的意愿。另两个他举出的原因则是宦海沉浮——他似乎意识到他在表述对"五物"的喜欢上说得太多了,于是他说,他应该退休了,甚至这些东西都可以置之身外。文章有一个很有意思的转折,从"夙愿"转到做什么事为"宜"的问题上,此时文章戛然而止。

到文章结尾,我们不禁注意到,欧阳修想象出来的"客",先是提出问题,然后又质疑,到后来似乎不受控制了。客一开始循着欧阳修安排好的问题,但其质疑,也是一种自我检讨,渐渐切中要害,作者也感到尴尬,不得不结束了对话,然后试图为自己辩护。他承认这种自我放纵,默认了追求个人欢愉以及试图逃避责任,这其实是与士人的社会责任相悖的。

对一个老人来说,享受一下他的"文物"和"酒"并没有害处,不到几年,他就去世了。不过,到1070年时,中国已经到了一个新的历史时期,任何言论都要受到新的道德标准的检视,欧阳修《六一居士传》中的言论不可避免地引起了一些同时代士大夫的批评,批评他对外物的热衷,并称欧阳修乃"非有道者"。苏轼自己曾批判过对物的执着,而在《书六一居士传后》则为他的座主辩护:

> 苏子曰:居士可谓有道者也。或曰:居士非有道者也。有道者,无所挟而安,居士之于五物,捐世俗之所争,而拾其所弃者也。乌得为有道乎?苏子曰:不然。挟五物而后安者,惑也。释五物而后安者,又惑也。且物未始能累人也,轩裳圭组,且不能为累,而况此五物乎?物之所以能累人者,以吾有之也。吾与物俱不得已而受形于天地之间,其孰能有之?而或者以为己有,得之则喜,丧之则悲。今居士自谓六一,是其身均与五物为一也。不知其有物耶,物有之也?居士与物均为不能有,其孰能置得丧于其间?故曰:居士可谓有道者也。虽然,自一观五,居士犹可见也。与五为六,居士不可见也。居士殆将隐矣。

苏轼是总能发奇论的天才。他感到有必要放弃五物与求得内心宁静是一致的,正如依赖于物与持有物并无差异。在任何一种情况下,物在与不在,都是决定人类快乐的因素。苏轼总是比迂腐的道学家要聪明,道学家连最小的占有都视为内在的危险;苏轼懂得,放弃物本质上是承认外物对人的控制。"物之所以能累人者,以吾'有'之也。"从这个前提出发,苏轼聪明地代欧阳修完美地解决了这个问题,拥有消融于模糊之中,谁是所有者,又为谁所有,皆不得而知。不过,尽管可以与迂腐的道学家一辩高下,但苏轼已然属于一个世界,在这个世界中评判的标准是人们是否"有道"。

苏轼聪明地为"六一"这个号辩护,认为欧阳修将自己作为"六一"中的一员,而不是其主人,因此不存在占有问题。欧阳修称自己为"六一"中的一个"一",并将自己也归到"物"的范畴也是事实。如苏轼所知,他这个"一"与其他"五物"还是有所区别的。欧阳修表面上谈论的是其他五物,但他还是加入到它们的行列中,成为第六个,并消融于其间。"六一"与"六物"还是不一样的。

当然,尽管苏轼辩才无碍,但我们知道这并不是事实。假若"五物"不在了,欧阳修肯定会怅然若失;至少,他就不再是"六一"了。

欧阳修站在一个新世界的边缘。道学的意识形态世界与北宋社会价值的现实世界的两分尚没有那么彻底。一方面,许多士大夫收藏并把玩贵重之物(记住:文化物品开始具有巨大的商业价值);另一方面,却存在一种轻视"有物"的论调,认为只有"有道"之"有"才是合理的。很多人都有点伪善,一方面乐此不疲地汲汲于物,另一方面却蔑视"有物"的思想。一些人获得物后兴高采烈,另一些人则真的蔑视财富。当社会行为与意识形态分裂时,就会产生问题。欧阳修正站在这个裂缝的边缘,他很老实地承认他很享受他所拥有的一切,因为它们能给他带来快乐。这并不是一笔巨大的财富,但他拥有的却很多。他并不贪多务得,但他并不想失去他所有的一切。几年后,他就去世了。他离新价值观世界的到来很近,在那个新世界中,他会感到不自在,因为他是如此享受他所拥有的一切。他从"物"中得到的快乐几乎是没有功利心的,但不管他多么明白这一点,这种快乐看起来仍是从庸俗的占有中得来的。

阅　　读

任何普通的文学理论与文学阐释都不可避免地失效了。每一个文本及文本家族(family of texts)都设定了条件,文本或文本家族在这些条件下以某种令人信服的方式被阅读。有时阅读的方法受制于文本的内在性质,有时受制于围绕文本的有效信息。这应是显而易见的。

不管在欧洲思想或中国思想中,学者们都追求"放之天下而皆准"的学说。阐释学或其他思想流派中确实存在可靠的普世学说。问题在于:这些普世学说在某些时段以及某些文本系统中比在其他时段及文本系统中能产生更多有趣的内容。尽管这些普世学说被阐述得很清晰了,但当我们观照历史时,就会发现这些学说脱离了文本及文化作品,而对文本及作品的解释正是由这些学说来支撑的。如果海德格尔只有中世纪的绘画,而不是凡·高的作品,那么他关于鞋子以及艺术存在理论的哲学论述可能会大不一样。

这是一种激进的历史主义的论调。我拥有的是文化产品的历史结构。并且,历史的精确度也是不一样的:我们可以对几乎每一篇古文进行系年,甚至可以精确到月、日;我们也可以对大部分诗歌进行类似的准确系年工作。但是对于词,除了那些偶有小序的词,如苏轼的很多作品,很难加以系年——除了与作家生平联系起来。"理论"是普世原理的表象,它以一种特殊的文化产品形式呈现;

它是归纳性的,故在本质上,它又具有强烈的历史性。

11世纪及12世纪初,新的作品在一个相对狭小的文人圈子中流传,他们彼此熟悉。在这个圈子中,每个人都最大限度地阅读彼此的作品。我们可以发现,很多文本与其他文本彼此相关。这就产生了一个话语的共同体,引导我们用某种方法去阅读这些文本。

这种阅读模式在阅读《诗经》时是无效的,在阅读建安文学时也几乎无效,这时仅有极少的作品可以根据之前的文本加以准确的系年。但中国文学的另一端,即浩如烟海的清代文学,我们则拥有过多杂乱无章的上下文(context),不但有当时人的作品,而且还有前人作品的重印本,以及易得的前代文学作品。在北宋,我们可以自信地说,某些文本——包括本文讨论过的大部分文本——在文人圈中是广为人知的。在清代,我们在大多数情况下不再能确定哪些文本已被阅读过——当时人写的作品实在太多了;我们也不能确定,如果这些作品被读过,那么它们又能否被记住。于是,研究清代文学,我们经常以前代的文学经典作为理解的语境。

正像人们经常看到的那样,特别是包弼德(Peter Bol)、傅君劢(Michael Fuller)的研究所指出的,宋代建立起来的"文学"观念,在11世纪的发展过程中,迎来了一个强有力的竞争对手,即早期的道学。新兴的道学不光有一群思想家,还表现了当时思想氛围的一个新转折,在此种思想氛围中,士大夫的言行都要受到其道德内涵的检视。我们在11世纪中叶的古文中见到这种转向,既是内在的,又是外在的,内在的形式以想象的"客"的形式出现,他对从前的立场提出道德批判;外在的形式以友善的解释者出现,他和蔼地解释了好友提出的质疑。

道学并不是笼罩着这些文本的唯一外在力量。有关拥有或"有"的有趣话题涉及日益成长的商业世界以及文化价值与商业价值之间并不匹配的结合。高精的话语与商业世界的隔离,是文学精英价值观的重要组成部分;一位名人随手写下的手札可以卖到可观的价钱,或者一篇关于园林的古文会使游客愿意掏腰包一览其胜,在这样的世界中,文化与商业之间的严格鸿沟很难再守住了。讨论物的价格、买卖与估值潜进了精英的话语,而且俯拾皆是。

连接过去

在11世纪,士大夫阶层固定的话语文体存在于作家们试图弥合新兴的宋代文化与古典价值观的领域。从这个意义上说,在更大范围内,区别于词、笔记、诗话、尺牍这些北宋刚出现或充分定型的次要文类,我们可以称刚成立的精英士大夫文体为"古典文学"。

对我们这些后世读者而言,试图与过去保持一致或相似,常常只会显出这些宋代文人与前代有多么的不同。在一则题跋(这也是一种新兴的、不是太精英的文类)中,苏轼有两句名言:"我即渊明,渊明即我。"(《书渊明东方有一士诗后》)这种关于身份的说明只是提醒我们,陶渊明与苏轼是多么不同。也许最深刻的差异是,尽管陶渊明也以多位古人为榜样,但他绝不会说:"我即某,某即我。"这种差异定义了一个不同以往的时代。

中国学者早已注意到,《六一居士传》与它的前身陶渊明《五柳先生传》有着斩不断的联系。与前代文本产生的紧密联系常常让我们把注意力主要放在前后文本间的差异上。欧阳修将陶渊明作为得意而乐的榜样,他希望自己也"像"陶渊明;但基本说来,我们最想比拟的人常常就是我们不像的人。

在阅读技巧中,我们精确对比两位作者发出某种声音时所用的方法;我们寻找某位作者忽略、而另一位作者独有的东西。正如我们上文所论的,陶渊明在《五柳先生传》、欧阳修在《六一居士传》中都说自己喜好读书、饮酒,但怎么用文字表达这些欢愉,两者的对比还是引人注目的。能够欣赏陶渊明所表现的五柳先生的自得其乐很容易,但对比的目的并不是要作价值判断,而是要帮助我们理解新的价值观,以及新的价值观如何从过去得到合法性。价值观多有冲突——对某些人来说,自发的快乐是瞬间的;对另一些人来说,财富已然带来快乐并能预期未来的快乐——而且价值观只能以这种方式呈现出来。这就是欧阳修经常比他同时代的许多作家伟大的原因。

价值观冲突最明显的例子是在表现有限的修辞中。欧阳修给自己取的新号告诉我们,他有五件单独的物,这等于是说他只有这五物。但我们检视这五个"一"时,它们却表现出丰富而非有限。欧阳修对自己的拥有如此之富感到骄傲,但他想表现得像陶渊明,而陶几乎是一无所有的。这两种都是欧阳修真实的价值观,它们无法得到调和,除非通过这种巧妙的命名,而这意味着同时肯定这两种价值观。同样,他一方面"逃名",另一方面他的名声又更响,就像文中的"客"告诉他的那样。这就又有了两种矛盾的价值观,它们只能通过文本共存。

欧阳修也让他文中的"客"处理"身外之物"的问题。在帝国体制中,欧阳修因他的官位而得名,从官位上退休之后,又因其珍贵的收藏而得名。这两种皆是稳定的结构,欧阳修能够在其中安身立命。欧阳修恰当地比较了这两种身外之物,其中一个使他痛苦不堪,另一个则使他愉悦万分。这不是一种优雅的哲学解脱,它却有普世的价值。然而到了1070年,从拥有物中获得愉悦开始蒙上道德猜忌的阴影,这使得欧阳修年轻的朋友苏轼要著文辩护,解释为何这位老居士确实是"有道"的,而非只拥有外物。

(卞东波　译)

桃花源的长官[①]

宇文所安

我们首先来看欧阳修熙宁三年(1070)即去世前两年所写的《六一居士传》。实际上,欧阳修在其大部分写作生涯中都在书写快乐。景祐三年(1036),他被流放到穷乡僻壤的峡州夷陵县,却以幽默的笔调描写此地的荒凉:街市非常狭小,太守路过时也不得不走下官轿;鱼肆臭味难闻,以至于太守也不得不捂住鼻子快速通过("虽邦君之过市,必常下乘,掩鼻以疾趋")。但太守为欧阳修准备了舒适的居所,所以欧阳修并没有因进谏导致贬谪而后悔并感到痛苦,而是忘却了忧愁:

> 某有罪来是邦,朱公于某有旧,且哀其以罪而来,为至县舍,择其厅事之东以作斯堂,度为疏洁高明而日居之以休其心。堂成,又与宾客偕至而落之。夫罪戾之人,宜弃恶地,处穷险,使其憔悴忧思,而知自悔咎。今乃赖朱公而得善地,以偷宴安,顽然使忘其有罪之忧,是皆异其所以来之意。

此段文字出自回忆文章《夷陵县至喜堂记》。至喜堂无形中消解了朝廷的压力,也使作为贬谪之官的欧阳修不至于悔恨交加。

我坚信苏轼在熙宁七年(1074)撰作《超然台记》时,对欧公此记一定了然于心:

[①] 本文原题为"The Magistrate of Peach Blossom Spring",原载香港中文大学中文系主办《中国文学学报》创刊号;中译文载《铜仁学院学报》2015年第1期。

> 余自钱塘移守胶西,释舟楫之安,而服车马之劳;去雕墙之美,而蔽采椽之居;背湖山之观,而行桑麻之野。始至之日,岁比不登,盗贼满野,狱讼充斥,而斋厨索然,日食杞菊。人固疑余之不乐也。处之期年,而貌加丰,发之白者,日以反黑。

然而,欧阳修与苏轼在困境之中的快乐有着本质的不同,这种不同似乎与道学的兴起息息相关。对欧阳修来说,快乐需要附着在世间某些物品、建筑和地点之上。在夷陵,就是太守提供的相对舒适的住所。不过,苏轼却宣称快乐只来自其本身,就如《超然台记》所写的那样。

在欧阳修《画舫斋记》中,因船被比作书斋,舟行的艰险也被化解为乐事:

> 乃忘其险阻,犹以舟名其斋,岂真乐于舟居者邪?

但随后他想到,待在船里毕竟也是一种幸福的状态:

> 然予闻古之人,有逃世远去江湖之上,终身而不肯反者,其必有所乐也。苟非冒利于险,有罪而不得已。使顺风恬波,傲然枕席之上,一日而千里,则舟之行,岂不乐哉。

对于将失意与忧愁转换为快乐的思考过程来说,建造书斋并为其命名至关重要。

关于快乐与命名最著名、最动人的篇章出自欧阳修11世纪40年代中期滁州任上的作品。作于庆历五年(1045)的《丰乐亭记》以欧氏特有的风格起笔,这种写法我们关注较少:"修既治滁之明年,夏,始饮滁水而甘。"这并不是说欧阳修主政滁州已一年,却从未尝过当地的水——除非他只饮酒。欧阳修可是品鉴水的行家。这应该说的是他主政滁州一年后才发现此地的水是甜的。这个开头设定了这篇记的主题,即有些事物因离我们太近而显得太平常,以至于被我们忽略。他一发现水是甜的,便开始寻找它的源头(源/原),在本文中,其字面含义即是泉水。甘水之源又与滁州百姓被忽略的快乐联系在一起:

> 修既治滁之明年,夏,始饮滁水而甘。问诸滁人,得于州南百步之近。其上丰山,耸然而特立;下则幽谷,窈然而深藏;中有清泉滃然而仰

出。俯仰左右,顾而乐之。于是疏泉凿石,辟地以为亭,而与滁人往游于其间。

泉源很近("得于州南百步之近")。一般来讲,难得之物或得之于远,或远涉得之,如最昂贵之物来自远方,最好的计划遥不可及的,深刻的含义亦深宵难寻。即使《论语》首章说到快乐,也称来自远方:"有朋自远方来,不亦乐乎?"

但在《论语》中,子夏却认为,"近思"是获得"仁"很重要的手段。子夏云:"博学而笃志,切问而近思,仁在其中矣。"(《论语·子张》)从近处思考确实是宋代知识分子的特征,从沈括的自然科学到理学家的哲学观察,知识不再是遥不可及,而是可以通过考索近处得到的。

尽管近在咫尺,但泉源并不显而易见;实际上,它似乎表现为是在很远的地方。丰山笼罩其上,幽谷处于其下,泉源隐藏于幽花绿树之间。太守为了自己与滁州百姓的快乐而在此处建亭一座。他渐渐发现了隐藏在山间的一切。

我想多谈一下幽谷,这估计是个形容性的地名。它可能"窈然而深藏",但欧阳修让大家都知道了它。在文章的下一部分中,我们将看到这正是欧阳修安置菱溪大石的地方,好让众人都能欣赏其美。如果他把石头放在任何普通的"幽谷",那么就会显得很奇怪(他写道:"弃没于幽远则可惜。")。地形——即使是像幽谷那样的"幽隐"之所——也会在国家版图的标记中变得清楚。

只找到甘水的源头还不够,地点必须清楚,水流必须可控、可引导(正如大禹治水那样),标志性的建筑也必须在此地建立起来,并为其命名。部分幽隐的山水才能进入到国家版图的标记中。

欧阳修为亭子起的名字包括两部分:"丰"既是此泉所出之山之名,也寓意着滁州民众祈盼的丰收,"乐"则似乎蕴含欧阳修及滁州民众远游至此亭带来的欢乐。荒野之气一扫而空,泉源也掬手可饮。通过书写,太守为百姓发掘了甘水与快乐的源泉。

必须发现甘水的源头,滁州百姓快乐的源泉也需要发掘,但这与发现泉源的简单相比,更为复杂。它等待太守欧阳修的发现。当他离开城中,前往隐藏在山水之间的泉源时,语脉突然转向同样隐藏在山水之间的往事:

滁于五代干戈之际,用武之地也。昔太祖皇帝,尝以周师破李景兵十五万于清流山下,生擒其将皇甫晖、姚凤于滁东门之外,遂以平滁。修尝考其山川,按其图记,升高以望清流之关,欲求晖、凤就擒之所,而故老皆无在者。盖天下之平久矣。自唐失其政,海内分裂,豪杰并起而争,所在为敌国者,何可胜数。及宋受天命,圣人出而四海一。向之凭恃险阻,划削消磨,百年之间,漠然徒见山高而水清。欲问其事,而遗老尽矣。

主题与叙述重心的转移很有意思,中国传统古文批评家会注意这些方面。它们极具艺术性,并不是简单的组合,而是表现了建立联系的思维方式,如林云铭《古文析义》评云:"忽就滁州想出原是用武之地。"突然我们的注意力被导向滁州周边的山水、清流山、五代末年发生的战争,然后转向后来宋太祖赵匡胤俘虏南唐将军皇甫晖、姚凤的滁州东门,当时赵匡胤还只是后周的将军。我们于是认识到欧阳修寻找源头,寻找快乐之源,就如同他寻找水源那样,貌似近在咫尺,其实远在天边。但当他开始探索这个"源"的踪迹时,它们与水源不同,无迹可寻。欧阳修感到惊异,那些英雄事迹是如何在时间的流逝中灰飞烟灭的,即使当地人也记不起多少。历史在自然山水的美景中没有留下任何痕迹。

> 今滁介于江淮之间,舟车商贾,四方宾客之所不至。民生不见外事,而安于畎亩衣食,以乐生送死,而孰知上之功德,休养生息,涵煦百年之深也。

之后我们来到一个特别的场域,百姓生活于其中,与世无争,自得其乐;但另一方面,这种与世隔绝的地理环境却使之成为兵争之地。百姓平静地生活在其间,没有意识到或不知道他们的快乐建立在国家承平的基础之上。当发现藏于植被之下的泉源时,欧阳修也将被遮蔽的历史往故与现时快乐的来源公之于众。

> 修之来此,乐其地僻而事简,又爱其俗之安闲。既得斯泉于山谷之间,乃日与滁人仰而望山,俯而听泉。掇幽芳而荫乔木,风霜冰雪,刻露清秀,四时之景无不可爱。又幸其民乐其岁物之丰成,而喜与予游也。因为本其山川,道其风俗之美,使民知所以安此丰年之乐者,幸生无事之时也。夫宣上恩德,以与民共乐,刺史之事也。遂书以名其亭焉。庆

历丙戌六月日,右正言知制诰知滁州军州事欧阳修记。

让我们回到欧阳修的快乐上,其乐在于民朴事简。欧公此记意在让百姓从更大的语境中明白他们的安乐。尽管治下"无事",因此太守也没有日常的"事务",但"刺史之事"也就变为彰显皇上的恩德——这也是对孟子所谓"以与民同乐"的响应。

这种快乐迥异于和太守一起游赏参观亭台的欢乐,也不同于与世隔绝的自得其乐。在最后一段的叙述中,欧阳修又写道,快乐包括知道为什么快乐,快乐多来自于意外,快乐在战争与苦难中多么难得,同时也暗示着快乐极易消失。太守是外来的——来自于本地以外,却知道本地人已经遗忘的往事。太守之"事"就是唤起当地人的陈年旧忆,并投射到当地人的快乐之上,让他们更加珍惜现在的快乐,对朝廷心怀感激,否则朝廷就会对他们弃之不顾。

文王的"与民偕乐"也是相同的快乐,即他需要与民同乐才能享受到这种快乐。欧阳修明白快乐有很多种;事实上,快乐的等级与人存在的等级以及社会的等级是对应的。快乐的等级越高,对快乐的自觉也就越强。

对于欧阳修来说,快乐的图景有明确的形状,快乐的等级在其中以同心圆的形式呈现。他发掘出一处场所,加以命名,并占据中心;其他人聚集在他周围,他享受自己的中心位置。他对于场所的命名来源于自己的名号。最小的情形是六一居士,周围有五"物",加上一老翁组成了他的新号。在滁州,四周皆山,他命名某处为"丰乐亭"或"醉翁亭",快乐的百姓围绕着他,亭子的周边也堆着从陵溪运来的石头。在国家的山水之外,他的文章也被友人传阅。蔡襄、苏舜卿、梅尧臣在读过《丰乐亭记》后皆有和作。在滁州,他让离其最近的弟子曾巩也给另外一座亭子写记,而欧阳修依旧是曾巩记文的中心。

曾巩之记从各个方面而言呈现的都是弟子之声。他描写的醒心亭建于丰乐亭之后,其目的是为了游人在前一座亭子里醉酒后能在此处醒酒。曾氏亦云,他作此文"得以文词托名于公文之次"。曾巩《醒心亭记》(1047年)云:

> 滁州之西南,泉水之涯,欧公作州之二年,构亭曰丰乐,自为记,之以见其名之意。既又直丰乐之东几百步,得山之高。构亭曰醒心,使巩记之。凡公与州宾客者游焉,则必即丰乐以饮,或醉且劳矣,则必即醒

心而望。以见夫群山之相环,云烟之相滋,旷野之无穷,草树众而泉石嘉,使目新乎其所睹,耳新乎其所闻,则其心洒然而醒,更欲久而忘归也。故即其所以然而为名,取韩子退之《北湖》之诗云。噫!其可谓善取乐于山泉之间,而名之以见其实,又善者矣。虽然,公之乐,吾能言之;吾君优游而无为于上,吾民给足而无憾于下,天下学者皆为材且良,夷狄鸟兽草木之生者皆得其宜,公乐也。一山之隅,一泉之旁,岂公乐哉?乃公所以寄意于此也。若公之贤,韩子殁数百年而始有之。今同游之宾客,尚未知公之难遇也。后百千年,有慕公之为人,而览公之迹,思欲见之,有不可及之叹,然后知公之难遇也。则凡同游于此者,其可不喜且幸欤?而巩也,又得以文词托名于公文之次,其又不喜且幸欤?庆历七年八月十五日记。

虽为弟子,曾巩亦想象能代老师言志:"公之乐,吾能言之。"当然,曾巩解释说欧阳修的快乐不在眼前的情境,而来自国家的安定,这种快乐也表现在自然风景之中。

对于欧阳修本人所言,曾巩之文是一个有趣的转折,即国家的安定是快乐的前提而非目的。这有着微妙而深刻的区别。曾巩明确否认了欧阳修在自然风景及远游欢愉中发现的快乐("一山之隅,一泉之旁,岂公乐哉")。欧阳修自己从未这么说过,山水及远游之乐确实是快乐的起因,但欧阳修也认识到,这种快乐只是因为并通过国泰民安才能实现。对代表年轻世代的曾巩而言,此时此地的快乐都只是"道"的比喻性的实体化(figurative instantiation)的快乐。也许曾巩所认为的快乐最核心与抽象的目标,就是上文末尾描写欧阳修快乐的几句话:"夷狄鸟兽草木之生者皆得其宜,公乐也。"正如中国诗人通常准确观察到的那样,自然世界与人类的苦难及国家的兴衰并无关联。曾巩对上述文句的补充很是引人注目,无疑承认自然世界只是道的具体的实在化。好像幽默的经验主义者,欧阳修在《醉翁亭记》中对人与自然的关系,有着截然不同的表述:"游人去而禽鸟乐也。"当欧阳修表明百姓的幸福离不开国家时,他也认识到禽鸟对游人及其国家毫不在意,只关心自己是否被打扰。

陶渊明的桃花源在中国文化中十分重要,因为它想象了一个没有国家的社会,一个自给自足而不隶属于国家的社会空间。它是全权帝国里的真空地带。桃花源的命名却来自外部世界夹岸数百里的桃花林。

欧阳修是我们"桃花源的长官"。"环滁皆山也",正如桃花源被群山包围,与世隔绝,滁州亦是外人绝少涉足的所在;它是未经人认知的乌托邦,而且当地人似乎不知道当地的历史往事以及外部世界发生的事情,一如桃花源中的村民"不知有汉,无论魏晋"。《桃花源记》里的捕鱼人告诉村民历史上秦朝以来发生过的事情;在《丰乐亭记》中,欧阳修力图让滁州百姓知道他们自己被遗忘的历史——仅仅一百年前,就在此地曾经发生过的战乱——但这样做的目的,就是提醒百姓,他们的幸福是如何依赖于国家安定的。捕鱼人一离开桃花源,就再也无法回去,而桃花源仍在国家统治之外。欧阳修是外在国家的代言人,欧阳修命令在县衙周围建造公共建筑,并镌刻上姓名与日期;建造与民同乐的建筑,教给当地人历史及等级,使他们明白自己只是更大整体中的一小部分。如果滁州百姓完全可以自给自足,那么国家就没有必要存在。通过唤起被他们遗忘的战乱,太守告诉他们自己的安乐离不开朝廷的恩德;太守与民同乐正是对国家体制的颂扬及对容易被忽视的权力等级的重申。

欧阳修此时最著名的文章当然是《醉翁亭记》,其作于《丰乐亭记》成文一年后的庆历六年(1046)。我们在新的场景里看到相同元素的回归。《醉翁亭记》延续了权力等级的主题,而权力等级与知识等级及快乐等级是联系在一起的。这与定位和命名的权力紧密相关。

> 环滁皆山也。其西南诸峰,林壑尤美。望之蔚然而深秀者,琅邪也。山行六七里,渐闻水声潺潺,而泻出于两峰之间者,酿泉也。峰回路转,有亭翼然,临于泉上者,醉翁亭也。作亭者谁?山之僧曰智仙也。名之者谁,太守自谓也。

此记的风格既特别又著名,但有必要探问一下该文为何重复使用关联词(X者,Y也)。选址与命名来自于权威的声音。文章开头聚焦于山水中一个单独的点上,需要定位并命名,直到最后称太守有权命名。《醉翁亭记》以点出作者结尾——这并不像记体文标准程式那样简单——作者虽处于万物与万民之中,但只有他有能力写出这篇记,这种能力赋予他作为外部世界的代表。他既处于万物的中心,万众聚焦,又能从外部看到自己处于万物的中心。

我们应该仔细考察一下这是如何运作的。滁州是《丰乐亭记》中描写的万民之乐的背景,万民之乐肇始于对隐藏之原/源的发现。《醉翁亭记》更为戏剧化地聚焦于植被下一个单独的点。欧阳修从滁州本身的大视野开始运笔,它为群山万象所包围。背景聚焦于全景的四分之一,然后转向藏于苍翠之中的一点。我们立刻进入这个密封的点中,先是循着水声,然后沿小溪前行,这将我们引向了亭子,此亭将是滁州百姓快乐远游的休憩之所。如果这种戏剧化控制的视野移动中存在什么经验的话,那么就是特定的地方——快乐的背景——处在更大的世界之中。他刚在《丰乐亭记》中追溯甘水的源头,又在本文中跟随水声并沿溪水前往亭子,此亭早已建好,只等着太守来加以命名。

小溪已有其名,即酿泉,其在循水声寻泉源时首次出现。小溪引导我们转向了亭子,它最初由其建造者,当地一位僧人构建于此。太守后来利用自己的权力不仅名了此亭,还用自己的号来命名。文本中的作者自问自答,创造了一个自我中心的场景。此亭的新名与溪名酿泉相结合,确定了源头与结果的国家秩序:以酿泉之水酿酒,酒使太守醉倒,而太守正是命名此亭之人。

此亭肯定不是僧人亲自建成的,他一定请人建造了它。建亭的花费来自他的化缘。很难说这种捐助完全"自由",肯定受到祈求护佑与对因果报应恐惧的驱使;但它们与国家的赋税和劳役相比,还是比较自由的。作为长期封地的寺院庙产,被朝廷象征性地占用;作为戏剧场所,演出与朝廷德政相共鸣的场景。正如欧阳修挪用陵溪之石是为百姓着想的那样。

我们也许应该在"名之者谁,太守自谓也"这段停一下,它的翻译是"Who was it named the pavilion? —the governor claims this for himself"(谁命名了这座亭子?——太守说正是他自己)。第二句有两层含义:"太守用自己的名字称呼它"(答非所问,除非我们认为"名之者谁"意为如"谁将自己的名字借给了它"之类的意思)与"太守自己称呼它"。二者似乎都没错。正像六一居士之命名,自我命名得到了延伸,并与近前的东西联系在一起。另外,不稳定的"谓"变为稳定的"名"。名字需要得名之由:醉酒的场合与被称为"翁"的合理性,事实情况是他是在场最年长的人(尽管他也会否认这一称谓的适用性)。作为一群人的长者,并不能合理解释"翁"这个字,而且我们很快又发现"醉"字亦有问题。

> 太守与客来饮于此,饮少辄醉,而年又最高,故自号曰醉翁也。醉翁之意不在酒,在乎山水之间也。山水之乐,得之心而寓之酒也。

五柳居士的轶事是理解此文的背景:"造饮辄尽,期在必醉,既醉而退。"醉翁则更容易醉酒:"饮少辄醉。"但这些宋代的新别号都只是相对的和象征的:这不是"正名",而是另有所指。"翁"仅仅显示年纪大,用以掩饰这一特定的称谓。醉态甚至不是它本身,而只是错置的所指(signifer):"醉翁之意不在酒,在乎山水之间也。山水之乐,得之心而寓之酒也。"对于五柳居士来说,他的"意"实际上只在酒本身;对于陶渊明来说,"意"不是所指的世界,而是饮酒的欲望;如果有更大的意义的话,那就在人身上。正如太守将自身之号转移到亭子上那样,太守的心思也从山水转移到酒上。从山水之间(欧阳修在语言上将自己置身"在乎山水之间",一如他后来作为六一居士处理五件消遣之物那样)转移到欢愉上有一个过程,先是得之于心,而后是"寓"(亦"现")之于酒。酒不是获得愉悦的"手段",而是其形象的外在表达。

如果我们比较陶渊明与欧阳修的世界,那么就会发现区别非常明显。在陶渊明那里,生活的物质世界就像看到的那样。如果陶渊明观看落日下山中的岚气,并从中发现所谓的"真意":"山气日夕佳,飞鸟相与还。此中有真意,欲辨已忘言";那么陶渊明的"真意"是在物质世界之中的,而并不是"寓"于观看者的心灵之中的。在欧阳修那里,物理的风景并没有完全被命名、被描绘为物质世界,而是有待阐释的所指世界(a world of signifiers)。内涵并不固定,新的阐释总是不断生发出来。欧阳修在文章中谈及山水之乐,但最终是他的快乐存在于他人的快乐之中:"太守之乐其乐也。"

下一段,欧阳修描绘了一天与四时的变化,他用无穷之乐弥平了醉翁亭在时间与季节上的不同。人、地、名都是固定不变的,只有某一时段的风景是变化的,并且这种变化似乎是无穷之乐的条件。快乐的持续性也是拥有醉翁亭的条件。

这时,其他百姓开始来往于欧阳修的山水世界。他们钓鱼、酿酒、摘菜,太守依然是所有活动的中心,他称自己是宴会的主人,说此是"太守宴也"。他起初是微醺,宴会活动围绕着太守,最后他还是宴会的中心人物,已然醉了。他在文中早就声称作为太守,自己是他们中地位最高的。

我们来看下文关于生物等级的一段，这同时也反映了快乐的等级。最底层的是鸟类，它们只要人类离开就能获得欢愉，并且无法理解与分享人类的欢愉——的确，要实现它们的欢愉就需要清除人类的侵扰。第二层是百姓（民），他们结伴来此，畅快游玩，但不能理解太守的欢愉，太守的欢愉存在于他们的欢愉之中。这是政治意味浓烈的"国家儒家思想"（state Confucianism），呼应了孟子解读《诗经·灵台》时所说的："古之人与民偕乐，故能乐也。"统治者能够快乐，是因为他能与百姓分享快乐。这也许是欧阳修此语的语境，但"偕乐"又不同于"乐其乐"，后者更为复杂。

最后，我们来看最终的命名：从"醉翁"到"太守"，而最后他称自己为"庐陵欧阳修"。在古文中以第三人称来描绘作者自己很常见，此文却将其贯穿始终，就像通过某种终极的媒介，"我"在"他"的影像中发现愉悦，而他发现他的愉悦在众人之乐中。本文中的欧阳修不是"欧阳修"，他更是一个"长官"，是整个国家官僚体系中的一员。难怪，欧阳修一从跌爬滚打一生的官僚体制中退休后，便在《六一居士传》中创造出新的"事物"体系来界定自我。

我们也许应该回到欧阳修的"乐其乐"上，同时也要注意一位欧阳修同时代人写的一首创作时间未详的诗，他依然纠缠于快乐之中。此人便是邵雍（1011—1077），而创作时间不详的诗是《无苦吟》：

> 平生无苦吟，书翰不求深。行笔因调性，成诗为写心。
> 诗扬心造化，笔发性园林。所乐乐吾乐，乐而安有淫。

这完全是自我生发的快乐，为了快乐不需要知道你很快乐，但需要知道快乐本身并不处于直觉的经验中，而在次级的、反思性的经验中。邵雍似乎认为更直接的快乐有过分之虞，即所谓"淫"，只有自我意识的阻断才能让人免于思想不受控制。

这一时期的文本彼此呼应，也回应着早先的文本。当滁州百姓热情地聚集在欧阳修周围之时，欧阳修的《醉翁亭记》已经在更广的范围内流传了。欧阳修的朋友，无论年轻的还是年长的，围绕着此文，都寄来诗，有时还有古文，颂扬其与民同乐之乐。苏轼是欧阳修另一位年轻的挚友，而且正如我们所看到的那样，他为年长的欧阳修所遭受到的批评辩护。苏轼的发展势头很好。在11世纪40

年代中期,欧阳修还主政于多山的穷乡僻壤滁州;1061年,26岁的苏轼刚刚通过制科考试,得到第一个职位,任干旱少雨的陕西凤翔府的签书判官。在《喜雨亭记》中,他向《丰乐亭记》的作者致敬,并戏仿了此文:

> 欧阳修说:"修既治滁之明年。"
> 苏轼说:"余至扶风之明年。"

当然,苏轼只是个小小的签书判官,不能用"治"这个词,所以他用了"至",可能古代汉语中"治"、"至"并不同音,但在现代汉语中两者发音完全相同。

苏轼《喜雨亭记》(1062)云:

> 亭以雨名,志喜也。古者有喜,则以名物,示不忘也。周公得禾,以名其书。汉武得鼎,以名其年。叔孙胜狄,以名其子。其喜之大小不齐,其示不忘一也。余至扶风之明年,始治官舍,为亭于堂之北,而凿池其南,引流种树,以为休息之所。是岁之春,雨麦于岐山之阳,其占为有年。既而弥月不雨,民方以为忧。越三月乙卯,乃雨,甲子又雨,民以为未足,丁卯大雨,三日乃止。官吏相与庆于庭,商贾相与歌于市,农夫相与抃于野,忧者以乐,病者以愈,而吾亭适成。于是举酒于亭上以属客,而告之曰:"五日不雨,可乎?"曰:"五日不雨,则无麦。十日不雨,可乎?"曰:"十日不雨,则无禾。"无麦无禾,岁且荐饥,狱讼繁兴,而盗贼滋炽。则吾与二三子,虽欲优游以乐于此亭,其可得耶!今天不遗斯民,始旱而赐之以雨,使吾与二三子,得相与优游而乐于此亭者,皆雨之赐也。其又可忘耶?既以名亭,又从而歌之。曰:使天而雨珠,寒者不得以为襦。使天而雨玉,饥者不得以为粟。一雨三日,繄谁之力?民曰太守,太守不有。归之天子,天子曰不。然归之造物,造物不自以为功。归之太空,太空冥冥,不可得而名,吾以名吾亭。

不同于滁州的祥和,那里每个人似乎都很快乐,扶风人则经历了从因大旱而忧虑到因雨从天降而喜悦的感情变化——喜雨亭正建于天降甘霖之时。

如果是欧阳修,他也会在百姓的快乐中感到快乐("乐其乐")。在欧阳修那里表现为公共福祉的事,却被苏轼视为私人之事。苏轼并不是严肃地在说私人之事,相反他以幽默的口吻言之。他完全根据自己的个人利益来对待降雨。他与几个友人想在亭中赏乐。如果干旱持续,就会出现饥荒,从而影响社会稳定,盗贼横行,这些都会让官员"有事"。那样的话,他与友人将无法享受快乐。苏轼期望得到的放松无疑是老天送来的甘霖,他将此亭命名为喜雨亭来纪念这件喜事。

欧阳修文章主要的曲折是有关责任的疑问。对他来说,正是大宋朝廷之建立以及随后国家施行的恩泽,才使快乐得以实现;作为太守,他正是国家的代表。苏轼使用了"赐"一词。首先,它是上天的恩赐:"今天不遗斯民,始旱而赐之以雨。"其次,这也是雨水对苏轼及其友人的恩赐:"使吾与二三子,得相与优游而乐于此亭者,皆雨之赐也。"

使用"赐"这个字,便必定存在恩泽的赐予者。这种谁或什么应负责的不确定性把我们引向一种幽默的解决途径,这是典型的苏氏风格,在文章末尾有趣的"歌"中,他试图寻找那个赐予者。谢忱应该要表达——主要是因为苏轼使用了"赐"字——但没人知道该感谢谁。我们觉得有趣,是因为没有人对这件好事负责。这是一个充满机会的世界,有时也充满喜乐。

还有一个值得提及的小地方,苏轼说出了欧阳修没有说的:"吾以名吾亭",苏轼称其为"吾亭"。

阅　　读

我们在本文中讨论的文本不是单一的,正如《六一居士传》显示的那样,而是关于"乐"的发展性话语(developing discourse),文本在友人间传递,他们对原来的文本加以补充或改变,这都发展了原来的文本。在从 1036 年至 1062 年的四分之一世纪里,我们从一系列关系非常密切的"文本家族"(family of texts)中观察到这一点。我们通常孤立地阅读这些文本或将其作为"宋文"的代表,但它们最好被当作一个"文本家族"来理解,这个"文本家族"对于理解其中的单一篇章非常重要。我们知道苏轼《喜雨亭记》的结尾有点戏谑的意味,但我们需要联想到欧阳修的《丰乐亭记》,这样才能完全理解苏轼的幽默。

有很多纵横交错的"文本家族"。这许许多多的文本背后都有文学上的祖先存在,比如陶渊明。某一位作家有一系列文本,如欧阳修,从早先景祐三年(1036)任职郡县直到晚年写作《六一居士传》时,他都一直在思考"乐"的本质。还有他人撰写的响应文章,如曾巩的补充阐扬或苏轼的幽默戏仿。

在阅读中,我们应当学会注意令人惊奇的东西,尝试想象其最初被诵读时的声调。中国的一个学术传统就是非常重视记诵,似乎人们只有记住一个文本才能理解它。记诵固然有其好处,但其缺点亦不可忽视。当你背诵文本时,所有字句都是熟悉的,语句自然流出,很容易将惊奇的东西视为平淡无奇。引经据典很容易,发现其中的妙意却很难。文本变得太过熟悉,完全不同于苏轼首次读到欧阳修《丰乐亭记》时的情形。当欧阳修写下"修既治滁之明年,夏,始饮滁水而甘"时,他本人正在谈论非常熟悉的事情,以至于没有注意到它;如果文本变得过于熟悉,如记诵过的那样,我们就会由于太熟悉而不会留意到这一段。它却引起了苏轼的重视,所以他在创作《喜雨亭记》时加以戏仿。

这不是说,在阅读时我们应该努力找寻陌生化的时刻,而是应该注意这种以似乎自然的方式展开的方法——所谓"开门见奇"。当这些句子出现时,你通常会发现这些奇句很是一般,却是整篇文章立意的中心环节——在欧阳修的例子中,就要注意那些习焉不察或近在眉睫的句子。

用"家族"来形容一系列文本是非常好的隐喻,既因为家族成员之间关系非常密切和亲近;又因为家族成员之间过于熟悉,以至于有忽视家族特性与活力的危险。

(叶杨曦、卞东波　译)

王安石与《周礼》

包弼德(Peter Bol)①

《周礼》对于伟大的北宋变法领导者王安石(1021—1086)的重要意义,是众所周知的。在他的时代,他并不是最早看到《周礼》中存在着一个包罗万象的系统,并能以之实现公共利益(common good)的人:在他之前,李觏(1009—1059)已经撰写了五十一篇的系列文章《周礼致太平论》,虽然他并没有为《周礼》作注②。有些人认为,王安石用《周礼》作为新法的来源,或者至少用来证明新法的正当性。新法大大增强了政府在经济、社会和文化中扮演的角色③。我猜想我们大多倾向于用同样的眼光看待《周礼》,但正如宋在伦(Jaeyoon Song)在本书中(第八章)所证明的④,很多南宋注家开始反驳这种观点:《周礼》实际上为一个强大的中央集权的激进政府提供了正当性。

令人惊讶的是,很少有著述探讨王安石对《周礼》的理解⑤。它是新法机构专门为之作注的三部经书之一(另外两部是《诗经》和《尚书》)。王安石声称,三

---

① 包弼德,普林斯顿大学博士,现为哈佛大学东亚系查理斯·卡威尔(Charles H. Carswell)讲座教授。本文原题为"Wang Anshi and the Zhouli",原载艾尔曼(Benjamin A. Elman)、柯马丁(Martin Kern)合编的《治国之道与经学:东亚历史上的〈周礼〉》(Statecraft and Classical Learning: The Rituals of Zhou in East Asian History),莱顿:博睿学术出版社,2010年;中译文载中国历史文献研究会编、朱杰人主编《历史文献研究》第 33 辑,上海:华东师范大学出版社,2014年。
② 李觏《李觏集》卷五至卷十四,北京:中华书局,1981年。
③ 侯家驹《周礼研究》,台北:联经出版事业公司,1987年,第 301—307 页。
④ 译者注:宋在伦,加拿大籍韩裔学者,哈佛大学东亚语言与文明系博士。现供职于加拿大麦克马斯特大学(McMaster University)历史系,主要从事中国传统政治思想史与儒家哲学研究。"本书"指《治国之道与经学:东亚历史上的〈周礼〉》一书。
⑤ 吾妻重二 1995 年发表的《王安石〈周官新义〉の考察》一文是一个重要例外,见小南一郎《中国古代礼制研究》,京都:京都大学人文科学研究所,1995 年,第 515—558 页。

经中唯有此书的注释由他亲自编撰。此书被颁布并广为传播,最后(大约在明代中叶)散佚不存,但被南宋许多著述引用,其中大部分保存于15世纪早期所编的《永乐大典》之中。在18世纪,又被从中辑出并编入《四库全书》中。在宋本无法重现的情况下,程元敏曾竭尽全力搜罗宋代及以后的著述,发掘更多引用和评论王安石观点的文字,编成了一个我们所能期待的也许最佳的版本①。

我不确定我们能怎样说明学者对王安石《周礼》注缺乏兴趣的原因,但我猜想(从自己的情形来总结),许多看过王安石注释的人,会发现它比这样一种情况好不了多少:那不过是针对主要由列表构成的干巴巴的文本而作的注释,没有观点,缺乏叙述。更何况,王氏文集中的大量作品和对他宰相活动的记录,为探究他的理念和意图提供了远为丰厚的基础。

王安石注释的语境

我不准备花力气把《周礼》和特定的政策联系起来。相反,我打算将王氏的注释放在两个语境之中来审视。第一个语境是它的预期用途。成书于1075年的这部注释,是为新建立的国家学校系统和新的科举系统所创设课程的一部分。王安石废除了科举考试中的诸科,并在进士考试第一场中以经义替代诗赋。为了支持新的教育计划,朝廷颁布了《三经新义》:分别解释了《周礼》、《尚书》、《诗经》。在退居中,王安石还编纂了《字说》,该书解释了经书中所用字的含义。王安石在1082年将《字说》进呈朝廷,直到1094年,此书都没有被官方颁布和传播。《字说》已经散佚,但有大量王氏释字的例子出现在他的《周礼》注中②。故而,这部注释是一项更为广阔的学术进程,也就是开始为人们所知的"王学"或"新学"的一部分。或许由于策略性的原因,新法的反对者通常更多地批评新课

---

① 程元敏《三经新义辑考汇评》卷三至四卷,台北:"国立"编译馆,1986年。
② 张宗祥和曹锦炎从《周礼》和其他书籍引用王安石的文字中重辑了618个字的释义,然而,仍然不清楚进入王安石的原本的途径是怎样构成的。不幸的是,张和曹并没有指明引文在《周礼义》中所处的位置,或者在上下文中分析它们的意义。张宗祥、曹锦炎《王安石〈字说〉辑》,福州:福建人民出版社,2005年。

程排斥其他各家的观点,而不是去批评新经义本身①。

我要处理的第二个语境,是经书注释所发生的巨大转变。它最先出现于8世纪晚期的《春秋》注释中,并在北宋时期获得很大发展。这一转变通常被描述为由训诂之学向义理之学的转化。王安石的拥护者和批评者都清楚地将他看成关注更大道德问题的人:有些人反对说他"以阴阳性命为之说",有些人却在同样的基础上赞扬他说:"其于道德性命之理则思过半矣。"②

这两个语境包括了以下相关的问题。首先,这部注释想要达到什么目的?一部教材是承载教学内容(关于某一主题应当了解些什么)的载体,同时也是为了教授一种分析方法(应该怎样去思考某一主题)而服务的工具。王安石在1066年对两者作了区别:"世之为士者知学矣,而或不知所以学。"③就经书而言,其文本已经存在;问题总在于注释者想要如何处理文本。注释是用来帮助人们阅读原文的吗？还是要告诉人们怎样去解释原文？还是提出主张说什么才是关于原文的真正要紧之处？郑玄(127—200)《周礼》注自东汉(25—220)以来就广为使用。兼采其他文献的贾公彦(活动于650前后)《周礼疏》,则作为一个单独的文本在使用。

贾公彦的疏大约刊印于公元1000年,到了南宋初年,才与郑玄注合刊④。王安石注明显受到郑注的影响,并且我们在本文将要考量的一些例子当中,王安石或袭用郑注,当不用郑注时,也会说明为何他自己的解读是正确的。贾公彦将郑玄当作自己注释的焦点,与之相比,王安石的兴趣并不在于和郑或贾一争高下。王安石研究经书文本本身,并且提供一种方法,来看经书如何能在当下具有意义。

然而,当我们询问,王安石在解读经书时,究竟在思考什么,我们没法得到他提供的单一明晰的答案。他告诉一位学生,"若欲以明道,则离圣人之经,皆不足

---

① 程元敏《〈三经新义〉与〈字说〉科场显微录》,见《屈万里先生七秩荣庆论文集》,台北:联经出版事业公司,1978年,第249—285页。罗文(Winston Lo)在《语文学,宋代理性主义之一面》(Philology, An Aspect of Sung Rationalism)中也讨论了《字说》,见《中国文化》(Chinese Culture)第17期,1976年,第1—26页。
② 程元敏《〈三经新义〉与〈字说〉科场显微录》,见《屈万里先生七秩荣庆论文集》,第252页、第261页。
③ 王安石《临川先生文集》卷八十二,北京:中华书局,1959年,第863页。
④ 程元敏《三经新义辑考汇评》卷三,第30页。

以有明也"①。这就暗示了,经书与《周礼》是思考价值观念时的唯一框架。而且,在离开相位之后不久,他也仍然声称,通过自己心甘情愿地对全部知识进行通盘考虑,他能够真正把握经书中的那个系统:

> 世之不见全经久矣,读经而已,则不足以知经。故某自百家诸子之书,至于《难经》、《素问》、《本草》、诸小说,无所不读。农夫女工,无所不问,然后于经为能知其大体而无疑。盖后世学者,与先王之时异矣,不如是,不足以尽圣人故也。②

这是说事实上从文本之外的世界所获得的观念,对于判断文本中什么才是有价值的可能至关重要。这是一个和他给学生的建议迥然不同的主张。

这就给我们带来了第二个问题,也是我主要关心的。如果我们假定某个文本是有意义的,是否因为它与文本之外的世界有着一致性的(coherent)关系,还是因为文本本身是自足的,它才是具有意义的,这一点是如何确立的?如王安石所言,假如学术的部分任务就是教会人们"知所以学",那么一部注释怎样才能传播一种建立或发现意义的方法,让别人也能去共享呢?王安石的假设一直以来就是,存在着一种圣人是如何做事的方法。关于什么是根本的,以及他们应当据以做事的秩序,他们有着可以共享的感受,在王安石从政的早期,他向学生提出了这个问题:

> 问:圣人治世有本末。其施之也有先后。今天下困敝不革,其为日也久矣。治教政令,未尝放圣人之意而为之也。失其本,求之末,当后者反先之。天下靡靡然入于乱者,凡以此。夫治天下不以圣人所以治,其卒不治也。则为士而不闲圣人之所以治,非所以为士也。愿二三子尽道圣人所以治之本末,与其所先后,以闻于有司。③

这个问题在1070年的殿试中再次出现,当时王安石刚执政不久:

---

① 王安石《临川先生文集》卷七十四,第786页。
② 王安石《临川先生文集》卷七十三,第779页。
③ 王安石《临川先生文集》卷七十,第747页。与这个问题措辞相同的表述见写于1046年的《与祖择之(1011—1085)书》,见王安石《临川先生文集》卷七十七,第812页。

王安石与《周礼》

> 盖圣人之王天下也,百官得其职,万事得其序。有所不为,为之而无不成;有所不革,革之而无不服。田畴辟,沟洫治,草木畀茂。鸟兽鱼鳖,无所不得其惟性者。其富足以备礼,其知足以广乐,其治足以致刑。子大夫以谓何施而可以臻此?

然而,由这个问题产生出一个至关重要的要求:候任者应该根据方法来处理问题:

> 方今之弊,可谓众矣。救之之道,必有本末。所施之宜,必有先后,此子大夫所宜知也。①

存在着一种方法,一个系统,或者一整套结构性的关系,它们是能够被了解的。这种观念重复了王安石1058年在著名的《万言书》里提出的基本诉求。在该书中,他陈述了圣王在古代创造完美秩序的方法,以及它在当代的应用。王安石的观点是,如果按照其内在的一致性来理解,观念超越于历史。变化存在于古代——一个涵盖了一千年的时期——政府面临的具体情况与圣王的响应是不同的,"而其为天下国家之意,本末先后未尝不同也"②。

在这里,王安石正在重复大约二十年前欧阳修(1007—1072)提倡纲领性改革时坚决主张的同样观点,欧氏《本论》云:

> 天下之事有本末,其为治者有先后。尧、舜之书略矣,后世之治天下,未尝不取法于三代者,以其推本末而知所先后也。③

我们可以将本—末/先—后的术语看成是指向一个概念领域,其中包含了当代的术语,诸如"内在逻辑"、"深层结构"、"系统"和"方法"。问题是,此术语在实践中意味着什么?此术语本是作为课程的一部分,来教会士子如何学习的。

王安石确信他的《周礼》注在这方面能发挥作用。正如他在该书序文中所解释的那样:

---

① 徐松辑《宋会要辑稿·选举七》之十九,北京:中华书局,1957年,第4365页。
② 王安石《临川先生文集》卷三十九,第410页。
③ 欧阳修《欧阳修全集·外集》卷四,台北:世界书局,1961年,第411—413页。

> 士弊于俗学久矣,圣上闵焉,以经术造之。乃集儒臣训释厥旨,将播之校学。而臣某实董《周官》。
>
> 惟道之在政事,其贵贱有位,其后先有序,其多寡有数,其迟数有时。制而用之存乎法,推而行之存乎人,其人足以任官,其官足以行法,莫盛乎成周之时。其法可施于后世,其文有见于载籍。莫具乎《周官》之书。
>
> 盖其因习以崇之,庚续以终之,至于后世,无以复加。则岂特文、武、周公之力哉?犹四时之运,阴阳积而成寒暑,非一日也。
>
> 自周之衰,以至于今,历岁千数百矣。太平之遗迹扫荡几尽,学者所见无复全经。于是时也,乃欲训而发之,臣诚不自揆,然知其难也。以训而发之之为难,则又以知夫立政造事追而复之之为难。

王安石对于《周礼》有这样的要求:周朝的时候,合理的事物秩序比其他时代都实现得更好,所以作为比其他任何可用材料都更为详尽的著述,《周礼》文本值得注意。这开启了一种有趣的可能性。假如周朝政府和《周礼》代表了一种成功的努力,使独立存在于历史中的"道"得以实现,那么理想的是,我们需要去理解作为经书基础的道——并且突破文本与时代的束缚。如上面所引王安石文章中的话,理解事物在当下如何运作,必然有助于理解经书的系统。由于这一文本是仅存的关于此项成就的具体表述,挑战就在于,从文本自身出发,到达其实际的基础(real foundation)。这种文本诠释方式,即揭示文本所依据的概念,就是王安石学术实践的中心。

诠释《周礼》:王安石与汉唐解读对垒

将王安石的诠释方法与郑注和贾疏相比较,他试图通过注释完成的任务就更为明显了。我们看到郑玄的关注点在于判定经书文本中的字词指的是什么,他想要发现词与物之间的正确联系。而贾公彦关注郑玄的注文,他想要通过拓宽文本的范围来确认郑玄的解读。显而易见,王安石精通郑注,而且每当他背离郑注的时候,都会清楚地加以说明,他是承认郑注权威性的。王安石提出的是不同的问题,但解答这些问题,并不需要背弃郑玄。

接下来我将检视两篇:一篇是官阶的列表,一篇是职业和经济活动的列表。这些篇章似乎代表了王安石分析方法中的根本差异:第一篇主要是对文字进行字形分析(graphic analysis),第二篇则是对句子之间的联系进行逻辑分析。当王安石解读的时候,它们也谈及了两个与那个时代密切相关的问题:政治精英的性质(nature)和经济的结构。综合起来看,它们证实了的确存在一种被称为"王学"的东西,这是就王安石拥有一种他人能够共享的、为事物建立规范性意义(normative meaning)的方法而言的。

名号与政治精英

《周礼》的首篇《天官》从"乃立天官冢宰,使帅其属而掌邦治,以佐王均邦国"①开始,紧接着是《天官》中的官职和属下各等级/职位人数的列表。这份列表从大宰自己开始。与郑玄注相对照,王安石是把这份列表当作整个作注的单元,并将之一分为三(如1—6,7—8,9—10)。

	官职	官阶	属官人数
1	大宰	卿	1
2	小宰	中大夫	2
3	宰夫	下大夫	4
4	上士	略	8
5	中士	略	16
6	旅	略	32
7	府	略	6
8	史	略	12
9	胥	略	12
10	徒	略	120

郑玄注回答了一系列问题:

1. 为什么文中对于"宰辅"(premier)开始称"冢宰"而现在称"大宰"? 因为

---

① 郑玄注、贾公彦疏《周礼注疏》卷一,第6页。

"变冢言大,进退异名也,百官总焉,则谓之冢,列职于王,则称大。冢,大之上也,山顶曰冢"。

2. 在王的大臣列表中"旅"是干什么的?"旅,众也。下士治众事者,自大宰至旅,下上转相副贰,皆王臣也。"①

3. 郑玄将列表中的 7－8 行和 9－10 行分开,并说明这些是不同地位的群体:"府治藏、史掌书者,凡府、史皆其官长所自辟除。"

胥和徒"此民给徭役者,若今卫士矣,胥读如谞,谓其有才知为什长"。

贾公彦详细说明了郑玄的解释。例如,他评论郑玄关于冢宰变为大宰的解释时,引用《周礼》中的其他篇章大大细化了郑注,以之来支持这样一种观念:当我们说首长(chief minister)代表王来管理群臣时,他更该被称为冢宰,而不是大宰。这显示了冢宰和大宰实际上指的是同一个人,因此就消除了任何可能的混淆。

比较而言,王安石忽略了为何文本中会从冢宰变成大宰的问题,他由郑玄对所列人物职位的探究开始。郑玄把旅定义为下士;王安石把卿的定义加入其中:"大宰卿,小宰中大夫,则卿上大夫也。《王制》曰:'诸侯之上大夫卿。'盖非特诸侯之卿为然也。"②王安石并没有解释这一点为什么重要,但其结果是说出了政治精英由士和大夫组成,此说法会立即引起他自己读者的共鸣,他们自认为是士大夫。它也说出了,除了他们之外,没有第三层的官员。

在这部分中,王安石的目的并不在于文本本身,或者周朝的政治系统,而是在于,关于那些政府官员的性质和职责,我们能够了解些什么? 一种历史性的探索可能通过分析《周礼》或其他文本中发现的周朝的系统——例如贾公彦的引文所显示的那样——来谈论这个问题。冢宰这个术语被用来指拥有凌驾于国家官僚机器之上权力的人。但王安石的兴趣在于超越其历史语境的意义,为此他开始阐明,分析书写文字的字形结构(graphic structure),会告诉我们永恒性的意义。从最根本的层面来说,这使得《周礼》本身在很大程度上与判断王安石主张正确与否不再相关,《周礼》本身也与此并没有太大关系了。以下是他举的第一

---

① 我没有处理郑玄注的最后一行:"王之卿六命,其大夫四命,士以三命,而下为差。"
② 王安石的注释引自《周官新义》,香港:中文大学出版社,2002年。方括号中的校勘文字据程元敏《三经新义辑考汇评》。

个例子:

> 卿之字从卩,卩,奏也,从卩,卩,止也。左从卩,右从卩,知进止之意。从皀,黍稷之气也。黍稷地产,有养人之道,其皀能上达。卿虽有养人之道而上达,然地类也,故其字如此。

王安石对字形(graphic form)的分析,是要阐明他对基本原则定义的正确性。那原则就是,应当引导卿成为首长:他是懂得如何为大众谋福利的人,但他肯定也能与上面的统治者建立联系。关于他属于地类的说法,暗示了卿应当被看成身为天子的王的对应者和平衡者。请注意王安石的结论:这个字具有这样的结构,是因为它反映出在事物的恰当秩序之下,卿作为一位高层的大夫所应当具有的特性。

在解释了卿之后,王安石转向文中的其他阶层:大夫和士。

> 夫之字与天皆从一从大,夫者妻之天故也。天大而无上,故一在大上。夫虽一而大,然不如天之无上,故一不得在大上。夫以智帅人者也,大夫以智帅人之大者也。

> 士之字与工与才皆从二从丨。才无所不达,故达其上下。工具人器而已,故上下皆弗达。士非成才,则宜亦皆弗达,然志于道者,故达其上也。士,事人者也,故士又训事。事人则未能以智帅人,非人之所事也,故未娶谓之士。

> 下士谓之旅,则众故也。旅之字从队从从,众矣,则从旌旗指挥故也。从旌旗指挥则从人,而不自用,下士之为旅,则亦从人而不自用者也。

> 府之字从广从付。广则其藏也,付则以物付之。

> 史之字从中从又。设官分职以为民中,史则所执在下,助之而已。

> 胥之字从疋从肉。疋则以其为物下体,肉则以其亦能养人。其养人也,相之而已,故胥又训相也。

> 卿从皀,胥从肉,皆以养人为义,则王所建置,凡以养人而已。

> 徒之字从辵从土。徒无车从也,其辵而走,则亲土而已,故无车而

> 行谓之徒行也。
>
> 郑氏以为府、史、胥、徒皆其官长所自辟除,盖自下士以上皆王命也,而穆王命大仆曰"慎简乃僚",则虽以王命命之,而为之长者得简之也。府、史、胥、徒虽非士,而先王之用人,无流品之异,其贱,则役于士大夫而不耻;其贵,则承于天子而无嫌。

通过这些字形分析,王安石得出了一些关于官僚系统领导人性质的结论:身居顶层者必须增进底层百姓的福利并影响上面的王;再次一层者由这样的人们组成,他们的领导更建立在其才能智慧的基础上,而不是道德承诺的基础上;更低的一层中人们听从指挥,但追求理想的目标。然而,在官员和隶属于他们的技术和服务人员之间并不存在一种绝对的区分。先王用人,不论其社会地位——这是一个更为宋代的观念,而非周代的——而体系中每个人都接受这样的事实,他是这个等级秩序中的一部分,为他人服务。

王安石承认汉代许慎的《说文解字》是珠玉在前,但他声称其工作是出于他自己的见解。他在《进字说表》中证明自己工作的正当性。书写受到先王的高度关注,因为"凡以同道德之归,一名法之守而已"。书写文字开始时作为一种传播言语的手段,言语则是从情感的表达发展而来的,但"字虽人之所制,本实出于自然"。人们受图案(patterns)和图形(diagrams)启发,它们并非人类所创,因此文字采用的结构形式是"自然之形",其形、音、义皆出于自然,它们根本上代表了自然的秩序,而且是成系统的,这就意味着:"故仙圣所宅,虽殊方域,言音乖离,点画不同,译而通之,其义一也。"①

王安石在序文里接下来解释的是"其形之衡从曲直,邪正上下,内外左右,皆有义,皆本于自然,非人私智所能为也"。秦朝采用小篆②,几乎毁了这个原则;对王安石来说,这样一种基于社会道德的巨大冲击,证明了"天之将丧斯文"。因此他得出结论,他已经能够发现,意义怎样天生地存在于书写之中,这表明了如下论断:"庸讵非天之将兴斯文也,而以余赞其始,故其教学必自此始。能知此

---

① 王安石《临川先生文集》卷五十六,第 608-609 页。
② 译者注:小篆,原文为 clerical script,意为"隶书",经原作者同意,改为"小篆"。

者,则于道德之意已十九矣。"①

正如王安石所做的,字形分析是一种方法,它辨别文字所指涉图形的规范性概念(normative conceptions)。这些概念在一个无所不包的统一系统中,在整一的社会秩序中明确规定职责,从这个意义上说,它们是"道德性的"。在整一的社会秩序中,每个人都找到恰当的位置与职责。我认为,重要的是,王安石确信《周礼》能被用作一种方法,以恢复这些"自然的"观念,是因为《周礼》反映了这些观念,而并非因为周朝造就了它们。

社会的秩序

《周礼》用一系列的数字列表来定义大宰的职责,从"掌建邦之六典,以佐王治邦国"开始。我的第二个例子是描述大宰职责的第一部分,以"以九职任万民"为标题。这是五个小段中的第一段,五个小段都包含九个项目,都是处理经济和社会的。

1	三农	生九谷
2	园圃	毓草木
3	虞衡	作山泽之材
4	薮牧	养蕃鸟兽
5	百工	饬化八材
6	商贾	阜通货贿
7	嫔妇	化治丝枲
8	臣妾	聚敛蔬菜
9	闲民	无常职,转移执事

这一篇中命名了九职(或者可能是九个监督这些职业的机构),并将它们与九类经济活动挂钩:谷物的耕种,园圃的建设,山泽之材的出产,禽畜的饲养,手工艺品制作,贸易,制衣,汇聚菜蔬,以及劳动力供给。

郑玄注谈及一个单一的问题:文中的词语指的是什么东西。这个问题是从

---

① 王安石《临川先生文集》卷八十四,第 879—880 页。

他引用郑司农(郑众,？—83)的文字中提出的。郑众把三农等同于三类土地(平地、山、泽)，在土地上种植谷物，列出了九谷(比如稷)，还列出了八材以及各自的加工方式(例如"木曰刻")。

郑玄对三类土地和九谷，给出一个不同的释义，而且他还规定了一些名字。例如，第二条，园圃，实际上是两项：第一项(园)指种植瓜果地方的围栏，第二项(圃)指种瓜果的地方。第六条，商贾，是两类商人，四处行走做买卖的和在固定地方做生意的(店主)，他们经营货和贿。他也离开《周礼》而引用其他文本来支持他的定义。例如，在第七条中，嫔只是对"妇"的赞美之称，就像《尧典》中所提到的"厘降二女嫔于虞"。在第八条中，臣妾是男女贫贱之称，郑玄引用晋惠公的史事(出自《左传》)以证明。对郑玄而言，让名实相符才是目的，如果彼此相符明白无误，那么文章本身就简单地意味着它在说些什么，其他皆不必赘述了。

但事实上，还有很多别的话可说，正如贾公彦在一条疏中花了多十倍的篇幅来阐释郑注。贾在郑玄注的框架里作注，但在这样做的时候，他实际上将关注的焦点从词与物的关系转向了词与词的关系。他解释郑玄不赞同郑众给三种农用土地释义(平地、山、泽)的原因，是基于对词的定义："以其积石曰山，水钟曰泽，不生九谷，故后郑不从之也。"

对贾公彦来说，主要问题在于，郑玄为何这样说，他用其他文本围绕着郑玄来回答的一个问题，能够支持他的表述。因此，就农用土地的个案而言，贾公彦从《尔雅》中引用了一个释义来支持郑玄关于九谷的另一种说法，他还引述了一个关于饮食的文本，即《礼记·月令》，还引用了《诗经·生民》。

贾公彦对其他部分的讨论采用了相同的策略，即解释词语和找寻文本的支持。他关注"意义"，并在某种程度上与郑玄的关注相同，即了解文本中的词语指向世间何物。然而，在更大的程度上，贾公彦把《周礼》的词语和郑玄使用的词语看成是出现在文本的畛域之内，所以某一个词语用法的历史决定了它最恰当的意义。没有注释者询问，这儿是否有一些更大的课程，读者应当去学习，或者存在某些一开始就模糊不清的重要东西，而他能为读者揭示出来。郑玄的任务是直截了当的：假如他能够确定词语所指的对象，那么文本就能够作为对周朝政府结构的一种解释，作为一个历史事件和典范(model)，直接向读者说话。贾公彦的计划更加复杂：他将郑玄嵌入文本的语境之中，是为了显示郑玄与一个更宏大的文本传统相一致。

王安石在很大程度上接受了郑玄注,以及它关于文本中词语指向哪些事物的说法。然而他有两点不同之处,这两点对他提出的主张极为重要。首先,第三条,虞衡,郑玄认为是掌山泽之官的名称,王安石则将其理解成指这些地区的人口。

> 山泽皆虞,而曰虞衡作山泽之材者。山虞掌山林之政令,则其政令施于山林。川衡掌巡川泽之禁令,则其禁令施于泽矣。虞衡,山泽之官,而作山泽之材者,民职也,则此所谓虞衡,言其地之人而已。

王安石与郑玄的第二个不同点在于第七条,嫔妇。我认为王安石的意思是表明这个词语指作为从属群体的女性,因为这符合他的观念,文本的这一部分中群体的地位呈降序排列。

> 嫔有夫者也,妇有姑者也。舅殁姑老,则无职矣,故所任者嫔妇而已。

这建立起一系列关于我们应当从《周礼》中学习什么的主张。首先处理的是从第一条到第三条的序列,在这当中,不同种类的活动代表了人类介入的不同程度。《周礼》正是用通用的术语揭示了食物生产的世界是如何运作的。

> 九谷言生,草木言毓,鸟兽言养蕃者,九谷不能自生,待三农而后生。草木能自生而不能相毓,待园圃而后毓。鸟兽能相毓,不能自养蕃,待薮牧而后养蕃。

第二个观点是基于两个动词的用法,它们描述的工作位于第4行到第8行。

> 养蕃者养而后蕃之也,饬化者饬而后化之也,阜通者阜而后通之也,化治者化而后治之也,聚敛者聚而后敛之也。

据我理解,王安石的观点是,文中的这些动词揭示了在工作过程中必须有一个分为两步的顺序。牧人必须先把牲畜养育到一定的年龄,然后才能让它们繁育；工匠必须先准备好他们的兽皮、兽骨、象牙等（见下），然后他们才能制成器物；商人必须先投资积聚货物，然后才能让其流通；妇女必须先把丝、麻纺成线，然后才能有序地织成布料；仆人必须先积聚好蔬菜，然后才能加以储藏。这里的关键也在于，上述必要的流程存在于这些活动之中，在任何时间和地点都是适用的。

王安石的第三个观点是，对蔬菜种植和动物养殖要作区别。种植的蔬菜既可食用，也可以备他用，饲养的牲畜身上有的部分可供食用，有的部分则可用作他途。

> 九谷、草木、山泽之材，人所食用。鸟兽则其肉以备人食，其羽毛、齿牙、骨角、筋革以备人用。

所有这些都证实王安石的核心理论：《周礼》文本中各条目的排序反映了一个必要的、有逻辑的连续，这一连续是依据经济运作的方式存在的。换言之，周朝之所以这样做，《周礼》的文本之所以这样说，是因为为了整个经济的顺利运作，它不得不按照这种方式加以组织。

> 故一曰三农生九谷，二曰园圃毓草木，三曰虞衡作山泽之材，四曰薮牧养蕃鸟兽。

王安石继续说明这样排序的必然性：

> 百工因山泽之材、鸟兽之物以就民器者也，故五曰百工饬化八材。
> 一人之身而百工之所为备，则宜有商贾以资之，故六曰商贾阜通货贿。任民以男事为主，强力为先。嫔妇，女弱也，故七曰嫔妇化治丝枲。
> 臣妾则又贱者，故八曰臣妾聚敛疏材。
> 闲民则八职所待以成事者也，故九曰闲民无常职，转移执事。

王安石以对第九条的更深入的思考来结束他的讨论，这一条最后成为对经济中雇佣性质的更具普遍意义的陈述。

> 夫八职之民，其事有时而用众，则转移执事，曷可少哉？盖有常以

为利,无常以为用者,天之道也。

简而言之,肯定存在一个庞大的自由劳动力主体,没有固定的职业,而能受雇于那些在农业、纺织业、手工业和贸易中具有固定职业的人。

考虑到11世纪下半叶的其他说法,这并不是一个无关紧要的陈述。张载(1020—1077)曾希望,在他去世之前,即1077年之前,开始一项实验,部分证明其《周礼》解读的正确性,目标是恢复井田制,平均土地所有权,以及在儒家精英的领导下创建自给自足的农会。我们从王安石任宰相时对占有大量土地的豪族(他称为"兼并之家")的批评得知,他与张载同样关注土地的垄断。然而,王安石的设想并非基于自给自足的农会的理念,而是基于一种生产性的经济,这种经济伴随着灵活、可以自由迁徙的劳动力储备,劳动力并不受地主掌握的土地束缚。与张载相较,司马光(1019—1086)将贫富差距看成是不可避免的,并为之辩护,其根据是富人之所以成为富人,要归功于他们出众的天赋和努力。他猜想,恰恰是因为穷人依附于富人,他们才得以生存。司马光为自由劳动力的增长、束缚于土地的人口百分比的减少,以及贸易和手工业生产的日益重要感到不安。诚然,王安石扩大了政府机构在商业经济中所起的作用,与之相对,苏轼(1037—1101)和其他一些人反对新法的"官僚经营方式"(bureaucratic entrepreneurship)对私人经营者的损害①。但关键之处在于,在王安石的观念里,是成为一个体系的经济创造了财富并提供就业,种粮的农民是,并只不过是这个体系中的一部分。

结　　论

我们可以这样来阅读王安石《周礼》注中的这两篇,把它们看作是富有策略地精心证明新法的正当性,或者是新法中政治领导和经济的性质。我们也能将

---

① 关于"官僚经营方式"及来自苏轼、吕陶和司马光的各种反对意见,参见史乐民(Paul J. Smith)《向天府征税:1074—1224年马匹、官僚和四川茶业的衰落》(*Taxing Heaven's Storehouse: Horses, Bureaucrats, and the Destruction of the Sichuan Tea Industry 1074—1224*),麻省剑桥:哈佛大学东亚研究委员会,1991年。对张载经济封建主义的探讨参见包弼德《两宋事物秩序的概念重构》(*Reconceptualizing the Order of Things in Northern and Southern Sung*),《剑桥中国史》第五卷下编,剑桥:剑桥大学出版社,2015年;王昌伟(Chang Woei Ong)《过往的文人:中国历史上的关中士人,907—1911》(*Men of Letters within the Passes: Guanzhong Literati in Chinese History, 907—1911*),麻省剑桥:哈佛大学亚洲中心,2008年。

之作为一种受到更普遍观点启发的文献来解读,它们共享了那个时代的诸多观念,从当时的信念出发来解读经书。这些信念包含于这样一种价值观之中:由精通学术的人来做政治领导,以及一个开放的经济,它包含强有力的商业和工业部门,为政府和普通大众创造财富。

但通过认真看待王安石对社会经济秩序的最后一行批注"天之道也",我们获得了对理解当时学术和政治关系的极其重要的看法。王安石是11世纪寻求给世界安排秩序方法的人之一,这个世界以事物本身为基础,世界独立于人类意志而存在,而不是人类主观性在历史过程中的偶然创造物。

王安石认为接近此种学问的最重要的领域就是经书。他认识到在通过经书进入学术的道路上,应由圣贤以及他们创造的词汇和撰写的文本来作为中介。这或许就像把获取具有真正价值的知识的整个事业,扔回到文化与主体性的领域里去(就像苏轼所想的必定如此)。

王安石将假设、断言和方法相结合,来避免这个结论。假设是,世界(并且被创造出来的任何东西都忠实于世界的原则)本质上是一致性和系统性的。断言是,作为传播知识的文化产品,书写的词汇和圣人的文本事实上都忠实于世界的原则。就像我们在王安石对《字说》的介绍中看到的那样,它是符合文字结构的;就像他在《周礼》注的序文中所阐明的,它是符合《周礼》的;而且它是符合经书这个整体的,多亏孔子有能力在涵盖二千五百年历史变化的文本中辨识出一个完美的系统①。如我们在这里所看到的,方法就是那个寻找系统性关系的计划。当他讨论某个字的组成部分时,当他解释组成文本的句子时,他所做的是同样的事情。他寻求的指导性原则——无论是称为道,圣人或先王之意,原则或是理,或是义——是通过辨识词汇和语言中的系统、结构、秩序、关联性、整体性或一致性而创立的,但它们在某种程度上存在于文本之外,而在于事物本身之中。规范性的理念可以通过"文"来接近,但它们存在于它们自身之中。从王安石的观点(并非每个人都赞同)来看,这一方法是能够共享的,而且也能运用于理解世上的事物。虽然我认为我们能够证明一些与新法有关的士人寻求系统地理解世界上的事物——最容易想到的是沈括(1031—1095)——王安石自己并没有暗示,追

---

① 正如王安石在一篇文章中所强调的:"夫子贤于尧舜",见王安石《临川先生文集》卷六十七,第711—712页。

求我们可称之为"科学知识"的东西,应当脱离对留存至今的古代文本的富有方法的分析。

在王安石的术语"学"之中,这种方法是一个手段,个人以之涵养自身,并通过写作和统治将一己所学传授给他人。王安石早年确信圣人对于道的心智上的理解,确信他们的教诲和统治,以及他们文本的记载在其"本末先后"方面最终是一致的,在这个层面上,适用于过去和现在,这个信念似乎从未离开过他。在那时他解释的问题是,太多的同辈人没有在他们心中把握住事物的正确秩序,却反而混淆了先与后,本与末①。他掌控教育,以及他的新课程,提供了纠正这一问题的制度化的方法。

考虑到新法——以及实际上北宋时期通过政府改造社会的各种尝试——我们可以更加关注《周礼》,不是作为政策的来源,而是作为一种制定纲领性政策的典范。这与那些将统治视为对现实情况进行响应的人们形成了对比。我认为,有大量证据证明这一点。新政时期各种经济的、社会的、官僚的和文化的政策,的确作为一个一致的整体而彼此适应。并且在更高的层次上,还存在着一种特殊的尝试,即尝试通过礼和行政法令进行统治。礼和法令清楚详尽地说明了事物应该怎样运作,怎样创造出精致的典范,甚至包括在书法和建筑这样的物质层面上,其他东西都能够依此复制②。

(方笑一 译)

---

① 王安石《临川先生文集》卷七十七,第812页。
② 相关讨论见包弼德《皇帝去向何方?宋徽宗、新法与唐宋转型》(Whither the Emperor? Emperor Huizong, the New Policies, and the Tang-Song Transition),《宋元研究学报》(*Journal of Song and Yuan Studies*)第31卷,2001年,第103—134页。

杜甫的经典化与宋代的晚期风格理论

杨晓山①

引 言

晚期风格(late style)是西方文学艺术批评理论中的一个观念,大约出现于19世纪后半期,其中心思想就是认为伟大的文学艺术家在其晚期作品中常常会表现出某些共同或共通的特点,虽然批评家们对这些特点的描述不尽相同,有时候甚至还互相矛盾。传统中国文论中虽然没有晚期风格这一术语,但是从宋代以来,作家(尤其是诗人)晚期作品的风格就一直是文学批评中的一个重要话题。迄今为止,国内对宋代"老成"或"老境"之观念的讨论已有很多论著。但是,本文所讨论的晚期风格和以往学界所讨论的老成的风格有所不同:晚期风格并不一定表现为老成,而老成的风格也并非总是表现在作家的晚期作品中。本文认为,宋代的晚期风格理论在很大程度上是杜甫经典化过程的一个延伸。故本文第一部分对这一过程略加描述;第二部分阐述宋代晚期风格理论的形成和运用;第三部分以对王安石诗歌的评论为个案,讨论宋代文学思想中尊老抑少的现象;第四部分从中西比较的角度对宋代的晚期风格理论略作考察。

一、杜甫的经典化

杜甫作为中国诗歌传统中最伟大的诗人,其地位的奠定大约始于他逝世四

---

① 杨晓山,哈佛大学比较文学博士,现任教于诺特丹大学(University of Notre Dame)东亚语言与文化系。

十年后。元稹于元和八年(813)应杜甫的孙子杜嗣业之邀作《唐故工部员外郎杜君墓系铭》,其中对杜诗的艺术成就作了颇有权威性的总结。元稹称赞杜甫是空前绝后的集大成者,说他"尽得古今之体势,而兼昔人之所独专"。同时元稹又提出杜甫高于李白的观点:"予观其(李白)壮浪纵恣,摆去拘束,模写物象,及乐府歌诗,诚亦差肩于子美矣;至若铺陈终始,排比声韵,大或千言,次犹数百,词气豪迈而风调清深,属对律切而脱弃凡近,则李尚不能历其藩翰,况堂奥乎?"①白居易在写于元和十年(815)的《与元九书》中也表达了类似的观点,他认为杜甫"贯穿古今,觑缕格律,尽工尽善,又过于李焉"。元稹主要关注杜甫的艺术成就②,白居易却十分强调诗歌的社会政治功能,在他看来,李白、杜甫在这方面都无足称道。以李白而论,"索其风雅比兴,十无一焉"。杜诗虽"可传者千余篇",但是像《新安吏》《石壕吏》《潼关吏》之类有社会意义的诗篇"亦不过三四十首"③。

韩愈于元和十一年(816)作《调张籍》一诗,盛赞李白和杜甫,认为二人不分轩轾。其开篇曰:"李杜文章在,光焰万丈长。不知群儿愚,那用故谤伤。蚍蜉撼大树,可笑不自量。"这里的后四句很有可能是在揶揄元白枉议李杜优劣④。韩愈接下来对李杜诗歌作了夸大乃至神话般的描述。他说上帝为了让两位诗人不断地吟诵诗篇,有意地让他们一生坎坷:"帝欲长吟哦,故遣起且僵。"又说李杜的作品已被上帝派遣六丁取回天上,流落人间的只有一小部分,好比"太山一毫

---

① 元稹撰、冀勤点校《元稹集》(修订本)卷五十六,北京:中华书局,2010年,第691页。其实元稹说杜甫高于李白,和他当时的写作背景有关:替人写墓志铭,往往会夸大其词地说一些好话。元稹在《代曲江老人百韵》一诗中曾说过"李杜诗篇敌",此诗题下自题:"年十六时作。"(《元稹集》卷十,第126页)但是谢思炜《元稹〈代曲江老人百韵〉诗作年质疑》[《清华大学学报》(哲学社会科学版)2004年第2期]一文通过多方考察,说明此诗应该是元和五年(810)以后所作。这也就是说,元稹在大约同一段时间之内,既说杜甫高于李白,又说二人不分高下。

② 元稹认为杜甫的优势主要是在长篇排律上,这种看法曾遭人物议,元好问《论诗三十首·十》曰:"排比铺张特一途,藩篱如此亦区区。少陵自有连城璧,争奈微之识碔砆。"元好问撰、狄宝心校注《元好问诗编年校注》卷一,北京:中华书局,2010年,第54页。明代胡应麟也提出类似批评:"二公(指元稹、白居易)盖专以排律及五言大篇定李杜优劣,不知杜句律之高,自在才具兼该,笔力变化,亦不专在排比铺陈,贯穿觑缕也。"胡震亨《唐音癸签》卷一,上海:上海古籍出版社,1981年,第56页。元白之所以推崇杜甫的排律,很可能和他们自己当时热衷于排律有关。白居易在元和五年(810)就曾作《代书诗一百韵寄微之》,元稹答诗为《酬翰林白学士代书一百韵》。另外,前面提到过的元稹《代曲江老人百韵》大约也是作于此时。相关讨论可见张忠纲《杜甫与元白诗派》《杜甫研究学刊》2016年第3期,第5—7页。

③ 白居易撰、朱金城笺校《白居易集笺校》卷四十五,上海:上海古籍出版社,1988年,第2791页。

④ 魏泰撰、陈应鸾校注《临汉隐居诗话校注》卷一,成都:巴蜀书社,2001年,第21—22页。

芒"。他还异想天开地说,希望自己能生出两翅去天上追寻这两位伟大的诗人①。

元和年间由元稹、白居易、韩愈等掀起的杜甫热并没有持续多久。此后从中唐直至五代期间,杜甫的影响微乎其微。这种状况在宋代开朝的头五十年并无大变化。所谓"宋初三体"基本都和杜甫无缘②。10 世纪下半叶主导诗坛的李昉、徐铉、王禹偁等人,模仿白居易,号称白体③。所谓晚唐体的诗人群,其社会背景较为驳杂,既包括九僧及林逋、魏野这样的隐士,也有寇准这样的高官达贵,他们从贾岛、姚合等晚唐诗人那里获取灵感。以杨亿等人为代表的西昆体诗人则奉李商隐为圭臬。据说杨亿对杜甫极为鄙视,直呼其为"村夫子"④。

11 世纪 30 年代,杜甫的经典化又获得了新的动力,主要表现在当时一些颇负盛名的文人都致力于杜甫作品的搜集和编撰。天圣末年,苏舜钦获得一本民间流传的《杜工部别集》,共约五百篇,其中有三百余篇在杜甫旧集中未曾收录。景祐年间,又获一集,其中又有八十余首前所未见。景祐三年(1036),他把前后两次所辑的杜甫旧集中没有的诗篇合为一集,题为《老杜别集》⑤。其在《题杜子美别集后》一文中写道,此集中的诗篇"皆豪迈哀顿,非昔之攻诗者所能依倚,以知亦出于斯人之胸中"⑥。由此也可以看出,当时评定杜诗的真伪的人都认为杜诗与众不同,有其特殊的风格和动人之处。皇祐四年(1052)王安石在鄞县任职时,获世所不传的杜诗二百余首。王安石十分肯定这些都出自杜甫之手,因为他自认对杜甫的诗作独具慧眼,"辄能辨之"⑦。

---

① 韩愈撰,方世举著,郝润华、丁俊丽整理《韩昌黎诗集编年笺注》卷九,北京:中华书局,2012 年,第 517－518 页。
② "宋初三体"之说首见于方回《送罗寿可诗序》,李修生主编《全元文》卷二○九,南京:江苏古籍出版社,1999 年,第 7 册,第 51 页。
③ 方回将徐铉的弟弟徐锴也列入白体诗人,但是徐锴卒于南唐,未入宋。
④ 刘攽《中山诗话》,何文焕辑《历代诗话》本,北京:中华书局,1981 年,第 288 页。
⑤ 据王洙《杜工部诗集序》记载,孙仅(969－1017)编有杜集。另外,王洙还提到"郑文宝(953－1013)序《少陵集》二十卷"。见曾枣庄、刘琳主编《全宋文》卷四七八,上海:上海辞书出版社;合肥:安徽教育出版社,2006 年,第 23 册,第 12 页。然孙本只一卷而已,影响甚微;郑序不存,详情不得而知。一般认为,宋代正式搜集整理杜诗始于苏舜钦。
⑥ 苏舜钦《题杜子美别集后》,曾枣庄、刘琳主编《全宋文》卷八七八,第 41 册,第 72 页。元稹称杜甫"词气豪迈,而风调清深",苏舜钦此处可能受到元稹的影响。
⑦ 王安石《老杜诗后集序》,王安石撰、聂安福等整理《临川先生文集》卷八十四,王水照主编《王安石全集》,上海:复旦大学出版社,2017 年,第 7 册,第 1483 页。

王安石对杜甫经典化的最大贡献乃是其《杜甫画像》一诗,此诗不但颂扬了杜甫诗歌的伟大成就,还表达了对杜甫忠君爱国的伟大人格的仰慕:

> 吾观少陵诗,为与元气侔。力能排天斡九地,壮颜毅色不可求。浩荡八极中,生物岂不稠?丑妍巨细千万殊,竟莫见以何雕镂。惜哉命之穷,颠倒不见收。青衫老更斥,饿走半九州。瘦妻僵前子仆后,攘攘盗贼森戈矛。吟哦当此时,不废朝廷忧。常愿天子圣,大臣各伊周。宁令吾庐独破受冻死,不忍四海寒飕飕。伤屯悼屈止一身,嗟时之人死所羞。所以见公画,再拜涕泗流。惟公之心古亦少,愿起公死从之游。①

此诗可分为三部分。前八句盛赞杜甫诗歌包囊万象、出神入化,这基本上是重申元稹的观点。第九句至第二十二句是第二部分,在这里杜甫被描述成儒家道德伦理的典范,说他虽然一生颠沛流离,老不见收,却自始至终心系朝廷,且对苍生百姓也不忘于怀。对杜甫的人格给予如此崇高的评价,王安石可谓滥觞。王安石在诗的结尾说他希望杜甫能够死而复生,这似乎有点类似韩愈在《调张籍》中所说的"我愿生两翅,捕逐出八荒",但二者之间的区别是显而易见的:韩愈是故作异想天开,王安石却是十分严肃的,没有半点诙谐幽默的成分。

王安石的诗被称作是论杜甫诗的上乘之作。胡仔评价曰:"若杜子美,其诗高妙,固不待言,要当知其平生用心处,则半山老人之诗得之矣。"②刘克庄则说:"善评杜诗,无出半山'吾观少陵诗,谓与元气侔'之篇,万世不易之论。"③仇兆鳌的评语也甚为精辟:"荆公深知杜,酷爱杜,而又善言杜,此篇于少陵人品心术,学问才情,独能中其窾会,后世颂杜者,无以复加矣。"④日人吉川幸次郎说:"普遍认为,杜甫是古往今来第一诗人,而这种看法肇始于王安石。"⑤这似乎有点夸大其词,但是在王安石之前,确实没有人对杜甫的人格如此推崇。杜甫之所以成为中国诗歌传统中最伟大的诗人,正是因为在后人眼里,他集诗歌的完美和人格的

---

① 王安石撰、聂安福等整理《临川先生文集》卷九,王水照主编《王安石全集》,第 5 册,第 261—262 页。
② 胡仔纂集《苕溪渔隐丛话》前集卷十一,北京:人民文学出版社,1962 年,第 72 页。
③ 刘克庄《后村诗话》新集卷一,北京:中华书局,1983 年,第 152 页。
④ 杜甫撰、仇兆鳌注《杜诗详注·附编》,北京:中华书局,1979 年,第 2268 页。
⑤ 吉川幸次郎著、华岑(Burton Watson)译《宋诗概说》(*An Introduction to Sung Poetry*),麻省剑桥:哈佛大学出版社,1967 年,第 92 页。

伟大于一身。从这个意义上来说，杜甫的经典化到王安石手里就已完成了。后世虽然不断有人从不同角度对杜甫及其诗歌提出负面批评，但是这些批评从未在根本上动摇或削弱杜甫在中国诗坛上至高无上的地位。

二、作品的分期以及对晚期风格的推崇

苏舜钦在《题杜子美别集后》一文中，曾经对当时杜甫作品的流失以及编排混乱发了一番感慨："杜甫本传云，有集六十卷，今所存者才二十卷，又未经学者编辑，古律错乱，前后不伦。盖不为近世所尚，坠逸过半。呼！可痛闵也。"他估计当时失散在民间的杜诗尚有不少，打算"俟寻购仅足，当与旧本重编次之"①。可惜他没有完成这项工作。传统上文集的编撰一般是采取分体或分类的方式，如元稹就曾打算以分体的方式来编辑杜甫的作品："予尝欲条析其文，体别相附，与来者为之准，特病懒未就。"②樊晃的《杜工部小集》则是分类本，其序云："今采其遗文凡二百九十篇，各以事类，分为六卷。"③而苏舜钦则计划以编年的方式来编辑杜甫的作品。从他对"古律错乱"的不满来看，他是要将杜甫的古体诗和律诗分开，然后再以作品的写作"前后"加以编排。这种分体与编年相结合的编辑方式在唐代偶尔有一些先例，如白居易、元稹在自编文集时，每一体裁、题材之内的作品，基本按照时间顺序。到了宋代，对杜甫的作品以编年的方式来编排则越来越普及，这反映了时人遵循知人论世的传统来阅读杜甫作品的愿望。杜甫在其诗作中对自己的生活经历多有详细的记载，这在很大程度上也促发了这种愿望。

王洙于宝元二年(1039)年所编的二十卷本《杜工部集》是现存最早的一部分体和编年并用的集子，收有古体诗 399 首，近体诗 1006 首。他在序言中对杜甫的生平作了勾勒，并对其编列作了如下说明："起太平时，终湖南所作，视居行之

---

① 曾枣庄、刘琳主编《全宋文》卷八七八，第 41 册，第 72 页。
② 元稹《唐故工部员外郎杜君墓系铭》，元稹撰、冀勤点校《元稹集》卷五十六，第 691 页。
③ 杜甫撰、仇兆鳌注《杜诗详注·附编》，第 2237 页。

次,若岁时为先后,分十八卷。又别录赋笔杂著二十九篇为二卷,合二十卷。"①王安石在皇祐四年(1052)年所写的《老杜诗后集序》中曾说,他所编的杜甫诗集"自《洗兵马》下序而次之"②,这和王洙的编辑方法是同出一辙的。黄伯思的《校定杜工部集》则是第一部纯粹用编年法来编排杜甫作品的集子。李纲说黄伯思"用东坡之说,随年编纂,以古、律相参,先后始末,皆有次第"。这种编年法的好处是:"子美之出处及少壮老成之作,灿然可观……其忠义气节、羁旅艰难、悲愤无聊,一见于诗,句法理致,老而益精。"③

在杜集中首先采用的编年体例很快就被运用于其他作家的作品编集。这其中一个有相当说服力的例子就是李白文集的编撰。熙宁元年(1068)宋敏求利用自己收集到的李白的作品,对咸平元年(998)乐史所编的二十卷本《李翰林集》加以扩充,编成三十卷本《李太白文集》,但在体例上只是"沿旧目而厘正其汇次"。这就是说宋敏求只是将辑佚的作品分门别类填补进原本,对每类的作品并未按其写作的时间先后编排。曾巩则在宋敏求的编集基础之上,对各类作品加以编年,其《李白诗集后叙》有所说明:"次道既以类广白诗,自为序,而未考次其作之先后。余得其书,乃考其先后而次第之。"④这说明了当时人们已经不满足于传统的分体或分类的编辑方式,希望能够将作品与作家的生活更为密切地联系起来阅读。

宋代年谱的出现即是以史读诗的观点的一个结晶⑤。元丰七年(1084)吕大防在成都任上,以编年的方式编排了杜甫的诗歌和韩愈的文章,并为两位作者编写了年谱,其跋文曰:

> 予苦韩文杜诗之多误,既雠正之。又各为年谱,以次第其出处之岁

---

① 王洙《杜工部诗集序》,第11页。周采泉认为,"杜集之分古、近体编次,恐始于王洙……而分体之中,又寓编年,两宋名家编杜集大率宗此"。(周采泉《杜集书录》,上海:上海古籍出版社,1986年,第5页)其实,苏舜钦正是打算采用这种编辑方法。
② 王安石撰、聂安福等整理《临川先生文集》卷八十四,王水照主编《王安石全集》,第7册,第1483页。
③ 李纲《重校正杜子美集序》,曾枣庄、刘琳主编《全宋文》卷三七四八,第172册,第21页。
④ 曾枣庄、刘琳主编《全宋文》卷一二五二,第57册,第349页。
⑤ 关于年谱、编年诗文集及"诗史"说之间的联系,见浅见洋二《文学的历史学——论宋代的诗人年谱、编年诗文集及"诗史"说》,浅见洋二著,金程宇、冈田千穗译《距离与想象:中国诗学的唐宋转型》,上海:上海古籍出版社,2005年,第280—334页。

月,而略见其为文之时,则其歌时伤世、幽忧窈叹之意,粲然可观。又得以考其辞力,少而锐,壮而肆,老而严。非妙于文章,不足以至此①。

吕大防的杜韩两谱开创了一种新的传记题材,是宋代年谱的滥觞。我们首先要注意的是,年谱一开始是作为文集的附庸而出现的,更明确说,是随着编年体的文集应运而生的。此后即使是以分类方式编排的文集也往往附以作家的年谱②。吕大防的跋文说明了其编写年谱的两个宗旨③。其一是为读者提供作家生平及时代背景的有关信息,也就是要把知人论世的观点在阅读文学作品时付诸实践。这里应该说明一下,吕大防的杜甫年谱是相当粗略的,虽说是要"次第其出处之岁月",但是杜甫一生五十九年,年谱也只简单地记载了其中的二十年,而每年的记载又极为简单,少则一行,多则三行。吕大防号称要"略见其为文之时",而实际上见于谱中的杜诗只有五十三首。另外,谱中的纰缪也不在少数,其韩愈年谱也存在类似的问题④。

吕大防作谱的第二个宗旨是考察作家风格的演化,就是他所说的"考其辞力"。由于吕大防所作的年谱甚为简略,读者若凭此来考察杜诗韩文的"辞力"演化,恐怕也只能望洋兴叹。但是作为一个理论命题,"考其辞力"在中国文学批评上具有开创性意义。吕大防首次明确提出,作家在不同的阶段会有不同的风格("辞力"),而且这种风格的演化是有迹可寻的。吕大防以动态的观点来考察作家风格的发展,这在批评方法上具有不可低估的创新意义。以往的批评家在涉及作家的风格时,一般都是采用静态的观点作概括性的论断,而不注意作家不同阶段的风格的变化,更不用说把这些变化和作家的年龄及阅历联系起来。即使到了宋代,在吕大防以前,这种静态的观点仍然很普遍,如我们在上文提到的苏

---

① 吕大防《杜工部韩文公年谱后记》,曾枣庄、刘琳主编《全宋文》卷一五七三,第 72 册,第 209 页。
② 浅见洋二指出,这种现象反映出"读者在阅读'分类'体诗集时经常渴望把握作者的传记、经历的一种心理需求"(浅见洋二著,金程宇、冈田千穗译《距离与想象:中国诗学的唐宋转型》第 301 页,注[1])。
③ 有关这两个宗旨的讨论,可参见浅见洋二著,金程宇、冈田千穗译《距离与想象:中国诗学的唐宋转型》,第 308-309 页;另可参见吴洪泽《宋代年谱考论》,四川大学博士论文,2006 年,第 26-27 页。
④ 朱东润《宋代底年谱》,朱东润著、陈尚君整理《中国传叙文学之变迁》,上海:复旦大学出版社,2016 年,第 179 页。

舜钦,就对杜诗一言以蔽之曰"豪迈哀顿",似乎杜甫的风格是一成不变的①。

吕大防所说的双重宗旨对后世年谱的编写影响颇大。绍兴五年(1135)文安礼在《柳文年谱后序》中写道:"予以先生文集与唐史参考,为时年谱,庶可知其出处,与夫作文之岁月,得以究其辞力之如何也。"②黄大舆编《韩柳文章谱》的用意也是如此。据晁公武记载:"大舆之意,以为文章有老庄之异,故取韩愈、柳宗元文章为三谱。其一,取其诗文中官次年月可考者,次第先后,著其初晚之异也;其一,悉取其诗文比叙之;其一,列当时君相于上,以见二人之出处,极为详悉。"③陈辉在知赣州军州任上,命其属僚数人对其四世从祖陈襄的文集加以校正,并嘱其仲子陈晔为陈襄撰写年谱。陈晔在写于绍兴三十一年(1161)的跋文中也提到年谱可以展现作家"辞力"的发展:"家君重刊先正密学遗文于赣之郡斋,俾晔次第年谱以冠之,庶几平生游宦岁月之先后,与夫壮志晚节诗文之辞力,晓然可见。"④乾道九年(1173)郑良嗣在为其父郑刚中《北山文集》所作的序文中写道:"仍以年谱冠于篇首,庶几览者按谱玩辞,得以见出处之大致。"⑤庆元二年(1196),胡柯在其所作的欧阳修年谱的后记中提到,薛齐谊、孙谦益、曾三异三人曾各自为欧阳修撰写年谱,为的是"每岁列其著述,考文力之先后"⑥。凡此种种,无不反映出宋人的一种理念,即"文章有老壮之异",作家的风格("辞力"或"文力")在不同的阶段有不同的特点。

吕大防将杜诗韩文的风格演变划分为三个阶段,即所谓"少而锐,壮而肆,老而严"。这其中"老而严"一说不仅是评论杜诗韩文的一个常见命题,在宋人对本朝作家的阐述中也被屡屡引用,这一点我们在后文中会提供例证。吕大防对杜诗、韩文风格演化的三分法,很大程度上以生理年龄为基础,作家的"辞力"在少、壮、老三个阶段的呈现都有一定的规律。元符三年(1100),黄庭坚在给王番的一

---

① 在吕大防之前,欧阳修是一个罕见的先例。他在《梅圣俞墓志铭》中写道:"其(梅尧臣)初喜为清丽闲肆平淡,久则涵演深远,间亦琢刻以出怪巧,然气完力余,益老以劲。"(曾枣庄、刘琳主编《全宋文》卷七五五,第35册,第361页)欧阳修此处是在具体评论梅尧臣的文风,尚无意于建构一个普遍的理论系统。
② 文安礼《柳文年谱后序》,曾枣庄、刘琳主编《全宋文》卷四〇八八,第186册,第115页。
③ 晁公武撰、孙猛校证《郡斋读书志校证》卷二十,上海:上海古籍出版社,1990年,第1080页。此处"庄"应为"壮"。
④ 陈晔《古灵先生年谱跋》,祝尚书编《宋集序跋汇编》卷八,北京:中华书局2010年,第383页。
⑤ 郑良嗣《北山集序》,曾枣庄、刘琳主编《全宋文》卷五七一八,第254册,第344页。
⑥ 胡柯《欧阳文忠公年谱序》,祝尚书编《宋集序跋汇编》卷六,第229页。

封书信中,替杜诗韩文作了一个前后两期的划分:

> 好作奇语,自是文章病,但当以理为主,理得而辞顺,文章自然出群拔萃。观杜子美到夔州后诗,韩退之自潮州还朝后文章,皆不烦绳削而自合矣。①

这种两期论与吕大防的三期论有很大区别。首先,吕大防以人的生理成长过程为基础来划分作家的风格发展阶段。在这种模式中,风格的变化首先是一种生命现象,虽然不排除其他因素的影响。而在黄庭坚的理论中,作家风格的转型主要是一种社会现象,其决定因素是作家的社会生活经验,转折点往往是他们所经历的某种挫折,这和欧阳修的"穷而后工"的说法有吻合之处。其次,吕、黄二人对晚期风格的描述有所不同。吕大防所谓"严"主要是指形式、技巧上的严谨,这和后来李纲说杜甫"句法理致,老而益精"是一个意思。当然,后人往往各取所需,对"严"做出不同的解说,我们在下文会举例说明。黄庭坚所标举的"不烦绳削而自合"则似乎是一种超越了形式和技巧的更高的境界。这可以说是孔子所谓"随心所欲不逾矩"在文学批评领域中的运用②,借用康德(Kant)的话说,这是一种"无目的的合目的性"。最后,在吕大防的描述中,像杜甫、韩愈这样的大家,其不同阶段的风格各有千秋,"老而严"是否一定就是最佳境界尚可争论。至少从吕大防的年谱来看,他对杜甫夔州以后的生活和作品并未表现出特别的兴趣③。在黄庭坚看来,杜、韩风格的转变不是一种循序渐进的演化,而是一种突发性的质的飞跃,前期和后期有天壤之别,不可相提并论。把杜甫夔州前后的

---

① 黄庭坚《与王观复书(一)》,曾枣庄、刘琳主编《全宋文》卷二二八一,第 104 册,第 297 页。

② 黄庭坚也曾说过陶潜的诗是"不烦绳削而自合"。见黄庭坚《题意可诗后》,曾枣庄、刘琳主编《全宋文》卷二三〇九,第 106 册,第 188 页。"不烦绳削而自合"一语出自韩愈的《南阳樊绍述墓志铭》。此文写于韩愈去世前不久,可看作他本人文学理想的一个表述。韩愈在列举樊宗师所作诗文之后,夸赞他"不袭蹈前人一言一句",并说他"必出入仁义,其富若生蓄,万物必具,海含地负,放恣横从,无所统纪,然而不烦于绳削而自合也"。(韩愈撰,刘真伦、岳珍校笺《韩愈文集汇校笺注》卷二十四,北京:中华书局,2010 年,第 2575 页。)史载"元和以后,为文笔则学奇诡于韩愈,学苦涩于樊宗师"。(李肇《唐国史补》卷下,上海:上海古籍出版社,1979 年,第 57 页)这里说的"苦涩"和韩愈所说的"放恣横从"似乎是大相径庭。韩愈旨在对樊宗师生平著作加以概括,他说的"合"似乎主要是指合于"仁义"。而黄庭坚则是借用韩愈的表达法,来形容杜甫晚期诗风的艺术特点。

③ 吕谱在"大历元年"条下仅三字:"移居夔。"其后只剩下两则。"大历三年"下曰:"离峡中,之荆南,至湘潭。""大历五年"下曰:"有追酬高适人日诗,是年夏,甫还襄汉,卒于岳阳。"见吕大防《杜诗年谱》,蔡志超《宋代杜甫年谱五种校注》,台北:万卷楼图书股份有限公司,2014 年,第 7—8 页。

诗歌如此区别对待,黄庭坚可谓首创,这一点方回看得很清楚:"老杜诗,世无敢优劣,惟山谷独谓夔州后诗不烦绳削,盖暮年加进于妙年,而老作罙深于少作也。"①

杜甫本人大概算得上是屡屡谈及晚期风格的第一人了②。这一点在他有关庾信的言论中就很突出。梁元帝承圣三年(554),庾信奉命出使西魏,时逢西魏南侵,遂滞留长安。三年后梁朝灭亡,庾信终生不得南归。杜甫一再把庾信的晚期作品中的苍凉悲壮、沉郁顿挫的格调和他这种惨痛的生活经历联系在一起,所谓"庾信平生最萧瑟,暮年诗赋动江关"③。杜甫也注意到庾信晚期文笔老健:"庾信文章老更成,凌云健笔意纵横。"④杜甫有时对一些同代人的晚期作品也表示赞赏,例如在致薛璩的一首诗中,杜甫先是夸他老当益壮,连上马都不用人扶,接着又说他晚年才思愈发横溢:"赋诗宾客间,挥洒动八垠。乃知盖代手,才力老益神。"⑤杜甫对自己晚期作品风格的评论尤其值得注意。他在《江上值水如海势,聊短述》中说:"为人性僻耽佳句,语不惊人死不休。老去诗篇浑漫兴,春来花鸟莫深愁。"⑥此诗作于上元二年(761),杜甫居成都草堂。无论"春来花鸟莫深愁"一句究竟何指,这四行诗句的大致意思还是明确的,也就是说杜甫晚期的"浑漫兴"与早期的"耽佳句"是相互对立的。"浑漫兴"似乎和吕大防所谓"老而严"相抵牾,但是杜甫在大历二年(767)写于夔州的一首诗里又说过自己"晚节渐于诗律细"⑦。

杜甫晚期作品的"浑漫兴"与"诗律细"也许可说是同一事物的正反两面。但是我们要强调的是,杜甫只是信口而言,他无意于建立一套清晰、完整的理论体系。另外,他的这些只言片语和当时的文学批评思想基本上是隔绝的。到了宋代,有关诗人晚期风格的言论则明显地表现出一种程式化、教条化的倾向。这种倾向的始作俑者是黄庭坚,登峰造极者则是宋末元初的方回。方回以下一段文

---

① 方回《跋曹之才诗词三摘》,李修生主编《全元文》卷二一七,第7册,第213页。
② 相关讨论可参见蒋寅《杜甫与中国诗歌美学的"老"境》,《文学评论》2018年第1期。
③ 杜甫《咏怀古迹五首》其一,萧涤非主编《杜甫全集校注》卷十三,北京:人民文学出版社,2013年,第3842页。
④ 杜甫《戏为六绝句》,萧涤非主编《杜甫全集校注》卷九,第2501页。
⑤ 杜甫《寄薛三郎中璩》,萧涤非主编《杜甫全集校注》卷十五,第4490页。
⑥ 萧涤非主编《杜甫全集校注》卷八,第2165页。
⑦ 杜甫《遣闷戏呈路十九曹长》,萧涤非主编《杜甫全集校注》卷十五,第4397页。

字很有代表性：

> 山谷论老杜诗，必断自夔州以后。试取其自庚子（760）至乙巳（765）六年之诗观之，秦陇剑门行旅跋涉，浣花草堂居处啸咏，所以然之故，如绣如画。又取其丙午（766）至辛亥（771）六年诗观之，则绣与画之迹俱泯。赤甲白盐之间，以至巴峡、洞庭、湘潭，莫不顿挫悲壮，剥浮落华……善为诗者，由至工而入于不工，工则粗，不工则细；工则生，不工则熟。①

方回沿袭黄庭坚的说法，认为杜甫于大历元年（766）移居夔州后，形成了以"顿挫悲壮，剥浮落华"为特征的晚期风格。杜甫在《进雕赋表》中形容扬雄、枚皋辞赋的词语为"沉郁顿挫"②，后人往往用这四个字来指杜甫本人诗歌的特色。方回所说的"顿挫悲壮"应该是从杜甫所说的"沉郁顿挫"衍生出来的。但是我们要注意到，《进雕赋表》作于天宝十三年（754），离大历元年（766）杜甫移居夔州还有十二年，而方回的"顿挫悲壮"则是具体指杜甫移居夔州以后的晚期诗风。所谓"剥浮落华"，就是在风格上由"工"转为"不工"，与此同时方回又把"不工"说成是"细"、"熟"，而把"工"和"粗"、"生"等同起来。这种似是而非、似非而是的说法，也许可以追溯到老子所谓"大巧若拙"，但其直接源头是黄庭坚《与王观复书（二）》中的一段文字："但熟观杜子美到夔州后古律诗，便得句法。简易而大巧出焉，平淡而山高水深。"③方回说杜甫成都时期的诗歌"如绣如画"，这种说法源于朱熹；所不同的是，朱熹更赞赏杜甫在成都时期的作品，而对杜甫夔州诗却颇有微词，这一点我们在后文还会详细讨论。

方回在评点杜甫《春远》一诗时也发了一番类似的议论："大抵老杜集，成都

---

① 方回《程斗山吟稿序》，李修生主编《全元文》卷二一二，第7册，第90—91页。
② 萧涤非主编《杜甫全集校注》卷二十一，第6271页。杜甫所说的"沉郁顿挫"本义究竟是什么，尚有商讨余地。
③ 曾枣庄、刘琳主编《全宋文》卷二二八一，第104册，第297页。由此可见，黄庭坚所说的"不烦绳削而自合"不是无章可循的，但是他也从未以实例来说明杜甫的"句法"。王若虚认为黄庭坚提倡句法是为了独树一帜，和苏轼抗衡："鲁直欲为东坡之迈往而不能，于是高谈句律，旁出样度，务以自立而相抗，然不免居其下也。彼其劳亦甚哉！向使无坡压之，其措意未必至是。世以坡之过海为鲁直不幸，由明者观之，其不幸也旧矣。"见王若虚《滹南诗话》卷中，北京：人民文学出版社，第71页。据说黄庭坚曾批评"东坡作诗，未知句法"。（葛立方《韵语阳秋》卷二，《历代诗话》本，第497页）

时诗胜似关辅时,夔州时诗胜似成都时,而湖南时诗又胜似夔州时,一节高一节,愈老愈剥落也。"①"剥落"并不意味着老化、凋零,而是由繁入简、去华存质②。但是"一节高一节"之说听上去过于死板,所以纪昀奚落方回"宗山谷之论,其实英雄欺人"③。黄庭坚以夔州为限,将杜甫的诗歌分为前、后二期,方回则进一步地把杜甫的诗歌分为四个时期,入川前为第一期,移居夔州前为第二个时期,入湖南前为第三个时期,入湖南后则为最后一个时期,每个时期都有独特的风格:"老杜诗,自入蜀后又别,至夔州又别,后至湖南又别。"④这种四分法略显烦琐,"湖南时诗又胜似夔州时"之说更是有点耸人听闻。方回之所以得出这样的结论,实在是因为他的机械教条主义在作祟。当然,他的《瀛奎律髓》在实际收选杜诗时,并非限于夔州以后,而是各个时期都兼收并蓄,在风格上也不限于"顿挫悲壮,剥浮落华"一类的作品。

由黄庭坚肇始的对杜甫移居夔州以后的晚期诗风的推崇,是宋代晚期风格理论发展过程中的一个关键。黄庭坚的观点很快就成了一种共识,不断被人重复。早在南宋前期陈善就说:"观子美到夔州以后诗,简易纯熟,无斧凿痕,信是如弹丸矣。"⑤更为重要的是,黄庭坚对杜诗的两分法很快就被运用到对宋代作家的批评当中,在作家的自我批评中也屡见不鲜。宋人在评论本朝作家风格演化时,往往要替这些作家指定一个转折点,并和杜甫的夔州相比较。胡仔曰:"东坡自南迁以后,诗全类子美夔州以后诗,正所谓'老而严'者也。"⑥胡仔此处在方法论上遵循黄庭坚,在价值观上则响应吕大防,用"老而严"来概括晚期风格。刘

---

① 方回选评、李庆甲集评《瀛奎律髓汇评》卷十,上海:上海古籍出版社,1986年,第325页。
② 钱锺书指出,"剥落"作为一个比喻,在佛典中常见。(钱锺书《谈艺录》,北京:中华书局,1984年,第14页)寒山子诗曰:"皮肤脱落尽,惟有贞实在。"(项楚《寒山诗注》,北京:中华书局,2000年,第388页)黄庭坚《次韵杨明叔见饯十首》其八曰:"皮毛剥落尽,惟有真实在。"(北京大学古文献研究所编《全宋诗》卷九九二,北京:北京大学出版社,1991—1998年,第17册,第11407页)任渊注此联引黄庭坚《与王子飞书》云:"老来枝叶皮肤枯朽剥落,惟有心如铁石,益厌俗文密而意疏也。"(黄庭坚撰,任渊、史容、史季温注《山谷诗集注》卷十四,上海:上海古籍出版社,2003年,第345页)到了方回的时代,"剥落"已成了一常见的批评术语。比如南宋姜夔的《白石道人诗说》就有如下文字:"非奇非怪,剥落文采,知其妙而不知其所以妙,曰自然高妙。"(《历代诗话》本,第682页)
③ 方回选评、李庆甲集评《瀛奎律髓汇评》卷十,第325页。
④ 方回选评、李庆甲集评《瀛奎律髓汇评》卷二十,第780页。
⑤ 陈善《扪虱新话》卷九,上海师范大学古籍整理研究所编《全宋笔记》第5编第10册,郑州:大象出版社,2012年,第71页。
⑥ 胡仔纂集《苕溪渔隐丛话》后集卷三十,第226页。

克庄《刘圻父诗序》一文则把王安石的退居金陵和杜甫的移居夔州相提并论①。方回引用了一位"前辈"的说法："子美夔州后诗,东坡岭外文,老笔愈胜少作,而中年亦未若晚年也。"②金代的元好问也把夔州、香山、海南分别说成是杜甫、白居易和苏轼诗歌飞跃的转折点："子美夔州以后,乐天香山以后,东坡海南以后,皆不烦绳削而自合。"③

有时候宋人没有直接提到杜甫和夔州,但在方法论上还是显而易见地在采用黄庭坚的两期划分法。如吕本中在《童蒙训》中就把秦观南迁说成是他的诗歌转折点："少游过岭后诗,严重高古,自成一家,与旧作不同。"④许顗对苏轼、王安石的诗作也有类似的前后分期："东坡海内诗、荆公钟山诗,超然迈伦,能追逐李、杜、陶、谢。"⑤楼钥强调宋廷南渡对陈与义诗歌创作的意义："参政简斋陈公,少在洛下已称诗俊,南渡以后,身履百罹,而诗益高,遂以名天下。"⑥刘克庄也说陈与义"《墨梅》之类,尚是少作。建炎以后,避地湖峤,行路万里,诗益奇壮……造次不忘忧爱,以简洁扫繁缛,以雄浑代尖巧,第其品格,故当在诸家之上"⑦。

黄庭坚的情况尤其引人注目,因为他不但用两期论来评判杜甫的诗歌,而且对自己的诗歌发展也作了类似的描述。他在去世前两年的崇宁二年(1103),曾经给外甥洪刍写过一封书信,其中对自己的写作生涯作了一个总结性的回顾："老夫绍圣以前,不知作文章斧斤,取旧所作读之,皆可笑。绍圣以后,始知作文章。"⑧这里说绍圣后,是指他绍圣元年(1094)十二月被贬为涪州别驾、黔州安置以后。其实,至少是从数量的角度来说,黄庭坚入川后,诗歌创作转入低谷,尤其是在黔州的四年,诗歌(不包括词)的写作几乎处于停顿状态,传世的诗总共才十

---

① 曾枣庄、刘琳主编《全宋文》卷七五六五,第 329 册,第 79 页。
② 方回选评、李庆甲集评《瀛奎律髓汇评》卷十六,第 615 页。
③ 元好问《陶然集诗序》,李修生主编《全元文》卷二十,第 1 册,第 316—317 页。
④ 晁公武撰、孙猛校证《郡斋读书志校证》卷十九,第 1017 页。
⑤ 许顗《彦周诗话》,《历代诗话》本,第 383 页。
⑥ 楼钥《增广笺注简斋诗集序》,曾枣庄、刘琳主编《全宋文》卷五九五一,第 264 册,第 140 页。
⑦ 刘克庄《后村诗话》前集卷二,第 26—27 页。宣和五年(1123),陈与义以《和张矩臣水墨梅五绝》见赏于徽宗,于是"亟命召对,有见晚之嗟,遂登册府"。(葛胜仲《陈去非诗集序》,曾枣庄、刘琳主编《全宋文》卷三〇七一,第 124 册,第 343 页)
⑧ 黄庭坚《答洪驹父书(二)》,曾枣庄、刘琳主编《全宋文》卷二二八一,第 104 册,第 301 页。

九首①。这一现象南宋时已有人注意到了,任渊在为黄庭坚诗作注时就指出黄庭坚"黔中诗绝少"②。

黄庭坚作了自我鉴定以后,宋人也就纷纷附和,称赞他黔州后诗风焕然一新。蔡绦说:"鲁直自黔南归,诗变前体。"③无名氏《豫章先生传赞》曰:"山谷自黔州以后,句法尤高,笔势放纵,实天下之奇作。自宋兴以来,一人而已矣。"④王应麟也说:"山谷诗,晚岁所得尤深。"⑤对黄庭坚黔州诗的赞许在宋人诗作中也时有所见。周紫芝在《读涪翁黔南诗作》中写道:"天为少陵增秀句,故教迁客上瞿塘。"⑥王十朋则在《续访得七人·黄太史》中说黄庭坚黔州诗直追杜甫:"豫章官逸远,直笔非谤史。天遣来黔涪,诗鸣配子美。"⑦后来的林希逸在《读黄诗》中也说黄庭坚"笔意尤工是晚节"⑧。

魏了翁与众不同,他按照吕大防的套路把黄庭坚的诗歌划分为三个时期,即元祐以前为早期,元祐年间为中期,绍圣以后为晚期:"公年三十有四,上苏长公诗,其志已荦荦不凡,然犹是少作也。迨元祐初与众贤汇进,博文蓄德,大非前比。元祐中末涉历忧患,极于绍圣、元符以后,流落黔、戎,浮湛于荆、鄂、永、宜之间,则阅理益多,落叶就实,直造简远,前辈所谓黔州以后句法尤高。"⑨这里所说的"落叶就实,直造简远",和黄庭坚说杜甫夔州诗"简易而大巧出焉"以及后来方回说的"剥浮落华"的意思是一样的。

黄庭坚的两期论在宋代散文批评中也有所渗透。韩淲对宋代几位散文大家

---

① 莫砺锋《论黄庭坚诗歌创作的三个阶段》,《唐宋诗歌论集》,南京:凤凰出版社,2007年,第399页。这十九首有些是一题多篇。关于黄庭坚蜀中诗作较少的原因,还可参见伍联群《北宋文人入蜀诗研究》,成都:巴蜀书社,2010年,第360—366页。
② 任渊《山谷诗集注·目录》,第24页(《再次韵》题下注)。
③ 蔡絛《西清诗话》卷中,张伯伟编校《稀见本宋人诗话四种》,南京:江苏古籍出版社,2002年,第208页。
④ 胡仔纂集《苕溪渔隐丛话》后集卷三十二,第245页。
⑤ 王应麟《困学纪闻》卷十八,上海:上海古籍出版社,2008年,1971页。
⑥ 北京大学古文献研究所编《全宋诗》卷一五〇一,第26册,第17130页。
⑦ 北京大学古文献研究所编《全宋诗》卷二〇三七,第36册,第22863页。
⑧ 北京大学古文献研究所编《全宋诗》卷三一一八,第59册,第37232页。
⑨ 魏了翁《黄太史文集序》,曾枣庄、刘琳主编《全宋文》卷七〇七九,第310册,第32页。莫砺锋《论黄庭坚诗歌创作的三个阶段》一文中采用了魏了翁的三分法。作为理学家的魏了翁同时还强调,要全面了解黄庭坚的道德人格,就不能只留意于"其形见于词章者",还要注意到他的"元祐史笔,守正不阿"。这里是指元祐元年(1086)十月黄庭坚任神宗实录院检讨官后,参与《神宗实录》的编写时恪守史实。

有一段评论如下：

> 欧阳公自《醉翁亭》后，文字极老。苏子瞻自《雪堂》后，文字殊无制科气象。介甫之罢相归半山也，笔力极高古矣。如曾子固见欧阳公后，自是迥然出于诸人之上。老苏文字，篇篇无斧凿痕，盖少作皆已焚之矣。①

庆历六年（1046）欧阳修在滁州任上作《醉翁亭记》一文，时年三十九。元丰五年（1082）苏轼在贬谪黄州期间写下《雪堂记》，当时他四十五岁。王安石第二次罢相发生在熙宁十年（1077），当时他已五十有六。曾巩庆历元年（1041）和欧阳修首次相见时只是个二十出头的年轻人。我之所以把这些日期略作交代，就是要说明韩淲这段文字的两个要点。第一，从生理年龄的角度来说，作家文风的成熟在人生的任何阶段都有可能发生，不论少壮老成，也就是说，社会经历或机遇比生理年龄更为重要。第二，欧阳修和苏轼的例子说明，这种文风的转变往往和作家在仕途上的挫折存在着某种因果关系。当然也有可能是其他原因，如曾巩文风转变是受益于一代名师欧阳修的指点，王安石则是在脱离朝政，退居半山以后，文章益发高古。至于苏洵文风转变的原因，韩淲也有所说明："老苏晚年文字，多用欧阳公宛转之态。老泉晚年记、序与《权》《衡》诸论文字不同，岂见欧阳公后有所进耶？其晚年而笔力进欤？"②

德文中有两个术语，一个叫老年风格（Alterstil），一个叫晚期风格（Spätstil）。前者是指艺术家老年时的作品，而后者则是指一种特定的艺术上成熟的晚期风格。韩淲所说的基本上可以归后一类。风格意义上的晚期和生理上的老年既有联系，又有区别。孙奕《履斋示儿编》中《老而工诗》一条则是将二者混为一谈了：

> 客有曰："诗人之工于诗，初不必以少壮老成较优劣。"余曰："殆不然也，醉翁在夷陵后诗，涪翁到黔南后诗，比兴益明，用事益精，短章雅而伟，大篇豪而古。如少陵到夔州后诗，昌黎在潮阳后诗，愈见光焰也。

---

① 韩淲撰、张剑光整理《涧泉日记》卷下，上海师范大学古籍整理研究所编《全宋笔记》第6编第9册，郑州：大象出版社，2013年，第123页。
② 同上，第124页。

不然,少游何以谓《元和圣德诗》于韩文为下,与《淮西碑》如出两手? 盖其少作也。"①

孙奕把夔州、潮州、黔州说成是杜甫、韩愈、黄庭坚写作生涯的转折点,这只是鹦鹉学舌,重复黄庭坚的观点,并无新意,只不过黄庭坚说的是韩愈的文章,而孙奕说的是韩愈的诗歌,似有偷梁换柱之嫌。大概是为证明自己的理论是放之四海而皆准的,孙奕把欧阳修也给拉扯进来了,这多少有点"拉虎皮做大旗"的意思。欧阳修被贬夷陵乃是景祐三年(1036)的事,当时他不过而立之年。而《元和圣德诗》作于元和二年(807),韩愈已到了不惑之年。如果说欧阳修年方三十就已经成为"老而工诗"的典范,而韩愈在四十岁时写的作品还只能算得上是"少作",这似乎有点匪夷所思。其实若是用 Spätstil 这一概念来解释未尝不可,只是孙奕仍旧囿于以生理年龄为基础的少壮老成的理论模式。我们可以比较一下曾季貍的一段评论:"韩文、杜诗,备极全美,然有老作。如《祭老成文》、《大风卷茅屋歌》,浑然无斧凿痕,又老作之尤者。"②此处的"老作"则似乎和生理年龄无关。《茅屋为秋风所破歌》作于上元二年(761),杜甫年近五十,但是《祭兄子十二郎老成文》写于贞元十八年(802),韩愈当时不过三十多岁。若按照孙奕的说法,韩愈四十岁时的作品还只能算是"少作"。

在孙奕提到的那位无名"客"身上,我们可以窥见当时对教条式的"老而工诗"的理论已有异议。朱熹堪称是这方面名气最大的代言人。黄庭坚之后,宋人对杜甫夔州诗的推崇到达了膜拜顶礼的地步,朱熹对此大不为然:"人多说杜子美夔州诗好,此不可晓。"他认为杜甫的夔州诗"说得郑重烦絮,不如他中前有一节诗好"③。黄庭坚推崇杜甫的夔州诗,朱熹认为是"鲁直一时固自有所见",但是"今人只见鲁直说好,便却说好,如矮人看戏耳!"④在对杜诗总的评价上,朱熹和黄庭坚的意见截然相反,他认为"杜甫夔州以前诗佳;夔州以后自出规模,不可学"⑤。这里就明确提出,杜甫的诗歌创作是老不如少。朱熹所欣赏的杜甫的少

---

① 孙奕《履斋示儿编》卷十,北京:中华书局,2014 年,第 166 页。
② 曾季貍《艇斋诗话》,《历代诗话续编》本,第 297 页。
③ "郑重"和"烦絮"同义。班固撰、颜师古注《汉书》卷九十九中,第 4113 页:"然非皇天所以郑重降符命之意。"颜师古注:"郑重,犹言频频也。"
④ 黎靖德编《朱子语类》卷一百四十,北京:中华书局,1986 年,第 3326 页。
⑤ 同上,第 3324 页。

作主要是指"自秦州入蜀诸诗":"杜诗初年甚精细,晚年横逆不可当,只意到处便押一个韵。如自秦州入蜀诸诗,分明如画,乃其少作也。"①这就是说,杜甫诗初期写得精密,晚期则过于涣散。从这个角度出发,朱熹认为总体来说,李白的诗高于杜甫的诗,因为李白始终如一地以《文选》为楷模,而杜甫至夔州以后诗歌就逐渐地散漫起来,没有章法了:"李太白终始学选诗,所以好。杜子美诗好者亦多是效选诗,渐放手,夔州诸诗则不然也。"②

  这里有两点要说明。第一,宋代批评杜诗"郑重烦絮",朱熹并不是第一个。叶梦得对《八哀》的评论就是一个先例:"老杜《述怀》、《北征》诸篇,穷极笔力,如太史公纪、传,此固古今绝唱。然《八哀》八篇,本非集中高作……其病盖伤于多也。如李邕、苏源明诗中极多累句,余尝痛刊去,仅各取其半,方为尽善,然此语不可为不知者言也。"③后来的刘克庄也认为《八哀》诗中某些诗篇"如郑虔之类,非无可说,但每篇多芜词累句,或为韵所拘,殊欠条鬯"④。饶宗颐认为,朱熹"病杜之夔州诗,过于冗絮者,似颇受叶梦得之影响"⑤。此言不无道理,但是叶梦得只是在评议杜甫的具体作品,而朱熹则是从整体上批判杜甫的晚期诗歌。

  第二,朱熹对杜甫夔州诗的评论,在一定程度上是出于对宋人盲目信从黄庭坚的不满。他并不认为所有的诗人到了晚年都是每况愈下。有人问他:"韩退之潮州诗,东坡海外诗如何?"他就回答说:"却好。东坡晚年诗固好。"⑥另外,朱熹也并不主张所有的人都要亦步亦趋地模仿文选。《跋病翁先生诗》一文有相当详细的说明。病翁先生即朱熹的业师刘子翚,朱熹评其诗《闻筝作》曰:"规模意态,全是学《文选》乐府诸篇,不杂近世俗体,故其气韵高古而音节华畅,一时辈流少

---

① 黎靖德编《朱子语类》卷一百四十,第3326页。
② 同上,第3326页。后来的方回则对杜甫放弃学选诗表示赞赏,他在《评刘元辉诗》一文中写道:"老杜初学选体,有几诗步步曹、刘,后来纵横变化,自为一体,为拾遗弃官而后,不用古乐府题,篇篇自撰新名,《北征》而下,秦川蜀道,历历如画,夔峡湘湖,笔尤老健,瘦铁屈盘,而哀怨痛快。"(李修生主编《全元文》卷二一九,第7册,第261页)
③ 叶梦得撰、逯铭昕校注《石林诗话校注》卷上,北京:人民文学出版社,2011年,第47—48页。后人多次重申叶梦得的观点,可参见《石林诗话校注》卷上,第49—50页,注[4]。
④ 刘克庄《后村诗话》新集卷一,第155页。刘克庄还几乎一字不动地重复了叶梦得的话:"此八篇本非集中高作,而世多尊称,不敢议其病,盖伤于多。如李邕、苏源明篇中多累句,刮去其半,方尽善……石林之评累句之病,为长篇者不可不知。"(刘克庄《后村诗话》后集卷二,第59页)
⑤ 饶宗颐《论杜甫夔州诗》,《饶宗颐二十世纪学术文集》卷十二,台北:新文丰出版公司,2003年,第98页。
⑥ 黎靖德编《朱子语类》卷一百四十,第3326页。

能及之。"然而刘子翚到了晚年则形成了自己独特的风格:"逮其晚岁,笔力老健,出入众作,自成一家,则已稍变此体矣。"朱熹认为,诗人应该从模仿开始,到了晚年能否变通则取决于个人的禀赋:"天下万事皆有一定之法,学之者须循序而渐进。如学诗则且当以此等为法,庶几不失古人本分体制。向后若能成就变化,固未易量,然变亦大是难事,果然变而不失其正,则纵横妙用,何所不可?不幸一失其正,却似反不若守古本旧法以终其身之为稳也。"学诗者当取法于"不变者":"李、杜、韩、柳初亦皆学《选》诗者,然杜、韩变多而柳、李变少。变不可学而不变可学,故自其变者而学之,不若自其不变者而学之。"朱熹还专门警告学诗者,不要被黄庭坚的话引入歧途:"学者其毋惑于不烦绳削之说,而轻为放肆以自欺也哉!"①

朱熹对杜甫夔州诗总体的负面批评在宋代只有少数人支持②,唯一附和的大概只有他的三传弟子刘辰翁。刘辰翁评点《岁晏行》时说"子美晚年诗多杂乱,无复语次"③;他在评点《锦树行》时也说"夔后语言多乱杂"④。他对杜甫晚期诗歌还算客气,但是对黄庭坚刻意模仿这种语无伦次的诗歌,则毫不留情:"老人语态,不可拘以常格,得以此,失以此。山谷专主此等流弊,至不可读,亦不得不以为戒也。"⑤他在评点《解闷十二首之八》时也表达同样的意思:"公诗晚年多倒用,老态其所自得,然未可尽以为法,黄山谷偏嗜此等,自取成家。"⑥在明、清两代,不断有人直接或间接地重申朱熹的观点。胡应麟说:"凡诗初年多骨格未成,晚年则意态横放,故惟中岁工力并到,神情俱茂,兴象谐合之际,极可嘉赏。"他认为杜甫中年"篇篇合作,语语当行,初学所当法也",而夔州以后的诗篇"则过于奔放……视其中年精华雄杰,往往如出二手"⑦。明末清初的申涵光也说:"子美一

---

① 朱熹《跋病翁先生诗》,曾枣庄、刘琳主编《全宋文》卷五六三三,第251册,第137页。关于朱熹此跋的讨论,可参见谷曙光《韩愈诗歌宋元接受研究》,合肥:安徽大学出版社,2009年,第243—245页。
② 从宋代开始对杜甫的负面批评就一直不断,详细论述可见蒋寅《杜甫是伟大诗人吗:历代贬杜论的谱系》,《国学学刊》2009年第3期。本文具体关注的是对杜甫晚期诗歌的总体批评。
③ 张溍《读书堂杜工部诗文集注解》卷十九,济南:齐鲁书社,2014年,第1279页。
④ 张溍《读书堂杜工部诗文集注解》卷十七,第1191页。
⑤ 张溍《读书堂杜工部诗文集注解》卷十九,第1279页。
⑥ 张溍《读书堂杜工部诗文集注解》卷十五,第969页。
⑦ 胡应麟《诗薮》续编卷二,上海:上海古籍出版社,1979年,第360页。

生,唯中年诸诗静练有神,晚则颓放。"①纪昀在批评方回"英雄欺人"的时候说:"杜诗佳处卷卷有之,若综其大凡,则晚岁语多颓唐,精华自在中年耳。"②他不同意杜甫"愈变愈进"的说法,认为"老手亦有变而颓唐者,必以夔州以后为准,非通方之论也"③。他还批评方回在"立春"类所选的杜诗不当:"所选少陵七言六首,多颓唐之作。盖宋人以此种为老境耳。"④纪昀往往用"颓唐"二字来形容晚期诗风。他在评论苏轼的一首诗时写道:"老手恃老,往往颓唐。工部晚年,亦不免此。"⑤不光杜甫、苏轼如此,刘克庄也是"老境颓唐"⑥。

朱熹关于散文写作的理论,也显露了同一种思路。他从生理角度出发,认为"人老气衰,文亦衰"。他把三十岁作为作家气格发展的关键时期:"人之文章,也只是三十岁以前气格都定,但有精与未精耳。"⑦人到了晚年所写的文章,往往"如秃笔写字,全无锋锐可观"⑧。朱熹举了欧阳修的例子:"欧阳公作古文,力变旧习。老来照管不到,为某诗序,又四六对偶,依旧是五代文习。"⑨韩淲在批评欧阳修晚年文章时,把曾巩也给捎带上了:"六一、南丰,中年文字好,及晚则已定,又放开了。"⑩王安石也曾在神宗皇帝面前说过:"欧公文章晚年殊不如少壮时。且曰:'惟识道理,乃能老而不衰。'"⑪王安石在这里是批评欧阳修晚年文章的思想内容。朱熹对苏轼晚年的文章也提出过类似的批评,说他"文字也多是信

---

① 田雯《古欢堂杂著》卷四,见郭绍虞编选《清诗话续编》,上海:上海古籍出版社,1983年,第720页。
② 方回选评、李庆甲集评《瀛奎律髓汇评》卷十,第325页。
③ 方回选评、李庆甲集评《瀛奎律髓汇评》卷二,第53页。
④ 方回选评、李庆甲集评《瀛奎律髓汇评》卷十,第357页。
⑤ 纪昀评点本《苏文忠公诗集》卷三十,《宋集珍本丛刊》第21册(影印清末李香岩手批本),北京:线装书局,2004年,第142页。苏诗题为《卧病逾月,请郡不许,复直玉堂。十一月一日锁院,是日苦寒,诏赐宫烛法酒,书呈同院》。此诗作于元祐三年(1088),苏轼五十一岁。
⑥ 方回选评、李庆甲集评《瀛奎律髓汇评》卷十四,第519页。
⑦ 黎靖德编《朱子语类》卷一百三十九,第3301页。
⑧ 同上,第3302页。
⑨ 同上,第3311页。朱熹提到柳宗元也有类似情况:"又如子厚亦自有双关之文,向来道是他初年文字。后将年谱看,乃是晚年文字,盖是他效世间模样做则剧耳。"(黎靖德编《朱子语类》卷一三九,第3289页)此处"双关之文"即指骈文对仗。
⑩ 韩淲撰、张剑光整理《涧泉日记》卷下,上海师范大学古籍整理研究所编《全宋笔记》第6编第9册,第124页。和欧阳修、曾巩形成对比的是苏轼和王安石:"东坡、半山晚犹向进不尽。"(同上)
⑪ 朱弁撰、张剑光整理《曲洧旧闻》卷四,上海师范大学古籍整理研究所编《全宋笔记》第3编第7册,郑州:大象出版社,2008年,第40页。

笔胡说,全不看道理。"①文章的内容和风格固然不能混为一谈,但二者常常又是密切相关的,比如韩淲就说苏辙:"文字晚年多泥老佛之说,笔势缓弱无统。"②

熙宁三年(1070),六十三岁的欧阳修在《题青州山斋》一文中,讲述了一段很有趣的经历。他年轻时就对唐代诗人常建的"竹径通幽处,禅房花木深"一联极为赞赏,曾经多次试图"效其语作一联",但是"久不可得"。晚年来到青州,其山斋环境优雅,和常建所描写的景色有异曲同工之妙,"平生想见而不能道以言者乃为己有,于是益欲希其仿佛,竟尔莫获一言"。为什么"前人为开其端,而物景又在其目",而自己却"不得自称其怀"呢?欧阳修感慨之余总结出自己失败的两个原因:第一,"人才有限而不可强";第二,"吾老矣,文思之衰"③。这后一点算是作家对年迈才衰的经验之谈。

三、诗学上的尊老抑少

总的来说,"老而工诗"的理论在宋代是占主导地位的。孙奕援引了秦观的评论:"《元和圣德诗》于韩文为下,与《淮西碑》如出两手,盖其少作也。"④这段文字反映出宋代文学思想中尊老抑少的倾向,而这种倾向在有关王安石的评论中表现得尤为突出。叶梦得《石林诗话》中有一段常为人引用的话:

> 王荆公少以意气自许,故诗语惟其所向,不复更为涵蓄。如"天下苍生待霖雨,不知龙向此中蟠",又"浓绿万枝红一点,动人春色不须多","平治险秽非无力,润泽焦枯是有材"之类,皆直道其胸中事。后为群牧判官,从宋次道尽假唐人诗集,博观而约取,晚年始尽深婉不迫之趣。乃知文字虽工拙有定限,然亦必视初壮,虽此公,方其未至时,亦不能力强而遽至也。⑤

---

① 黎靖德编《朱子语类》卷一百四十,第3326页。
② 韩淲撰、张剑光整理《涧泉日记》卷下,上海师范大学古籍整理研究所编《全宋笔记》第6编第9册,第124页。有关苏辙晚年文章笔势缓弱的评析,可参见朱刚《唐宋"古文运动"与士大夫文学》,上海:复旦大学出版社,2013年,第387—389页。
③ 曾枣庄、刘琳主编《全宋文》卷七一八,第34册,第94页。
④ 秦观的评论首载见于陈师道《后山诗话》,《历代诗话》本,第309页。
⑤ 叶梦得撰、逯铭昕校注《石林诗话校注》卷二,第93页。

叶梦得把王安石的诗歌发展一分为三。王安石早期诗风的特点是锋芒毕露,缺少含蓄。关于王安石中期诗风的具体特征,叶梦得未曾说明,只是说他在任群牧司判官期间(1054—1057),从宋敏求那里借阅唐人诗集,从中汲取艺术营养,因而诗风发生了转折。王安石在熙宁九年(1076)退居钟山以后的作品则显示了他"深婉不迫"的晚期诗风。叶梦得对王安石诗歌的三段分期不禁令人想到吕大防对杜诗、韩文所做的"少、壮、老"三个阶段的划分,但二者在理论层面上颇有不同。按照吕大防的说法,生理成长和社会阅历在作家创作过程中各司其职,前者决定风格,后者决定内容。而在叶梦得的描述中,生理年纪和社会经历,都是在诗人风格演化的过程中不可或缺的因素。吕大防所说的社会阅历主要是指作家对时世的体验,而叶梦得更加侧重作家的文学修养——王安石诗风从早期到中期的转变就是其"博观而约取"唐诗的结果。叶氏和吕氏最耐人寻味的区别在于他们对不同阶段的诗风的描述。吕大防说的"锐"、"肆"、"严"都是褒义的批评术语,但是叶梦得则明显地流露出扬老抑少的倾向。

叶梦得的好友孙觌在给曾慥的一封书信中,也对王安石诗风的三个阶段作了总结,其基本观点和叶梦得大同小异:

> 荆公《竹诗》:"人言直节生来瘦,自许高才老更刚。"《雪诗》:"平治险秽非无德,润泽焦枯实有才。"《送李璋下第》:"才如吾子何忧失,命属天公不可猜。"世人传诵,然非佳句。公诗至知制诰乃尽善,归蒋山乃造精绝,其后《再送李璋下第》、《和吴冲卿雪诗》,比少作如天渊相绝也。①

北宋从政和年间开始,翟汝文、叶梦得、汪藻、孙觌四人号称"文人有声者"②。他们四人意气相投,互相标榜。孙觌此信很可能受到叶梦得的影响,虽然二人在界定王安石中期诗歌的具体时间段上略有不同③。我们在前文提到,叶梦得并未说明,王安石"博观而约取"唐人诗集后诗风究竟发生哪些具体的变

---

① 孙觌《与曾端伯书》,曾枣庄、刘琳主编《全宋文》卷三四二九,第159册,第55页。
② 龚明之撰、张剑光整理《中吴纪闻》卷七,上海师范大学古籍整理研究所编《全宋笔记》第3编第7册,第261页。
③ 王安石知制诰是嘉祐六年(1061)的事,至和元年(1054)除群牧司判官,嘉祐二年(1057)改太常博士,知常州。

化。而孙觌则一言以蔽之，曰"尽善"，似乎也有点敷衍了事。其实，不论是叶梦得还是孙觌，其真正关注的是王安石早期和晚期诗风的区别，之所以要提出一个中期，主要还是囿于三段分期的模式。另外还要指出的是，在对王安石诗歌的评论中所呈现的扬老抑少的倾向，并非局限于叶梦得的圈子，而是在两宋之交时形成的一种共识，李公彦在《漫叟诗话》中也说："荆公定林后诗，精深华妙，非少作之比。"①

叶梦得等人对王安石早期诗歌的批评，是对时人审美趣味的一种否定，同时也反映了他们的某种焦虑，那就是担心王安石的晚期作品会受到冷落。这种担心与南宋初年王安石作品的流传情况有关，这在汪藻《跋半山诗》中有所记载。崇宁年间（1102—1106）祝廷任淮南学事司属官时，刻印了一本精致的《半山别集》，收有王安石"诗百余首，表启十余篇。乃荆公罢相居半山时老笔也"。后来王安石的学生周彦直又将此集重新刻印刊行。据徐俯说，黄庭坚读集中之诗时，"句句击节"②。但是在宋廷南渡之后的二十年里，汪藻却"求之莫获"。后来他在《临川前后集》中，看到了《半山别集》中所收的几十首诗，于是"择出录之"，虽然其中"极多舛误"，也不予雠正，"非不知其非真。但不敢擅下雌黄耳"。最后汪藻发了一番感慨："今人谓荆公诗皆其少作，而此老笔无人辨之，尤怅然也。"③我们应该注意到，汪藻所说的王安石的"老笔"既包括他的诗歌，也包括表启之类的散文。我们在前文提到过韩淲也很推崇王安石晚期的文章，称之"笔力极高古"。

我们可以通过考察一个实例来说明，为什么孙觌和叶梦得等人认为王安石早期诗歌过于直露。孙觌信中所提的第一联诗句出自《与舍弟华藏院此君亭咏竹》，全文如下：

一径森然四座凉，残阴余韵兴何长。

---

① 胡仔纂集《苕溪渔隐丛话》前集卷三十三，第222页。关于《漫叟诗话》的作者，见郭绍虞《宋诗话考》，第147—149页。
② 脱脱等《宋史》卷一百六十七，第3971页："提举学事司……崇宁二年（1103）置。"龚延明《宋史职官志补正》（增订本），北京：中华书局，2009年，第456页："哲宗元符二年（1099）十一月二十七日，已诏诸路各选监司一员提举州学。此系兼职，然提举学事之名，当始于此；若谓专职提举学事，自崇宁二年（1103）始置，则可。"黄庭坚于崇宁四年（1105）去世。祝廷编成此集的具体年代虽不得而知，但应该是在元符二年与崇宁四年之间。
③ 汪藻《跋半山诗》，曾枣庄、刘琳主编《全宋文》卷三三八四，第157册，第239页。

人怜直节生来瘦,自许高材老更刚。
曾与蒿藜同雨露,终随松柏到冰霜。
烦君惜取根株在,欲乞伶伦学凤凰。①

此诗大约作于景祐五年(1038)②。由诗题看来,当时年方十一的"舍弟"王安国也曾作诗一首③。"此君亭"一名源于王徽之爱竹的故事。王徽之有一次借宿朋友家,当即命人种竹,人问其故,答曰:"何可一日无此君!"④在中国文化中,竹子是虚怀若谷而又坚韧不拔的象征。王安石此诗则以竹子来塑造一个德才兼备的自我形象。在孙觌看来,这种过分直露的象征意图,在审美层面上缺乏余韵,所以不足为训。据说王安石本人后来也对这一联诗句风靡一时表示不满。据曾慥《高斋诗话》记载:"宾客每对公称颂此句,公辄颦蹙不乐。晚年与平甫坐亭上,视诗牌曰:'少时作此题榜,一传不可追改。大抵少年题诗,可以为戒。'平甫曰:'此扬子云所以悔其少作也。'"⑤李壁认为,此联"语无含蓄风韵,故当悔之"⑥。纪昀在批评此联时指出,咏物诗的体物言志,必须恰到好处:"咏物无比兴,不免肤浅。然如此比兴太显,仍不免肤浅。"⑦按照这些批评家看来,王安石此联的弱点就在于"比兴太显"。

如曾慥所记属实,那么王安石则堪称是宋代第一位明确表示悔其少作的大诗人。后来的诗人在这方面的表现可谓有过之而无不及。我们在上文提到,黄

---

① 王安石撰、聂安福等整理《临川先生文集》卷二十二,王水照主编《王安石全集》第5册,第466—467页。此诗题目又作《华藏院此君亭》。
② 此诗系年可见王晋光《王安石诗系年初稿》,马尼拉:德扬公司,1986年,第1—2页。王安石之父王益景祐四年(1037)通判江宁,王安石随父到任。宝元二年(1039)二月,王益卒于江宁,王安石守丧期内当不会作此意气风发的诗篇,守丧期满就赴京考试。李德身在其《王安石诗文系年》(西安:陕西人民教育出版社,1987,第174页)一书中,将此诗系于1066年,似欠妥当。
③ 据王安石《王平甫墓志》(王安石撰、聂安福等整理《临川先生文集》卷五十一,王水照主编《王安石全集》第7册,第1585页)记载:"(安国)年十二,出其所为铭、诗、赋、论数十篇,观者惊焉。自是遂以文学为一时贤士大夫誉叹。"曾巩《王平甫文集序》(曾枣庄、刘琳主编《全宋文》卷一五二三,第58册,第2页)亦有类似记载:"平甫自少已杰然以材高见于世,为文思若决河,语出惊人,一时争传诵之。"由此看来,王安国是个神童,十一岁作诗应该是不成问题的。
④ 刘义庆撰,刘孝标注,余嘉锡笺疏,周祖谟、余淑宜、周士琦整理《世说新语笺疏》(修订本),上海:上海古籍出版社,1993年,第759页。
⑤ 胡仔纂集《苕溪渔隐丛话》前集卷三十四,第229页。
⑥ 王安石撰、李壁笺注《王荆文公诗笺注》卷三十三,上海:上海古籍出版社,2010年,第830页。
⑦ 方回选评、李庆甲集评《瀛奎律髓汇评》卷三十五,第1425页。

庭坚曾说自己在绍圣以前的作品"皆可笑"。据其兄黄大临说:"鲁直旧有诗千余篇,中岁焚三之二,存者无几。"由此可以看出,黄庭坚在中年就对少作不满了。叶梦得曾见到黄庭坚少年时写给俞澹的长歌一篇,"与今诗格绝不类,似学李太白"①。黄庭坚十七八岁的时候还自称"清风客"。由此看来,黄庭坚很有可能少年时曾学李白,后来崇尚杜甫,则对以前模仿李白的作品采取了否定的态度。到了老年,则又对绍圣以前的所有作品加以否定。像黄庭坚那样焚弃旧稿的举动,在唐代就有先例②,在宋代更是屡见不鲜,诗人们常常通过这种姿态来表示自己要改弦易辙,和过去的写作方法和风格彻底决裂③。陈师道在《答秦觏书》中提及自己焚稿一事时写道:"仆于诗初无师法,然少好之,老而不厌,数以千计,及一见黄豫章尽焚其稿而学焉。"④杨万里在《诚斋江湖集序》中说:"予少作有诗千余篇,至绍兴壬午(1162)七月皆焚之。"他焚稿的原因是这些作品"大概江西体也",而他后来转学陈师道、王安石及晚唐诗人⑤。有时候诗人焚稿只是对自己作品的一种删定,表示在取舍上精益求精,并不是对旧作的全盘否定,如贺铸《庆湖遗老诗集》卷首自序云:"率三数年一阅故稿,为妄作也,即投诸炀灶,灰灭后已者屡矣。"⑥按照谢克家在《后山居士集序》中的记载,陈师道"为文至多,少不中意则焚之,存者财十一也"⑦。由此看来,陈师道在遇见黄庭坚以前就有焚稿行为了,而其焚稿的动机和贺铸的一样,都是为了在保存自己作品时去其糟粕,存其精华。这和因为悔其少作而焚稿的那种戏剧性的行为又不尽相同。另外,宋代文

---

① 叶梦得撰、徐时仪整理《避暑录话》卷上,上海师范大学古籍整理研究所编《全宋笔记》第 6 编第 9 册,《全宋笔记》第 2 编第 10 册,郑州:大象出版社,2006 年,第 272—273 页。
② 段成式撰、许逸民校笺《酉阳杂俎校笺》前集卷十二(北京:中华书局,2015,第 900 页):"(李)白前后三拟《文选》,不如意,悉焚之,唯留《恨》、《别》赋。"杜牧在《献诗启》中自称"苦心为诗,本求高绝,不务奇丽,不涉习俗,不今不古,处于中间。既无其才,徒有其奇,篇成在纸,多自弃之"。(杜牧撰、吴在庆校注《杜牧集系年校注·樊川文集》卷十六,北京:中华书局,2008 年,第 1002 页)杜牧临终前还有一次焚稿事件。据他的外甥裴延翰《樊川文集序》记载:"迁中书舍人,始少得恙,尽搜文章,阅千百纸,掷焚之,才属留者十二三。"(杜牧撰、吴在庆校注《杜牧集系年校注·樊川文集》卷首,第 1 页)杜牧迁中书舍人是大中六年(852)的事,第二年他就去世了。
③ 相关讨论可参见浅见洋二著、朱刚译《"焚弃"与"改定"——论宋代别集的编纂或定本的制定》,《中国韵文学刊》2007 年第 3 期。此处我要感谢复旦大学张金耀教授在阅读本文初稿后建议我参照浅见洋二的文章。
④ 曾枣庄、刘琳主编《全宋文》卷二六六四,第 123 册,第 285 页。
⑤ 曾枣庄、刘琳主编《全宋文》卷五六二一,第 238 册,第 218 页。
⑥ 曾枣庄、刘琳主编《全宋文》卷二六七三,第 124 册,第 48 页。
⑦ 曾枣庄、刘琳主编《全宋文》卷三一三三,第 145 册,第 319 页。

人焚烧自己文章旧作的例子还有一些记载①。

当代学者在论说王安石早期诗风的时候,往往会征引上述叶梦得那段权威性文字,并以《省兵》、《兼并》、《发廪》及《河北民》之类的古体诗为例来说明。其实叶梦得的批评和王安石这一类的早期议政诗是毫无干涉的。中国诗歌传统中写社会题材的古体诗往往都是直话直说,这种直截了当的风格本无可诟病。叶梦得所关注的乃是王安石的近体诗,尤其是对偶句。以下一段文字可以说明他为什么欣赏王安石的晚期诗风:

> 王荆公晚年诗律尤精严,造语用字,间不容发。然意与言会,言随意遣,浑然天成,殆不见有牵率排比处。如"含风鸭绿鳞鳞起,弄日鹅黄袅袅垂",读之初不觉有对偶。至"细数落花因坐久,缓寻芳草得归迟",但见舒闲容与之态耳。而字字细考之,若经隶括权衡者,其用意亦深刻矣。尝与叶致远诸人和头字韵诗,往返数四,其末篇有云:"名誉子真矜谷口,事功新息困壶头。"以谷口对壶头,其精切如此。②

叶梦得提到王安石晚年诗律精严的三个方面:一是选词择字的缜密,二是诗歌语言的深刻的互文性,三是典故运用的精切,而这三者都做得不露痕迹,看上去"浑然天成"。我们可以在此对叶梦得所举的三个例子略加分析。"含风鸭绿鳞鳞起,弄日鹅黄袅袅垂"出自王安石绝句《南浦》③。此联两句对仗十分明显。叶梦得为什么却说"读之初不觉有对偶"呢?估计他是指一些不易察觉的精细之处。比如王安石在用"鸭绿"对"鹅黄"的时候,巧妙地使用了两个代语:鸭绿指绿水,鹅黄指新柳。这种代语的使用颇受宋人看重。惠洪《冷斋夜话》曰:"用事琢句,妙在言其用,不言其名耳。此法唯荆公、东坡、山谷三老知之。荆公曰:'含风鸭绿鳞鳞起,弄日鹅黄袅袅垂。'此言水柳之用,而不言水柳之名也。"④此联中两

---

① 苏洵说自己读了"古人之文"以后,"始觉其出言用意,与己大异……由是尽烧囊时所为文数百篇,取《论语》、《孟子》,韩子及其他圣人、贤人之文,而兀然端坐,终日以读之者"。(《上欧阳内翰第一书》,曾枣庄、刘琳主编《全宋文》卷九一九,第43册,第27页)。朱熹的门生刘清之"既举进士,欲应博学宏词科。及见朱熹,尽取所习焚之,慨然志于义理之学"。(脱脱等《宋史》卷四百三十七,第12956页)徐霖年方十三,便"有志圣人之道,取所作文焚之,研精《六经》之奥,探赜先儒心传之要"。(脱脱等《宋史》卷四百二十五,第12678页)

② 叶梦得撰、逯铭昕校注《石林诗话校注》卷一,第12页。

③ 王安石撰、聂安福等整理《临川先生文集》卷二十七,王水照主编《王安石全集》,第5册,第554页。

④ 惠洪《冷斋夜话》卷四,张伯伟编校《稀见本宋人诗话四种》,第43页。

个联绵词的对仗也有些讲究，这当中使用了侧对的手段。"鳞"字中的鱼字旁和"裛"字中的鸟字旁形成了鱼、鸟互对①。鱼在下，鸟在上，正如水（鸭绿）在下，柳（鹅黄）在上一样。另外"起"是由下而上，"垂"是由上而下，这些细微之处交织在一起，使一联两句形成了多层面的对仗。难怪王安石本人对此联也甚为自负，称其"几凌轹造物"②。元丰六年（1083）魏泰谒王安石于金陵，曾问"彼作诗否"，王安石"口占一绝"，即此诗，魏泰闻而叹曰："真佳句也。"③

"细数落花因坐久，缓寻芳草得归迟"是王安石绝句《北山》后二句④。叶梦得说此联"若经櫽括权衡者"，所谓"櫽括"是诗歌语言互文性的一个类型。一般认为，此联出自王维《从岐王过杨氏别业应教》的第二联："兴阑啼鸟缓，坐久落花多。"⑤王维原句"落花"一词中的两个字都带草字头，这本无特殊之处，但是王安石以"芳草"对"落花"，草字头四次出现，则可能是有意要造成一种视觉上的对称。另外，"缓"和"细"字相对，两字都含有绞丝旁，也产生了同样的视觉美⑥。正如《优古堂诗话》所说的，王安石的诗联"本于王摩诘……而其辞意益工也"⑦。

"名誉子真矜谷口，事功新息困壶头"一联出自《次韵酬朱昌叔五首》之五⑧。王安石把"谷口"和"壶头"两个地名相对，令叶梦得深为赞叹。"谷"、"壶"同韵，"口"、"头"亦然。"口"对"头"是工对。"谷"和"壶"属于侧对，这里有两种可能性：第一，"壶"和"湖"同音，而"湖"、"谷"是工对；第二，"谷"和"穀"同音，"穀"和"壶"又为工对。另外，此联的两个典故都是关于汉代的人物：上句指的是郑朴（字子真）谷口躬耕的故

---

① "鳞鳞"本集作"粼粼"，然宋人诗话中皆作"鳞鳞"。见魏泰撰、陈应鸾校注《临汉隐居诗话校注》卷二，第99页；惠洪《冷斋夜话》卷四，张伯伟编校《稀见本宋人诗话四种》，第43页。
② 王直方《王直方诗话》，郭绍虞辑《宋诗话辑佚》，第61页。"造物"一作"春物"，见王安石撰、李壁笺注《王荆文公诗笺注》卷四十一，第1046页。
③ 魏泰撰、陈应鸾校注《临汉隐居诗话校注》卷二，第99页。
④ 王安石撰、聂安福等整理《临川先生文集》卷二十八，王水照主编《王安石全集》，第5册，第573页。
⑤ 王维撰、陈铁民校注《王维集校注》卷一，第22页。"缓"本集作"换"。彭定求等编《全唐诗》卷一百二十六，第1265页。"换"字注："一作缓"。"缓"字义胜。
⑥ 吴可《藏海诗话》（丁福保辑《历代诗话续编》，第333页）中有一段似是而非的评论："'细数落花''缓寻芳草'，其语轻清。'因坐久''得归迟'，则其语典重。以轻清配典重，所以不堕唐末人句法中。"
⑦ 《优古堂诗话》，《历代诗话续编》本，第226页。关于《优古堂诗话》的作者，郭绍虞认为是毛开；见其《宋诗话考》，第60—61页。陈应鸾认为该书乃元、明书贾为了谋利，托宋人之名所为，见其《〈优古堂诗话〉并非毛开、吴开所撰补考》，《四川大学学报》（哲学社会科学版）2010年第4期。
⑧ 王安石撰、聂安福等整理《临川先生文集》卷七，王水照主编《王安石全集》，第5册，第391页。

事①,下句指新息侯马援在征伐武陵蛮夷时受阻于壶头山的故事②。王安石这种以出自同一时期的典故互相对仗的手笔,也颇受叶梦得赞赏③。

叶梦得所称道的王安石的晚期诗作包括律诗和绝句。但是从两宋之交开始,王安石的绝句就受到论者的特别推崇。胡仔引惠洪《冷斋夜话》云:"山谷云:'荆公暮年作小诗,雅丽精绝,脱去流俗,每讽味之,便觉沉潴生牙颊间。'"胡仔明显认为"小诗"指绝句,因为他随即引了王安石六首五言绝句,称其"真可使人一唱而三叹"④。后代批评家们在论及王安石晚年绝句的时候也经常引用黄庭坚的这段话。此处也许应该说明一下,在现存的《冷斋夜话》版本中,并没有这段话。这段话的前半部分出自黄庭坚《跋王荆公禅简》:"暮年小语,雅丽精绝,脱去流俗,不可以常理待之也。"⑤此处"小语"显然指王安石的禅简,与绝句无关。胡仔所引《冷斋夜话》这段文字的后半部分来路不明。黄庭坚在《跋与张载熙书卷尾·三》中写道:"老夫久不观陶、谢诗,觉胸次愊塞,因学书尽此卷,觉沉潴生于牙颊间也。"⑥有可能是惠洪(或者是胡仔)将黄庭坚两段不相干的文字混淆在一起,然后又误用在对王安石的绝句的评论上。

最先明确提出王安石诗作中绝句最高的大概是释普闻了。普闻《诗论》对王安石、苏轼、黄庭坚作了一个比较:"近世所论:东坡长于古韵,豪逸大度;鲁直长于律诗,老健超迈;荆公长于绝句,闲暇清癯。其各一家也。"⑦普闻引了《送和甫至龙安微雨因寄吴氏女子》一诗来说明王安石绝句的特点:"荒烟凉雨助人悲,泪染衣襟不自知。除却春风沙际绿,一如看汝过江时。"普闻说这首绝句:"拂去豪逸之气,屏荡老健之节,其意韵幽远,清癯雅丽为得也。"⑧其实和王安石的一般诗作相比,此诗显得有点多愁善感,并不能代表王安石晚期绝句的风格,但是普闻的评论视角

---

① 汪荣宝《法言义疏》卷八,北京:中华书局,1987年,第173页。另见班固撰、颜师古注《汉书》卷七十三,第3056页。
② 范晔撰、李贤等注《后汉书》卷二十四,第843-844页。
③ 叶梦得撰、逯铭昕校注《石林诗话校注》卷中,第118页。
④ 胡仔纂集《苕溪渔隐丛话》前集卷三十五,第234页。
⑤ 曾枣庄、刘琳主编《全宋文》卷二三一〇,第106册,第219页。
⑥ 曾枣庄、刘琳主编《全宋文》卷二三〇九,第106册,第201页。
⑦ 普闻《释普闻诗话》,吴文治主编《宋诗话全编》,南京:江苏古籍出版社,1998年,第2册,第1426-1427页。
⑧ 同上,第1427页。

却引人注目:叶梦得和孙觌从纵向来比较王安石早期和晚期的诗风,而普闻则从横向来比较,凸显王安石与同代人苏轼和黄庭坚的不同。

普闻同时代的人张邦基似乎对王安石的七言绝句情有独钟:"七言绝句,唐人之作往往皆妙,顷时王荆公多喜为之,极为清婉,无以加焉。"①杨万里则曾经刻意模仿王安石的七言绝句。他在《诚斋荆溪集序》中说:"予之诗始学江西诸君子,既又学后山五字律,既又学半山老人七字绝句,晚乃学绝句于唐人。"②当然,这并不意味着杨万里认为王安石的五言绝句不如七言绝句,他在《诚斋诗话》中,对王安石的五、七言绝句都给予高度评价:"五七字绝句最少,而最难工,虽作者亦难得四句全好者,晚唐人与介甫最工于此。"③杨万里在其诗作中也多次提到自己对王安石绝句的喜好④。曾季狸更是把王安石绝句推到登峰造极的地位:"绝句之妙,唐则杜牧之,本朝则荆公,此二人而已。"⑤

王安石的绝句从12世纪以后所受到的推崇,为严羽的所谓"王荆公体"一说奠定了一块重要基石。严羽的《沧浪诗话》中有《诗体》一章,其"体"的意义非常广泛,包括诗歌的题材和形式,诗歌史上时代风格,不同诗人群的风格,以及不同诗人独特的风格。严羽为"王荆公体"写了一段小注:"公绝句最高,其得意处,高出苏、黄、陈之上,而与唐人尚隔一关。"⑥这似乎是在暗示,"王荆公体"最集中地体现在王安石的晚期绝句作品中。

四、跨文化的思考

从跨文化的角度来看,宋代的晚期风格观念在四个方面值得反思。这四个

---

① 张邦基《墨庄漫录》卷六,北京:中华书局,2002年,第180页。
② 曾枣庄、刘琳主编《全宋文》卷五三二一,第238册,第219页。
③ 杨万里《诚斋诗话》,《历代诗话续编》本,第141页。
④ 参见杨万里《读唐人及半山诗》(北京大学古文献研究所编《全宋诗》卷二二八二,第42册,第26184页),杨万里《读诗》(北京大学古文献研究所编《全宋诗》卷二三〇五,第42册,第26489页),杨万里《答徐子材谈绝句》(北京大学古文献研究所编《全宋诗》卷二三〇九,第42册,第26545页)。
⑤ 曾季狸《艇斋诗话》,《历代诗话续编》本,第299页。对王安石的绝句,宋人偶有微词。叶适就曾说:"王安石七言绝句,人皆以为特工,此亦后人貌似之论尔。七言绝句,凡唐人所谓工者,今人皆不能到,惟杜甫功力气势之所掩夺,则不复在其绳墨中;若王氏则徒有纤弱而已。而今人绝句,无不祖述王氏,则安能窥唐人之藩墙!"(叶适《习学记言序目》卷四十七,北京:中华书局,1977年,第707页)
⑥ 严羽著、张健校笺《沧浪诗话校笺》,上海:上海古籍出版社,2012年,第240页。

方面分别是:(1)此观念的历史性;(2)此观念在具体运用上的局限性;(3)在对晚期风格外在特征的表述中所呈现的多样性;(4)晚期风格成因之解释的复杂性。通过比较,我们可以更深刻地体会到中西传统中对同一问题探索的异同。

宋代的晚期风格观念在很大程度上是在杜甫经典化这一特定的历史过程中产生的,这一点在前文已详细阐明。晚期风格这一观念的历史性还可以从另一个角度来说明,这就是中国传统中的"才尽"之说,我在这里举5世纪的三位诗人鲍照、任昉、江淹为例。史载宋孝武帝"好为文章,自谓物莫能及",时为中书舍人的鲍照"悟其旨,为文多鄙言累句,当时咸谓照才尽"①。任昉以文才见知,和沈约齐名,世称"任笔沈诗"。任昉却心有不甘,要在诗歌写作上与沈约一较高低,故而"晚节转好著诗,欲以倾沈,用事过多,属辞不得流便,自尔都下士子慕之,转为穿凿,于是有才尽之谈矣"②。其实鲍照和任昉并不是真正的"才尽"了。鲍照"为文多鄙言累句"是为了避免触发孝武帝的嫉妒之心,这是一种情非所以的自保行为。任昉则是因为过于争强好胜,自不量力,结果适得其反。但是从时人想当然就说他们"才尽"这一现象中,我们也可以窥见一个潜在的观念,那就是说人的才力是会由盛入衰的,而晚年往往是衰败期。江淹的例子很富有传奇色彩。据说他在五十六岁的时候,"罢宣城郡,遂宿冶亭。梦一美丈夫,自称郭璞。谓淹曰:'我有笔在卿处多年矣,可以见还。'淹探怀中,得五色笔授之。而后为诗,不复成语,故世传江淹才尽"③。在后世,江淹几乎成了"才尽"的同义词了。周裕锴在论述宋代诗学中"老成"或"老格"这一命题时指出:"中国古代的文学观念普遍认为,诗文以气为主,人老而气衰,气衰而才退,'江郎才尽'之类的传说就是这种文学观念的折光。"④当然,正如我们在上文举例说明过的那样,即使在宋代这一观念也绝没有销声匿迹。

相比之下,西方文学艺术批评中对晚期风格的关注和阐发,其历史较为短暂。晚期风格的观念在很大程度上是现代主义文化的一个产物,但其发展过程

---

① 沈约《宋书》卷五十一,第1480页。
② 李延寿《南史》卷五十九,第1455页。
③ 钟嵘著、曹旭集注《诗品集注》,上海:上海古籍出版社,1994年,第306页。《南史》江淹本传,除了郭璞索笔之外,还记载了张协索锦的故事。(李延寿《南史》卷五十九,第1451页)《梁书》本传则直书其事。(姚思廉《梁书》卷十四,第251页)
④ 周裕锴《宋代诗学通论》,上海:上海古籍出版社,2007年,第348页。

和中国有某些类似之处。19世纪中叶之前，一般的看法是，人的创作才能在壮年达到顶峰，此后便走下坡路。在各式各类的关于"人生阶段"(ages of man)的理论模式中，老年总是被看作是衰败期，这和中国历史上"人老才尽"的说法有相通之处。西方19世纪中期开始出现了一种新的观念，认为大艺术家的晚期作品具有某些不似往昔、胜似往昔的品质。到了20世纪初，所谓"晚期风格"已被视为"是一个不言自明的概念，是天才的印证，是一种超历史的现象"①。

正如宋代晚期风格观念在很大程度上是杜甫经典化之延伸一样，西方晚期风格理论也主要是从对贝多芬(Beethoven)和歌德(Goethe)这两位大家的评论中发展出来的。德国社会学家、哲学家、批评家格尔格·西默尔(Georg Simmel)的《莱昂纳多·达·芬奇的〈最后的晚餐〉》(Das Abendmahl Leonardo da Vincis)一文在这方面很有代表性，其开头就说：

> 在某些最伟大的艺术家身上，老耄之年会带来一个新的发展，似乎是要在他们衰老的过程中，显示出他们艺术上最为纯粹的部分。他们已不再讲究形式的严谨以及感性的魅惑，也不像以往那样全神贯注于身边的万事万物。他们的作品中剩下来的只是一些粗犷的线条，而这些正是他们的创造力最深刻、最切身的迹象，比如说歌德的《浮士德·第二部》，以及贝多芬的最后的六部弦乐四重奏作品。老年会把凡夫俗子蚕食而尽，使他们身上无用的和本质的东西同归于尽。但是有些伟人却有幸承受自然赋予的更高使命：自然一方面在摧毁，一方面也通过摧毁的手段来达到去伪存真的目的。②

---

① 格尔顿·麦克马伦(Gordon McMullan)、萨姆·斯迈尔斯(Sam Smiles)《导论：晚期风格及其引起的不满》(Introduction: Late Style and Its Discontents)，格尔顿·麦克马伦、萨姆·斯迈尔斯编《晚期风格及其引起的不满：艺术、文学、音乐论文集》(Late Style and Its Discontents: Essays in Art, Literature, and Music)，牛津：牛津大学出版社，2016年，第3页。有关晚期风格这一观念的评析，另可参见迈克尔·哈钦(Michael Hutcheon)、琳达·哈钦(Linda Hutcheon)《晚期风格面面观：对艺术大家的年龄歧视》(Late Style[s]: The Ageism of the Singular)，《抛砖引玉：人文科学的跨学科研究》(Occasion: Interdisciplinary Studies in the Humanities)2012年第4期，第4页。

② 格尔格·西默尔《论艺术的哲学：哲学及艺术哲学论文集》(Zur Philosophie der Kunst: Philosophische und Kunstphilosophische Aufsätze)，波茨坦：古斯塔夫·吉本毫约出版社，1922年，第55页。布里吉特·库珀斯(Brigitte Kueppers)、阿尔弗雷德·威利斯(Alfred Willis)的英译本见《莱昂纳多·达·芬奇学院学报》(Achademia Leonardi Vinci)第10卷(1997年)，第141页。

这段话中有三点值得注意。第一,艺术创作上的夕阳红现象只局限于"某些最伟大的艺术家"身上,而对一般人来说,晚年则是衰亡期。这也就是说,晚期风格这一观念只适用于某些经典大家,与一般人无缘。我们还可以提一下,这些大家一般来说都是男性。第二,西默尔对天才艺术家晚期作品的描述,很容易使我们想起方回所说的"剥落",二者都把晚期风格的形成说成是一个去粗存精,去伪存真的过程。第三,西默尔给大艺术家的晚期风格加上了一层神秘主义的目的论色彩,他认为有些天才艺术家肩负着自然赋予的"更高使命"。这种神秘主义的目的论在西方有关晚期风格的论述中很普遍,在中国文学批评传统中却不多见。韩愈在《调张籍》一诗中夸赞李、杜文章"光焰万丈"时,有些地方听上去也有点神乎其神,但是我们在前文已指出,韩愈只是故作异想天开,夸大其词。另外,韩愈所描述的是李、杜的毕生之作,而不是专门指其晚期作品。

晚期风格这一观念只适用于某些经典大家,从这个意义上来说,它的适用度较为狭窄。但是从另一个角度来看,这个观念在西方适用度是相当广泛的,因为它可以用在音乐批评、艺术批评、文学批评等不同领域。一般认为,处于不同时期、不同文化背景的文学家、美术家、作曲家"在其晚期作品中都有共同之处"①。在中国传统中,晚期风格观念的可适用性相对来说则窄多了。这可以从三个层面上来说。第一,晚期风格主要适用于文学批评的领域,音乐史和美术史则极为罕见。这其中很重要的一个原因即是,在宋代尚没有形成一个明确的经典画家系列,让人们按照其作品创作的先后来做风格上的比照,更谈不上有什么经典的作曲家和雕塑家了。第二,即使是在文学批评的领域中,晚期风格也只适用于诗歌和散文这两种经典性的体裁,即使到了后来也和小说戏曲无缘,因为在20世纪之前的批评传统中,小说和戏曲基本上没有地位。第三,即使是在诗歌和散文的批评中,一般也只是关注诗和古文,词和骈文则不在视野之中。

周裕锴认为,在黄庭坚之后"'尚老'已是风行整个宋代诗坛的审美趣味。不仅诗坛如此,艺苑也追求着同样的老格"②。他举了两个例子,一个是郭若虚称

---

① 格尔顿·麦克马伦、萨姆·斯迈尔斯《导论:晚期风格及其引起的不满》,格尔顿·麦克马伦、萨姆·斯迈尔斯编《晚期风格及其引起的不满:艺术、文学、音乐论文集》,第3页。
② 周裕锴《宋代诗学通论》,第353页。

董逌画"学志精勤,毫锋老硬"①;另一个是楼钥在《题杨子元琪所藏东坡古木》一诗中称"东坡笔端游戏,槎牙老气横秋"②。这两个例子都是对画家某一类题材或某一幅作品的评论,而不是在讨论他们的晚期风格。郭若虚说的是董逌的山水寒林之类的画作,他同时还指出董逌的"器类近俗,格致非高"③。楼钥的诗句则是针对苏轼具体的一部作品而发的。周积寅、李一等在阐释刘道醇《宋朝名画评》中"六要"之一的"格制俱老"时,都指出中国画论里讲到"老"是从宋代开始的④。周、李二人都征引了宋代画论中如下几个例子。郭若虚在论述制作楷模时写道:"画林木……宜须崖岸丰隆,方称蟠根老壮也。"⑤这里明显是在讲以林木为题材的画作。刘道醇说"王端之老格"是指王端的总体画风⑥;他说"黄筌老于丹青之学"是指黄筌是一位老练的画家,"命笔皆妙"⑦。李廌说《寒龟曝背图》"笔墨老硬,无少柔媚"⑧,这也是在品论一部具体的作品。总而言之,这些例子都和晚期风格无关;宋代画论中所崇尚的"老"不属于本文所讨论的晚期风格这一范畴。

　　研究晚期风格必须具备两个外在条件:第一,对研究对象的生平要有相当详细的了解;第二,研究对象必须有足够的作品保存下来,而这些又必须包括其一生不同阶段的作品。宋代论画者一般不具备这两个条件。到了后来,这两个条件的成熟则使论者能够研究画家风格的演化。如清代高秉在论及其从祖高其佩时写道:"公画凡三变:少壮时以机趣风神胜,多萧疏灵妙之作,中年以神韵力量胜,或简淡古拙,或淋漓痛快,或冷隽闲远,或沉着幽艳,千变万化,愈出愈奇,晚

---

① 郭若虚《图画见闻志》卷四,北京:人民美术出版社,1963年,第90页。
② 北京大学古文献研究所编《全宋诗》卷二五四〇,第47册,第29392页。
③ 郭若虚《图画见闻志》卷四,第90页。
④ 周积寅《中国画论辑要》,南京:江苏美术出版社,1985年,第131页,注[2]。李一《中国古代美术批评史纲》,哈尔滨:黑龙江美术出版社,2000年,第221页。林海钟把刘道醇所谓"王端之老格"以及"黄筌老于丹青之学"作为以"格老"释古意的例子。(林海钟《以画体道:论五代北宋四家山水之"古意"》,杭州:中国美术学院出版社,2012年,第18页)
⑤ 郭若虚《图画见闻志》卷一,第9页。
⑥ 刘道醇《圣朝名画评》,卢辅圣主编《中国书画全书》(修订本),上海:上海书画出版社,2009年,第1册,第454页。
⑦ 同上,第457页。
⑧ 李廌《德隅堂画品》,卢辅圣主编《中国书画全书》,第2册,第271页。

年以理法胜,深厚浑穆,所谓'老去渐于诗律细',书画皆然。"①这里不但对高其佩的艺术生涯作了三段分期,并对每个时期的风格特点都加以概括,还引用了杜甫的诗句来说明"书画皆然"的观点。

宋代除了文学批评之外,晚期风格的观念在书论中也很突出。我在这里举一些例子略加说明。黄庭坚说苏轼"早年用意精到,不及老大渐近自然。其彭城以前,犹可伪,至黄州后,掣笔极有力,可望而知真赝也。后之学公书者,以是言求之,思过半矣"②。黄庭坚把黄州作为苏轼书法的分水岭,正如他把夔州作为杜甫诗歌前后分期的标志一样。他在书论中表现出来的重后轻前的思想和其诗论也如出一辙。黄庭坚对自己的习书历程也曾做了个回顾。他在绍圣五年(1098)由黔州移戎州,路途上观看船夫荡桨拨棹,获得了启发:"山谷在黔中时,字多随意曲折,意到笔不到。及来僰道,舟中观长年荡桨,群丁拨棹,乃觉少进,意之所到,辄能用笔。"③所以他对自己戎州之前的所有书法作品都抱持批评态度:"余在黔南,未甚觉书字绵弱,及移戎州,见旧书多可憎,大概十字中有三四差可耳。今方悟古人沉着痛快之语,但难为知音尔。"④相比之下,他对自己戎州以后的作品则自视甚高,其草书"得意处自谓优于怀素"⑤。这和他说自己"绍圣以后,始知作文章"有着惊人的相似之处。

黄庭坚也曾对自己学草书的历程作了三段分期:"予学草书三十余年,初以周越为师,故二十年抖擞俗气不脱。晚得苏才翁、子美书观之,乃得古人笔意。其后又得张长史、僧怀素、高闲墨迹,乃窥书法之妙。"⑥由此可知,黄庭坚最初师法周越,后又从苏舜元、苏舜钦的书法中得古人笔意,到戎州之后,见到张旭、怀

---

① 高秉《指头画说》,黄宾虹、邓实编《美术丛书》初集第8辑,杭州:浙江人民美术出版社,2013年,第58页。
② 张丑《清河书画舫》卷八,上海:上海古籍出版社,2011年,第423页。
③ 黄庭坚《跋唐道人编予草稿》,曾枣庄、刘琳主编《全宋文》卷二三一七,第107册,第35页。按照南宋王庭珪的说法,则是长江沿岸的险绝景色给黄庭坚提供了灵感:"山谷至黔,字书一变,尝自言元祐以前字后字中无笔。东坡亦云,山谷老人亦僰道舟中观长年拨棹,乃觉稍进。盖是时经巫峡,上瞿塘,惊湍急流,岸上群峰壁立,银涛雪浪出高滩数百仞,从空而下,奇险万变,故此老暮年笔力有三峡倒流之势。"(王庭珪《跋萧岳英家黄鲁直书》,曾枣庄、刘琳主编《全宋文》卷三四一〇,第158页,第220页)
④ 黄庭坚《书右军文赋后》,曾枣庄、刘琳主编《全宋文》卷二三一一,第106册,第230页。
⑤ 李之仪《跋山谷草字》,曾枣庄、刘琳主编《全宋文》卷二四二二,第112册,第130页。
⑥ 黄庭坚《书草老杜诗后与黄斌老》,曾枣庄、刘琳主编《全宋文》卷二三一四,第106册,第307页。另可参见王明清《挥麈录·第三录》卷二(上海:上海书店出版社,2001年,第195页):"鲁直云:'绍圣,贬黔中,始得藏真(怀素)《自叙》于石扬休家,谛观数日,恍然自得,落笔便觉超异。回视前日所作可笑。'"

素等人的真迹,才悟得书法之妙理。黄庭坚对自己少年时学周越而作的那些书法作品颇有悔意。元祐年间友人俞澹曾带着这些书法去看他,黄庭坚意欲毁之,俞澹不肯,黄庭坚"乃跋而归之"①。总之,黄庭坚强调,只有年高岁长之时才能进入书法的最高境界:"书字虽工拙在人,要须年高手硬,心意闲澹,乃入微耳。"②

米芾在评论前人书法时,也常常称赞其暮年作品。他在谈到李迪之孙李孝广所收藏的王羲之的"黄麻纸十余帖"时写道:"字老而逸,暮年书也。"在描述赵令穰收藏的三轴欧阳询书法时,注明其中第二轴为草书,第三轴为行书,他对这两轴的评论便隐含着尊老抑少的思想:"草帖乃暮年书,精彩动人。行书,少时书也。"③米芾在评论自己的小字行书时也说自己晚年始自成一家:"壮岁未能立家,人谓吾书为'集古字',盖取诸长处,总而成之。既老始自成家,人见之,不知以何为祖也。"④

朱熹的有关言论尤其值得注意。他在《跋山谷宜州帖》中说:"山谷宜州书最为老笔,自不当以工拙论。但追想一时忠贤流落,为可叹耳。"⑤黄庭坚于崇宁二年(1103)谪宜州,崇宁四年(1105)便去世了。朱熹认为他在有生之年的最后两年里书法"最为老笔",这当中当然也含有对他的人品的崇敬。朱熹对朱敦儒的"老笔"的赞赏则完全侧重于艺术风格:"希真书自不凡,老笔尤放逸。"⑥他对徐铉"老笔"的评价也完全是从艺术角度出发的:"骑省(徐铉)自言晚乃得䇮籀法,今观此卷纵横放逸,无毫发姿媚意态,其为老笔亡疑。"⑦朱熹说的"放逸"或"纵横放逸"和他说杜甫夔州诗"横逆不可当"以及胡应麟说的"意态横放"或"过于奔

---

① 叶梦得撰、徐时仪整理《避暑录话》卷上,上海师范大学古籍整理研究所编《全宋笔记》第 2 编第 10 册,第 273 页。
② 苏轼《题所书宝月塔铭并鲁直跋》,苏轼《苏轼文集》卷六十九,北京:中华书局,1986 年,第 2202 页。
③ 米芾撰、赵宏注解《书史》,郑州:中州古籍出版社,2013 年,第 82 页、第 167 页。
④ 米芾撰、洪丕谟评注《海岳名言评注》,上海:上海书店出版社,1987 年,第 2 页。
⑤ 曾枣庄、刘琳主编《全宋文》卷五六三三,第 251 册,第 131 页。
⑥ 朱熹《跋黄山谷帖》,曾枣庄、刘琳主编《全宋文》卷五六三三,第 251 册,第 52 页。
⑦ 朱熹《跋徐骑省所篆项王亭赋后》,曾枣庄、刘琳主编《全宋文》卷五六三四,第 251 册,第 152 页。据沈括记载,"(徐)铉尝自谓吾晚年始㵐籀之法。凡小篆喜瘦而长。䇮籀之法,非老笔不能也。"(沈括撰、胡道静校证《梦溪笔谈校证》卷十七,上海:上海古籍出版社,1987 年,第 553 页)"老笔"既可以指艺术家(书法家、画家)的晚期作品,也可以指作家的晚期作品,如前文所引的汪藻称《半山别集》所收的皆"荆公罢相居半山时老笔"以及方回所引用的一位"前辈"的说法:"子美夔州后诗,东坡岭外文,老笔愈胜少作。"

放"有一定的相通之处。由此可见,他的书学观和文学观在价值取向上似乎是截然相反的。他在《跋张安国帖》中对张孝祥英年早逝表示了惋惜之意:"安国(张孝祥)天资敏妙,文章政事皆过人远甚。其作字多得古人用笔意。使其老寿,更加学力,当益奇伟。"①张孝祥去世时不到四十,所以其书法艺术尚未达到最佳境界。朱熹在评论苏轼书法的时候,就注意到"东坡少壮老字之异"②。他在《跋蔡端明写老杜前出塞诗》中更详细地说明了书法家在不同年龄的不同风格:"蔡公(蔡襄)大字盖多见之,其行笔结体往往不同。岂以年岁有蚤晚、功力有浅深故耶?岩壑老人(朱敦儒)多见法书,笔法高妙,独称此为劲健奇作,当非虚语……岩壑再题,势若飞动,可见字随年长也。"③所谓"字随年长"的观念和朱熹"人老气衰,文亦衰"的文章理念形成了一个鲜明的对比。

朱熹的同时代人黄庭在《保母墓碑跋》一文中重点阐明了书法家"少壮老成之别"。王献之的《保母帖》作于王羲之的《兰亭帖》后十二年,当时他还未及弱冠之年,但"人多谓其劲健过于兰亭"。黄庭认为这是错误的看法,他认为"夫观书之法,当如旧人,必老成而后见其全"。黄庭回忆他年少时曾经看过《洛神赋》小书,是王献之晚年作品中的极品:"世传小王晚年所作,妙极于此矣。"过了三十多年以后,黄庭在临安的一家旅舍看见《保母帖》砖刻,其"笔法精强",和《洛神赋》相比,若二人所作。当时黄庭"恍然谓前所爱洛神赋为非也。久而思之,盖保母刻劲健卓立,而精神外发;洛神赋雍容和与,而劲健中藏。于是少壮老成之别在是,而亦自喜观书之法尽于是"④。这里将王献之"少壮"时期的书法风格说成是"刻劲健卓立,而精神外发",而其"老成"时期的书法风格则表现为"雍容和与,而劲健中藏",这和宋代诗论中所崇尚晚期风格的"平淡"以及叶梦得说王安石晚期诗风的"深婉不迫"都有一定的相通。

书法批评中晚期风格理论在唐代已见端倪。孙过庭的《书谱》中有一段话说明书法上的老少之别:"若思通楷则,少不如老;学成规矩,老不如少。思则老而逾妙,学乃少而可勉。勉之不已,抑有三时;时然一变,极其分矣。至如初学分

---

① 曾枣庄、刘琳主编《全宋文》卷五六三三,第251册,第131页。
② 黎靖德编《朱子语类》卷一百四十,第3337页。
③ 曾枣庄、刘琳主编《全宋文》卷五六三二,第251册,第120页。
④ 叶绍翁《四朝闻见录·戊集》附录《晋王大令保母帖》,北京:中华书局,1989年,第206页。

布,但求平正;既知平正,务追险绝,既能险绝,复归平正。初谓未及,中则过之,后乃通会,通会之际,人书俱老……仲尼云:'五十知命'、'七十从心。'故以达夷险之情,体权变之道,亦犹谋而后动,动不失宜;时然后言,言必中理矣。是以右军(王羲之)之书,末年多妙,当缘思虑通审,志气和平,不激不厉,而风规自远。子敬(王献之)以下,莫不鼓努为力,标置成体,岂独工用不侔,亦乃神情悬隔者也。"① 孙过庭所说的学习书法的三个阶段,很像黑格尔(Hegel)的"肯定—否定—否定之否定"的三段式。学书者中期的"务追险绝"是对初期"但求平正"的一种否定,而晚期的"复归平正"则是对中期"务追险绝"的否定之否定,整个过程表现为一种螺旋式的上升。孙过庭认为王羲之的作品"末年多妙",这和宋人推崇晚期风格相通②;他提出的"工用"和"神情"这两个范畴也很容易在诗论中找到对应。但是我们要注意,孙过庭这里是在描述一般人学习书法的过程,而不是局限于某些大书法家③。

我们在前面提到,西方晚期风格的理论在很大程度上是现代主义文化的一个产物,所以侧重点往往是作品中所呈现的某些和古典主义理想格格不入的特征。英国医生、作家哈弗洛克·艾利斯(Havelock Ellis)曾对法国雕塑家罗丹(Rodin)的艺术生涯作了一番描述:

> 他(罗丹)起初是一个惟妙惟肖的写实主义者,在此早期阶段,他的作品曾经引起反感,因为这些作品被说成是和照片相差无几。后来,在他一生最活跃、也是最长的一个阶段里,他采取刻意夸张的手法,为了达到艺术效果而突出物体自然的比例,在光亮和阴影之间游移不定,从而形成了一种特殊的风格。久而久之,这一阶段也结束了。随之而来的是他一生的最后一个阶段,其作品所呈现的是硕大、简单的体状,任何与现实相似之处都被柔化、淡化了,从而飘飘然地滑入一种庞大而朦

---

① 孙过庭撰、朱建新笺证《孙过庭书谱笺证》,上海:中华书局,1963年,第93、96页。
② 在孙过庭之前,早就有人提出过"二王暮年皆胜于少"的观点,见虞龢《论书表》,栾保群编《书论汇要》,北京:故宫出版社,2014年,第41页。
③ 李一认为"人书俱老"的说法"不仅被后世论者所运用,并且影响到其他门类的批评"。(《中西美术批评比较》,石家庄:河北美术出版社,2000年,第206页)他举了两个例子,一是我们前文引过的苏轼论诗文那段有关"渐老渐熟,乃造平淡"的文字,另一个是刘道醇关于"王端之老格"以及"黄筌老于丹青之学"的文字。实际情况是否如此,尚待进一步探讨。我们在前文已指出,刘道醇的话和晚期风格无关。

胧的梦境。①

艾利斯把罗丹艺术发展分为三个阶段：初期的特点为写实，中期采用夸张的艺术性手法，晚期则趋于扑朔离迷、近似梦幻的主观表意。这是一个从客观走向主观、从现实走向象征的过程。艾利斯在论及米开朗琪罗（Michelangelo）的最后一部雕塑《哀悼基督》（Rondanini Pietà）时，也表达了同样的思想。以往很多批评家都认为这是一部未完成的作品，艾利斯却力排众议，说这部作品恰恰代表了米开朗琪罗晚期作品的精华，因为大艺术家在一生的最后一个阶段，虽然"丢失了早年对现实的把握能力……却获得了对世界的一种更博大、更精深、更具象征意义的掌控"②。他还专门指出，晚期风格不局限于雕塑品。他举了几位大画家为例，包括荷兰画家伦勃朗（Rembrandt）、哈尔斯（Hals），英国浪漫派画家特纳（Turner），法国象征派画家卡里耶尔（Carrière）。另外，他还以莎士比亚（Shakespeare）、雪莱（Shelley）和济慈（Keats）为例，说明伟大的诗人在其晚期也会表现出独特的风格③。他在描述莎士比亚晚期剧作时说这些作品是"如此的松散，如此的没有戏剧性，有时如此的流畅而有时又如此的不连贯，如此的充满了细腻的心声而又缺乏诗歌的外在形式，如此的充满了精致到超凡入圣的天国气氛，而又如此的富有人情味"④。这里要提一下，雪莱和济慈都是短命的诗人，前者只活了30岁，而后者不满26岁就英年早逝了。艾利斯似乎是在向我们提示，晚期风格并非只有老年艺术才具备；但是从他对罗丹的艺术发展三阶段划分来看，晚期风格又和生理上的老龄有着千丝万缕的联系。这里就涉及老年风格（Alterstil）和晚期风格（Spätstil）之间的关系，而这一关系在西方文论中至今尚未完全理清⑤。

在国内学界有关宋代老成之观念的讨论中，生理年龄和老成风格之间的关

---

① 哈弗洛克·艾利斯《印象及评论》（Impressions and Comments），波士顿：康斯特波尔有限公司，1924年，第5页。
② 同上，第8页。
③ 同上，第6—7页。
④ 同上，第7页。
⑤ 格尔顿·麦克马伦曾以莎士比亚为个案，对此问题作过较为详细的探讨。见其《莎士比亚及晚期作品之观念》（Shakespeare and the Idea of Late Writing），剑桥：剑桥大学出版社，2007年，第259—371页。

系也是一个悬而未决的问题。孙毅把老境和诗人的晚年直接联系起来:"诗人创作的'渐老渐熟'和'乃造平淡',是与直观感受力的淡化和青春血气的衰减同步的……平淡是一种老境美,梅尧臣、欧阳修、王安石以至苏轼等人的'造平淡'都在晚年。"①周裕锴则认为"'老成'作为宋人的理想风格……无关乎生理年龄的'少年'、'晚节',而毋宁说取决于时代的文化精神"。但是同时又把"老成"和诗人"晚年的诗风"密切联系起来:"'老更成'的诗学观决定宋人必然把诸大家晚年的诗风视为典范,从而形成与之相关的审美风尚,即推崇'老成'的风格,或简称'老格'。"②汪涌豪对宋代有关"老"的论述做出如下结论:"风格的'老'是由字老、句老、章法结构之老造成的。"③这种风格意义上的"老"则和生理年龄完全没有关系了。刘畅在《老成——宋人的审美追求之一》一文中,认为老成和诗人的生理年龄有关,又专门举了一些例子来说明诗人的风格可以少年老成④。这里就出现了一个问题:生理上的老年和艺术上的晚期到底有没有关系?如果有的话,又是一种什么样的关系?像李贺这样只活了二十多岁的诗人,能不能说有晚期风格?诸如此类的问题有待于进一步探讨。

20世纪西方有关晚期风格的论著中影响最大的莫过于德国哲学家、社会学家、作曲家特奥多尔·W·阿多诺(Theodor W. Adorno)的短短四页的《贝多芬的晚期风格》(Spätstil Beethovens)一文,兹译录其首段如下:

> 不同凡响的艺术家,其晚期作品的成熟性和水果的成熟性不同。通常来说,这些作品不是圆柔的,而是皱痕累累,甚至是千孔百疮。它们没有甜香味,而是苦涩多刺,让人无法见而喜之。古典主义美学习惯性地要求艺术品要和谐,而这些作品所缺乏的正是这种和谐。它们所显示的更多的是历史的痕迹,而不是生长的痕迹。按照一般的观点来

---

① 张毅《宋代文学思想史》,北京:中华书局,1995年,第117页。
② 周裕锴《宋代诗学通论》,第354、352页。
③ 汪涌豪《中国文学批评范畴及体系》,上海:复旦大学出版社,2007年,第275页。
④ 刘畅《老成——宋人的审美追求之一》,《中国韵文学刊》2001年第1期。南宋末魏天应编,林子长笺释的《论学绳尺》中有"老"字批语的多达30例,而《论学绳尺》所收的基本上都是南宋一百多年的科场试卷,也就是说都是所收作者的早年作品,可见作为一个批评术语,"老"字并非和老年或作家的晚期总是关联在一起的。相关讨论可参见吴建辉《从〈论学绳尺〉看南宋文论范畴——"老"》,《湖南科技大学学报》(社会科学版)2007年第3期。

解释，这些作品乃是无所顾忌的主体性的产物，或者更确切地说，是一种放诞不羁的"人格"的产物。这种人格为了自我表现而击碎了各种形式上的约束，把和谐转化为不和谐，而这种不和谐是由其自身痛苦所导致的。这种人格的精神已获得解脱，使它能以一种唯我独尊的自信，对感性的魅力不屑一顾。在这种解释中，晚期作品被排挤到艺术的边缘地带，与文献记录为邻。事实上研究贝多芬最晚期作品的著作就很少不提及他的生平和命运，似乎面对人类死亡现象的神圣性，艺术理论就应该放弃自己的权利而让位于现实。①

阿多诺的文字以艰涩著称，但这段话的基本思路还是不难把握的，大概有三层意思。第一部分通过一个比喻，说明大艺术家晚期作品和古典主义的审美理想大相径庭，表面上有点令人生厌。第二部分的意思是，晚期风格不是从早期自然"生长"出来的，不应该将晚期风格看作是艺术家天才发展的必然归宿，而应该把它看作是一种客观的"历史"存在。第三部分介绍了对晚期风格成因的一般看法。按照这种看法，晚期风格完全是艺术家对各种外在因素的超越，我们在观摩艺术家晚期作品的时候，与其说是在欣赏艺术品，不如说是在探知这些艺术家在面对死亡时的心灵世界。这种看法将晚期作品的艺术性边缘化，使艺术品成了了解艺术家的心灵世界的"文献"。阿多诺反对这种看法，他在后文论证，要想真正了解贝多芬的晚期作品的风格，就必须对这些作品作形式上的分析，要做到这一点，就必须对各种形式法则了如指掌。换言之，他要把研究视角从艺术家身上挪到艺术作品上。从阿多诺的这段话中，我们至少能窥见两点。第一，晚期风格所表现出来的艺术特点往往和古典主义提倡的和谐、细腻、逼真等理想针锋相对。第二，对于晚期风格的成因，大概有两种解释。按照"一般的观点"来说，晚期风格是大艺术家天才的自然呈现（西默尔和艾利斯都代表了这种观点）。而在阿多诺本人看来，晚期风格不应该和艺术家的晚年生活混为一谈。

爱德华·赛义德（Edward Said）的《论晚期风格：一反常规的音乐和文学》

---

① 阿多诺撰、罗尔夫·梯得曼（Rolf Tiedemann）编《贝多芬卷 音乐哲学：片段与文本》（*Beethoven. Philosophie der Musik: Fragmente und Texte*），法兰克福：苏康普出版社，1994年，第180页。苏珊·H·吉莱斯比（Susan H. Gillespie）英译本载理查德·莱泊特（Richard Leppert）编《音乐论文集》，伯克利：加利福尼亚大学出版社，2002年，第564页。

(*On Late Style*: *Music and Literature Against the Grain*)一书深受阿多诺的影响。他在此书第一章中提出两个问题:"一个人会不会随着年龄的增长而变得更加睿智?艺术家们在其艺术生涯的最后一个阶段,会不会因年龄的增长而获得某些感知和形式上的特质呢?"①对这两个问题,他的答复是肯定的。他把晚期风格分为两类。第一类基本上符合古典主义美学标准:"某些晚期作品反映了一种特别的成熟,一种崭新的融合和宁静的精神,这种精神常常表现为对日常现实的一种神奇的转化。这些作品可以为我们证实一般人观念中的年龄和智慧之间的关系。"②赛义德承认,属于这类的晚期作品比比皆是,人人皆知。他紧接着提出了一个问题:"但是,艺术性的晚期在有些情况下,其特点不是和谐或融合,而是固执(intransigence)、艰涩(difficulty)、化解不了的矛盾(unresolved contradiction),这又作何解释呢?"③赛义德直言不讳地说,他更感兴趣的是第二类的晚期风格。由此可知,他的关注点和阿多诺相同。他说的两种晚期风格之间的对立,从根本上来说就是古典主义和现代主义的对立。

从赛义德的言论中我们可以看出,西方有关晚期风格特点大概有两类表述:"或曰淡定、融合、圆满;或曰烦躁不安、缺乏和谐、离经叛道;有时候又会很奇怪地说二者在晚期风格中兼而有之。"④至于这两种晚期风格孰高孰低,则取决于批评家的审美趣味:"艺术家晚期作品哪些特点值得赞扬,哪些特点值得批评,归根结底还是由批评家的审美价值来决定的。格尔格·西摩尔那样的人会欣赏作品的完整性、连贯性和综合性,在他们看来,老年是一个重估、总结和巩固的时期。但是像赛义德或阿多诺那样有马克思主义色彩的现代主义者则看重作品的支离破碎性、不和谐以及不调和(或者说调和的不可能性)。"⑤所以说"晚期风格是为了推广某种意识形态、修辞理论和启蒙教学而建立的一种人为的观念。它不是艺术或者人生的内在体现,而是在一些先入为主的模式中阅读和欣赏作品

---

① 赛义德《论晚期风格》,纽约:番贤恩书社,2006年,第6页。
② 同上,第6页。
③ 同上,第7页。
④ 格尔顿·麦克马伦、萨姆·斯迈尔斯《导论:晚期风格及其引起的不满》,格尔顿·麦克马伦、萨姆·斯迈尔斯编《晚期风格及其引起的不满:艺术、文学、音乐论文集》,第3—4页。
⑤ 迈克尔·哈钦、琳达·哈钦《晚期风格面面观:对艺术大家的年龄歧视》,第5页。

的方法"①。

我们可以参照赛义德的理论来考察一下宋人对晚期风格的两种类型的论述。杜甫在提及自己的晚年诗作时,既曰"诗律细",又曰"浑漫兴",这就为宋人提供了两条线索。首先,"诗律细"演化成吕大防所说的"老而严",比如胡仔就以"老而严"来概括杜甫的夔州诗②。叶梦得说王安石晚期作品"诗律尤精严",在观念上也和"老而严"同出一辙。叶梦得同时也强调王安石晚期作品中"深婉不迫之趣",我们在前文的讨论中提到了宋人对王安石的一些类似的描述,如"雅丽精绝"(黄庭坚),"精深华妙"(李公彦),"可使人一唱而三叹"(胡仔),"闲暇清癯"(普闻),以及"极为清婉"(张邦基)。这些称赞之辞尽管意思不尽相同,但大方向是一致的,和赛义德上文所说的以"融合和宁静"为特征的古典主义的晚期风格在总体精神上是相通的。

这里也许应该说明一下,"老而严"的具体含义往往取决于批评家个人的价值取向。如吴可就把"老而严"和"平淡"等量齐观:"杜诗叙年谱,得以考其辞力,少而锐,壮而肆,老而严。非妙于文章,不足以致此。如说华丽平淡,此是造语也。方少则华丽,年加长渐入平淡也。"③吴可把"华丽"和"平淡"分别界定为少作和晚期作品的典范风格,他用四季之代序来做比喻:"凡文章先华丽而后平淡,如四时之序:方春则华丽,夏则茂实,秋冬则收敛,若外枯中膏者是也,盖华丽茂实已在其中矣。"④吴可"论诗多宗东坡",上引文字中的思想"皆出东坡"⑤。苏轼在《与二郎侄》中写道:"凡文字,少小时须令气象峥嵘,采色绚烂。渐老渐熟,乃造平淡;其实不是平淡,绚烂之极也。"⑥葛立方也曾说:"大抵欲造平淡,当自组丽中来,落其华芬,然后可造平淡之境。"⑦平淡固然可以说是晚期风格的一种,但如果像吴可那样在平淡和"老而严"之间画等号,就会造成概念上的混淆。

杜甫又用"浑漫兴"来形容自己的晚期诗风,其翻版之一就是黄庭坚的"不烦

---

① 格尔顿·麦克马伦《莎士比亚及晚期作品之观念》,第5页。
② 胡仔纂集《苕溪渔隐丛话》后集卷三十,第226页。
③ 吴可《藏海诗话》,《历代诗话续编》本,第328页。
④ 同上,第331页。
⑤ 郭绍虞《宋诗话考》,第54页。
⑥ 曾枣庄、刘琳主编《全宋文》卷一九二九,第89册,第147页。
⑦ 葛立方《韵语阳秋》卷一,《历代诗话》本,第483页。后来方回说杜甫夔州诗的"剥落",则又和吴可的"外枯中膏"以及葛立方的"落其华芬"有一定的因袭关系。

绳削而自合"。我们在前面提到过，元好问就曾说："子美夔州以后……不烦绳削而自合。"所谓"浑漫兴"往好里说是"不烦绳削而自合"，往坏里说则是"自出规模"，"横逆不可当"，"郑重烦絮"（朱熹），"诗多杂乱，无复语次"（刘辰翁），"过于奔放"（胡应麟），或"颓放"（申涵光）。清代的潘德舆就看出来这一点："夫'横逆不可当'者……即山谷所谓'不烦绳削而自合'者也。"但是黄庭坚和朱熹分别代表了宋代对杜诗"浑漫兴"的两种截然不同的价值判断，而潘德舆却试图调和二者的分歧，所以他试图把朱熹原为贬义的批评说成是褒义的："世人不玩朱子'横逆不可当'之意，而耳食朱子'夔州以后自出规模'之说，便疑其老而漫与，率笔颓唐，无关佳处。"潘德舆举了些例子说明杜甫夔州诗的"佳处"："试问夔州以后诗，如《谒先主庙》、《古柏行》、《诸将》、《秋兴》、《咏怀古迹》诸作，煌煌名篇，可槩置之耶？总之，杜公早年晚年，皆有极意研练之诗，亦皆有兴到疾挥之诗。"①潘德舆关于杜诗的结论是不错的，但是我们要注意到，他所举的那些"煌煌名篇"，似乎都属于"极意研练之诗"，至少他没有明确说明其中哪些属于"兴到疾挥之诗"。

如果完全在中国传统诗学价值体系中来正面评价杜甫晚期"浑漫兴"的诗歌，其结果听上去总是有点空洞。"不烦绳削而自合"常常沦为一种不着边际的陈词滥调，多少给人一种"英雄欺人"的感觉。到底如何"自合"，从未有人具体说明。其实"浑漫兴"和赛义德上文所说的第二种晚期风格有相通之处。若要对"浑漫兴"给予全新的正面评析，也许就要抛弃中国传统诗学中近似西方古典主义文化的价值体系，而参照西方现代主义文化的视角。这里可以举一个例子。英国画家特纳于 1851 年去世的时候，他的晚期作品被认为是"稀奇古怪"（eccentricities），是"他老年昏聩的残渣余孽"（his dotages and lees）②。但是随着时间的推移，人们用现代主义价值观来重新加以审视，认为这些是超越时代、预示未来的创新作品③。研究视角和价值观是不可分割的。从现代主义文化观

---

① 潘德舆《养一斋李杜诗话》卷二，《清诗话续编》本，第 2189 页。
② 约翰·博奈特（John Burnet）《特纳及其作品：以其图画为说明，兼论其绘画的原则》（*Turner and His Works: Illustrated with Examples from His Pictures, and Critical Remarks on His Principles of Painting*），波士顿：伯格出版社，1852 年，第 45 页。
③ 萨姆·斯迈尔斯《J. M. W. 特纳：一个现代艺术家的构成》（*J. M. W. Turner: The Making of a Modern Artist*），曼彻斯特：曼彻斯特大学出版社，2007 年，第 74、199 页。我们前面提到的艾利斯有关米开朗琪罗的《哀悼基督》论述也是一个例子。

的角度来评析杜甫晚年那些"自出规模"而"横逆不可当"的诗作,也许会做出和中国传统全然不同的解说。这应该是一个值得深入研究的课题。

在如何解释晚期风格的成因这一点上,中西方有很大的差别。吕大防和黄庭坚代表了中国传统中的两种理论模式。在吕大防的三段分期法中,晚期风格的形成是作家生理年龄和社会阅历结合的结果。叶梦得在采用三段分期法来描述王安石的诗歌发展时,则稍有变化,他强调作家一生的文学修养。黄庭坚的二分法理论则更注重作家生活中某种具有分水岭意义的重大事件,比如说杜甫移居夔州,曾巩拜谒欧阳修,陈师道和黄庭坚相会,白居易退隐香山,王安石退居钟山,等等。宋人尤其重视作家在政治上的挫折,贬谪往往被说成是作家文风陡变的直接原因,最为人熟悉的例子包括韩愈被贬潮州,欧阳修被贬夷陵,苏轼被贬黄州、惠州、海南,黄庭坚被贬黔州。这种以贬谪经验来作为晚期风格的起点的看法,和宋代流行的"穷而后工"的观念有相通之处,也反映了中国历史上诗人大都有从宦经历的这一事实。晚期风格原本是一个时间上的概念,但是在中国文评的传统中,往往却有空间上的定位。大诗人的晚期诗风经常和一个地名联系起来,如杜甫的夔州诗,王安石的金陵诗,苏轼的岭南诗,黄庭坚的黔州诗,等等。

西方关于晚期风格的成因大致有两种解说①。第一种是所谓天才论,其中心思想就是晚期风格是大艺术家的天才在临近死亡时的自然展现,这些艺术家为了完成自己的使命而作最后一搏,西默尔《达·芬奇的〈最后的晚餐〉》一文就代表了这种思想。第二种解说是从第一种衍生出来的,其重点是关注艺术家一生中的某些具有创伤性的经验以及由这些经验而触发的死亡意识。贝多芬就是一个著名的例子。从 19 世纪中期以来,人们就习惯把他的音乐风格分成三种,而这三种风格的分期又和他生活中的两次大危机有关②。第一次以他 1802 年

---

① 格尔顿·麦克马伦、萨姆·斯迈尔斯《导论:晚期风格及其引起的不满》,格尔顿·麦克马伦、萨姆·斯迈尔斯编《晚期风格及其引起的不满:艺术、文学、音乐论文集》,第 3—4 页。
② 迈克尔·斯比策(Michael Spitzer)《贝多芬晚期风格随笔》(Notes on Beethoven's Late Style),格尔顿·麦克马伦、萨姆·斯迈尔斯编《晚期风格及其引起的不满:艺术、文学、音乐论文集》,第 191 页。威廉·冯·兰茨(Wilhelm von Lenz)在 1852 年出版的《贝多芬及其三种风格:钢琴奏鸣曲的分析,兼论贝多芬作品的批评、编年、轶事》(*Beethoven et ses trois styles: analyses des sonates de piano suivies de l'essai d'un catalogue critique, chronilogique et anecdotique de l'oeuvre de Beethove*)(圣彼得堡:伯纳德出版社,1852 年)一书中,首次将贝多芬的作品分成三类风格。兰茨本人并不十分注重贝多芬生活中的事件,而是要通过贝多芬作品本身来显示其不同的风格。

在维也纳的圣城区给两个弟弟写的一封信（Heiligenstädt Testament）为标志。他在信中对自己日益恶化的失聪表示绝望，同时也表示要克服身心的痛苦，为完成自己的艺术使命而奋斗。第二次是十年以后。他在1812年给一位神秘的名为"不朽之爱"（Unsterbliche Geliebte）的女子写了一封情书。当时他已放弃了结婚的念头，心理上做好了准备，将来孑然一身地死去。（与此同时他因为侄子的监护权问题，和弟媳妇打官司，也颇为劳心费力。）喜欢作心理分析的批评家往往会从这些危机中寻找贝多芬音乐风格发展的促动因素。更有人推而广之，认为音乐上的晚期风格实际上就是由音乐家的残疾（disability）所致，晚期风格就是残疾风格（disability style）[①]。西方历史上患有残疾的音乐家很多，如巴赫（Bach）失明、贝多芬失聪、舒伯特（Schubert）有梅毒、舒曼（Schumann）有精神病、柴可夫斯基（Tchaikovsky）有各种身心健康问题、马勒（Mahler）有心脏病、德彪西（Debussy）有直肠癌、巴托克（Bartók）有白血病、匈伯格（Schoenberg）有心脏病、斯特拉文斯基（Stravinsky）患有中风病、科普兰（Copland）有痴呆病，凡此种种，不一而足。

　　传统上中国文人也常常在诗作、书信乃至公文中提到自己各种各样的疾病，但是从来没有人将这些疾病和他们的文风转化联系在一起。另外还值得一提的是司马迁在写给任安的书信中那段著名的话："古者富贵而名摩灭，不可胜记，唯倜傥非常之人称焉。盖西伯拘而演《周易》；仲尼厄而作《春秋》；屈原放逐，乃赋《离骚》；左丘失明，厥有《国语》；孙子膑脚，《兵法》修列；不韦迁蜀，世传《吕览》；韩非囚秦，《说难》、《孤愤》；《诗》三百篇，大抵贤圣发愤之所为作也。此人皆意有所郁结，不得通其道，故述往事，思来者。及如左丘明无目，孙子断足，终不可用，退论书策，以舒其愤，思垂空文以自见。"[②]司马迁把"意有所郁结"说成是古人写作的动机，并专门强调身体所受到的戕害能让人发愤，他在上文中两次提到了左丘失明和孙子断足。这当然和他自己遭受宫刑的亲身经历有关。但是司马迁在这里说的是写作动力，和作品风格无关。

[①] 约瑟夫·N·施特劳斯（Joseph N. Strauss）《残疾与音乐中的"晚期风格"》（Disability and "Late Style" in Music），《音乐学杂志》（The Journal of Musicology）第25卷第1期（2005年冬季刊），第3—45页。此文作者后来发表专著为《非同凡响的节拍：音乐中的残疾》（Extraordinary Measures: Disability in Music），牛津：牛津大学出版社，2011年。

[②] 班固撰、颜师古注《汉书》卷六十二，第2735页。

艺术家的残疾之所以在西方艺术评论中受到如此的重视，其主要原因之一就是残疾会强化患者的死亡意识。20世纪以来一个很流行的观点就是认为，晚期风格的形成和艺术家在临近死亡时"生理和心理上的特殊状况"密切相关[①]。赛义德对晚期风格的定义就很明显地反映出死亡意识的重要性："我所关注的是伟大的艺术家，以及在他们生命快到尽头的时候，其作品和思想如何获得了一种全新的表达方式，我把这种表达方式称作是一种晚期风格。"[②]而中国传统则往往把晚期风格和作家经过一番历练磨难以后的心理上的成熟或超脱联系在一起。

[①] 格尔顿·麦克马伦、萨姆·斯迈尔斯《导论：晚期风格及其引起的不满》，格尔顿·麦克马伦、萨姆·斯迈尔斯编《晚期风格及其引起的不满：艺术、文学、音乐论文集》，第4页。

[②] 赛义德《论晚期风格》，第6页。

诗歌、政治、哲理

——作为东坡居士的苏轼

郑文君(Alice W. Cheang)①

元丰二年(1079),苏轼在御史台遭遇到的那场"文字狱"——乌台诗案②,是造就苏轼传奇人生的重要事件。乌台诗案确实衍生出太多引人入胜而又虚实参半的故事③,但正因此,往往使人们轻易忽略了苏轼所面临的那场审讯的严重性。如果不是因为宋代不杀士大夫的惯例和神宗的格外开恩,苏轼很可能早就被处以极刑了。当时王安石受命于神宗执行变法,御史台部分官员(李定、舒亶、何正臣等)摘取苏轼在杭州、密州和徐州做地方官时写下的诗句,以讥谤新法、指斥乘舆的罪名将其定谳。虽然在这个案子中,李定等人对苏轼很多诗的解释大多牵强附会,但苏轼有些诗不可否认明显是有讥讽之意的,矛头直指变法新政中的诸多不当之处。这些诗分开来看并没有那么引人注目,但一组这样的诗放在一起却有足够的威力,需要被加以禁止,官方的这一态度很明确。其实,尽管在文字狱发生之前即苏轼在被捕和入狱受审之前就已有"才子"之名,但正是乌台诗案及其后续的黄州之贬,他才真正名声大振,不但得到诗家的推崇,而且广受认可,他不仅是一位工于操翰搦管的能手,更是一位痛切事实、热爱黎民的诗人。

---

① 郑文君,哈佛大学博士,现为麻州大学安姆斯特分校研究员。本文原题为"Poetry, Politics, Philosophy: Su Shih as The Man of The Eastern Slope",原载《哈佛亚洲学报》第53卷第2期,1993年12月;中译文载中国人民大学文学院编《中国苏轼研究》第五辑,北京:学苑出版社,2016年。
② 朋九万编《乌台诗案》卷六,《函海》本(1881—1882年刊,台北:宏业书局,1968年),第3077—3182页。
③ 林语堂《苏东坡传》第十四章中有很多描写,纽约:约翰迪出版公司,1947年。亦见颜中其编《苏东坡轶事汇编》,长沙:岳麓书社,1984年,第55—68页。

反讽的是,作为一个关注社会、热心朝政的诗人,乌台诗案成就了他的名声,或毋宁说是"恶名";同时也剥夺了他继续公开表达自己政治诉求的权力。苏轼在乌台诗案中的遭遇,黄州五年的谪居岁月,成为东坡诗学成就提升的一个起点。

流放罪人的诗歌

谪居黄州期间,苏轼不得不放弃了政治,这也是苏轼入仕以来第一次被禁止参与任职之地的政务。但这段岁月也给了他自我反省的好机会,让他重新审视政治到底在他人生中意味着什么,以及他在政治上还能贡献什么。

常例性的谢表除外①,抵达黄州后,苏轼写的第一篇文字是一首七律,作于元丰三年(1080)春:

初到黄州②

自笑平生为口忙,老来事业转荒唐。

长江绕郭知鱼美,好竹连山觉笋香。

逐客不妨员外置,诗人例作水曹郎。

只惭无补丝毫事,尚费官家压酒囊。

(自注:检校官例折支,多得退酒袋)

此诗为诗人的自白,或更准确地说,是苏轼自我的发现。苏轼在诗中描绘他即将在黄州贬所要扮演的期许角色,但是在踏入这新生活之前,他必须先交代一下导致他被贬黄州的政治上的失败。这首自白诗的不同寻常之处就在于他没有把关注点放在自己的品性——他是怎样一个人——而是放在行动——他做了什么以及他将要做什么上面。因为这首诗是苏轼将来几年的计划,故亦是刻意向当权者做出的说明。

自嘲是苏轼惯用的招牌手法。他一开始就告诉读者,迄今为止他在经世大业上竟是一事无成,不仅如此,未来很可能会做得更糟糕(出自刚被释放的囚徒

---

① 王文诰《苏文忠公诗编注集成总案》(下简称《总案》)卷二十,成都:巴蜀书社影印本,1985年,叶3a。
② 王文诰辑注、孔凡礼点校《苏轼诗集》卷二十,北京:中华书局,1982年,第1031页。

口中,这可谓是一句饱含讥诮的话)。苏轼自称平生一直"为口忙",无非是为了满足口腹之需。换言之,他一直为生计而奔忙。他接着写道,他的"事业"成功希望渺茫。"事业"这个词有着神圣的历史,可以追溯到《易经》。唐代经学家孔颖达将"事"解为"所营",将"业"释为"所成"①。当然,对生在士子阶层的苏轼来说,政治是践行"事业"的必由之径:士子所经营的、所渴望达成的无非是治国安民的功业。不过,这个词用在此处似乎有点不逊,因为苏轼指的是他自己卑微的作为。

这首诗的首联还有另一种解读,而且诗歌的情境也诱导我们作如此解读。"为口忙"另外的意思是一个人因他所说的话而陷入困境。立志于经世济民的苏轼,一生不仅为糊口而奔忙,更因出言不慎而惹祸上身。苏轼当然可以毫不夸张地说,年岁越增长,他实现抱负的希望就越发显得荒唐。但苏轼用来形容他所作所为的词"荒唐",也可以用来形容言辞,实际上更经常地被用来形容言辞。作为因言辞而陷入牢狱之灾的人,苏轼好像在说他希望这样的事不要再发生,因为从那时起他说的话将全无道理,仅仅是文字游戏,是一个年纪越大越愚蠢的愚人所说的不关痛痒的废话。考虑到苏轼刚刚才摆脱冒犯君主之罪,这样诙谐的自我谴责也就带有沉重的言外之意。还有一首诗,是苏轼在一个月前,听闻自己将被贬谪(而非预想中的死刑)而写下的两首中的一首,开头是与此相似但更为直白的一联:"平生文字为吾累,此去声名不厌低。"②苏轼以这种方式宣告了保持低调的意图,这个形象比较适合他,因为他痛苦地意识到自己的文字带来的非议更甚于带来的名声。不过,眼前这首诗似乎另有含义。

"荒唐"这个词很少出现在诗歌语言中。它出现时,其意义涵盖了上文中的含义:形容不能实现的行为,或是不靠谱的言辞。然而关于"荒唐"最常被引述的文字并无诗意可言,此见于《庄子·天下篇》中:

> 古之道术有在于是者,庄周闻其风而悦之。以谬悠之说,荒唐之言,无端崖之辞,时恣纵而不傥,不以觭见之也,以天下为沉浊,不可与

---

① 《周易注疏》卷一,《四部备要》本,叶 16b。
② 王文诰辑注、孔凡礼点校《苏轼诗集》卷十九,第 1006 页。

庄语。以卮言为曼衍，以重言为真，以寓言为广。①

葛瑞汉（Graham）把"荒唐之言"翻译为"胡言乱语"（reckless words）。但与苏轼在时代与文化上更近的两位唐代注家，将"荒唐"注释为"广大"和"无域畔"②。"荒唐"之语的特色就在于非常廓大，没有边际，不受惯常用法的限制，也不受常规思维的束缚。所以随着苏轼变得越来越"荒唐"，对一般人来说，出自他口中的话也会被认为是犯规，是异端，没有任何实用价值。但在《庄子》的语境中，"荒唐"带有道家"畸人"的奇绝色彩，这些"畸人"是大道不行之时隐居无名的人，他们以狂言谬语为伪装来向日益衰亡的国家进谏，因为用直白之语无法恰当表达他们的智慧。通过对这种所谓的"荒唐"行为表示认同和接受——即以愚人或狂人的口吻说话，苏轼宣告了他以避世绝俗的高傲姿态从世间隐退的决心。被无限期地从朝廷中逐出，流放远方的他，决意接受现实，将被迫的放逐转变为主动的弃绝。

但苏轼的弃世有着其他缘由。元丰三年（1080）年初获释之际，他就和了囚禁期间所写的两首诗。前文已引用了出狱后所写和作的第二首。第一首的首联为："百日归期恰及春，余年乐事最关身"③。"乐事"一词与苏轼身陷囹圄之前所做之事多有不合，也与将他卷入政治洪流中"为口忙"之"事业"大相径庭。于是，为了追求"乐事"，做自己想做的事，也就意味着要放弃其他之事。抛却官场之中的重负与艰险：自魏晋以来这已成为士大夫所讴歌的理想人生。刚被释放的苏轼，获得了暂时的解脱，大舒一口气，旋即发出誓言，从今往后他只求自娱，过闲适的隐居生活。接下来，又在抵达黄州后写下第一篇新作，借此诗制订了他将如何践行自己愿景的计划，这种新的生活方式将取代往昔不幸失败的生活。反讽的是，正是因为他在政治上的落魄，正是因为他发现在仕途汲汲所营的可笑与荒谬，他才有心致力于其他事业。因此，苏轼用"荒唐"来指称他的事业时，名为自嘲，实则是为了表达那份隐藏在心的不泯的自豪。

苏轼在喜怒哀乐交错中表白了自己的未竟之业，接下来他必须找到其他可

---

① 葛瑞汉译《庄子·内篇》，伦敦：爱文出版社，1986年，第282—283页；郭庆藩《庄子集释》，北京：中华书局，1985年，第1098页。
② 分别见成玄英《南华真经注疏》及陆德明《庄子音义》，见郭庆藩《庄子集释》，第1099—1100页。
③ 王文诰辑注、孔凡礼点校《苏轼诗集》卷十九，第1005页。

为之事,与别样可为之人。于是便在颔联与颈联,首先描绘了所居之地,其次是居于黄州时为自己拟定的新角色。从此以后,物质需求的满足与心灵幸福的获取,二者之间的相应关系逐渐构成了苏轼贬谪之时常见的诗学主题。我们可以在这组诗的首篇中寻得蛛丝马迹。对生平为"口"而"忙"的苏轼而言,目下当务之急自然离不开糊口之事,而黄州正是一个物产丰富且令人安心的所在——此地鱼鲙肥美,山间竹林丰茂,人们亦可品尝到嫩笋之鲜美。因此,苏轼贬谪至此,给他的感觉并非瘴气弥漫之地(尽管苏轼在其早期黄州诗歌中也照惯例提到此地瘴气的威逼)。这个地方也没有给他一种一般流放罪人的失落惶恐之感,而是一个不错的选择,一个充满希望的愉悦之地。

对鱼鲙的嗜爱及青竹高节的欣赏,在更早的文学作品中便已出现过。传说晋时张翰辞官缘于见秋风起,因想到故乡吴郡的菰菜羹、鲈鱼脍,而动了思乡之念,他说:"人生贵得适志,何能羁宦数千里以要名爵乎!"随即便命驾归乡了①。自此"莼鲈之思"便成了表达辞官归乡之义的习语。苏轼言其欲品新居之地的鱼鲙时,也映射出他期待中的快乐——挣脱政治重负而"贵得适意"的生活。

食笋作为诗歌题材,在中唐诗歌中已有先例。白居易开始着墨这一题材是在他贬谪江州时期(815年始),这一时期所写的作品见载于其文集中"闲适诗"的部分,以表明白居易在贬官闲居生活中如何找回心态的平和。

食笋②

此州乃竹乡,春笋满山谷。山夫折盈抱,抱来早市鬻。
物以多为贱,双钱易一束。置之炊甑中,与饭同时熟。
紫箨坼故锦,素肌擘新玉。每日遂加餐,经时不思肉。
久为京洛客,此味常不足。且食勿踟蹰,南风吹作竹。

《食笋》描写的是初来乍到时,白居易适应江州生活过程中的一个方面——渐渐习惯当地的食物。白居易很快就做到了这一点,以至于他很快将以往为官时有权享受的锦衣玉食抛诸脑后,并爱上了目前餐桌上的粗茶淡饭(即"物以多为贱"的竹笋)。由此,白居易意识到:自己以往所看重的(功名利禄)对当下的自

---

① 房玄龄等《晋书·张翰传》,第2384页。
② 白居易撰、顾学颉校点《白居易集》,北京:中华书局,1979年,第135页。

己来说可谓浮云,而从前视为低贱的事物如今则具有真正的价值。白居易的这个发现,与陶潜辞官归隐时的发现如出一辙,与陶所说的"觉今是而昨非"①遥相呼应。于是,白居易在《食笋》中先是以受贬的"江州客"的视角和语调起笔,而在结尾时感慨,他在以往出仕的京城才真正是一个过客,以此实现了"竹乡"(即江州)变故乡的转换。

这首诗的笔调是轻快而带有游戏意味的。第十二句"经时不思肉",白居易暗用了孔子"在齐闻《韶》,三月不知肉味"的典故(《论语·述而》)。这表示诗中的主角白居易不但达到了儒家所谓"君子固穷"(《论语·卫灵公》)的理想境界,而且臻于一个原来只有孔子本人才能够领会的、更高的至乐之境。然而这种轻快戏谑的笔触下面,有力地衬出了白居易那份多层面的自我满足:通过这首诗要说服这个世界和他自己,他尽管受到了贬谪,但他不仅活了下来,而且更是自得其乐。可见,作为一个被贬黜异乡孤寂的迁客,白居易已然通过《食笋》里的假想姿态,重新诠释他目前所处的现实,化忧为喜,使其在异乡能泰然自安。

初至黄州之时,苏轼也面临着相似的挑战。像张翰那样,苏轼在率意而行的自由中求得自足;但也和白居易一样,他必须得学会在一个身不由己的地方寻觅那份自足。苏轼说,黄州本就是宜人的佳处,而且作为一名"逐客"和"诗人",他也并不在意自己的职位。梁代著名诗人何逊不也正是因曾任"水曹郎"一职而留名于世的吗②?担任与何逊相同的官职当然不会有任何不光彩的地方。苏轼很强调这一点,《初到黄州》第五句中的"不妨"又为下一句中的"例作"做了进一步的加强。但在这一联中,非常散文化的"员外置"、"水曹郎"被与极富诗意联想的"迁客"、"诗人"并列在了完全对等的位置上。将两种如此悬殊的类别故意对应起来正好体现出两者的极其不匹配。像屈原、贾谊那样因忠言直谏而被放于野的逐客和那些自古以来习惯用讥讽言辞来制约达官贵人荒淫之举的诗人,恰恰是最不该被差遣去充当卑官微职的人,但是既成的事实暴露了人才任用中的不公和昏愦。这两句似是简朴直白的平铺直叙,实则内含着委婉又痛切的讽刺,为尾联奠定了基调。

---

① 陶渊明《陶渊明集》,香港:中华书局,1987年,第160页。
② 何逊的作品现在都收于名为《何水部集》的集子中。何逊所任的"水部员外郎"是中央政府(尚书省)中的官职。

诗歌、政治、哲理——作为东坡居士的苏轼

黄州是块绝佳的宜居之地，新的职位也并非令人不堪，苏轼似乎对此种安排也比较满意。于是，苏轼想到了给予他现今这份职位的人，对朝廷的宽大表达了谢意。感激之情是以谦逊的谢表形式上达的。苏轼说，因为他不够资格担当这个职位（同样也无力担任其他官职），所以不好意思再继续领取官员的俸禄。苏轼表现出一个不称职官员谦逊的超低姿态，这也是遵循了官场的惯例，其规定：如若在诗中提及他的公职，要在诗的尾联承认自己不配得到那份俸禄。但是在这首诗里，苏轼这一姿态表现出的诚意明显是值得怀疑的。表示谦逊是一回事，而故意做出夸张的低三下四则又完全是另外一回事了。苏轼称自己不仅仅是无用多余的，而且是无用多余到他对世间的贡献中没有"丝毫事"可以算作"事"。尽管苏轼一事无成，朝廷仁慈地将他量移至此，还继续赐予了"酒囊"（俸禄）这样的恩典。在谢词里添加这一烦琐细节，并加以自注，有趣地披露了官方的所谓高恩厚德的真面目：如果苏轼只配领取极少的俸禄，那么官府发放给他的就不能说有很多。为了给苏轼发放急需的俸禄，皇帝陛下的贤臣们努力地"压酒囊"，而苏轼自己却因美食和闲职而"发福"，这幅画面充满了嘲讽的意味。略显过度地表达了自己因祸而受到善待的感激之情，其效果似乎与感激截然相反；而过于平淡的颂扬，实为寓贬于褒，对在他身上使用滥权的当权者进行了有力的反击。

在《庄子》第一篇《逍遥游》的结尾，惠子将庄子的话比作一棵"大而无用，众所同去"的大树。对此，庄子辩驳说，惠子应当"树之于无何有之乡，广莫之野，彷徨乎无为其侧，逍遥乎寝卧其下"，而不是患其无用。正是由于其无所可用，才不会有人去砍伐它①。苏轼的情感状态从首联里任性而为的"荒唐"转为尾联中彻底的"无用"，然后可能再从"无用"转入自由随性、漫无目的的"逍遥"状态。苏轼向官场弄权者表明对立的立场，重申了自己拒绝与他们同流合污，同时也宣告了自己要在别处一展抱负的决心：如庄子所说的大树一样，苏轼将会有超于这些常人的价值。

做一个无用之人甚于眼前之务②。苏轼自命为"逐客"和"诗人"，其中任何一个都不能称得上有用，至少都不在事功的范畴之内。于是，我们又回到了苏轼

---

① 葛瑞汉英译《庄子·内篇》，第 47 页；郭庆藩《庄子集释》，第 39—40 页。
② 《庄子·人间世》篇末，楚狂接舆对孔子说："人皆知有用之用，而莫知无用之用也。"见葛瑞汉英译《庄子·内篇》，第 75 页；郭庆藩《庄子集释》，第 186 页。

诗句开头的顾虑,他在事功方面如此缺乏能力,以至于将自己置于"荒唐"的境地。因此,"逐客"体现了政治失意的负面身份,而"诗人"则是其积极的对应面。诗人不就是这样一类人吗?他们总是出言咄咄,满口荒唐之言,因为他们说的话全属想象世界,与真实世界不相干。当然,苏轼被朝廷贬黜,他就没有机会在现实的官场圈子回旋了。从此,他的事业——他选择投身的职业,将不在事功,而在立言——一些类似《庄子》的语言,愚者之言,智慧之言,诗人之言。这,才是无用之人的价值所在。

以无用之物支付无用之人——真是一笔合理的互惠交易。然而,第七句("只惭无补丝毫事")有一意义极其模糊之处。它的含义可以是"我只是惭愧在实务中没有丝毫贡献",也可以是"我惭愧的只是在实务中没有丝毫贡献",也就是说,我惭愧的仅此而已——言外之意,即没有任何其他可愧之事。从他失败的"事业"来看,苏轼的努力确实很荒唐,但通过这种自责的方式,他仅收回了对其身份认同声明的一部分;其他的部分——他身上不切实际、只会说话而不会做事的方面,毫无疑义地保留下来了。苏轼说他只是愧为一个这样无关紧要的官员,而没有说过任何关于愧为一名诗人的话。这种权力关系——伪装成一种互为义务的关系——的两方面消失殆尽,维系士人和他所服务的政府的纽带也随之消失,余下的只有诗人的自豪和自信。

《初到黄州》语调轻快,辞藻平实。但这种看似随意的抒情方式没有掩盖其表达内容的严肃性,这首诗悠游自在、漫不经心的神态正是其出彩的原因。因为真君子的标志是,尽管他遭受辱骂和中伤,但也从不吭声,而哪怕最强烈的情绪,也只是用文雅、幽默的语言来宣泄。

转型中的诗人:两首较早写于黄州的诗

苏轼贬谪之地黄州位于今天湖北省黄冈市,此地以恶劣的气候而闻名。不过即使他被贬到一个气候湿润的人间天堂,在传统意识下,身为逐臣的他便会自然地感到周围环境就算不是极其恶劣,也至少是令人不得其所的。在苏轼于元丰三年(1080)二月抵达后,寄宿于一个叫定慧院的当地寺院里。同年五月末,家人到来后,他被允许搬到附近的临皋亭(字面意义就是"临水的亭子")住。这个地方本来是给查访财务状况的差役住宿的驿站的一部分。他将在这里待上五年。徒有一个有名无实的官位,既无权也无势,住在借来的房子里。苏轼眼前最迫切、最困扰他的问题是如何面对自己的处境。此问题是两方面的:一是具体的,要给无家可归的自己和家属找栖身之所;二是精神上的,要使自己理解并接受在政界遭到的排斥和边缘化。而正如失去身份具体表现为失去住所,要寻求一个新的身份,他采取的方式就是找到一个由自己来命名的地方,一个可以归属的地方。

失去容身之处的彷徨心态以及随之而来的自我安全感的缺失,盈溢在这一时期的两篇名作的字里行间。其一为《卜算子①·黄州定慧院寓居作②》:

> 缺月挂疏桐,漏断人初静。谁见幽人独往来,缥缈孤鸿影。
> 惊起却回头,有恨无人省。拣尽寒枝不肯栖,寂寞③沙洲冷。

这阕小令,由字数相同的上下两片组成,是词中最常见的格式。苏轼在这首词中巧妙地利用了上下阕的过渡,实现了隐含抒情主体的转变——从上阕的幽人切换到下阕的孤鸿;更确切地说,幽人与孤鸿二者在下阕中融为一体,故而虽然描绘的是孤鸿的动作,但与这些动作相应的感情与律动则明显属于幽人。上阕三、四句中并置的形象早已隐喻了两者间的相似:幽人在深夜中的徘徊(第三句)与孤鸿游荡的剪影(第四句),同样显得诡谲、阴森和缥缈,所以双方其实是异形同体。过片后,隐喻随着抒情主体的变换也发生了变形,幽人与孤鸿融为了一体——寂寥的幽人化作了孤寂的飞鸿。诗人如此故意地将有感官的主体与被感

---

① 龙沐勋编《东坡乐府笺》卷二,台北:华正书局,1980 年,叶 17b。
② 这是大多数版本中与这首词一起出现的副标题,王文诰似乎怀疑这个副标题的真实性,认为该词应作于次年十二月,也就是元丰四年(1081)(王文诰《总案》卷二十一,叶 20a)。不过,有一些资料证明此词作年应该比较早:(1)"幽人"的抒情角色也出现于一首确定作于 1080 年春的诗《定慧院寓居月下偶出》(王文诰辑注、孔凡礼点校《苏轼诗集》卷二十,第 1032 页;王文诰《总案》卷二十,叶 3b)中;(2)1080 年五月末,苏辙携苏轼的眷属一同到达黄州,在苏辙居留黄州期间,苏轼作《与子由同游寒溪西山》一诗,诗中写道:"我今漂泊等鸿雁,江南江北无常栖。"(王文诰辑注、孔凡礼点校《苏轼诗集》卷二十,第 1055 页;王文诰《总案》卷二十,叶 6b)这种伤感情绪在《卜算子》一词中表达得更意味深长,而在诗中则有些散文化,这暗示了这首诗作于词之后,而且参照了这首词。这种指涉他早期作品的习惯越来越多地出现在苏轼诗中,到了晚年甚至达到了令人厌烦的频率。
③ "寂寞"在中国古代汉语中的意思是"沉默"和"寂静",但在晚唐五代的词作及本词中,使用的是它的口语义——孤独。在用语上,押头韵的"寂寞"和"缥缈"二词安排得尤其精细,它们都由两个描绘性的同偏旁词组构成,也都出现在每一阕尾句句头相应的位置。

受的客体融合为一,无非是为了引导我们对此词做讽寓式(allegorical)的解读。

"贤人失志"(因为贤人与这个世界多有龃龉之处,在此世界中,罪恶不罚反赏,而美德若不受打击,也不会受到承认)的主题①,在中国诗歌中经常以一只远离同类,或是被迫在一群恶鸟中寻求庇护的鸟的讽寓形象出现的。这种原型来自于屈原的凤凰——"凤皇在笯兮,鸡鹜翔舞"②。在这样象征的意识影响下,后来的文人也会经常写到孤雁。例如下面这首杜甫的诗:

孤雁③

孤雁不饮啄,飞鸣声念群。谁怜一片影,相失万重云。
望尽似犹见,哀多如更闻。野鸦无意绪,鸣噪亦纷纷。

杜甫描写了一只落单的鸿雁试图回归雁群时的孤独。在努力挣扎中的孤雁似乎总是就要瞥见它的同伴或是听到它们的声音——但总在最后时刻发现自己是徒劳无功的。诗人同样非常急切,设法把这只孤雁挽留在他的视线与听觉范围之内,无奈孤雁最终消失在他的视野之外,只留下难以分辨、远远回响的哀鸣。如同孤雁思念雁群一样,在诗人对消逝的孤雁的留恋中,诗人和孤雁实现了象征性的合体。第五句和第六句难以分清是诗人还是孤雁的视角,他们融为了一体:诗中描写的动作均可适用于两者。同时,鸿雁与其异形同体的诗人,都有振翅高飞的抱负,这是野鸦们无法理解的,它们的习性注定它们只能贴在地面盘桓,对外界所有的一切充耳不闻,对个人利益却喋喋不休。《诗经》以拟人手法把掠夺成性的鸱、鸮比作为难有德之士的奸佞小人④。但杜甫诗中的野鸦并没有主动地对孤雁(亦即诗人的化身)进行迫害,它们甚至都没有意识到它的存在,诗人连这一点肯定都没有获得。因此,第三句中无情的发问"谁怜一片影"暗示了一个答案,那就是"无人怜"——无论是诗人乐于为伍的人,还是他避之不及的人。

杜甫这首诗通常系于766年,即他流落到四川三峡之畔的夔州之后。诗中的孤雁象征着孤寂的诗人,这份孤独包括形体上远离流落四方的亲人,以及精神

---

① 宇文所安《初唐诗》(*The Poetry of Early T'ang*),纽黑文:耶鲁大学出版社,1977年,第187页。
② 《楚辞》卷三《怀沙》,《四部丛刊》本,叶25a。
③ 仇兆鳌《杜诗详注》卷四,北京:中华书局,1979年,第1530页。
④ 参见《毛诗》第264首《鸱鸮》。

上的"不知"。能够了解和赏识自己的知心朋友缺席,而群集在他周围的却是不可与之结交的小人,这一点使杜甫更加感受到知己难求的痛苦,诗的结尾在一片凄苦之音中结束。

与杜诗相比,苏轼的《卜算子》好像更难解释。作为诗人心境的象征,孤鸿容易受惊、漂泊不定的举动极好地演绎了刚遭遇贬谪之痛的逐客的动辄得咎。然而词中的意象却十分模糊。孤鸿"惊起"却无法高飞,"回头"却拒绝栖于枝头,而选择在最不安宁之处——水流湍急多变的沙洲落脚,这使它很容易受到激涛的裹挟。孤鸿之所以孤独别无缘故,只是因为"无人省",而它"拣尽寒枝不肯栖",理由也不是出于轻蔑之心,苏轼根本不说原因何在。况且,被孤鸿离弃"不肯栖"的那棵梧桐可正是众鸟之尊——凤凰栖息的所在。在此之前任职密州时,苏轼曾在熙宁九年(1076)中秋之夜所做的思念其弟苏辙的《水调歌头》词中写道:"我欲乘风归去,又恐琼楼玉宇,高处不胜寒。"①月宫中的琼楼玉宇指代神宗所在朝廷,苏轼也从此处被放逐到外省为官,从而也与他在政治上的盟友疏离。如今在《卜算子》中,苏轼笔下的孤鸿不再止于凤凰应该栖息的梧桐之上,因为它不属于那里,正如苏轼离开"高处不胜寒"的职位也是因为那并非是他的位子。在以鸟拟人的这段描写中,关键词是"拣",这个词因为有如白话而惹人注目。本词第七句中的"不肯"进一步加强了"拣"的意蕴,也将我们的注意力引到诗中主体的主观意愿上。最后两句可逐字翻译如下:"在寒枝中寻寻觅觅,却完全拒绝它们作为栖息之地。"(Picks over the winter branches and refuses them all for a perch)但这种强调的语气是含有反讽的。正如鸿雁并非真正是为了沙洲而放弃枝头的——正如批点家很早就指出,鸿雁根本不能在树上栖息②——所以作为逐客的苏轼在此情形下并没有真正选择的权力。不过,之后孤鸿所做的恰如其分,因为它是一只鸿雁而不是其他(可以在树上栖息的)鸟类;同样,苏轼的某种选择也仅仅因为想坚持自我。他选择("拣")居留在这样一个不能让他安心的地方,就因为除此之外别无选择("拣尽"),即这是他唯一的选择。假使苏轼做出其他有悖他本性的选择,他也很可能早已快活地享受轻松安逸的生活了;正是因为他做出了符合本性的选择,所以将自己逼到危险与孤寂的境地。一层又一层的反讽,

---

① 龙沐勋编《东坡乐府笺》卷一,叶 40b。
② 龙沐勋编《东坡乐府笺》卷二,叶 18a。

重叠起来,最后归结为解不开的悖论。

孤鸿最终栖居下来的动作让人想起杜甫作于764年的另一首诗《宿府》①。其时,在动荡不安的生活中,杜甫终于在西川节度使严武幕府中觅到了一个临时栖身之所②。杜甫以夜中来栖之鸟的隐喻作结此诗:"已忍伶俜十年事,强移栖息一枝安。""强"此处译作"勉强"③,暗含"为势所迫"之义,并用来委婉地表达疑虑不安之情——是不愿无功受禄之人对蒙受如此恩遇表示感激而显现出的不安④。《卜算子》中的"孤鸿"被逼迫以另一种方式寻觅新的栖身之所,然而其对杜诗的回响强调了苏轼自身处境中"安"的完全缺失。在另一首张九龄(678—740)所作关于"孤雁"的讽寓性咏物诗中,结尾写道:"今我游冥冥,弋者何所慕。"⑤与之相反,苏轼词中担惊受怕而又惶惶不安的飞禽似乎清楚地明白,自己依旧处在弋者的弓箭射程之内⑥。

清代词学家张惠言在逐字解释时,将《卜算子》解读为一首政治讽寓之作,认为词中每一个意象都有明确的象征意蕴。尽管这些解读总体来说未免过于牵强,但亦显示出张氏对弥漫全词的彷徨徘徊情绪的敏锐感知。"不安"或其同义词在张惠言的分析中出现了3次。如此一来,那受惊的鸿雁就代表了贤人的不安,其不肯栖于枝表现了贤者不肯居于充溢着黑暗与腐朽的高位而苟且偷安,而无人理的沙洲则代表了词人当下"非所安"的处境⑦。然而"安"——意即心灵宁静平和的状态——还有另一层更本质的意义:即有一处安身之所,可以庇护自身免于危险和颠沛流离。在苏轼词中这两重意义合而为一:对心安的追求与对安

---

① 仇兆鳌《杜诗详注》卷三,第1172页。
② 可靠的杜诗编年,参见洪业《杜甫:中国最伟大的诗人》(*Tu Fu: China's Greatest Poet*),麻省剑桥:哈佛大学出版社,1952年,第1册,第213页。
③ 戴维·霍克思(David Hawkes)译《杜诗初级读本》(*A Little Primer of Tu Fu*),香港翻译精装版,1987年,第132页。
④ 洪业《杜甫:中国最伟大的诗人》,第1册,第213页。
⑤ 张九龄《感遇十二首》之四,熊飞《张九龄集校注》卷二,北京:中华书局,2008年,第174页。
⑥ 试图在本词与先前诗歌之间建立源流关系时,笔者找到了把本词与若干首诗歌(而不是与其他词作)做比较的基础。《卜算子》中描绘的个人情感("恨"的意思很宽泛,包括了自责以对他人怨尤之意)与"怨怒"之情极其相近,而怨怒的表达从上古就与诗联系在一起(例如《诗经》中的《诗大序》)。此处苏轼将传统认为属于诗之文体范畴的价值引入到词这一尚然处于实验阶段的文体中。
⑦ 龙沐勋编《东坡乐府笺》卷二,叶18a。关于张惠言解释方式详尽的阐述,参见方秀洁(Grace S. Fong)《语境化与词体讽寓性解读中的文体密码》(*Contextualization and Generic Codes in the Allegorical Reading of Tz'u Poetry*),《淡江评论》第19卷,1988—1989年,第663—679页。

定生存条件的需求之间是等同的。

苏轼的不安处境铭刻在《卜算子》的深层结构中。采用了与常见惯例迥然相异的手法，这首词暗示诗人和描写对象两者之间有所关联，却又刻意将这关联性的真相隐藏起来，拒绝给读者予以任何解谜的依据。譬如，为何鸿雁四处盘桓、那似乎无人能省的"恨"又为何物？那拣尽寒枝不肯栖的鸿雁到底在拒绝什么？读者可以给每一句和每一个物象加以诠释，但是他会发现，在诠释中假定的意义是不稳定、不确实的，那些意义会游移变形，仿佛随着词中鸿雁的动作一般，在飘忽不定、玄奥难明的模式中不断解散而又旋即重新组合。这种暧昧模糊的意义与清晰明确的表现形式之间的奇特结合，成就了这首令人难忘而又充满惝恍迷离魅力的词作。或许黄庭坚正是为这一特点表示感叹而称此词用语"似非吃烟火食人语"①。一般来说，对意与象之间精确关联的一味执着，都会损害词体的气韵生动，而此词读起来却无疑是圆美流转一气呵成的自然写真。诗人对鸿雁动作的描写极其精细。鸿雁倏然惊起（或许是受到观赏者的惊吓），四处盘旋，掠过树杪，似乎拿不准在何处栖身，最终落于远离水滨的沙洲上。这显然是一只水禽会有的行为。自然观察和意匠塑造两个艺术过程已然典雅而庄重地融合为一。

对咏物诗的讽寓性解读，也就是说以歌咏诗中之"物"作为道德评判的手段（所谓"美刺"，分别是对善政或恶政的褒扬或砭刺），来源于中国诗歌解读的一种成规，其历史几乎和诗歌传统一样源远流长。从字面的物象描写中能解读出什么象征意义，较为狭窄而刻板地取决于一系列常见的主题，其中之一就是"贤人失志"，其早已出现于《诗经》的晚期篇章中，同时在《楚辞》产生之前就已经相当成熟了。花、鸟一般代表着贤臣或奸臣。因此，在屈原的《离骚》中，椒象征着小人，他们诽谤诗人并离间诗人与他忠爱的国君之间的关系；传统认为屈原所作的《九章·橘颂》也是一首广义的讽寓作品，将橘树比作青年君子的楷模。在下面这首到黄州第一年春天所作的诗中，苏轼围绕着读者对咏物寓意习惯性的解读期待，为"贤人失志"的主题构成了蕴含深厚而又与前人迥然不同的演绎方式。

---

① 龙沐勋编《东坡乐府笺》卷二，叶18a引。

寓居定惠院之东杂花满山有海棠一株土人不知贵也①

江城地瘴蕃草木,只有名花苦幽独。
嫣然一笑竹篱间,桃李漫山总粗俗。
也知造物有深意,故遣佳人在空谷。
自然富贵出天姿,不待金盘荐华屋。
朱唇得酒晕生脸,翠袖卷纱红映肉。
林深雾暗晓光迟,日暖风轻春睡足。
雨中有泪亦凄怆,月下无人更清淑。
先生食饱无一事,散步逍遥自扪腹。
不问人家与僧舍,拄杖敲门看修竹。
忽逢绝艳照衰朽,叹息无言揩病目。
陋邦何处得此花,无乃好事移西蜀。
寸根千里不易致,衔子飞来定鸿鹄。
天涯流落俱可念,为饮一樽歌此曲。
明朝酒醒还独来,雪落纷纷那忍触。

在这首诗中,苏轼表现了极高的艺术境界。就像苏轼笔下的海棠花的幽独绚烂之美,让众花黯然失色,使之显得"粗俗",苏轼这首诗也意在远迈其他诗人的作品。他巧妙地将前人诗句中的词语典故熔铸在自己诗中,并驱使其表达自己的主旨。先是杜诗中的"佳人"②,通过采用相同的韵律模式及一些相同的韵脚,苏轼对"佳人"做出意蕴浓厚而又清晰明朗的反响。因此,第1句、第8句和第10句中重复了《佳人》中的韵脚,并且第6句句尾的"空谷"和第18句句尾的"修竹",都分别和杜诗中的首句、尾句中的句尾词相同。此外,第6句中"佳人在空谷"更是直接化用了杜诗的首联"绝代有佳人,幽居在空谷"。不过,虽然苏诗中的海棠和杜诗中的佳人一样高洁独立,没有众芳环绕(如7、8句所云),但她也有着艳丽华美的尤物风姿。在接下来的三联中(第9—14句),诗人将海棠人格

---

① 王文诰辑注、孔凡礼点校《苏轼诗集》卷二十,第1036页。下简称《海棠》。
② 仇兆鳌《杜诗详注》卷二,第553页。

化为一位丰腴的宫廷宠妃,让我们不禁想起李白《清平调》里的"名花"。《清平调》是李白为唐玄宗陪杨贵妃共赏盛开的牡丹而作的三首组诗,诗的主角在花与美人之间转换,有时又合二者为一①。第12句中海棠变为春睡初醒的美人(将女人比喻为花,已是老生常谈,像这样以人喻花方显其妙),这是苏轼对玄宗将醉酒的杨贵妃称为"海棠睡未足"②的援引与点化。在以人喻花的描写框架之下,苏轼的笔触从崇高转向了艳情,为了完美写出一首以花喻人的咏物诗,极尽了所有可能性,此时仿佛已经达到一个艺术顶点了。但是要有描写对象必须先有观察者,于是想象着海棠"无人问"的容态时(第14句),使诗人意识到观赏海棠的自身,因此笔锋一转,接着就由苏轼本人出场,成为诗中与"幽独"海棠做伴的第二个主角。

在浅表层次上,这首海棠诗至此读起来只是单纯的描绘,但从一开始,另一个层面的解释已经设定给了读者。诗题告知我们,就像仅仅"寓居"此处的诗人一样,海棠对于她所处的环境来说也是一个陌生者;然而无论她再怎么娇贵,除了诗人以外也没有什么人珍惜她,就像没有人欣赏诗人的价值一样——或许除了他的善解人意的读者。我们熟悉了《离骚》中的香草与"诗人-逐客"之间的联系,故而我们的阅读从一开始就受到这种联系的规制。来自于《佳人》中的关键词汇贯穿于整首诗的前半段,苏轼通过这种方式精心构筑了一种讽寓式的解读范畴。在杜甫的诗中,那位佳人自叙她是如何从原本的"良家子"陷入暗无天日的贫困中的:当"关中昔丧乱"之时,她可以依靠的男性亲属死于非命,轻薄的夫婿抛弃了她而另觅新欢。杜甫利用了普遍流行于汉魏政治讽寓诗中的"弃妇"(neglected wife)主题:此处的女性角色象征因小人谗言而失去君主宠信的忠臣③。当苏轼在第三联中宣称(造物)将海棠——他的"佳人"——送置到这个荒凉之地是有"深意"(divine purpose)的时候,他已是有意地将我们引向了这种讽寓式的阅读了。海棠,就像杜诗中的弃妇一样,使诗人联想到了自己目前沉沦的处境,同时也成了他寄托心中苦闷情愫的寓言对象。这样,海棠一则是诗人孤高

---

① 传统上认为是李白所作,见李白撰、王琦注《李太白全集》,北京:中华书局,1977年,第304页。
② 郑处诲《明皇杂录》,引于郑骞、严一萍编《增补足本施顾注苏诗》(部分恢复了宋人施元之、顾禧所作的苏轼诗注)卷十八,台北:艺文印书馆,1980年,叶14b。
③ 将杜诗解读为政治性的讽寓,见陈沆《诗比兴笺》,香港:中华书局,1965年,第167页。

品格的象征替身,再则又是他在孤独中的知己。

然而,在诗的后半段开头,当苏轼本人进入他自己诗篇的时候,却远远不是一个郁郁寡欢的逐臣形象。相反,他"扪腹"散步,且"食饱无一事",明显很知足——完全是一幅闲暇无忧的致仕缙绅的写照。扪腹的姿态,不仅仅是一种促进消化的练习,还明显是无衣食之忧且心满意足的外在表现。传统的"诗人—逐客"形象在这里找到了有趣的再生,正因为这一喜剧色彩颇浓的"先生"在外出时遇到了那株海棠花,而且两者的邂逅显得非常戏剧化。并不在意自己是否走进了别人的家园——一如苏轼惯于对前人的作品随意进行袭用、剪裁和玩赏——这位闲适的漫步者逍遥前行,穿过树林想去欣赏"修竹"之景,也正是粗豪地步武了雅丽精绝的《佳人》一诗,此诗即以佳人"日暮倚修竹"的场景结尾。这时,蓦然出现在眼前的海棠让他大吃一惊,并且使他意识到了自己的真实处境。海棠盛开的"绝艳""照"出了先生的"衰朽":她衬出了他的衰容,把他从自足中震了出来。他在疑虑中揩拭着"病目",他的眼睛看到它们恰好所看到的东西时才变成这样。于是,花朵易凋的美让诗人联想到自己生命亦不是永恒的。

苏轼笔下的"先生"还悟到了其他一些东西。他琢磨着这样一株名贵植物何以迁至如此一个萧条偏僻的地方,遂以口语化的诗句发问:是否是有人从僻远的蜀地将它一路移植来此?蜀,即今日的四川,是海棠及苏轼本人的故乡。"好事"指具有某种"热情"的人——即所谓的兴趣爱好者,不过它也可以表示一个"爱管闲事"的人,即那种以将贤臣驱逐出朝为乐的奸邪之徒。因此第22句既适用于身为人的主体本身,也适用于所描写的对象——这株在象征意义上与谪居的诗人处于同一境遇的香草。沿着这条思路寻思下去,这位天真的"先生"带着一种实事求是的轻信,继续回答自己提出的问题,他得出的答案是,眼前这株海棠一定萌发于一颗被飞经此地的鸿鹄偶然撒下的种子(第23—24句),因为这种植物的根过于柔弱,不可能经受如此艰巨的长途旅行。然而"子"除了"种子"以外也有"儿子"之意,正如一位富有创见的注家指出,我们可以给"衔子飞来"的鸿鹄与诗人父亲画上象征性的等号,多年之前苏洵怀着雄心壮志携带苏轼、苏辙二子离开故土登上仕途,正好以鸿鹄的飞行作为恰当隐喻①。意识中物象又一次与意

---

① 徐续《苏轼诗选》,香港:三联书店,1986年,第122页。

识到它的诗人在一瞬间合而为一,其中一者代替另一者在诗中出现。这是偶然的还是精心设计的呢?——苏轼像这株海棠一样落到当下这种处境,到底是遭到小人的阴谋算计,还是仅仅沿着他父亲为他规划好的光辉路线呢?对这一不期而遇的景物进行了一番沉思玩味后,苏轼似乎选择了更加积极的解释并从中得到安慰。

不过,诗中的自我替身(persona)和促使他对自身境遇有所感触的景物(stimulus)之邂逅——"先生"与海棠的同时并举——其效果则是将两者塑造成两个相互分离而独立的个体。"先生"寻思着究竟是何等人物把他和这株树带到此地,用一个解答取代另一个解答,最终两个解答互相抵消了。第22句的"无乃"被第24句的"定"断然否定了,但是坚定的语气恰恰起着相反作用,让人注意到说话人对自己的话事实上是缺乏信心的。因为这棵树仅仅是一棵寻常无奇的树,苏轼先后试图在它身上安上两套身世,最终却发现两者都不适用于它:结果海棠不再构成讽寓的象征,重新恢复自己的本来面目。诗歌的前半部分如此精心地构筑起来的完美一致的象征符码,在诗的后半部分为作者自己急于找出意义的冲动所摧毁了。于是,诗人不得不承认,他能做的仅仅是尝试自我安慰罢了。

第25句"天涯流落俱可念"呼应了白居易《琵琶行》的第65句"同是天涯沦落人"[①]。此处,苏轼指称作者自身和所描写的对象为"俱",再次重申了二者的分离。《琵琶行》作于元和十一年(816)白居易贬谪江州期间,诗人在前序中说:"予出官二年,恬然自安,感斯人言,是夕始觉有迁谪意。"正因白居易与琵琶女的邂逅,和其在诗人内心引起的共鸣,使他意识到自身境遇。同样,苏轼笔下安逸的谪居之人也正是在悟出这株生不逢地的海棠与自己实是共同处于不幸的时节,方从无忧无虑的心境中悚然惊觉。而且,正如白居易许诺为琵琶女作歌一首,作为请她为自己再弹一曲的回报(第81-82句)一样,苏轼也为海棠饮酒高歌作祝。然后,结束一曲高歌后,他写到这些花朵将面临凋谢飘零,作为全诗的结语。

唐元和元年(806),在从江陵的谪居生涯中受召重返朝廷前的那个春天,韩

---

① 白居易撰、顾学颉校点《白居易集》,第261-263页。

愈给同样遭遇贬谪的友人张署写了一首关于李花的诗,此诗的结尾如下:

> 自从流落忧感集,欲去未到先思回。
> 只今四十已如此,后日更老谁论哉。
> 力携一樽独就醉,不忍虚掷委黄埃。①

韩愈在此诗尾联中为即将凋零之花而写的满怀热情的哀歌,以及诗中充满暴力的意象,无可避免地掺杂着诗人对自己贬谪磨难的呐喊。最后一行中用于李花身上的语词"掷"和"委",通常是用来描写人类行为的。在中国歌咏香草的咏物诗传统中,花朵的美丽等同于诗人心灵的纯洁。因此,当诗人诉说自己难以忍受李花竟被虚掷尘埃时,他同时也呼号出自己被抛掷出朝廷的痛苦。韩愈的诗作大部分都直抒胸臆,充满了未经雕琢和粉饰的情感。在苏轼诗中,对自身遭遇的号啕狂哭已是经过了调节和克制,最后呈现为含蓄的轻描淡写。苏轼在诗中同样因美好的事物在时光的摧残和嘲笑中遭受毁灭而为之心摧,然而与之相关的——有德之士在奸邪小人的手中饱受冤屈的事实——被委婉地略去不言,被对花朵凋谢的哀怜取代了,或更确切地说替换了诗人对自己的哀怜。韩愈在诗中直抒肺腑,毫不保留,而苏轼却保留了一层隐含意义。就这一点——本诗微妙的缄默而言,这首海棠诗事实上已比韩愈的李花诗高出一筹。

《海棠》是苏轼最著名诗篇中的一篇杰作,魏庆之(活跃于 1240—1244 年)《诗人玉屑》说,从现存众多苏轼本人手书此诗的墨迹来看,本诗是"轼平生得意诗也"②。清代学者纪昀评曰:"此种真非东坡不能,东坡非一时兴到亦不能。"③不过,此诗尽管洋溢着勃勃生气,却奇特地令人有一种不满足之感,并非由于诗所写出的内容,而是由于诗所未写出的内容。

此诗实际上融汇了多首诗于一体。首先,诗里处处皆是"名句",其中一些袭用了早前的诗,另一些是苏轼自己对不断扩大的诗歌传统宝库的贡献。他把树比作佳人是花木咏物诗史上上承往者下启来者的典范篇章之一,鲜明地表现出

---

① 韩愈《李花赠张十一署》,钱仲联《韩昌黎诗系年集释》,上海:古典文学出版社,1957 年,第 163—165 页。
② 魏庆之《诗人玉屑》,上海:古典文学出版社,1958 年,第 384 页。
③ 苏轼撰、纪昀评点《苏文忠公诗集》卷二十,清道光十六年(1836)刊本,台北:宏业书局,1969 年重印本,叶 5a。

如唐朝诗人一般的才华功力,要求在唐代诗人之中占一席之地,同时也立志于出人头地,凌驾唐人成就之上。其次,这是一首涉及多方面的诗。苏轼在此诗中探索和挑战了讽寓性咏物诗的一贯传统,将过程复杂化,又加以巧妙的多样化,象征内涵一层一层地附加于象征符号之上,在苏轼笔下,令人眼花缭乱、目不暇接。读者受到诱导,运用美术与贤人君子形象的已有关联,将海棠视为贬谪诗人的隐喻,接着又发现这样的解读并不能贯穿全篇。讽寓元素出现在全诗各个角落里,但本诗并非讽寓诗。本诗并不寻求建立一个字面义与象征义之间一以贯之、互相指涉的模式,而换之以一种变动不居的模式——充满魔力之"变"——我们试图在它上面赋以意义,努力通过它来确定诗人与他处的世界之间的关系,最终统摄全诗的意旨隐而不发。诗人为注定凋谢的花朵挥泪,然后归于沉默,这沉默意味着诗人对自己命运痛苦的情感抒发被堵住了,陷入了永久的停滞。留给读者的是诗人踌躇不定地立在海棠旁的身影——外在于他这次邂逅的叙事框架,外在于他刚唱完的高歌。《海棠》诗结束在一个未能分解的不和谐音节上。单凭笔墨的诗人是否能够用想象力来改造现实世界的不完美,对此疑问,它在最后一瞬间拒绝了回答。

在《海棠》中——正如在《卜算子》中对孤鸿的描写一样——有一种强烈的讽寓化(allegorization)倾向。然而,在此诗中,诗人好像在引导读者,使我们将中心意象确认为诗人的象征替身,在此同时,读者又好像受到一股相反动力的驱使,在诗人和他渴望与之同一的物象间拉开距离。这些结构上的紧张状态反映出关于诗人在外界秩序中所处位置的种种矛盾。多年之后,当苏轼又一次遭贬到惠州时,他所作的诗《四月十一日初食荔支》①的结构跟《海棠》的结构非常相似:它从荔枝被比拟为下凡的谪仙写起,引导代表自我的"先生"入场,这位先生品尝着荔枝的甜美,因而(极度反讽地)意识到倘若贬谪生活包含着这样仙品佳馔的话,也就没有什么值得悲哀的。诗人写道:"我生涉世本为口",一如之前所提到的为"口"而"忙"的往事——最后总结道:"南来万里真良图。"不过后一首诗尽管同样充满令人难忘的名句警语,却少了前一首诗歌特有的魔力。正是那种变幻不可测、那种在和谐的不协(harmonious disharmony)中融合千百种不同元

---

① 王文诰辑注、孔凡礼点校《苏轼诗集》卷三十九,第2121页。

素的特质,使《海棠》成为一首令人神往的杰作,而不仅仅只是一首足以展示艺术技巧的追求形似之作。

东坡居士

上文讨论的两首作于黄州早期的名篇,无根漂泊之感不只是诗歌的主题,同时也深深嵌在其结构中。诗人在《卜算子》的世界中根本没有立足之地;在《海棠》中苏轼扮演了高洁的贬谪诗人的形象,不过他最终从这个形象中抽身而出。这两首诗都没能建立起诗人的身份认同——将他整合到诗歌创造的世界中——这意味着这些诗中所出现的诗人自我本质上是不稳固的、未定型的、模棱两可的。对于"安",即安身之地、心灵归属感的追求——成为黄州剩余生涯中的核心主题——决定了诗人对新身份认同的追寻。正当此际,苏轼获得了那块流传千古的"东坡"之地。

为了维持生计,苏轼开始耕种"东坡"这片地,因为他微薄的收入实在难以养活一大家子。并且,在居留黄州期间,他开始自号"东坡居士",这是他后半生一直用的自号,也是他为后世所广知的名号。依照中国传统习惯,只有当一个人达到某种人生阶段,足以深刻洞察乃至有智慧观照过去的人生经验时,才有资格为自己取号。自号是纪念一个人跨入成熟阶段的里程碑,而所取之号则表示了一个人的成熟风格——也就是最具个人性格特点的行为模式这一意义上的风格。这个新自号表达了一个人的最终自我认同,也就是他希望为后人所铭记的自我。因此,当苏轼开始自称"东坡"时,他完全且真正地成了他自己。

苏轼在废弃军营用地"东坡"处开垦田地,似乎是因为它与邻近的"南坡"的位置关系而得名的。然而,除此之外,"东坡"联系着一个更不平凡的事物①。唐元和十四年(819),当白居易从江州被贬谪至忠州时,他写了两首诗,一首题为《东坡种花二首》,次年又作有《别种东坡花树两绝》②。《别种东坡花树两绝》起句云:"三年留滞在江城。"苏轼在元丰五年(1082)得到这块废地时,已经度过了两年谪居生活;他也在《海棠》诗的首句将黄州称为"江城"。通过采用出自同样

---

① 关于东坡之号的出处,见周必大《二老堂诗话》,《历代诗话》本,第 656—657 页。
② 白居易撰、顾学颉校点《白居易集》,分别出自第 215—216 页和第 394 页。

遭贬谪的白居易诗中之语作为自号,苏轼将他自己与自称为"达哉达哉"的白乐天①等同起来。然而不同于元代戏曲家马致远希望与陶潜为伍,从陶诗中取用"东篱"作为自己的号②,"东坡"之号首先指的是一片地,后来才单指苏轼这个人。因此苏轼尝试建立起的关联将从他称之为"东坡"的这片土地上的劳作生涯中产生出来。《东坡八首》不仅仅是写苏轼作为农夫的新生活,更是写他如何通过这样的新生活发掘出真正的自己——他如何给自己设想一个既理想而又贴切的名号,然后用行为将虚名付之于实③。

在《东坡八首》的序中,苏轼写道:

> 余至黄州二年,日以困匮。故人马正卿哀余乏食,为于郡中请故营地数十亩,使得躬耕其中,地既久荒为茨棘瓦砾之场,而岁又大旱,垦辟之劳,筋力殆尽,释耒而叹,乃作是诗,自愍其勤,庶几来岁之入以忘其劳焉。④

创作一系列关于个人农夫生涯的诗,这立即让人想到陶渊明,他是"诗农"(poet-farmer)的原型,也是最早在诗中描写乡村生活的诗人,是所谓田园诗的创始人。然而苏轼需要倚赖"东坡"维持生计的境况,与陶渊明诗中所写的景况,可谓大相径庭;实际上,《东坡八首》的序言与陶渊明《归去来兮辞》中的主要元素截然相反。陶潜在文中说他因"耕植不足以自给"才担任了柴桑县令一职,却很快发现自己的性格与官场的"矫励"格格不入,后悔为了"口腹"而"深愧平生之志",于是辞官而归隐田园⑤。而苏轼则与此恰恰相反,他开始尝试农耕仅仅是因为自己收入微薄不足糊口,所以他从事农务的确有点勉强,是为了填饱口腹而已。

盛唐诗人王维与陶渊明也有密切的关系,他在推广陶渊明诗中起着重大作用(很大程度上是通过他对陶诗的误读)。不过,苏轼来到的"东坡"与王维乐于

---

① 白居易撰、顾学颉校点《白居易集》,第 827 页。
② 此号出自《饮酒》(其五):"采菊东篱下,悠然见南山"(陶渊明《陶渊明集》,第 89 页)。海陶玮(James Hightower)译《陶潜的诗》(*The Poetry of T'ao Ch'ien*),牛津:牛津大学出版社,1970 年,第 130 页。
③ 关于这些诗歌的全面解读,见傅君劢《东坡之路》(*The Road to East Slope*),斯坦福:斯坦福大学出版社,1990 年,第 271—285 页。
④ 王文诰辑注、孔凡礼点校《苏轼诗集》卷二十一,第 1079 页。
⑤ 海陶玮英译《陶潜的诗》,第 268 页。

描绘的田园乐土亦无相似之处。"东坡"是一处废弃之所、无主之地,苏轼是带着恐惧和厌恶来描写它的——因为我们的东坡诗人并非陶渊明,或者充其量算是一个十分勉强不情愿的陶渊明。这就是他开始创作这些诗时的思路框架。尽管如此,在绝望中的苏轼也发出了希望之音,即那句"庶几来岁之入以忘其劳焉"。或许,万事会顺其自然,荒废之地以后也会带来恩惠,回报他所有的辛劳。我们也将以同样的心态着手解读《东坡八首》,将这组诗看成苏轼从人生际遇中学道的历程,除了辞官不就之外,他是如何学会将痛苦之因转化为快乐之源,把慰藉转化为庆祝。通过仿效陶渊明的事业,身兼农人与诗人,他将在把荒野恢复为田园的过程中做到以上一切。

在陶渊明最杰出的作品,譬如《归园田居》和《饮酒》两组诗中,最重要的特征就是诗人仿佛已经生活在他笔下的诗境中。陶渊明不像同时代的诗人惯于玩弄远离现实的文字游戏,他宣称自己的诗是真实生活的产物,是作者内心世界的精确投影,向我们吐露了他的困惑与欣喜。这正是陶渊明在生前几乎寂寂无名,而在后世广受青睐的原因所在。陶渊明为读者设置了这样一个神话性之阅读依据:他的诗歌能够代表他自己,他的写作完全出自真诚——因为说的话发自肺腑,所说的内容自然也全部可信为真。

在一生的绝大部分时光中,苏轼都在阅读他所深深崇拜的陶渊明的作品。当他突然间被迫沦落到陶渊明心甘情愿地投身的境地时,他可以选择的做法有两种。他可以像其他诗人已经做过的那样模仿陶渊明的用字和用语,他也可以自己尝试着体验一些在陶渊明诗歌中读到过的生活经验——来真正地更接近陶渊明一点——从而使他的诗歌自然而然地与陶渊明的诗歌相似。这是为什么《东坡八首》其一没有出现陶渊明,因为投射在这首诗中的世界,正是苏轼还没有开始用陶渊明的眼睛来观察世物之前、还没有着手实践陶渊明生涯之前的世界。

东坡八首(其一)①

废垒无人顾,颓垣满蓬蒿。谁能捐筋力,岁晚不偿劳。
独有孤旅人,天穷无所逃。端来拾瓦砾,岁旱土不膏。
崎岖草棘中,欲刮一寸毛。喟然释耒叹,我廪何时高。

---

① 苏轼《东坡八首》,见王文诰辑注、孔凡礼点校《苏轼诗集》卷二十一,第1079—1084页。

从题材上看，比起陶渊明及其模仿者对乡村生活的描绘，此诗更加让我们想起六朝诗人对前朝废墟的"怀古"、"哀伤"诗体。诗人一开始就目睹到一片废弃的瓦砾之场，在末尾又兴起失意的喟然长叹，这些都不像是田园诗中常见的元素。但它们并不仅仅是程序化的一种写作姿势(literary gesture)：据苏轼在诗序中的详细叙述，生满蓬蒿的断垣残壁是真实的景象，诗歌结尾处戏剧性的情感爆发也并非对人生境遇泛泛而发的哀音，而是真切的筋疲力尽后的喘息。因此苏轼所面临的任务是双重的：通过清理东坡的碎石瓦砾，他要把一片荒凉的土地变成丰沃的农田；但是在此同时，他也要把哀歌中黑暗的旧世界变成一个充满田园之乐的新世界。诗人在序中所预期的丰收不仅仅包括他通过农业劳动收获的果实，也包括他在诗歌事业上获得的回报——一份陶渊明式的心灵安宁，而两者将会一并收成。

然而眼下，苏轼举目四顾，所见之物只能唤起他的沮丧之情。尽管如此，"无人顾"的废垒与"无所逃"的旅人堪称一对绝配①：带着苦涩的自嘲，诗人认识到他和此地正是天作之合，无地可容的逐客竟然找到了一个避之不及的处所。而这片土地仿佛处在一个时空错位的空白中，因为这里虽然处处都有久被遗忘的居所的痕迹，但这一切痕迹却道不出此地过去主人的历史，而只道出了它现在是一片杳无人烟的空地。此时，诗人似乎在哀祷着：无亲无故的他处在这片不利的土地上，有谁能助自己一臂之力？空白的土地蓦然出现了像古乐府般的无名人物，一名孤独的旅人忽地迈开步子走进诗中，他孑然一身，不知从何处来，也没有任何地方可去。他的"穷"乃是上天所降，并非人为，因此不可逃避。写到这里，诗人言其实地来到了他的道路穷尽处（这是另一种"穷"，"途穷"之"穷"）。因为由一个无地居处之人来为一块无人之地命名，再妥帖不过了。

旅人着手动工了。他"端来"（马上）将第一块砖瓦抛向一边，以此一举把自己交托给了这片土地，把他自己和土地联系成相依相怜的伙伴。前景没有改变，但是诗人改变了他看待前景的视角。第10句诗重温了第4句所表明的消极态度，将否定变为肯定："岁晚不偿劳"的绝望，已转变为有所收获的一线希望，哪怕

---

① "无所逃"也有"不可逃脱"之意。

是"一寸毛",这片土地对他的辛劳最后是会有回报的。即使徒劳无获,孤独的漂泊者还是开始着手劳作,并且一旦做起,他就不再是一个漂泊者了。

最后一句诗呼应了《诗经·周颂·丰年》的开头:"丰年多黍多稌,亦有高廪。"颂诗中廪仓满溢的富足景象和诗人在东坡之地面临的窘境构成了鲜明的对比,讽刺效果非常尖锐。然而"我廪何时高"这句感叹仅仅只是一声绝望的呼号吗?抑或这声呼号含有祈愿之音?还是诗人通过吟咏古人感恩的祝词,保佑自己也能获得丰收?这句诗的含义是暧昧模糊的。它哀叹着在东坡之地谋生的艰苦恶劣,同时也表明诗人坚持不懈努力下去的决心。

"东坡"这块土地,土质粗粝,崎岖不平,就像描述它的那首诗的语言一样。最后一句除外,这首诗的诗语都不来源于诗歌,而出自极其质朴的古典散文。"天穷"一词出自《周礼》注①,"土地贫瘠"(字面上是"土不膏")来源于《国语》,将植被比作体毛也是在借鉴《博物志》②。正似这片贫瘠荒芜的土地,这首诗明白晓畅、朴素无华,它似乎是有意排斥那些对仗的整齐美、意象的错综美、音韵的和谐美,换言之,一切能使诗歌的语言更诗语化的修辞效果。在措辞和内容上这首开篇诗非常平淡,与诗前的小序更接近,而与组诗中后面的诗似不相同。当然这也是切合的,因为首篇的这片天地还尚未被农耕和诗文所代表的文明力量波及。直至最后一句,援引着祈祷丰收的古歌谣,在忧虑和自勉相互混合的疑问中,苏轼向读者宣告,他开辟了这个尚未开垦的世界。

本诗所用词汇多半是取自古老的经典,故运用《诗经》中的典故在格调上亦算是和谐一致的。但是,附加了一个"我"字便与诗歌的基调不再统一和谐。在一行化用庄严肃穆的颂诗的诗句里,这个代词未免因太有个性而显得不协调。严格说来,它也是多余的:苏轼不可能在说别人。其效果就是强调了句中的主语。诗人明确将自己与诗歌中的主人公统合为一体。他好像在宣布:我就是那个人,那个因上天之力遣至此处的人;但当丰收来临之时,也许我能用上天赐予的丰稔,充实我的仓廪。他已经从受制变成了顺从,甚至转向了祈盼。经由这一

---

① 《周礼注疏》卷三,《四部丛刊》本,叶 17a。译者注:《周礼·地官·大司徒》云:"以保息六养万民:一曰慈幼,二曰养老,三曰振穷,四曰恤贫,五曰宽疾,六曰安富。"郑玄注"振穷"云:"振穷,抍救天民之穷者也。穷者有四,曰矜、曰寡、曰孤、曰独。恤贫,贫无财业禀贷之。"

② 旧题王十朋撰《集注分类东坡先生诗》卷四,《四部丛刊》本,叶 4b。译者注:《国语·周语上》:"阳气俱蒸,土膏其动。"又《博物志·地》:"地以名山为之辅佐,石为之骨,川为之脉,草木为之毛,土为之肉。"

过程,苏轼成了"东坡"的主人,他接受了自己在这里的使命:作为"东坡"上的农人已然是注定的命运。为此一举,他做好了重新开始的准备。

到目前为止,苏轼虽然已经说到了耕种,但还没有提到"田地"(fields)。第一首诗的背景是一派荒凉的景象,一片杂草丛生、瓦砾遍布的废墟。第二首诗则重新命名了这片土地,给它画出新的轮廓:

其二

荒田虽浪莽,高庳各有适。下隰种秔稌,东原莳枣栗。
江南有蜀士①,桑果已许乞。好竹不难栽,但恐鞭横逸。
仍须卜佳处,规以安我室。家僮烧枯草,走报暗井出。
一饱未敢期,瓢饮已可必。

随着开头"荒田"这两个字的出现,陶潜的身影迈进了这首诗中。这正是又一次"归园田居"的起点:因为正像陶潜在该组诗的开头就告诉我们的,他从官场退隐就是为了回去耕种已经荒废了三十年的田园②。而随着陶潜在苏轼诗中出现,位于"东坡"的也不再是一堆毁圮的废营房,而是一片准备迎接新生的荒田:不是"废"——永久地弃置——而只是正在休耕的"荒"。

第一行的"浪莽"出自《归园田居》其四③。这个叠韵联绵词在陶诗中的意义只能置于上下文中加以猜测。大部分注释者将它和一些音近形异的复合词联系在一起,由此他们得出了其本义"广阔、巨大"(vast, large),以及其引申义"放任、自弃"(to abandon [oneself] to)④。陶潜诗开头的对句可以作如下的解读:"我远离山川的乐趣已经有很长的时间了,(但是现在)我可以尽情地在林野中游赏了。"⑤苏轼对"浪莽"的理解似乎也是沿着同一条路子,暗示他准备开垦的土地曾经是弃置的荒野。

---

① 即王文甫,他是苏轼的四川同乡,是诗人在贬谪中的友人。参见旧题王十朋撰《集注分类东坡先生诗》卷四,叶 5a.
② "三十年"这个数词存在着争议。陶潜的仕宦生涯实际上只持续了十年左右。之所以称之为"三十",他可能是利用了诗人夸张的特权。译者注:陶渊明《归园田居》其一:"少无适俗韵,性本爱丘山。误落尘网中,一去三十年。""三十",一作"十三"。
③ 译者注:《归园田居》其四:"久去山泽游,浪莽林野娱。"
④ 关于其可能的繁多意义,参见海陶玮英译《陶潜的诗》,第 54 页。
⑤ 海陶玮英译《陶潜的诗》,第 53 页。

第二首诗的首句回答了第一首诗末句的疑问。句中虚词"虽"隐藏着一股点化的魔力：诗人似乎在说，不管目前的情况有多么糟糕，但这里预期有即将到来的丰收。废置为荒野的这片土地，可以从荒野重新变为丰田。第二首诗中的"高庳"也可训解为第一首诗中的"崎岖"的延伸和美化，于是一块凸凹不平的荒地得以被分辨为有高有低的田野，高地又可以进一步分配为各种各类的果园，低洼的湿地则可以种下稻秧。当苏轼对他的土地进行支配，将其规划为整齐条理的地理分类，在这时候，混沌不清的乱局得到梳理，新秩序开始萌芽。

苏轼的计划是可行的，它被付诸实践已是指日可待。桑果的种子已经从隔河的邻居那里乞得，竹子很容易在这里生长，以至于唯一的担忧就是它们失控的疯长。栗树和枣树已策划好植于东面斜坡的小树林里，但桑树和竹子一般更适合种在房子周围。于是，我们便从这片土地的外部边缘转移至它的中心——或者说应该作为其中心所在的地方。按照这样的进程，苏轼下一步应该是为他的房屋选址。苏轼已经决定在这里生活了：这一处无人看得上的瓦砾堆毕竟也没有那么糟糕；事实上，它也许还包含了一两个可以通过占卜发现的"佳处"，在那里苏轼将要确定他的居所。他用的动词是"安"，在这里意为"安定，固定"（to secure, to make fast），进一步的含义是"建筑、建立"（to set up, to establish）；其关联义"安适"（to rest）以及"寻找安适"（to find rest in）也是很明显的。

"浪莽"（弃置无人顾）的荒野即将变为条理清晰的农耕世界；而在此小天地中将要"横逸"（纵横奔放、澎湃沸腾）的生机，现在也遇到了能使之稳定的力量——诗人寻觅安居之所并从此获得内心平衡的一股热望。因为苏轼意欲照"顾"（tend）"东坡"，"理"便指向了经营这块土地的一切活动；但从更广泛的意义上讲，"理"意味着"整饬，使之有序"（to set right, to put in order），也关于人们的正确行为。这样，在耕种"东坡"的过程中，苏轼也开始着手刻励他自己。苏轼在本诗中选择"逸"作为韵脚并非偶然。出现在第一首诗中的苏轼是一个在政界遭到惨败、一肚子不合时宜的失意者，蒙受"无所逃"的命运而被遣至此，第二首诗的"逸"字正是他对命运的一个潜意识的回应：因为"逸"不仅意味着"逃脱"（to escape），还有"定居乡野"（to rusticate）的意思。因此，苏轼对退居田园的许诺，在他为"东坡"生活开始作初步规划时，早已涵括进了诗歌的最深层结构之中。

在《论语》中，孔子将"君子"定义为能在外物中做到"食无求饱，居无求安"的人(《学而》)①。这里的关键词是"求"。孔子在这里不是提倡"克己"(self-abnegation),他真正担忧的是我们会将对物质享受的欲望置于求"道"之上②。但苏轼在整个第一首诗中全神贯注于觅食的问题上,现在在第二首诗中他又草拟了一个安身的计划,他不正是一个贪求饱食安居之徒吗?不过,让我们先接着看这首诗是怎么收尾的。在枯草丛中发现深藏的暗井,提供了重要的坚实证据,表明他在"东坡"的生活计划将会付之于实。他对这一发现的回应是一声欢呼:"一饱未敢期,瓢饮已可必。"在《论语·雍也》中,孔子说:"贤哉,回也!一箪食,一瓢饮,在陋巷,人不堪其忧,回也不改其乐。贤哉,回也!"诗中引用"瓢饮"指的是颜回,他是孔门中最像圣人的弟子,这一点是非常明显的。苏轼希企安乐和满足,但他发现自己的处境与颜回十分相似,颜回就是在这样的恶劣环境中达到接近于圣人的境界的。苏轼在诗中并没有宣称他像颜回一样悟道:他所说的是,那个能够使人悟道的客观环境就在那里,等待他去有所作为。借用《论语·雍也》这一章,他回应了《论语·学而》"食无求饱,居无求安"为追求君子理想立下的条件,同时也避免了这里面隐含着的谴责。以此,苏轼向我们显示,他给自己拟定的新目标,除了血汗辛勤以外,是必须经由心灵的磨炼才能达成的。

颜回的"乐"甚至在最艰苦的环境中都能够"不改",因为作为一个君子,他发现自己的"安"并不取决于物质享受,而在于对"德"(goodness)本身的追求中。但是,我们是因为看到了颜回自得其乐才知道他是一个仁人(a good man):他的美德就表现在他的"乐"中。因此,如果苏轼能够把失去的"乐"找回来,也许他也能走近"德"的境地③。严格地说,苏轼根本没有对第一首诗留下来的疑问做出回答。但在第二首诗的末联他将其替换成了一个新的问题。现在问题已经从"我会不会有饱食一餐的日子"变为"我在吃不饱的情况下还能体会到快乐吗?"贫穷生活已经不再威胁他,相反,倒成了一项积极因素:通过农耕生活的辛劳,苏

---

① 译者注:《论语·学而》:子曰:"君子食无求饱,居无求安,敏于事而慎于言,就有道而正焉,可谓好学也已。"
② 参见《论语·卫灵公》:"君子谋道不谋食。"
③ 在提到孔子对颜回的评价时,苏轼提出了宋代理学的一个根本的悖论。就像早期的基督徒一样,儒家认为德(goodness)是一种情感状态:有德者不仅仅要做正确的事,还必须热爱这样做。故一个人德行的高低就表现在他做善事时所获得的快乐程度上。但快乐(joy)是自然而然的,从一个人的内心深处表现出来的一种特质,是不能从外获取的。在举颜回的例子时,苏轼也表达了他欲成为"贤"的愿望;但他能否进入这样一种状态,并非取决于意志的磨炼,而是有待于"贤"自然而然地加诸其身而实现的。

轼将会享受到"不改"的安乐。而且不论他前路有多渺茫,这份努力的收获是"已可必"的。对于前一首诗中悲哀的喟叹,现如今苏轼的答复是快乐终会找到,这种快乐不在于拥有"富足"的物质,而在于精神上的"满足",欣然接受我已拥有的一切并自以为足。诗歌第三次引用《论语》中的另一句话:"视其所以,观其所由,察其所安,人焉廋哉?人焉廋哉?"(《为政》)廋,训为"藏匿"。整句话的意思是:"考察了一个人所依靠的朋友还有他所信赖的宗旨,观察了他处世做事时所经由的途径,了解到他安心和不安心的所在;这个人还能隐藏得住吗?"对此反问,正答当然是:隐藏不住。在选择了在新环境里营建居所之后,苏轼下面要做的是"安"于其中。而在"东坡"上农人的生涯中安定下来,他久违的真性情也将逐渐显现出来。

《东坡八首》组诗展现的是一个过程,它记录了诗人怎样从一个疏离寂寞、屏绝人世的自我回到那个与世无争、乐天知命的自我。前两首诗记载了他从孤立无助到欣然接纳,从哀歌中的"孤旅人"走向儒家理想中处危有度、历难有瞻的乐道者的过程。但这些诗并不是为了展现一系列抽象的哲学道理而作的,而是从饱含血泪的人生经验中凝练出来的。一口暗井的突现令苏轼感到兴奋不已,这时候他是为发现生生之资而狂喜高喊;发现了自己犹能苦中作乐,苏轼便联想到颜回的"不改其乐",接着又设想自己是否能够同样地在饱尝苦难中悟出真理。"东坡"这组诗与苏轼以往的任何诗文都有所不同,它是深深地根植于现实生活的,并且横溢着沉重的生命强度,甚至是在写到高度思辨性问题的时候,它们还是离不开现实世界的——这正是苏轼在"好为议论"的所谓宋调的基础上编排出的一系列独特的变奏曲。以这一组诗,苏轼向我们许下了约定,比起任何其他作品,它们更为真实可信,因为诗人用来表现内心成长的象征意象自然而然地会伴随外界事物的演变而发生变化——因为苏轼在诗歌进程中找到的安慰并非修辞上的故作姿态,而是他亲历经验的一部分。

其三

自昔有微泉,来从远岭背。穿城过聚落,流恶壮蓬艾。

去为柯氏陂①,十亩鱼虾会。岁旱泉亦竭,枯萍黏破块。

---

① 参见查慎行《苏诗补注》所考,文渊阁《四库全书》本。

> 昨夜南山云,雨到一犁外。泫然寻故渎,知我理荒荟。
> 泥芹有宿根,一寸嗟独在。雪芽何时动,春鸠行可脍。
> (自注:蜀人贵芹脍,杂鸠肉为之。)

如果说前两首诗讲的是遗世(resignation),第三首诗的主题则是重生(regeneration)。从这里开始,诗歌的视野开阔了。在时间上,诗歌从"自昔"扩展到了"昨夜",再到不远的将来(末句虚词"行"所指的实践范围是"不久以后");在空间上,它从苏轼所有地一边的"远岭背"延展到了另一边的"柯氏陂"。"东坡"不再处于时空的空白区域中,它参与进了一个历史进程,与其他地点有了地理上的联系。

本诗开篇的"泉"承接了前一首诗结尾处的"暗井"。诗人描写泉水流动所用的词汇都具有鲜活的动感("来"、"去"、"竭"、"寻"、"知"),这些拟人化的动作正是诗人的心灵状态潜意识的反映。泉水源自清澈的山溪水,流到下游则为秽物污染而淤塞积涨,秽恶的死水倒给蓬艾杂草提供了疯长的条件,如今这条溪流也因今年的旱情而枯竭。与之类似,苏轼刚来到东坡时也一度意志消沉。这时候,一场大雨倾盆而至,为死水带来了新生,也为死气沉沉的诗人注入了新的活力。已然涨溢的溪水寻出了它的"故渎",好像是知晓诗人已经清理了荒草,为它的流去拓开了渠道一般。再没有比这更有力的重生的象征了。现在,这块土地已经在"报偿"诗人"捐筋力"的精心料理了。

在清理河床上的杂草时,苏轼注意到少量水芹的根茎,显然是旱灾前的遗存;现在水流恢复了,苏轼已经迫不及待地希望这些"宿根"能够抽出新芽,这样他就能享受家乡的美味"斑鸠烧芹脯"了。不过,"宿根"也是一个佛教术语,表示人天生的遵守宗教戒律的能力,这种能力乃由前生的业障所定[①]。苏轼如此企盼着这一新生的过程,因为它代表着诗人对过去的自我——即他在被迫来到这里之前的那个自我——的复原。宿根复苏的景象就如同枯溪重涌,也代表着新生;但就在意象的转换之中,苏轼也拓宽了诗歌指涉的范围。

---

① "宿根"被释为"一个人现世命运的根基,它根植于前世",参见威廉·苏西尔(William Edward Soothill)、刘易斯·霍道斯(Lewis Hodous)编《汉传佛教术语辞典》(*A Dictionary of Chinese Buddhist Terms*),伦敦:开根·保罗、特伦奇、特吕布纳出版公司,1937年,第348页。

借用美食的渴望来抒发乡愁始于张翰,他放弃"羁宦数千里"的官职为的是想吃到家乡的鲈鱼脍①。张翰是为了"适志"而毅然辞职的,这个词也同样适用于陶潜"归园田居"中表示向往的目标。不过,苏轼虽然已经像陶潜一样回到了田园,但和陶潜不同的是,他并没有归到故乡的田园,还有,他正在耕种的土地与他的故乡足足有数千里之遥。在一个远离四川的地方提到川蜀土产,苏轼就此指出了他目前所处之地和他心底首选之地的差别。他在自己和张翰之间找到了相似之处,实际上,他就像张翰思念吴中故里一样思念着蜀地故园。

直到此处,诗人一直都在努力适应这个陌生的环境:诗中的逐客——陌生土地上的异乡者——终究要被田园隐者的形象取而代之,这样的人与自身和环境都能和睦相处。现在苏轼引进了第三个范畴,将诗人对自我的探索推进到另一个阶段。下文中又浮现了诗人的另一个自我,相对于那个努力让自己满足于安居东坡之乐的人,这个自我更加接近从前的他,这个自我回忆起了来自他时他地的乐趣。于是,在下一首诗中,诗人的思绪飘然回到了故乡四川。

其四

种稻清明前,乐事我能数。毛空暗春泽,针水闻好语。

分秧及初夏,渐喜风叶举。月明看露上,一一珠垂缕。

秋来霜穗重,颠倒相撑拄。但闻畦陇间,蚱蜢如风雨。

新春便入甑,玉粒照筐筥。我久食官仓,红腐等泥土。

行当知此味,口腹吾已许。

(自注:蜀人以细雨为雨毛。稻初生时,农夫相语稻针出矣。蜀中稻熟时,蚱蜢群飞田间,如小蝗状,而不害稻。)

第四首诗的主体(3—14句)由一连串"乐事"组成,这些"乐事"均为苏轼盼望来年实现的;但苏轼描述这些"乐事"用的都是蜀中农人的熟语。雨"毛"(第3句)和"针水"(第4句)都源自四川方言,蚱蜢群飞也是蜀地在丰收时节常见的景象(第12句)。在这一情景中,既没有明确的主体,也没有时态方面的暗示。这使得它在时间、空间上都悬置未解,造成了一种奇妙的效果。我们阅读这一段

---

① 见前文第287页。

时,既可以把它看作是诗人对少年时所经历的蜀地风俗的追忆,又可以看成是对"东坡"来年收成的愿景。在本诗中,苏轼让过去和未来叠加交错,记忆和期盼融合回荡。

在第三首诗中,每一句都跳跃着一个动词("来"、"过"、"去"、"竭"、"动")。相比之下,第四首诗显得有些单调乏味,通篇章法平铺直叙,形象也多少有点空泛,不够生动鲜明;但同时又具有很强的画面感。苏轼在这里描绘的是一个理想化的农业小天地,到处萦绕着一般田园诗中常见的和谐融洽,所有不可预测的风雨从这里荡涤得一清二白,只留下一片巧妙安排和精心制作的田园风情。图景美则美矣,不过未免有些矫饰琐碎。因为这是一个抽象的概观,是诗人对过去记忆和未来预想的构筑。

这一刻的苏轼陷入了美梦之中:浮现在他想象中的正是离开官场后梦寐以求的风景。和第一首诗一样,苏轼仍然是借助于《诗经》的典故来表达对丰收的展望。"玉粒照筐筥"一句,承袭了《采蘋》中的典故:"于以盛之?维筐及筥。"这样一场大丰收将会带来欢乐和富足:它是苏轼终生渴念的"乐事"的顶峰。然而,现实在梦想的背后蹒跚而至。

不同于在退隐生活中亲手在故土上种得的稻谷,"官仓"中的禄米"红腐"不堪。苏轼已经吃够了后者,而期待要尝一尝自食其力的另一种滋味。但是,诗人也承认,羁宦多年的他吃了太"久"的禄米,而自耕自种的新鲜稻谷到现在为止还是一个预想("行当"),这样就等于揭开彼时和此时、彼处和此处之间的矛盾。突然间,他从美梦中恍然醒悟,原来现实处境和理想归宿在时间和空间上都是分离的。在铺陈描写耕种与收获的片段中,诗人通过时态和语境的悬置将过去和未来混合为一,写到最后四句时,随着时间指示的重新引进,这幻想的统一也走到了尽头。

"行当"并不仅仅指将来时态,也是一个表示必然性的情态动词。苏轼承认了他毕生愿望的失败,同时他确信这个愿望会在即将到来的丰收中实现。因为他马上会尝到的"此味"来自于用蜀地农业旧法种植的粮食,只不过这种稻谷现在生长于"东坡"。品尝此味,就是在"东坡"务农的收获中体会旧日长久渴望的另一种生活,即实现致仕还乡的梦想。苏轼被褫夺了官职,回乡务农了,但不是在蜀地,而是在这一片"东坡"。这样,陶潜"归园田居"中的归隐理想得以重新在苏轼目下的处境造铸。把过去的耕作生活与目前正在经营的新生活融为一体，这是苏轼对自己的承诺，在"东坡"的农耕生活将会像他在挚爱的眉山一样适意，甚至会更接近他真实的意愿。此后，诗人再也不依恋蜀地了：既然他承认了不可能再回到这片幸福源泉，苏轼便将这源泉安置到了别处。用了一个"许"字（既是期许又是许诺），他就已经把愿望变成了约定：苏轼坚信这一切一定会到来，并断言了自己使梦想成真的决心。

第四首诗的开篇伴随着诗人对企盼已久"乐事"的预兆，诗人在结尾告诉我们，他很有信心这些"乐事"很快就要落实到手上。回顾这组诗，我们注意到，一如这首诗，前面的三首诗都在结尾予读者以若有所待之感。第一首诗中的"何时"指向了一个不确定的未来，第三首诗则指向了一个近在咫尺的未来。在第二首诗中，结尾的"A 尚未，B 已然"句式也为我们指向了一个超出诗歌本身的时间框架。所以每首诗在结尾都围绕着诗人对一个遥不可及目标的渴望，正如农人的一生是由一连串预期中的收成组成的那样。在格式上虽有结尾而在实质上却没有终结，永远停留在未完成状态中，一系列这样的诗歌放在一起，给组成的整体注入了强大的前趋力，这与读者对一般组诗期待的整齐感和完美感正相反①。苏轼如何将"东坡"的荒芜恢复为丰田，如何通过在"东坡"上的农人生活使放逐的自身获得精神上的平反，这些规划的实施方案并没有在诗歌中浮现，并没有在任何一首诗甚至在整组诗中得以实现。和这些诗歌本身一样，苏轼在诗中追求的理想只存在于冥想的领域，是永远可望而不可即的。

其五

良农惜地力，幸此十年荒。桑柘未及成，一麦庶可望。
投种未逾月，覆块已苍苍。农父告我言，勿使苗叶昌。
君欲富饼饵，要须纵牛羊。再拜谢苦言，得饱不敢忘。

在第四首诗的近结尾处，诗人重新提及他与土地间互惠互利的关系。苏轼既已拒绝了继续依靠官仓的"腐"（包括物质的腐烂和贪官的腐败双重意义）谷生

---

① 参照与之形成对照的例子如曹植的《赠白马王彪》，见萧统编、李善注《文选》卷二十四，第1123页。除了开头的两首，这组诗的每一首开头的字都用前一首结尾的字，这样便使整组诗形成一种周而复始的效果，正和曹植不愿中途告别的主题相契合。

活,他亦欣然许身农耕生活,甘于其中的劳苦,乐于其中的收获。如今他在第五首诗中充满热情地步入这一生活,表态如此严肃认真,乃至于要从读者脸上诱出一抹宽纵的微笑。首句"良农惜地力"出语虽然精妙警辟,却又未免有点忸怩作态。苏轼自命为一个农人,而且还是个"良农"。不过,在冒险之初才表示过胆怯不安的他,这下子又能够如此满怀夸耀地装扮成一个饱经风霜的老农人,的确有些出人意料。苏轼是在调笑读者,无异于朝我们会心地眨了眨眼。第二句沿着这条戏谑的脉络发展下去:"幸此十年荒。"顿时,这片土地的所有劣势都变成了优势,多年荒置的田地好在一直是在休闲中,这才能确保地力。虽然这种说法分明是带有讽刺意味,不过其中也包含着真正的智慧。此处,苏轼关注到了他这份新事业实际的方面,与他在第四首诗中所展示的浪漫图景构成了鲜明的对比。第四首诗结尾部分对不可预知的未来表示必有所成的确信("行当知此味,口腹吾已许"),如此地满溢着轻快的期待,而在第五首诗中则受到严谨节制,被调整为一个现实主义者的保守估算:桑柘的成长尚在遥远的将来,他不敢抱有奢望,不过对今年的麦子还是有信心的。苏轼如今在慎重地效法陶潜田园诗中朴实的模范,因为既已披上了"良农"的行头,他必须好好扮演这一角色。接着,在此诗剩下的部分,苏轼使用着极其精悍简约的言语,展现了他在模仿陶诗上最成功、最能予人以真实感的一番努力。因为这首诗首先是苏轼对他已许身的农人生活的一曲颂歌。

一位热心的邻居停下脚步,告知苏轼他多年的阅历与经验。这位"农父"和陶潜《饮酒》其九①中那位善意的"田父"(这两者都可以被译为"老农人"[old farmer])同类,而陶潜的田父又源于《楚辞》中的"渔父"②。田父对陶潜的建议"一世皆尚同,愿君汩其泥"③,正是渔父劝勉屈原"世人皆浊,何不淈其泥而扬其波……何故深思高举,自令放为"④的缩减版。与屈原一样,陶潜也婉拒了让他继续在腐朽朝廷中同流合污的劝告。两篇作品都是清晰明白的政治讽寓诗。田

---

① 陶渊明《陶渊明集》,第91页。
② 海陶玮英译《陶潜的诗》,第137—138页。
③ 同上,第137页。
④ 戴维·霍克思(David Hawkes)译《楚辞·南方之歌——中国古代诗歌选》(*The Songs of the South: An Ancient Chinese Anthology of Poems by Qu Yuan and Other Poets*),伦敦:企鹅出版社,1985年,第206页。

父与渔父是实用主义者观点的代言人,这一观点正是高尚的正人君子所反对的。

苏轼的诗与陶潜之诗的结论全然相反。"再拜谢苦言"呼应了陶潜的"深感父老言"①,然而他恭谨下拜不是为了表示礼貌的辞谢,而是满怀感激的接纳。老农的智慧表现在拿药打比方的"苦言"之中:难以下咽之物通常被视作良方益药。中国古代历史中,经常提到这一观点,显示了甜言蜜语的溜须拍马者口中的谄媚之词通常会将君主引入歧途,而那些贤明之臣的逆耳忠言才具有有益的功效。但是,出自苏轼诗中农父的"苦言"并没有任何讽寓意义,它仅仅是对苏轼这样不专业的农人的热情所发出的热切劝告。用古典文学批评的术语来说,诗人在这首诗前半部分"纵"其想象,在后半则"抑"住了自己。反讽的是,训诫是出于那位"农父"口中,而非这位近日赋闲的官吏。这一情节是对"劝农"类田园诗传统题材②,以及汉代"劝农"这个官职政务的一个幽默倒置。现在的苏轼显得兴致勃勃但又对农活比较生疏,所以必须在鼓励下更加辛勤劳作。诗人以一派满怀热情的盲目自信开场,又以一种虚心求学的谦卑态度收场。甚至在并不清楚自己的话语意味着什么的时候,苏轼就已经断言自己是一个"良农",而在全诗结尾他才稍稍明白一点那个语词的真正意义。并且,在学习如何打"理"其田园的过程中,苏轼也学到了一些关于将自己投身于"理"的东西。

第五首诗的末句蕴含着一种谦逊与感激的姿态,这也是一个将予以回馈的承诺。苏轼说,倘若他投诸农事的辛劳有了回报,他将会从收成中拿出一份与老农分享,以报答对方的好意。第一首诗中被不公的命运驱逐到"天穷"的"孤旅人"现在已经准备重返社会,再一次在往来授受的人际关系网络中寻找自己的位置。通过他与土地之间的关系,通过履行他的"良农"宣言,苏轼将会再度成为社会人群中的一员。

到此为止,这组诗歌一直摇荡在家乡与遥远异乡、被流放与被接纳、需求与欲望的两极间。现在,在第六首诗中,随着苏轼从"孤旅客"一变而为社会人,他开始从这种悲哀的两极对立中挣脱出来。

---

① 陶渊明《陶渊明集》,第92页。
② 陶潜就有一首题为《劝农》的四言诗,见陶渊明《陶渊明集》,第24页。

其六

种枣期可剥,种松期可斫。事在十年外,吾计亦已悫。
十年何足道,千载如风雹。旧闻李衡奴,此策疑可学。
我有同舍郎,官居在灊岳①。遗我三寸甘,照座光卓荦。
百栽倘可致,当及春冰渥。想见竹篱间,青黄垂屋角。

第六首诗的描写范围越出了农耕生活的时令限制。苏轼刚刚栽下果树和材木,接着便开始忖度,这等作物需要投入的时间不是一年,而是十年或更长。再反思一下,发现自己如此早就为将来做好规划,实属远见高明,因而感到庆幸。于是他大言不惭地声称:这一切是我一直以来计划的。经由这番自我阐释,从具体现实中解脱出来,他便放大胆子,将想象范围任意开拓,一直延伸到更深远的未来,以及悠远的过去。反正,在至大规模的万物流转中,即使千年的时光也只不过像微风过隙,倏忽而逝。千百年悠久的时间取代了农人的一年四季,苏轼的"悫计"也让步于从历史中得来的教训:三国时代的李衡曾种植柑橘千树,因此在他去世时,其子孙得以继承千株"木奴"②。苏轼无疑是由同姓李的友人李常(第9—12句)所赠的柑橘而联想到了李衡的明智之举。接着,便自然而然地转入下一层意念:倘若自己可以获得同品种的橘种,又该如何一步步达成李衡的目标。转瞬间苏轼的辛劳就以丰收告终了——"垂屋角"——而且还极大丰富:不但可以供给自己所食,也可以提供给其他无数的人。

首联回响着《诗经》诸篇农作诗,苏轼在这里做出的规划也相应地适度合理。与之相比,种出满园的柑橘是一桩更雄心勃勃的事业。顺着在诗歌开头提出的功利主义逻辑,苏轼对李衡之"策"的偏爱似乎应当是为了从土地中获得实际的收成(即字面上的"实")。不过,虽然苏轼在首两句强调了种植与收获间的目的关系,但他并没有进一步把橘树的好处清晰道出。实际上,诗前半部分(第1—8句)循序渐进的审慎态度,和后半部分轻松愉快、天真动人的腔调之间有着尖锐的对比,特别是诗的后半部分描写对现实和想象中柑橘琳琅满枝的那份狂喜。最后六句诗充盈着光影与色彩的意象。李常所赠的不是寻常的柑橘,而是"三

---

① 苏轼自注云:"李公择(即李常)也。"其传见脱脱等《宋史》卷三百四十四,第 10929—10931 页。
② 《三国志·孙休传》裴松之注,陈寿《三国志》,第 1156—1157 页。

寸"橘,一种适合做皇家御贡的品种①。它们不仅明黄,更是眩目,其灿烂足令满室生辉。倘若苏轼打算讨要的种苗能够立刻到手的话,将正好赶上春日里融冰闪亮的时节。最后,当苏轼畅想未来时,摇曳在他眼前的只有满绕屋檐的一片光彩夺目的"青黄"。诗人以怀着极度务实的愿望起笔,却反以充满纯粹欢乐的幻想收尾。苏轼脑海中幻想的柑橘并非是用来采摘、品尝或是赠予他人的,而是用以娱人心目的。它们在诗中是作为美的化身而存在的。

迄今为止,苏轼在这一组诗中显示出一种对食物几近痴迷的专注。第一首到第五首皆以具体评论作结——不管是严肃的或是戏谑的、满怀希望的或是忧思期待的:(1)"我廪何时高",(2)"一饱未敢期",(3)"春鸠行可脍",(4)"口腹吾已许",(5)"得饱不敢忘"。他的目标因此始终指向"求其所欲",而按照儒家教导,这类事情恰是君子所不应为的。而现在在第六首诗的末尾,不管在他脑海中摇曳着如何难以抗拒、令人垂涎三尺的憧憬,他破天荒地只字未提自己的口腹之欲。因为在计划着饱食安居的过程中,苏轼意外得到的,并非是物质需求的满足,而是一种心灵的美满——不是"饱"而是"乐"。

柑橘本身是"实"(即果实、实体)的,有朝一日终会收获,然而从思量它们鲜活色彩的过程中所产生的乐趣则全然属于"虚"的"想见"领域,是可以立刻享有的。因此,苏轼获得了比一直追求的物欲满足更早到来的另一类满足,换言之,通过独特而反常的写作方式,他在饱食之先体验到"乐",在肚腹空空的情况下竟然抢先达成了古贤的成就。

借助于李衡之"策",苏轼最终确保了(或者更准确地说,计划了如何确保)他在"东坡"的生计。这不仅会使他丰衣足食,还会出现盈余,让他得以与他人分享。追求饱腹直到此刻都是他最为关切之事,但终于得到了实现;接着,正如他在第五首诗的末句中所誓言的,现在是时候想到那些曾帮助他走到今天的人们了。

《东坡八首》经常被解读为苏轼作为农夫生涯的诗。最后两首与农耕生活的实际经历几乎没有什么关系,因此在偏好选择此组前六首的诗选中往往会被舍

---

① 史传称,南朝宋彭城王权势极大,以至于进贡给皇帝御用的柑橘在贡呈他府上的柑橘面前都黯然失色。见李延寿《南史·彭城王刘义康传》,第367页。"三寸橘"经常出现在杜甫诗歌中,如《即事》,见仇兆鳌《杜诗详注》,第1782—1783页。

去不选。事实上,这组诗整体上根本并未将农耕作为主题,相反它的主题就是苏轼本人,他不但在此时成为"东坡居士",而且通过耕种"东坡"的行动以及在这些行动的过程中建立起来的关系,最终获得了自我的身份认同。第七、八首诗正是围绕着这些关系而作的:它们是对朋友和友谊的赞歌。在写到与他的三位黄州同伴以及毕生挚友马梦得的友谊时,苏轼真正向我们毫无保留地袒露了他自己,他品性的每一方面都反映在这些关系之中。因此,第七、八首诗在组诗中构成了苏轼最感性的个人告白:因为它们是写给苏轼朋友们的——最了解他的屈指可数的几个人,所以在诗中他真实的自我才得以袒露,更确切地说,是无法隐藏得住的。从这一角度来看,最后的两首诗不仅构成了组诗的不可或缺部分,也唱出了它的最强音。

其七

潘子久不调,沽酒江南村。郭生本将种,卖药西市垣。
古生亦好事,恐是押牙孙。家有一亩竹,无时容叩门。
我穷交旧绝,三子独见存①。从我于东坡,劳饷同一飧。
可怜杜拾遗,事与朱阮论。吾师卜子夏,四海皆弟昆。

潘丙、郭遘、古耕道三人都是苏轼谪居处黄州的当地人。关于郭遘我们所知甚少。据查慎行注,古耕道虽然曾登进士科,但是他似乎在仕途上并无可寻的事迹②。潘丙出身于显赫的官宦世家,不过第一行的"久不调"似乎在暗示他本人可能并未获得官职③。

诗歌开篇的手法,似是简朴白描,实际上暗暗点出了,这三人本可能所为之事与他们实际所为之事,两者之间存在着距离。潘丙似乎一度对官宦仕途怀有热切的抱负,现在却以经营酒家为生。郭遘为"将门之种",却开了一个行医卖药的店铺。而古耕道的那份"狂热"则引起诗人的怀疑,他调侃地说,这位朋友想必是古姓的唐代游侠后人——因为"狂热"实属于一种侠士气概,这种气概使得他

---

① "见存"更字面的意思为"屈尊示以好意"。
② 查慎行《苏诗补注》卷二十一,文渊阁《四库全书》本。
③ "不调"可能意味着他虽然通过了乡试,但是没能获得资格参加更高级别的省试。见王文诰辑注、孔凡礼点校《苏轼诗集》卷二十一,第1083页。

无论何时，都喜欢"好"他人之"事"，为抱他人之不平而奋臂攘袂、挺身而出。尽管如此，现在古氏只是怀着避世态度在竹园中过着默默无闻的清闲生活。这几个人因此都被表现为"怀才不遇"式的人物，即那些一旦被赋予机遇，便能在为官从政、领兵作战或行侠仗义上做出不朽的贡献，却因个别的不言之隐而未能施展才华的人。他们可谓腐朽之世中隐退贤士的典型，同时也是深怀失意之人——苏轼自己在初遇他们之时，必然也正怀着这种失意。

作为一个被贬到这座偏远江城的名人，苏轼来到黄州时，他事实上已经处于"穷"的境地——穷困潦倒，看不到出路何在。此时几乎所有的故交都离他而去，唯有这三人不离不弃。正所谓物以类聚、人以群分，逐客苏轼找到了三个不同寻常的人，他们或是位卑，或是性好隐遁，却都是处在社会边缘的真性情之人。他们的新友谊正是在帮助苏轼耕耘"东坡"的行动中得以建立的，他们在那里同作、同休、同食，换言之，三人在共同的田野劳作互动中渐渐认识了苏轼，并将他当作那片土地的主人以及"东坡居士"来认识。在其他人都无情地转身而去时，他们以友善殷勤待之，在精神上支持苏轼，并在生活上也给予物质资助。他们的友谊因此经受住了逆境的考验，苏轼也可谓欠了他们一笔人情债。

接下来，笔锋一转，此诗又云："可怜杜拾遗，事与朱阮论"，这两句是由杜甫《绝句四首》其一的颔联化出：

> 梅熟许同朱老吃，松高拟对阮生论。①

这是杜甫在成都草堂过着田园生活时（760—762）写下的警策之句。诗歌描绘了杜甫此阶段的理想生活，他选择在安静的乡村隐居，只与乡党邻曲和志同道合的隐士为伴。参照杜甫在成都时与友人的情谊，苏轼借以重塑了他与黄州友人之间的关系。正如杜甫从中原的都市流落到成都郊外，苏轼在外省也落脚在江滨水曲，他的朋友也都是当地的土著，他们之间的友情也同样的简单、纯朴而又和谐。三人从在患难中来到苏轼身边的恩人，一变而成了苏轼选择的共度乡村闲暇生活的友伴。他的身份也从而由一个被动接受他人恩惠的人，变成了一个积极回报他人、分享梅食以及殷勤好客的人。用中国的说法，"宾主"关系倒转

---

① 仇兆鳌《杜诗详注》，第1142页。

了过来。

随后,笔锋又一转,接下来就是这首友谊颂的尾声:"吾师卜子夏,四海皆弟昆。"苏轼又一次用了《论语》之典:

> 司马牛忧曰:"人皆有兄弟,我独亡。"子夏曰:"商闻之矣:死生有命,富贵在天。君子敬而无失,与人恭而有礼,四海之内,皆兄弟也。君子何患乎无兄弟也?"(《颜渊》)

司马牛抱怨说,自己没有兄弟,实际上这并非事实,因为根据历史记载,他有很多兄弟。上述对话似乎发生在他的长兄——众夫所指的桓魋正在谋划叛乱之时,因此司马牛忧伤的表白或许含有事先与其兄谋逆行为划清界限的政治动机①。而苏轼之所以陷入时乖运蹇、友人离散的困境,其原因当然也是政治性的,这一典故的运用显得格外恰当。

安慰哀叹自己没有兄弟的司马牛,子夏回答说他应当把所有的人都看作自己的兄弟。对于一个抱怨没有朋友的人,也需要这种类似的哲理性安慰,告诉他应当把整个世界都看作自己的朋友。然而这其中却有一个必要条件,那就是君子必须"敬而无失,与人恭而有礼",如此才能无论身处天涯海角都能感到居处皆为家乡,且无论是遭遇生存抑或死亡,都能安之若素。

为世所弃的逐客,与所有的故交相绝,忽然间有了新的亲人,重新"通"于人类社会。他的命运不再处于"穷"与"绝"的境地,而一变为"通"。而君子正是一个这样的人,他能摆脱"命穷"的精神束缚,悟到安道固穷、听天由命的通理。

第七首诗展现了三种友谊的典型,一个取代了前一个。第一类型是一个被人类社会抛弃的人,这时友谊降临到他身上,是急难时节的友谊。第二类型是田园牧歌式的纯朴友谊,是那些渴望过着宁静的避世生活、身边只需少数几个人相伴的隐者选择的友谊。第三类型是君子的友谊,是无论身处何地都生活在人性关怀中的人拥有的完美友谊。在从一种友谊走向下一种友谊的过程中,苏轼发出了三项自我声明,标志了他个人发展的三个阶段。从世界的一个偏僻角落,他挣扎着回到中心;捆缚在精神与物质的困境中,他已迈出了脚步走向最崇高的理

---

① 何晏等注、邢昺疏《论语正义》卷十五,《四部备要》本,叶 3b—4a。

想——成为一位君子,一个真正的人——而不断前行着。他从友人潘丙、郭遘、古耕道那里获得了许多亲切的关照,他们也会获得回报,首先苏轼作为"诗农"将报以杜甫诗中的"熟"果和"论"谈,最后更会以美德相报。

其八

马生本穷士①,从我二十年。日夜望我贵,求分买山钱。

我今反累君,借耕辍兹田。刮毛龟背上,何时得成毡。

可怜马生痴,至今夸我贤。众笑终不悔,施一当获千。

苏轼把最好的朋友留到了最后。对马梦得,他结识最久的朋友和他最慷慨的资助者,表达了最深最纯的谢意与敬爱,这是理所当然的。写成这首简单朴实的赠诗,苏轼创作了中国诗歌传统中最动人的诗篇之一。从此诗的亲密口吻与其广大深厚的内涵来看,它的力度不亚于曹植《赠白马王彪》组诗的末篇,尽管它又丝毫不关心曹诗中对雄辞丽句的追求。而苏轼这首诗的伟大之处恰在于它微小的抒情面:他只是在对友人马生一个人说话。正因如此,这首诗在迂回曲折中捕捉到了人与人之间谈话时的千姿百态,声音的变幻无穷;这一刻是诙谐的,那一刻是严肃的;这下羞愧而怀有歉意,那下疏狂轻率、荒诞不羁;最后又在澎湃盈溢的情感中回到沉默。这是一场充满戏谑调侃和热情调笑的私人对话——这些拐弯抹角的表达方式都是在感情过于深沉、难以尽数倾吐的时候,挚友之间所用的;因为两个人有的话不用说出口,可以留在内心相照不宣,这才是真挚的友谊。

第八首诗以一个老实却极不讨人喜欢的称呼开头。苏轼称他另外三个朋友分别是有抱负的士子、将门之子,以及异想天开的狂士,而马梦得与他们的主要区别则似乎就在于他的穷。他一直以来都是贫穷的——潜台词是——只要他继续与苏轼做朋友,他很有可能将会继续贫穷下去。不管怎样,他们二十年的友谊并没有给马生带来任何好处,他总是等待着苏轼能够富贵扬名,结果只是徒劳。"穷"这个不堪的词,自从在第一首诗中出现以来,就承载着是上天注定的、不可避免的噩运这一不祥内涵,如今其意义已经被中立化为相对无伤大雅的"金钱上的贫穷"——也就是说,只是物质上的"穷"。

---

① 关于马梦得的穷,见苏轼《东坡志林》卷一,上海:华东师范大学出版社,1983年,第39页。

作为苏轼的朋友,马生自然地曾希望有朝一日能分得苏轼富贵的一杯羹,虽是这么说,但他反而义务负担了苏轼所需的生存之资。他不仅不能在晚年依靠苏轼,还不得不帮助苏轼取得田地以维持其眼前的生计,苏轼这个如此不中用的朋友终于使他陷入了不尴不尬的境地。位于遥不可及时空上的故乡之"山"与苏轼在"东坡"的"兹田"之间的对比,此刻显得分外鲜明。两位朋友已经不得不放弃对未来终老之地的梦想,而去应付这一小片可怜的土地。这两者一个存在于渴望中"虚"之范畴,另一个则是令人不快而又无法抗拒的"实",而此时似乎后者完全取代了前者。

耕耘"东坡"这块碎石荒地与田园诗中不知描写过多少次的那种与自然融为一体的恬静场面全无相似之处。甚至还不如说,耕种"东坡"正如试图"刮毛龟背上",这是形容徒劳之功常用的意象①。苏轼不再凭空臆想未来("虚"),转而努力克服他当下的"东坡"生活中的艰难现状("实");然而他所有试图从这片贫瘠的土地中获取"实"的努力(收获果实),结果都是白费力气,一如收集龟毛,最终所得是虚无一物!"刮毛"在第一首诗(第 10 句)中被用来形容尝试在贫瘠土地上种植庄稼的困难。当这个词在最后一首诗中再次出现时,它已经过夸张,变成对这种尝试本身之不可能的隐喻。

苏轼面临的困境并没有实质改变,改变的只是他用来处理这些难题的语言。纪昀批评"刮毛"一联为"微嫌其纤"②,但这恰是诗人意中的效果。苏轼在这里试着表现他的幽默,并希望读者也觉得他在试着表现幽默。"刮毛"意象重现于第八首新的语境中,是对之前第一首诗中完全严肃的出场的一次幽默改写。苏轼并未改变乃至改善他目前所处的严酷现实,改变的只是他用来看待它们的眼光。透过幽默视角的观照,生活中的种种艰辛在他眼里不再称得上是问题,而只是满目荒唐。忧虑不安的根源已被化为一个温和自嘲的话题。他战胜了自己的痛苦,不是将其用力转移,而是用自己的笑声把它驱散。作为一个农人,苏轼不能改变世界多少;但作为一个诗人,他不仅能够,并确实地改变了世界——通过他的想象。因为归根到底,《东坡八首》与其说是关于农人生涯的,不如说是关于书写农人生涯的诗。

---

① 旧题王十朋撰《集注分类东坡先生诗》卷四,叶 6b。
② 苏轼撰、纪昀评点《苏文忠公诗集》卷二十一,叶 2a。

东坡八首自始至终都在冥想的领域中回旋飘忽。最后一首诗的结尾部分尤为明显地徘徊在期待与确证之间，依旧指向未来，指向潜在的、尚未实现的存有状态。作物依然有待收获，依然需要回报朋友，苏轼的手头并没有什么实在的东西。不过此时的他再也不会一心拘于实际的境况。第八首诗始于"穷""贵"两个极端之间，前者代表现实，后者代表愿望：贫穷的马梦得，一直在盼望苏轼显贵。如今这一组对比由另一组取而代之：即"痴"和"贤"，前者是马梦得的实际情况，而后者是苏轼期望的境界："可怜马生痴，至今夸我贤！""穷"与"贵"属于外部特征，"痴"与"贤"则是内在品质。围绕着刮龟毛这一核心隐喻——隐喻梦想无中生有——这首诗从容易量化的价值范畴转入无形且不可估量的价值范畴，从物质领域转入精神领域，由实而虚。

一直以来，马梦得都高估了苏轼在现实世界中的潜力，在他所做的一切反而让他自己陷入比以往更甚的困窘时，依然相信他能够获得成功。不仅如此，马生更是在人品评估上（又是毫无根据地）夸示他的朋友如何是个贤人，进一步加深了他对苏轼的误判。苏轼对他的感激因而是双重的。一方面，他对马梦得怀有带着歉意的感激之情，因为马生并没有嫌弃这份友谊给他带来的"累（赘）"，反而慷慨地回应了第一首诗中那满腹牢骚的召唤，向他的友人施以"借耕"之援；另一方面，苏轼又忍不住非常温和地嘲笑马生的愚直，因为他竟如此高估苏轼其人的价值。无论在实际事务上还是个人价值上，马梦得都对他的朋友深具信心，甚至超出了他的朋友对自己的信心。你如此称赏我，实在太傻了，诗人抗议道——一时间，既有为难羞耻之感，又觉得深深的安慰——不过我依然要感谢你这样做。

"贤"是孔子称赞颜回的一个字眼。苏轼最终栖迟于"东坡"，并在不幸之中找到一丝满足与愉悦，正逐步成为一位真正的人，如颜回一般的贤者，其快乐并不依托于"实"的外部境况，而是植根于自我之中。等式的最后一个变数因而浮现出来，不过等式依旧是不等的。即使到了此刻，苏轼也并非在表示他已经更接近圣贤境界。他自己不会说出这样夸张的话，而愿由他的挚友说出来。毕竟，他的朋友比他本人更了解他的为人以及他将来能做一个什么样的人。

尾联充满着一种微妙的模棱两可感，盘桓在确定与假设两种语态之间。从句法上来说，这两句诗可以有两种完全不同的解释。如果将助词"终"释为"到最后"（"始终"之"终"），暗示一个发展中的过程，那么此句也许可以解读为："假若直到最后你都不屈服于众人的嘲笑（即在众人的嘲笑下没有改变自己的意志），那么你所付出的必定会得到千倍回报。"如果将"终"解释为"竟"，暗示一个已告终结的过程，此句则可以解读为："你毕竟没有向众人轻蔑的哂笑屈服，你值得因自己的付出而获得千倍回报。"

第一种解读是激励性的，期待着那个幸福时刻的到来，那时苏轼个人成就的实现回报了马生对他经久不变的信心；而第二种表示了一种喜悦的姿态，仿佛眼下已经实现了那种景况。汉语语法允许我们将这两种解读合并为一，给模糊的意义加上了确定的色彩。此处承诺的"报"（共同付出、共享回报的承诺），半是戏谑，半是诚恳，宛如一位托钵僧向施主化缘时发出的恳求之声，最终升华到了一种神圣的乐境。

还有第三种可能：即这些诗句在它们的指涉对象上同样有着歧义。这一联可能顺承着前一联把马梦得作为主语，不过主语也同样可能是诗人本人。在马生的支持与鼓励下，苏轼将继续勇敢地面对他如今的耻辱景况，直到最后一刻，这样做的话未来将获得相当于他现在付出的千倍回报。"众笑"明确地限定了第一首诗中的"孤旅人"在道德、政治与社会三层意义上的孤立处境。其中的刺痛感却已被消解，反而成了能够促进苏轼获得满足感的工具。"施"即"施予"（to give），"获"即"得到"（to receive）；不过"获"这个词也可以用作"收获"之"获"（to reap），而"施"也可被引申表示抛洒和播种。末句的话语因此恰令人想起有关农事的话语；不过这些话语是用于比喻层面的，播种和收获——田畴中的耕种活动——在此是用作自我修养的一个隐喻。我们已经抵达了"东坡"，苏轼奋斗历程中的真正目的：因为苏轼将收获的是他的自我，一个从旧根源中跃向新生活的全新自我，一个比过去要快乐和优秀千倍的自我。

丰收的意象将这三层含义统合为一，它们共同构成了《东坡八首》的世界。第一个是农人苏轼的世界，在这个瓦砾颓田的真实世界中，他艰难收获了果"实"。第二个是"诗农"苏轼的世界，他在其中演绎以前田园诗中的形象，重构了自己的经验，以此来与田园诗的模板相契合——或刻意相冲突；这个世界处于实际的农人生活和对农人生活的描写之间，也处于实与虚之间。第三个是作为人的苏轼的世界，一个由主观价值构成的内心世界，与外在现实毫不相关，两者之间也不能互相影射。然而，这个世界囊括了其他两个世界，因为唯有通过农人和诗农的生涯，苏轼才迫近了他作为"东坡居士"的崭新自我。而且，唯有通过成为"东坡居士"，苏轼——或不如说东坡——才向贤人跨近了一步，而这个重生的、即将问世的"东坡"正是依据"贤人"的形象塑造出来的。

追求"饱腹安居"似乎不合乎君子的行为，苏轼却是经由这条途径而最后找到了安居其所的自我。不过苏轼不仅仅只是在他的新居"扎根"——定居并安居下来；如今他更是无论身处何方，都能够如"在家"(at home)一般：他所寻觅到的栖居之所并非位于某个具体之地，而是随着他自身而转移，超越了具体的空间。随着第六首诗(整组诗的"转捩点"所在)将诗人关切的范围由严酷荒凉景致组成的客观世界转向了内在的主观世界，"安"让位于"乐"，即贤人无论面临何种境况都能安之若素的"快乐"。在期望弥补东坡生活的匮乏中，苏轼从而获得了在寻寻觅觅中都无法找到的东西——一种自足的存在状态。因为"乐"既包含着期盼，也包含着成就感：一个体验"乐"、从美德中获得乐趣的人也正是在成为有德之人中获得快乐。他喜爱至善的同时也拥抱至善，也就是说，他在喜好"为仁"中显现出一个仁者的"为人"。归根结底，这组诗歌不仅仅是关于农事和农事诗的，更是关于如何成为一位至善之人的。这也正是陶潜的形象出现在这些诗作中的真正原因，并不全因为他是诗农的典范，还因为他树立了一个诗人的典范：不仅是一位好诗人，更是一位至善之人，他的诗之所以卓越无双，不是因为它写得有多好，而是因其能真实而完整地向读者袒露自我，将他内心的特质公之于众。

《东坡八首》朴实的语言和不对称、不规则的组诗形式，从表面看来不足为奇，但是这些平凡处正是其价值所在。精美辞藻与新奇立意的缺席，使它们与苏轼较为有名的诗相比显得迥然不同，那些脍炙人口的名篇都是他作为一个年轻诗人引以为傲的，而《东坡八首》很少能够被选入流行的选本，因此也鲜为现代读者所知晓。然而它们表现了在诗歌语言及组诗形式上崭新而重要的实验。在贬谪时期写的其他诗歌中，苏轼也回到耕种与自我修养的相关主题上①，然而《东坡八首》蕴藏着的那股深沉的力量在苏轼全集中可以说是独具优势的，因为在这组诗中，苏轼大胆尝试了将诗歌行为转变为实际生活中的行为并且取得成功。

---

① 例如，同样写于东坡生活期间的《元修菜》(王文诰辑注、孔凡礼点校《苏轼诗集》卷二十二，第1160—1162页)，以及其后谪居岭南时所写的组诗《小圃五咏》(王文诰辑注、孔凡礼点校《苏轼诗集》卷三十九，第2156—2161页)。

《东坡八首》处在"实"与"虚"、"质"(或"实")与"名"之间,在两种对立的极端之间永远飘忽不定地寻觅着平衡点。读到这里,我们终于体会到,这些诗歌最基本、最深层的命题原来是命名与获得自号之事。作为一个整体来看,这组诗构成了自我实现的一个连续的时段:在诗歌中,诗人为理想命名,向他所希望成为的自我迈进;然后通过这些诗歌,也通过创作它们的过程,他实现了理想,在命名活动中进入了他为之命名的自我。因为追根究底,真正的君子就是名实相符的人。

(卞东波、郑潇潇、刘杰 译)

陆游《中兴圣政草》考

蔡涵墨(Charles Hartman)①

著作本身

南宋诗人陆游(1125－1210)一生仕途曲折。他曾先后三次在朝担任史官。第一次是绍兴三十二年(1162)九月至隆兴元年(1163)五月。这九个月间,他担任枢密院编修官兼编类圣政所检讨官。他在这一官职上任期虽短,却正值南宋历史上一个动荡而关键的时期。在陆游此次上任不到一年前,金人入侵宋朝领土。而就在他上任前三个月,即绍兴三十二年六月,孝宗受高宗之禅登基继位,成为南宋中兴后的第二位皇帝。

《中兴圣政草》是陆游初为史官期间所著。此书虽然被辑入明朝《永乐大典》,但逃开了《四库全书》编者的注意。学者普遍认为此书已佚,直至1996年,孔学在《史学月刊》上发表《陆游及〈高宗圣政草〉》一文,其中影印了《永乐大典》辑本,并附上对《中兴圣政草》一书的简介②。然而,自孔学一文发表之后,宋史学者仍大多忽视此书,故而对于此书仍未有系统性的研究③。正如书名所示,《中兴圣政草》是一部原始且完整的宋代文献。此书对研究宋朝官方史书如何编撰,以及南宋政治与史学间错综复杂的关系至关重要。

---

① 蔡涵墨,印第安纳大学博士,现为纽约州立奥巴尼大学东亚系教授。本文原题为"Lu You's Draft Entries for the Sagacious Policies of the Restoration[*Zhongxing shengzheng cao*]"。
② 孔学《陆游及〈高宗圣政草〉》,《史学月刊》1996年第4期。该书原始文本可参见解缙等纂《永乐大典》卷一万二千七百九十二,北京:中华书局,1986年,第1—6页。
③ 该书被收入钱仲联、马亚中主编《陆游全集校注》(杭州:浙江教育出版社,2011年),但可惜没有注释。

《永乐大典》版的《中兴圣政草》共记载了二十个按时序排列的事件,从建炎元年(1127)五月一日高宗即位始,至两年多以后的建炎三年(1129)闰八月二十日止。每个事件的叙述包含两部分:先引用原始文献,再附上作者评议。其中,十八条事件所引用的原始文献为《时政记》及南宋初期执政所写的日记,另外两条则引大赦令(第十五条)和诏令(第十七条)①。评议虽然皆以套语"臣等曰"开始,但其无疑出自陆游本人。

　　在最后一个事件之后为《中兴圣政草》的跋,现引录如下:"夫游被命修《光尧皇帝圣政》,草创凡例,网罗放逸。虽寝食间,未尝置也。然不敢以稿留私箧。暇日偶追记得此,命儿辈录之。隆兴二年十月一日,左通直郎通判镇江军府事陆游记。"②此语亦见于《渭南文集》卷二十六,文题作《高宗圣政草》。陆游约在隆兴元年三月十六日接到修纂高宗《圣政》的诏命,而他辞任史官之职在隆兴元年五月三日,孔学据此推断陆游实际参与修纂《光尧皇帝圣政》的工作只有几个月的时间③。

　　南宋藏书家陈振孙的《直斋书录解题》著录《高宗圣政草》一卷,其《解题》文字据《中兴圣政草》的跋语略作修改:"陆游在隆兴初奉诏修《高宗圣政草》,草创凡例,多出其手,未成而去,私箧不敢留稿,他日追记得此,录之而书其后,凡二十条。"④由于《直斋书录解题》以陈振孙的私家藏书为编纂基础,据此可知陆游《中兴圣政草》一书的手稿在宋代已有所流传,而《永乐大典》本应是忠于宋本的一个抄本。仔细阅读此书二十个事件的记述,尤其是陆游本人的评论,印证了这个版本目录学上的推论。正如我们所了解的,《永乐大典》本并非随意选录几个孤立零星、彼此互不相关的事件的选本,亦非一部大型著作的片段;它呈现出的是一个首尾相连的完整结构,并一以贯之地聚焦在少数几个彼此相关的主题上,这些主题结合起来,阐述着一些独特的政治观点。

　　陆游离任史官之日到《中兴圣政草》跋所署日期相隔约一年半,期间南宋完

---

① 孔学的版本为每个事条加上了编号,我采用它们以便参照。陆游所引用的记录与日记出自下列宰相和参政:汪伯彦、耿延禧、汪藻、李纲、路允迪、吕颐浩、张浚、王绹。

② 陆游《渭南文集》卷二十六,文渊阁《四库全书》本;解缙等纂《永乐大典》卷一万二千九百二十九,第6页。

③ 孔学本,第33页;王应麟《玉海》卷四十九,南京:江苏古籍出版社,上海:上海书店,1988年,第11—12页;脱脱等《宋史》卷三十三,第622页;陆游《渭南文集》卷二十四。然而,正如我们下面将看到的,有些证据表明,编纂工作早在1162年冬天已开始进行,既然如此,陆游参与编纂的时间应超过六个月。

④ 陈振孙《直斋书录解题》卷五,上海:上海古籍出版社,1987年,第168页。

全转向了孝宗统治,而宋金的敌对局面也发展至高潮。隆兴元年四月,当陆游仍在参与修纂《圣政》的工作时,宋朝对金朝发动了一场反攻,这次战事以宋军在同年五月二十四日符离之战中遭遇惨败告终。几个星期之前,陆游在政治上的靠山、反对与金开战的史浩(1106—1194)罢相。隆兴二年(1164)二月,在陆游受命任镇江通判之前,宋、金双方的和谈已经开始。在同年冬天陆游写下《中兴圣政草》的跋语之时,宋廷正在争论和议的最终条款,至隆兴二年年底始与金订立和平条约,并于乾道元年(1165)春天颁布。

史书编纂的脉络

众所周知,宋代官方修史是将政府施政的原始文件过滤和浓缩进"国史"里。理论上,此过程中初始的阶段是依据每季度呈交给"日历所"的原始文件副本而及时编纂的《日历》。然而实际上,由于种种原因,编纂《日历》经常陷入旷日持久的境地。加上《日历》的记录时有缺失,故往往需在新帝登基以后才补入上一任皇帝《日历》中未完成的部分。以高宗朝的《日历》为例,其修纂始于高宗禅位之时,直至十四年后的淳熙三年(1176),李焘(1115—1184)向朝廷进呈一千卷的《高宗日历》才告完成①。虽然此书今天已佚,但它是南宋史家李心传撰写《建炎以来系年要录》一书的重要依据。《建炎以来系年要录》大约成书于嘉定元年(1208),是现存高宗朝历史最重要的史料。

然而陆游的《中兴圣政草》并非宋廷编纂编年史过程中的一部分,而是属于《宝训》和《圣政》一类的官方史籍。宋代此类著作最早可以追溯至11世纪早期,最广为人知的例子是成书于天圣十年(1032)的《三朝宝训》。宋代每位皇帝在任内均持续不断地编纂《宝训》和《圣政》类史籍。编纂这类史籍的原意并非作为全面的或节略的编年史,而是要作为实用的、易于理解的读物,让皇帝们——特别是新即位的皇帝——了解"祖宗之法"②。在陆游的《中兴圣政草》中,每则事件

---

① 蔡崇榜《宋代修史制度研究》,台北:文津出版社,1993年,第45—47页。
② 邓小南《故事、〈宝训〉与〈圣政〉》,《祖宗之法——北宋前期政治述略》,北京:生活·读书·新知三联书店,2006年,第370—398页;王德毅《宋代的圣政和宝训之研究》,《宋史研究集》第30辑,台北:"国立"编译馆,2000年,第1—26页。

都包含引述一则原始文献和一则编者的评论。是书原来的版本按论题把事件分类为门和目,而在各门和目中的事件则按时序编排。这些《宝训》和《圣政》类史籍除了让宋廷在制定政策时做参考外,亦会定期由讲读官在经筵时向皇帝讲授。

与篇幅更长、更为正式的《国史》不同,《宝训》和《圣政》类史籍相对较短,且在每位皇帝的统治结束后便迅速修成。它们的任务是编排上一位皇帝的作为,以与宋人假定永恒不变的"祖宗之法"作一历史的联结。事实上,"祖宗之法"是一套随着当前政治发展而不断进化的"故事"。《宝训》和《圣政》类著作的主要目的是向新皇帝展示,他应该借由效法祖宗故事,坚守类似的进程以作政治决定。陆游最初参与修纂的《高宗圣政》最终在乾道二年(1166)进呈朝廷,全书共60卷,当中包含了905条事件①。

虽然南宋类书经常引用《宝训》和《圣政》的相关资料,但较完整地流传至今的《圣政》类著作只有《皇宋中兴两朝圣政》②。"两朝"指高宗朝和孝宗朝。然而,梁太济曾清楚指出,这一流传至今的文本,很可能是13世纪中期的一个商业性书坊把乾道二年的《高宗圣政》和绍熙三年(1192)的《孝宗圣政》大肆改写后的产物③。不过,此书涵盖了高、孝两朝,因而与陆游《中兴圣政草》中的记述在时序上重叠。我希望在这篇论文中阐释:若把陆游的《中兴圣政草》与现存的《皇宋中兴两朝圣政》比对,我们将有一个罕有的机会窥见宋代史书修纂过程的始末。

当下的政治背景

就政治层面而言,陆游的《中兴圣政草》和乾道二年修成的《高宗圣政》两书的背景是绍兴三十一年(1161)的金人入侵和次年的高宗禅位。而就官僚层面而言,《高宗圣政》则是从裒集高宗朝所颁诏旨,以及更定本朝"勋臣"名次这两项计划直接演化而来。

---

① 王应麟《玉海》卷四十九,第11—12页;脱脱等《宋史》卷三十三,第635页。陈骙《南宋馆阁录》卷四(北京:中华书局,1998年,第35—37页)对于进呈的仪式有详细描述。孝宗来到高宗退居的德寿宫,把《高宗圣政》一书呈予太上皇。
② 佚名《皇宋中兴两朝圣政》,阮元辑《宛委别藏》影印本,北京:北京图书馆出版社,2007年。
③ 梁太济《〈圣政〉今本非原本之旧详辨》,梁太济《唐宋历史文献研究丛稿》,上海:上海古籍出版社,2004年,第311—341页。

绍兴三十二年六月二十三日，孝宗登基还不到两周，他命敕令所裒集高宗朝所颁诏旨，以便能编成一个集子，为新朝廷的施政提供指引①。理论上，定期维护和更新本朝规模庞大的典章法令是朝廷一项例行的职责②。然而由于冗官冗费，敕令所在绍兴三十一年已停止运作。孝宗的命令，可能是为了重新启动这个机构，让它在新的领导下执行一个新的和较小型的计划。《宋会要》和《玉海》都把《高宗圣政》的源头追溯至孝宗命令裒集先帝诏旨。当编类圣政所于三个月之后的绍兴三十二年九月十一日建立时，它占用了敕令所原先所在的地点，毗邻秘书省，其创设也许只是简单地改了敕令所的名称。诏旨编集的工作在短期内完成，并于次年进呈。吕祖谦（1137－1181）代提举此务的宰相陈康伯（1097－1165）撰写了进表③。

除了编集高宗的诏旨外，编类圣政所还负责更定本朝"勋臣"的名次，并编纂他们的传记，以便将来收入《国史》的人物列传。"勋臣"的概念源于庆历三年（1043）的新政时期，当时宋仁宗命王洙（997－1057）和欧阳修（1007－1072）从官方历史档案中搜寻哪些人物曾为本朝做出卓越的贡献。该诏命下达于改革派进呈"条陈十事"之后的仅仅数天，显然与条陈中所提议的政治与行政改革有关。结果有 204 名官员被列入"勋臣"的名单，这些勋臣之家获得各一名子孙入仕为官的权利④。徽宗朝初年，这份名单又增入了 116 人，这些人最晚于神宗朝末年（1085）在朝为官⑤。南宋伊始，高宗在绍兴三年（1133）授命查找这 320 位北宋

---

① 徐松辑《宋会要辑稿·职官》四十一之七十至七十一，北京：中华书局，1957 年；王应麟《玉海》卷四十九，第 11 页。
② 参见李心传《建炎以来朝野杂记》"绍兴乾道淳熙庆元敕令格式"，北京：中华书局，2000 年，第 111－112 页。李心传此书将敕令汇编与官修史书分在一组。收集高宗朝诏令的新计划比起庞大的具体法规的汇编在范围上小得多，后者通常由敕令所编纂，经常多达数千卷。参见李心传《建炎以来朝野杂记》，第 592－595 页；以及王应麟《玉海》卷六十七，第 25－26 页。
③ 王应麟《玉海》卷二百三，第 22 页；《东莱集·外集》卷四，文渊阁《四库全书》本。
④ 李焘《续资治通鉴长编》卷一百四十三，北京：中华书局，2004 年，第 3447 页；卷一百四十五，第 3512 页。
⑤ 王应麟《玉海》卷一百三十五，第 41－42 页。《玉海》的资料和凌景夏在绍兴三十一年至三十二年间关于徽宗朝"勋臣"名单的奏章之间，存在着一个有趣的矛盾。《玉海》明确记载这份名单产生于政和三年（1113），当中包含 116 个名字：其中 28 位被加进现有的宋初三朝的名单，66 位任职于仁宗和英宗朝，26 位任职于神宗朝（一定存在着一个刻印错误，因为总人数只有 110 个，而不是 116 个）。然而凌景夏只提到建中靖国元年（1101）包含 116 个名字的名单。也许存在着两个名单，但更有可能的是凌氏尝试隐瞒蔡京当政时增入 116 人的事实，因这些新增入的人无疑包括了新法的领导者们。

官员的后代，并让他们入仕为官①。这一举措尝试建立高宗统治与这些北宋"勋臣"间的有形联系，从而增强"中兴"的合法性。

绍兴三十一年七月二十七日，权吏部侍郎凌景夏（？－1175）奏请"俾有司检会自崇、观以来勋业著于国史者，续行编定，以励忠烈"，他的请求似乎因在吏部遭到反对而未能实行②。一年之后孝宗登极，凌氏又增添了编类圣政所详定官的头衔，他因而修改并扩充了原先的提议。凌氏在绍兴三十二年九月十二日所上的奏章，一开首就指出勋臣名单最后修订于徽宗朝头十年，当时正值蔡京打压元祐党人之时，因此许多官员的名字没有被记录，包含著名的元祐官员如文彦博（1006－1097）、司马光（1019－1086）和吕公著（1018－1089）等人以及其他官员，而且"靖康、建炎以来，忠臣义士奋不顾身以卫社稷者，类多有之，皆略而未编，亦盛世之阙典也"。凌氏因此建议："愿诏有司，精加讨论，庆历、建中靖国所载或有未尽，悉令添入。元祐、靖康、建炎以后有合籍记者，接续修纂，以光中兴。"他的奏请获得接纳。编类圣政所除了获准收集其所需的文件档案外，还可透过地方官员向各地可能入选为"勋臣"的后人们征集各种请求与佐证③。

虽然凌氏没有排除徽宗朝也存在"勋臣"的可能性，但他建议把元祐官员上连至庆历新政的倡议者，下系至编类圣政所认为是高宗朝的功臣。他的建议基于宋代历史中的一个概念，在此概念之中，美好的统治价值源自庆历新政，经由元祐党人传至凌氏及其同僚所拟定的"勋臣"。凌氏认为这一举动将会纠正徽宗朝党禁的错误决定，从而追寻不同于蔡京和秦桧所信奉的治国理念的"优点"。凌氏及其所在的编类圣政所的功能，便是要做出历史性的决定以辨清"勋臣"与"非勋臣"。但他们的决定也会给孝宗朝的施政带来直接影响，因为新追加的勋臣后人们会迅速进入官僚体系。

新成立的编类圣政所由吏部侍郎凌景夏领导，而详定官则由同样在吏部任官的徐度、起居郎周必大（1126－1204）担任。陆游的官位较低，只是检讨官。编纂《圣政》的诏令颁布于何时，目前已未能查考，但这项计划无疑在绍兴三十二年

---

① 李心传《建炎以来系年要录》卷六十七，北京：中华书局，1988年，第1130页。
② 李心传《建炎以来系年要录》卷一百九十一，第3204－3205页；曾枣庄、刘琳主编《全宋文》卷四一九四，第190册，第271页。
③ 徐松辑《宋会要辑稿·职官》四十一之七十一；曾枣庄、刘琳主编《全宋文》卷四一九四，第190册，第273页。

冬天,凌氏请求获得额外的资料时已在进行①。

另有一道诏命详细说明了编纂《圣政》的具体过程:"编类圣政所修纂《光尧寿圣太上皇帝圣政》,凡大号令、大政事今日合遵行者,并编类门目,每月投进。其编年纪事候书成日,一并进呈。"诏令所署的日期是隆兴元年三月十六日,或许便是这项计划正式开始的日期。李心传对最后修成之《高宗圣政》有以下描述:"分门立论,视《宝训》而加详焉。"②

梁太济注意到李心传所描述的《高宗圣政》的特征(即"分门立论,视《宝训》而加详焉"),与诏命所形容的修书过程一致。他进一步论证李心传的描述更适用于陆游的《皇宋中兴圣政草》,而非现存的《中兴两朝圣政》。后一本书现存的版本包含了 2800 个事件,每一个都带有独一无二的标题,呈现在书页的顶部。这些标题也出现在一个"分类事目"里,当中包括 15 门及 321 目。如此冗长的目录索引放在卷首,占据了台北文海出版社重印本的整个第一卷。由于《高宗圣政》原本只有 905 个条目,梁氏借此解释了 13 世纪的书坊如何整合乾道二年的《高宗圣政》和绍熙三年的《孝宗圣政》:除了保留其最初的门和目外,还从《建炎以来系年要录》里增加了新的事件,然后再为每一事件取一个标题。梁氏认为现存《皇宋中兴两朝圣政》中的 15 门与许多目是《高宗圣政》原本的一部分。并且他尝试把陆游《中兴圣政草》中二十个事件中的十五个分配于《皇宋中兴两朝圣政》中现存的门和目中,尽管这些分配能够确定的程度不一③。

在陆游的《中兴圣政草》中,二十个事件记述之后各有一则评论,但是《皇宋中兴两朝圣政》中的评论则散见于数量更为庞大的事件记述之中。梁氏指出《高宗圣政》原本的每一个目,都包含若干单独的事件,而各个目都以一则评论作结。例如,他指出《建炎以来系年要录》和《群书会元截江网》两部 13 世纪的著作中征引的《高宗圣政》所记绍兴三年至九年间,高宗赐予其高级臣僚翰墨,即包含八个件事及残存的评论。梁氏据此颇富洞见地指出,由于《永乐大典》本《中兴圣政

---

① 李心传《建炎以来系年要录》卷二百,第 3400 页;《宋会要·职官》四十一之二十七;曾枣庄、刘琳主编《全宋文》卷四一九四,第 190 册,第 279 页。《宋会要》错将这份文件系于一年之后,参见梁太济《〈圣政〉今本非原本之旧详辨》,梁太济《唐宋历史文献研究丛稿》,第 312 页。

② 李心传《建炎以来朝野杂记》甲编卷四,第 112 页。

③ 梁太济《〈圣政〉今本非原本之旧详辨》,梁太济《唐宋历史文献研究丛稿》,第 314—320 页。

草》中个别事件后附载的陆游评论,其内涵往往超越该事件本身,因此,梁氏推论陆游所写的评论,应是为即将完成的全书各目(而非单一事件)所写的关键性评论。如在这例子中的评论应属于"君道"门中的"圣翰"目。

尽管陆游在《中兴圣政草》的跋语中提到他为该书"草创凡例",但他的记述或许未能完全反映实际情况,因为陆游在编类圣政所里只是低层官员。然而,隆兴元年三月十六日的诏命和陆游《中兴圣政草》的格式皆暗示参与此项计划的每一位编纂者,均可各自选择样本事件,并为这些事件撰写评论,且在每个月进呈他们的选本。而陆游《中兴圣政草》中的述评,原意应是作为《高宗圣政》完成后各目中最支柱性的重要评论。在此编纂过程中,或许是在陆游离职以后,编纂《高宗圣政》的官员选定了目,此时各目已有结论性的评论,编者便可把类似的事件增入已订定的目中。陆游《中兴圣政草》中的二十则事与论,应是作为充实《高宗圣政》中应有之目的典范。这或许可解释为何陆游认为自己为全书"草创凡例"了①。

陆游所描述高宗的形象及其予孝宗的信息

梁太济对陆游《中兴圣政草》与今本《皇宋中兴两朝圣政》之关系的研究,认为陆游的是最早努力塑造高宗历史形象的论著,故在叙事框架上有重要意义。本节希望论证陆游的评论为高宗朝的政策建构一个始终一贯的形象,而且为孝宗的新政提供一个清晰的纲领。

陆游《中兴圣政草》中有五条事件(开头一条和最后一条,加上第六、十一、十八条)言及高宗的个性,及此个性与其统治效能的关系。为说明全书的体例,以下引用最后一条事件的述评作说明:

> 丙申,主管顿递官奏:"巡幸日迫,爨竈器皿不备。请惟给卫士蒸糊、熟猪肉。"上曰:"今来巡幸,岂可搔扰?如朕昨匆遽渡江,被褥亦不以自随,偶携得一貂皮,披卧盖各半,未尝取索一物。而有司借汤瓶至

---

① 为何陆游的书稿中的时间跨度仅从 1127 年到 1129 年是无法解答的一个问题。可能编纂者们将高宗时期逐年分开,而这是陆游所分配到的部分。也有可能所有编纂者从 1127 年初开始编纂,进展到 1129 年时陆游离开了圣政所。

四百枚,不知何用。只今可出黄榜,告谕所过州县,除蒸鹘外,皆勿供。如违,当重真之法。"(以王绚《时政记》修入。)

臣等曰:"前代当多故时,人主务行姑息之政,往往反以阶乱。独太上皇帝神武英睿,深鉴兹弊,以为人主犹暴衣露盖,蒙犯霜露,宿卫之士得饱饼饵多矣,其可重困吾民哉?故戎寇虽深,而军律愈整;艰危虽极,而民心不离。卒以中兴大业,垂裕万世,圣矣。"①

这条事件是《宝训》类著作以生动叙事以小见大的绝佳实例。我选择讨论这条事件是因为没有其他宋代史料提及条中所记之事,或许是由于它未被收入《高宗圣政》的定本中,又或是被晚宋《皇宋中兴两朝圣政》的编者所忽略。这个故事不但突显了高宗对百姓的关怀,而且强调了民众的支持对于"中兴"的成功至关重要。陆游在《中兴圣政草》的第一条事件也明确道出高宗的即位源自民众的拥戴:"上以四方劝进,群臣固请,即皇帝位于南京。"②

陆游第一则关于高宗登基的评论强调上天与民众对高宗的支持。他以《孟子·万章上》篇中描绘尧传位与舜的情形为例,指出天意如何通过民众传达:"天下诸侯朝觐者,不之尧之子而之舜;讼狱者,不之尧之子而之舜;讴歌者,不讴歌尧之子而讴歌舜。"即使如汉高祖和唐太宗这样的明君,"其得天下也以争,其传天下也几以致乱"。在尧、舜之后,只有宋代的太祖和高宗因顺应民意而得以称帝。陆游在这里提及了宋太祖在士兵一再劝说下不得已即位,以显示宋朝在政权和平转移中创建的形象。而高宗亦是因为民心所向而即位,后来高宗禅位于孝宗的决定,亦是"不询群臣,不谋卜筮,惟视天意之所在而已"。这正如孟子引《尚书·泰誓》所言:"天视自我民视,天听自我民听。"

陆游在《中兴圣政草》的第一则评论不单建构了乾道二年《高宗圣政》的基本叙事,并且一字不差地出现在今本的《皇宋中兴两朝圣政》之中③。无论是今存

---

① 解缙等纂《永乐大典》卷一万二千九百二十九,第6页。
② 有趣的是,所有其他南宋的史料都省略了官员们的抗辩,参见李心传《建炎以来系年要录》卷五,第115页;熊克《皇朝中兴纪事本末》卷一,北京:北京图书馆出版社,2005年,第1页;佚名《皇宋中兴两朝圣政》卷一,第3页;陈均《中兴两朝编年纲目》卷一,《中华再造善本》本,第4页;佚名编《宋史全文》卷十六上,哈尔滨:黑龙江人民出版社,2003年,第873页。
③ 佚名《皇宋中兴两朝圣政》卷一,第3页。大多数陆游最初的评论均见于晚宋佚名撰的政治修辞手册《翰苑新书》(《后集》卷二,文渊阁《四库全书》本),其所引用的是《太平治迹统类》一书已散佚的南宋部分。

以孝宗名义撰写的序,还是宰相蒋芾撰写的跋,均是建基于陆游的措辞而有所扩展。孝宗在序文中谓高宗内在的道德修养为他赢得百姓的支持,由此奠定了中兴的基础。而蒋芾则指出孝宗继承高宗就像舜继承尧。合而观之,序文和跋语作了以下在陆游的评论中已见端倪的特殊类比:高宗＝尧,孝宗＝舜,《高宗圣政》＝《书经·尧典》①。

但以上的类比只是为强化中兴与认可高宗禅位而创造出来的政治修辞。众所周知,高宗的独生子于建炎三年去世,但他并未在自身所属的太宗一系中选择合适的皇位继承人,反而在绍兴元年(1131)开始从太祖一系中挑选。这一举动是为了将高宗与被囚于北方的徽、钦二宗的关系拉远,并且透过联结努力奋斗的高宗与开国皇帝太祖,来增强中兴的合法性。陆游在评论中把太祖建国与高宗中兴的成就联系起来,从而引申以上这个由来已久的政治主题。绍兴三十一年高宗一禅位,即被冠以"光尧寿圣"之号,而在其禅位大典中亦直接提及他"高蹈尧舜"的功业②。

正如蒋芾的跋语清楚显示的,《高宗圣政》的主要任务是通过把孝宗置于舜的角色从而扩展高宗等于尧的类比。这样的表述不但奉承了新皇帝,而且告诫他需遵循"尧"制定的政策。《中兴圣政草》中另外两条(第六、十八条)谈论高宗节俭的故事,同样环绕着高宗的人格如何促成中兴。第六条属于"君道门·俭德",描绘了建炎元年六月和十月两则类似的事件。在这两个个案中,前朝内侍把过去开封内库所藏的珍宝进献给高宗。陆游先以建炎元年十月发生的第二件事来创构这条记事:高宗皇帝亲自将珠玉二囊投入汴水,并向宰相引用《庄子·胠箧》中"摘玉毁珠,小盗不起"之语,诉说他希望通过毁弃珠玉来止息"盗"。陆游所理解的"小盗"指的是女真的入侵者,并慨叹那些在和平时期看似令人着迷且无害的玩物,亦"足以败天下而召寇戎"。在这里,陆游的目的是把高宗的节俭和徽宗的奢华形成鲜明的对比。他把中兴的成功归因于高宗个人蔑视此类玩

---

① 潜说友纂修《咸淳临安志》卷七,中华书局编辑部编《宋元方志丛刊》第 4 册,北京:中华书局,1990 年,第 3416—3417 页;曾枣庄、刘琳主编《全宋文》卷四六七〇,第 210 册,第 334 页;曾枣庄、刘琳主编《全宋文》卷五二七九,第 236 册,第 291—292 页。

② 李心传《建炎以来系年要录》卷二百,第 3395 页;脱脱等《宋史》卷一百十,第 2642 页。此称号是史学家李焘和宰相陈康伯提议的。在集议时有相当大的反对意见,因为没有人能够"光尧"。见脱脱等《宋史》卷三百八十七,第 11879 页,卷三百八十九,第 11941 页;柳立言《宋孝宗的专制统治》(The Absolutist Reign of Sung Hsiao-tsung[r. 1163—1189]),普林斯顿大学博士论文,1986 年,第 36—37 页。

物,避之如"蝮蛇鸩毒"①。

陆游将高宗个人品德与高宗中兴宋室联结的诠释,得到后来引用此事之宋人的心领神会。南宋理宗初年(13 世纪 30 年代),活跃于山东的宋朝"忠义军"正把整车的珍宝运往南方,作为送给理宗个人的礼物。道学官员洪咨夔(1176—1236)遂进呈高宗毁内库珠玉的"故事",希望理宗效法。洪氏提出的理由是皇帝接受这些战利品会鼓励军队腐败,并使山东百姓怀疑宋朝对北方的意图。他力劝理宗公开毁弃这些珍宝,以遏制这些事情发展。如理宗能效法高宗当年的做法,则"国人皆知志不在小而在大"②。

陆游举的第二个事例,记述高宗于建炎元年十月命令当廷公开销毁以前内库所藏远方进贡的琉璃和玛瑙制作的宝物,这则记事揭示了《中兴圣政草》的另一个重要主题。《建炎以来系年要录》中对此事的背景有更详细的记述,当中包括宰相李纲(1083—1140)力劝高宗毁弃这些珍宝,目的是为了打击来自钦宗朝宦官潜在的影响力③。正如我们在下面将要看到的,陆游《中兴圣政草》二十条事件中有四分之一批评宦官的影响,陆游将他们形容为使帝国腐败的角色。熊克在 12 世纪中期撰写的《中兴小纪》也记载了以上事件,当中保存了高宗朝宰相汪伯彦的一则评语:只有皇帝"以道养志,不略于物",才能带来中兴④。

第十八条事件再次记述高宗拒收礼物,这一次的事例来自他的亲戚。建炎三年八月二日,吴国长公主入朝,进献易元吉画的一幅画(可能是一面屏风)、玉管笔,以及小玉山。高宗说因他平生无玩好,故退还了这些东西⑤。吴国长公主

---

① 解缙等纂《永乐大典》卷一万二千九百二十九,第 2 页;佚名《皇宋中兴两朝圣政》卷二,第 17 页;李心传《建炎以来系年要录》卷十,第 234 页;熊克《中兴小纪》卷二,福州:福建人民出版社,1984 年,第 22 页。这个故事经常出现于南宋的文本中,参见王明清《挥麈录》前录卷一,北京:中华书局,1961 年,第 6 页;佚名《宋史全文》卷十六,第 904 页。

② 洪咨夔《平斋集》卷七,文渊阁《四库全书》本;曾枣庄、刘琳主编《全宋文》卷七○○六,第 307 册,第 140—141 页。

③ 李心传《建炎以来系年要录》卷六,第 168 页。

④ 熊克《中兴小纪》卷一,第 15 页。虽然陆游承认汪伯彦的《时政记》是这个事条的来源之一,而且汪的评论清楚地跟在陆游对事件的诠释之后,但陆游和李心传都没有引用汪的评论。汪和他的同僚黄潜善的传记最后成为《宋史·奸臣传》中秦桧传记的先声。描绘汪和黄的性格特征、并将其写入历史的过程,在陆游的第 6 个事条中已经很明显。同样,熊克并没有用高宗公开"当廷"毁坏宝物这样的话来做结尾。这个细节看起来是陆游加上去的。

⑤ 李心传《建炎以来系年要录》卷二十五,第 516 页;王应麟《玉海》卷九十一,第 32 页。此事条不见于《皇宋中兴两朝圣政》。

是哲宗的三女儿,嫁给了潘正夫,她在隆兴二年去世前,助潘家取得了不少利益①。陆游撰写这条事件的时候她仍然在世。在其简单的评论中,陆游指出开国皇帝,尤其是那些与尧、舜难分轩轾的皇帝,为了治理国家而竭尽全力,因此是"俭约"的。然而,正如这一事件所暗示,"俭约"是抵制腐败的典范性话语,如果高宗在这事件中接受吴国长公主的礼物,之后便得承担对公主夫家的特殊照顾。

直接针对传统"内廷"活动的事件占据了《中兴圣政草》的一大部分(第六、七、九、十和十四条关于宦官;第二、十八条讨论皇亲)。陆游塑造了朝廷常规官僚与内廷势力(如宦官、皇亲、僧尼、道士)之间判然二分的对抗框架。书中各条事件都突显高宗主动抬高前者并压制后者。第十条是陆游对宦官最直接的攻击(《官职门·宦寺》)。建炎二年(1128)四月,一名在经筵侍奉高宗的宦官,表示对某位讲读官留有深刻印象,并擅自草拟了一道奖谕诏书。高宗斥责那位宦官越权,又嘲讽其所拟诏书"词既未工,又不知体,取笑外人",并提醒他起草诏书是学士的职责。次日,高宗将此事告诉宰相,并详细描述了自己每日处理事务的程序:高宗在退朝后"多在殿旁阁子,垂帘独坐……静思军国合行大事,或省阅四方章奏。左右止留小黄门二人,一执事,一应门。至于内中掌文书,亦多是前朝老宫人"②。

陆游对此事的评论是一位标准士人对不义宦官的抨击:以"狗马声色惑其君",祸小;"剽略书传,诵说古今,以才艺自售",则有不测之祸。假如高宗在其统治初期没有阻止这种干预,那么"中兴"永远都不可能成功。高宗凭借他的道德信念,通过"清心寡欲"而使宋朝中兴。陆游再一次企图把高宗和徽宗朝的做法拉远,因为徽宗朝的宦官深深地卷入官方的文书传递。

紧接在高宗登基的第一条事件之后的,是陆游在第二条中对外戚干政最直接的攻击(《皇亲门·外戚》)。这一事件包含了三件事,分别发生于建炎元年的十二月九日、二十五日以及次年的一月二十九日。然而,陆游也许为提升这一事件的重要性而把其系于建炎元年六月。在上列第一个日子,谏官卫肤敏(1081—

---

① 脱脱等《宋史》卷二百四十八,第8782页,描述了吴国长公主为潘家的利益不断游说。
② 解缙等纂《永乐大典》卷一万二千九百二十九,第3页;佚名《皇宋中兴两朝圣政》卷三,第13—14页;李心传《建炎以来系年要录》卷十五,第310—311页。《皇宋中兴两朝圣政》和《建炎以来系年要录》均严重删改以除去此事件的重要细节,比如高宗对于诏令风格的批评,以及他用宫女做秘书。

1129)反对后族就任侍从和学士,请求高宗更改对邢焕(？－1132)和孟忠厚(？－1157)二人的任命。邢焕是邢妃(1106－1139)之父,孟忠厚是孟后(1077－1135)兄长。高宗同意改变第一项任命,但出于对孟后的尊重,不忍改变第二项任命。这个举动纯粹属于政治上的盘算。邢焕是高宗本人的岳父,他的女儿邢"皇后"是高宗的第一位配偶。由于她在靖康元年(1126)被金人掳往北方,所以疏远邢焕对高宗本人几无损失。而孟后是宋哲宗的皇后,是为数不多没被金人俘虏的北宋皇室年长成员之一。她的支持巩固了高宗作为皇帝的合法性。但由于给事中与中书舍人支持卫肤敏且攻击孟忠厚,高宗最终更改了孟的任命①。

陆游的评论引用了一则明道二年(1033)的北宋"故事"。当时摄政已久的刘太后(969－1033)辞世,尽管年轻的仁宗皇帝继续执行其政策,但他立即把刘后的亲戚马季良由龙图阁直学士、工部郎中降为濠川防御使②。陆游的评论谓,"祖宗之制不可以私恩废",所以即使高宗"奉隆祐太后至矣",亦"不敢抑言者以私忠厚"。他的结论是高宗的行为实践了"我宋家法,万世所当守"的原则。这样的表述当然是为孝宗而作。

在陆游的表述中,高宗向言者屈服,表明他对"祖宗之法"根本性的支持,而孝宗也应当追随这些"法"。虽然详细考察"祖宗之法"超过了本文的范围,但会触及这些"法"的中心内涵,即其对所谓"公正程序"的关心。与宦官和外戚这类追求"私人"利益的群体相比,陆游更支持通过由常规的和士人组成的群体管理中央政府。《中兴圣政草》中有多条事件涉及这个主题,当中以第九条最清晰,这是一个非常专门的、关于"御前军器所"管理的事件。

建炎二年四月七日,高宗诏命"御前军器所见织战袍工匠,发还绫锦院,令依限织进"。这些工匠原先在御前军器所的临时职责是"专织战袍,欲以赐有功将士"。御前军器所最初建立于神宗朝,隶属工部,但到了徽宗朝便开始由来自宫廷的宦官所操控。军器所于北宋末年雇用了10000余人,迟至南宋绍兴初年(12世纪30年代)仍有约3000名雇工。高宗的诏令只是常规官僚与宦官争夺兵器

---

① 李心传《建炎以来系年要录》卷十一,第249－251页;佚名《皇宋中兴两朝圣政》卷二,第20页;李心传《建炎以来系年要录》卷十一,第258－259页;佚名《皇宋中兴两朝圣政》卷二,第21－22页;李心传《建炎以来系年要录》卷十二,第277－278页;佚名《皇宋中兴两朝圣政》卷三,第5－6页。亦见徐松辑《宋会要辑稿·后妃二》之一,第233页;曾枣庄、刘琳主编《全宋文》卷三五〇二,第161册,第256－258页。

② 李焘《续资治通鉴长编》卷一百一十二,第2614页。参见脱脱等《宋史》卷四百六十三,第13552页。

工业控制权的长期斗争中的一个小冲突。在这件事情上,言官们害怕暂时借调至军器所的工匠会被宦官们长期掌控,因此反对把资源从绫锦院转移到宦官控制的机构中。

陆游的评论谓"明主之察治乱也审,而守法度也坚。宁逆意咈心,弗便于事,而常戒惧于细微蘖芽之间,不敢忽也","官失其守,而事夺于贵臣,司废其旧,而利出于一切,则乱由之而作"①。在这事件中,陆游所选择的历史事例其实受到当时发生的政治事件所影响。御史张震于绍兴三十二年六月反对宦官掌控御前军器所,孝宗遂于同年七月二十五日命军器所重归工部管辖②。陆游所写的历史为孝宗此前的举动提供了一则有用的"故事"作依据。

为维持官僚机构管理的完整性,"正当程序"也要求处理朝廷文书的工作与健全的官僚运作联结。第十四条事件坚持士大夫可对上奏给皇帝的奏章进行审视及甄别。陆游期望这一方针能促使皇帝接受那些由特定士大夫所表达的"公论"。高宗在建炎二年三月三日接纳了言官的请求,引用唐代故事和"祖宗旧制","应章奏委翰林学士、给事中、中书舍人,轮日于禁中看详"。这些官员"条陈具奏,使是非与夺,尽从公论",此外,奏章"只实封往复",并且不再经由宦官递送,目的是为了避免宦官与近习小人评论奏章的内容和结党营私③。

陆游列举秦始皇、隋炀帝、唐德宗三位"皆是聪明过人"的皇帝为例,指出他们的过失在于尝试在"无待辅助"的情况下治国。结果他们"疏间群臣,厌忽公论,而不知近习小人已阴窃其柄"。高宗则没有犯同样的错误,他采取上述的措施以禁止近习和宦官干政。在结论中,陆游直接提到孝宗继续施行"建炎故事",命中书门下对奏章进行审阅④。

陆游的《中兴圣政草》也有多条事件支持"勋臣"名单所反映的历史价值。第

---

① 李心传《建炎以来系年要录》卷十五,第309—310页;佚名《皇宋中兴两朝圣政》卷三,第13页。
② 徐松辑《宋会要辑稿·职官》十六之十七;曾枣庄、刘琳主编《全宋文》卷五二〇七,第234册,第21页。对于争夺军器所控制权斗争的精彩调查,见李心传《建炎以来朝野杂记》甲编卷十八,第433—435页。
③ 解缙等纂《永乐大典》卷一万二千九百二十九,第4—5页;李心传《建炎以来系年要录》卷二十一,第414页;佚名《皇宋中兴两朝圣政》卷四,第10页;熊克《中兴小纪》卷五,第59页;徐松辑《宋会要辑稿·仪制》七之二十七。
④ 陆游或许提到现存一则绍兴三十二年七月二十六日的诏命,"今后直言上书并付中书门下后省看详,有可采者申尚书省取旨"。参见李心传《建炎以来系年要录》卷二百,第3392页;曾枣庄、刘琳主编《全宋文》卷五二〇七,第234册,第22页。

十五条事件以高宗于建炎三年四月八日颁布的大赦令作开端,在此前的一个月,宋廷刚平定了"苗刘之变"。陆游引用了大赦令文本中的两条规定。首先,修订法令时应以仁宗朝的法令为先例。其次,鼓励尚未恢复官位的元祐大臣家属向朝廷提出"尽还官职恩数"的申请。虽然这道大赦令的全文并没有流传至今,但赦令类文体通常包含一个引子和一连串个别的规定,而陆游的记述强调了其中这两条①。

陆游在其评论中赞扬仁宗皇帝把"忠厚"提升为宋朝的一项指导原则,并且将高宗统治的成功与荣景归功于其恪守仁宗的政策:法律条文展现了君主以仁厚来报答臣子的忠诚。陆游对元祐官员的评价与其上司凌景夏更早提出的见解雷同。虽然那些在绍圣元年(1094)之前去世的人已获得了平反,但对那些在徽宗朝被列入党籍的人的商议仍未完成。虽然这次大赦显示了高宗在此事上的意向,但为元祐大臣平反一事仍未完成,陆游遂借此力劝孝宗下令完成这一商议的过程。

《中兴圣政草》另外有五条事件涉及军队组织和国家财政(第四、五、七、八、十九条)。在这些事件中,陆游直接挑战了当前宋朝军事力量的结构及其与政府各部门的关系。绍兴十一年(1141)四月,高宗和秦桧重申了宋朝对"家军"的控制并建立了御前诸军。之后不久,他们创建了四个总领所,总部设于镇江、建康、鄂州和四川,以供应物资给重组后的御前诸军。这些总领所是宋朝政府新建立的跨地区行政机构,有权力对辖下各州府征税和攫取资源,以支付御前诸军的职业军人军饷。二十年后,当陆游撰写《中兴圣政草》时,许多士大夫官僚认为总领所不仅是一个腐败的机构,而且对王朝的稳定构成威胁。在他们眼中,长期掌军的高级武将与朝中某些人——宦官、外戚和近习——密谋阻挠总领所的监管职能,从而汲取并占有本应供给军队的大量钱财和物资。这些腐败的行径导致了御前诸军军事训练的松懈和作战力的下滑。对这些士大夫而言,在绍兴三十一年十一月八日采石之战中,这些军队的糟糕表现,凸显了宋军在与金人作战时的劣势,亦为改革的呼声提供了正当性。

---

① 留存的大赦令片段见李心传《建炎以来系年要录》卷二十二,第 472 页;佚名《皇宋中兴两朝圣政》卷五,第 5 页;徐梦莘《三朝北盟汇编》卷三,上海:上海古籍出版社,2008 年,第 35—36 页;曾枣庄、刘琳主编《全宋文》卷四四〇五,第 201 册,第 273—274 页。

在这样的背景下,第五条事件建议恢复采用一个复杂的地区军事组织系统。这系统是宰相李纲为解决高宗于建炎元年六月所面临的军事危机而首先提出的。这个被称为"帅府要郡"的计划,将军事单位屯兵于特定路份中地处关键的州府。这些军队将受文臣和武将的共同节制。虽然这个计划在李纲被罢相后遭到放弃,但军事状况的恶化迫使高宗在建炎四年(1130)批准了镇抚使这一修改自"帅府要郡"的计划。镇抚使虽由朝廷任命,但朝廷授权镇抚使可保留地方税收和任命僚属——一种起源于唐代藩镇的地区防御组织模式。

陆游的评论将王朝所面对的问题,定义为中央如何在集中和保持对军事的控制的同时,亦容许地方在紧急情况下灵活调动军队。他承认太祖收藩镇兵权的王朝旧例与高宗批准"帅府要郡"计划之间存在理论上的冲突,前者把兵权收归中央,而后者则反其道而行。但陆游认为两位皇帝都适当地回应了自身所处的时代需求。他更主张复兴和翻新高宗的措置,为未来金人再次南侵作准备。考虑到"帅府要郡"能保持地方行政边界的完整性(因不需依靠如总领所之类的跨地方行政组织),并把战场上主要的军事单位置于文官掌控之下,陆游显然挑战了当前掌控军权者及其在朝廷中的盟友。今本《皇宋中兴两朝圣政》中所载陆游的结论清晰反映了他的意图,尽管陆游原来的结论被《皇宋中兴两朝圣政》的编者改作以下文句:"迩者,主上复诏枢密院及郡国,铨选官兵,训练禁卫;武备既饬,奸宄自消,诚得太上皇之深意矣。"①

第十九条事件回到中央与地方争夺军队控制权,以及其对官僚和国家财政的影响。从徽宗朝开始,皇帝授权内臣发放借补官资以回报那些协助修建各宫殿的人。这种借补的官资品位低,通常是武官阶,而且没有实际差遣。然而如果朝廷认可了借补官资,那些被授予临定性官资的人便会变成在官僚体系中的常规官员,并且还可享有俸禄。在军事和财政状况都极为惨淡的1127年,高级将领大量发放这种借补官资。建炎三年闰八月初十,高宗对他的宰相说大约300000到500000个借补官资已被发放,然而只有20000个小使臣的武官阶可供填补。陆游的评论赞扬了高宗的卓识,并谴责其谋臣在和平时期仍然纵容将领们继续发放借补官资②。

陆游在总结中说他收录这条事件的目的是为了供孝宗做参考,理由同样与

---

① 佚名《皇宋中兴两朝圣政》卷一,第 23 页;李心传《建炎以来系年要录》卷六,第 162 页。
② 李心传《建炎以来系年要录》卷二十七,第 531 页。

当前的政局有关。绍兴三十一年,宋朝的将领为应付金人入侵,发放了大量的借补官资,特别是试图利用它来吸引北方的兵将变节来投。将领们在发放借补官资时以朝廷名义许下承诺,朝廷将会把借补官资转换为常规的和可享有俸禄的职位。然而,由于朝廷未能控制发放借补官资的数量,加上没有足够资金支付转换官资所需的费用,所以迟至乾道八年(1172),朝廷仍然试图履行其十年前所许下的承诺,并且重申地方官不能再发放借补官资①。陆游所关心的不仅是兑现承诺所需的费用,还有数量庞大的官职转换对常规官僚的质量和地位构成的严重威胁。

陆游1162年的奏章

以上对《中兴圣政草》的编纂和政治背景的探讨,清晰反映了陆游的倾向。他提倡以"忠厚"作为建构宋代历史的核心政治价值,并将这种价值的发展追溯到庆历新政,通过元祐大臣再传至南宋初期的高宗。陆游更直接提倡孝宗应继续遵从这一路线。与此相对,《中兴圣政草》中有几条事件(第三条、第十九条)专门反对神宗和徽宗时期的新政,如第三条便反对继续向道士提供资助和授予官职。

陆游所做的历史评论也显示了宋朝政府的运作存在两种不同的概念,尽管陆游并非直接提及两者。第一个概念设想国家由环环相扣的不同部门组成。这些部门之间有固定和永恒的等级。每一个部门都有既定的功能,而其所任用的官员是通过科举考试录用和分层的士大夫——即在现代研究宋代的论著中习称为"士"的人。第二个概念设想国家由各个灵活多变的临时机构所组成,每个机构的创设均是为了实现一个特殊的和临时的目的,而其所任用的官员是通过各种形式(包括考试或非考试的方式)被录用的技术专家。陆游把前者系于他偏爱的庆历/元祐这一历史脉络,并把后者与新法相连。《中兴圣政草》的一个主要任务,就是要凸显高宗提倡前一种国家运作法则及其正面的政治价值。

然而,正如现代最杰出的高宗传记的撰者为他的书起名为《荒淫无道宋高宗》所表明的那样,有大量的证据显示高宗对上述两种国家概念的态度充其量只是摇摆不定②。高宗早期政策对于新法的抨击很大程度上只是政治修辞。例如

---

① 徐松辑《宋会要辑稿·职官》六十二之八。
② 王曾瑜《荒淫无道宋高宗》(修订本),石家庄:河北人民出版社,1999年。

他要求新修订的敕令要先考虑仁宗朝的法令这一规定,在执行时便遇到障碍。从事这个项目(该项目于绍兴元年八月完成)的王洋(1087—1154)在报告中指出编纂者难以把仁宗朝那套统一和集权的敕令套用至南宋初期分裂和临时的行政架构。此外,大多数仁宗朝的敕令已无法重新建构,因为编纂者是从前依附蔡京的低层吏员,他们仅采用了其所熟悉的现成政和(1111—1117)敕令,并稍作修改①,这当中的含意值得注意:虽然高宗下令恢复至仁宗朝集权模式的政府,但他在实际上只能认可和延续徽宗朝的模式。

同样地,陆游所举的高宗禁抑宦官的例子也大多数是政治修辞,而非实际行动。例如绍兴五年(1135)七月,在高宗和宰相赵鼎(1085—1147)间的一段对话中,高宗拒绝一名在开封被围期间臭名昭著的退休宦官申请回朝的请求。高宗声称他担心这位宦官会干预外廷之事,且他手下已有数十名宦官,且"备扫除趋走而已"。他更特别赞扬一名叫作李至道的宦官,称其"筹计不差毫厘"的算术能力,使军器所的运作井井有条。简言之,高宗将他的内侍视作合法的个人奴仆和重要的帝国政策执行者②。

高宗对于外戚的禁令也没有初看上去那么严格。仔细阅读卫肤敏的奏章,不难察觉高宗选择性地运用"祖宗之法"来清除徽宗和钦宗朝外戚及其网络的势力。在建炎二年禁止后族任侍从的法令颁布后数天,高宗便任命他从前的岳父邢焕为枢密都承旨,这个职位在朝中有很大的权力。尽管对邢焕能否胜任此职有所保留,高宗还是于绍兴二年再次任命他③。在高宗治下,宰相秦桧和吴皇后通过联姻,建立了一个强而有力的政治联盟。这一系列的政治联盟与像陆游这样的士人间的斗争主导了南宋政治,并在吴皇后的外甥韩侂胄(1152—1207)于绍熙五年(1194)至开禧三年(1207)掌权期间达至顶峰。

陆游在绍兴三十二年进呈了两道奏章,均撰写于受任枢密院编修官兼编类圣政所检讨官之后、隆兴元年三月开始编纂《光尧皇帝圣政》之前。绍兴三十二年十一月呈上的第一道奏章较短,可以作为陆游看待宋代历史的一个宏观见解。

---

① 曾枣庄、刘琳主编《全宋文》卷三八七一,第 177 册,105—107 页。参见李心传《建炎以来系年要录》卷四十六,第 830 页。
② 此次谈话的最佳文本见熊克《皇朝中兴纪事本末》卷三十四,第 1 页。删节本见熊克《中兴小纪》卷十九,第 232 页;李心传《建炎以来系年要录》卷九十一,第 1517 页。
③ 李心传《建炎以来系年要录》卷十三,第 286 页;脱脱等《宋史》卷四百六十五,第 13589—13590 页;徐松辑《宋会要辑稿·职官》六之十;李心传《建炎以来朝野杂记》甲编卷十,第 204 页。

奏章敦促孝宗完成从高宗已开始但尚未完成的中兴大业。陆游将中兴的政治资源追溯到太祖和太宗所奠立的根基,当时"法度典章,广大简易","所详者大,所略者小",但"太平既久,日趋于文,放而不还,末流愈远,浮虚失实,华藻害道。虽号为粲然备具,而文移书判增至数倍,居官者穷日之力,实不暇给,猾吏奸人乘隙以逞。其始也,所详者小,所略者大。其极也,并小者不复能详,则一切卤莽,听吏之所为而已"。有鉴于猾吏奸人把宋朝创立者所奠下的大一统基业弄得支离破碎,高宗遂试图"悉除繁文,复从祖宗之质"。可是"有司奉承,未能尽如本指",陆游因此要求孝宗命令"六曹寺监百执事所掌,讲求祖宗旧制,以趋于广大简易之域。繁碎重复,无益实事者,一皆省去"。奏章最后鼓励孝宗以仁宗朝为楷模,并认为这是实现中兴和建立和平与繁荣统治的关键①。

另一道奏章撰于此后不久的绍兴三十二年十二月六日,是回应孝宗向台谏侍从征求意见的诏令。陆游的奏章分为七个部分,阐明了其对于孝宗新政的看法②。从陆游将他的建议定位为改革,可知当时官僚体系的实际运作与其主张不尽相同。奏章的第二部分反对授予宦官过度的权力。君主不应委派宦官们到宫廷之外执行特殊的任务,因为他们会滥权与僭权。近来宦官被派去"措置酒坊,招捕海贼",朝廷就花了极高的费用,却未收到预期的成效。陆游认为这类任务"止当专委户部长贰、转运司及安抚使、提点刑狱措画"。皇帝并无必要亲自牵涉其中。陆游的建议显然反对高宗认为宦官可作为个人奴仆,甚至被皇帝授权执行任务的观点。陆游认为应该"于廷臣中遴选材望"的官员来执行特殊任务,因为差遣宦官处理这些事务实在有失国体。

下一部分陆游则主张政府内各部门应有清晰的层级与分工的原则。他反对朝廷随意授予官员"三公三师"之类的高级职位,因为这一举动不单使部门间的合理分工变得模糊,还可能导致君权之外的权力基础遭到分裂。陆游引用了最近大将杨存中(1102－1166)被任命为太傅以及外戚郑藻被任命为太尉的两个例子(尽管文中没有直接提及他们的名字)。杨、郑二人长期任职于高宗一朝,并获

---

① 钱仲联、马亚中主编《陆游全集校注》第9册《渭南文集校注》,第84－90页;曾枣庄、刘琳主编《全宋文》卷四九二四,第222册,第200－203页。
② 脱脱等《宋史》卷三十三,第620页;钱仲联、马亚中主编《陆游全集校注》第9册《渭南文集校注》,第122－131页;曾枣庄、刘琳主编《全宋文》卷四九二五,第222册,第218－222页。

得高宗的大力支持。但对于渴望在孝宗新政下有所变革的士大夫而言，这两人便成了他们攻击的对象。陆游将二人在朝中的影响力定调为破坏常规官僚机构的运作。当时士大夫们正努力抑制在高宗朝权势日盛的军人和外戚，陆游的攻击可说是这个政治运动的一部分①。

另一个部分反对由监司来评估其辖下地方长官的工作表现。陆游讽刺地写道"惟贤乃可以知贤"，但目前的监司多半非贤人。他建议孝宗应先咨询宰相，并在进行工作表现评估前，以"才智学术之士"取代力有未逮的监司。此外，陆游也明确反对在现行政府结构之外另建一套评量官员的系统。

结　论

尽管《中兴圣政草》代表了陆游在官方修史计划中的贡献，但《中兴圣政草》的观点同样见于他在参与修史工作期间写的奏章，可见《中兴圣政草》从事件的选择到陆游的评论都切实反映了他自己的观点。这并不令人讶异。从本文的讨论可知，《高宗圣政》的编纂与高宗朝过渡至孝宗朝的政治转变息息相关。正因为如此，编纂《高宗圣政》的计划存有两个互相竞争的目标；而这两个目标经常相互矛盾。计划的主要目的是赞美高宗，并且通过把高宗与太祖类比来巩固高宗作为南宋建立者的地位。然而，计划的次要目的是向孝宗建议应如何解决高宗主政期间所产生的诸多行政问题。陆游把这些问题表述为君主过度依赖由非士大夫组成的"近习"，以及由这些"近习"和武臣所结成的腐败同盟。陆游的建议是抑制这些皇权代理人的权力，并把他们所僭越的政府职能归还给传统政府结构内的士大夫官员，就像陆游相信在庆历和元祐年间运作的那样。陆游——以及他在《中兴圣政草》中所选取的事件——清楚地呈现了如陈俊卿和周必大这些年轻士大夫的观点。陈、周二人后来均在孝宗朝升任为宰相。而这两种关于如何施展政府职权的竞争性理念间的斗争，将主导并最终破坏孝宗的成功统治。

（方笑一、张维玲　译）

---

① 李心传《建炎以来系年要录》卷一百八十八，第3149页，卷一九九，第3376页；脱脱等《宋史》卷三百六十七，第11438页，卷三百九十五，第12057页。

明代"古诗"总集的编纂、出版、接受

——从宏观角度的考察

陈婧[①]

近年来,随着文献资料的逐渐充裕,明清时期"古诗"总集的编撰与出版逐渐受到学界关注。多数研究以出版业的兴起为时代背景,检析一部或几部重要选本的内容及其所体现的文学观点。这些考证及研究为本文的分析提供了基础。本文尝试另辟蹊径,以副文本(paratext)的阅读为中心,兼及文本,试图从宏观层面勾勒有明一代古体诗总集的编撰、出版,以及(可能的)流通、接受,并探寻在诗歌选集的编纂出版过程中,编者、作序者、出版方等诸方势力如何从各自不同的角度赋予或改变总集作为书本的意义,引导了后世读者的阅读体验。本文将以笔者检索书目所累计的条目为基础,兼参考前人研究成果,量化分析,并阅读三种不同的副文本要素,勾勒出这类总集的出版、编撰、接受之宏观趋势。首先,通过对先唐文学总集的量化分析,通过与明代之前的朝代比较,本文从书籍的总量、年产出平均值两方面进一步证实了"先唐诗文的编纂在明代达到高潮"这一结论。随后,本文将关注中心转向先唐诗文总集的诗类总集,按照目前可见的材料分析这些书籍的书名、序言,以及记载这些总集的书目。首先本文按照书名中不同的语义要素加以分组,进而对词频加以考察,从而探寻先唐诗类总集的纂修趋势;接着笔者以目力所及的序言为例,从不同时代的序言管窥编纂动机的变化;然后笔者以书目为中心,从而推知在明代这类书的价格与目标读者。最后,

---

[①] 陈婧,伊利诺斯大学香槟分校东亚系博士,现为伊利诺斯大学香槟分校东亚系讲师。本文原载蔡正齐主编《岭南学报》复刊第6辑,上海:上海古籍出版社,2016年。

本文对明代古诗总集的编纂、出版、流通、阅读情形进行了总结,将明代古诗总集的产生与发展分为三个阶段,并反思了宏观研究模式的优点与不足。

一、总集研究的三种面向

"总集"一名,与英文"anthology"为对应术语,在传统目录学上与别集相对,其特征体现为:所集作品出自多位不同作者之手。阮孝绪始用此名,后为《隋书·经籍志》袭之。《隋书·经籍志》以为总集始于挚虞《文章流别集》[①],同理,四库馆臣称"《三百篇》既列为经,王逸所裒又仅《楚辞》一家,故体例所成,以挚虞《流别》为始。其书虽佚,其论尚散见《艺文类聚》中,盖分体编录者也"[②]。据《隋书·经籍志》"总集"目录所载,隋初总集已达二百余部[③],虽然《隋书·经籍志》所列书籍多已散佚或有重复,然由此仍可见手抄本文化时代,文学总集的编纂已蔚为风气。

总集之重要性不言自明,四库馆臣赞之为"是固文章之衡鉴,著作之渊薮矣"[④]。作为文学作品的载体,文学总集记录保存了众多作家作品,而且,可以说,中国文学史便是由多部总集构建而成的。《诗经》、《楚辞》乃是最早的总集,挚虞《文章流别集》以后,单就纯文学总集而言,诗总集、文总集、诗文合选总集等在各朝各代均层出不穷,保存了大量文献及文学作品。

就材料论,总集分类多样。有通代、断代之分,有地域总集、家集之分,有诗集、文集、诗文总集、词总集之分,或又有当代人选当代诗文、当代人选前代诗文之分。四库馆臣将总集分为两类:"一则网罗放佚,使零章残什,并有所归;一则删汰繁芜,使莠稗咸除,菁华毕出。"[⑤]这两类的区别在于编纂原则的不同:前者求全,后者求精。前者或可称为以总汇为目的,后者或可认为是现今所说的"选本"或"选集"。因此,总集研究实则应当涵盖"选本研究"与"总汇类总集研究"二类。

---

① 魏徵等《隋书·经籍志》,第 1089 页。
② 纪昀等《四库全书总目》卷一百八十六集部三十九总集类一,北京:中华书局,1997 年,第 2598 页。
③ 魏徵等《隋书·经籍志》称"通计亡书,合二百四十九部",第 1089 页。
④ 纪昀等《四库全书总目》卷一百八十六集部三十九总集类一,第 2598 页。
⑤ 同上,第 2598 页。

最近十年来，文学总集研究渐渐成为中文学界古代文学文献研究的热点话题。若在中国知网(CNKI)上以"总集"为主题或关键词搜索人文社科类论文，可见 2006 年之后，涉及总集，以总集为主题词的研究成果在数量上呈爆发式增长，并持续在后继八年(2006－2014)中保持稳定上升的态势①。这些研究大多从各个角度对文学总集及其编纂出版进行了深入而颇有见地的分析。相较而言，海外汉学界对文学总集的研究在数量上无法与中文学界的成果抗衡，研究成果亦似并未在最近十年内出现显著增长。目前所见西方汉学界对中国文学总集的研究多集中在 20 世纪 90 年代末与本世纪初，然而，与中文学界的研究相比，海外汉学界的同类研究多以理论为纲，以文献材料为目，为总集研究带来了如文类理论、经典化理论等诸多理论面向，颇具启发意义②。

  细检研究成果，可见目前中西学界对总集的研究可分为两个面向。一是文献学面向。这类研究对各类总集加以文献整理与版本考索。如对唐人选唐诗的

---

① 笔者的检索涵盖"中国期刊全文数据库"、"中国博士学位论文全文数据库"、"中国优秀硕士学位论文全文数据库"、"中国重要会议论文全文数据库"，2006 年之前每年研究成果增长态势较缓，数量上一直为 100 以下，2006 年的研究成果陡增，已破 100，随后每年均呈现显著增长。又以"总集"为关键词在 CNKI 学术趋势网站(http://trend.cnki.net/TrendSearch/)进行检索，可得出类似结论。不过笔者尚未对港台地区学术研究进行检索，未知是否有同样的增长趋势。然以印象所见，港台地区最近几年亦出现不少研究选本或总集的硕博论文。

② 相关研究见海陶玮(James R. Hightower)对《文选》与文类理论关系的考察，见海陶玮《文选与文类理论》(The *Wen Hsüan* and Genre Theory)，《哈佛亚洲学报》第 20 卷第 3－4 期，1957 年 12 月，第 512－533 页；又见余宝琳(Pauline Yu)对选集与经典化关系的考察，见余宝琳《诗歌的定位：早期中国文学的选集与经典》(Poems in Their Place: Collections and Canons in Early Chinese Literature)，《哈佛亚洲学报》第 50 卷第 1 期，1990 年，第 163－196 页；《中国诗歌经典及其边界》(The Chinese Poetic Canon and Its Boundaries)，约翰·海(John Hay)编《中国的各种边界》(*Boundaries in China*)，伦敦：雷艾克森图书公司，1994 年，第 105－123 页；《晚期中华帝国经典的形成》(Canon Formations in Late Imperial China)，胡志德(Theodore Huters)、王国斌(R. Bin Wong)及余宝琳编《中国历史上的文化与国家：习俗、受容与批评》(*Culture and State in Chinese History: Conventions, Accommodations, and Critiques*)，斯坦福：斯坦福大学出版社，1997 年，第 83－104 页；《描绘中国诗歌的图景》(Charting the Landscape of Chinese Poetry)，《中国文学》(*CLEAR*)第 20 卷，1998 年，第 71－87 页。又可见孙康宜与方秀洁对明清两代女性总集与经典化关系的考察，见孙康宜《明清女性诗歌选集及其遴选策略》(Ming and Qing Anthologies of Women's Poetry and Their Selection Strategies)，魏爱莲(Ellen Widmer)、孙康宜编《晚期中华帝国的女性写作》(*Writing Women in Late Imperial China*)，斯坦福：斯坦福大学出版社，1997 年，第 147－170 页；方秀洁(Grace S. Fong)《性别与经典化的失败：晚明时期女性诗集的编纂》(Gender and the Failure of Canonization: Anthologizing Women's Poetry in the Late Ming)，《中国文学》(*CLEAR*)第 26 卷，2004 年，第 129－149 页；方秀洁《她自己为作者：明清时期性别、能动力与书写之互动》(*Herself an Author: Gender, Agency and Writing in Late Imperial China*)，檀香山：夏威夷大学出版社，2008 年，第 129－158 页。

点校整理，又如对某些明清知名选家所撰的明清古诗选集的整理出版[①]。并进而讨论某些重要总集的编纂、版本流变等。作为文学作品载体的总集，其本身的编纂进程、编纂原则往往是研究的焦点。如对《文选》的成书过程、编选原则等的研究可谓是中古文学研究中的显学[②]。在明清领域体现为着眼于一部重要总集，对某部集子加以考察[③]。这类研究关注书籍本身，材料上似乎往往集中于考察一部或几部较为出名的总集，从而考察旧材料，同时发现新材料，这类研究对总集版本流变的考察往往有助于学界对书籍出版流通的理解。二是文学批评面向。这类研究将选本与文学批评联系，考察集中所体现的编者之文学批评观。因选本批评被认为是中国文学批评中一类独特的批评方式[④]，研究者从而可对不同编者所编选的不同本子加以分析比较，得见不同批评家、不同文学流派的观点等。研究者又或常以一部书籍所选的条目入手，考虑文学接受史或文学批评史：比如，他们会计量比较分析同一总集中不同作家或作品选入的比例，由此推见编者对不同作家、不同作品、不同时代的褒贬；又如，研究者也往往在历史维度上，对不同总集中，同一作家或作品的数量进行排列分析，进而推知某一作家或作品在不同时代的地位浮沉，了解作家作品的文学接受史。这类研究中不少成果也受到了西方经典化理论的影响，从而将总集作为经典化的工具加以考察，如此种种，不一而足[⑤]。不过，这类研究理路背后实则隐含有一既定前提，即，认为一部总集的选目往往体现了编者对作品的价值判断及态度。以材料论，这类研究分析的对象往往是求精的选本，往往并不看重求全的总集。

若在比较的维度上考虑西方学界对欧洲文学总集，即对 anthology 的研究，

[①] 相关研究如陈尚君《唐人编选诗歌总集叙录》，《唐代文学丛考》，北京：中国社会科学出版社，1997年，第184—222页；又如傅璇琮、陈尚君、徐俊《唐人选唐诗新编（增订本）》，北京：中华书局，2014年。最近几年明清古诗总集整理出版的相关成果如明张之象《古诗类苑》，上海：上海古籍出版社，2006年；清陈祚明评点《采菽堂古诗选》，上海：上海古籍出版社，2009年。
[②] 相关研究如傅刚《昭明文选研究》，北京：中国社会科学出版社，2000年；傅刚《文选版本研究》，北京：北京大学出版社，2000年；王立群《文选成书研究》，北京：商务印书馆，2005年。
[③] 在明清古诗总集研究上，相当多的期刊及学位论文讨论李攀龙《古今诗删》、钟惺《古诗归》、沈德潜《古诗源》、王士禛《古诗选》等一些知名选集。不一而足。
[④] 张伯伟《中国古代文学批评方法研究》，北京：中华书局，2002年，第277—326页。
[⑤] 关于选本、选集的专著与期刊论文多讨论选集与文学批评的关系。考察宋代诗选的著作可参卞东波《南宋诗选与宋代诗学考论》，北京：中华书局，2009年。而除了诗体以外，对词体总集的研究亦可参萧鹏《群体的选择——唐宋人选词与词选通论》，台北：文津出版社，1992年；闵丰《清初清词选本考论》，上海：上海古籍出版社，2008年。

似乎可发现值得借鉴的另一种角度，或可称为另一种面向：总集社会学面向。他们对欧洲17、18世纪总集的讨论会涉及文学接受、文学传统的构建、经典化等议题，同时他们也致力于讨论总集对当时社会风气建构的贡献。他们的研究结论包括：总集有助于建构现代社会集体认同，总集调和了社会各个阶层的阅读品味，催生了现代读者，总集的编纂反证了当时兴起的"小说"在读者群上的局限性，当代总集的编纂在极大程度上以教学需要为导向，等等①。这类研究虽然均由英语文学系学者操作，然本质上已然跳脱纯粹的文学研究范围，而是受到书籍史、印刷史、阅读史等理论维度的影响，材料上也并无求全或求精的总集之偏，虽然这是因为17、18世纪时，西方文学总集往往为书商所辑，并不能体现个体或流派的文学批评观点②，不过在研究方法、理论、结论上均可值得参考借鉴。这类研究应属于"文学社会学"（sociology of literature）范畴，即考察的并非文学本身，而是文本的发生、流通、消费等，在总集的个案上则可称为是"总集社会学"，体现为考察书籍的诞生、流通、消费、阅读。而就本文的研究而言，在印刷业日渐繁盛、商业出版兴起的明清社会环境下研究文学总集，这类思路则恰好可用，有重要的借鉴意义③。

因此，对文学总集的研究可总结为文献学面向、文学批评面向、总集社会学面向三种。而在明清"古诗"总集的研究中，虽会涉及某些书籍的纂修过程，然而

---

① 主要研究参芭芭拉·本尼迪克特（Barbara M. Benedict）《制造现代读者：近代早期文学选集中的文化中介》（*Making the Modern Reader: Cultural Mediation in Early Modern Literary Anthologies*），普林斯顿：普林斯顿大学出版社，1996年；莉娅·浦莱斯（Leah Price）《选集与小说的兴起：从瑞恰兹到艾略特》（*The Anthology and the Rise of the Novel: From Richardson to George Eliot*），剑桥：剑桥大学出版社，2000年；安妮·费里（Anne Ferry）《传统与个人之诗：选集的考察》（*Tradition and the Individual Poem: An Inquiry into Anthologies*），斯坦福：斯坦福大学出版社，2001年；杰弗瑞（Jeffrey）·迪莱奥（R. Di Leo）编《论总集：政治与教育》（*On Anthologies: Politics and Pedagogy*），林肯：内布拉斯加大学出版社，2004年。

② 西方与中国文学选本的比较在张伯伟教授的书中略有提及，可参张伯伟《中国古代文学批评方法研究》，第278页。

③ 明清史学的研究中有时也会触及总集研究，材料上一般不会局限于文学总集，亦多采用书籍史、印刷史等理论角度。他们或认为清初编纂的地方总集体现了某一地域的社会认同之加强，又或认为晚明时，编纂《四书》一类的经学评点总集是对正统思想的挑战。参见梅尔清（Tobie Meyer-Fong）《文选楼：选集、纪念碑和创造的过去》（*Anthologies, Monuments, and the Invented Past: The Tower of Literary Selection*），《清初的扬州文化构建》（*Building Culture in Early Qing Yangzhou*）第三章，斯坦福：斯坦福大学出版社，2003年，第75—127页；周启荣（Kai-wing Chow）《副文本：注释、意识形态与政治》（*Paratext: Commentaries, Ideology, and Politics*）《近世中国的出版事业、文化与权力》（*Publishing, Culture and Power in Early Modern China*）第四章，斯坦福：斯坦福大学出版社，2004年，第149—188页。

主要研究思路仍往往是前两者。和近年来对总集研究的关注度日渐升温一样，最近几年，明清时期"古诗"总集的编撰与出版也渐为学界关注。所谓"古诗总集"，形式上应指以古体写作的诗之总集；不过由于"古诗"一词在时代指向上的模糊，"古诗总集"往往在实际讨论中包括两种——唐代以前的诗体总集和纯以各代古体诗为选目的诗总集，前者例证可见沈德潜《古诗源》，后者例证可见王士祯《古诗选》。讨论中，学者以"汉魏六朝诗歌总集"和较为模糊的"古诗总集"称呼这两类材料①。由于明清时期这类总集繁多，因此目前易于操作的方法往往是：开篇首章概论这种总集的历史、概述时代背景，列出文献材料，而后各章以一部或几部重要总集为中心，讨论每部书的价格和编纂过程、内容、版本流变等②。这类研究虽然辑入不少文献材料，而在分析上往往是个案研究，讨论的重点则是一部或几部重要选本的内容、版本、编者文学观等，较少涉及书籍流通、消费、阅读等方面③。不过，他们对明清这类总集的文献考索、版本考证、内容分析却为宏观分析提供了丰富的文献学基础，使得笔者对宏观趋势的分析成为可能。

二、本文的研究方法、研究材料、研究思路

因此，本文希冀借鉴前人对单部总集的研究，采取宏观角度，试图勾勒出明清"古诗"总集编纂、出版、阅读在宏观上的"变"与"不变"。如果说，将各部总集看作各色珠玉，那么前人的这些研究则是对每颗珠玉内部的结构加以分析，而本文则试图将这些珠玉串成一串，考察其间"串线"的特质。

在分析方法上，本文以对副文本（paratext）的考察为中心。副文本（paratext）一词为法国结构主义批评家热奈特所提出，中文译法多样，可译为"类文本"、"副

---

① 前者如杨焄 2009 年出版的《明人编选汉魏六朝诗歌总集研究》，研究对象为"汉魏六朝诗歌总集"；后者如景献力 2005 年福建师范大学博士论文《明清古诗选本个案研究》，以"古诗选本"为研究对象，材料上与杨焄的材料多有重合。
② 这种章节安排和研究方法可见景献力《明清古诗选本个案研究》，福建师范大学博士论文，2005年；解国旺《明代古诗选本研究》，河南大学博士论文，2007 年；杨焄《明人编选汉魏六朝诗歌总集研究》，西安：陕西人民教育出版社，2009 年。
③ 杨焄 2009 年出版的《明人编选汉魏六朝诗歌总集研究》第一章涉及了一些书籍的出版问题，讨论了汉魏六朝诗歌总集的动因与刊行情况，有不少发现。见杨焄《明人编选汉魏六朝诗歌总集研究》第 10—33 页。

文本"、"超副文本"等，为行文方便，本文仍采目前较为通用的中文译法"副文本"来展开讨论。所谓"副文本"，包括两种：一是书籍内部除了文本以外的其他各类材料，如总集的标题、序言、目录，作品的点评，文本的视觉排版等，这类被称为"内部副文本"（peritext）；二是书籍实体之外的要素，如出版商的出版策略、广告策略，作者与出版商对书籍的讨论或评价等，这类是"外部副文本"（epitext），并非书籍实体内部存在的要素，却是与书籍的流通接受有关的、至为重要的要素。这二者合称"副文本"（paratext），是诠释之门槛（thresholds of interpretation），决定了书籍与文本的阅读、接受①。由于"副文本"这一概念本身产生于书籍史的研究，因此借用这一西方术语对明代的总集出版加以讨论，非但不是概念混用，而恰恰可以揭示出书籍在生产流通中的一系列现象与趋势②。

　　本文的讨论涉及总集的三种副文本要素：标题、序言、书目，前二者应算是内部副文本（peritext）要素，而后一种应算是外部副文本（epitext）要素。从标题，可勾勒总集编纂的大致趋势，亦可管窥命名策略之"变"；从序言，可细查编者编纂动机之"杂"或"纯"；从序言与书目，可管窥出版流通之"难"或"易"；从序言与书目，也可推断古诗总集的流通社群，和读者的可能阅读体验。另外，由于参与一部总集命名、序言撰写的人士有编者、出版者、受邀作序的当时名人，因此，所有文本背后隐藏的作者预设立场也是本文需要关注的重点。同时，西方书籍史研究认为书籍的形式（form）决定了书的传播、接受，并且认为每部书籍都有自身存在的价值与意义，每部书籍都体现了出版过程中各方势力的角斗、制衡、调和等③。按照这一理念，本文也希冀考察在诗歌选集的编纂、出版、接受过程中，编者、作序者、出版方等诸方势力如何从各自不同的角度赋予或改变总集作为书本

---

① 对这些主要概念的厘清与讨论参见热拉尔·热奈特（Gérard Genette）著、简·列文（Jane E. Lewin）译《副文本：诠释的门槛》（*Paratexts: Thresholds of Interpretation*），剑桥：剑桥大学出版社，1997年。

② 以"副文本"概念讨论明清总集出版的研究成果可见陈水云《唐宋词集"副文本"及其传播指向——以明末清初编刻的唐宋词集为讨论中心》，《江西师范大学学报》（哲学社会科学版）2010年第4期，第46—53页；同样，以此概念讨论女性诗集出版的研究可见方秀洁《凌祉媛（1831—1852）的生平、身后及其诗集》[The Life and Afterlife of Ling Zhiyuan (1831—1852) and Her Poetry Collection]，《中国文学与文化学报》（*Journal of Chinese Literature and Culture*）第1卷第1—2期，2014年，第125—154页。

③ 具体研究参见夏蒂埃（Roger Chartier）《书籍的秩序：欧洲14至18世纪的读者、作者与图书馆》（*The Order of Books: Readers, Authors, and Libraries in Europe Between the 14th and the 18th Centuries*），斯坦福：斯坦福大学出版社，1994年。

的意义,进而引导了当时以及后世读者的阅读体验。

当然,这里的结论无疑也会受到文献材料的限制,虽在文献材料搜集上,本文亦思求全,然而毕竟无法做到真正完全涉及所有当时材料,只能是从目力所及的材料入手,勾勒大概面貌。因宏观考察的需要,材料上包括求全与求精的两类总集。不过,如上所述,前人研究时所涉及的材料不仅包括汉魏六朝诗歌总集,也包括各代古体诗选集。因而使得本文的研究对象变得模糊不清。

那么,什么是"古诗总集"? 术语的定义困难一是源于"古诗"本身定义的模糊,目前公认的"古诗",时代上指先唐诗,然而文体上指的是"古体诗"。这种情况,在笔者看来,与明代人编纂总集时的命名策略大有关系。"古体"一词本产于唐代,与"近体"相对,先唐诗虽然说在文体上可统称为"古体诗",然而在目前研究者心目中也往往被称为"古诗"。"古诗"一词本指过去的诗,然在实际情况中,按照下文对总集书名的考略,可以看到,中明到晚明时,编纂先唐诗体总集渐成风气,晚明出版的先唐诗总集书名中多直接以"古诗"泛指"先唐诗"了。因此,这一现象的存在使得现存的研究往往处于定义不明或是定义两难的境地。为了解决研究对象定义不明的问题,本文下一部分便以"先唐诗文总集"为中心,希望先探寻并厘清这类书籍出版编纂的历史趋势,随后方转向对其间先唐诗类总集的讨论。

材料收集上,如上所述,前人研究所辑得的文献无疑为本文的分析提供了文献基础[①],同时,在他们所列出的材料基础上,笔者查考《中国古籍善本书目》、《中国古籍总目》、《四库》系列书目、明清时人的书目,力求收集尽可能多的总集,使得宏观面貌尽可能可靠。笔者查考的明清书目主要包括中华书局《宋元明清书目题跋丛刊》、商务印书馆《中国著名藏书家书目汇刊明清卷》,而这两套丛书中的书目大致可分为藏书目录与刻书目录两类,前者又可下分为官藏、私藏二类,后者可分官刻、私刻、坊刻三类,因此本文所查考的明清时人书目的分布情况如下表:

---

① 景献力《明清古诗选本个案研究》列出 19 部明代古诗总集与 51 部清代古诗总集,第 24—25 页;而解国旺《明代古诗选本研究》辑得 152 种明代古诗总集,并分为通代、断代、诗人合选、僧诗选本、女性诗选、地区诗选、待考七类,第 33—83 页;杨焄《明人编选汉魏六朝诗歌总集研究》则一共分析了 16 部明代古诗总集。

表一：明清藏书、刻书目录的数量分布

		明	清
藏书目	官藏书目	5	2
	私藏书目	20	61
	经籍志类	5	0
	日本书目	0	3
刻书目	官刻书目	3	0
	坊刻书目	3	0
	私刻书目	1	0

由于篇目及时间限制,这里以明代产生的总集的情况为例加以考察①。根据笔者所整合的数据,清代亦产生了诸多同类型的古诗总集,然而,若以类似的分析方法与角度运用于清代类似总集的分析,结论则会不尽相同②。

三、先唐诗文总集、诗体总集编纂趋势的量化分析

与前代相比,有明一代,先唐文学总集的纂修与出版达到了高峰,或者说先唐文学总集的纂修出版在明代异军突起,就数量而言,这类总集比前代增多。当前研究均会论及"古诗"总集在明代的增长,称"明代开始,古诗选本较前有大幅度的增长"③,实际上说的也就是先唐诗总集的增长。但这些研究往往是印象式概括式研究,例证多是那些纯选古诗的集子。因此本文拟从收集到的先唐诗文总集入手,探寻是否可得出类似的结论,或是否可进一步充实或修正当前的结论。

若要证明有明一代,在编纂总集时,对这一类选集的关注骤增,便需要考察同类总集在明以前各个朝代是否是编纂的重点。笔者通过检视唐宋经籍志与艺

---

① 本文分析不涉及专选一地诗文的地域总集或家集。
② 对这一点笔者会在未来另文叙述。
③ 景献力《明清古诗选本个案研究》,第24页。

文志、宋代几部官藏与私藏书目、元代可见书目的"总集"部分、今人考证成果等①,得出以下结论:第一,从挚虞始,迄于隋末的这一阶段,为唐代以前,这一时段的总集应归入当代人集当代作品一类。然而由于此时总集多佚,书目记载往往重出,因此在参照前人对各部总集的考证成果以后,若不算应用文一类的表、诫等文体,纯选诗的总集大约为 40 种,乐府歌诗总集为 29 种,诗文合选总集约有 41 种,因此,其中选有广义上的"诗"的总集总计有 110 种。以时代论,由于这一时代的很多总集编者不明,产生朝代不明,很难将它们划入各个朝代,不过大致来说,刘宋与萧梁二代总集产生较多。第二,唐代迄五代的总集依然有纂者姓名缺失、书籍内容不明的情况,不过,能确定的是这一时段见证了唐人选唐诗的兴起,而唐人所纂的先唐诗文总集相较而言较少。加以考证后,唐人所纂通代总集中有选先唐诗文的,以及纯选先唐诗的总集 2 种,加起来可确定的共有 23 部,纯诗体总集仅有 10 部。到了宋代,古文总集编纂兴起,此时"文"与"诗"的概念区分明显,《文章正宗》、《古文关键》等古文总集较多,这些古文总集间或也杂选先唐古文,纯选先唐诗体的总集则除了《乐府诗集》等之外,也不多。数量而言,可大概确定为通代总集中包括先唐诗文的,以及纯选先唐诗文的总集加起来共 31 部,其中纯诗体总集大概共有 13 部。而就元代而言,虽然可能印书数量更多,然而能够查考的藏书目不多,确定包括先唐诗文的总集大概共 11 部,其中纯选先唐诗体的共有 5 部,5 部中有 2 部是刘履《选诗补注》、《选诗补遗》②。需要说明的是,由于很多文献的著者信息、书籍内容缺失,笔者只能尽可能参考各种书目及前人考证成果加以分类统计,这里的数字是大略的数字,而并非确实的数字。尽管如此,这些数字却也足以证明先唐诗文并不是唐、宋、元三朝总集编纂的焦点。

那么明代的情况呢?可以确定的是,明代在先唐总集的纂修上的确出现大幅增长。明代不仅翻刻翻印前代书目颇多,新编先唐总集也较多。这里仅仅讨

---

① 笔者所查原始材料有《隋书·经籍志》、《旧唐书·经籍志》、《新唐书·艺文志》、《宋史·艺文志》、《二十五史补编》、《补元史艺文志》、《崇文总目》、《崇文总目辑释补正》、《秘书省续编到四库阙书目》二卷、《中兴馆阁书目辑考》五卷、《遂初堂书目》一卷、《直斋书录解题》三十二卷、《郡斋读书志》二十卷(《附志》一卷《后志》二卷《考异》一卷)、元代《西湖书院重整书目》一卷、马端临纂《文献通考·经籍考》七十六卷。今人考证成果有陈尚君《唐人编选诗歌总集叙录》,《唐代文学丛考》,第 184—222 页;孙琴安《唐诗选本六百种提要》,西安:陕西人民教育出版社,1987 年;等等。

② 这两部后与刘履选唐宋诗词的《选诗续编》合称为《风雅翼》,对这三部内容的介绍,参见纪昀等《四库全书总目》卷一百八十八集部四十一总集类三,第 2637—2638 页。

论明人新编先唐总集的情况,这类情况有二:其一是将前代已有的总集加以摘录摘抄,或新汇新评,从而变为新书出版;其二是将新发现的材料与旧材料混合,从而成为新出或新撰总集。不过,笔者检视明清书目时,常有书名一致而版本不一,或是不知是否一致,或是书名不一而书籍内容相同的情况。如现在所说的《古诗纪》就常常被记为《诗纪》,而其汉魏部分则被记为《汉魏诗纪》,这是由于明代出版总集时有时并非一次性全部出版,刻书方或编者先取已经完成的部分出版,然后可能会顺次递取,最后也许会总汇成书。全集出版后,又会有书商从中摘取部分章节单独成书出版,李攀龙《古今诗删》的唐诗部分就曾受到书商青睐被析出单行。由于这种出版形式以及商业印书的介入,何为原本?何为新本?客观来说,每一部书籍都有其存在的价值与意义,每一部书籍在读者身上产生的接受效果也是与他者不同的,李攀龙《古今诗删》与其中析出的《唐诗选》便成了两本书,《唐诗选》单行本问世后流布极广,并直到今日也是日本接触唐诗的重要途径之一①。由此可见,读者对这两本书产生的感知、阅读体验以及接受都是不同的。

  因此,若将这种内容不同,每次出版的新书(旧书重印不算)作为新的1部计算,那么从书名保守推断,排除地域总集与家集,可确定明人新撰,且内容确实选先唐诗、文的总集有110部,就纯选诗体的总集论,有67部左右。不过晚明时期,丛编类的印刷出版似乎又颇为流行②,晚明人多将汉魏六朝名家诗文集以此形式刊行。根据《中国古籍总目》,丛编类的先唐文学总集有15部。由于这类集子往往是将诗文合选,因此若将这一类也算入明人纂先唐诗文的例子,那么前者数字会变为125,后者67部则不变。虽然以上统计得出的数字可能仅仅是约数而不是确实的数字,然而由这些数字,仍然可以见到从先唐至明编纂先唐文学总集的大略趋势。图一则对这些数字加以直观表示,实线表示了从先唐到明所出版的先唐诗文总集与诗总集及文总集在绝对总量上的变化;而虚线则表示了各

---

  ① 蒋寅《旧题李攀龙〈唐诗选〉在日本的流传和影响——日本接受中国文学的一个侧面》,《国学研究》第12卷,北京:北京大学出版社,2003年,第363—386页。
  ② 对晚明时期丛书、类书出版的讨论可参见艾尔曼(Benjamin Elman)《收集与分类:明代汇编与类书》[Collecting and Classifying: Ming Dynasty Compendia and Encyclopedias (Leishu)],《远东远西》(*Extrême orient，Extrême occident*),2007年,第131—157页;中译本载《学术月刊》2009年第5期,第126—138页。

代所出版的纯诗类先唐总集的数量变化。

图一：先唐诗、诗文、文总集在各代绝对数量的变化

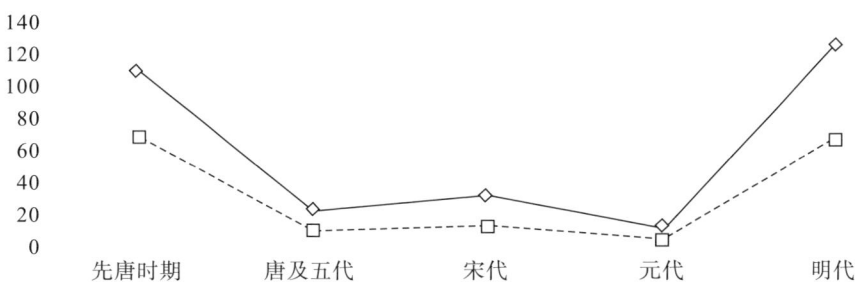

由图一可以清楚看到,有明一代,先唐文学总集(包括诗文合选,纯选诗,纯选文三类)在绝对数量上超过了先唐时期、唐及五代、宋元二代,纯选诗类的总集也在数目上远超过唐、五代、宋、元等朝。

不过,绝对数量的上升并不意味明代出现了编纂这类书的高潮,毕竟一个朝代时间久远,日积月累,产出书籍的数量自然会变多。那么若以总数除以年数,每年这类书籍的平均产出数量又是如何①?

图二：五个时期平均每年产出先唐总集的数量

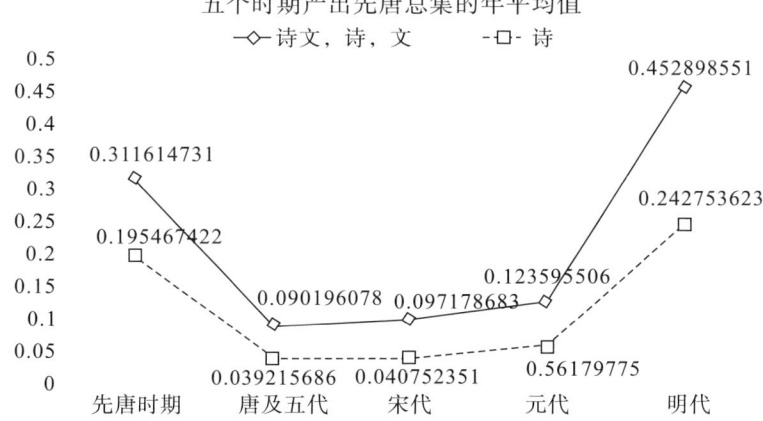

从图一、图二可见,无论是就绝对数量而言,还是就每年产出书籍的平均值而言,从前代发展到明代,突然陡增,不仅诗文总集如此,纯选诗的总集也是这

---

① 先唐时期为西晋初年到隋末,唐与五代时期为唐初到五代结束。

样。同时,从图二可发现,据保守估计,明代产出的先唐诗文总集的部数在绝对数量上比唐以前人选当时作品的总量还要多一些,在每年平均产值上也还要略胜一筹,前者约为0.31,后者约为0.45,那么大概可推知明代两年多就出一本先唐诗文总集。因此,在明代,不仅先唐诗文总集在绝对数量上比唐宋元陡增,每年平均产出值甚至超过西晋到隋末这一段先唐人自己大量编纂当时总集的时期。基于总值与年平均值两个参数,我们可以得出"比起前面几个时代,有明一代,先唐诗文总集编纂达到高潮"这一结论。

明代出产的先唐诗文总集按内容分,可分为三类,见表二:

表二:明代先唐诗文总集之类别

类别	例证	书目
1.先唐诗总集	冯惟讷《诗纪》	67
2.纯选先唐文总集	梅鼎祚《文纪》	38
3.先唐诗文合选(及丛编类)	刘节《广文选》 张溥《汉魏六朝一百三家集》	20

由于本文致力于讨论"古诗"总集的纂修与出版趋势,因此,在下文对总集的书目、序言等副文本要素的讨论中,将主要侧重上表的第1类与第3类。

不过,若要考察有明一代的书籍出版趋势,则需要加入历史维度,看每一类书在什么时期生产较多。如何将书目系年?笔者试图以初刻本出现年代系年,若有的书再刻之时有书名变更,那也将其再刻年代记录下来。根据作者生平、序言或者书目所记录的讯息可大概得见出版时段,不过,仍然有部分书无法系以具体年份。因手头资料所限,这里先从书名入手,管窥编纂的特性与大致的变化趋势。

四、从书名看编纂特性与趋势

(一)书名的语义词频分析

从语义角度,可将明清总集的书名分为三类元素:A.指称时代的语词;B.指称文体及相关内容的语词;C.指称书籍性质的语词。如成于正德年间的一部古体诗选《汉魏诗选》的书名便可拆解列表如下:

表三：总集的书名三要素举隅

A 时代指称	B 文体及相关	C 对书籍性质的指称
汉魏	诗	选

若是与实际书目加以参照,可发现:三类元素在书名中的顺序不是固定的,可随意调换;并非所有总集 A、B、C 三要素都需要出现在书名中;而且这三个要素前后均可插入其他要素:如"七十二家"这样指称作者数量的要素,又如"五言"这类表示诗行长度的。有时也会有对出版商或点评人或品牌的指称,如"名家"、"石仓"。因此,若是认为上表中的三个元素是必要元素,那么其他这些元素可算是非必要元素。

另外,需要说明的是,在明代,书名往往是流动变化的,初版与新版书名不一致属于极为常见的现象。如上文所述,明代出版事业的能动性与多样性造就了这种情况。不过毋庸置疑的是,当时印刷兴盛,书的数量增加,而每位出版者在新刻图书的时候,应该都有新的考虑。根据书籍史家罗杰·夏蒂埃(Roger Chartier)的观点,每部书的每个新形式(form)都有意义,也就是说,每部书的每个新版本都赋予原书以新的意义①。就本文所研究的材料而言,最明显的例子,即在通代合选先唐与唐代的情况下,经常出现将先唐部分割裂出来另成一部的情况。因笔者数据均采自当时书籍目录,书名不一的情况较多,这虽然在一定程度上给本文的研究带来了一些困难,但使得本文对出版趋势的研究更可直接反映或更为接近当时市场上书籍流通的现实状况。

书名的三大要素中,A、B 两类指称总集所选的内容,而 C 类词语指称书名性质,流露出的是编者或出版者的意图。考察 C 类字眼,可以将频繁出现的字眼分为以下五类:C1) 表示续纂的字眼,如"拾遗"、"补遗"等;C2) 表示选择的字眼,如"选"、"删"等;C3) 表示总括的字眼,如"集"、"汇"等;C4) 表示类编的字眼,如"类选"、"类苑"等;C5) 表示文学评释的字眼,如"解"、"评"等。

这里,笔者采取词频统计法,将 A、B、C 每类要素所用字眼的词频从高到低排列。需要说明的是,这里的讨论不涉及"文"的一类,所论及的材料仅仅是表二

---

① 主要观点参见夏蒂埃《形式与意义:古抄本到计算机时代的文本、表演与观众》(*Forms and Meanings: Texts, Performances, and Audiences from Codex to Computer*),费城:宾夕法尼亚大学出版社,1995 年,第 6—24 页。

中1、3两类总集。笔者将这两类总集的书名合而论之,并将其中词频最高的几组字眼列出如下:

表四:与诗体相关的先唐总集之书名三要素常用字眼

	A 时代指称	B 文体及相关	C 对书籍性质的指称
先唐诗总集、先唐诗文合选两类总集的书名中常用字眼	古(11次)、六朝(8次)、汉魏(6次)、汉魏六朝(2次)	诗(41次)、风雅(5次)、乐府(2次)	C3 表示总括的字眼(36); C1 表示续纂的字眼(19); C2 表示选择的字眼(9)

由表四可得以下几点发现:首先,"古"、"六朝"这类字眼在时代指称中使用较多;其次,在文体上,除了习以为常的"诗"之外,"风雅"一词用的也较多,这种用法在明人所编纂的其他类别的诗总集上也有例证,如明人选元诗便有《元风雅》一书;最后,在指称总集特性的字眼上,令人吃惊的是,表示选择的字眼(如"选")在数量上不如表示总括(如"归"、"纪")以及表示续纂(如"补遗")的字眼。

这些字眼之间有没有历史维度上的变化呢?虽然由于很多书的具体年份难考,然而根据当代人所编纂的古籍书目,辅助笔者所查检的明清藏书家的藏书书目,大略可见:以时代论,"古"一字在书名中多出现在万历时期及之后;以文体论,"风雅"则多出现在万历以前的书名中;以书名指称论,表示续纂的字眼多出现在万历之前,而表示总括的字眼多出现在万历或以后时期。

书名并不能代替全貌,参考前人的考证,可与由对书名的宏观考察所得出的结论互相参照,由此可总结出总集编纂的历史变迁。根据当前数据,明代中期正德至嘉靖晚期,产生的先唐诗总集多是为《文选》、《玉台新咏》补遗之作,或散见的几部如《五言律祖》、《汉魏诗集》、《六朝声偶》等著作,此时书名中多有明确的朝代指称,多有表示续纂的字眼,而嘉靖晚期开始至万历后期的诗体总集则多以"古诗"命名,并且多是大部头的总括之作。四库馆臣曾认为"至明万历以后,侩魁渔利,坊刻弥增,剽窃陈因,动成巨帙"[①],然而,若是不对总集进行优劣上的文学价值判断,那么这些万历以后生产的书籍本身的存在其实也有其独到意义,这种意义更多的见于它们作为商业刻书而适应市场需求、适应读者消费需求的

---

① 纪昀等《四库全书总目》卷一百八十六集部三十九总集类一,第 2598 页。

能力。

(二)书名的变更、"古诗"总集的成立、印书者的参与

然而,仅仅得出这一结论也是不够的。如上所示,由于副文本(paratext)决定了书籍的接受,因此,作为副文本(paratext)要素的"书名"不仅体现了命名者的意图,还引导或定义后继者编纂的方向与内容①。比如,万历以及万历以后出于坊刻的诗集书名多将唐以前的诗集统称"古诗",从而在总集命名上将"古诗"与"唐以前的诗"紧密联系在一起,这样的做法深刻影响了后继编者对同类总集的编纂。

以"古诗"命名诗体总集的做法,明代不是首创,依笔者所见,宋代《遂初堂书目》便已经著录《古诗选》②。由于其他评语的阙如,再加上这条记录后面紧跟的条目就是《唐五言诗》,因此我们也许可推测出"古诗选"在宋代刻书时,就已在书名上泛指唐以前的诗。元代黄景昌则有《古诗考录》,集汉魏至于陈隋的诗,将不为乐家所采与乐家所采者集在一起③,而到了明代,这种命名方式得以继承。应该说,这种对先唐诗总集的命名方式在一定程度上形塑了社会与时代对"古诗"的认知。

不过,将"古诗"在书名里指称先唐诗,也许并非是编纂者本人的原意。像冯惟讷所编的《诗纪》是嘉靖年间逐渐分卷编成,分卷刊行时以"风雅"或"汉魏"入书名,在嘉靖年间刊行时也并没有以"古诗"概之,而是以《诗纪》为名。然而现在通行的四库本以万历年间吴管等重刊本为底本,四库本所选入的张四维序言前面所列出的标题则变为了《古诗纪原序》。不过若查验对照现存的万历刊本,可见现存的吴管等万历金陵重刊本也并没有用《古诗纪》取代《诗纪》,张氏序言仍以《诗纪序》为题④。难道直至清代,《古诗纪》才成为对《诗纪》一书的通称?虽然明代的初刻本与重印本均没有以《古诗纪》取代《诗纪》,然而查验藏书目录,可见万历年间徐{火勃}所撰的《红雨楼书目》即著录有冯惟讷所撰的《古诗纪》一条。由此可见万历年间,似乎坊间已有以《古诗纪》指代《诗纪》的情况了。

---

① 关于书名的意义,参见热拉尔·热奈特《标题》,《副文本:诠释的门槛》,第55—103页。
② 尤袤《遂初堂书目》,《丛书集成初编》本,上海:商务印书馆,1935年,第33页。
③ 对此书及其文学观点的分析可参见黄仁生《试论元末"古乐府运动"》,《文学评论》2002年第6期,第150页。
④ 参《诗纪》,万历吴管等刻本,中国国家图书馆藏。

又如臧懋循万历三十一年(1603)所撰的《古诗所》,虽然现在通称为《古诗所》,然而万历三十一年出版时,书名为《诗所》。不过三年后,在万历三十四年(1606)臧懋循刊行《唐诗所》时,则在序中径称之前的《诗所》为"古诗所"①。由此可见,或许是为了区别先唐诗和唐诗总集,明人才会以"古诗"统称先唐诗;而且也可见,在万历时期,"古诗"用以指称先唐诗总集这一用法或许已经深入人心了。

若是并非编撰者本人的原意,那么或许是印书者为了适应市场需要而更改书名。这样的情况可见于《古诗类苑》。张之象所编的《古诗类苑》原与唐代部分合在一起,合称为"诗纪类林",而在张之象身后,在由他人所刻成的万历本中,为了与前一年分开出版的《唐诗类苑》相对,书名变为了《古诗类苑》②。刻书者改变了书名,割裂先唐部分与唐代部分,分为两书出版,并将较为宽泛的"古诗"一词用在书名中,从而与同一编撰者所辑的唐诗总集区分开来。

由此可见,书名的变更有时或许并非是编者的意图,在商业印书繁盛的情况下,也许更多的是印书者的选择。他们在书名上做如此选择,大概是为了与市场上流通较广、数量更多的唐诗总集区分开来,进而标榜自己这部总集的独到之处。无论是读者还是印刷者,他们在书名上的选择影响了后续同类总集的命名。略观万历之后的书名变化,自明崇祯之后贯于清代,基本上,编者本人也已以"古诗"为自己所撰的先唐诗总集命名了。

这类总集的编纂出版是与明代复古运动处于平行并互相影响的状态的。前人的论著往往认为在复古思潮的影响下,古诗总集开始编纂出版③,这是较为可信的说法。然而同时,复古思潮与总集编纂本身都处于动态发展的历史过程中。就总集的编纂与文学批评领域的关系而言,或许在更多情况下,是双向互动的,是互相影响的关系。在当时,编纂一部"古诗"类总集或许并不仅仅是在编者文学思想影响下驱动的行为,还有其他可能的编纂动机。总集编就之后,进入市场

---

① 分见《诗所》,四库全书存目丛书编纂委员会编《四库全书存目丛书》集部第 325 册,济南:齐鲁书社,1997 年;《唐诗所》,四库全书存目丛书编纂委员会编《四库全书存目丛书》集部第 326 册。两书的序见臧懋循《诗所序》,第 1—3 页;以及《唐诗所序》,第 1—3 页。
② 此处考证参杨焄《明人编选汉魏六朝诗歌总集研究》,第 140—141 页。
③ 如吉川幸次郎即认为复古运动思潮的影响下,《古诗纪》得以出现,见吉川幸次郎著、李庆等译《宋元明诗概说》,郑州:中州古籍出版社,第 282 页。

流通,被广泛阅读,从而影响当世读者,影响后继文人,从而间接导致了新的文学批评思想潮流的产生。

五、从序言推断编纂与出版的动机

(一)序言看编纂与出版的动机

作为另外一种副文本(paratext)要素,研究总集时,序言几乎是必然会触及的对象。这里,笔者拟选取几部知名总集,细读其中序言,分析可能的编纂与出版动机。这里所说的"序言"是广义上的"序言",包括诗集开端的序,也包括诗集后序或后叙。一部总集可能有一篇或几篇序言,有时在前有时在后。前人已然指出中国文学总集常常是用以展开文学批评的工具,而海外汉学家对明清总集的研究也指出,明清总集的编纂、出版动机较杂,明清时人并非仅以选目的美学价值为编纂取向,也会有教育因素、商业因素等考虑[1]。按照上文对书名的讨论,也许当时人在编书时也有力求保存文献这样的想法。而就总集而言,序言的撰写人有编者,也有出版者,也有当时名人。出版者的序言无疑表达了出版动机,编者序言表达了编纂动机,然而或参与或不参与成书过程的名人所作序言背后的动机则显得比较模糊。

若略加总结,可见明代总集序言中的内容无外乎:(1)批评时人文学风气;(2)阐述书中体现的文学观;(3)阐述本书编排与主旨;(4)叙述编纂过程;(5)力求保存文献;(6)按照诗教思想,对教学需求、读者需求的考虑;(7)点评前代总集。按照这一分类,对八部现可得见的、极为出名的明代总集序言加以细读,这八部总集在当前研究明代古诗总集时均是需要讨论的对象,它们要么全选先唐古诗,要么书中有一大部分选先唐古诗。按照总集的出版或编纂年月排列,将这些序言中主要论及的内容列出,从而得出下表:

---

[1] 余宝琳《晚期中华帝国经典的形成》,《中国历史上的文化与国家:习俗、受容与批评》,第83—104页。

表五：八部明代诗体总集的序言内容分类

编纂或出版日期	书名	编者序	出版者序	名人序
正德十二年(1517)刻本	汉魏诗集①	2,3,4		1,3
大约嘉靖年间	六朝声偶集②	2		1,2
嘉靖三十七年—隆庆元年间(1558—1567)编成③	古今诗删④			4,2
嘉靖三十九年(1560)初刻	诗纪⑤		2(甄叙)；3,5,2(张序)	
万历十一年(1583)刻本	汉魏诗乘⑥	7,3,1		
万历三十年(1602)刻本	古诗类苑⑦		2,6(俞序)；2,3,4(黄叙)	
万历三十一年(1603)刻本	诗所⑧	3,7,6		
万历四十五年(1617)初刻	诗归⑨	7,2,3(钟序)；2(谭序)		

(二)动机之变化

按照上表，编者、出版者序言所反映的编纂与出版动机已经涵盖了上文总结的七类内容的所有方面。仅就以上所见编者与出版者序言而言，随着时代的变化，编纂出版动机的侧重点似乎也有变化。在正德至嘉靖年间，"(2)阐述书中体

---

① 《汉魏诗集》，南京图书馆藏，1517年本，刘成德序，叶1a—5a；何景明序，叶1a—3a；萧海序汉魏诗集后，叶1a—2b；张文锦汉魏诗叙，第1页。
② 《六朝声偶集》，四库全书存目丛书编纂委员会编《四库全书存目丛书》集部第304册，第1—85页。两篇序言见沈恺《六朝声偶集叙》，第1—2页；徐献忠《六朝声偶集后序》，第84—85页。
③ 《古今诗删》的编纂与出版并非同一时期，李攀龙身后才得以出版，此处对《古今诗删》的编纂日期考证参杨焄《明人编选汉魏六朝诗歌总集研究》，第104页。
④ 《古今诗删》，文渊阁《四库全书》本。序见王世贞《古今诗删序》，文渊阁《四库全书》电子版。
⑤ 《诗纪》，影印嘉靖本，东京：汲古书院，2005年。序见第一卷，甄敬《诗纪序》，第3—5页；张四维《古诗序》，第6—7页。
⑥ 《汉魏诗乘》，四库全书存目丛书编纂委员会编《四库全书存目丛书补编》第34册，第522—679页。序见梅鼎祚《汉魏诗乘序》，第522—523页。
⑦ 《古诗类苑》，四库全书存目丛书编纂委员会编《四库全书存目丛书》集部第320—321册。序见俞显卿《古诗类苑序》，第1—4页；黄体仁《古诗类苑叙》，第4—7页。
⑧ 《诗所》，四库全书存目丛书编纂委员会编《四库全书存目丛书》集部第325册。序见臧懋循《诗所序》，第1—3页。
⑨ 《古诗归》，续编四库全书编委会编《续修四库全书》集部第1589册，上海：上海古籍出版社，2002年。序见钟惺《诗归序》，第351—352页；谭元春《诗归序》，第352—354页。

现的文学观"在上表出现更多，可见此时编者更侧重文学观点的表达。也就是说，对他们来说，先唐诗总集是用来进行文学批评的工具，而且从序言内容可见，编者们主要是为了纠正时人对唐诗的重视，力求使读者认识到先唐诗的重要性，才编辑这些总集的。

而从嘉靖三十九年(1560)《诗纪》初刻开始，嘉靖末期到万历后期所出的几部古诗总集从内容看，都是编者以《诗纪》为文献基础而编纂的。《古诗类苑》、《汉魏诗乘》都是如此，且《汉魏诗乘》、《诗所》的序言中均提及《诗纪》，也就是"点评前代总集"这一内容，并且谈及自己所编总集与《诗纪》的不同。这一时段，也许可以从《诗纪》刻出之嘉靖三十九年(1560)开始，至万历四十年(1612)冯珣等人复刻《诗纪》金陵本为止，大概50余年间，以《诗纪》为首，渐渐构建了一个"古诗总集"撰选的系谱(genealogy)。编者的侧重点从以总集抒发文学观点进行文学批评，转移到了承袭《诗纪》传统，与其进行对话，并且在此过程中，为了创新，考虑到《诗纪》不足，在编纂动机上可能更多会考虑到当前市场与目标读者的需求，比如《古诗类苑》便是分类编排诗篇材料，颇似类书。

而万历四十年(1612)以后，所出《诗归》的序言内容似乎又有所不同。万历四十二年(1614)钟惺开始编纂《诗归》，万历四十五年(1617)《诗归》印出[①]，钟惺等人作为编者，在前面50年所出的文献材料已然大为充盈的基础上，回到了以总集开展文学批评的动机上。编纂总集虽也考虑到目标读者的需求，然而很大程度上其实是为了宣传自己的文学观点，后续崇祯朝新出的《古诗解》与《古诗镜》都多以表达文学观点为主要内容。这几部古诗总集的明显共通之处便是：总集中出现了大量体现个人文学观点的评点。

若结合评点内容的变化，总集的编纂可考虑分为三个阶段。在第一个阶段，也就是《汉魏诗集》出现的时代，编者主要是通过篇章与选目的选择与编排表达文学思想，从而表达先唐诗之重要的观点。虽然书中也常常有一些评点类句子，然多起解释诗意、背景的作用。第二个阶段乃是"古诗总集"系谱的形成。在这一时段中，面对不同读者的需求，产生了多样化编排的书籍，因而此时的总集编

---

① 关于《诗归》的纂修与刊刻，可参邬国平《〈诗归〉成书考》，《中西学术》第一辑，上海：学林出版社，1995年，第93—105页；又可见陈国球《明代复古派唐诗论研究》，北京：北京大学出版社，2007年，第273—284页。

纂出版与文学批评联系不强,反而可认为是为了适应当时商业出版兴起所带来的读者阅读需要,而出现的必然商业消费产品。虽然像《诗纪》也有评点,但也多是解释背景一类的简短句子,个人的文学观点色彩并不强。而第三个阶段的主要特点则是,在文献材料极度丰富的时候,批评家重视点评,加入大量具有个人特色的点评,以"点评类总集"作为自己抒发文学观点的工具。因此,综上,或许可按照序言中所见编者、出版者的编纂、出版动机,将明代"古诗"总集的编纂、出版动机的变迁总结为:(1)1517－1560:为了文学批评的需要;(2)1560－1613:"古诗总集"谱系的形成;(3)1614－1644:文学批评目的的回归。

从上表还可见到,和编者不同,或参与或不参与出版的名人可以算是第一批读者,他们的序言往往会偏离编者或出版者所提到的内容,以此书来抒发表达个人的意图。如上所示,《汉魏诗集》中名人序是何景明所写,何景明参与了此书的校勘,且在序言中大为赞赏刘成德对汉魏诗的关注。编者刘成德的序并未批评当时文学风气,然而何景明则在序以此书所选的汉魏诗批评了当时风气,认为时人仍然没有对汉魏诗加以足够重视①。作为整体的书籍,编者、名人序中的意思不一,因此对书籍赋予的含义也就不一样。不过,各种不同的意义都被打包入(packaging)一部诗集,因此,无论是谁,只要为这类书作序,其实都参与到这部书意义的生成中,进而影响了后世人的阅读经验以及对这部书的接受。

六、从明清书目看可能的接受——价格、流通、阅读方式

(一) 出版成本与价格

明清出版史的研究中,对明代书籍的价格时有讨论,日本学者大木康教授与美国学者周启荣教授都曾谈及这一点。大木康认为晚明时期,书籍的价格应该非常低,不过他又认为当时书价因质量或内容而有差别,有高有低,比如小说在当时,于下层人士来说就是高价文艺消费品②。周启荣教授2004年的专著《近

---

① 《汉魏诗集》,何景明序,叶1a—3a。
② 大木康著、周保雄译《明末江南的出版文化》,上海:上海古籍出版社出版,2014年,第62—66页。

世中国的出版事业、文化与权力》第一章则对晚明书籍价格加以仔细考察①,他认为,谈论书是贵还是便宜,其实说的是相对价格(relative price)。他比较了当时的物价情况、各个阶层人士的收入情况,书籍出版的成本,进而认为大部分书籍在当时应是各个阶层的人都买得起的,同时,也有那种"定位为高端读者的多部头书(multi-volume books targeted at high-end readers)"②的存在,并且认为"明末清初大量的书籍市场售价低于1两银"③。

而晚明文学总集的价格是怎样的呢?现将周启荣教授书中所引用的④现存三部有明代书价记载的书目《汲古阁珍藏秘本书目》、《玉华堂日记》所记载的潘允端所购书、沈津《明代坊刻图书之流通与价格》中所列总集拈出,列表总结如下:

表六:晚明文学总集的价格

小字符板	太平乐府4本	3两2钱
元板	左克明乐府6本	3两
元板	唐诗鼓吹4本	2两
	中州乐府1本	3两
宋板	四灵诗3册	6两
明本	宋词一百家(40家手抄、60家印刷)	100两
	十大家文	0.25两
	文选一部	35两
	汉魏六朝二十一名家集123卷	3两⑤
	新刻李袁二先生精选唐诗训解7卷4册	1两

---

① 周启荣《商品的价值与书价》(Cost of Production and Book Prices),《近世中国的出版事业、文化与权力》第一章,第20—56页;此章中译参见周启荣《明清印刷书籍成本、价格及其商品价值的研究》,《浙江大学学报》(人文社会科学版)2010年第1期,第5—17页。
② 周启荣《近世中国的出版事业、文化与权力》,第47页。
③ 周启荣《明清印刷书籍成本、价格及其商品价值的研究》,《浙江大学学报》(人文社会科学版)2010年第1期,第13页。
④ 按照周启荣教授书后附录1—3信息列出,三个附录分别是《汲古阁珍藏秘本书目》、《玉华堂日记》潘允端所购书、沈津《明代坊刻图书之流通与价格》。参见周启荣《近世中国的出版事业、文化与权力》,第255—261页。
⑤ 此栏与下栏所列的两部书出自沈津文章,不过这里的价格不知是在何地何时书籍出售的价格,也有可能是清初价格。虽然如此,仍然对当前研究有参考意义。

从此表可见,似乎晚明时候,文学总集的价格高低相差极大,最高能至100两,最低不过0.25两。按照以上学者对当时物价的分析,0.2两可以买到一把折扇,0.4两可以买一把椅子,3两在当时可以买一副棺材,40两可以买一匹马①。1两在中明到晚明时期不算便宜但也并不是特别贵,1两的书也是"经济文化较发达地区的一般平民百姓都有能力购买的文化用品"②。由上表的条目可见,《新刻李袁二先生精选唐诗训解》7卷4册是1两,不算便宜也不算贵;而汲古阁珍藏秘本所录宋板《四灵诗》则是每册2两,就当时的收入水平而言,算是价格高的书。明本《汉魏六朝二十一名家集》123卷总共3两,按照当时的收入水平来说,也算是贵的书了。似乎可以推得,当时文学总集(包括古诗总集)的价格可能并不像针对科举考生的考试用书那么便宜,可能并不属于1两以下那些便宜的书籍。

毕竟材料过少,目前尚且无法得出确定的结论。表六的总集仅有《文选》与《汉魏六朝二十一名家集》两种算是当时的"古诗"总集,那么如何推断当时古诗总集的出版价格呢?也许,我们可以通过讨论这类书的刻印成本来看价格。书籍的印刷成本往往与书籍的装帧、纸质等密切相关③,如上所论,晚明市场上常有针对不同层次读者的书籍出现,由于目前资料所限,也许可以通过看书籍的出版资金来源来推知书籍的刻印成本。

根据目前所见材料,继续以表五中的八部总集为例,似乎除了《诗所》以及《诗归》以外,其他总集的成功刊行都需要有资助人。根据总集的序言以及前人考证,可见《汉魏诗集》十四卷为刘成德撰成,然在何景明之兄的推荐下,在曾任安庆知府的张文锦"捐俸"资助下才可出版;《六朝声偶集》七卷则是长水书院刻成;冯惟讷《诗纪》共一百五十六卷,实际上在1560年全部刊刻之前的十四年内陆续抽印刊刻部分章节,而最后全部付印是由当时陕西监察御史甄敬资助刻于陕西行台,而后万历年间书版被带至江南重印;《古今诗删》在李攀龙生前未能刊刻,按照王世贞序,身后由新都汪时元付梓,按照署名,《古今诗删》也经后七子之一的徐中行校订,而汪时元为徐中行女婿;梅鼎祚的《汉魏诗乘》是由当时当地知

---

① 周启荣《近世中国的出版事业、文化与权力》,第262—263页。
② 对明代物价的具体分析参见周启荣《近世中国的出版事业、文化与权力》,第262—263页。
③ 感谢《岭南学报》的匿名审稿人的建议。

府史起钦提供资金与人力资助所刻;《古诗类苑》的序中就提及了编纂者张之象当时家贫无法刊行,后来由其友人校对付梓的编纂过程①。由此可见,这些总集纂修完成后并没马上刊刻,而是在资助下刊行,很有可能暗示了出版成本的高企。若此猜想成立,那么这些书在市场定价上也许并不便宜。然而,在商业出版渐隆的晚明时期,《诗所》与《诗归》似乎并不需要资助人就得以出版了。《诗所》编者臧懋循本人便是出版家,参与商业出版;《诗归》则一出便迅速流行,成为畅销书,并且迅速得以多次重印,这应该和钟惺本人与商业出版活动的密切联系有关。虽然也难以有证据得知这些书的价格,然而仍可推知,在晚明商业印书兴起的情况下,这两部书的相对价格或许并非很高。

除了出版资金来源以外,我们或许还可以书籍本身的物理特质来推测书籍的价格,也就是说,也许我们可以看看这些书籍是否卷帙浩繁。若参考藏书目录所记载的这些书籍的卷数,那么可见,若是按照上文给出的三时段划分法,那么第一时段的书籍往往在卷数上较少,而第二时段的书籍,由于均是以一百多卷的《诗纪》为底本编辑而成的,大多卷帙浩繁,第三时段的书籍,就卷数而言,似乎介于前两个时段所出书的卷数之间。

也许我们还可以从"册"或"本"的概念入手,对书籍价格加以探讨。和"卷"相比,"册"或"本"在印本时代,是文本的物理载体,若是印出的册或本的数目多,用纸成本应会变高。明清书目大部分都仅记载卷数,不过也有一些书目列出了书的册数。查考笔者所收集到的数据,共 26 部"古诗"总集在明代私家藏书目录中有册数记载。册数最多,排在前五位的为:《诗纪》156 卷,有 40 册;《古诗类苑》130 卷,有 32 册;《诗隽类函》150 卷,有 30 册;《古今诗删》34 卷,有 20 册;《诗所》56 卷,有 20 册与 12 册两种;《诗归》51 卷,有 14 册。以年代论,嘉靖晚期与万历年间的古诗总集册数明显比嘉靖晚期之前的总集多很多,最多达到 40 册,而万历晚期的《诗归》则为 14 册,《诗所》有 20 册与 12 册两种,最多似乎也就是 20 册左右。因此,仍然按照上文讨论编纂动机时给出的三时段划分法,可将明代先唐诗类总集的册数按照时间顺序分为:(1)1—10 册;(2)21—40 册;(3)10—20 册。

---

① 此处对各书出版过程的描绘总结于目前对古诗选本的研究,对各书出版过程的考证详参景献力《明清古诗选本个案研究》、杨焄《明人编选汉魏六朝诗歌总集研究》。

理想状态下,在物价永恒不变的情况下,册数变多则意味出版成本变高。只是,这样的想法只有在这些书所用的纸张种类一致,印刷时字体一致,每册所装订的纸张数量一致,而且装帧书籍时每叶内也并无衬纸的情况下才能成立①。虽然如此,若同时结合三个可能决定书价的因素(出版资金来源、卷数信息、册数信息),我们也许仍然可以推测出每部书籍相对于其他同类书籍的贵贱程度。

　　若此想法成立,可对总集价格的相对贵贱程度加以小结。当然,需要注意的是,这里的总结仅仅只是笔者根据出版资金来源、卷数及册数信息这三个与书籍价格有关的参数所作出的猜测与估算,由于材料较少,而且不同地域的书价或许也不太一样,这里的推测只能权做参考。按照上文的三时段划分法,可将相对应时段的书价总结如下:(1)1－10 册时段,此时先唐诗类总集的出版成本应该大多较高,如《汉魏诗集》共 14 卷,在藏书目中均被记载为 4 册,其出版却仍然需要外界资助,所以似乎当时出版成本较高,这样看来明代中期书籍价格可能也不低;(2)这一时段乃嘉靖晚期到万历"古诗总集"成立的时期,册数上大概属于 21－40 册区间,这类书籍多非商业刊行,而多为官方资助,出版成本与价格大约都较为高企,目标读者估计多是有一定修养的文人阶层,并非是低收入的底层人士;(3)商业印书繁盛的时期,此时大部分书籍多是 10－20 册,由于《诗所》、《诗归》编纂者本人也参与商业印刷或与商业印书者有密切联系,商业印刷的介入使得图书得以迅速刊行,和之前的那些动辄 20 册的总集相比,书籍的价格应更为人接受。查检《中国古籍总目》,表六中 123 卷的《汉魏六朝二十一名家集》为万历、天启间汪士贤编,新安汪氏刻本②,为 3 两,而《诗所》、《诗归》在卷数上比《汉魏六朝二十一名家集》少多了,册数上看《诗所》有 20 册、12 册两种刊本出现于藏书目录中,而《诗归》在明人藏书目录中均是 14 册,因此,对照汪书的价格,这两部书的价格估计极有可能是 1 两以下或 1 两多一些,应是文人阶层买得起的。这也许可以从价格角度解释,和其他那些多于 20 册的古诗总集相比,为何《诗归》在晚明如此流行。

(二)可能的流通、阅读方式

　　由于书籍的流通方式多种多样,这里也只能根据一些现有证据提出猜测。

---

① 感谢《岭南学报》匿名审稿人对这一问题的建议。
② 《中国古籍总目》集部六,上海:上海古籍出版社,2012 年,第 2779 页。

明末《诗归》大行天下,足见其流通之盛。那么其他古诗总集呢？从藏书目录看,《诗纪》及冯惟讷在编成《诗纪》之前所分卷抽印的《汉魏诗纪》出现频率极高,而《六朝诗集》、《六朝声偶集》出现频率也极高,杨慎的《五言律祖》、《选诗外编》等书出现频率也很高。

不过,在藏书家目录中出现频率高并不代表书籍在当时的流行,可表示当时这些书较为通行,但也可能表示这些书在当时较难得到,还需要参考翻刻次数。以翻刻次数看①,杨慎的书翻刻较多,版本也很多,同理,《诗纪》、《诗归》的翻刻都较多。因此,若是翻刻次数与藏书家书目频率都多,那么可以说这些书在当时流传甚多,较为流行。《诗纪》、《诗归》,杨慎的《五言律祖》、《选诗外篇》应该都是如此。但是相对来说,《六朝诗集》、《六朝声偶集》翻刻次数较少,而在藏书家目录中上榜频率很高,那么应该意味这两部书当时较难得到,是藏书家追逐的对象。

就阅读方式而言,读者多以批点评注为主,而且对这类书的翻读与评注往往会催生读者编纂一部新的同类总集。如赵定宇曾批点元刘履的《选诗补注》,其子赵琦美在家藏《脉望馆书目》中将此书记为"老爷批点"一条②,证明了当时文人对古诗总集的批点式阅读方式。又如臧懋循《古诗所》在序中明确指出纂修动机是不满《诗纪》过于繁杂,其书的纂修便是出自翻阅总集的体验③。同样,钟惺与谭元春编选《诗归》时反复斟酌,对当时已有材料加以阅读,其阅读过程也是总集纂成的过程④,这样一来,就形成了环状的生产、消费系统,这一环状系统在清代继续存在,明清文人从而共同在这一时期创造出了"古诗"总集的生产消费高峰。

七、小结:宏观研究的得与失

综上所述,本文首先对先唐诗文集在明代的编纂、出版进行量化分析,得出

---

① 翻刻次数参《中国古籍总目》对各书版本的罗列。
② 赵琦美《脉望馆书目》"秋字号 总诗"类,收入《宋元明清书目题跋丛刊》,北京:中华书局,2006年,第4册,第970页。
③ 臧懋循《诗所序》,四库全书存目丛书编纂委员会《四库全书存目丛书》集部第325册,第1—3页。
④ 陈国球《明代复古派唐诗论研究》,第273—277页。

结论认为明代是先唐诗文集编纂刻印的高峰;随后以不同的副文本(paratext)要素为讨论中心,得出以下三点结论:

第一,从书名可见,在明代,就先唐诗类总集编纂出版的历史趋势而言,从为前代补遗的倾向,变为力图编纂求全式、总括性的先唐诗类总集。不仅如此,书名从含有具体朝代指称的语词,转变为以"古诗"泛指"唐以前"。这样的命名方式,影响并决定了明代之后编纂类似总集时的书名选择。

第二,在编纂动机方面,从序言可见,编者的编纂动机侧重点有一变化:正德至嘉靖中期,以总集批评当下文学流行观点,表达编者的文学观点,或是为《文选》等经典补遗;从嘉靖后期到万历晚期,则是以《诗纪》为开端建构了"古诗总集"谱系,其间几部书的编纂动机多受《诗纪》影响,同时又考虑当时读者的需要,为与《诗纪》区别,在形式上力求变化。这一时段见证了"古诗总集"谱系的形成,从而使得文献材料变得极度丰富。随后的第三个时段,自钟惺《诗归》始,似乎编纂侧重点又回到以古诗总集表达文学观点,主要特征体现为,这类总集中出现大量具有个人色彩的评点。

第三,在出版与阅读方面,从藏书目可以推知万历中期及以前,这类书很多卷帙浩繁,出版多有赞助人,出版成本似乎并不低,目标读者应多是文人社群,而且读者对这类书的阅读往往会催生新的同类书籍的生产,从而形成了环状的生产、消费系统,进而创造出了明清"古诗"总集的编纂高峰。

综上所述,按照各种现有材料所提供的信息来看,我们可以将明代"古诗"总集的出版分为三个阶段:(1) 1517－1560:此时的书籍多是为了补遗《文选》与《玉台新咏》而出版的,或是为了批评当时尊唐风气而编纂的总集,册数上与选目上体现个人文学观,不求全而求精,册数不多,价格上或许不会特别高;(2)1560－1613:"古诗总集"谱系的形成,此段以《诗纪》为发端,选目上多求全,卷数册数都变多,书名上"古诗"一词得以广泛应用,从而常常以"古诗总集"代指"先唐诗总集",出版成本高,价格大概较高;(3)1614－1644:文学批评目的的回归,这时应以《诗归》为代表,特征上表现为书中加入较多带有浓厚个人文学观色彩的点评,而此时册数的变少,加上商业出版的介入,和上一类书籍相比,这类图书可能更为流行。

如本文开篇所说,前人的考证研究为笔者的研究提供了方便与基础,也使得宏观研究成为可能，本文的宏观研究所采用的方法有量化分析、文本细读等。宏观研究使得历史维度上讨论"古诗"总集成为可能，也有助于厘清"古诗"总集是如何产生发展的，不过却难以对每颗珠玉内部的选目、评点加以细致观察。以本文开篇研究综述所总结的三个面向来看，本文的宏观角度研究方法主要涉及第三类——文本或书籍的社会学面向，也间及文献学面向，可能并未太多涉及文学批评方面。在未来研究中，笔者将对此加以补充，在宏观研究的基础上，对总集与文学批评的关系加以进一步深入讨论。

1935年,梅兰芳在莫斯科:
熟悉、不熟悉与陌生化

苏源熙(Haun Saussy)①

前　言

一位中国公主,穿着白色绸缎质地的绣着花卉的束腰长裙,并戴着高耸的白色头饰,垂着丝带和发饰,站在左边,恬淡地笑着。右边站着两位俄国人,穿着厚重的羊毛制服,正用带着强烈的好奇心的眼睛打量着"她";至于戴眼镜头发稀疏的那位,看起来很是关心。"她"泰然自若、心平气和,不发一语;而他们似乎想要说什么。

这一场景对从事中国戏剧史研究或研究中国与其他国家文化联系的任何学者来说,都是再熟悉不过的。这位"公主"其实是个男人,才华横溢的演员兼导演梅兰芳;而另外两位聚精会神的俄国人是苏联杰出的戏剧与电影导演亚历山大·塔伊罗夫(Aleksandr Tairov)与谢尔盖·爱森斯坦(Sergei Eisenstein)。这

---

① 苏源熙,耶鲁大学博士,曾为耶鲁大学东亚系、比较文学系 Bird White Housum 讲座教授,现为芝加哥大学 University Professor,东亚系、比较文学系教授,社会思想委员会委员(Committee on Social Thought),美国艺术与科学研究院(American Academy of Arts and Sciences)院士。本文原题为"Mei Lanfang in Moscow, 1935: Familiar, Unfamiliar, Defamiliar",原载《现代中国文学与文化》(*Modern Chinese Literature and Culture*)第 18 卷第 1 期,2006 年;中译文载北京外国语大学中国海外汉学研究中心编《国际汉学》第 25 辑,郑州:大象出版社,2014 年。

一幕发生在梅兰芳戏曲艺术团 1935 年 3 月访问莫斯科之时①。

相同的景象继续出现在布莱希特 20 世纪文化批评经典中极有影响的《中国戏剧表演艺术的间离方法》(Verfremdungs-effekte in der chinesischen Schauspielkunst,1936)一文中②。布莱希特在中国剧场中看到一种表演形式,这种表演形式公开承认自身的虚构性(artificiality),并不寻求创造现实的假象,而是创造某种程式化的熟练表演。相应地,观众的反应也允许背离亚里士多德所谓的

---

① 梅兰芳在莫斯科、列宁格勒登台表演,并与当地戏剧家(其中有梅耶荷德[Meyerhold]、铁捷克[Tret'iakov]、爱森斯坦。斯坦尼斯拉夫斯基[Stanislavsky]因病未参加,而当时从德国流亡而至的布莱希特[Brecht]却未获邀请)座谈。这次访问与讨论的记录相当丰富。关于梅兰芳莫斯科之行及其后续影响,参见梅兰芳《我的电影生活》,北京:中国电影出版社,1984 年,第 46—56 页;梅绍武《我的父亲梅兰芳》,天津:百花文艺出版社,1984 年,第 126—159 页;郑培凯《梅兰芳对世界剧坛的文化冲击》,《当代》第 103 期第 26—43 页,第 104 期第 66—90 页,1994 年;《梅兰芳在莫斯科》,《当代》第 105 期,第 140—149 页,1995 年。关于梅氏早年的事业,参见金斯坦(Joshua Goldstein)《梅兰芳与京剧的民族化》(Mei Lanfang and the Nationalization of Peking Opera,1912—1930),《立场:东亚文化评论》(Position: East Asia Cultures Critique)第 7 卷,1999 年,第 377—420 页。梅兰芳的传记(许姬传编《舞台生活四十年》,北京:中国戏剧出版社,1987 年)只记到 20 世纪 20 年代初,后续章节的手稿在 1966 年被红卫兵毁坏。拉尔斯·克莱贝尔格(Lars Kleberg,Starfall: A Triptych. 安塞姆·霍洛[Anselm Hollo]译,爱文斯顿:西北大学出版社,1998 年[1981 年])对梅兰芳在莫斯科的座谈进行了想象性的重构。克莱贝尔格随后发现并出版一份真实的座谈记录(拉尔斯·克莱贝尔格《艺术的强大动力》[Zhiv'ye impul'sy iskusstva],《电影艺术》(Isskustvo kino)1992 年第 1 期,第 132—139,手稿由玛丽莱娜·罗斯霞[Marilena Ruscica]译)。关于梅兰芳的访俄之行作为文化交流的一个典范个案,参见班努(Banu)《梅兰芳:西方戏剧的反面与模范》(Mei Langfang: A Case Against and a Model for the Occidental Stage),艾拉·威斯威尔(Ella L. Wiswell)与简·吉本森(June V. Gibson)编《亚洲戏剧学报》(Asian Theater Journal)第 3 卷第 2 期,1986 年,第 153—178 页;陈小媚(Chen Xiaomei)《西方主义:后毛泽东时代中国》(Occidentalism: A Theory of Counter-Discourse in Post-Mao China),纽约:牛津大学出版社,1995 年;田民(Tian Min)《为谁的"间离效果"?:布莱希特对中国古代戏曲的理/误解》["Alienation-Effect" for Whom? Brecht's (Mis) Interpretation of the Classical Chinese Theatre],《亚洲戏剧学报》第 14 卷,1997 年,第 200—222 页;苏源熙(Haun Saussy)《话语长城与文化中国的他者历险》(Great Wall of Discourse and Other Adventure in Cultural China),麻省剑桥:哈佛大学亚洲中心,2001 年;韩瑞(Eric Hayot)编《中国戏剧:庞德、布莱希特、〈原样〉》(Chinese Dreams: Pound,Brecht,Tel Quel),安娜堡:密歇根大学出版社,2004 年;瑞森(Janne Risum)《梅兰芳:未来剧场理论的模范》(Mei Lanfang: A Model for the Theatre of the Future),贝阿特里克斯·皮孔—瓦兰(Béatrice Picon-Vallin)、瓦迪姆·谢尔巴科夫(Vadim Sherbakov)编《梅耶霍尔德,本世纪的电影演出艺术》(Meyerhold,la mise en sécne dans le siècle),莫斯科:OGE,2001 年,第 258—283 页。

② 《布莱希特全集》第 8 卷,美因河畔法兰克福:苏尔坎普出版社,1967 年,第 617—631 页;约翰·威尔利特(John Willett)编译《布莱希特论戏剧:一种美学的发展》(Brecht on Theatre: The Development of an Aesthetic),纽约:希尔与王氏出版社,1964 年,第 91—99 页。关于评论,见田民《为谁的"间离效果"?:布莱希特对中国古代戏曲的理/误解》,《亚洲戏剧学报》第 14 卷,第 200—222 页;詹妮·瑞森(Janne Risum)《布莱希特的"中国 V 效果":如何与为何》(Brechts "kinesiske" Verfremdung: Hvordan og Hvorfor),阿莱特·斯卡文纽斯(Alette Scaveniuis)与斯蒂格·贾尔(Stig Jarl)编《中场休息:欧洲 20 世纪戏剧》(SceneSkift: det 20,Ärhungredes teater I Europa),哥本哈根:慕提乌斯出版社,2001 年,第 194—206 页;苏源熙《话语长城与文化中国的他者历险》;韩瑞《中国戏剧:庞德、布莱希特、〈原样〉》,第 74—88 页。

"移情"原则,而变为批评性的:观众不是将自己放到角色表演的位置,而是质疑与判断舞台上模仿的情境。

> 演员表演蕴含着极大激情的事件,但没有他的演绎就不能点燃。在这些地方,被扮演的角色非常激动,表演者抓起发辫,放在唇口之间,咭咬起来。但这就像一种仪式,什么也没有喷薄而出。很明显,其他人也在重复这一事件:这是一种表现,纵然是艺术家的表现……因而情绪之控制被如此高雅地表现出来……[演员]小心翼翼地不把[角色的]感受转嫁为观众的感受。观众没有被他塑造的个体形象而强加上什么东西[*vergewaltigt*]。①

于是,对布莱希特而言,"超越动作"能够成为演员最高的召唤。布莱希特把他对梅兰芳古典表演方式的理解与他自己先前的剧场实践熔铸在一起,形成了"间离效果"(alienation-effect)学说。正如詹妮·瑞森已经指出的,"Verfremdung"这个术语尽管翻译为英语时,经常使用有古典马克思主义色彩的"alienation"一词,但与维克多·什克洛夫斯基(Viktor Shklovsky)1917年提出的"*ostranenie*"(疏离)作为艺术作品的主要目标相一致②。布莱希特这种双重的挪用——对中国剧场与20世纪20年代形式主义美学的挪用——在1935年的政治语境中,颇有某种反讽的含义在其中。

在美学现代性的叙述中,这位中国"公主"所扮演的角色是一个复杂的角色,涉及若干层次的对立意义。不仅现代主义的未来(如果没有对未来有一种预示,现代主义什么都不是)在1935年的苏联紧迫地受到挑战,而且这位"公主"演绎的艺术在中国也无望地抗拒着现代化,而"她"被迫代表着某种完全现代戏剧的可能性,两者是一个悖论。现代性、现代主义、现代化,是三个未经准确或很好界定的、多有重叠的术语,也是三块多有冲突的领域。1935年春梅兰芳的俄国之行的意义发生在现代性至少三个互相矛盾模式的交叉点上:未来主义者/形式主

---

① 《布莱希特全集》第8卷,第622—623页;田民《为谁的"间离效果"?:布莱希特对中国古代戏曲的理/误解》,《亚洲戏剧学报》第14卷,第93—94页。

② 詹妮·瑞森《布莱希特的"中国V效果":如何与为何》,阿莱特·斯卡文纽斯与斯蒂格·贾尔编《中场休息:欧洲20世纪戏剧》,第198页。

义者,马克思主义者,以及现实主义者。这就是为什么"公主"的表情如此平静,而"她"的翻译表情如此之沉重。

正确的人站到错误的位置

梅氏到访的时候正值苏联的戏剧处于危机之时。20世纪初戏剧先锋中的大人物还健在,但一直处于政治监控之下。在1934年召开的"全苏作家大会"上,安德烈·日丹诺夫(Andrei Zhdanov)提出的"社会主义现实主义"的美学政策,得到斯大林的支持,并成为一条准绳,所有的表演与创作都要受到这一准绳的制约。如果说早年的艺术先锋人物与政治先锋人物还有共同的诉求,并且两者的人员常常是合一的,那么20世纪10年代至30年代的"高级"艺术运动在政治上被宣布是"倒退的"。这种倒退意味着对现代性意义的分歧。

尽管艺术形式与主题之间的差异颇为重要,但是象征主义、未来主义、结构主义、至上主义、宣传鼓动、形式主义,以及电影蒙太奇的新艺术形式在提出新的内容这一方面有共通之处:从服务现实主义表现为艺术过程的解放。正是年轻的罗曼·雅各布森(Roman Jakobson),他有不少作为诗人、评论家与语言学家的朋友,在1919年对现代主义下了一个定义,很好地表达了这些艺术运动的倡导者认为他们自己在所有的媒质上都取得了成就:

> 绘画从基本的幻觉主义解放出来,这使得绘画表现的各个领域细密的精致性成为必要。体积、构成的非对称性、色彩的对照以及肌理之间的交互关系,进入到艺术家意识中最显著的位置。实现这个,其结果如下:(1)一系列技巧的经典化,因此亦允许人们称立体派(Cubism)为一个流派;(2)技巧的显露。于是,已实现的肌理不再为自身寻找任何理由,它成为自主的(只需要为自身找到新的系统表达方法)、崭新的材料。若干片纸被粘贴到画上,又把沙子掷于其上。最后,硬纸板、木料、

罐头盒,等等,统统都用上了。①

随着表现的对象从创作者与观众关注的场域中退出,表现方式成为新宠。材料开始为它们自己说话。舞台布景不再与被模仿的外部世界联系在一起,而是与人物的内心世界相联系。未来主义诗歌是作为语音的与书法的管弦乐而被创作出来的。绘画可能完全是黑的或白的,或者就有一个真的锤子粘在画布上。创作于1913年的未来主义戏剧《战胜太阳》(Victory over the Sun),在一种去神圣化的仪式中上演;在这种仪式中,太阳(日常生活中很熟悉的意象,人们对其有一致的认知)为一种新的不依赖其自身发光的视镜所取代。这种模式下的现代艺术寻求现实的"陌生化"。它经常更关心自身的创作过程可能(但也不是绝对无疑地)触发了对超艺术(extra-artistic)之认知与判断的批判性理解②。什克洛夫斯基(Shklovsky)③、特尼亚诺夫(Tynianov)④这些批评家重新写作文学史,将之处理为一系列技巧的发现及耗尽,如果真有主题内容以及时代精神(Zeitgeist)在其中起作用的话,它们也只起次要的作用。

这就是对现代的一种定义,它与一种断裂相关:与表现断裂,抛弃现实主义作为文学发现的程式。相反,日丹诺夫为苏联文学制定的程式(颁布于1934—1936年),声讨非表现的艺术是资产阶级的、颓废的形式主义,与之相对的是一种"革命的浪漫主义"的理想:"真实性与历史具体性……与意识形态的改造以及

---

① "未来主义"(1919),见雅克布逊著、本特·江费尔茨(Bengt Jangfelt)编、斯蒂芬·鲁迪(Stephan Rudy)译《我作为未来主义者的岁月》(*My Futurist Years*),纽约:马西里奥出版社,1998年,第147页。自主论出现在许多为现代主义经典性的辩白中,例如克莱门特·格林伯格(Clement Greenberg)很长时间重复过许多次的话:"先锋绘画的历史就是对绘画媒介阻力之渐进屈服的历史。"(《通向更新的洛可可艺术》[Towards a Newer Laocoon, 1940],格林伯格著,约翰·奥布恩[John O'Brian]编《论文与批评文集》[*The Collected Essays and Criticism*]第1卷,芝加哥:芝加哥大学出版社,1986年,第34页。)

② "先锋主义者再一次要求艺术是实用的之时,他们并不意味着艺术作品的内容应该有社会意义。这种要求不是在个别作品内容的层面提出的。相反,它把自身导向艺术可以在社会中发挥功能,这个过程所决定的效果就如同艺术作品决定特定内容一样。"(布尔格[Bürger]著,迈克尔·肖[Michael Shaw]译《先锋理论》[*Theory of the Avant-Garde*],明尼阿波利斯:明尼苏达大学出版社,1984年,第49页)

③ 什克洛夫斯基(Viktor Shklovsky)《作为技术的艺术》(*Art as Technique*),李·雷蒙(Lee T. Lemon)、马里恩·里斯(Marion J. Reis)编《俄国形式主义批评:四论》(*Russian Formalists Criticism: Four Essays*),林肯:内布拉斯加大学出版社,1965年[1971年],第5—21页。

④ 特尼亚诺夫(Yurii Tynianov)《论文学演进》(*On Literary Evolution*),瓦西利斯·兰布罗普洛斯(Vassilis Lambropoulos)、戴维·米勒(David Neal Miller)编《二十世纪文学理论》(*Twentieth-Century Literary Theory*),奥巴尼:纽约州立大学出版社,1985年[1927年],第152—162页。

用社会主义的精神教育劳苦大众结合在一起。"①这种对"陌生化"美学的反对并不新鲜：1924年，列夫·托洛茨基的《文学与革命》(Literature and Revolution)已将形式主义文学理论以及未来主义艺术斥责为唯美主义、唯我论以及缺乏实际的应用——这一系列的攻击，一直流毒至今。托洛茨基与斯大林也许政见并不相同，但他们都不喜欢现代主义音乐、绘画、诗歌，以及"波希米亚式的虚无主义"②，是人所共知的。

于是在1935年，反对非表现的、"形式主义"艺术的运动开始动起真格。控制美学理论的选择是为了政治上的巩固。莫斯科的公开审讯——公审戏剧的严酷形式，老布尔什维克们卑躬屈膝地承认他们从未想过要犯的罪行——就在这一年发生。许多安排并欢迎梅兰芳访问莫斯科的戏剧工作者，在媒体上发表文章介绍梅氏，不久就被流放，在家中被捕并被送到劳改营，还有很多被处决。

这一切使得梅兰芳的到访，以及从前那些先锋人物的倡议，变得似乎格外不可能。但这次访问还是成行了，这完全是外部政治作用的结果。中国的国民党政府希望与苏俄以及苏联顾问保持互助关系，这些顾问中有不少极有天赋的作家与文化人物，他们在中国都非常活跃。这次访问的主要支持者与策划者铁捷克(Sergei Tret'iakov)就曾在北京做过两年教授。就像《真理报》登载的对梅兰芳表演的剧评中所言，中国"对苏联来说，既是一个不断进步的，又是一个同情苏联的国家"③，这一事实对任何可能的艺术上的干扰都起了政治保护作用。

因为确实存在着干扰。如果有人把日丹诺夫的标准套到苏联戏剧工作者与梅兰芳之间的座谈记录上，那么通过宣扬中国传统戏剧的特质，梅兰芳的对谈者或多或少地暗中（而有时也经常出于热情，几乎是公开地）重新引入了形式主义美学，这种艺术来自于倡导表现方式的自主性。这就是说，他们的目标很不同于布莱希特。（布莱希特尤其表现为资产阶级想象力的内在批评者。苏联作家被

---

① 司各特(H. G.. Scott)《苏联文学的问题：苏联第一次全国作家代表大学报告与演讲》(Problems of Soviet Literature: Reports and Speeches at the First Soviet Writers' Congress by A. Zhdanov, Maxim Gorky, N. Bukharin, K. Radek, A Stetsky)，纽约：国际出版社，1935年。关于背景参见艾琳娜·古茨金(Irina Gutkin)《社会主义现实主义美学的文化源头》(The Culture Origins of the Socialist Realist Aesthetic, 1890—1934)，爱文斯顿：西北大学出版社，1999年。

② 托洛茨基(Leon[Lev] Troksky)著、罗丝·斯特伦斯基(Rose Strunsky)译《文学与革命》(Literature and Revolution)，安娜堡：密歇根大学出版社，1960年[1924年]，第131页。

③ 铁捷克《梅兰芳：我们的客人》(Mei Lanfang—Our Guest)，《真理报》1935年3月12日。

允许公开附和维克多·什克洛夫斯基的理念,这大可怀疑,但布莱希特是西方来的访客,并且是一个潜在的可以利用的合作者。)苏联的观察家把梅兰芳的艺术与自然主义对比,但对他们大部分人而言,音乐成为决定性的隐喻,好似在说,梅兰芳的戏剧因为比对生活任何简单的模仿更加紧扣生活,更加全面,所以取代了自然主义。铁捷克在为《真理报》所写的文章中,为苏联的公众介绍中国的戏剧,他解释道:

> 音乐与动作几乎一直相互配合。[人们就会很快意识到]特有的且原创的、与节奏合拍的及音乐的结构,以及这种结构与演员动作及演唱之间的互动。所有的声音与动作都是精心设计的。梅兰芳的手:他的十根手指就像舞台上其他十个不在节目单内的演员。有人可能不能明白其中的音乐,或不能欣赏服饰的优雅,或对戏剧的线索并不了然,但一定会被这些手吸引,这些手一直处于运动变化之中,所以一定会被手指的舞动吸引。这之于做成装饰的云、树叶,做成微型模型的草,变得充满意蕴,充满装饰性,极其契合。梅氏戏剧巨大的重要性值得探究其详。①

同样,作为梅兰芳这次拜访尾声的座谈又回复到音乐的得势,以及相应的自然主义的失势上。亚历山大·塔伊罗夫说:

> 梅兰芳在舞台上表演之时,手势变成了舞蹈,舞蹈变成了文字,文字变成了唱腔(这种唱腔从音乐与发音的角度而言,极端的复杂,更不用说其技巧之高超了),于是我们从这种戏曲中看到一种有机的完整性……我们所认为的表演上的程式化元素就是有机性规则的必要形式,以及整个表演内在结构的适度表现。②

这里,"音乐"代表两种东西:非模仿美学以及超越细节多样性而形成的创作统一性。让我们再回到布莱希特,对他而言,亚洲戏剧最关键的要素就是反自然

---

① 铁捷克《梅兰芳:我们的客人》,《真理报》1935年3月12日。
② 拉尔斯·克莱贝尔格《艺术的强大动力》,《电影艺术》1992年第1期,第135页。

主义(antinaturalism),用惯例与援引取代了模仿。一系列的对立构成了他的理解:在一系列与自然性(naturalness)、与被建构性(constructedness)相关的问题上,东方刺激着西方,因为东方是西方的对立面。东方戏剧能够承认自身的虚构性:这就是使其成为对现状不满足的西方人的某种乌托邦(参见罗兰·巴特[Barthes]《符号帝国》[*Empire of Signs*,1997]),西方人发现他们母体文化中的自然化的意蕴如此之难以忍受。对布莱希特与巴特而言,现实与程式之间的界线揭示了与社会现实之间存在一种批判性关系的可能,预示着史诗剧(epic theater)的直接观众,以及对资产阶级"神话学"的去神秘化;所以这就成为中国舞台艺术的宝贵经验。不过,对俄国人来说,他们对梅兰芳的欣赏不是围绕着"幻象/非幻象"这根主轴,而是环绕着自发艺术语言的理念,这种有着内在"合理性"的复杂"技巧"(artifice)在所有细节中都是显而易见的——这种"绝对的"、"有机的"舞台动作通过其连贯性,合理化了其程式与细节。他们的理解与布莱希特的理解并没有太多的可争议性,但其通向了一个不同的面向。梅氏戏剧的非模仿传统,以及梅氏戏剧"韵律"与"音乐"(在字面及引申意义上用这两个术语)的整体性,是支持艺术形式自主以及反对以政治导向的"现实主义"为主的首要教训。事实上,相同的例子也用来证明不同的论点。参考一下塔伊罗夫对跨性别(cross-genered)表演的评论:

> 非常值得惊讶的事情……我指的是,在梅兰芳的戏剧中,我可以看到令人惊异且众多的角色聚集。我们总是在自然主义的戏剧中,讨论在何界线内,角色的转换是可能的;而梅兰芳的艺术实践在这里向我们揭示:克服所有的内在困难实际上是可能的。我们看到梅兰芳是一个有血性的男士,在舞台上却化身为女人。这就是艺术家最困难、最复杂,以及最难完美实现的变形。①

梅耶荷德承认梅氏的艺术超越了单纯的模仿(这里指模仿女性),但很快转到"韵律"与"建构"的语域中:

> 我还从来没有见过,在我们的戏剧舞台上,一位女演员能够如此令

---

① 拉尔斯·克莱贝尔格《艺术的强大动力》,《电影艺术》1992年第1期,第136页。

人惊异地传达出梅兰芳所展现出的女性气质。这里我不打算再举例子,因为这些例子可能会冒犯不少导演。但很有必要向他们指出这一点。于是,现在在我们国家有太多关于所谓布景之韵律建构的讨论。但任何观看过梅氏表演的人都会激赏其韵律的巨大力量,这种韵律就是这位戏剧天才赋予的。①

而铁捷克谈到令布莱希特印象极为深刻的姿态(gesture),试图用它去缝合"现实主义"(好的)与"自然主义"(不恰当的)之间的界线:

> 人们必须观察到梅兰芳对现实主义(是现实主义而非自然主义)的非凡诠释。在第二出戏中,他演绎了一位年轻女子,她寻求报复她的复仇对象的机会,装扮成他的未婚妻,并在新婚之夜将他杀死。这里值得注意的是,在她用匕首捅向她的未婚夫之时,她所演绎的姿态:咬着她的辫子,这在中国戏曲中表示的是,在死亡与悲剧性的恐惧面前,她内心十分痛苦。在杀人之后,她处于愤怒之中,并意识到她的行为是无用的。②

在同一个座谈中,爱森斯坦没有谈到音乐,但同样以有机主义的模式展开:

> 我们看到他如何以一种几乎象形文字式的方法施展一整套必要的技巧与动作,并且我们认为在这种戏剧中,这是一种完美的确定性表达,既是深思熟虑,又是完整的。它是对某种至关重要传统的反映,也是一整套必要的姿态。
>
> ……
>
> 我们都知道书本上所下的关于现实主义的定义。我们也都知道多元性必须通过单一性才能被感知到,就像一般必须通过个别才能被感知到,所以现实主义就建立在这种相互渗透之上。
>
> 如果我们以此去看梅兰芳的艺术才能,那么就很可能看到一种奇

---

① 拉尔斯·克莱贝尔格《艺术的强大动力》,《电影艺术》1992 年第 1 期,第 133 页。
② 铁捷克《伟大的精熟》(A Great Mastery),《真理报》1935 年 3 月 13 日。

妙的特质：在梅氏的戏剧中，两种对立的元素都被推挤到极限。这种概括达到符号与象征的同步，而部分的表演成为表演者的个性所在。以这种方式，我们得到不同寻常的象征，这是通过表演者独创的个性表现出来的。换句话说，就好像这些对立面的界线更加明显了……我们[苏联]的艺术现在几乎完全简化为一种元素，即表现。而这将是对形象艺术巨大的伤害。我们已经目睹了形象文化（即高度诗化的文化形式）的消失，完完全全地，不但从我们的戏剧中，而且从我们的电影中消失。我们要指出，在我们的时代即默片的时代，纯粹的形象构思起着巨大的作用，并不仅仅是人民的[自然主义式的]表现。①

铁捷克不仅与布莱希特有共同的榜样，而且两者在不相信"自然主义"的立场上也是一致的。自然主义是模仿的；在舞台上，它能产生移情作用，而移情作用也不一定是人人想要的。铁捷克在中国戏曲中看到的那种现实主义，其细节受到程式的影响（譬如，咬辫子必须从其常规的意蕴去解释），并且附属于总体的结构。爱森斯坦也批评"表现"，但比铁捷克走得更远，表达了对苏联官方美学的不认同，并表达了对"形象的文化……最诗性的文化形式……纯粹的形象构思"的无限向往。梅兰芳指出了一条构成主义者理想中的道路。在我看来，爱森斯坦的评论，明白道出了其他参加座谈的人不太敢直接说出的话：梅兰芳戏剧的成功显示了艺术上要以内容为中心，教条式的现实主义艺术标准是无用的。在俄国艺术家对梅兰芳的解释中，正是音乐与节奏的非表现的组织特征使动作产生意义，使男人变为"极精彩的女人"，使魔幻般的变形成为可能；只有"音乐"（在字面与比喻的意义上用这个词）才能实现角色的"巨大集中"，并使细节与整体艺术相啮合。

这样就有了若干种梅兰芳"异域的"戏剧运用的"现代主义"。有一种现代主义抛弃了程式而拥抱直接的现实主义（就是直接反映现实或与现实一致的现实主义）。还有一种现代主义，将现实主义作为一种程式而抛弃掉，却不敢指称其名。另有一种现代主义继承了象征主义对总体效果的热情以及对艺术自主的支

---

① 拉尔斯·克莱贝尔格《艺术的强大动力》，《电影艺术》1992年第1期，第137—138页。

持。再有一种现代主义拒绝一种承袭而来的意识形态，即用马克思主义观点对资产阶级的主题加以转换，布莱希特与巴特也吸收他们的反应并运用到亚洲的表演中。还有一种政治来世论的说法，按这种说法，社会主义将取代资本主义，"革命的浪漫主义"将取代资产阶级的形式主义——这也是一种现代主义，尽管它要返回到19世纪的艺术经典。这些现代主义的变体及其间的冲突构成了由浪漫主义开启的且仍然与我们同在的（甚至与"后现代主义"也有联系）未完成的伟业①。1935年中国戏剧艺术访问团可以用一个简单的姿态来概括他们，即像梅兰芳的扮相：冷静地咬着发辫。

错误的人站到了正确的地方

从另一番意义上看，梅兰芳访苏的巨大成功对他而言亦是一种重生，因为作为中国戏曲的领军人物，自从20世纪10年代兴起白话文学运动以来，他一直作为现代主义的对立面而受到公开指责。

自19世纪末叶以来，中国戏曲的改革就一直困扰着许多人。1902年，梁启超撰写了一篇著名的讨论重塑小说作为改造社会的关键力量的文章，正如费春放（Faye Chunhuang Fei）所言的，他实际上指所有的大众艺术，不仅仅指的是小说，而戏曲是1900年前后最受欢迎、最流行的大众艺术，甚至众多不识字的中国百姓都可以接触②。陈独秀最早发表的文章之一，也是他最早用现代白话文写成的文章之一——《论戏曲》（1904），就号召从五个方面加以改革戏曲，包括重写剧本以强调民族英雄，并删除让年轻妇女感到脸红的场景，而她们正不断地成为公开演出的观众。其他方面，还有"采用西法。戏中夹些演说，大可长人识见，或是试演那光学电学各种戏法，看戏的还可以练习格致的学问"③。如果破坏了节奏的统一性与表演的整体效果，那么梅耶荷德可能不太愿意接受，而布莱希特会

---

① 这些现代主义之间相互冲突痛苦的后果，参见胡伊森（Andres Huyssen）《大分野之后：现代主义、大众文化、后现代主义》（*After the Great Divide: Modernism, Mass Culture, Postmodernism*），伯明顿：印第安纳大学出版社，1986年。
② 费春放编《中国剧场与表演理论》（*Chinese Theories of Theatre and Performance*），安娜堡：密歇根大学出版社，1999年，第109页。
③ 陈独秀著、秦维红编《陈独秀学术文化随笔》，北京：中国青年出版社，1999年，第121页。

正因为这一点而大加接受。1918年掀起了一场关于中国传统戏曲的大规模辩论,辩论的文章刊载于此年数期《新青年》上。《新青年》发表过具有划时意义的鲁迅的短篇小说《狂人日记》以及许多最初用现代汉语自由文体写成的文章。1918年10月号的《新青年》刊登了胡适、傅斯年、周作人、钱玄同——他们是中国现代主义文学运动的领导人物——的文章,主要关于改革中国戏曲的必要性,或更准确地说,改革已经过时的中国戏曲,并用欧洲自然主义风格的话剧取代它。傅斯年云:

> 真正的戏剧纯是人生动作和精神的表象(representation of human action and spirit),不是各种把戏的集合品。可怜中国戏剧界,自从宋朝到了现在经七八百年的进化,还没有真正戏剧,还把那"百衲体"的把戏,当做戏剧正宗!中国戏剧,全以不近人情为贵,近于人情反说无味……百般把戏,无不含有竞技游戏的意味,竞技游戏的动作言语,却万万不能是人生通常的动作言语……何以有打脸?因为有脚色。何以有脚色?因为是下等把戏的遗传。譬如"行头",总不是人穿的衣服。何以要穿不是人穿的衣服?因为竞技游戏,不能不穿离奇的衣服。譬如花脸,总做出人不能有的粗暴像。何以要做出人不能有的粗暴像?因为玩把戏不能不这样。譬如打把子,翻筋斗,更是岂有此理了,更可以见得是竞技的遗传了。平情而论,演事实和玩把戏根本上不能融化。①

傅斯年要一个分离。戏剧应该是人生动作与情感的表现,这就是它的目标,正如傅氏引用亚里士多德观点所言的。不能实现这个目标的表演就不能称之为戏剧。中国戏曲在这一方面特别不成功,就因为傅斯年所称的"形式主义"的东西在作祟。我注意到,在1918年,"形式主义"这个术语主要用在法律与宗教的范畴之中,是指因坚持旧的惯例及外在的形式而表现出来的衰败,除了在一些逻辑学家那里,此词并无正面的意义。奇怪的是,尽管傅斯年指出了中国戏曲元素的弱点,这一点可能会吸引后世的形式主义者,他们视形式为首要的元素,并视

---

① 傅斯年《戏剧改良各面观》,《新青年》第4号,1918年,第322—341页。

为好的与合适的元素;但傅斯年拒绝了这个词,并从他的提纲中删除。

另一个关于这场戏剧改革讨论的奇怪事实是:它包含了我个人比较关注的比较文学中一些中国术语第一次使用的情况。在傅斯年辩难式地反对中国戏曲并回答了张厚载为这一艺术形式的辩护之后,胡适提出了"比较的文学研究",对揭示中国戏曲的不足有比较好的效果:

> 我现在且不说这种"比较的文学研究"可以得到的种种高深的方法与观念,我且单举两种极浅近的益处:
> (一)悲剧的观念——中国文学最缺乏的是悲剧的观念……
> (二)文学的经济方法……[关于戏剧,胡适将其经济方法分为四类:时间的经济、人力的经济、设备的经济、事实的经济]我们中国的戏剧最不讲究这些经济方法。如《长生殿》全本至少须有四五十点钟方可演完,《桃花扇》全本须用七八十点钟方可演完……这是时间的不经济。中国戏界最怕"重头戏",往往有几个人递代扮演一个脚色,如《双金钱豹》,如《双四杰村》之类。这是人力的不经济。中国新开的戏园试办布景,一出《四进士》要布十个景;一出《落马湖》要布二十五个景!这是设备的不经济。再看中国戏台上,跳过桌子便是跳墙;站在桌上便是登山;四个跑龙套便是一千人马;转两个湾便是行了几十里路;翻几个斤斗,做几件手势,便是一场大战。这种粗笨愚蠢,不真不实,自欺欺人的做作,看了真可使人作呕!

正是这些令布莱希特以及1935年莫斯科所有那些有着现代、最低限度辩才的聪明人惊艳的中国戏曲特征,在胡适的文章中被列举为"粗笨愚蠢",破坏了"戏剧的经济",因为1918年的胡适很清楚,什么样的戏剧基本能达到这一点。事实上,胡适文章的题目是《文学进化观念与戏剧改良》,并运用进化论的叙事方式作为反对传统戏曲的权威武器。胡适声称戏剧起源于一种综合的活动,包括舞蹈、音乐、念白与把式;但在其发展过程中,它摆脱了其附带的东西,而变为"纯粹戏剧",他所指的就是一种用口语的自然主义话剧。音乐、把式、手势、表意动作都是古代传下来的"遗形物",其功能就像"男子的乳房"一样(所以胡适对性别变换的讨论毫不让步)。音乐是这个问题最明显的部分。

此外如脸谱、嗓子、台步、武把子……都是这一类的"遗形物",早就可以不用了,但相沿下来至今不改。西洋的戏剧在古代也曾经过许多幼稚的阶级,如"和歌"(Chorus)、面具、"过门"、"背躬"(Aside)、武场……但这种"遗形物",在西洋久已成了历史上的古迹,渐渐的都淘汰完了。

依胡适的理解,西方戏剧史直到 19 世纪末,都能为欠发达国家(例如中国)的戏剧提供一种模式。

以上所说中国戏剧进化小史的教训是:中国戏剧一千年来力求脱离乐曲一方面的种种束缚,但因守旧性太大,未能完全达到自由与自然的地位。中国戏剧的将来,全靠有人能知道文学进化的趋势,能用人力鼓吹,帮助中国戏剧早日脱离一切阻碍进化的恶习惯,使他渐渐自然,渐渐达到完全发达的地位。

"旧戏"已是"遗形物",以易卜生(Ibsen)与萧伯纳(Shaw)的戏剧译本为范型的"新戏",开始创作出来,将是未来戏剧的主流。胡适运用他掌握的外国知识去合理化他对中国戏剧的反对:这些知识是他在美国苦读多年得来的,并给了他全球及全人类(panhistorical)的视角,从此视角出发,中国也只是"文学进化"的例子之一。就像傅斯年开始使用"形式主义"这个术语一样,胡适使用了"文学进化"一词,也先于 1927 年泰涅亚诺夫(Yurii Tynianov)发表的名文《论文学进化》(On Literary Evolution)。但胡适的"进化"观念完全是 19 世纪斯宾塞式的(Spencerian),与泰涅亚诺夫历史的结构性理解是不同的,泰氏将历史的结构性理解视为不可预测的、形式上的位移顺序。任何反对胡适进化论叙述的人都会变为胡适所强烈指责的蒙昧主义与阻碍主义例子之一。这种命运正是张厚载等传统主义者所遭遇的。张氏根据旧式艺术的主张来为旧式艺术辩护,傅斯年攻击了旧式艺术的主张,但他引用席勒①(Schiller)、谢林(Schelling)[显示了真正的攻击手段所在]不够准确,而钱玄同在他为《新青年》专栏所写的稿件中,简单

---

① 译者注:傅斯年原文作"失勒"。

地拒绝与张氏辩论,告诉他,"[我]实在没有工夫来研究'画在脸上的图案'。张君以后如再有赐教,恕不奉答"①。

在这场讨论中,是怎样说到梅兰芳的?他有点不情愿,只是作为"过渡戏"的倡导者而得到傅斯年短暂的赞同,"过渡戏"将增加一些新戏的元素到旧戏的基础之上。

> 第一种人是自以为很得戏的三昧——其实是中毒最深的——听到旧戏要改良的话,便如同大逆不道一样,所以梅兰芳唱了几出新做的旧式戏,还有人不以为然,说:"固有的戏,尽够唱的,要来另作,一定是旧的唱不好了,才来遮丑。"……我有一天在三庆园听梅兰芳的《一缕麻》,几乎挤坏了,出来见大栅栏一带,人山人海,交通断绝了,便高兴得了不得。觉得社会上欢迎"过渡戏"确是戏剧改良的动机;在现在新戏没有发展的时候,这样"过渡戏",也算慰情聊胜无了。②

尽管俄国与欧洲现代主义刚刚离开这个"方向",当梅兰芳——用中国的术语说,作为一个革新者——到莫斯科之时,他是作为一种古代传统的倡导者而受到接待的。这一点并不值得惊奇,但他的表演具有的意蕴,对俄国观众(巴特与布莱希特继续沿着这条路)而言,是以与自然主义的断裂,以及创造表意手势及自立常规的戏剧为中心的。根据中国现代主义的领导者傅斯年与胡适的观点,新戏之现代主义的特征就是自然主义,运用了舞台布景以及现实主义两大支柱,而避免行头、假嗓、武把子、脸谱。甚至对已经上了年岁的梅耶荷德与斯坦尼斯拉夫斯基来说,胡、傅所言早已是过时的东西,事实上是形同虚设的东西。这两种现代主义被定义为对先前传统的反叛,而吊诡的是,欧洲人从前的传统正是中国人孜孜以求的,中国人从前的传统也是欧洲人现在要得到的。好像文化交流真是互换了。就像对我来说,我要把我的表换成你的表,我必须放弃我的表。一般而言,在我讨论"文化交流"之时,隐喻也是半真半假的,因为我真正谈论的是再现、模仿或整合的过程。但对20世纪初追求欧洲现代主义的中国人而言,似乎他们必须抛弃他们不知不觉已经拥有的现代主义;对准备接受梅兰芳带来的

---

① 钱玄同《"脸谱"——"打把子"》,《新青年》第5号,1918年,第429—431页。
② 傅斯年《戏剧改良各面观》,《新青年》第4号,1918年,第332—333页。

中国形式中的现代主义的欧洲人而言,他们必须抛弃斯特林堡(Strindberg)与易卜生的现代主义——第四堵墙以及生活的断片①。交流作为隐喻,在必要的双向性上,有更多的优势。它排除了让文化史有一种欺骗性明晰的单向叙述。说起来很简单:中国的现代主义比欧美的现代主义慢了一代,所以"他们的"20世纪20年代,就相当于"我们的"19世纪90年代。我们一旦离开翻译、教学及普及的范畴,去看一种混杂的、以传统为基础的表演及其在国际上的反响,虽然简单却是错误的。当然,说东亚国家最早"有"现代主义,也失之简单并很荒谬——好像现代主义是一个过程,而不是这个过程梦想得到的目标。

詹明信(Fredric Jameson)对"现代"(the modern)最近的思考警告说,"我们不能断代"②,即承认这是对语言进行纠缠不清的及有歧义的编年,这传达出他希望在某些地方保存同时性(contemporaneousness)精确计时的标准。

> [因为]各种延误或过早成熟的现代主义的非同步性动力……现代主义意识形态建构的多时性及多线性图景出现了,这不可能被拉平为任何影响的简单模式或文化及诗学帝国主义的任何简单模式,跨文化播散或目的论实质的任何简单模式(即使所有这些选项都能提出本土的、令人信服的说法)。③

"多时性"、"多线性"而无"简单模式",就梅兰芳访苏之行而言,这些术语是描述性的而非程序性的。中国戏剧与俄国戏剧、形式主义美学、史诗剧、结构主义以及后结构主义之间的相互作用,清楚表明了廓清现代主义类型的必要性——什么是我们所称的"自然主义的现代主义"与"形式主义的现代主义"——在理解复杂的现代主义历史时,在许多国家相当长的一段时期内的多元性与发生性中,它们之间互相竞争。而这就是诸如"延误或过早成熟的"之类的术语造成问题的地方:标准的时间为何? 单数的现代主义是一个目的论的术语,总是与

---

① 关于中国与美国现代主义诗歌之间相互交流的例子——美国人从中国古典诗歌中发现他们所需要的,中国人从意象派的自由诗中发现他们所需要的,参见温伯格(Weinberger)《论文集》(*Works on Paper*),纽约:新方向出版,1986年,第73—74页。
② 詹明信《独一的现代性:论当下的本体论》(*A Singular Modernity: Essay on the Ontology of the Present*),伦敦:维索出版社,2002年,第29页。
③ 同上,第180页。

特定的现代主义相混淆,这些特定的现代主义给单数的现代主义一个历史性的实体。梅兰芳的多重意义,他在不同的现代主义的对立叙事中占据着不同地位,证实了现代主义任何诉求中的论辩性。因此,只有在论辩与预言的面向中,时间总是并故意地"脱节",是这位"中国公主"立足的以及——如果不是用语不当——保留的。

(卞东波 译)

陶渊明的异域知音

——论晚近英语学术圈的陶渊明研究

张月①

本文综述与分析2000年以来在欧美出版的、用英语发表的陶渊明研究专著或论文,并在此基础上抛砖引玉,分析未来陶渊明研究的新方向。近十五年以来,陶渊明研究蔚为壮观,吸引了海外很多学者前赴后继、孜孜专研②。最近十年内有三本关于陶渊明研究的专著,其中两本目前已经被翻译成中文,足见其在海内外的影响力。多位海外学者已经将陶渊明的诗歌翻译成英文,比如戴维斯(A. R. Davis)和海陶玮(James Hightower)③。诗歌的翻译必然带动与之相关的文学研究。陶渊明的诗歌研究已然硕果累累,例如宇文所安(Stephen Owen)对陶渊明自传诗的研究,孙康宜从抒情诗角度对其诗歌的阐述,邝龑子(Charles

---

① 张月,加拿大多伦多大学博士,现为美国瓦尔帕莱索大学(Valparaiso University)助理教授。本文原载南京大学古典文献研究所主办《古典文献研究》第20辑下卷,南京:凤凰出版社,2017年。收入本书时,作者又进行了修改与增订。
② 关于国内近期陶渊明研究动态,参见张月《中国大陆中古文学研究著作选辑(2002—2010)》(A Selective Bibliography of Mainland Chinese Books [2002—2010] on Early Medieval Chinese Literature [220—589]),《中古中国研究》第18卷,2012年,第77—78页。
③ 戴维斯《陶渊明(365—427)之著作及其意义》(*T'ao Yüan-ming [AD 365—427]: His Works and Their Meaning*)两卷本,剑桥:剑桥大学出版社,1983年;海陶玮《陶潜的诗》(*The Poetry of T'ao Ch'ien*),牛津:牛津大学出版社,1970年。

Yim-tze Kwong)对其田园诗的专研①。陶渊明研究的早期准备工作比较充足，再加之陶渊明在中国文学和文化史上的独特地位，还有海外（尤其是美国）近期涌现的几位用力甚勤的学者，这些因素都促成了陶渊明研究的"盛世"。目前一些学者追溯和探讨了海外陶渊明研究发展史②。本文在时间上延伸了当前欧美陶渊明研究的考察范畴，侧重2000年以来最新的研究成果（专著和长篇论文）。这些成果代表了陶渊明研究的最新发展方向。本文先介绍和评论21世纪以来出版的陶渊明研究参考资料与工具书，然后探讨陶渊明研究的三本学术专著，再次按主题述评有代表性的单篇论文，最后根据目前的研究成果，展望未来陶渊明研究新的增长点和领域。

参考资料与工具书

任何一个领域的发展都离不开对文献的搜集、整理，这是文学研究的基础，也有利于吸引更多学者进行相关的文学研究。近期三部工具书的出版丰富了对陶渊明和中国古代文学的研究。

康达维（David R. Knechtges）和张泰平（Taiping Chang）编著的《唐前文学参考书》是一部研究中国唐前文学的重要工具书和参考书，为任何一位想从事或正在从事唐前文学研究的学者提供了极大的便利③。该书收集了研究唐代以前重要作家和作品的专著和主要文章，是一部具有百科全书性质的工具书。每个词条下面，编者先介绍作家的生平、著述，接着列举对该作家、作品以及文学流派进行研究的著作，包括中、英、日、德、法、韩以及意大利文的研究。《陶渊明》专节

---

① 宇文所安《自我的完美映像：自传诗》(The Self's Perfect Mirror: Poetry as Autobiography)，林顺夫、宇文所安编《抒情之声的活力：后汉到唐代的"诗"》(The Vitality of the Lyric Voice: Shih Poetry from the Late Han to the T'ang)，普林斯顿：普林斯顿大学出版社，1986年；孙康宜《陶渊明：重新发扬诗歌的抒情传统》(T'ao Ch'ien: Defining the Lyric Voice)，《抒情与描写：六朝诗歌概论》，普林斯顿：普林斯顿大学出版社，1986年；邝龑子《陶潜与中国诗歌传统》(Tao Qian and the Chinese Poetic Tradition: The Quest for Cultural Identity)，安娜堡：密歇根大学中国研究中心，1994年。
② 比如吴伏生《英语世界的陶渊明研究》，北京：学苑出版社，2013年；田晋芳《中外现代陶渊明接受之研究》，复旦大学博士论文，2010年。
③ 袁行霈、康达维《陶渊明(365—427)》，康达维、张泰平《唐前文学参考书》(Ancient and Early Medieval Chinese Literature: A Reference Guide)第二部分，莱顿：博睿学术出版社，2014年，第1090—1125页。

由袁行霈撰写中文稿,康达维翻译成英文并加以补充。该文介绍了陶渊明的生活和思想、田园诗和其他作品、诗歌的总体艺术特征及其渊源。随后,文章讨论了陶渊明的散文和赋,以及他在中国文学史和文化史上的意义。在这篇综论文章之后,作者罗列了全面的陶渊明研究文献,包括历代版本、年表、现代白话文翻译和注释,其他语言的翻译(主要是英语、日语、法语和德语),最后是陶渊明研究专著和主要文章。

《唐前文学参考书》是一部有关文献索引的工具书,而田菱(Wendy Swartz)等主编的《六朝研究参考资料》着重对六朝文献的英语翻译。该书先介绍被翻译的文献,后附有简短的阅读书目,最后是对作品的翻译①。陶渊明的部分出现在《自我叙述》章节。田菱翻译了陶渊明的名篇《五柳先生传》,并将其置于中国自传文学的传统中加以探讨。陶渊明在该书中所占分量不多,很可能源于陶渊明的作品已经被大量英译。其中《陶渊明集》的英译本就有海陶玮和戴维斯两种版本。陶渊明知名作品的英译更是汗牛充栋,因此该书可能没有更多地译介。

另一部六朝研究的工具书是陈美丽(Cynthia L. Chennault)等主编的《六朝典籍参考书》②。该书的主编们聚集了当前北美研究六朝文学的主要学者一同撰写此书。该书以文人别集或者重要作品选集为序,其中包括了六朝主要作家的传记、文本流传情况、重要版本和主要的参考书籍。《陶渊明集》部分由田晓菲执笔,主要包括陶渊明的生平简介、《陶渊明集》的内容和创作情况、文集的流传以及主要版本和注释,最后以参考文献的方式列出了现代的注释本、研究书籍和文章,以及世界多种语言的翻译。近期这三本工具书和参考书的出现有利于海内外学者了解目前汉学研究的最新动态,推动六朝文化和陶渊明的研究。

陶渊明研究专著

在有关陶渊明研究的工具书和参考书出版以前,陶渊明研究的专著已经出

---

① 田菱等主编《六朝研究参考资料》(*Early Medieval China: A Sourcebook*),纽约:哥伦比亚大学出版社,2014年,第382—386页。

② 田晓菲"陶渊明集",陈美丽等主编《六朝典籍参考书》(*Early Medieval Chinese Texts: A Bibliography Guide*),伯克利:加州大学伯克利分校东亚研究所,2016年,第347—354页。

现。近十年出版了三部陶渊明研究力作,这是其他中国古代诗人、文人所难以企及的。

田晓菲的《尘几录——陶渊明与手抄本文化研究》通过手抄本文化这一视角揭示在陶渊明文本表面之下流动的世界,侧重异文及其选择的标准,从而探讨编选者的意图①。在手抄本文化中,读者的地位"更高",他们通过有意或无意地选取不同的异文直接参与文本的创作和再创作。陶渊明在中国文化史上的形象是被世代的编选者、注释者所建构起来的。该书通过对比四种常见的陶渊明传记及其作者的创作理念来讨论陶渊明诗文和传记之间的微妙关系,因此使陶渊明的形象更加复杂化。本书第四章,作者通过对《连雨独饮》和《游斜川》的文本细读来阐明陶渊明对传统了如指掌。田晓菲认为陶渊明的诗歌在继承传统的同时,又另辟蹊径,在写法上有别于前人。例如,"在他的'游仙诗'里,诗人不是通过访名山、觅仙药、服食炼气来达到游仙的目的,而是通过阅读,思考,和发挥文学想象"②。陶渊明的阅读为读者提供了较为具体的阅读环境,有的诗作标有创作时间和环境。

作者不赞成把陶渊明归结为儒家或是道家的代表,不止一次提到"陶渊明首先是一个诗人,不是一个哲学家或者思想家。我们当然可以在他的作品里看到当代人所关心的哲学问题,但是,他的诗不是哲学论文,从诗歌角度而不是从思想角度探讨陶诗,会更有意义"③。她从诗歌本身出发探讨异文的选择,并且紧密结合时代和文化背景来阐释异文选择的根据。另外,通过不同异文的对比,作者揭示出异文选择背后的隐藏动机,表现出陶渊明和自然的复杂关系。田晓菲对《咏贫士》其六的解读便是经典一例。该诗赞扬隐士张仲蔚的贤德,通行本的结尾两联为,"介焉安其业,所乐非穷通。人事固已拙,聊得长相从"。异文出现在开始"介焉安其业"部分,异文为"弃本案其末"④。这与原文差距很大,不只是通假字、异体字、同音字等问题,异文的差异引起了意义的巨大变化。表面上来

---

① Tian Xiaofei, *Tao Yuanming & Manuscript Culture:The Record of a Dusty Table* (Seattle:University of Washington Press),2005. 中文版由作者本人翻译。田晓菲《尘几录——陶渊明与手抄本文化研究》,北京:中华书局,2007年。
② 田晓菲《尘几录——陶渊明与手抄本文化研究》,第122页。
③ 同上,第162页。
④ 同上,第178页。

说,一个赞扬张仲蔚的安贫乐道,一个批评其本末颠倒,异文与原文所传达的意思明显相反。田晓菲对此的解读是,"如果我们选择这一异文,我们必须认识到,陶渊明一方面采用'本末倒置'的说法,一方面却并不真心认同这一说法体现出来的价值观。拙于人事的诗人自己,也正希望能够追随张仲蔚的脚步呢"①。该书挑战了传统对古本、善本的追求,通过异文的选择,为后世读者建构出"另一个陶渊明"②。

田晓菲的专著从手抄本文化研究陶渊明,而田菱的《阅读陶渊明》则是运用接受美学理论来探讨陶渊明的接受史③。接受美学侧重读者的反应,把阅读文学作品的侧重点从文本、作者转移到读者的维度。不同时代的读者受制于不同的社会条件、审美倾向和个人的喜好,他们对诗歌多样化的解读,丰富了诗歌内容和价值。本书不仅揭示了陶渊明在接受史中不同时代的变化,更重要的是探讨了为什么这些变化和接受会出现在某一特定历史时期。为了探究这些问题,田菱从隐逸、人格、诗歌三大角度考察陶渊明的接受史。

在隐逸章节,传统上陶渊明的传记被看作是研究陶渊明人格和作品的第一手资料,田菱则将陶渊明的主要传记看作是陶渊明早期接受史的一部分,传记作家出于不同动机增删陶渊明资料,这直接影响了后代读者对陶渊明作品及其人格的认知④。唐代对陶渊明的隐逸有着矛盾的心态:一方面,唐代文人在诗歌中运用与陶渊明有关的意象和典故,赞扬陶渊明悠闲、率真的隐居形象;另一方面,在现实生活中,他们对陶渊明归隐的做法持保留甚至批评的态度。在宋代,文人更多地在陶渊明作品和传记中探寻其隐居的意义和动机。他们认为陶渊明的隐逸源于以下几点:首先,陶渊明对前朝的忠诚、对新朝的不满,"平生本朝心,岁月阅江浪"(黄庭坚《宿旧彭泽怀陶令》);其次,陶渊明超然物外,不受政治羁绊,"都

---

① 田晓菲《尘几录——陶渊明与手抄本文化研究》,第179页。
② 同上,第13页。
③ Wendy Swartz, *Reading Tao Yuanming: Shifting Paradigms of Historical Reception* (427–1900) (Cambridge: Harvard University Press, 2008). 中文版本由张月翻译。田菱著、张月译《阅读陶渊明》,北京:中华书局,2016年/台北:联经出版事业公司,2014年。关于本书的中文介绍和评论,参见张月《高尚隐士,田园诗人,经典文人——接受美学视域内的陶渊明形象三重奏》,《名作欣赏》2012年第22期,第138—141页。
④ 本章的部分内容曾以单篇论文的形式发表,参见田菱《重写隐士:早期史传对陶渊明形象的建构》(Rewriting a Recluse: The Early Biographers' Construction of Tao Yuanming),《中国文学》(*CLEAR*)第26卷,2004年,第77—97页。

无晋宋之间事,自是羲皇以上人"(辛弃疾《鹧鸪天》);再次,陶渊明的归隐出于他的本真,"古今贤之,贵其真也"(苏轼《书李简夫诗集后》)。在宋代及其以后,陶渊明被看作是儒家道德典范的化身。

陶渊明的隐逸与其人格有很大关系,对陶渊明诗歌的解读更离不开对其人格的探讨。作者通过对《论语》、《孟子》、《韩非子》、司马迁《报任安书》、曹丕《典论·论文》、刘劭《人物志》中相关章节的文本细读来讨论"文如其人"的观念及其演变。在此基础上,作者探讨陶渊明人格在后代的接受。颜延之的《陶征士诔》、钟嵘《诗品》和萧统《陶渊明集》序言侧重陶渊明的弃官退隐、超然心态、忠孝观念,而《宋书》、《晋书》、《南史》等书中的陶渊明传记更侧重其高蹈绝俗的怪诞行为。唐代文人在诗歌中常常引用与陶渊明相关的典故和意象,但是对其人格的探讨没有超出六朝的范围。宋代文人重绘了陶渊明人格,在苏轼、黄庭坚、朱熹、真德秀等文人的笔下,陶渊明成了儒家的代表,在清代更成为文化史中的圣贤。

不仅陶渊明的隐居和人格影响着后代对其的接受,陶渊明的自传性写作也直接引导读者解读其作品的观点和方式。陶渊明告诉我们他日常生活的点点滴滴。田菱将其分成两种模式:一种是以《归去来兮辞》的序言为代表的详细记录模式,另一种是通过第三人称或逝者角度进行叙述的虚拟模式,例如《五柳先生传》、《拟挽歌辞》、《自祭文》。陶渊明具有自传性质的诗歌希望后来的读者能够按照他设想的方式记住他、评价他,然而后世读者并不都遵循他所预先设定的方式,从而带来了丰富多样的接受史。

田菱将陶渊明的接受史分成六朝、唐代、宋元以及明清几个时期分别考察,并适时加以对比分析。在六朝时期,作者通过对《文心雕龙》、《诗品》、《文选》等早期文本的介绍,指出陶渊明作品的风格与六朝时期占主流的绮靡文风相悖,因此六朝文人更注重陶渊明的道德面向,而忽视其诗人的属性。颜延之的《陶征士诔》强调其"文取指达"。《诗品》作者钟嵘"每观其文,想其人德"。但是这一时期也有尊崇陶渊明的作品,比如鲍照的《学陶彭泽体》、江淹的《陶征君潜田居》以及萧统编选其别集《陶渊明集》。在唐代,陶渊明的意象、所用典故和诗歌风格等要素被用以对抗宫廷诗歌。唐代文人憧憬脱离仕宦生活,陶渊明的田园归隐正符合他们所想表达的主题。白居易的《效陶潜体诗十六首》可以看出辞官隐居成为唐代诗歌所喜爱的主题之一,但是在实际行动上,唐代大多数文人觉得隐逸并不明智。

对于陶渊明在宋代的接受,田菱侧重四位重要文人及其对陶渊明的评点。梅尧臣高度赞扬陶渊明的平淡,"方闻理平淡,昏晓在渊明"(《答中道小疾见寄》)。苏轼大量写作和陶诗。黄庭坚强调陶渊明作品"不烦绳削而自合"(《题意可诗后》)。朱熹既承认陶渊明诗歌的平淡,"渊明诗平淡,出于自然"(《朱子语类》),又觉察其诗歌豪放的特点,"他自豪放,但豪放得来不觉耳"(《朱子语类》)。宋朝文人谈论的自然"是一种直接的表达以及技巧、主观能动性或者努力的缺席"[①]。自然的对立面是藻饰、绮丽。而在六朝,随着文学语言和内容的发展,繁复、藻饰成为"自然"的特点,例如萧统在《文选》序言中提到:"盖踵其事而增华,变其本而加厉,物既有之,文亦宜然"。虽然同为"自然",但是宋代与六朝对其解读是截然不同的。宋代文人通过引入新的文学批评词语来解读陶渊明。

在明清时期,陶渊明已经跻身于中国文学一流作家的行列,但是对他作品的阐释并没有停止。陶渊明接受史呈现出三种模式。首先,宏观上,明清文人在复古运动和评点学蓬勃兴起的背景下把陶渊明置于更广阔的文学史中加以考察,比如何景明《与李空同论诗书》认为"诗弱于陶",胡应麟讨论陶渊明诗歌属于偏体还是正体,浦起龙、贺贻孙等的评论侧重其在文学史中的地位。其次,微观上,明清文人对其作品进行文本细读,作者以明代的钟惺、谭元春、黄文焕以及清代的邱嘉穗、方东树为例,阐释陶渊明词语的选用、句法和语法上的考究。最后,明清文人考据陶渊明作品中提到的"事实"。作者以《乙巳岁三月为建威参军使都经钱溪》和《始作镇军参军经曲阿》中将军身份的详细考证为例诠释考据实践。明清文人侧重对陶渊明作品的文本仔细解读,考据陶渊明所提到的人、事、物。

最近一部陶渊明研究专著是罗秉恕(Robert Ashmore)的《阅读之神"移":陶潜(365—427)所处时代的文本和诠释》[②]。值得强调的是题目中的 transport 一词有一箭双雕之用,既指文本的迁移,可理解为对经典作品的借鉴与化用,同时也指阅读的乐趣。本书研讨六朝时期的阅读实践和儒家经典《论语》的关系,包括阅读的乐趣、诠释隐士、六朝时期对《论语》的解读、陶渊明对《论语》的阐释

---

① 田菱著、张月译《阅读陶渊明》,第214页。
② 罗秉恕《阅读之神"移":陶潜(365—427)所处时代的文本和诠释》(*The Transport of Reading: Text and Understanding in the World of Tao Qian*[365—427]),麻省剑桥:哈佛大学亚洲中心,2010年。

以及解读陶渊明作品。该书不同于前两部书从后代读者的创造和接受角度出发的历时研究,而是关注陶渊明同时代的文本及其与陶渊明的关系,从而转为共时研究。该书并非以解读陶渊明作品为主,而是将其置于文学与经学交叉的互文性视野中加以考察。

本书注重陶渊明同时代的学术与哲学背景对其创作的影响,探讨玄学影响下的儒家经典解读与阐释,试图更加接近陶渊明的时代,更直接地解读和理解陶渊明文学作品的创作意图。作者同样检索了陶渊明的六朝接受史,涉及的资料虽然仍是传统资料,但是作者认为六朝文人和批评家之所以没有把陶渊明看作是主要诗人而是高尚的道德隐士,主要是因为陶渊明同时代文人对其关注点与现代人不同。他们更看重和欣赏陶渊明诗歌中的道德与伦理价值取向,因为在六朝时期文学和经学思想紧密相连、不可分割。

在对隐士的解读上,本书通过对沈约《宋书·隐逸列传》的序言和戴逵的《放达为道论》的文本细读来探讨六朝时期的隐士,"将隐士生活视为一套产生意义的实践、术语和观念系统强调了以下事实:我们称之为隐士的人物自己从事阅读和诠释古代典籍的活动,特别执着于对经学和道德典范们传记的阐释,这也构成了他们退隐的基础和理由"①。与田晓菲的观点相近,本书作者也认为应该屏除传统上的儒道之分,尤其是六朝的学术和思想领域呈现出玄学占主导的各种思想的汇流。即使热衷于传统道家阐释的文人也充满了对儒家经典的关切。所以作者认为《论语》对陶渊明的影响最深,同时六朝时期的经学带有很深的玄学色彩($xuan$-inflected classicism),作者在开篇即提到本书的主要论点之一:"特别值得注意的是,陶潜成为同时代被最广泛阅读的诗人,他的作品的这种可读性大大推动了陶渊明作品对后代读者的影响,使后世文人更容易接受他的作品。"②六朝文人的隐逸之源在于对儒家经典的熟稔,通过引经据典来阐发自己的人格与抱负。作者进一步通过《论语义疏》探讨六朝文人如何理解《论语》、如何与《论语》在文学作品中展开对话与交流。在研究六朝文人对《论语》解读的基础上,作者通过探究陶渊明对《论语》的解读来阐发其学术和哲学思想。

作者的一个重要关注点是陶渊明的阅读策略,详细阐释了陶渊明的数首诗

---

① 罗秉恕《阅读之神"移":陶潜(365—427)所处时代的文本和诠释》,第57页。
② 同上,第3页。

歌对《论语》的解读,如《癸卯岁十二月中作与从弟敬远》、《劝农》、《癸卯岁始春怀古田舍》二首以及《时运》。这样,作者将陶渊明的诗歌置于与经学典籍的互动中去理解,着重阐述陶渊明的"固穷"及其文化记忆。比如,《咏贫士》其二:"凄厉岁云暮,拥褐曝前轩。南圃无遗秀,枯条盈北园。倾壶绝余沥,窥灶不见烟。诗书塞座外,日昃不遑研。闲居非陈厄,窃有愠言见。何以慰吾怀,赖古多此贤。"①农闲读书是隐士们的常见行为,然而陶渊明所遭遇的贫穷层度如此之深,以致其放弃这一行为。陶渊明通过自我解嘲式的语言参与到儒家经典的解读中,闲居虽然没有达到孔子困于陈的贫穷,但仍有怨言。《论语·卫灵公》记载:在陈绝粮,从者病,莫能兴。子路愠见曰:"君子亦有穷乎?"子曰:"君子固穷,小人穷斯滥矣。"在诗歌中,陶渊明通过对子路与孔子对话的戏仿,用自己的生活实践来诠释经典。虽然贫穷程度未到,陶渊明已有不满之言,但他用前辈隐居的贤人来慰藉自己。陶渊明不是一味地引用古人的言行来提高自己诗作的价值,而是积极参与到儒家经典《论语》的意义形塑上,不仅引用原文、总结大义,而且用自己的生活实践去丰富对《论语》的解读。陶渊明对《论语》并非亦步亦趋,完全赞同,不时也会提出商榷意见,甚至异议。因此我们可以看到,陶渊明有时对《论语》中的言论产生疑问,有时用设问吸引读者参与,有时用反问加强语气。总之,在与《论语》的互动交流中,陶渊明的观点和想法得以阐发。

以上三本书从不同角度诠释陶渊明及其作品,丰富了我们认知陶渊明的方式和方法。这三本书都提到了隐逸问题,陶渊明的隐逸与其人格、作品关系紧密。无论是陶渊明同时代还是后代的文人,读者在研读和诠释陶渊明作品时莫不提及其隐逸,他们也会争论陶渊明隐逸的动机、行为和意义。另外,三本书都或明或暗地反对将陶渊明的事迹与其诗歌"贴标签"式地一一对应,尽量脱离对陶渊明诗歌的政治解读。三本书的作者尽量客观地根据现存材料来解读陶渊明作品,避免政治解读带来的牵强附会。虽然三本书有以上的相同点,但它们出发点和侧重点的不同也是显而易见的:前两本书是对陶渊明的历时研究,从后世读者的角度来探讨对陶渊明的接受、建构、改造,但是二者的方法和角度不同,手抄本文化强调的是文本的流动性,而接受美学重视后代读者对较稳定文本的不同

---

① 罗秉恕《阅读之神"移":陶潜(365—427)所处时代的文本和诠释》,第218页。

接受与批评;第三本书是从共时角度研究陶渊明及其同时代文人的阅读特点,尤其是对《论语》的解读及其对陶渊明诗歌创作的影响。

除了三部专著以外,海外出版的专著章节以及长篇论文也多有对陶渊明的精辟论述。下文将从中选取数篇文章来评介与分析,以飨读者。

陶渊明与中国文化史

袁行霈的《陶渊明:中国文化的符号》一文由柏士隐(Allan Berkowtiz)翻译成英文发表在《中国文学与文化学报》[①]。该杂志以英语发表中国研究的原创性文章,每期都有中国学者用中文撰写、国外学者翻译成英文的文章。本文高屋建瓴,从宏观角度立论,触及陶渊明研究的方方面面,探讨陶渊明为何成为中国文化的代表。本篇论文有助于加深我们对陶渊明以及中国士大夫文化的理解。同时,本文也探讨了陶渊明在中国文化乃至世界文化史上的意义[②]。作者首先追溯了陶渊明的接受史,特别指出苏轼在陶渊明经典化中起到的重要作用。大量和陶诗与律陶诗的出现足见古代文人慕陶、颂陶的文化倾向,对陶渊明的关注俨然成为一种独特的文化现象。陶渊明在诗歌、绘画、书法中的再现更加突出了陶渊明的人格魅力和影响。另外,士大夫的印章、书斋等也能反映出陶渊明的影响,比如,清代丁敬的印章即刻有"采菊东篱下,悠然见南山",北宋俞瀚的书斋名为"景陶斋"。很多陶渊明作品中的语汇成了高度精练的文化词语的一部分,比如五柳、桃源、东篱等。这些源自陶渊明作品的词语都带有丰富的文化意义[③]。陶渊明作品为什么有如此影响力? 作者将其原因归结为三点:第一,陶渊明的"回归养真";第二,陶渊明的刚毅不屈、安贫守拙以及后世对其不仕二朝、耻事二姓的赞扬;第三,陶渊明饮酒与其旷达、自由的精神。这些因素交织在一起铸就了陶渊明在中国文化史上的地位。文人们把自己的理想也投射到陶渊明身上,使其从一个隐士、诗人逐渐上升为中国文化的代表。陶渊明不仅具有个体价值,

---

[①] 袁行霈撰、柏士隐译《陶渊明:中国文化的符号》(Tao Yuanming: A Symbol of Chinese Culture),《中国文学与文化学报》(*Journal of Chinese Literature and Culture*)第 1 卷第 1—2 期,2014 年,第 216—240 页。因为这篇论文以英语在美国学术版上发表,所以也纳入本文讨论范畴。

[②] 袁行霈撰、柏士隐译《陶渊明:中国文化的符号》,第 219 页。

[③] 同上,第 224 页。

而且从某种程度上反映了中华民族的集体观念,因此对文化史产生了深远影响。作为中国文化符号的代表,陶渊明的影响也波及海外。比如日本平安时代的文人藤原佐世所编的《日本国见在书目录》即收入《陶渊明集》。另外,新罗崔致远在唐末即从事陶渊明研究。在西方,陶渊明的作品被翻译成多种语言。陶渊明研究蔚然成风,吸引了众多学者著书立说解读陶渊明。即使在当代的大都市,不管是纽约、巴黎还是东京,当人们面对当代物质文明所带来的躁动时,常常通过对自然和田园的憧憬来调节自己的心绪,这与陶渊明对自然的热爱往往有暗合之处。美国作家卢梭的《瓦尔登湖》对自然的描绘和追求也与陶渊明的田园诗歌有异曲同工之妙。陶渊明不仅成了中国文化的代表,而且成为世界文明的有机组成部分。

陶渊明与应璩

林葆玲(Pauline Lin)的《重审应璩及其与陶潜之间的诗学联系》分为两大部分:应璩的生平及其文学创作,应璩与陶渊明的诗歌联系①。该论文写作源于钟嵘对陶渊明的评价,"其源出于应璩,又协左思风力"②。由于应璩诗歌现只存《百一诗》的片段,从而导致应璩与陶渊明诗歌的联系比较模糊,对现代读者来说难以理解。本论文不仅通过应璩现存的《百一诗》,还通过钩沉《文选》、《艺文类聚》中的散文作品,探讨其内容与艺术特色。作者通过这些作品与陶渊明作品的对比从而建立起二者的诗学联系,加深二者之间的关联。本文首先探讨了钟嵘对陶渊明的评价,其次钩稽应璩的生平及其《百一诗》,然后讨论其书、笺,比如《与从弟君苗君胄书》、《与满公琰书》、《与侍郎曹长思书》等。应璩的这些散文作品在主题、文风、意象和文学手法上与陶渊明冲淡、自然的田园诗风相似。其次,

---

① Pauline Lin, "Rediscovering Ying Qu and His Poetic Relationship to Tao Qian", *Harvard Journal of Asiatic Studies* 69.1 (2009): 37—74. 本论文由卞东波译成中文,参看卞东波《重审应璩及其与陶潜之间的诗学联系》,卞东波编译《中国古典文学研究的新视镜——晚近北美汉学论文选译》,合肥:安徽教育出版社,2016年,第20—48页。有关应璩与陶渊明关系的部分先前由卞东波翻译成中文,参看林葆玲著、卞东波译《陶渊明何以被称为"古今隐逸诗人之宗"——重审陶渊明与应璩的诗学关系》,《名作欣赏》2014年第19期,第16—18页。

② 卞东波《重审应璩及其与陶潜之间的诗学联系》,第21页。

这些文章中所表现出的对古代隐士的尊崇也与陶公作品相像。最后，应璩与陶渊明都有对贫穷细致入微的描写。应璩的《与韦仲将书》《与尚书诸郎书》《与董仲连书》便是这一题材的代表作。例如《与董仲连书》中充满了因丧失食物而带来的焦虑，详细描述了贫困生活，甚至靠乞讨度日，这与陶渊明描述隐居贫穷生活的《咏贫士》《乞食》两诗颇为相似。在《咏贫士》中，陶渊明对诸如荣启期、张仲蔚、黔娄、黄子廉为代表的贫士充满关切，通过对这些历史人物的点评表现出隐居的艰辛、生活的困顿、知音的稀少。应璩是位才华横溢的诗人，虽然他常常大谈特谈隐居和贫穷，在其诗歌与散文中也运用了很多前代的隐居术语，但是他直到晚年都在当官，并不是一位真正的隐士。同理，学者们常常认为一些意象与措辞为陶渊明所独享，但是本文作者通过仔细的文本互文性研究揭示出陶渊明所用词语和写作方式常常套用和借用以前对贫士的传统描写。作者猜测陶渊明率真、自然的诗歌中提到的很多隐居活动，他也未必全部参与过。但是陶渊明写作大量的田园隐居诗歌，同时拥有"浔阳三隐"的美名，所以博得了"古今隐逸诗人之宗"的名号，也是实至名归。中国古代诗人沿用、借用前代诗歌中的典型语言与意象写作诗歌，但是这并不一定是他们生活的真实写照。有关这一论点的详细论述，也可参考宇文所安的专著《中国早期古典诗歌的生成》①。

陶渊明的临终诗

陈伟强（Timothy Wai Keung Chan）的《六朝临终诗研究》一书通过文本细读，从哲学、宗教与文学的交叉角度来解读王逸、列女曹娥、阮籍、陶渊明和谢灵运②。在陶渊明的章节，他以《拟挽歌辞》为例，有力地反驳了目前学者认为这首诗是陶渊明临死之作，把本诗置于此类诗歌传统中加以探讨。作者通过追溯自祭文的传统来解读陶渊明诗歌，通过将此篇与其他作品对比来理解陶渊明的主观意图③。对于《自祭文》的创作时间问题，陈伟强通过其与陶渊明其他作品（例

---

① Stephen Owen, *The Making of Early Chinese Classical Poetry*, Cambridge: Harvard University Asia Center, 2006. 中译本参看宇文所安著，胡秋蕾、王宇根、田晓菲译《中国早期古典诗歌的生成》。
② 陈伟强《六朝临终诗研究》（*Considering the End: Mortality in Early Medieval Chinese Literary Representation*），莱顿：博睿学术出版社，2012年。
③ 同上，第98页。

如《归去来兮辞》、《归园田居》、《杂诗》）的互文性研究从而推断该文作于公元407年前后。挽歌的传统是以戏谑的方式来调侃自己,陶渊明的作品也同时包含很多程序化的元素,比如,死亡无法避免的观念,"有生必有死";惯用的诗句,"昨暮同为人,今旦在鬼录"以及诗句的重复①。作者认为陶渊明的《自祭文》应是陶渊明辞官以后不久的作品。陶渊明诗歌中存在多重自我,希冀通过自己的作品达到不朽,同时他与古人通过文本交流,弘扬其优秀品质(比如安贫乐道)。陶渊明的这种想法继承了曹丕《典论·论文》的观点,认为文人可以通过文学不朽来延续自己的声名。

萧统对陶渊明的接受

王平的《在"晦迹"与"为迹"之间:解读萧统之〈陶渊明集序〉》是一篇探讨昭明太子萧统对陶渊明接受的论文②。萧统所编辑的《文选》对中国文学和文化的发展影响深远,其在推动陶渊明接受的过程中起到了举足轻重的作用:他不但为陶渊明撰写传记,而且编辑陶渊明别集,为其作序。目前对这篇序言的研究大多侧重于萧统通过陶渊明的隐逸生活寻求精神慰藉这一层面。本文以一系列问题为驱动,通过文本细读和详细注释、翻译这篇序言来深化对这一重要文献的理解。其中的问题包括:"在六朝时期,隐逸成为一种文化和哲学现象,除了寻求宁静、安逸的目的以外,隐逸还有什么动机?对于作为统治者和评论家的萧统来说,隐逸意味着什么,是不是只是自我慰藉与调剂?如果不是,萧统所谈论的隐逸的核心又是什么?"③。

针对这些问题,王平先结合历史背景介绍萧统生平,然后对《陶渊明集序》进行文本细读和带有详细注释的英文翻译。在文本梳理的基础上,作者对序言的内容加以归纳总结。隐逸在六朝时期有多种目的和表现形式,比如有些文人为了获取更好的名声而选择隐逸,为了吸引统治者的注意力,"隐"的终极目的是为

---

① 陈伟强《六朝临终诗研究》,第114页。
② 王平《在"晦迹"与"为迹"之间:解读萧统之〈陶渊明集序〉》(Between Reluctant Revelation and Disinterested Disclosure: Reading Xiao Tong's *Preface to Tao Yuanming ji*),《泰东》第三系列,第23卷第1期,2010年,第201—222页。
③ 同上,第203、205页。

了"不隐"。沈约所谓隐逸是"晦道",谈到陶渊明"性嗜酒",而萧统用"晦迹"诠释隐逸,以"寄酒为迹"来形容陶渊明。萧统认为酒只是寄托陶渊明情感的外在表现形式。接下来,本文结合《庄子》之《天运》和郭象的解释探讨了"迹"的文化内涵。作者认为:"对于一个真正的道德隐士,他既不用必须'晦迹',也不必对'为迹'充满隐忧。"[①]萧统对隐逸的诠释,正是以郭象对《庄子》的注解为基础的,这也就解释了陶渊明隐逸的独特性。

接着作者讨论了萧统对陶渊明文学特点的评述。萧统并不把陶渊明的作品看成是知晓其"本真"、"本我"的工具,而是注重其作品的道德教化与感化作用。萧统重视的是明哲保身下的隐逸,他并不想放弃官场和太子生活,他只是受到陶渊明作品所包含的哲学思考和郭象诠释的影响[②]。虽然萧统的语气非常谦卑、顺服,但是他通过强调陶渊明作品中的道德教化和实际功能来完成太子应尽的社会责任,从而使他自己的道德责任感突显出来。这种谦恭的姿态显然是针对皇帝而言的。曹植在《求自试表》中就有过相关的表达,而这篇作品也被收录在《文选》中,所以萧统应该对此比较熟悉。虽然《陶渊明集序》是文学别集的序言,但是以萧统所处的位置,该篇可理解为其愿祝父皇一臂之力,为国尽忠效劳之心。除了对陶渊明的人格和诗歌欣赏之外,萧统写作这篇序言,想借助陶渊明与其父皇对话、交流[③]。

陶渊明与苏轼

陶渊明的作品在宋代得到了大力的褒奖,使其成为中国文学史乃至中国文化史上的标志性人物。在其中,苏轼起到了非常重要的作用,他大力提倡陶渊明的作诗风格,"质而实绮,癯而实腴",而且写作了大量和陶诗。

杨东声(Vincent Yang)的长篇论文《苏轼和陶诗的对比研究》探讨了苏轼追

[①] 王平《在"晦迹"与"为迹"之间:解读萧统之〈陶渊明集序〉》,《泰东》第三系列,第23卷第1期,第218页。
[②] 同上,第220页。
[③] 同上,第222页。

和陶渊明诗歌的动机和目的①。文章开篇探寻陶渊明的接受史,指出在宋代之前,陶渊明的接受总体上来说不温不火。作者设问:为什么北宋的苏轼要把陶渊明抬到很高的位置,甚至高于李白、杜甫,为此而引来非议?为什么苏轼要写和陶诗?他是如何将陶渊明与自己联系起来的②?这些是该论文主要解决的核心问题。陶渊明与苏轼的生活时代与人生境遇不同。苏轼接受陶渊明的过程也是一波三折。苏轼早年有经世济民的雄伟大志,此时苏轼对陶渊明并不重视,甚至有时贬损陶渊明,"我笑陶渊明,种秫二顷半。妇言既不用,还有责子叹。无弦则无琴,何必劳抚玩"(《和顿教授见寄用除夜韵》)③。仕途的坎坷挫折使得苏轼逐渐接受陶渊明,"梦中了了醉中醒。只渊明。是前生"(《江城子·梦中了了醉中醒》)④。和陶诗的创作正源于苏轼政治上的失意。和诗并不是对陶渊明诗歌的一味赞同,只不过是在相同的结构、韵律和文体下写诗。作者认为苏轼和陶诗既可以绕开政敌的监视,避开政治锋芒,"藏锋避世故,轻敌丧吾宝"(晁补之《饮酒二十首同苏翰林先生次韵追和陶渊明十一》),同时也可以借此阐释与陶渊明观点不一致的地方,有时甚至对陶渊明有批评之音,"渊明堕诗酒,遂与功名疏"(《和陶始经曲阿》)⑤。在众多的和陶诗中,作者选取了第五、八、十、十一、十三、十四、十七首,结合苏轼的生平、历史背景和文化环境比较了陶渊明和苏轼的诗歌。例如二者的不同点在于对饮酒的态度上,陶渊明期望"造饮辄尽,期在必醉"(《五柳先生传》),苏轼则是浅尝辄止。在归隐的态度上,陶渊明厌恶官场,向往自然和隐逸生活;苏轼则认为自己生逢其时,应该有一番政治作为。在对待仕宦的态度上,陶渊明觉得官场布满荆棘,苏轼则善于处理政治时务。通过两相对比,作者总体上赞扬苏轼人格的伟大傲岸,对陶渊明的隐遁、明哲保身则持有保留态度。这是作者的观点,以备一说⑥。

另外一篇关注苏轼和陶诗的长文是杨治宜(Zhiyi Yang)的《回归精神的理

---

① 杨东声《苏轼和陶诗的对比研究》(A Comparative Study of Su Shi's He Tao Shi),《华裔学志》第56卷,2008年,第219—258页。
② 同上,第222—223页。
③ 同上,第229页。
④ 同上,第230页。
⑤ 同上,第224页。
⑥ 本文可与作者的另外一篇研究和陶诗的论文互为参照:杨东声《"渊明堕诗酒":苏轼的和陶诗与陶诗的再评价》,香港中文大学《中国文化研究所学报》第49期,2009年,第149—172页。

想世界:苏轼贬谪诗对陶潜的转化与改造》①。通过和陶诗,苏轼将自己的贬谪呈现为自然意愿的指归,回归本真的纯朴、自然、率真状态。本文侧重苏轼和陶诗对他本人的意义和价值。追和传统严格意义上来说不始于苏轼,诗歌的题目中带有和、酬、答等字样的唱和、赠答、酬赠诗歌古已有之。在六朝之时就有朋友之间的诗歌交流和往来,唐代也有追和的诗歌。与这些常常创作于社交场合的交际诗歌不同,苏轼通过诗歌与古人交流,足见其对陶渊明文学和道德的高度称赞。苏轼一手打造出陶渊明为后世所知的率真、自然形象。通过和陶诗,苏轼也成为这一特点的代言人。苏轼不仅欣赏陶渊明诗歌的文学价值,也认同与仰慕陶渊明的诗学角色②。

苏轼把自己的贬谪看成是回归自然的行动,对其贬谪生活所遭受的苦难则轻描淡写,避免忧伤与悲痛的流露,进而塑造了一个完美的理想世界,一个带有隐喻性的田园。苏轼巧妙地将南方当时的贫穷与异族文化转化成陶渊明笔下精雕细琢的田园,描绘出一个经过精心处理的理想世界。苏轼文学作品中想象成分多于现实成分,而对于恐惧和焦虑常常略去不谈。例如陶渊明在《归园田居》中写道,"常恐霜霰至,零落同草莽"。而到了苏轼的诗歌中却成了"春江有佳句,我醉堕渺莽"(《和陶归园田居六首》其二)③。在重绘田园的同时,苏轼诗歌中也美化了陌生环境,描绘了当地风俗、居民,从而增添了异域色彩。苏轼也模仿陶渊明《饮酒》中与农夫交流的方式写道:"江鸥渐驯集,蜑叟已还往"(《和陶归园田居六首》其二)④。有些和陶诗与陶渊明诗歌的主题思想不同,甚至相异。在苏轼晚期的贬谪诗中更重视个体价值的实现,挑战为社稷苍生谋福祉的思想。苏轼对忠诚逐渐缺乏信念,他认为即使身为人臣,也应该"为己"考虑。苏轼通过写作和《咏三良》来表现自己的这一观点。三良是自愿还是被迫为秦穆公殉葬这一问题历来争议不断。陶渊明的《咏三良》诗接受了三良自愿舍身的说法来显示对穆公的忠诚,实现自己的诺言,但是苏轼为三良所付出的巨大代价感到惋惜,甚

---

① 杨治宜《回归精神的理想世界:苏轼贬谪诗对陶潜的转化与改造》(Return to an Inner Utopian: Su Shi's Transformation of Tao Qian in His Exile Poetry),《通报》第 99 卷第 4—5 期,2013 年,第 329—378 页。
② 同上,第 334 页。
③ 同上,第 341 页。
④ 同上,第 344 页。

至潸然泪下。苏轼早年曾赞赏三良的忠诚,但是在晚期的贬谪中他认为三良的个人价值与选择应该更加重要,这从某种程度上批评了三良的愚忠。三良为他们的荣华富贵付出了他的生命,而以生命为代价的殊遇不是苏轼所希望的。

以上两篇文章都研究苏轼为什么写作和陶诗,以及对其本人的意义和影响。苏轼在陶渊明的经典化过程中起到了举足轻重的作用,提高了陶渊明的地位,使其成为中国文化史标志性人物。研究陶渊明在后世的接受,不得不提到和研究苏轼以及他的和陶诗。

陶渊明与绘画

倪肃珊(Susan E. Nelson)的《虎溪桥:中国艺术中的陶潜和三教》从作为儒家代表的陶渊明、陶渊明拜访东林寺、慧远跨虎溪、历代评点注释等几个部分研究绘画和文本中的陶渊明①。作者开宗明义指出中国儒释道三教合流,陶渊明作为儒家代表出现在《虎溪三笑图》中,与他同时出现的还有佛教的慧远以及道家的陆修静。陶渊明虽然深受儒道影响,但是在绘画中被视为儒家代表,其诗人和道家的层面则隐去不谈。虽然陶渊明与慧远的关系以及陶渊明拜访东林寺缺少文本证据,但是后世文人却乐此不疲。根据现有材料,陶渊明与慧远的关系并非直接。从陶渊明的《和刘柴桑》中可以看出陶渊明与刘遗民之间的友好关系,二者与周续之并称"浔阳三隐",而刘遗民和周续之与慧远私交甚好。这样推测,陶渊明应该与慧远有过交往。早期陶渊明传记既没有提及陶渊明与慧远的交往,也没有说到他是否拜访过东林寺。对陶渊明与慧远的关系记载较早的是《佛祖统纪》中的篇章,记录了陶渊明应慧远之邀访问东林寺。陶渊明问其能否饮酒,经允许后,方去拜访,然而在中途陶渊明却突然离去。李公麟的《莲社图》正反映了这一场景。有关陶渊明的绘画常常表现其不顾礼法。陶渊明巧遇王弘成为绘画中常见主题之一。这类画作常常包含两个场景:一个是陶渊明怡然自得稳坐轿中,侍从和两个儿子紧随身边;第二个是王弘设计偶遇陶渊明。美国华盛顿特区的弗瑞尔美术馆(Freer Gallery)存有的明代无名氏画作《陶潜故事图片

---

① 倪肃珊《虎溪桥:中国艺术中的陶潜和三教》(The Bridge at Tiger Brook—Tao Qian and the Three Teachings in Chinese Art),《华裔学志》第 50 卷,2002 年,第 257—294 页。

集》便是这一代表。这些绘画显然以陶渊明传记内容为依托,比如《晋书·陶潜传》提道:"弘每令人候之,密知当往庐山,乃遣其故人庞通之等赍酒,先于半道要之。潜既遇酒,便引酌野亭,欣然忘进。弘乃出与相见,遂欢宴穷日。潜无履,弘顾左右为之造履。左右请履度,潜便于坐申脚令度焉。弘要之还州,问其所乘,答云:'素有脚疾,向乘篮舆,亦足自反。'乃令一门生二儿共舁之至州,而言笑赏适,不觉其有羡于华轩也。弘后欲见,辄于林泽间候之。至于酒米乏绝,亦时相赡。"这段对陶渊明与王弘轶事的叙述包含了上面提到的两个图景。

对于一系列"虎溪三笑"绘画,作者通过《高僧传》、李白的诗歌、陈舜俞《庐山记》等典籍来追本溯源,同时研讨多幅相关绘画名作,例如石恪《虎溪三笑图》和梁楷《三高游赏图》。画作中陶渊明、陆修静、慧远三人谈笑风生,率真自然,从而显现出三教和谐的欢乐图景。北宋智圆、苏轼、黄庭坚等文人写作诗歌评论画作的内容和意境,画作与诗文大多关注的不是他们(尤其是慧远)如何违背清规戒律,而是三人之间的愉悦与惺惺相惜。绘画中陶渊明和慧远为尊重彼此而互有妥协。慧远为了邀请陶渊明,打破佛家戒律,允许其喝酒;陶渊明可能对佛家的聚会不太感兴趣,但是为了有机会饮酒,试图说服自己,但是最后还是没有成行。慧远主动邀请陶渊明,并应允其饮酒,可见当时文人抬高了代表儒家思想的陶渊明,突显佛教徒对其的尊敬和爱戴,而陶渊明最后并没到东林寺饮酒则说明佛教与儒家相比处于劣势①。儒家评点者通过对陶渊明和慧远交游的评价不仅展示和赞扬了陶渊明的独立、自由,而且显示出他的文化价值对佛教徒的影响②。本文总体上从绘画与文学的互文性视角出发,诗画互证,是研究陶渊明在后代接受的一种新的尝试。但美中不足的是作者可能受期刊体例限制,所引用的古典文献原文常常省略,只有英文翻译。倪肃珊的另一篇文章《见南山:陶渊明、庐山与退隐图像学》也是从绘画艺术与文学的交叉角度研究陶渊明,探讨庐山传说、画作与陶渊明诗歌(特别是《饮酒》第五首)之间的关系③。上述两篇文章互为参照,有利于理解陶渊明及其作品在绘画领域的接受。

---

① 倪肃珊《虎溪桥:中国艺术中的陶潜和三教》,《华裔学志》第 50 卷,第 278—279 页。
② 同上,第 281 页。
③ 倪肃珊《见南山:陶渊明、庐山与退隐图像学》(Catching Sight of South Mountain: Tao Yuanming, Mount Lu, and the Iconographies of Escape),《亚洲艺术档案》(*Archives of Asian Art*)第 52 卷, 2000/2001 年,第 11—43 页。

陶渊明研究之展望

陶渊明研究如火如荼,深厚的研究积淀以及陶渊明在中国文化史的地位必将带来新的研究。这些研究应该建立在新材料、新方法、新视角的基础之上。

首先,域外汉籍为陶渊明研究提供了新材料,对理解陶渊明的作品、人格及其接受都起着重要作用。比如苏轼的和陶诗在宋代有四种注本,其中在韩国发现的蔡正孙所编注的《精刊补注东坡和陶诗话》就包括三种。卞东波的《〈精刊补注东坡和陶诗话〉与苏轼和陶诗的宋代注本》对这一典籍及其所包含的宋代其他和陶诗注本有精当的介绍与评论[①]。杨焄的《傅共〈东坡和陶诗解〉探微》对这一域外汉籍也有详尽的引介[②]。同时该论文也提及其他相关研究文献,例如金程宇的《高丽大学所藏〈精刊补注东坡和陶诗话〉及其价值》、卞东波的《韩国所藏孤本诗话〈精刊补注东坡和陶诗话〉考论》以及杨焄本人的《新见〈精刊补注东坡和陶诗话〉残本文献价值初探》[③]。另外,卞东波的《日韩所刊珍本〈陶渊明集〉丛考》探讨了目前在日韩保存但在国内不存的《陶渊明集》翻刻本,比如日本宽文四年(1664)版《陶靖节集》、翻刻明代天启二年(1622)版以及朝鲜1483年《须溪校本陶渊明诗集》本[④]。在美国,哈佛大学燕京图书馆已经把中国古籍善本扫描,学者们可免费使用[⑤]。普林斯顿大学的古籍书目已经实现网络化,在每部古籍词条下,有详细的版本和文献信息[⑥]。随着更多域外汉籍的发现与数字化,对陶渊明作品的解读与对其接受史的研究定会有新的进展。

[①] 卞东波《〈精刊补注东坡和陶诗话〉与苏轼和陶诗的宋代注本》,《复旦学报》(社会科学版)2015年第3期,第31—39页。
[②] 杨焄《傅共〈东坡和陶诗解〉探微》,《中山大学学报》(社会科学版)2013年第6期,第25—35页。
[③] 金程宇《高丽大学所藏〈精刊补注东坡和陶诗话〉及其价值》,《文学遗产》2008年第5期,第118—129页;卞东波《韩国所藏孤本诗话〈精刊补注东坡和陶诗话〉考论》,张伯伟主编《域外汉籍研究集刊》第5辑,北京:中华书局,2009年,第419—440页;杨焄《新见〈精刊补注东坡和陶诗话〉残本文献价值初探》,《文学遗产》2012年第3期,第92—100页。
[④] 卞东波《日韩所刊珍本〈陶渊明集〉丛考》,《铜仁学院学报》2017年第1期,第22—32页。
[⑤] 学者们可以登录 http://ctext.org/library.pl?if=en&collection=139 来查看哈佛燕京图书馆所藏中文古籍。目前已经扫描超过五百万页。
[⑥] 有关普林斯顿大学所藏中文古籍书目的详细注释,参看 http://gest.princeton.edu/rarebook.htm。学者也可参看2017年出版的最新古籍书目,美国普林斯顿大学东亚图书馆编《普林斯顿大学图书馆藏中文善本书目》,北京:国家图书馆出版社,2017年。

其次，从六朝到宋代对陶渊明的接受已经被国内外陶学研究专家多次讨论过，但是明清文人对陶渊明的接受目前仍然需要更多的关注和研究。明清两代学者编选和注释大量选集，也常常评价前代文学。陶渊明的作品是明清学者主要注释、考据的经典作品之一。例如，在后代对陶渊明诗歌的接受中，和陶诗蔚为大观。目前的研究主要集中在苏轼的和陶诗及其对陶渊明和苏轼的意义上。然而正如袁行霈在《论和陶诗及其文化意蕴》中指出的，在苏轼之前，拟陶、仿陶之作已经出现，苏轼同时代及明清时期的和陶诗数量很多。和陶诗作者的情况也颇为复杂，包括隐士、遗民、谄媚之徒，也有高官，甚至皇帝[1]。未来对和陶诗其他作家和作品的研究必将加深对陶渊明接受史的理解以及加强陶渊明在中华文化史中的地位。

最后，陶渊明存留的诗歌总量不多，却有如此的学术魅力，吸引古今中外多少学者为之注释、翻译、评点、阐发。如果中西方学者多加交流与合作，比如举办国际会议或者翻译和引介双方的成果，这必然会使国内外最新研究动向更快捷地为研究者所了解。康达维和张泰平主编的《唐前文学参考书》中的陶渊明章节便是由陶学研究大家袁行霈执笔，康达维翻译成英文并加以补充的。这正是中西合作的典范。另外，在英文出版的《中国文学与文化学报》(*Journal of Chinese Literature and Culture*)杂志的首期刊登了柏士隐翻译的袁行霈《陶渊明：中国文化的符号》(Tao Yuanming: A Symbol of Chinese Culture)。这样将中国杰出论文、专著的摘要或全书译成英文便于西方学者了解中国当代学者的研究动态。同理，中国学者也可以引介西方学者的优秀论著，比如哈佛大学、纽约州立大学、华盛顿大学、Brill 等出版社常常出版与中国古代文学和文化相关的书籍。有些专著已经逐渐被译介到国内。目前用英语发表的论文还没有引起足够的重视，这些论文常常篇幅很长，动辄三五十页，对这些论文的全文或摘要的介绍会为国内学术研究提供新方法和新视角，正所谓"他山之石，可以攻玉"[2]。最近卞东波的《中国古典文学研究的新视镜——晚近北美汉学论文选译》便是对

---

[1] 袁行霈《论和陶诗及其文化意蕴》，《中国社会科学》2003 年第 6 期，第 149－161 页。

[2] 有些学者已经从事了英文论文的翻译工作，例如莫砺锋编《神女之探寻：英美学者论中国古典诗歌》，上海：上海古籍出版社，1994 年；乐黛云等主编《北美中国古典文学研究名家十年文选》，南京：江苏人民出版社，1996 年；乐黛云等主编《欧洲中国古典文学研究名家十年文选》，南京：江苏人民出版社，1998 年。

近期北美优秀古代文学论文的翻译、结集。这本书囊括了北美部分有代表性的学者及其近期论文,有利于国内学者了解海外汉学的研究动态。

随着国内高校、国家留学基金委支持力度的增加,更多的中国学者来到海外学习和交流,同时海外学者赴国内参加学术会议,去高等研究院访问。海内外学者运用各自的优势,互通有无,肯定会有助于陶渊明研究的进一步发展,将大大丰富六朝文学以及中国古代文化的研究。

美国宋史研究的新趋向：地方宗教与政治文化

魏希德(Hilde De Weerdt)[①]

美国的宋史研究领域于 20 世纪 80 年代开始发展起来。在此期间,约有二十位年轻的历史学者撰写了有关宋代历史方面的博士论文,随后将论文修订为学术专著出版,其中多人开始在一些培养本科生及研究生的重要研究中心任教。二十年后,80 年代的这些研究者及其研究依然影响着美国宋史领域的发展。在这篇文章里,我概述了 1990 年至 2006 年间出版的宋代历史学术论著中体现的两种新趋向:其一为社会历史学家对地方宗教的兴趣,其二为政治史的复兴。但对最近出版的著作的考察表明,迄今为止,学术界仍然固守 20 世纪 80 年代以来的社会史研究的范式。本文旨在对涉及的文献进行描述性述评,不做深度的评论。

下文将简要叙述 20 世纪 80 年代学术研究的特色,从而为考察近年来宋史研究的最新动向提供必要的背景。80 年代宋史研究中最流行的领域是社会史研究,思想史研究远居其次,而对社会史研究的兴趣,直接来自郝若贝(Robert Hartwell)研究及执教的影响。按照传统的标准,郝若贝的宋代研究成果并不算最为丰硕,学术论著数量不多,但他的几篇论文,特别是《750—1550 年中国人口、政治与社会变迁》(Demographic, Political, and Social Transformation of China, 750—1550)一文,深刻地改变了宋史研究领域。

在这篇文章里,郝若贝根据大量人口和传记资料,认为人口的变化(尤其是

[①] 魏希德,哈佛大学博士,现为荷兰莱顿大学中国历史讲座教授。本文原题为"Recent Trends in American Research in Song Dynasty History: Local Religion and Political Culture",日文本载《大阪市立大学东洋史论丛》第 15 号,2006 年(上内健司译),中译文载《中国史研究动态》2011 年第 3 期。

人口向中国东南方的迁徙),以及政府行政机构的重构(最底层的行政单位县的权限得到强化,监督权集中在少数新设立的区域机构,以控制监督数目大得多的州府),是和中华帝国社会政治领导权的转变同步进行的。他的结论是,在 11 世纪晚期到 12 世纪早期,一个由联系密切并排外的家族群体组成并专门从事政府管理的"职业精英"(professional elite)阶层,被"地方士绅家族"(local gentry lineage)所取代,后者把出仕只看作是获取并维持社会政治地位的策略之一。这篇文章在 1982 年发表后,成了研究帝制中国史的美国研究生的必读书目之一。

郝若贝关于中国历史上唐、明之间人口、社会、经济和政治变革的宏大假说,在他几个学生的研究中得到进一步的详尽阐发,他们都在宾夕法尼亚大学追随郝若贝学习。柯胡(Hugh Clark,1990)、韩森(Valerie Hansen,1990)、韩明士(Robert Hymes,1986)、Paul Smith(1991)和万安玲(Linda Walton,1999)分别探讨了从北宋向南宋转变的不同侧面,或是描述特定区域的社会和经济变化,或是将这一转变同教育机制和宗教实践的变化联系起来,这些研究都有助于详尽解释郝若贝的人口、经济与社会转型模式。郝若贝关于精英利益重新界定的命题,以及韩明士将其阐发为一种从中央朝廷到地方精英的重新定向,也启发了美国其他大学初崭头角的历史学者的研究。在对科举考试的社会史研究中①,贾志扬(John W Chaffee,1985、1995)把不断变化的科举成功者的地域分布,同郝若贝的发现相联系。尽管在科举的社会意义方面并不认同郝若贝和韩明士的观点,贾志扬仍然把科举考试持久的吸引力(尽管及第的概率在降低,而及第后进入官僚体系任职的机会也在减少)归之于精英们不断变化的社会地位,他们把科举认同为一种社会地位的标志,而非一定要做官。包弼德关于唐宋之际思想史转变的研究②,也是以郝若贝和韩明士对精英的社会史研究为前提的。

---

① 译者注:指 John W Chaffee, *The Thorny Gates of Learning in Sung China: A Social History of the Examinations*. Albany: State University of New York Press,1985,中译本《宋代科举》,台北:东大图书公司,1995 年。

② 译者注:指 Peter Bol, *This Culture of Ours: Intellectual Transitions in T'ang and Sung China*. Stanford: Stanford University Press,1992。中译本《斯文:唐宋思想的转型》,刘宁译,南京:江苏人民出版社,2001 年;中译增订版,南京:江苏人民出版社,2017 年。

宗教社会史

20世纪90年代,宋史学家们转向了地方宗教。这方面的研究兴趣并不新鲜,研究中国宗教的学者一直都在撰写关于佛教和道教学说发展的著述,并且已经开始研究宋代广泛流行的地方宗教信仰(例如康豹[Paul Katz]、祁泰履[Terry Kleeman]、彼得·格雷高利[Peter Gregory]、罗如梅[Miriam Levering]、苏德朴[Stephen Eskildsen]和马克瑞[John McRae],参考文献详见 Stephen Clart)。这些学者研究中的问题、概念和方法,与此处讨论的这些宋史研究者,以及参考文献中所列的那些近年来关于宋代宗教史的博士论文,并不相同。大致而言,宋代宗教研究者注重从整体上把握特定的文本和宗派,或者分析一些互不相关的宗教活动,例如溢美性的传记和庆典等。他们将其研究主要置于佛教、道教以及地方宗教的历史背景和人类学背景中。此处讨论的这些研究地方宗教的历史学者,同样对地方宗教活动的多样性感兴趣,他们认为,这些实践活动不能简化为佛教和道教的一般类别。他们进而对精英们在地方宗教传播中所起的作用也深感兴趣,尽管关于精英阶层的构成,他们的观点并不一致。正如下文所述,他们的研究是建构在更为广阔的历史问题语境,尤其是唐宋变革这一历史背景中。以下讨论的四项研究都取材于普通史料。洪迈的《夷坚志》一直对社会史家和文化史家沾溉匪浅,尽管他们对书中轶闻故事的利用和解读迥然相异。

韩森的《变迁之神——南宋时期的民间信仰》(*Changing Gods in Medieval China*,1127—1276,1990)[①]是第一部对宋代地方宗教(她用的术语是"大众宗教"[popular religion])进行系统性研究的著作。该书以洪迈的《夷坚志》和佛寺碑铭为基础,认为大众宗教中的变化是伴随着11、12世纪的经济、社会以及政治的变迁而出现的。12世纪的中国人面临着诸多神灵信仰,他们选择那些最为灵验有征的。佛、道、儒三教大传统的信仰,并不能完全决定世俗信徒的神灵崇拜。

韩森把神性和人神关系的变化同地方转向(the localist turn)及宋代社会的商业化相联系。她指出,许多新的神灵都是当地去世未久的英雄人物。从11世

---

① 译者注:中译本《变迁之神——南宋时期的民间信仰》,包伟民译,杭州:浙江人民出版社,1999年。

纪晚期开始，由于政府急于想通过封号和赐额，来控制利用这些灵验的神祇的权力，地方神祇便不断被纳入到官方祀典中。官方的认可引起了地方精英之间的竞争，他们竞相把自己支持的神祇纳入到官方祀典中。地方精英们参与神祠的兴建，并竭力使地方神祇得到认可，这就为文学精英们提供了机会，他们已经从"全国性政治"转向发展地域关系网络。

商业化决定了神祇的行为。信众们把商业上的睿识归因于神祇，并且在商业活动中祈求赐助。韩森认为，商业化也是神祇需求不断变化的一个因素。神祇们向仪式专家以及信众显灵，他们需要完好的庙宇、精致的碑铭，还有丰盛的供享来换取庇佑。不无争议的是，韩森还认为，在五显神(the Five Manifestations)、梓童神、妈祖(the Heavenly Consort)、张王神等地方祠神信仰传播的过程中，商人是最为关键的因素。这些祠神大多沿着水路，从一个地区向更广阔的地域传播。她指出，当地士人对区域祠神信仰的反对，应当视为他们对地方认同的拒绝，例如，朱熹的学生陈淳因坚定不移地反对大众宗教活动而声名狼藉。然而，商人们似乎并未受到士人这种较为狭隘的地域偏见的影响。

韩森的著作问世十多年后，另外三位宋史学家也转向了地方宗教。韩明士的《道与庶道：宋代以来的道教、民间信仰和神灵模式》(Way and Byway：Taoism, Local Religion, and Models of Divinity in Sung and Modern China, 2002)[①]在某些方面是他对早期抚州精英研究的拓展。与《官僚与士绅》(Statesmen and Gentlemen, 1986)一样，抚州仍是该书探讨的中心。自唐代以来，抚州华盖山就崇奉三仙。从12世纪开始，三真君信仰已经传播到整个抚州以及江西其他地区。在先前的研究中，韩明士把精英对祠神的支持，阐释为一整套体现南宋精英日益增长的区域意识和地方策略的社会活动。在《道与庶道》中，韩明士对华盖山信仰的分析，是对中国宗教研究的理论贡献。正如下文所示，从对华盖山祠神信仰的个案研究中归结出的中国宗教模式，根基于韩明士早期著作中所发展出的地域范式(the localist paradigm)。

关于中国人的神祇象征和人神关系象征，韩明士提出了两种模式。第一种是官僚模式(bureaucratic model)。这种模式，中国的宗教信徒们很熟悉，它通

---

① 译者注：中译本《道与庶道：宋代以来的道教、民间信仰和神灵模式》，皮庆生译，南京：江苏人民出版社，2007年。

常是同道教信仰联系在一起的。在这一模式中，神祇的行为如同官员，神祇和信众都是一个更大的组织机构中的一部分。在这个组织机构中，他们的身份和地位是由外在的权威所决定的，并且人神之间的交流要通过等级分明的网络进行。在第二种模式——个人模式（the personal model）中，神祇是"异人"（extraordinary persons），神灵和信众之间的关系独立于外在权威，扎根于本地，并且以神祇的固有神力而非外在委托的力量为中心进行其模式建构。

韩明士写到，这些模式并不仅仅是理念类型，他们在宋代被不同的信奉者在不同的背景下系统运用。官僚模式是道教专职人员的活动特点。韩明士以道教天心派为例，该派也宣称华盖山是其教义的发源地。他认为，即便官僚模式早于道教天心派，但只有通过那些道教法师们在一个日益商品化的经济中的法事活动，它才获得了更多的信奉者。个人模式表现了抚州和江西的精英对华盖三仙的崇拜。据韩明士分析，南宋和元代抚州精英们的三仙崇拜，象征着他们把自我界定为地方精英，而不凭系官僚权力。尽管由此反对宗教神职人员以及精英们将神灵及人神关系概念化，韩明士还是拒绝在神职人员和精英这两种神祇模式之间做出明确的区分。他的研究表明，道教专职人员在使自己及其师傅的权威合法化时，以及处理专职人员彼此关系时，倾向于选择个人模式。这样，他的发现回应了韩森的论点，即在宋代，神祇与信众之间直接的交感变得普通（standard）了。

《道与庶道》出版两年后，此前曾以经济史和边疆开发研究获得高度评价的万志英（Richard von Glahn）出版了一本中国宗教文化史著作。该书既被视为是对中国宗教研究的一个重新思考，同时也是通过调查宋代地方宗教而对地域典范的一个深化。在《左道：中国宗教文化中的神灵与恶魔》（*The Sinister Way: The Divine and the Demonic in Chinese Religious Culture*，2004）中，万志英选用"通俗宗教（vernacular religion）"一词取代诸如"大众（popular）宗教"、"世俗（secular）宗教"等其他术语，而早期学者们用这些术语来区分世俗信众和那些神职人员的宗教信仰实践。"通俗宗教"一词体现了万志英的观点："从某种重要的意义上讲，中国所有的宗教都是地方性的。"（第11页）万志英强调，除了扎根于地方外，通俗宗教同时又从丰富多样和变化多端的宗教意识形态中汲取资源，因此，它并非与道教、佛教或国家宗教的经典祭拜传统截然对立，毋宁说，它是一种不断地与其他宗教话语进行互动的地方性共享语言。

《左道》全书七章,围绕作者的主要观点概述了从商代至明代中国宗教的主要发展过程。其主要观点为:中国宗教信仰和实践的历史过程呈现两种基本倾向,一方面是佞神和驱邪,另一方面是相信宇宙中道德平衡的作用。他写到,这两种基本倾向总是处于紧张状态之中,并且两者都受到邪魔力量的侵扰。这种邪魔力量,即是具有邪恶本性的神祇和精灵。《左道》(书名译为汉语"左道"一词,即与"右"或"正统"及"正道"相对立)一书着重于中国宗教文化中的邪魔,那些在"命运"之外朝着不良方向引导人类生活的力量。

这两个根本倾向对中国宗教文化的影响是持久的。在这一背景下,万志英探讨了帝制中国宗教史上两个主要转向。首先,在汉代,那种古老的、认为神灵即是令人敬畏的祖先的看法,为一种新的神灵观念所补充甚至取代,神祇们有时被视为是一些悲惨可怜并心存报复的鬼魂。这样,神与魔在流行的神祇象征中相互交融。其次,万志英继承了韩森、韩明士和戴维斯(Edward Davis)的观点(见下文),将信众们依赖于与地方神灵进行的直接交流,视为"中国宗教文化之宋代转型"的主要特征(第五章)。万志英将这种发展称为"仪式的通俗化",并将其与上文所述的"通俗宗教"的定义结合在一起进行分析,强调俗众的信仰、实践与佛教、道教的意识形态以及主持仪式的法师之间的互动。在讨论宋代和明清宗教文化的章节里,作者重点将五通神作为个案研究,探讨了中国神灵象征的可塑性,以及神灵们的模糊性(ambivalence)。他写道,五通神信仰起源于山魅传说,它表现了人们对陌生地域的普遍焦虑。五通神后来变成了一位佛教圣徒,它将婺源从疫病中拯救出来。到了晚明,它已经转变为整个江南地区的财神。这又一次展现神灵变化无常的特性,它既可以任意施舍,又可以任意攫取财富。

在《左道》一书中,作者强调在地方和区域祠神信仰传播过程中,仪式主持者的重要性超过了商人。关于商人的重要作用,韩森和姜士彬(David Johnson)[①]的著作曾予以特别强调,而在此之前,戴维斯的《宋代中国的社会与超自然现象》(*Society and the Supernatural in Song China*,2001)一书也已经做过详尽的批评。笔者之所以最后提及这部著作,是因为在关于唐宋变革与宗教史的联系这

---

① 姜士彬《唐宋时期的城隍崇拜》(The City-God Cults of T'ang and Sung China),《哈佛亚洲学报》第45卷第2期,1985年,第363—457页。

一问题上,该书的研究方法与上述三部著作有所不同。

韩森、韩明士和万志英对宋代地方宗教的分析,均援引唐宋变革的典范,并与这种研究范式相呼应。戴维斯却拒绝这一典范,并且在研究 12、13 世纪的摄魂附体和辟邪驱鬼时提出了一个不同的研究语境。他提醒读者,不要在唐宋变革的范式内看待他的研究。因为在他看来,这种范式体现了一种线性目的论的观点,它把唐宋之际的社会变化预先假定为"儒家精英"追求社会文化支配权的过程(第 7 页)。相反,他建议我们应当关注社会、政治和宗教团体之间的紧张关系。他把这些团体沿着一条纵向轴线组织起来:皇帝、朝廷、官僚以及宗教官僚位于顶端;新出现的或正在扩张的民间道教法师群体、密教(esoteric)和尚、医生、仪式专家、尚无官职的学生、举子,位于中层;乡村术士(巫)、佛教寺僧(acolytes)、胥吏(sub-bureaucratic)、当地地主、佃户和仆从位于底端(第 7 页)。

在这一语境中,他分析了道士、仪式主持人、法师以及巫师之间的关系,强调了这些群体之间共同的利益与纷争。戴维斯认为,尽管道士和通灵者之间的紧张关系并非宋代才出现,但 12 世纪社会经济的商业化强化了这种紧张。商业化也支持仪式专家群体的兴起,他们成为道教法式、佛教仪式和地方宗教信仰与实践之间的中介。戴维斯的著作主要对 12、13 世纪的仪式专家们进行了社会史和文化史的研究。他认为,在宗教信仰和实践的整合过程中,来自于各个社会阶层的形形色色的仪式专家群体处于一个关键地位,而这些宗教信仰和实践,传统上是同诸如佛教、道教等互不相关的信仰体系,或诸如乡村巫师等特殊社会群体联系在一起的。尽管到目前为止,本文所评论的著作都同样强调,在地方宗教中,共享的信仰和实践超越了社会边界和宗教归属;但戴维斯仍然强调,大众宗教不应当被设想为与有组织的国家宗教或精英宗教相对立的、无组织的、散漫的宗教整合。他沿袭了丁荷生(Kenneth Dean)的中国宗教研究,并建议应当将南宋的大众宗教当作一个"综合领域"(syncretic field)——一个自发的宗教仪式的文化舞台——来加以分析,在这一舞台上,社会、政治和宗教团体之间,共同的利益和张力相互交织在一起。

回归政治史

就撰写博士论文和出版学术专著的研究者数量而言,20世纪80年代是美国宋史研究的一个突破期,这些论文和专著随即成为研究帝制中国史的经典。在这些新生代宋史学家中,社会史、经济史和思想史是最为流行的研究领域,极少有人从事政治史研究[①]。政治史在新生代历史学家中缺乏吸引力,并不意味着80年代里此类历史撰著无人涉及。刘子健(James T. C. Liu)的著作《中国转向内在:两宋之际的文化转向》(*China Turning Inward: Intellectual-Political Changes in the Early Twelfth Century*,1988)[②]讨论了11、12世纪的党派政治以及道学的兴起对宋代士大夫政治文化的巨大影响。

到了20世纪90年代,政治史研究相对冷清的局面结束了。从那时起,关于宋代政治史和政治文化研究的各类著作相继问世。下面,我将简略概述从1990年至2006年间出版的著述中所体现出的研究主题和方法,并在此过程中探讨回归政治史这一研究趋向产生的原因。

这一新动向的推动力之一是《剑桥中国史》第五卷的编撰。与剑桥大学出版社出版的其他多卷本历史系列相似,《剑桥中国史》旨在对整个中国史作一细致全面的综合研究。这一研究项目始于20世纪60年代,从1978年至今,已经出版了12本(其中不包括与此相关却单独出版的剑桥中国古代史卷)。该书其他卷本的编纂体例为,第一部分对政治史按年代作一概述,第二部分对社会史、经济史、思想史或宗教史的主要动向按主题进行评述。根据这一编纂体例,"五代及宋代"卷按计划应出两本。这种体例安排突出了编者对政治史的重视。准备工作已有十余年,但第五卷的第一本仍未面世。尽管酝酿期很长,《剑桥中国史》宋代卷的编撰已经在影响着宋史研究。

《剑桥中国史》的编撰引导了20世纪80年代一些杰出历史学家的研究计划,这方面最好的例证是戴仁柱(Richard Davis)的著作《十三世纪中国政治与文化危机》(*Wind against the Mountain: The Crisis of Politics and Culture in*

[①] 柳立言(1986)是个例外。译者注:此指柳立言的博士论文《宋孝宗的专制统治》,见参考文献。
[②] 译者注:中译本《中国转向内在:两宋之际的文化转向》,赵冬梅译,南京:江苏人民出版社,2002年。

Thirteenth-Century China,1996)①,该书也是《剑桥中国史》潜在的学术重要性和学术价值的标志。这部著作叙述了宋王朝统治的最后岁月,是作者对南宋末年研究的成果,也是为《剑桥中国史》相关三章撰写的初稿。它采用了与《剑桥中国史》的典型政治叙述截然不同的视角。在这部著作中,戴仁柱将宋代的忠义事迹描述为文化焦虑的表达,以此把政治史与文化史联系起来。通过对具体的忠义之士和殉难者的研究,他揭示出宋代男性对物质和文化生活的焦虑,以及对男女气质的平衡(或感知到的不平衡)、对文武之间关系的焦虑。该书在政治史的分析中结合着文化史研究,它表明文化史对宋代政治史研究的影响更为广泛。尤其值得注意的是,将此书同下述戴仁柱的早期著作进行比较,可以看出从宋代政治的社会史分析到政治文化分析的微妙转变。在那些博士论文撰于最近十年的新生代宋史学者的研究中,这种转变尤其明显。

(一)社会政治史

盛行于 20 世纪 80 年代的社会史问题与方法,也延伸到宋代政治研究中。以下讨论的三部著作,同样都对政治精英的社会史感兴趣。尽管在这方面他们与郝若贝、韩明士所撰的宋代精英社会史有重复之处,但他们主要关注处于宋代政治等级顶端的家族,并引起了对处于 80 年代社会史中心的地域范式的批评。戴仁柱的《宋代中国的朝廷与家族:明州史氏仕途成功与家族命运》(Court and Family in Sung China,960－1279:Bureaucratic Success and Kinship Fortunes for the Shih of Ming-chou,1986)是早期从社会史方向研究政治的一个例子②。它考察了明州(宁波)史氏一族在仕途上非凡的成功。在整个南宋时期,这个家族产生了包括三位宰相在内的一共 200 余位官员。戴仁柱承认史氏家族的成功是不同寻常的(此外只有一个家族曾连续三代诞生过宰相),但认为他们入仕的主要途径——科举考试——也决定了他们同时代人的政治机遇,并且由此使他们成为时代的代表。

戴仁柱追溯了史氏成员从 11 世纪的下层官吏到 12、13 世纪政治权力顶端的崛起历程,描述了他们与政治精英之间的交往互动,解释了他们在南宋朝政中

---

① 译者注:中译本《十三世纪中国政治与文化危机》,刘晓译,北京:中国广播电视出版社,2003 年。
② 贾志扬(1985)的著作同样可视为对科举考试的社会史研究。80 年代的著作一般不属本文论述范围,而我之所以在此讨论戴仁柱的研究,是因为他的著作同这部分所讨论的其他著作密切相关。

的重要性。他的结论是,史氏成员的经历同郝若贝和韩明士著作中所描述的精英们相当不同。首先,戴仁柱强调,史氏是通过科举的成功而达到权力等级的顶峰,并获得社会地位的。因此,他反驳了韩明士的看法,即科举成功仅仅确立了社会地位,随即通常与地方望族联姻。其次,他声称,南宋时期史氏家族对科举成功和仕宦的依赖,是对郝若贝观点的质疑——郝若贝认为,北宋时期专重官僚服务的职业精英,到了南宋被地方家族所取代,他们转变了寻求成功的策略,投身于地方事务。在某些方面,史氏成员继续从事着与郝若贝所说的职业精英们类似的事业。

戴仁柱注重一个名门望族政治上的成功,而柏文莉(Beverly Bossler)则广泛考察了北宋至南宋一共133位宰相的社会史。在《权力关系:宋代中国的家族、地位与国家》(*Powerful Relations: Kinship, Status, and the State in Sung China* [960—1279], 1998)①一书中,她把那些初仕于开封、临安(杭州)的宰相们的社会背景、婚姻状况及职业生涯,同婺州地区精英的社会背景、婚姻状况及职业生涯做了对比。柏文莉的资料主要取自墓志铭。她断定,郝若贝和韩明士著作中提出的两宋精英间的区别,更多的是表面上的,而事实上差别并不显著。南宋时期,显宦家族继续同地方关系网络之外的家族进行联姻,而北宋的低级官位也是由和南宋地方精英相似的士人来担任。柏文莉认为,早期研究所认同的两宋间这种转变,很大程度上是史料编纂发展的结果。科举应试的人数增加了,文学精英随之增多起来,他们留下了更多的地方性记载。她还认为,道学的兴起,以及道学对南宋和元代精英们参与本地社区建设的认可,使得这种参与活动得到赞赏,也使颂扬这类活动的记载得以更好地保存。

然而,柏文莉提醒人们注意甄别两宋史料记载的不同,并不等于拒绝地域范式。她指出,从北宋向南宋的转变是以若干意义重大的社会、政治变化为标志的,这些变化使州县地区的生活逐渐改观。北宋时期,上层政治精英都定居于开封,然而迁都临安之后,他们却散居于几个较大的城市,并且再也不曾作为一个专业的官僚阶层返回都城临安定居。这种散居方式意味着机遇的关系网络向其他地方精英扩展。但是,柏文莉不同意将这种地方转向视为仅仅转向地方。她

---

① 译者注:中译本《权力关系:宋代中国的家族、地位与国家》,刘云军译,南京:江苏人民出版社,2015年。

的结论是,南宋的地方精英之所以变得重要,是由于作为一个群体,他们具有显而易见的政治性。因此,"地方精英之所以在宋代变得具有历史重要性,恰恰是因为——吊诡的是——他们同本地区以外的关系网络融为不可分割的一体"(第208页)。这一点在她所揭示的婚姻模式中得到了阐发。这一婚姻模式表明,官员的职位较高,其家庭的婚配距离则较远,两者有相关性。在柏文莉看来,宋代的这些模式解释了为什么在中华帝国晚期,经典教育和出仕入宦依然是社会地位最明显的标志。

柏文莉的著作出版后不久,又一部关于"亲族、地位、政权"关系的研究问世了。贾志扬(John Chaffee)的《天潢贵胄:宋代宗室史》(*Branches of Heaven: A History of the Imperial Clan of Sung China*,1999)[①]考察了宋朝开国之君赵匡胤后裔们的生平经历。尽管此书概述的宗室成员活动涉及社会、政治和文化等方方面面,但侧重的是政府对这些宗室后代的管理方式。贾志扬不是在讲述宗室成员的生活经历,而是将他们视为皇权的延伸。

帝位的继承者来自这些皇族成员,即位者亦因祖先和后代的地位显赫而使其统治合法化。与此同时,宗室成员作为潜在的竞争者,也是对在位君主统治的威胁。考虑到维系帝室后裔可能带来的政治影响和财政支出,宋代的君主和政治家们投入了相当的时间和精力来界定宗室成员的资格,以及规范他们的行为。与唐代不同,宋代的君主们最终选择了宽泛地界定宗室资格,它包括所有后代,而不限代系。在贾志扬看来,这种宽泛的界定突出了宋王朝前所未有地把宗室看作一个政治机构,也影响了此后明清两代帝国宗室史。

贾志扬对宗室史的描述强化了地域研究范式,同时甚至也为柏文莉对此范式的某些修订提供了帮助。在北宋大部分时期,宗室后裔并没有在常规官僚体系中担任要职。大多数宗室成员居住在京城开封特别指定的居所,以及其他两个地点。12世纪20年代女真的入侵随之扰乱了这一制度,后来宗室成员获准到整个南方定居。贾志扬写道,他们的生活开始看起来更像他们所居之地的地方精英的了:他们成了当地的地主,同当地的精英家庭相互联姻,参与当地的福利建设,参加科举考试,并成为当地的地方官。

[①] 译者注:中译本《天潢贵胄:宋代宗室史》,赵冬梅译,南京:江苏人民出版社,2005年。

尽管有此类相似性，宗室成员与普通民众在某些方面仍然差别显著。他们的婚姻模式是与区域内外的家族均可联姻。因此看起来更像柏文莉考察过的那些高级官员。此外，他们可以参加特殊的科举考试，但更乐意凭恩荫特权获得官职。由于政治上的重要性，赵氏宗族的成员也因而受到不公正的区别对待。事实上，他们不允许担任宰执和其他高层官职。贾志扬断定，宗室是出于政治考虑而被创造出来的一个机构。宋代的君主和政治家们不停地制定一些制度机构，来了解宗室成员的扩展，监管他们的成长、婚姻和生活。贾志扬认为，宋王朝之所以能够相当成功地避免传统皇室的宫廷阴谋，其原因在于他们把宗室理解为皇权的一个基本组成部分。

(二) 语言与政治

除了推动对上层官员的社会史研究之外，地域范式也引发了学界对精英国家观、国家社会关系观的研究。1986年，大约20位历史学家参加了在亚利桑那州Scottsdale召开的一场题为"思想与行动中的宋代治国术"（Sung Dynasty Statecraft in Thought and Action）的学术研讨会。会议提交的论文中有10篇后来发表在论文集《燮理天下：宋代中国的国家与社会》（*Ordering the World: Approaches to State and Society in Song Dynasty China*，1993）中。在序言中，谢康伦（Conrad Schirokauer）和韩明士两位主编解释说，他们要求与会者去思考，宋代国家的当权者和批评者们是怎样处理那些影响宋代社会的重大社会政治变化的。他们把那些变化界定为：（1）帝国决定不随人口的增长而扩大官僚系统，由此必然伴随着国家权力的下降；（2）唐宋转型的标志是经济的增长、人口的南迁，以及士族门阀的衰落；（3）南北宋之间的转型是以序言中概述的那些精英们的社会变化为特征的。

编者综合了一些论文的新发现，提出在南宋出现了一个"中间阶层"或"中间领域"，在其中，地方精英们积极投身于公共事务，诸如书院和社仓建设之类。这超出了对家族的关注，脱离了政府的直接控制。这一中间领域，为明清时代把此类活动界定为"公"奠定了基础。在宋代，这些活动通常与地方社区以及社区义举相关。《燮理天下》是对精英社会变迁研究的延续：它解释了宋代精英对国家和社会概念的重新界定，这从属于他们转变中的社会策略。此书并隐约认为，在中华帝国的最后一千年期间，国家权力的萎缩是历史选择的结果，这一选择即是在南宋出现的政府与精英之间达成的新协定。

《燮理天下》也是对此前社会史和政治史的一个新超越。编者不仅将其置于宋代历史(地域范式)或晚期帝国史(国家与社会之间的关系)论辩的语境中,并且呼吁对宋代文学精英们的政治语言进行更为系统的分析。编者此处指的是约翰·波科克(John Pocock)的著作,他在近代欧洲精英的政治语言方面撰述颇丰。编者认为,精英们策略性地运用不同的政治语言,来阐述他们关于中央或地方政治事件特殊主题的立场。在文集中,韩明士关于黄震和董煟的文章,对此作了完备的阐释。政治语言不仅仅竞相获得文人的关注,也受到重大历史变革的影响。在一系列研究权术和13世纪道学代表人物(真德秀、魏了翁和李心传)论文的基础上,编者指出,到了13世纪,道学的政治语言已经经历了自朱熹以来的一次重大变化。"道学"一词已经开始指向一个更为宽泛的群体,道学语言在一个范围更加宽广的利益群体里被使用,这些利益群体也包括那些关注中央政府和政府机构的人。

编者呼吁召开一次类似的会议来探讨治国之术,这一呼吁尚待回应;编者期望借《燮理天下》一书对中华帝国的政治语言进行更为系统的分析,这一意图也未完全实现。循此研究思路尝试探索的是李瑞(Ari Levine)《黑暗之屋:北宋后期史学政治与政治语言》(*A House in the Darkness: The Politics of History and the Language of Politics in the Late Northern Song*, 1068—1104, 2002)① 对北宋党争话语的分析。在其博士论文中,李瑞评论了与北宋党争语言以及后期党争表述相关的多组资料,包括《朋党论》、北宋实录编纂方面的史料、《宋史·奸臣传》,以及部分取材于野史、代表政治实践中的北宋党争话语的文本资料。

他开篇即阐释道,这些文本共有的伦理基调均体现为二元对立(比如,"君子"与"小人"),并为对立的党争双方所利用,以分辨政治实践者的合法性与否。官方史料,特别是《宋史》,也采用此类二元对立语言。这就提醒研究者,这类史料不能当作原始资料,而应视为二手史料来看待和检验。通过对经过篡改的宋代传记和其原始文本的对比分析,李瑞揭示了官方史传中所采用的党争语言的特征。李瑞断定,尽管两者有别,北宋政治家们却共用一种党派主义语言,它最

---

① 参见修订后出版的专著李瑞《被同一种语言分隔:北宋晚期的党争》(*Divided by a Common Language: Factional Conflict in Late Northern Song China*),檀香山:夏威夷大学出版社,2008年。

终否定了党争的合法性。他推测,20世纪80年代社会史研究所揭橥的两宋间的转变,也可能象征着一种语言学转向。在这种转向中,地方精英,尤其是那些同道学联系密切的精英们,把他们自己而非其对手们,认同为一个派别。

艺术史家已经开始特别关注绘画和书法艺术风格中的政治寓意①。在《中正之笔:颜真卿书法与宋代文人政治》(*The Upright Brush: Yan Zhenqing's Calligraphy and Song Literati Politics*,1998)②一书中,倪雅梅(Amy McNair)写道,欧阳修和蔡襄发掘了唐代书法家颜真卿富于政治与文化内涵的艺术语言,推崇其艺术风格超过了誉满天下的东晋艺术家王羲之。他们用诸如"强劲"和"刚正"之类的词汇描述颜真卿的艺术风格,这些词汇隐含着政治上的忠贞和气节,而这是他们在接受、评论颜真卿的人品及其书法风格时预先设定的。

与此相似,姜斐德(Alfreda Murck)也揭示出《潇湘八景图》及其题画诗中隐含的党派异议话语。在《宋代诗画中的政治隐情》(*Poetry and Paintings in Song China: The Subtle Art of Dissent*,2000)③一书中,她描述了通常被视为宇宙和谐之象征的11世纪的山水画,是以怎样的艺术方式寄寓了视觉和文学暗码,文人骚客可以将其解读为对北宋后期党派政治的批评以及失意沮丧的表白。姜斐德还提出,正由于文人画能够隐秘地表达文人们的政治批评和抑郁的心态,它才吸引了11世纪之后的文学精英。

(三)经学与政治

中国历史学家们普遍认为,士大夫的本质特征是具备经典知识,并能够在社会政治的变动中通经致用。然而,极少有人敢于去考察宋代经学是怎样与时代政治进行互动的。近十年内出版的两项研究成果表明,对宋代经学和政治文化的关系进行进一步研究是必要的,也是有潜力的。

在《限制王权:从宋代新儒家到政治权力学说》(*Limits to Autocracy: From Sung Neo-Confucianism to a Doctrine of Political Rights*,1995)一书中,艾兰·伍德(Alan Wood)把北宋三种《春秋》注解同士人们对王权和政府的理解

---

① 除了下文将讨论的两篇文章外,也可参见参考文献中两篇关于艺术史的博士论文,Cheng,2003和Hammers,2002。
② 译者注:中译本《中正之笔:颜真卿书法与宋代文人政治》,杨简茹译,祝帅校译,南京:江苏人民出版社,2018年。
③ 译者注:中译本《宋代诗画中的政治隐情》,北京:中华书局,2009年。

相联系。他把北宋的《春秋》注解史划分为两个阶段,认为北宋对《春秋》的注解方法从孙复对"礼"的道德和普遍意义的分析,演进为程颐、胡安国对"理"的形而上学的应用与阐述。在艾兰·伍德看来,这些注疏者呼吁"尊王攘夷",并非在表达一种意欲加强皇权的政治哲学,而是表达一种既支持皇权也支持士权的哲学。艾兰·伍德比较了新儒家的"天理"学说和西方的自然法理念,认为宋代学者天理哲学的表述,正如自然法哲学一样,是被用作限制帝权的手段。

韩子奇(Hon Tze-Ki)研究宋代《周易》注解的专著《〈易经〉和中国政治:北宋经典注疏与士人入世主义》(*The Yijing and Chinese Politics: Classical Commentary and Literati Activism in the Northern Song Period*,960—1127,2005)一书,同样也把经典注解视为伸张士权的一个工具。艾兰·伍德是把不同时段所撰的注解作一比较,而韩子奇则选择了"共时比较"。他把北宋分为三个阶段(前期960—1022,中期1023—1085,后期1086—1127),然后选择各个时期的注疏,并放在当时的政治和思想语境中予以解读。他论证道,胡瑗的《周易口义》,以及欧阳修和李觏的《周易》注解,表达了北宋前期士人参与官僚政治的热情。至于张载的《横渠易说》,以及司马光和邵雍的注解,他则阐释成道德形而上学的纲领性宣言,它将士人入世主义的范围从参与朝政拓展到干预更广泛的社会管理,其中包括积极参与塑造社会行为。最后,他把程颐和苏轼的《周易》注释同北宋后期的党派政治联系在一起,将其解读为困境中的政治家对历史和政治的思考反省。尽管书中所考察的宋代经学家释经的风格和重点各不相同,尽管如张载和程颐等通常被归入道学前驱的经学家之间也有所区别,韩子奇仍然察觉到有一条主线贯穿于北宋的《周易》诠释中。他认为,一种积极的政治入世精神,即士人们相信并渴望与君主共治天下,使得北宋的经典注疏独具特色,这一精神也是在宋王朝的推动下开始的重大社会政治变迁的反映。

(四)忠义精神

忠义指的是对统治王朝怀有的排他性的忠诚感。过去的学术研究认为,这种政治品格最早在11世纪宋朝史家的著述中得以表述,随后体现在宋元鼎革之际殉难者和隐遁者的行动中①。近年有三篇论著致力于探讨宋初宋末"忠义行为"和"忠义精神"的内涵和表现。

谢惠贤(Jennifer Jay)的《鼎革之际:13世纪中国的忠义精神》(*A Change in Dynasties: Loyalism in Thirteenth Century China*, 1991)研究了1273—1300年间对忠义精神的各不相同的表述。谢氏强调,只有少数宋朝臣民成为忠义之士,而就此词的严格意义而言——在新王朝的统治下宁死不屈以及为宋朝殉节,堪称忠义的人则更少。除了殉难者外,她还研究了另外两类忠义之士,包括那些拒绝出仕新朝的士人,还有那些起初拒绝出仕,但稍后在下层任职的士人。在讨论忠义传记的章节里,她颇有微词地评论了《宋史·忠义传》在编撰中所运用的材料和观点,并且断言,从13世纪到20世纪,"造神"构成了宋代忠义的历史编纂的基本特征。

宋代忠义之士的典型形象是一个不妥协的、抗击外敌的帝国事业捍卫者,与此相比,谢惠贤描绘了另外一些人物,他们忠诚的对象不同,尽忠的方式相互矛盾,并且臣服于更迭的当地政权。像文天祥和张世杰之类著名的忠义之士,他们的"忠"是针对宋王朝的,而非仅仅是在位的君主,其他很多人的殉节和忠贞则是下级军官对上级、妻对夫、子对父等个体的忠诚行为。尽管当时在中国南方,忠义事迹十分普遍,但最终南人还是效仿北人效忠归顺了元朝。谢惠贤认为,13世纪南方的排外情绪被高估了,它是明末遗民和20世纪中国的民族主义者对南宋遗民的忠义传说进行刻意选择、凸显的结果。

戴仁柱(Richard Davis)撰写的《十三世纪中国政治与文化危机》是一部宋代忠义文化史,本文前述政治史部分对该书的讨论更为详尽。戴仁柱考虑了谢惠贤著作中提及的几种情况,但他把忠义阐释为一种旨在解决普遍笼罩晚期宋代社会的紧张与焦虑的文化现象。

"忠义问题"也是史怀梅(Naomi Standen)的博士论文《穿越宋辽边界》(Frontier Crossings from North China to Liao, c. 900—1005)讨论的中心。该

---

① 王赓武《冯道:关于儒家气节》,芮沃寿(Arthur Wright)主编《儒家与中华文明》(*Confucianism and Chinese Civilization*),纽约:安塞纳姆出版社,1965年,第188—210页。牟复礼(Frederic Mote)《元代儒者的退隐》(Confucian Eremitism in the Yuan Period),芮沃寿(Arthur Wright)主编《儒家与中华文明》,第252—290页。

论文修改后以《忠贞不贰？辽代的越境之举》(*Unbounded Loyalty*：*Frontier Crossings in Liao China*,2007)为题,由夏威夷大学出版社于2007出版①。史怀梅按年代顺序概述了历朝历代对"忠义"内涵的争议,然后选取了从宋朝逃往辽国的越界史实进行深层的个案研究。对于这一研究对象,当时的传记和后来的记载是有所变化的,她也和谢惠贤一样,分析了这种史传编撰的变化。与谢惠贤不同的是,她认为,随着边界越来越明确的划定,并且分裂成两个而非更多的对立竞争王朝,这一过程最后终止于1005年的宋辽澶渊之盟,"忠义"越来越含有种族的(ethnic)含义。

实用主义是10世纪早期相对频繁的越境行为的特点,在当时的氛围中,它相当盛行。平民和军人们可以在众多混战的割据政权中随意选择,而这些政权都不占绝对优势。到了10世纪下半叶,只有少数政权还继续存在,他们开始将镇守边境的将帅手中的权力收回到京城的政治中心。后周和宋代的皇帝们,都不约而同地更加关注边境上的越界行为,视其为非法行为。这些政权要求臣民们忠诚,并越来越严格地加以控制,这就导致了在10世纪的最后十年里,越境的人数减少了,而那些投往辽国境内的宋人,则不仅被指责为叛民,而且也被当成民族团结的威胁。史怀梅的著作令人信服地证明了政治边界的限定是怎样影响了对忠诚和民族意识的阐释。

(五)政治传记

作为研究个人政治思想的典型形式,政治传记一直都是宋代政治史研究领域的一个类别,虽然所占比重不大。这一方面始于对朱熹(谢康伦[Schirokauer],1960)、司马光(萨立中[Sariti],1970)、叶适(罗文,1974)和陈亮(田浩[Tillman],1988)政治思想的研究,直至最近又有对真德秀(朱荣贵,1988)和司马光(Ji,2005)的研究。这种对个人生平和思想的系统性分析,已经证明政治传记是重构宋代政治史极其重要的基础。学术界对宋代皇帝的关注稍嫌不足②,这一点随着《宋徽宗与北宋晚期中国：文化政治和政治文化》(*Emperor Huizong and Late Northern Song China*：*The Politics of Culture and the Culture of*

---

① 译者注：中译本《忠贞不贰？辽代的越境之举》,曹流译,南京：江苏人民出版社,2015年。
② 已经有一些博士论文研究宋代的皇帝,但最近还没有专著。可见柳立言(1986)和徐永辉(2000)的博士论文。

Politics,2006)的出版而有所改变。此书由伊沛霞(Patricia Ebrey)和毕嘉珍(Maggie Bickford)主编,由哈佛大学亚洲研究中心在2006年出版。鉴于写作本文时,我还未见到此书,因此这一部分将重点讨论冀小斌(Ji Xiao-bin)最近出版的司马光的政治传记《北宋的政治与保守主义:司马光的生平和思想》(*Politics and Conservatism in Northern Song China: The Career and Thought of Sima Guang* [A. D. 1019—1086],2005)。

与中国或日本常见的司马光传记不同,冀小斌重点探讨了司马光在英宗、神宗和高太后三朝的仕宦生涯。作者细致分析了司马光在朝政中的角色及其政治观点,以此为切入点探讨了北宋皇帝的统治,尤其是皇帝与明争暗斗的官僚党派之间的关系。他证明了宋代的君主们,是如何必须与高层官员、宰辅、皇太子或其他可能的继位者等进行权力的博弈争夺。据冀小斌的分析,司马光始终不渝地为帝制皇权提供支持,是同一种保守的家族、帝制政治观密切联系的,其目的在于保护稀有资源,维持体制现状,反对制度性变革,以及维护对社会下层的等级秩序控制。

他解释道,司马光之所以能够在不同的朝廷中立足,并且情愿为那些其政策是自己深所憎恶的皇帝效忠,是因为他相信帝国权力的不容亵渎,他有责任去维护它。同时,也是因为皇帝在管理高层官僚时,需要一套监督和平衡的系统。即使是宋神宗,尽管他全心全意地支持被司马光所猛烈抨击的王安石变法,也仍然把司马光留在朝中,以此来不断地提醒改革派他们手中权力的来源和依赖性。

(六)前瞻:政治文化

尽管近些年来,在宋代法律史、军事史和外交史方面已经出版了一些很值得关注的论著(见参考文献),其中一些甚至与政治史颇有关联,但在这篇文献述评里,限于文章篇幅,我并没有涉及。最后,我简单地谈谈美国宋代政治史研究的前景。

如果最近的博士论文可资借鉴的话,那么将来涉及宋代政治史方面的论著将会涵盖比以前更为广泛的主题。张聪关于宋代旅游方面的博士论文《中国宋代的旅游文化》(*The Culture of Travel in Song China*,960—1276,2003)[①],讨

---

① 译者注:中译本《行万里路:宋代的旅行与文化》,李文锋译,杭州:浙江大学出版社,2015年。

论了宋代官员们的旅行,还有政府为了方便旅行而设立的种种制度和网络。艾媞捷(T. J. Hinrichs)的博士论文《宋代中国医疗管理的变迁和南方习俗》(*The Medical Transforming of Governance and Southern Customs in Song Dynasty China* [960－1279 C. E.],2003)讨论了宋朝政府试图通过编撰、印刷、发行医疗书籍,以及设立医疗培训、保健等政府机构等,来变革医疗实践。在这些论著以及上文讨论过的与此相关的著作中,如李瑞(Ari Levine),所采用的论题、视角和方法证明了文化史对宋代政治史研究的巨大影响。我本人的著作《科举规范的构成:道学和南宋科举文化》(The Composition of Examination Standards: Daoxue and Southern Song Dynasty Examination Culture,1988)将由哈佛亚洲中心出版,题为《义旨之争:南宋科举规范之折冲》(Competition over Content: Negotiating Standards for the Civil Service Examinations in Imperial China, 1127－1279)①,也以相似的研究取径把科举考试当作是一个有界的文化场域(cultural space),在这个场域里,政府的代表和多才多艺的士人们就科举应试标准而争执不休。该书吸取了早先对科举制度史和社会史的研究成果,对科举应试进行了思想史分析,开拓了新的路径来审视宋代这种通常与帝国集权相关的制度。这些最近的研究将会以何种面貌出版,它们对宋史研究领域将会产生怎样的影响,有待于将来的述评予以考察。

参考文献

(近年来的论著与博士论文)

1. 宋代宗教史

Davis, Edward L(戴维斯). *Society and the Supernatural in Song China*(《宋代中国的社会与超自然现象》). Honolulu: University of Hawaii Press, 2001.

Eskildsen, Stephen(苏德朴). *The Teachings and Practices of the Early*

---

① 译者注:此书英文版已由哈佛亚洲中心于 2007 年出版,中译本《义旨之争:南宋科举规范之折冲》,胡永光译,杭州:浙江大学出版社,2015 年。

Quanzhen Taoist Masters(《早期全真道士的传教与实践》). Albany：State University of New York Press,2004.

Gerritsen,Anne(何安娜). "Gods and governors：Interpreting the religious realm in Ji'an(Jiangxi)during the Southern Song,Yuan,and Ming Dynasties."(《神灵与统治者：对宋元明时期江西吉安信仰领域的阐释》)Ph. D. dissertation,Harvard University,2001.

Gerritsen,Anne(何安娜). *Ji'an Literati and the Local in Song-Yuan-Ming China*(《中国宋元明时期的吉安士人与地方社会》). Leiden：Brill,2007.

Gregory,Peter N. and Daniel A. Getz,Jr. ,eds. *Buddhism in the Sung*(《宋代的佛教》). Honolulu：University of Hawai'i Press,1999.

Ebrey,Patricia Buckley(伊沛霞) and Peter N. Gregory,eds. *Religion and Society in Tang and Sung China*(《中国唐宋时期的宗教与社会》). Honolulu：University of Hawaii Press,1993.

Halperin,Mark. "Pieties and Responsibilities：Buddhism and the Chinese Literati,780－1280."(《虔诚与责任：佛教与中国文人》)Ph. D. dissertation,University of California at Berkeley,1997. Revised in：*Out of the Cloister：Literati Perspectives on Buddhism in Sung China*,960－1279(《走出寺庙：宋代中国文人的佛教观》). Cambridge,Mass.：Harvard University Asia Center,2006.

Hansen,Valerie(韩森). *Changing Gods in Medieval China*,1127－1276(《变迁之神——南宋时期的民间信仰》). Princeton：Princeton University Press,1990.

Hymes,Robert P(韩明士). *Way and Byway：Taoism,Local Religion and Models of Divinity in Sung and Modern China*(《道与庶道：宋代以来的道教、民间信仰和神灵模式》). Berkeley：University of California Press,2002.

Katz,Paul R(康豹). *Images of the Immortal：The Cult of Lü Dongbin at the Palace of Eternal Joy*(《多面相的神仙：永乐宫的吕洞宾信仰》). Honolulu：University of Hawaii Press,1999.

Katz,Paul R(康豹). *Demon Hordes and Burning Boats：The Cult of*

Marshal Wen in Late Imperial Che Kiang(《厉鬼与焚船：中国帝制晚期浙江的温元帅信仰》). Albany：State University of New York Press，1995.

Kleeman，Terry F(祁泰履). *A God's Own Tale：The Book of Transformations of Wenchang*(《神的传说：文昌君的变迁》). Albany：State University of New York Press，1994.

Levering，Miriam(罗如梅). "Ch'an Enlightenment for Laymen：Ta-Hui and the New Religious Culture of the Sung：A Thesis."(《居士的禅悟：大慧与宋代新宗教文化》)Ph. D. dissertation，Harvard University，1978.

Liao，Hsien-huei(廖咸惠). "Popular Religion and the Religious Beliefs of the Song Elite，960－1276."(《大众宗教与宋代士大夫的宗教信仰》)Ph. D. dissertation，University of California，Los Angeles，2001.

McRae，John R(马克瑞). *Seeing through Zen：Encounter，Transformation，and Genealogy in Chinese Chan Buddhism*(《由禅谛观：中国禅宗的相遇、转换与谱系》). Berkeley：University of California Press，2003.

Von Glahn，Richard(万志英). *The Sinister Way：The Divine and the Demonic in Chinese Religious Culture*(《左道：中国宗教文化中的神灵与恶魔》). Berkeley：University of California Press，2004.

Clart，Philip，Bibliography of Western Language Publications on Chinese Popular Religion(1995－present)(《1995年以来西方关于中国大众宗教论著的参考文献》)

2. 政治史

Bielenstein，Hans(毕汉思). *Diplomacy and Trade in the Chinese World*，589－1276(《中国589－1276的外交与贸易》). Leiden：Brill，2005.

Bossler，Beverly Jo(柏文莉). *Powerful Relations：Kinship，Status，and the State in Sung China*(960－1279)(《权力关系：宋代中国的家族、地位与国家》). Cambridge，MA：Harvard University Press，1998.

Chaffee，John W(贾志扬). *Branches of Heaven：A History of the Imperial Clan of Sung China*(《天潢贵胄：宋代宗室史》). Cambridge，MA：Harvard University Press，1999.

Cheng, Wen-chien. "Images of Happy Farmers in Song China(960－1279)：Drunks, Politics, and Social Identity."(《宋代农民的快乐形象：饮酒、政治和社会认同》)Ph. D. dissertation, University of Michigan, 2003.

Chu, Ron-Guey(朱荣贵). "Chen Te-Hsiu and the Classic on Governance：The Coming of Age of Neo-Confucian Statecraft."(《真德秀与治国的经典论述：以新儒家治国的时代》)Ph. D. dissertation, Columbia University, 1988.

Davis, Richard L(戴仁柱). *Court and Family in Sung China*, 960－1279：*Bureaucratic Success and Kinship Fortunes for the Shih of Ming-chou*(《宋代中国的朝廷与家族：明州史氏仕途成功与家族命运》). Durham：Duke University Press, 1986.

Davis, Richard L(戴仁柱). *Wind Against the Mountain：The Crisis of Politics and Culture in Thirteenth-Century China*(《十三世纪中国政治与文化危机》). Cambridge, MA：Harvard University Press, 1996.

De Weerdt, Hilde(魏希德). "The Composition of Examination Standards：Daoxue and Southern Song Dynasty Examination Culture."(《科举规范的构成：道学和南宋科举文化》)Ph. D. dissertation, Harvard University, 1998. Revised in：*Competition over Content, Negotiating Standards for the Civil Service Examinations in Imperial China*(1127－1279)(《义旨之争：南宋科举规范之折冲》). Cambridge, Mass.：Harvard University Press, 2007.

Ebrey, Patricia Buckley(伊沛霞) and Maggie Bickford, eds. *Emperor Huizong and Late Northern Song China：The Politics of Culture and the Culture of Politics*(《宋徽宗与北宋晚期中国：文化政治和政治文化》). Cambridge, Mass.：Harvard University Asia Center, 2006.

Hammers, Roslyn Lee(韩若兰). "The Production of Good Government：Images of Agrarian Labor in Southern Song(1127－1279) and Yuan(1272/1279－1368)China."(《善政的产物：南宋和元代的佃农形象》)Ph. D. dissertation, University of Michigan, 2002.

Hinrichs, T. J(艾媞捷). "The Medical Transforming of Governance and Southern Customs in Song Dynasty China(960－1279 C. E.)."(《宋代中国医疗

管理的变迁和南方习俗》)Ph. D. dissertation, Harvard University, 2003.

Hon Tze-Ki(韩子奇). *The Yijing and Chinese Politics：Classical Commentary and Literati Activism in the Northern Song Period*, 960—1127(《〈易经〉和中国政治：北宋经典注疏与士人入世主义》). Albany：State University of New York Press, 2005.

Hsu, Yeong-huei(徐永辉). "Song Gaozong and His Chief Councilors：A Study of the Formative Stage of the Southern Song Dynasty."(《宋高宗和他的宰相们：南宋形成时期研究》) Ph. D. dissertation, The University of Arizona, 2000.

Ji, Xiao-bin(冀小斌). *Politics and Conservatism in Northern Song China：The Career and Thought of Sima Guang*(A. D. 1019—1086)(《北宋的政治与保守主义：司马光的生平和思想》). Hong Kong：The Chinese University Press, 2005.

Lau, Nap-yin(柳立言). "The Absolutist Reign of Sung Hsiao-tsung(r. 1163—1189)."(《宋孝宗的专制统治》) Ph. D. dissertation, Princeton University, 1986.

Levine, Ari(李瑞). "A House in the Darkness：The Politics of History and the Language of Politics in the Late Northern Song, 1068—1104."(《黑暗之屋：北宋后期史学政治与政治语言》) Ph. D. dissertation, Columbia University, 2002.

Lo, Winston Wan(罗文). *The Life and Thought of Yeh Shih*(《叶适的生平与思想》). Hong Kong：The Chinese University of Hong Kong Press, 1974.

Lorge, Peter Allan(龙佩). *War, Politics and Society in Early Modern China*, 900—1795. (《900—1795年中国的战争、政治和社会》)London：Routledge, 2005.

McKnight, Brain E(马伯良). *Law and Order in Sung China*. (《宋代中国的法律与秩序》)Cambridge：Cambridge University Press, 1992.

McNair, Amy(倪雅梅). *The Upright Brush：Yan Zhenqing's Calligraphy and Song Literati Politics*(《中正之笔：颜真卿书法与宋代文人政治》).

Honolulu:University of Hawai'i Press,1998.

Murck,Alfreda(姜斐德): *Poetry and Paintings in Song China: The Subtle Art of Dissent*(《宋代诗画中的政治隐情》). Cambridge,MA:Harvard University Asia Center for the Harvard-Yenching Institute,2000.

Sariti,Anthony(萨立中). "The Political Thought of Ssu-ma Kuang: Bureaucratic Absolutism in the Northern Sung."(《司马光的政治思想:北宋的官僚专制》)Ph. D. dissertation,Georgetown University,1970.

Sen,Tansen. *Buddhism, Diplomacy, and Trade: The Realignment of Sino-Indian Relations*,600－1400(《佛教、外交和贸易:600－1400年中印关系的重整》). Honolulu: University of Hawai'i Press,2003.

Schirokauer,Conrad(谢康伦). "The Political Thought and Behavior of Chu Hsi."(《朱熹的政治思想与行为》)Ph. D. Dissertation, Stanford University,1960.

Standen,Naomi(史怀梅). "Frontier Crossings from North China to Liao, c. 900－1005."(《穿越宋辽边界》) Ph. D. dissertation, University of Durham (England),1994. Revised in: *Unbounded Loyalty: Frontier Crossings in Liao China*(《忠贞不贰?辽代的越境之举》). Honolulu: University of Hawaii Press, 2007.

Tillman,Hoyt Cleveland(田浩). *Utilitarian Confucianism:Chen Liang's Challenge to Chu Hsi*. (《功利主义儒家:陈亮对朱熹的挑战》)Cambridge,MA: Harvard University Press,1982.

Wang,Xueliang(王学良). "Ideal Versus Reality: General Han Shizhong and the Founding of the Southern Song,1127－1142."(《理想与现实:韩世忠将军与南宋的建立》) Ph. D. dissertation,The University of Arizona,2000.

Wright,David Curtis(赖大卫). *From War to Diplomatic Parity in Eleventh-Century China: Sung's Foreign Relations with Kitan Liao*(《化干戈为玉帛:宋与契丹辽的外交关系》). Leiden:Brill,2005.

Zhang,Cong(张聪). "The Culture of Travel in Song China(960－1276)." (《宋代的旅行文化》) Ph. D. dissertation, University of Washington, 2003. Revised in: *Transformative Journeys: Travel and Culture in Song China*(《行

万里路：宋代的旅行与文化》). University of Hawaii Press，2011.

3.其他征引文献

Bol，Peter Kees(包弼德). *This Culture of Ours：Intellectual Transitions in T'ang and Sung China*(《斯文：唐宋思想的转型》). Stanford：Stanford University Press,1992.

Chaffee，John W(贾志扬). *The Thorny Gates of Learning in Sung China：A Social History of the Examinations*(《宋代科举》). Albany：State University of New York Press,1985.

Clark，Hugh R(柯胡). *Community, Trade, and Networks：Southern Fujian Province from the Third to the Thirteenth Century*(《社区、贸易和网络：3—13世纪的福建省》). Cambridge：Cambridge University Press,1991.

Hartwell，Robert M(郝若贝). "Demographic, Political, and Social Transformation of China, 750—1550."(《750—1550年中国人口、政治与社会变迁》) *Harvard Journal of Asiatic Studies*，Vol. 42，No. 2(1982)：365—442.

Liu，James T. C(刘子健). *China Turning Inward. Intellectual-Political Changes in the Early Twelfth Century*(《中国转向内在：两宋之际的文化转向》). Cambridge，MA：Harvard University Press,1988.

Smith，Paul J(史乐民). *Taxing Heaven's Storehouse：Horses, Bureaucrats, and the Destruction of the Sichuan Tea Industry* 1074—1224(《向天府征税：1074—1224年马匹、官僚与四川茶业的衰落》). Cambridge，MA：Council on East Asian Studies,1991.

Walton，Linda A(万安玲). *Academies and Society in Southern Sung China*(《南宋的书院和社会》). Honolulu：University of Hawai'i Press,1999.

(刘成国、李梅　译)

编后记

校完本书最后一篇论文，持续两年的工作似乎就要告一段落。每完成一项"工作"，我并没有一种如释重负的感觉，因为我知道新的工作就会接踵而至。2015年，我将我编译的汉学论文集《中国古典文学研究的新视镜——晚近北美汉学论文选译》（以下简称《新视镜》）交付出版社之后，马上就投入到新的汉学论文集的编译工作之中。2016年底，《新视镜》出版后，学术界的反响不错，遇到友人说到此书，咸认为我所选译的论文比较有价值，而附录中的两大北美汉学期刊的目录尤为有用。同仁们的鼓励，又激起我出版下一本海外汉学论文集的热情和信心。

新一本汉学论文集所收的论文也是先经过我仔细挑选，然后才开始翻译的。本书关注的选题亦非常广，从《诗经》、《古诗十九首》、《文选》、永明体、杜诗、欧阳修文、苏东坡诗，到明代的古诗文总集都有涉及，而且论题也溢出古典文学之外，还包括《周礼》、《神仙传》、《放妻书》、《中兴圣政草》等文献，涉及经学、史学、道教文献、敦煌文献等研究对象。这也是本书与《新视镜》不同的地方。本书所收论文之间虽然看似关联性不大，但其实都是围绕着中国古代文本的阐释展开的，这也是我将新的论文集命名为"新阐释"的原因。

经者，常也。经典保持着相对的恒定，其活力即在于，每一时代都有对其新的阐释。中国古典学术的传统其实就是阐释学，在阐释中焕发了经典的魅力，同时也回应了时代的课题。阐释又带有强烈的主体性，阐释主体因为不同的学术背景、学术理论，操持的学术方法、学术视角也不尽相同，故对文本的阐释，又会呈现鲜明的个性色彩。阐释主体的能动性，也造就了阐释行为的活性，故而每一时代都有每一时代对经典与文本的新阐释。中国学术就在新的阐释中历久弥新，在新的阐释中不断演进。

　　本书阐释的对象都是经典文本或经典人物（如梅兰芳），历代的研究成果也造成了一定的阐释压力，这种压力也是一种创新的动力。如何在汗牛充栋的学术积累中，阐释出文本新的意义，恐怕是现在任何研究者都有的焦虑。不过，我们可以看到，本书所选的海外学者都非常好地从自身的主体性出发，对经典做出了崭新的解释。既有对宏大课题的新研究，如孙康宜教授对"中国作者"问题的理论性思考；又有对具体文本的新解读，如胡秋蕾博士对《诗经·周南·汉广》独特结构模式的探考；更有对传统文本的新解释，如田晓菲教授对《古诗十九首》这组看似明白如话，实则机关重重的诗歌的发覆；另有对传统课题的新观照，如苏源熙教授对1935年梅兰芳访苏的研究，展示出所谓"现代性"其实是多元的。总而言之，本书想继续提供新的视角、新的方法推动我们对中国古典文学与文本的新认知。

　　读者从本书的目录也可以发现，这本新的汉学论文集论域比《新视镜》广阔，涉及文学之外的其他学科，这也是我有意为之的举措，同时也得到学术界诸位同人的大力襄助。《新视镜》中所收的论文基本都是我翻译的，而这本"新阐释"又加入了很多新的译者，这些译者都是我在学术上的好友，也都是学术素养很高的青年学者。当我提出论文集打算收入他们的译文后，他们都慷慨提供了译作供我使用。需要说明的是，收入本书时，我又对译文进行了一些编辑工作，一是根据本书的体例，统一了论文的格式；二是我对所有译文都审读了一遍，对译文又做了一些文辞上的修改，基本结构和观点则一仍其旧。

　　本书即将交付出版，不禁感慨系之。我非英文专业出身，也没有语言天赋，却误打误撞在学术翻译的道路蹒跚学步，完全得益于人生中的各种机缘。特别感谢宇文所安教授在2008－2009年、2014－2015年两度邀请我到哈佛大学访问，让我有机会亲炙北美汉学研究的现场。2017年7－8月，我又有机会访问哈佛一个月，犹记在宇文所安教授家中，和宇文教授与田晓菲教授把酒论学的情景，洵是人生最美好的记忆。今年（2018年）4月，宇文所安教授在哈佛荣休，我因为在京都大学访学，无法参加他的退休纪念会，非常遗憾。宇文教授在退休后会有更多的时间从事汉学研究工作，他也曾告诉过我一些他的研究计划，我们也期待着他出版更多让我们耳目一新的学术新作。

我还要特别感谢孙康宜教授,感谢她对我的大力提携,两度为我编的汉学论文集作序。让我感动的是,当我告诉她编译新的汉学论文集计划时,她不但慷慨惠赐两篇新写的大作,而且爽快地应允了为我的新书作序的请求。当我把本书的文稿发给她后,康宜先生竟然将全稿通读了一遍,在此基础上,她才提笔写序,并就书中的一些问题与我讨论。这种谨严的学术态度让我感动之余,也更生敬佩之心。2017年4月和8月,我有机会两度到耶鲁大学拜访康宜先生。我还记得8月的一个午后,我们在耶鲁校园中畅谈学术,听她聊最近的研究心得和学术计划的情景。给我震动最大的是,康宜先生一直强调她对教学的热爱,在耶鲁校园行走时,不时有学生向她打招呼,这也印证了她是非常受学生欢迎的好老师。与康宜先生结识三年来,我受到她很多的照顾和教益,这里也致上我深深的敬意与谢意。

我与蔡涵墨教授至今未能谋面,几次打算见面,都因为各种事情被耽误,不过,我在一次次的通信中受惠于先生甚多。我因为翻译他写的关于苏轼《乌台诗案》的论文,与他结识,当我提出收入他写的论《中兴圣政草》的译文,并请他为新的论文集写序时,他都立即慨然应允。非常感谢蔡涵墨教授的高序与大作!

我因为翻译《中国美学问题》一书,而与苏源熙教授结缘。我一直对远离尘嚣的芝加哥大学非常向往,非常有幸在苏源熙教授的邀请下,终于有机会访问芝大,并在著名的芝加哥大学图书馆读了三个月书。最近又承苏源熙教授惠赐,得以拜读他刚出版的有关李贽、庄子以及口语性与韵律的新书,我也期待着他关于《红楼梦》的新书能早日出版。本书非常荣幸收入他从比较文化角度论梅兰芳的论文。田晓菲教授是我非常尊敬与佩服的学者,无论是当面向她请教,还是拜读她一本本的大著,我都获益甚多。我也曾就汉学论文集的选目咨询过田老师,得到她的指教。当我完成她的文章翻译后,田老师又花时间亲自审阅译稿,惠我良多。郑文君教授是宇文所安教授的大弟子,我因为这几年来全力研究苏轼,故写信提出翻译她的论文,她也不以为突兀。后来有机会在哈佛见面,又得以当面向她请教。我的译文完成后,郑老师又帮我仔细修改一过,这里也对郑老师表示感谢。杨晓山教授、陈威教授、胡秋蕾博士、洪越博士都是宇文所安教授的弟子,深得老师真传,我通过阅读他们的论文也学习到很多,非常感谢他们同意我翻译并收入他们的大作。康达维教授是我非常崇敬的汉学耆宿,2016年5月,康先生应程章灿教授邀请访问南京大学，我得以与康先生结识。本书收入了金溪博士翻译的康先生的大作，倍感荣幸。王平教授是康达维教授的高足，也是我在学术上的好友，本书能收入她的新作，也非常高兴。陈婧博士、张月博士都是我的学友，他们都在北美拿到博士学位，感谢他们为本书提供了中文论文。本书有幸能够收入几代汉学家的新作，呈现北美中国学的最新气象，这也是我编纂此书的目的之一。

本书所收的译文其实很早就已经完成，但我一直没有时间通读一过。最近受到好友永田知之兄的邀请，在京都大学人文科学研究所访问，静心澄虑，摒除杂念，才有机会将书稿通读一过，并对全文的体例进行了统一，润饰了文字。这里也对永田兄和京大人文研为我提供极好的科研环境表示感谢。

本书责编、老同学夏业梅编审在编辑《新视镜》时与我有良好的合作，她细致认真的编辑能力，让我感佩不已，所以这本"新阐释"交给她编辑，也令我非常放心。非常感谢业梅和安徽教育出版社领导对我工作的支持！本书交稿后，研究生邓淞露、李晓田、顾培新、李心畅又帮我阅读了校样，这里亦表示感谢。

之所以罗列这么多，并非要显示自己的交游广泛，主要是为了记下我在学术道路上受到的恩惠。近年来，随着全球化的加剧，中国古典文学研究也越来越国际化，我们每每能看到西方汉学家不但精通中文，而且深谙日文和欧洲语言，在研究过程中，也能多方参考世界范围内的研究成果。中国学者现在也越来越重视海外汉学研究，但我总觉得还有必要进一步吸收海外汉学的优秀成果。今年是中国改革开放40周年，中国社会将以更大的力度向世界开放，而中国学术界也应该以更宽广、更自信的态度引进海外汉学的研究成果。这也是我继续编译这本汉学论文集的初衷。我会继续追踪海外汉学的最新研究动态，适时再编译第三本汉学论文集供我国学人参考。读者诸君若有问题，亦请发电子邮件（dongbobian@nju.edu.cn）与我联系。

卞东波

2018年4月记于京都大学人文科学研究所